KB206903

룰스 오브
비트레이얼

RULES OF BETRAYAL

룰스 오브 비트레이얼

크리스토퍼 라이히 지음
이정윤 옮김

BOOK
3

RULES OF BETRAYAL

도서
출판 프리뷰

룰스 오브 비트레이얼

RULES OF BETRAYAL

Christopher Reich

RULES OF BETRAYAL

프롤로그

티리치미르 산, 파키스탄 북부
1984년 5월 30일

"소리 들었어요?"

등반가가 피켈을 눈 속에 꽂아 넣고 고개를 들어 귀를 기울였다.

"무슨 소리?" 몇 피트 아래의 거의 수직에 가까운 암벽 위에 걸터앉아 있던 동료가 물었다.

"비명소리요." 그 등반가는 눈을 가늘게 뜨고, 지칠 줄 모르는 바람에 묻혀 들려오는 날카로운 소리의 근원지를 찾아보았다. 그의 이름은 클라우드 브루너였다. 스물두 살의 그는 프랑스에서 가장 뛰어난 등반가로 알려져 있었다. 갑자기 고음의 쇳소리가 다시 그의 귀에 들렸다. 꽤 먼 곳에서 들려오는 것 같았고, 잠시 뒤 그는 그 소리가 점점 다가오고 있다는 것을 확신했다. "저기에요!"

"비명소리라고?" 하고 카스티요가 물었다. 그는 스페인 사람으로 클라우드보다 열 살이 더 많았다. "사람이 지르는 소리야?"

"그래요." 하고 브루너가 말했다. "하지만 사람은 아니에요. 뭔가 다른 건데. 뭔가 더 큰 거 말이에요."

"더 크다고? 이렇게 높은 곳에?" 카스티요가 고개를 내저었고, 그의 콧수염에 붙어 있던 눈덩이가 떨어졌다. "나는 아무것도 안 들리는데. 자네 너무 피곤해서 헛것이 들리는 거겠지."

바람이 잦아들자 브루너는 다시 한 번 주의를 기울여보았다. 이번에는 자신의 심장 박동 소리 이외에는 아무 것도 들리지 않았다. 그러나 그는 여전히 그 소리가 마음에 걸렸고 자신의 가슴 한가운데 두려움이 내려앉는 것을 느꼈다.

"간밤에 자네 몇 시간이나 잠을 잤나?" 하고 카스티요가 물었다.

"한 숨도 못 잤어요."

"환청일 거야. 이렇게 높은 고도에서 들을 수 있는 건 제트스트림 소리뿐이라고. 그게 사람을 미치게 만들지."

브루너는 아이스 스크루를 눈 속에 박고 로프를 고정시켰다. 카스티요의 말이 옳았다. 그는 지쳐 있었다. 뼛속까지 지쳐 있었다. 그들은 그날 새벽 2시에 해발 2만 4,000피트에 위치한 캠프 4에서 출발했다. 산 어깨 부분을 지나는데 쉬지 않고 여덟 시간이 걸렸다. 길을 내기 위해 그들보다 두 시간 먼저 출발한 미국인에 비하면 결코 빠른 속도가 아니었다.

브루너는 깎아지른 듯한 산 사면을 내려다보았다. 일렬로 산마루 쪽에서 접근하고 있는 여섯 명의 등반가들이 보였다. 그들이 입고 있는 밝은 색상의 파카들이 꼭 네팔의 기도 깃발처럼 보였다. 빨간색 파카는 이탈리아에서 온 베르투치이고, 파란색은 영국 출신의 에반스, 노란색은 일본 출신의 하마다였다. 그리고 나머지는 독일, 오스트리아, 그리고 덴마크 출신이었다.

이번 원정은 유엔에서 후원하는 '세계 평화를 위한 등반' 이었다. 미국 레이건 행정부가 기획하고, 영국의 마가렛 대처 정부가 지지한 아이디어였다. 그곳에서 불과 160킬로미터도 채 떨어지지 않은 바로 옆 산맥 너머에서는 약 10만 명에 달하는 러시아 군대가 아프가니스탄 정부를 전복시키고 바브라크 카르말이라는 교활한 독재자를 꼭두각시로 세워놓았다.

브루너는 위쪽을 올려다보았다. 한참 위쪽에 거대한 빙하 세락의 그림자 속에서 모습을 나타낸 원정팀의 마지막 팀원이 보였다. 미국인이었다.

"저자는 너무 빨리 올라가고 있어." 하고 카스티요가 걱정스러운 목소리로 말했다. "위쪽의 눈은 상태가 나쁘다고. 지난번 마지막 원정 때 우리 팀에서 두 명이나 목숨을 잃었어."

"제 생각에는 무슨 기록이라도 세우려는 모양인데요." 하고 브루너가 말했다.

"의미가 있는 유일한 기록은 정상에 올라갔다가 무사히 살아서 내려오는 것뿐이지."

힌두쿠시 산맥의 봉우리들은 초승달 모양으로 톱니처럼 솟아 있었다. 바람이 시속 50킬로미터로 지속적으로 불어오기는 했지만 그들이 산 위에 캠프를 차린 지난 2주 동안 그 어느 때보다도 잔잔한 편이었다. 정상을 노리는 등반가라면 누구나 바라는 좋은 날씨였다.

브루너가 단단한 얼음 위로 한 발을 더 내딛는 순간 대기를 가르는 단말마의 비명이 그의 움직임을 멈췄다. 조금 전에 들었던 날카로운 소리가 아니라 그것과는 완전히 다른 소리, 그가 너무나도 잘 아는 소리였다.

산마루를 올려다본 그는 미국인의 어두운 형체가 눈에 뒤덮여 경사면을 따라 그들을 향해 일직선으로 거침없이 떨어져 내리는 것을 보았다.

"스크루 하나 더 박아요." 하고 브루너가 말했다. "날 당겨 주세요. 저 사람을 멈춰야 해요."

"자살행위야." 하고 카스티요가 말했다. "우리 둘 다 저 사람한테 딸려 내려갈 거라고."

브루너가 아래쪽 등반가들을 가리키며 말했다. "내가 막지 않는다면 저 사람 때문에 다 죽을 겁니다. 저 밑의 사람들은 저 사람이 내려오는 걸 제

때 보지 못할 겁니다. 스크루가 버티는지나 확인해 줘요."

브루너가 미국인이 떨어져 내려오는 길목에서 그를 잡기 위해 자세를 잡는 동안, 카스티요는 해머로 스크루 하나를 눈 속에 박기 시작했다. "박혔어요?"

"몇 초만 더!"

미국인은 절망적으로 산비탈을 움켜잡아대며 점점 가까이 접근해 왔다. 그 사람은 두 눈을 크게 뜨고 있었고, 암석에 부딪힐 때마다 신음소리를 토해내면서도 놀랍게도 의식은 잃지 않고 있었다. 브루너는 왼 쪽으로 몇 피트 이동한 다음 부츠의 아이젠을 바닥에 깊숙이 박았다. 미국인은 돌출된 빙하에 부딪히더니 완전히 공중으로 날아올라 몸이 한 바퀴 돌면서 머리가 아래로 향하며 떨어져 내렸다.

브루너가 그의 이름을 외쳤다. "마이클!"

미국인이 한 팔을 뻗었다. 브루너는 돌진해 오는 그를 향해 자신의 몸을 던졌다. 충격으로 그는 산비탈에서 떨어져 나갔고 머리부터 아래로 곤두박질치기 시작했다. 그러나 떨어지면서도 그는 양 팔로 미국인의 허리를 감아 안을 수 있었다.

로프가 팽팽히 당겨지며 브루너가 떨어지는 것이 멈췄다. 미국인이 그의 팔에서 빠져나가면서 빙하를 가로질러 미끄러져 내리기 시작했다. 브루너의 장갑 낀 손이 떨어지는 남자의 부츠를 낚아채며 다리를 잡았고, 그 바람에 어깨가 빠졌다. 부르너는 비명을 질렀지만 잡은 손은 놓지 않았다.

두 남자는 카스티요가 그들이 있는 곳까지 내려와 간이 야영지를 설치할 때까지 그렇게 거꾸로 매달려 있었다. 미국인은 이마에 난 상처에서 피가 심하게 흐르고 동공 하나가 풀려 있었다.

"내말 들려요?" 브루너가 물었다.

미국인이 신음 소리를 내더니 억지로 미소를 지어보였다. "고마워, 친구. 거기서 정말로 나를 위해 매달려 줬군."

브루너는 아무 말도 하지 않았다.

"로프를 왜 풀었나?" 하고 카스티요가 따져 물었다.

"그래야만 했어." 하고 미국인이 대답했다.

"왜?" 하고 브루너가 물었다.

"전부 다 설치해야만 했거든."

"전부 다 설치하다니, 그게 무슨 소리야?" 하고 카스티요가 화를 내며 말했다.

그 미국인은 몇 가지 이해할 수 없는 말들을 중얼거렸다.

"말해 보라고." 하고 카스티요가 말했다. "뭘 설치하고 있었냐고?"

"명령이야. 명령." 미국인은 눈동자가 돌아가더니 의식을 잃었다.

"명령이라고? 대체 무슨 소리를 하는 건지." 카스티요가 그의 배낭을 잡아들고 끈을 풀었다. "이건 또 뭐야?"

"뭔데?" 하고 브루너가 물었다.

카스티요는 커다란 마분지 상자를 꺼냈다. 상자 옆에는 '미합중국 국방부 소유'라고 적혀 있었다. 그는 브루너와 시선을 주고받으며 이렇게 말했다. "20킬로그램은 족히 나갈 것 같은데. 저걸 짊어지고도 우리를 앞질렀단 거야? 대체 이게 뭐지?"

브루너는 모른다는 뜻으로 고개를 저었다. 그는 더 이상 마분지 상자나 그 미국인을 보고 있지 않았다. 그는 그들 머리 위에 있는 세락을 쳐다보았고 다시 하늘로 시선을 옮겼다. 이번에는 카스티요에게 무슨 소리를 못 들었냐고 물을 필요가 없었다. 그것은 더 이상 희미하거나 새된 비명 소리가 아니었다. 그것은 기계 고장을 일으킨 제트기의 엔진에서 나는 고막이 터질 것만 같은 무시무시한 굉음이었다.

거대한 그림자가 태양 앞을 지나갔고, 그 순간 그 물체를 본 그는 숨이 조여 오는 것을 느꼈다.

비행기는 정확히 머리 위로 지나갔고, 날개가 산에 너무 가까이 스쳐지나가면서 마치 산마루에 쌓인 은빛 눈을 도려내서 백만 개의 눈송이를 공중으로 흩뿌리는 것처럼 보였다. 엔진 중 한 곳에 불이 붙어 있었고, 그가 그 모습을 보고 일어서는 순간, 엔진이 터지면서 기체가 왼쪽으로 급격하게 기울고 하강 궤적을 그리며 떨어져 내려갔다. 그는 비행기가 B-52 폭격기라는 것을 알아보았고, 날개 아래 그려진 커다란 흰색별은 그것이 미군 소속이란 것을 알려줬다.

비록 한 순간이었지만 조종사가 폭격기의 균형을 바로 잡는 것 같았다. 그 순간 우측 날개가 동체에서 떨어져 나갔다. 단번에 너무나 깔끔하게 떨어져 나간 나머지 일상적으로 발생하는 일처럼 보일 정도였다. 곧이어 비행기는 눈부시게 파란 하늘을 배경삼아 완벽한 궤적을 그리며 날아갔다. 급작스럽게 폭격기가 비행력을 완전히 상실했다. 앞코가 아래로 떨어졌고 폭격기는 곧바로 저 멀리 산비탈을 향해 빙글빙글 돌면서 추락하기 시작했다. 여러 개의 원통형 물체들이 휙 하고 공중으로 날아갔고, 폭격기의 엔진은 성난 짐승처럼 울부짖었다.

폭격기가 3킬로미터 떨어진 인근 산봉우리에 부딪히며 추락하기까지 영원 같은 5분이 흘렀다. 브루너는 폭발음을 듣기 전에 먼저 불덩이가 솟아오르는 것을 보았다. 몇 초 뒤, 폭발음과 동시에 불어 닥친 강력한 후폭풍에 그의 몸이 마구 흔들렸다.

브루너는 어깨 너머로 그의 위쪽에 자리 잡고 있는 거대한 빙하의 입술을 쳐다보았다. 세락이었다. 산이 요란하게 흔들렸고, 빙하의 돌출부도 흔들리기 시작했다. 세락이 무너져 내렸다. 2백만 톤 무게의 눈이 산에서 떨어져 나온 것이다.

마지막으로 그 프랑스인이 본 것은 그들을 향해 빠른 속도로 낙하하는 끝없는 백색의 설벽이었다.

아침 햇살을 받으며 떨어져 내리는 눈은 다이아몬드처럼 빛을 발하며 반짝였다.

아프가니스탄 자불 지역
현재

1

동틀 무렵 평원 위에 그들이 모습을 드러냈다.

사람과 짐승, 기계가 메마른 갈색 대지 위에 일렬횡대로 백 미터 가량 늘어섰다. 말무리와 지프 차량, 그리고 짐칸에 기관총을 탑재한 픽업 트럭들이 자리 잡고 있었다. 전체 인원수는 오십 명에 지나지 않지만 모두 맹렬 전사들이었다. 하늘의 부르심 아래 뭉친 전사, 티무르의 아들들이었다.

무리의 대장은 하이럭스 픽업 뒤에 서서 두 눈을 쌍안경에 대고 목표물을 살펴보고 있었다. 험악한 인상에 키가 큰 그는 매서운 추위로부터 보호하기 위해 머리에 두른 검은색 긴 울 터번 자락을 얼굴에까지 단단히 감고 있었다. 이름은 술탄 하크, 나이는 서른 살이었다. 6년 동안 그는 저 먼 나라에 있는 작고 깨끗한 우리 속에 갇혀 있었다. 하크(Haq)라는 이름의 영어식 발음과 손톱을 맹금류 갈고리 발톱처럼 날카롭고 뾰족하게 기르는 버릇 탓에 간수들은 그를 매라는 뜻의 '호크'(Hawk)라고 불렀다.

그는 2킬로미터 떨어진 완만한 언덕지대에 다닥다닥 모여 있는 움막집들을 살펴보고 있었다. 엷은 안개 사이로 마을 장터인 바자르의 모습이 눈에 들어왔다. 가게 주인들은 물건을 풀어놓으며 그날의 장사를 시작하고 있었다. 노점 상인들은 화로구이를 굽고, 개와 아이들이 좁다란 골목길에서 이리저리 뛰어다니며 놀고 있었다.

그는 쌍안경을 내리고 부하들에게 눈을 돌렸다. 양옆에 죽 늘어선 여섯 대의 차량은 자신이 탄 차량과 마찬가지로 30구경 기관총을 장착한 낡은 사륜구동 지프였다. 기관총 밑에 칼라슈니코프 자동소총을 움켜쥔 부하들이 가죽탄띠를 어깨에 가로질러 메고 웅크리고 있었다. 몇몇은 구소련의 유물인 RPG 대전차 로켓포를 짊어 메고 있었다. 트럭들 사이사이에는 스무 마리 남짓한 말들이 콧김을 내뿜고 발굽으로 발버둥질을 치며 불안한 듯 움직이고 있었다. 말에 탄 이들은 저마다 말고삐를 잡은 채 신호를 기다리고 있었다.

군복을 입지 않았고 복장은 남루했다. 그럼에도 불구하고 그들은 당당한 전사들이었다. 함께 훈련 받고, 함께 싸우고 피 흘린 전사들이었다. 그들의 사전에 자비란 없었다.

술탄 하크가 손을 치켜들자 사수들이 일제히 기관총 방아쇠를 당겼다. 황량한 벌판 너머로 금속 마찰음이 울려 퍼지며 말들도 미친 듯 울부짖었다. 그가 주먹을 쥐어 보이자 부하들은 일제히 자리에서 일어서 맹렬한 함성을 내질렀다. 고개를 뒤로 젖히며 하크도 함께 함성을 질렀고, 자신을 통해 선조들의 혼이 되살아나는 것을 느꼈다. 그는 두 눈을 감은 채, 맹렬히 돌진하는 성난 무리를 그려보았다. 천둥처럼 질주하는 말발굽 소리가 들리고, 섬광처럼 부딪히는 장검을 보았고, 하늘 가득 매캐한 연기 냄새를 맡았다. 패배한 자들이 내지르는 비명소리가 들렸고, 죽음이 그의 혀끝에서 맴도는 것을 맛보았다.

눈을 뜨고 그는 현실로 되돌아왔다. 아프가니스탄 동부, 평지에 자리한 자신의 고향으로 되돌아온 것이다. 주먹으로 운전석의 루프를 치자 요란한 엔진 소리에 이어 픽업 트럭은 벌판을 내달리기 시작했다. 몇 개월도 채 지나지 않아 들판은 봉우리를 틔우며 활짝 피어오른 양귀비꽃으로 뒤덮여 활기를 되찾을 것이었다. 지난해는 이 들판에서 생아편 3천 킬로를 수확해 농부들은 수백만 달러를 벌어들였다. 그의 부하 1천 명을 무장시킬 무기와 물품들을 구입하고도 남는 액수였다.

이 마을을 탈레반의 세력권 아래 두어야만 한다. 그것은 종교 문제가 아닌 경제적인 이유에서였다.

총알이 하크의 머리 위를 지나갔고 순식간에 총포 소리가 귓전을 때렸다. 그는 아무런 감정 없이 마을 사람들이 무장을 갖추고 부랴부랴 전투 대형을 이루는 것을 지켜보았다. 아직 발포 명령은 내리지 않았다.

몇 초나 지났을까. 성난 벌떼처럼 윙윙거리는 총성이 허공을 가득 메웠다. 총알 한 발이 그의 옆에 있는 픽업 트럭의 앞 유리를 강타했다.

"사격 개시!" 무전기에 대고 그가 소리쳤다.

첫 번째 박격포가 마을 장터 한 가운데 떨어지며 사방에 흙먼지가 일었다. 두 번째 박격포 공격에 이어 세 번째 포탄이 떨어졌다. 마을 사람들은 어디로 총구를 겨냥해야할지조차 몰라 우왕좌왕했고, 전투대형은 흐트러졌다.

하크는 만족스러운 기분으로 그 광경을 지켜보고 있었다. 마을 남쪽 고지대에 2개 분대를 배치해 두었는데, 자신이 전방을 공격하는 동안 후방에서 포격을 가하도록 하기 위해서였다. 미 육군 보병전술교본에 나오는 전형적인 '망치와 모루' 전술이었다. 그는 교도소 도서관에서 교본을 발견했는데, 교본에 적힌 내용과 그림을 속속들이 숙지했다.

트럭이 언덕을 넘자 마을 전경이 시야에 들어왔다. 남자, 여자, 어린 아이들이 숨을 곳을 찾아 사방으로 허둥지둥 도망치는 광경은 혼돈 그 자체였다. 그는 뒤로 돌아 사수의 어깨를 툭툭 쳤다. 기관총이 불을 뿜고, 다른 픽업 트럭들에서도 일제히 사격이 시작되면서 마을 광장으로 총알 세례가 가해졌다. 시신들이 바닥에 나뒹굴고, 상점과 사무실 벽들이 산산조각 나며 무너져 내렸다. 한 집에서 불길이 치솟았다.

술탄 하크는 한 손에 적에게서 빼앗은 레밍턴 롱배럴 저격소총을 쥐고 있었다. 정확성이 뛰어난 고성능 소총으로 윤이 나는 단풍나무 개머리판에 '바네즈' 'US 마린'이라는 글귀가 새겨져 있었다. 한 발씩 장전하는 방식이지만 그것으로 충분했다. 소년시설부터 그는 북부 쿠나르주의 험준한 산속에서 큰뿔야생양 사냥을 자주 해서 사격하는 법을 알았다.

그는 자신이 탄 트럭의 속력을 늦추라는 신호를 보내고, 여인의 손을 잡고 언덕을 오르는 젊은 남자를 겨냥해 조준했다. 방아쇠를 감싸 쥐고 총포의 반동이 느껴지는 것과 동시에 언덕을 오르던 젊은 남자가 쓰러졌다. 하크는 흡족해하며 운전기사에게 소리쳐 다시 속력을 내라고 지시했다. 트럭이 마지막 언덕을 넘어 마을을 향해 질주했다.

마을의 어른인 물라가 두 팔을 거세게 흔들며 트럭 앞으로 달려 나왔다. "멈추시오!" 하고 그가 외쳤다.

하크는 물라의 옆에 차를 멈춰 세우고는 트럭에서 뛰어내렸다. "이 마을은 지금부터 내가 통제한다." 그는 이렇게 말했다. "이제부터 당신들은 압둘 하크와 하크 일족의 명을 따라야 한다."

물라는 극도로 비참한 표정을 지으며 고개를 끄덕였고, 주름진 그의 두 뺨에서는 눈물이 흘러 내렸다. "항복하오."

하크가 팔을 들었다. "사격 중지!"

부하들이 시장 한 가운데에 있는 분수대로 마을 주민들을 끌고 올 때까지 그는 기다렸다. 사람들이 도착하자 그는 물라에게 무릎을 꿇으라고 명령했다. 물라가 무릎을 꿇자 하크는 물라의 머리에 총구를 대고 즉시 처단해 버렸다.

그는 죽은 자를 뒤로 한 채, 주머니에서 이름이 적힌 명단을 하나 꺼내 들고 외쳤다. "압둘라 마스리, 어디 있나!"

대답이 없었다. 그는 소총으로 얼굴 수염이 듬성듬성 나고 나약해 보이는 한 남자를 겨냥해 그대로 쏴 버렸다. 그리고 같은 질문을 반복했다. 서부영화 DVD와 일본제 텔레비전을 파는 상점 안에서 체구가 든든한 남자가 걸어 나왔다.

"네 놈이 마스리인가?" 하고 하크가 물었다.

남자가 고개를 끄덕였다.

하크는 소총에 실탄 한 발을 넣은 다음 남자의 머리를 정조준 해 쏘았다. "무함마드 파우지는 나와라!"

차례차례 술탄 하크는 마을 지도자들의 이름을 호명했다. 학교 선생과 잡화점 주인을 처단하고 동성애자와 간통 혐의를 받고 있던 한 여인을 처단했다. 수개월간 마을을 염탐하며 그는 이 순간을 몹시 기다려왔다.

처리해야 할 일이 한 가지 더 남았다.

픽업 트럭 운전석에 올라타며 그는 큰 건물을 가리켰는데, 하얀색 회반죽을 덧대어 칠한 그 건물은 학교 건물로 사용되고 있었다. 그 지역의 다른 건물들과 마찬가지로 학교 건물 역시 돌과 진흙으로 지었다. 운전사는 트럭의 후미를 학교 건물 바로 앞에 가져다댔다. 또 다른 트럭 한 대도 나란히 주차했다. 트럭 운전사들은 후진했다가 다시 전진해서 들이박기를 반복하며 건물 벽을 허물어뜨렸다. 결국에는 건물 전체가 무너져 내렸다.

부하들은 무너진 건물 잔해 속에서 책, 지도와 수업과 관련된 모든 것들을 찾아내 한곳에 쌓았다. 하크는 트럭에서 석유통을 꺼내와 쌓인 책 더미에 휘발유를 부었다.

불을 붙이려고 할 무렵, 한 소년이 앞으로 달려 나왔다. "하지 마세요." 소년은 외치며 애원했다. "우리가 공부할 수 있는 곳은 여기뿐이라고요."

하크는 이 용감한 소년을 유심히 바라보았다. 그의 이목을 끈 것은 소년이 던진 말이 아니라 소년의 왼팔을 감고 있는 섬유유리 붕대였다. 하크가 아는 한, 이 마을의 유일한 진료소는 구색만 갖춘 엉성한 곳이었고, 아프가니스탄에서는 부러진 팔다리에 섬유유리가 아닌 석고 붕대를 사용했다. 전에도 이런 선진국에서나 쓰는 물건을 한 번 본 적이 있었다. "어디서 구했지?" 붕대를 툭 치며 그가 물었다.

"힐러에게서요." 소년이 대답했다.

하크의 귀가 쫑긋해졌다. 이곳에 힐러가 있다는 소리를 처음 들은 것이었다. "그 힐러란 자가 누구냐?"

소년이 눈길을 외면하자 하크는 억센 손으로 날카로운 손톱자국이 뺨에 배기도록 거세게 아이의 턱을 움켜쥐었다. "누구냐고?"

"십자군이오." 누군가가 외쳤다.

하크가 고개를 돌렸다. "서양인이라고? 이곳에? 혼자서 말인가?"

"조수 한 명을 데리고 다니오. 약 가방을 짊어지고 다니는 그 조수란 자는 하자라족 청년이라고 했소."

"혹시 힐러라는 자는 미국인인가?" 하크가 물었다.

"서양인이오."라는 대답이 들렸다. "영어를 쓰고 파슈토어도 약간 해요. 미국인인지는 물어본 적이 없어 모르겠어요. 그가 여러 사람들을 치료해줬어요. 칸의 복통도 그가 고쳐 주었다고요. 그리고 제 사촌의 무릎도요."

하크는 거칠게 떠밀며 소년을 놓아주었다. 심장이 마구 뛰었지만 그는 분노의 베일 속에 기대감을 숨겨두었다. "그자가 지금 어디 있지?"

한 노인이 산속을 가리키며 말했다. "저곳으로 갔소."

하크는 오르막 비탈 너머 힌두쿠시라고 알려진 거대 산맥을 형성하는 산기슭을 바라보았다. 그는 쌓여 있는 책 더미 위에 라이터를 휙 던지고 불길이 치솟는 것을 본 채 만 채 트럭으로 되돌아가며 소리쳤다.

"출발! 놈이 있다는 저 산으로 간다."

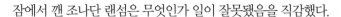

2

　잠에서 깬 조나단 랜섬은 무엇인가 일이 잘못됐음을 직감했다.

　곧바로 자리에서 일어나 침낭을 걷어붙여 허리까지 젖히며 주변의 소리
에 귀를 기울였다. 방 저편 바닥에는 조수인 하미드가 코를 골며 잠을 자
고 있었다. 덧문을 댄 창 너머로 낙타 울음이 들려왔다. 밖에서 세 사람이
대화 나누는 소리와 기름칠이 필요한 손수레 바퀴의 삐거덕 대는 소리가
들렸다. 이곳 코스-알-파리 마을에서 일주일가량 머문 조나단은 손수레가
정육점 것임을 알았다. 정육점 주인은 그날 하루치 장사를 위해 갓 도살한
염소를 마을 장터까지 실어 나르는 중이었다. 쌀쌀한 공기에 양 볼이 얼얼
해져 왔다. 11월 중순이지만 험준하고 척박한 아프가니스탄 동부의 언덕
에는 벌써 복수심을 품은 겨울이 왔다. 일분 정도 지났지만 여전히 아무
소리도 들리지 않았다.

　난데없이 총성이 들렸다. 단발이었다. 총성이 다시 울리는지 기다려 봤
지만 아무 소리도 들리지 않자, 조나단은 아마도 사냥꾼이 산자락에서 헤
매던 마르코 폴로 산양 한 마리를 사냥했는지 모른다는 생각도 해 봤다.

　새벽 다섯 시경으로 하루 일과를 시작할 시간이었다. 마지못해 침낭 지
퍼를 발치까지 내리고 더러운 바닥 위로 발을 내디뎠다. 추위에 몸을 떨며
등유 램프를 켠 다음, 서둘러 울 양말 한 켤레를 덧신고 낡아빠진 플란넬
작업용 바지를 입었다.

방 한 구석 캠핑용 테이블 위에 세숫대야, 물 주전자, 그리고 칫솔과 치약이 든 컵이 하나 있었다. 주전자 물을 대야에 부었다. 밤새 살짝 언 수면 위로 얼음 조각이 떠 있었다. 손부터 씻고 세수를 한 다음, 이가 딱딱 소리 내며 떨리는 것을 참으며 몸을 수건으로 힘껏 문질러 닦았다. 물기를 마저 닦고 양치질을 한 다음 셔츠와 재킷을 걸쳤다. 마구 헝클어진 긴 머리카락을 손으로 쓸며 정돈하다 이내 포기해 버렸다.

"하미드!" 하고 소리쳤다. "그만 자고 일어나."

하미드는 추위를 피해 아예 침낭 안으로 쏙 들어가 몸을 파묻어 버렸다. 조나단은 다가가 발로 걷어차며 말했다. "자, 어서."

헝클어진 검은 머리를 한 청년이 침낭 밖으로 고개를 내밀었다. 하미드는 성난 눈으로 방안을 둘러보았다. 흐릿한 불빛 속에서 눈가 다크서클은 한층 더 짙어 보였고, 열아홉 살 청년치고는 꽤 나이가 들어보였다. "아─ 아프단 말이에요."

"어서 일어나. 할 일이 태산이야."

"조금만…."

"어서 일어나라니깐."

하미드는 가방에서 핸드폰을 꺼내 메시지를 확인하며 느릿느릿 일어나 앉았다.

조나단은 그런 그를 지켜보았다. 전력 공급조차 안 되는 이 외딴 시골에서 휴대폰 서비스가 가능하다는 사실이 놀라울 따름이었다. "왜, 엄마가 찾으시냐?"

그가 웃으며 하는 말에 핸드폰에서 눈을 떼지 않은 채 하미드가 대답했다. "하나도 안 웃기거든요."

"알았으니, 핸드폰은 이제 그만 내려놓고 어서 나갈 준비나 해. 진료소에서 보자."

조나단은 더플백을 집어 들고 어깨에 걸쳐 멨다. 아프가니스탄의 전통 모자인 양털 파콜모를 눌러쓰고는 문을 열고 나가 바깥공기를 들이마셨다. 장작 연기, 눅눅한 나뭇잎과 목탄 향, 문명으로부터 동떨어진 세계에서 맡을 수 있는 냄새였다. 몹시 친숙한 냄새였다.

지난 8년간 그는 국경없는의사회 소속 의사로 활동하며 전 세계를 돌아다녔다. 아프리카의 여러 지역에서 활동했고, 코소보와 베이루트, 이라크에서도 지냈다. 발령 받는 곳이 어디든 그의 임무는 가장 필요로 하는 사람들에게 의료 서비스를 제공하는 것이었다. 정치적 활동과는 무관했다. 선인과 악인의 구분도 없고, 그저 아픈 자들을 돌볼 뿐이었다.

그는 2개월 전에 아프가니스탄으로 왔다. 더 이상 국경없는의사회의 소속이 아니었다. 얼마 전에 겪은 일들로 인해서 더 이상 정식 기관의 의사나 외과의로서 활동할 수가 없게 된 것이었다. 미국 대사관 직원으로부터 '레드존'에 발을 들이는 것은 미친 짓이나 다름없다는 소리를 들었다. 레드존이란 카불을 제외한 나머지 모든 지역을 일컬었다. 혼자서 외딴 지역에 있는 환자들을 돌보러 다닐 생각이라서 경호원이나 호신용 무기 같은 안전 대책은 필요 없다고 하자, 대사관 직원은 그건 '자살 행위'라고 했다.

동트기 전 어둠 속, 달랑 방 하나짜리 막사 바깥으로 나와 부츠를 신은 채 성엣장이 깔린 진흙바닥에 서서 다시 귀를 기울였다. 밖에서 들리는 소란스러운 소리 때문에 불안을 느낀 것이 아니었다. 오히려 그 정반대였다. 밖이 너무 고요하다는 사실에 그는 불안했다.

"한 시간." 그는 하미드에게 이렇게 말하고는 문을 닫았다.

꾸불꾸불한 언덕길을 따라 내려가는 동안 약하게 빗방울이 떨어졌다. 마을은 언덕을 내려가 구름 아래로 가파르게 뻗은 산골짜기 틈에 끼어 있는 평평한 지대에 있었다. 집과 건물은 하나같이 똑같이 생겼다. 낮은 지붕과 그곳에서 난 돌, 나무, 진흙을 반죽해서 만든 직사각형 건물. 코스알-파리의 주민 수는 천여 명이었다. 그리고 그 몇 배에 달하는 사람들이 인근 골짜기 마을들에서 모여들어 장터에서 농작물이나 목재 등의 물건을 사고팔고, 그 밖의 기초적인 사회생활을 영위했다.

조나단은 호주머니에 손을 넣고 마을까지 걸어 들어갔다. 큰 키에 딱 벌어진 어깨를 가진 조나단은 불어오는 바람에 저항하듯 몸을 약간 앞으로 수그린 채 단호한 걸음걸이로 걸어갔다. 간혹 사람들은 그를 현지인으로 착각했다. 그는 '살와르카미즈'라고 부르는 셔츠와 헐렁한 바지를 입고, 추위를 막아 줄 양털 조끼를 걸치고 있었다. 턱에는 회색빛이 섞인 꺼뭇꺼뭇한 수염이 나 있었다. 그러나 자세히 살펴보면, 유럽계라는 것을 알 수 있었다. 우뚝 솟은 잘생긴 코와 하얗고 고른 치아는 빠진 데 없이 가지런했다. 눈가의 잔주름을 제외하고 피부도 매끄러웠으며, 서른여덟 살이란 나이치고는 젊어 보이는 편이었다. 눈동자는 타르처럼 새까맣고, 이른 새벽에도 단호함이 눈빛에 묻어났다. 두 눈에는 능숙함과 끈기, 그리고 희망만이 담겨 있었다.

조나단 랜섬은 미국인이었다.

진료소 밖에까지 환자들이 줄지어 서 있었다. 수를 세어 보니 아버지와 함께 온 아이들을 포함해서 열다섯 명이었다. 환자들 중에는 제대로 치료받지 못한 화상 환자와 신경교증이나 선천성 구개파열같이 눈에 띄는 증상을 가진 이들도 있었다. 그러나 대부분의 환자들은 러시아군이 버리고 간 지뢰나 소형 폭탄에 희생당해 팔이나 다리 절단 수술을 받은 사람들이었다. 조나단은 사람들을 진료소 안으로 안내했다. 정중히 인사를 건네고, 남자들에게는 악수를 청하면서 진료를 시작하기까지 한 시간 정도 더 걸릴 것이라고 설명했다.

한 아이의 아버지만이 무리로부터 저만치 떨어진 채 서 있었다. 딸아이는 스카프로 얼굴 반을 가린 채 아버지에게 기대어 서 있었다. 큰 키의 외국인 의사를 보자 아이는 고개를 돌려 버렸다. 조나단은 무릎을 접고 아이 앞에 앉았다. "만나서 반갑구나." 그는 부드럽게 말했다. "오늘 너를 치료해 주려고 한단다. 더 이상 이 스카프로 얼굴을 가릴 필요가 없도록 말이야. 그럼 다시 다른 아이들과 뛰어놀 수 있을 거란다."

"정-말로 그-그렇게 해주실 건-가요?" 아이의 아버지가 어설픈 영어로 말을 더듬으며 물었다. "오-오늘 말인가요?"

조나단이 자리에서 일어서며 말했다. "예."

그는 문틀에 부딪히지 않도록 조심스레 머리를 숙이고 건물 안으로 들어갔다. 진료소 안은 다섯 개의 공간으로 나뉘어져 있었다. 대기실, 두 개의 상담실, 사무실, 그리고 수술실. 현지 기준으로 보더라도 진료 시설은 형편없었다. 바닥은 더럽고 천장은 낮았으며, 전기나 물도 공급되지 않았다.

낡은 나무 책상에는 'Médecins Sans Frontières: où les autres ne vont pas' 라는 프랑스어 문구가 새겨져 있었다. 대충 옮겨 보면, '국경없는의사회: 다른 이들이라면 감히 발을 들여놓지 않을 곳에서' 라는 뜻이었다. 글귀 아래에는 역시 프랑스어로 '의사는 언제나 옳다' 라는 문구와 함께 '1988년' 이라는 년도가 새겨져 있었다. 이십 년이나 앞선 시기에 조나단의 동료들은 이곳 외딴 마을을 찾았던 것이다. 조나단에게 그것은 자신이 내린 결정이 옳았음을 새삼 확인시켜 주는 글귀였다.

사무실로 걸어간 그는 들고 있던 더플백을 바닥에 던져서 내려놓았다. 더플백 안에는 그에게 필요한 물건들이 들어 있었다. 외과용 메스, 겸자와 가위. 항생제인 시프로와 안세프, 궤양성 질환에 쓰는 팹시드, 여성 환자를 위한 철분 강장제, 마취제인 리도카인 30cc와 케타민이 들어 있고, 프레드니손, 지르텍, 노르에피네프린, 그리고 각종 질병을 치료하기 위한 잡다한 의약품들이 들어 있었다.

한 시간 동안 조나단은 진료 시작 준비를 했다. 불을 지펴 물을 끓여서 의료 도구들을 소독했다. 수술실 바닥을 닦은 뒤, 그 위에 깨끗한 플라스틱 시트를 깔았다. 의료용품과 도구들을 꺼내놓고 의약품 재고도 확인했다.

일곱 시가 되자 첫 번째 환자를 진찰했는데 오른 다리의 아래쪽 절반을 잃은 열 살짜리 소년이었고, 나무로 만들어 엉성하기 짝이 없는 의족에 의

지해 걷고 있었다. 3년 전, 소년은 들판에서 놀다가 러시아군의 지뢰를 밟았다. 절단 수술은 엉망이었고, 혈액 순환 장애와 감염으로 인해 수술 받은 부위의 피부 조직이 점점 죽어갔다. 그는 피부조직을 닦고 소독한 다음 소년에게 항생제를 처치했다.

"아주 살짝 따가울 거란다." 국부 마취제와 주사기를 준비하며 조나단이 말했다. "전혀 아프지 않을…"

바로 그때 하미드가 방안으로 뛰어 들어와 숨을 헐떡이며 말했다. "어서 여기서 나가야 해요"

태연한 투로 조나단이 대답했다. "이제야 오시는군."

"제 말 못 들었어요?" 하미드는 정상 체중에서 9킬로그램 미달인 깡마른 체구에 키도 작고, 고개를 산만하게 까닥이며 말하는 버릇을 가진 청년이었다. 아프가니스탄에 갓 도착했을 무렵에 조나단은 카불에 있는 의료 지원 단체 사무실 앞에서 그를 발견했지만, 어쩌면 하미드가 조나단을 발견한 것인지도 몰랐다. 의과대학 2년차인 하미드는 조나단을 위해 통역사, 현지 가이드, 그리고 조수로 일하고 주당 50달러를 받겠다고 했다. 조나단은 쓸 만한 사륜구동 차량을 구해줄 것과 레드존 지역에 동행해 주는 조건으로 주당 40달러를 주겠다고 했다. 하미드는 동의했고 계약이 성사됐다.

"듣고 있어." 조나단이 말했다.

"그들이 오고 있어요."

그들이란 탈레반, 즉 정부와 국가에 대한 주도권을 되찾고 국민들에게 이슬람 율법을 각성시키기 위한 목적으로 미국과 아프간 세력에 대항하는 이슬람 원리주의 무장 세력을 말하는 것이었다.

"술탄 하크가 왔어요. 어제 여기서 65킬로미터 떨어진 곳에 있는 마을을 점령한 다음 마을 어른들을 모조리 처단했대요."

조나단은 잠시 생각에 빠졌다. 민병대를 휘하에 둔 탈레반 마약왕으로 악명 높은 하크에 대한 소문은 들어본 적이 있지만 그자가 이곳에 나타난 이유가 무엇인지에 대해서는 좀처럼 알 수가 없었다. 코스-알-파리는 전략적 가치랄 것도 없을뿐더러 양귀비 재배와도 거리가 먼 빈곤한 마을일뿐이었다. "뭘 원하는 거래?"

"그거야 저도 모르죠." 하미드가 짜증스런 투로 대답했다. "지금 그게 중요한가요?"

한 남자가 아들을 데리고 서둘러 진료소에서 나갔다.

"사람들에게 가서 내일 다시 와달라고 하렴." 조나단이 말했다. "그리고 우선 아미나를 제외한 다른 환자들은 돌려보내. 더는 그 아이더러 기다리라고 할 수 없으니까. 수술 도구 좀 준비해놓고 마취제도 추가로 챙겨놔."

하미드는 실성한 사람을 보듯 조나단을 바라보며 말했다. "지금 수술을 하실 거라고요?"

"그래. 아미나 차례야."

"네 시간짜리 수술인데요."

"더 길어질 수도 있지. 재건 수술의 경우에는 쉽게 장담할 수가 없어."

"그냥 항생제나 주세요. 수술이야 나중에 다시 와서 하면 되잖아요."

"그 아이는 이미 기다릴 만큼 기다렸어."

멀리 떨어진 포탄의 진동이 진료실까지 전해졌다.

"박격포였죠?" 창가로 달려가며 하미드가 외쳤다. "어제 술탄 하크의 부하들이 열여덟 명을 죽였는데 그 가운데 열 명은 하크가 직접 처단했대요. 미국인은 처단 대상 1호라고요."

"파슈툰왈리 몰라?" 조나단이 이렇게 말했다. "마을사람들이 우리를 지켜 주겠지."

'파슈툰왈리'란 자신들의 가정이나 마을을 찾아온 손님을 보호해 주는 아프가니스탄의 전통 예법을 말하는 것이었다.

"그것도 총구멍 앞에서는 아무 소용없어요. 여기 남아 있으면 안 된다고요."

"하미드, 어서 수술 준비나 해."

하미드가 창가에서 물러나 조나단에게 다가갔다. "지금 당장 떠나지 않으면, 그냥 여기서 죽는 거라고요."

"어떻게 될지는 두고 보면 알겠지."

"그럼 저는요?"

"네 그 배우려는 자세를 높이 평가해 왔어. 지금이 네겐 기회야. 그동안 내가 재건수술을 시범 보일 기회는 없었잖니? 네게 기회가 온 거라고."

또 한 차례 폭탄이 터졌고, 이번에는 더 가까이에서였다. 양측에서 자동화기를 쏘아대는 소리가 들리더니 곧 잠잠해졌다.

"놈들이 절 죽일 거예요." 하미드가 말했다. "그동안 도와드렸잖아요. 게다가 전 하자라족이라고요."

조나단은 주머니에 손을 넣어 트럭 열쇠를 꺼내 하미드에게 건네주며 말했다. "그래, 알았다. 그동안 네가 날 정말 많이 도와줬다는 것도 알아. 고마웠다."

"저 없이 혼자서 하시긴 힘들잖아요?"

"힘들지만 불가능하진 않아."

하미드는 손에 쥔 열쇠를 빤히 응시하더니 벽에 머리를 대고 투덜대며 신음을 했다. "아, 정말 너무 하시네요."

"그럼, 어서 준비나 하렴." 조나단이 말했다.

3

레 그랑 알프스 리조트에는 눈이 내리고 있었다. 놀랍도록 맑은 하늘에서 산등성이 아래로 굵직한 눈송이가 떨어지고 있었다. 직역하면 리조트 이름은 '거대한 알프스'라는 뜻이지만, 이곳은 스위스나 유럽의 여느 산악 지방이 아니고, 그 규모도 거대함과는 거리가 멀었다. 스키장은 마치 세 개의 섹션이 한 줄로 이어진 계단처럼 가파른 활강 코스에 이어 평평한 경사면이 펼쳐졌다가 다시 완만한 능선을 따라 언덕 아래까지 이어지는 피스트(눈을 다져 놓은 스키 활강 코스)로 구성되어 있었다.

라라 안토노바라는 이름의 한 여성이 양팔을 허리춤에 붙이고 양 발을 일자로 모은 채 활강 코스를 공략하고 있었다. 오후 세 시를 갓 넘긴 시각이었고, 스키장은 스키족들로 북적였다. 대부분이 초보자들이라서 스노플라우 자세로 어설프게 스키를 타고 있었다. 그녀는 하얀색 스키 팬츠에 청록색 오리털 파카를 입고 있었다. 위로 바짝 묶은 붉은 머리카락의 끝자락이 어깨까지 닿아 있었으며, 사람들 사이를 날렵하게 지나다니며 아는 얼굴을 찾고 있었다.

라라 안토노바는 스키나 타려고 레 그랑 알프스까지 온 게 아니었다. 시베리아 출신으로 정부의 지원 하에 성장한 그녀는 러시아연방보안국인 FSB의 S국에 소속된 고위 첩보원이었다. S국은 해외 정보 수집, 공갈과 협박, 그리고 드문 경우이기는 하지만 암살 작전과 같은 해외 첩보활동을 도

맡아 하는 곳이었다. 라라 안토노바가 레 그랑 알프스 리조트에 온 이유는 서남아시아 지역에서 제일 잘 나가는 무기거래상과 비밀리에 접선하라는 명령이 있었기 때문이다.

그녀는 중간 지점쯤 와서 가뿐하게 평행 정지를 하며 멈춰 섰다. 그런 다음 고글을 벗고 슬로프를 유심히 살폈다. 색색의 스키복장을 한 사람들 무리 속에서 그녀는 힘들이지 않고 자신의 표적을 발견해냈다. 표적은 언덕에서 50미터 떨어진 지점에 서 있었다. 평범한 남색 스키복을 단정하게 입은 왜소한 체격의 남자가 슬로프 중앙으로 스키를 타고 천천히 조심스럽게 내려오고 있었다. 검은색과 회색이 섞인 파카 점퍼를 입은 건장한 체구의 남자 여섯 명이 그를 에워싸고 있었다. 국가원수 급에 해당하는 수행원들이었다. 표적은 귀족이었다. 발포어 경. 적어도 이름으로는 분명 귀족이었다.

"놈을 찾았다." 몸을 숙이고 스키 바인딩을 점검하며 라라가 컨트롤러에게 말했다. "경호원을 여섯이나 데리고 왔는데."

"여섯이라고?" 컨트롤러는 걸걸한 목소리로 귓속에 장착한 초소형 헤드셋 수신기를 통해 그녀의 말에 대답했다. "전보다 두 명 더 늘었군. 놈에게 뭔가 사정이 생긴 게 틀림없어."

문제의 인물은 아쇼크 발포어 아르미트라지로 발포어 경으로 알려져 있었다. 머리 색상 흑발(염색 모발), 신장 167cm, 몸무게 73kg, 나이 52세, 이슬람교도 어머니와 영국인 아버지 사이에서 태어난 사생아, 뭄바이 최악의 빈민굴인 다라비에서 성장, 어린 시절부터 거리를 전전함, 일찍이 범죄의 길에 입문, 여덟 살에 갱단 조직원이 되고, 열다섯 살에 그 갱단의 우두머리가 됨, 그 후 20세에 과감히 자신의 조직을 구축하기 시작.

발포어는 사업에 있어서 어둠과 빛의 영역을 가리지 않았다. 합법적인 사업으로는 부동산과 원자재 거래, 온라인 중개업 등을 했다. 다소 합법에서 거리가 먼 쪽으로는 마약 거래, 매춘업과 위조품 거래가 있었다. 그러나 최종적으로는 무기매매가 주업이었다. 총기류, 포탄, 헬리콥터, 심지어 제트기에 이르기까지 제인스 디펜스 군사전문지에 나와 있는 것이라면 무엇이든 구해다 팔았다.

언덕 아래서 발포어가 멈춰 서자 부하들이 이중으로 방어막을 치듯 그를 에워쌌다. 재킷의 처진 모양새와 지퍼를 반만 채운 것으로 보아 라라와 가장 가까운 거리에 서 있는 수행원은 우지 기관단총을 지니고 있는 게 분명했다. 다른 수행원들도 기관단총 같은 무기를 지니고 있다는 뜻이었다. 발포어는 어중간하게 일 처리를 하는 자가 아니었다.

"물건은 어디에 있지?" 라라가 컨트롤러에게 물었다.

"테헤란 국제공항에 있음. 반입에서 배송까지 세 시간 소요됨."

"전부 다?"

"총알 하나 빠짐없이 전부 다."

그녀는 거래를 직접 성사시켰고, 물품 목록도 모두 암기하고 있었다. 칼라슈니코프 군용 소총 1천 자루, 수류탄 1천 발, 대인지뢰 2백 개, 탄약 2백만 발, 최첨단 야간투시경 1백 개, 셈텍스 플라스틱 폭약 5백 킬로그램. 큰 물건들도 있었다. 견착식 지대공미사일 20대, 50구경 기관총 10자루, 대전차무기 1백 대. 그밖에도 충분한 양의 군수품이 있었는데 도합 1천만 달러 어치였다. 탈레반 반군의 1개 보병연대 병력을 무장시키는 데 충분한 수준이었다.

"알았다." 그녀가 대답했다. "그럼, 진행하겠다."

라라는 주머니에서 핸드폰을 꺼내 스피드 다이얼을 눌렀다. 세련된 영국식 발음으로 누군가가 응답했다. "잘 있었소, 우리 아가씨?"

"언덕 위에요!" 그녀는 스키 폴 대를 치켜들었고, 언덕 밑에 서 있는 그가 그녀를 올려다봤다.

"우리 둘 다 제법 근사한 걸, 안 그렇소?" 하고 발포어 경이 말했다.

"부하들에게 제 길이나 터달라고 하시죠." 라라는 스키를 타고 언덕을 내려가 경호원들의 경호막을 뚫고 발포어 앞에서 멋지게 급정지를 했다.

"러시아인처럼 스키를 타지 않는군." 감탄하며 그가 말했다.

라라도 지지 않고 대답했다. "아쉽게도 당신은 마라타족(인도 서부에서 중부에 걸쳐 사는 호전적인 민족)처럼 스키를 탄단 말이에요."

발포어가 고개를 뒤로 젖히고 호탕하게 웃어댔다.

라라가 기억하기로 그는 모든 일에서 지나치게 과장되게 행동했다. 지나치게 큰 소리로 웃고, 지나치게 시끄럽게 떠들었으며, 지나치게 쉽게 살인을 해댔다. 포마드를 발라 빗어 넘긴 머리, 미시시피 노름꾼을 연상시키는 콧수염, 온화하고 다정스러운 두 눈동자를 가진 이 왜소한 체구의 인도인을 바라보며, 그녀는 애써 스스로에게 그가 변덕스럽고도 불안정한 위험인물이라는 사실을 상기시켰다.

"정말이지 궁금하군. 그렇게 뛰어난 스키 실력은 도대체 어디서 쌓은 거요?" 발포어는 입이 찢어질 듯 미소를 지으며 말했다.

"스위스요."

"그슈타트에서 말인가요?" 그의 발음은 정확했다.

사실 그녀는 그 스위스 리조트에 발도 디뎌본 적이 없지만, 두 번씩이나 그를 무안하게 만들어서 이득이 될 게 없다는 것쯤은 알고 있었다. "그걸 어떻게 아셨나요?"

"그곳에 지인이 한 명 있는데. 그 의사 양반이 내게 말하길 그곳에는 널리고 널린 게 러시아인들이라더군. 잠시 안식년을 보낸 곳도 그곳이었나 보지요?"

라라는 뭔가 잘못됐음을 감지했다. "무슨 말씀인지?"

"내 말은 당신이 FSB에서 나왔을 때를 말하는 거요. 러시아를 위해 일하지 않은 지도 벌써 수년째라고 들었는데. 사실이 아닌가요?"

"무슨 소린지."

"소문에 의하면, 빠듯한 예산 탓에 러시아연방보안국(FSB)에서 당신을 내보냈다던데. 그러자 대서양을 건너 미국으로 가서 프리랜서로 활동하기 시작했다고. 몇 달 전 미국에서도 내보내자, 곧바로 아빠(스베츠란 인물을 지칭)한테로 달려갔다고 들었는데."

가볍게 미소를 지었지만, 속에서는 경보음이 울리고 있었다. 그건 소문이 아니라 기밀이 유출된 것이었다. "소문이라고 다 믿어서 안 되죠."

발포어는 쉽게 물러서지 않았다. "어떻게 나오시던 상관없으니." 과장된 어조로 그가 대화를 이어나갔다. "CIA와의 첫 거래를 통해 난 내 사업을 시작했소. 지금도 CIA 국장의 핸드폰에는 내 번호가 저장되어 있지. 통화 내용은 주로 이렇소. '발포어, 우리가 와지리스탄에 무기를 대주는 것에 대해 의회가 한사코 반대해서 그러는데. 자네가 우리 대신 나서 줘야겠어. 우리 비자금에서 빼낸 이천만 달러 수표일세. 자네가 미국제를 구매한다면 값을 두 배로 쳐줄 수도 있고.' 그러니까 당신이 미국을 위해 일하건 말건…내가 그걸 불편하게 여길 사람은 아니란 말이요."

"그렇다면, 누가 불편하게 여기죠?"

"내 고객이지. 알다시피 왕자 저하와 미국 정부는 서로 앙숙 관계가 아니겠소? 저하께서는 미국이 자신을 암살하려든다는 사실을 믿어 의심치 않고 계시니."

왕자 저하란 자이드 가문의 최연소 멤버이자 아랍에미리트의 통치자, 그리고 이슬람 세력의 비밀 자금줄 역할을 하고 있는 라쉬드 알 자이드 왕자를 말하는 것이었다.

"지난주 왕자께서 페샤와르 인근 부족 지역에서 지인을 만나고 계실 때, 프레데터 드론(미국의 무인정찰기)이 덮쳤는데 불과 5분차로 그 분을 놓쳤다지요. 그때 저하께서는 동료 열 명을 잃으셨소.

"그렇다면, 왕자의 생각이 옳겠군요." 라라가 이렇게 대답했다. "왕자가 탈레반, 헤즈볼라나 FARC(콜롬비아 무장혁명군)에게 무기를 제공해 온 것을 생각해 보면 그럴 만도 하지요. 모두 미국에 적대적인 자들이니."

"어떻게 그걸 아시오?"

"들은 소문이죠." 라라가 말했다. "내 상관이신 이바노프 장군께서도 많은 정보를 갖고 계시답니다. 지난번에 보니 이바노프 장군께서도 미국과 그리 친밀하게 지내는 건 아니시더군요. 내가 잘못 안 게 아니라면, 왕자 저하를 대신해 우리 조직에 먼저 연락을 취한 쪽은 당신이겠지요?"

발포어는 몇 초간 라라의 눈동자를 뚫어지게 쳐다봤다. 미소도 따스함이 베어나던 그의 태도도 사라졌다. 그는 범죄자 특유의 냉정한 판단 속에서 그녀를 믿어야 할지의 여부를 결정하는 중이었다. "그래서…" 활기찬 어조로 그가 다시 입을 열었다. "배송은 완료됐어요? 왕자께선 반드시 물품 전부를 받고 싶어 하십니다."

"백퍼센트 완료되었습니다. 왕자의 허가만 기다리며 테헤란 공항 활주로에서 대기 중이랍니다."

발포어가 감탄하며 눈썹을 치켜 올렸다. 고개를 돌리며 어디론가 전화를 걸어 몹시 빠른 아랍어로 통화를 했다. "저하께서 자정으로 해도 괜찮은지 물으시는데." 통화를 마치고 그가 말했다.

두 사람 모두 그 말은 부탁이 아니라 명령이라는 것을 알고 있었다.

"그렇다면, 자정으로 하죠." 라라는 자연스럽게 언덕 위를 올려다보았다. 눈에 띄게 볼품없는 회색 스키복을 입은 두 명의 사내에게 그녀의 시선이 멈췄다. "아쉬(아쇼크의 애칭), 솔직히 털어놓으시죠. 당신과 당신 고객 사이에는 정말 아무 문제가 없나요?"

"아무 문제없소." 아쇼크 발포어가 대답했다. "형제지간이나 다름없을 정도로 말이지요."

"그렇다면, 왜 당신 형님께서 감시꾼 둘을 보내신 건지?"

발포어가 라라의 시선이 가리키는 쪽 요원 둘을 쳐다봤다. "저자들 말이오?" 그는 재미있다는 듯 시시덕대며 말했다. "저놈들은 저하께서 보낸 자들이 아니오. ISI에서 보낸 자들이지요. 파키스탄 정보부 말이오. 나는 저자들을 내 지원부대라고 생각하고 있다오.”

“아, 그러신가요?”

“인도 정보국 녀석들이 내게 손대지 못하도록 하려는 조치인 것이지요. 델리 쪽에서는 내가 뭄바이 테러에 관여했다고 확신하고 있으니까 말이오. 내가 악당들에게 무기를 대주었다나. 날 잡아 족치고 싶어 안달이지.”

그렇다면 우지 기관단총도 설명이 되었다. “실제로 관여했나요?” 하고 그녀가 물었다.

“그야 물론이지요.” 발포어가 말했다. “허나 중요한 것은 그게 아니오. 나야 그저 브로커일 뿐, 그러니까 그들이 원하는 장난감을 구해다 준 것뿐이란·말이지. 내가 아니라도 팔 사람은 많고, 그 무기들은 당신네들 물건이었지요.”

“우리 무기라니요? 전에 당신을 만난 적도 없는데.”

“러시아제라는 말이오. AK 소총, 수류탄, 폭파장치, 심지어 핸드폰까지 하나에서 열까지 모두 러시아제였소.”

라라는 시계를 보며 시간을 확인했다. 그들이 그곳 스키장 언덕 위에 눈에 띄게 서 있은 지 10분이 지났다. 예상보다 9분이나 더 걸렸다. 발포어는 접선대상으로는 악몽 같은 존재다. 어느새 그자의 뇌리에는 자신이 서방 12개국의 사법당국에서 수배중인 범죄자가 아닌 합법적인 사업가라는 생각이 자리 잡은 것이다. 독일이나 영국에서라면, 그는 자신이 저지른 명백한 범죄로 사형 또는 종신형을 받았을 것이다. 하지만 파키스탄에서 그는 같은 행위의 대가로 왕 대접을 받고 있었다.

“그렇다면…” 그녀가 말했다. “밤 12시 정각, 샤르자 자유무역지구, 당신네 격납고에서 보도록 하죠.”

“물건들을 옮겨 싣도록 내 전용기 한 대를 준비시켜 놓겠소.”

“물건들을 어디로 가져갈 거죠?”

“아· 그건 왕자께서 알아서 하실 거요.” 발포어가 대답했다.

"우리가 넘길 무기들의 최종 목적지 정도는 알아야겠는데 말이죠."

"현재 전쟁 중인 곳은 단 한 군데밖에 없는 것으로 아는데. 상상력을 발휘해 보시요."

계약은 성사됐다. 라라는 발포어와 그의 부하들이 스키를 타고 언덕을 내려가기를 기다렸다. 파키스탄 정보부 요원 둘도 그들을 따라 언덕을 내려갔다.

그녀는 한 시간을 레 그랑 알프스에 더 머물며, 리프트를 타고 정상에 올라 스키를 타고 내려오기를 몇 차례 반복했다. 미행당하는 게 아니란 것이 확실해지자 그녀는 마지막 활강을 마치고 스키를 벗고 부츠와 폴 대와 함께 장비 대여소에 반납했다. 대여소에서 빠져나와 그녀는 탈의실로 가 스키복을 벗어 숄더백 안에 접어 넣었다.

5분 뒤, 그녀는 청반바지와 검은색 민소매 티셔츠를 입고, 굽 낮은 구두를 신고 나왔다. 오버사이즈 고글을 벗고 레이밴 보잉 선글라스를 썼으며, 뒤로 묶었던 머리는 어깨 아래로 자연스럽게 흘러내렸다.

스키장 슬로프 아래를 걸어 지나가며 그녀는 하늘을 올려다보았다. 위에서는 서까래 아래 숨겨진 거대한 인공 강설기가 완벽한 형태의 눈송이를 계속해서 스키장 언덕 위로 뿌려주고 있었다. 그녀는 속으로 유럽에서 수천 마일이나 떨어져 있는 사막의 왕국치고는 꽤 괜찮은 수준이라고 생각했다. 코란에서도 그리 말하지 않았던가? 마호메트가 산으로 가지 않겠다면, 산을 마호메트에게로 데려오라고.

잠시 후, 그녀는 큰 이중문을 밀치고 늦가을, 작렬하는 태양과 90도의 무더운 페르시아만 해안 앞에 펼쳐져 있는 두바이로 향했다.

차량을 발견하자마자 그녀는 어디론가 전화를 걸었다. 전화를 건 곳은 모스크바가 아닌 워싱턴이었다.

"엠마에요." 그녀가 말했다. "성사됐어요. 장소는 자정 열두 시, 샤르자 자유무역지구예요. 왕자가 직접 온다고 했어요."

4

그녀의 이름은 아미나였다. 비단결 같은 검은 머리와 첫 만남에서부터 조나단의 가슴이 저려오게 만들었던 사슴 같은 눈망울을 가진 아홉 살의 가녀린 소녀였다. 그 이상은 조나단도 소녀에 대해 잘 알지 못했다. 아미나는 말을 못했고, 아프가니스탄의 부모들은 낯선 사람과 자녀 문제로 말을 섞는 법이 없었다. 그런 것은 중요하지 않았다. 첫 진찰 때 아이의 상처를 살펴본 조나단은 소녀를 돕기로 했다.

아미나는 수술대 위에 얌전히 누워 있었다. 지속적으로 산소를 공급하는 인공호흡기도, 체내의 마취 상태를 모니터할 혈액가스 측정 장치도, 수술 도중 출혈에 대비한 수혈용 혈액도 없었다. 심지어 수술복이나 수술용 마스크도 없었다. 그에게는 오로지 자신의 실력과 일반 의료약품, 그리고 아프가니스탄 사람들이 말하는 '신의 뜻' 만이 있을 뿐이었다.

"어디서부터 시작하죠?" 하미드가 물었다.

"안면부터. 가장 어렵고 제일 오래 걸리니까. 우리가 생생할 때 시작하자고." 진료소 안의 공기는 눅눅했고 온도는 10도를 밑돌았다. 조나단은 한기를 떨쳐내려고 손을 비볐다. "좋아, 지금 내 시계로 8시 15분. 어서 시작하자. 우선, 메스."

그는 엄지와 검지로 메스를 돌려가며 아이의 상태를 살피고 수술 순서를 머릿속에 그렸다. 턱 밑, 총알이 뚫고 들어간 자리에는 새끼손가락 둘

레만한 구멍이 나 있고, 총알이 빠져나간 자리에는 그보다 훨씬 큰 상처가
나 있었으며, 이로 인해 소녀의 입천장과 코의 대부분이 손상된 상태였다.
아미나는 전쟁의 희생양은 아니었다. 적어도 일반적인 의미에서는 그랬
다. 그녀는 부주의함, 그리고 집안에 기관총 같은 자동화기가 빗자루만큼
이나 흔한 문화의 희생양이었다.

한 달 전, 오빠와 놀던 중에 소녀는 아버지의 AK-47 돌격용 소총을 집어
들었고, 목발이나 지지대를 가지고 놀듯이 양손을 총열 위에 얹은 다음 그
위에 턱을 괴었다. 오빠가 소녀를 밀쳤는지, 아니면 우연히 총을 걷어찼는
지, 아무도 그 후에 벌어진 일에 대해서는 알지 못했다. 약실에 총알 한 발
이 들어 있었고, 어떻게 된 영문인지 방아쇠가 당겨졌다는 것이다. 구리로
만든 7.62밀리미터 총알은 아미나의 양손과 턱밑의 보드라운 살결을 뚫고
입 안으로 들어가 다시 입천장을 뚫고 부비강으로 들어간 뒤에 뼈와 부딪
혀 (그 덕분에 목숨은 건졌지만) 90도로 궤도를 틀어 두개골에서 빠져나
가면서 코중격연골 대부분과 피부조직을 날려 버렸다.

비극은 거기서 끝나지 않았다.

총알은 거의 처음의 속도를 유지한 채 새로 튼 방향으로 날아가 아미나
오빠의 관자놀이를 뚫고 뇌에 박혔고, 소년은 즉사했다.

이번 수술이야말로 조나단의 능력을 시험하는 순간이었다. 결과에 대한
기대나 환상은 없었다. 예쁘장했던 예전의 외모를 복원하진 못할 것이었
다. 그가 기대하는 최선의 결과는 사람들에게 혐오감을 주지 않고, 훗날
남편감을 만날 수 있을 정도의 얼굴이었다.

한 시간이 흘렀다. 밖에서는 한창 총성이 들리더니 다시 수그러들었다
가 이내 짧고 날카로운 기관총 소음과 박격포, 그리고 수류탄이 터지는 소
리가 들렸다. 총성이 오갈 때 마다 거리가 점점 가까워졌다.

"거기 피 좀 닦아." 조나단이 말했다.

하미드는 거즈로 상처 부위를 닦으며 몇 초 간격으로 계속해서 창가로

시선을 옮겼다. "하크가 마을 안까지 온 것 같아요."

"오면 오는 거야. 우리가 달리 할 수 있는 건 없잖아. 그리고 난 지금 네가 필요해. 단지 두 손만 빌려주는 게 아니라, 온전한 정신으로 집중해 달라는 소리야."

조나단은 집중해서 아미나의 귀에서 연골을 잘라낸 다음 메스로 그것을 깎아 아이의 코 윤곽이 되어 줄 얇은 조각을 만들었다.

백 미터 떨어진 곳에 포탄이 떨어졌다. 건물이 흔들리고 먼지가 흩날렸다. 아미나의 아버지는 팔짱을 낀 채 아무 말도 하지 않았다. 조나단은 소음과 주변 상황을 무시해가며 몸을 숙여 환자에게 바싹 붙었다. 멀리서 여인이 울부짖는 소리가 들려왔지만 그의 귀에는 들어오지 않았다. 지금 그에게는 이 어린 소녀가 가장 중요했던 것이다.

총알이 벽을 뚫고 날아 들어오며 먼지와 나무 파편이 흩날렸다.

"제길…" 몸을 웅크리며 하미드가 중얼거렸다.

조나단은 수술대에서 한발 물러섰다. 서늘한 날씨에도 불구하고 땀이 흐르고 있었고 셔츠는 땀에 젖어 등에 들러붙어 있었다. "어때?"

하미드는 소녀를 물끄러미 내려다보며 말했다. "선생님은 정말 마술사에요."

"그건 아니지만, 그래도 이만하면 그럭저럭 된 것도 같고." 조나단은 피부조직을 제자리로 당겨 놓으며 연골 부위를 똑바로 폈다. "아프간 사람 코 모양으로는 모르겠지만, 비벌리 힐스에 가면 다음에 유행할 코야."

근처에서 자동식 무기로 일제사격 가하는 소리가 들렸다. 조나단은 순간 움찔했고, 하미드는 비명을 지를 정도로 큰 굉음이었다. 아미나의 아버지는 딸아이의 축 처진 손을 잡고 시선을 땅에 떨군 채 아무 말도 하지 않았다.

하미드는 서둘러 창가로 가 주머니에서 핸드폰을 꺼내 마치 그 핸드폰이 자신의 생명줄이라도 되는 듯 꽉 움켜쥐었다. "왜 저렇게 퍼부어대는 거죠? 아무도 막으려 들지 않는데 말이에요."

"어서 이리로 와." 하고 조나단이 말했다. "통화할 사람도 없잖아."

하미드는 침을 삼키고 핸드폰을 다시 주머니 안에 넣은 다음 고개를 푹 숙인 채 수술대로 돌아갔다.

"입천장 부분을 막자. 이 아이가 다시 제대로 된 음식을 씹어 먹을 수 있게 해 주어야지." 하고 조나단이 말했다. "리도카인 5cc 준비해 줘."

하미드는 대답하지 않았다. 저 멀리 마을 끝자락에서부터 솟아오르고 있는 연기에 그의 시선은 고정돼 있었다. "우리 집 근처잖아…"

조나단도 연기가 피어오르는 곳을 쳐다보기는 했지만, 아주 잠시 동안이었다. "하미드, 리도카인 5cc 준비하라고."

낙타 한 마리가 계속해서 울부짖었다. 총성 한 방이 울렸고 낙타의 울음이 멈췄다. 형편없는 도로를 달리며 내는 엔진 소음과 함께 차량 여러 대가 다가오고 있었다.

"하미드!"

"네, 선생님."

"리도카인, 어서."

하미드는 그에게 약물이 든 주사기 시린지를 건네주었다.

"전에 내가 이곳에 왜 왔는지 얘기해 준 적이 있던가?" 하고 조나단이 말했다.

하미드가 그와 눈을 마주치며 말했다. "이런 일을 하려고 오신 거잖아요. 사람들을 도우려고요."

조나단은 하던 일을 마저 하며 말했다. "그렇기는 하지만, 다른 이유들도 있었어. 과거에 내가 저지른 일에 대한 속죄랄까."

"선생님이요? 전에 나쁜 일을 하셨다고요?"

"나뿐만 아니라 내 아내도."

"결혼한 적이 없다면서요."

"거짓말이었어. 8년 전에 결혼을 했어. 공식적으로 아직도 유부남이고. 아내가 한 짓을 생각하면 이 결혼을 계속 유지할 엄두가 안 나긴 한다만. 결혼해서 사는 내내 난 내가 정부 소속 첩보원과 살고 있다는 사실을 전혀 모르고 있었거든. 그녀가 나와 결혼한 이유도 내가 국경없는의사회 소속 의사였기 때문이었어. 나와의 결혼을 임무 수행에 필요한 위장 신분으로 이용하고, 아프리카, 중동, 유럽 등등 정치적으로 민감한 지역을 자유롭게 여행할 수 있는 수단으로 생각한 거지."

"임무를 수행한다고요? 이해가 안 가는데요?"

"폭탄테러, 공갈협박, 암살 같은 일들이었지."

"사람들을 죽였다고요?"

"그래. 아내는 디비전이라는 비밀 단체에서 일했는데, 그곳에서 스타급 요원이었지." 조나단은 말을 멈췄고 목소리 톤이 낮아졌다. "나 역시 사람을 죽인 적이 있어. 달리 다른 길이 없었거든. 그래도 여전히 마음은 무겁지. 그 외에도 여러 다른 사정들이 있지만, 아무튼 내가 이곳에 온 이유도 그래서야. 나와 아내가 저지른 일에 속죄하기 위해서. 한 침대를 쓰던 여자가 스파이인 것도 모를 정도로 내가 멍청했으니. 그녀가 한 일 중 적어도 일부는 내 탓이라고 받아들일 수밖에. 웃기지. 불과 세 달 전만 해도 아내의 본명조차 모르고 살았으니. 본명이 '라라' 라더군. 미국인도 아니고 러시아인이었지. 말도 안 되지, 안 그래?"

픽업 트럭 두 대가 진료소 앞에 멈춰 섰다. 탈레반 전사들이 트럭 뒤에서 내려 진료소로 들어왔다. 수술실로 이어지는 문이 열렸다. 큰 키에 강렬한 인상을 가진 남자가 스코프가 장착된 헌팅 라이플을 들고 수술실로 들어왔다. 그보다 작은 키의 남자가 뒤따라 들어와 하미드의 팔을 조르고는 무릎을 꿇게 만들었다. 병사 여섯이 수술실로 들어와 조나단을 향해 총구를 겨누었다.

조나단은 수술대로부터 물러섰다. "수술 중입니다." 애써 냉정을 유지하며 그가 말했다. "그만 내 조수를 놔주고 여기서 떠나 주십시오."

키가 큰 남자는 꼿꼿한 자세로 조나단의 말을 무시했다. "자네가 그 유명한 힐러 선생인가." 유창한 영어로 그가 말했다.

조나단은 남자의 얼굴을 좀 더 자세히 살펴보았다. 몇 주 만에 들어보는 미국식 영어였다. "난 의사요."

"우리와 함께 가 줘야겠다."

"수술 마친 후에 이야기합시다."

"지금 당장 가야 한다."

다른 병사가 다가와 혁대에 찬 소총을 꺼내 아미나의 머리에 총구를 가져다 댔다. 그의 시선은 그들 대장의 허락을 기다리고 있었다.

키가 큰 아프가니스탄 남자가 그의 손을 밀친 다음에 조나단을 쳐다봤다. "얼마나 걸리나?"

"세 시간이오. 떠나달라는 말은 이미 했소. 다시 한 번 말하겠소. 당신 부하들을 데리고 어서 내 수술실에서 나가 주시오."

"지금 자신이 처한 상황에 비해서는 꽤나 당당하게 나오시는군, 닥터…?"

"랜섬이오. 그러는 당신의 이름은?" 답을 이미 알고 있음에도 조나단은 그에게 물었다. 그 전사의 길게 휜 손톱에서 시작해서 손목에 찬 투박한 카시오 G-포스 시계와 개머리판에 'W. 바네즈 US 마린'이라는 글자가 새겨진 소총을 보았다. "설마 바네즈가 본명은 아닐 것 같은데?"

"내 이름은 술탄 하크다." 하크는 하미드를 풀어주라고 명령했고, 이어서 그의 부하 중 한 명에게 소총을 건네주며 물었다. "누구지, 이 아이는?"

"아이 이름은 아미나요. 불의의 사고를 당했소." 조나단은 사고가 일어난 경위와 그가 어떻게 그녀 얼굴을 복원할 것인지를 설명했다. 하크는 내진 중인 담당의사 곁에 있는 레지던트만큼이나 집중해서 그의 설명을 경청했다.

"재능이 많군." 하크가 말했다. "좋다. 아이 얼굴을 치료하도록. 단, 아이의 손은 다음에 치료한다."

하크의 부하 중 한 명이 수술실을 박차고 들어왔다. "정찰기입니다." 창가로 달려가 하늘을 가리키며 그가 외쳤다.

모여 있던 전사들이 일제히 떠들어대기 시작했다. 몇몇은 건물을 나와 마을을 향해 달려갔고, 일부는 조나단을 향해 주먹을 치켜세우며 욕설을 퍼부었다. 오직 술탄 하크만이 움직이지 않았다. 그는 깊고 은근한 시선으로 조나단을 바라보았다. "CIA에서 왔나?" 그는 느리고 차분한 어조로 물었다.

"아니오."

"MI6? 아니면, 모사드? 날 암살할 목적으로 온 건가?"

"그렇지 않소."

"그렇다면 이 멀리까지 와 있는 이유가 뭐지?"

조나단은 잠들어 있는 소녀의 모습을 바라보았다. "이 아이를 위해서요."

"진정한 십자군이로군." 하크가 존중하는 어투로 대답했다.

먼지를 뒤집어쓴 하크의 부하가 창가로 바싹 다가와 말했다. 그는 미군 용어를 써가며, "올 클리어, 이상 무." 하고 외쳤다. "정찰기도 사라졌습니다. 전투기 한 대가 북쪽으로 향하는 걸 봤습니다."

하크는 조나단의 어깨 위에 손을 얹으며 말했다. "운 좋은 날인 줄 알라. 그러나 이놈에게는 그게 아니겠지." 하크는 허리춤에 찬 권총을 꺼내 총구를 하미드의 이마에 가져다댔다. "닥터 랜섬, 15분 안에 모두 마쳐라. 시간 내에 마치지 못하면 이놈을 쏘겠다. 그리고 나서 또 15분이 지나도 마치지 못할 경우 이 소녀를 쏘겠다. 당신은 내 포로다. 그러니 내가 하라는 대로 한다."

5

　엠마 랜섬, 혹은 라라 안토노바라고 알려진 그녀는 한밤중에 홀로 8차선 고속도로를 달렸다. 내려진 차창으로 따뜻한 바람이 불어들어와 BMW M5 차량 안을 바닷소금내와 그을린 흙내음으로 가득 메웠다. 디지털 시계가 11:47을 가리키며 빛을 발했다. 저만치 앞에서는 떠오르는 태양 빛처럼 낫으로 벤 듯한 한 줄기 빛이 수평선을 둘로 나누고 있었다. '샤르자 자유무역지구-5km'라고 적힌 표지판이 지나갔다.

　그녀는 텅 빈 좌석을 향해 "최종 시스템 점검 실시." 하고 말했다.

　"이상 없음. 잘 들린다." 귓속에서 쉰 목소리를 한 미국인의 음성이 들렸다.

　"해상도는요?" 블라우스 위 단추에 장착된 마이크로디지털 카메라가 그녀의 핸드폰으로 화면을 전달하면, 다시 워싱턴의 포토맥강 건너 버지니아주 포트 벨부아에 위치한 사무실로 이미지가 전송됐다.

　"속도계가 가리키는 대로 지금 시속 200킬로미터로 달리고 있는 게 맞다면, 카메라는 이상 없어. 속력을 줄여."

　"각도랑 포커스가 제대로인지나 알려주세요."

　"그래, 그래. 자, 명심하라고. 자네가 할 일은 그자들에게 물건을 넘긴 다음 그곳에서 잽싸게 빠져나오는 거야. 알겠나?"

　"네, 프랭크. 알아요."

"어떤 일이 있어도 놈이 그 소총을 시험 발사해 볼 때까지 곁에 남아 있어서는 안 돼."

'그 소총'은 저격소총 중에서는 가장 강력하다는 VSSK 뷔츠로프 12.7밀리미터 저격소총을 말하는 것이었다.

"어떻게 숨겼는데요?"

"굳이 알 필요 없어."

"아무것도 모르고 움직일 순 없잖아요."

"그자의 이름과 왕실 문장을 새긴 총알 세 발을 케이스에 넣었다. 그 중 두 발은 멀쩡하지만, 세 번째 총알엔 C4 50그램을 넣었거든. 공이가 총알을 치는 순간 약실이 펑 터지는 거야. 산산 조각나며 폭발한다는 말이지. 그게 터질 때 옆에 있고 싶지는 않겠지."

"알려줘서 고마워요." 하고 그녀가 말했다. "제 뒤를 봐주시니 안심이군요."

"자네 뒤를 봐준다고? 내가 언제부터?"

그 대답에 웃음이 나왔다. 어쩌면 그것이 너무 빤한 사실이기 때문이었고, 또 어쩌면 그것이 사실이 아니기를 바라는 마음이 그녀에게 있었기 때문인지도 몰랐다. "나중에 얘기하죠."

엠마는 액셀러레이터를 밟으며 두 손으로 운전대를 단단히 쥐었다. 차는 속력을 높이기 시작했다. 시속 200… 220… 240킬로미터. 바람이 앞에서 덮쳐왔다.

"속력을 낮춰." 하고 코너가 말했다.

프랭크 코너는 디비전의 수장이고 엠마의 상관이었지만 그녀는 그 말을 무시했다.

자유무역지구가 눈앞에 나타났다. 창고, 격납고, 기중기, 그리고 울타리로 이루어진 하나의 거대 도시였다. 고속도로가 8차선에서 4차선으로 바뀌었고, 표지판에 적힌 제한속도는 80킬로미터였다. 표지판을 보고 그녀는 페달을 더욱 세게 밟으며 속도계가 260까지 올라가는 것을 확인했다. 그녀는 시야를 이끄는 도로의 흰색 줄무늬를 노려보며 5리터 V10 엔진이 으르렁대는 소리를 즐겼다.

"엠마⋯ 속력을 줄이라니까!"

하지만 액셀러레이터에서 발을 떼지 않았다. 280⋯ 290⋯ 300.

브레이크를 밟았다. 급히 속력을 줄이자 가속도로 인해서 안전벨트에 저항하듯 몸체가 앞으로 쏠리면서 뱃속이 울렁거리며 심장박동이 빨라지는 것을 느낄 수 있었다. 숨을 들이마시며 마음을 안정시켰다. 지금은 라라도 엠마도 아니고 그저 첩보원이었다. 이름 따위는 중요하지 않았다.

고속도로를 벗어나 동쪽 진입로로 방향을 틀고 보안 검문소 앞에 정차했다. 가시철조망이 쳐진 높은 울타리가 길을 막았다. 제복 차림의 보안요원은 그녀를 위아래로 훑어볼 뿐, 이름이나 신분증을 요구하지는 않았다. 그녀가 올 것을 알고 있었던 것이다. "2킬로미터 직진하십시오. 7번 창고에서 기다리고 계십니다."

철커덕 하는 소리와 함께 보안 울타리가 움직였고, 엠마는 단지 안으로 들어섰다. 줄지어 있는 창고들을 지나갔다. 각각 5층 높이에 족히 두 개 블록은 되어 보이는 크기의 창고들이었다. 이렇게 늦은 시각까지도 그곳은 차량들로 분주했다. 물건을 싣거나 내리는 트럭들과 앞뒤로 분주하게 움직이는 지게차들, 그리고 열차에서 트레일러 트럭으로 물건을 나르는 기중기들이었다.

드디어 7번 창고까지 왔다. 2차 검문소에서 진입을 막고 있었는데, 다가가자 검문소 게이트가 미끄러지며 열렸다. 경찰 차량 한 대가 몇 미터 앞에서 대기 중이었다. 경광등에 불이 들어오더니 번쩍이기 시작했다. 운전석 창문 사이로 손 하나가 나오더니, 그녀에게 따라오라고 손짓했다.

그녀는 경찰차를 따라 아스팔트 포장이 된 탁 트인 공간을 지나 2킬로미터 떨어진 지점에 있는 작은 격납고까지 갔다. 격납고는 자유무역지구 안에서도 가장 외진 구석에 있었다. 격납고 문은 열려 있고, 건물 위에서는 밝은 빛이 번쩍였다. 그녀의 시선이 건물을 훑고 지나갔다. 건물 옥상 위에 번쩍이는 라이플 소총과 검은 그림자가 언뜻 보였지만, 자세히 살펴보려고 했을 때에는 사라지고 없었다.

발포어는 이미 도착해 혼자서 벤틀리 뮬산 터보 옆에 서서 기다리고 있었다. 경호원 수도 한 명으로 줄었는데, 2미터 가까이 돼 보이는 신장의 그 경호원은 '미스터 싱'이라 불리는 자였다.

경호원 대신 그를 지켜주기 위해 제복 입은 열두 명의 경찰관이 그곳에서 대기 중이었다. 이곳은 왕자의 영역이었다. 왕자가 발포어의 안전을 위해 조치를 취해 준 것이었다.

엠마는 시동을 끄고 차에서 내렸다. 경찰관이 몸수색을 한 다음 가도 좋다는 뜻으로 고개를 끄덕였다.

"오, 미스 안토노바." 마치 칵테일파티에서 마주친 것처럼 반색을 하며 발포어가 말했다. "용케 잘 찾아오셨군요."

"왕자께선 어디 계신지요?" 하고 엠마가 물었다.

"곧 오실 겁니다. 비행기는 어디 있나요?"

"약속대로 정시에."

"그렇다면, 기다려야겠군요." 하고 발포어가 말했다.

"그래야겠군요." 엠마가 말했다. "늑대패거리들 없이 다니는 건 처음 보는 것 같은데. 발가벗은 느낌이 드시진 않는지?"

"미스터 싱이 있으니 문제없어요. 그리고 왕자 저하와 난 긴 세월을 서로 알고 지낸 터라."

그녀는 격납고 밖으로 걸어가 새까만 하늘을 바라보았다. 잇따라 날아오르는 항공기들로 대기가 진동했다.

"내 비행기들이오." 하고 발포어가 말했다. "화물 수송기인데, 이라크로 가는 중이지요. 지난 8년간 미국은 상상할 수 있는 모든 것을 이라크에 투입헸지요. 이제 미국은 18개월 내에 모든 것을 철수시키려고 해요. 나야 그걸 돕는 게 더할 나위 없이 기쁜 일이고 말이오."

동쪽에서 착륙등의 빨간빛이 번쩍이는 것이 보였다. 그녀는 손목시계로 시간을 확인했다. 11시 58분. 테헤란에서 오는 투폴레프기였다.

"저게 우리 비행기인가요?" 하고 발포어가 물었다.

"왕자께서 자정이라고 했던 걸로 기억하는데요. 스위스인들만 시간을 정확히 지키는 건 아니에요."

"그건 당신을 믿어도 된다는 말이겠지요?" 그의 목소리에 음모의 조짐이 짙게 배어 있었다.

"내가 당신을 실망시킨 적이 있었던가요?"

발포어가 교활한 웃음을 흘렸다. "아니, 없지. 그렇지만 그게 당신이 믿을만한 사람이란 걸 증명해 주는 건 아니거든." 그는 한 걸음 다가서며 담배에 불을 붙였다. "당신의 그 모스크바 연줄은 어디까지 닿을 수 있는지?"

"필요한 만큼 충분히 높은 곳까지죠."

"국장급? 아니면, 이바노프 장군까지?"

두 사람의 시선이 마주쳤지만 그녀는 아무 말도 하지 않았다. 그가 원하는 어떤 물건을 손에 쥐고 있다는 생각이 들었다.

그는 그녀의 팔을 끌어 활주로 가장자리 잔디밭으로 데려갔다. "내가 뭔가를 좀 찾았는데 말이지요." 하고 그가 말했다. "산속에서 말이오. 일종의 장치 같은 건데. 해체해서 가져오려면 도움이 좀 필요하단 말이지."

엠마는 조금도 관심을 보이지 않았다. "우리는 그런 식으로는 일하지 않아요. 미안하게 됐군요." 그녀가 말했다.

"폭발물인데." 발포어가 말을 이었다. "미국에서 만들었더군요."

"그래요? 어떤 종류죠?"

"그건 나도 모르오. 사진 한 장이 있을 뿐. 내가 직접 나서기엔 너무 먼 곳이라. 내가 천식을 앓고 있는데, 거긴 고지대라서 말이오. 내가 말해 줄 수 있는 것이라고는 그 물건이 아주 크고 무거워 보인다는 것뿐이오."

"난 정보 요원이지 산악 가이드가 아니랍니다. 도대체 내가 뭘 어떻게 도와줄 수 있을 거라고 생각하시는 건지…?"

"장비, 전문가, 가능하다면 전문가로 구성된 팀."

무관심한 척하고 있었지만 엠마도 몹시 궁금했다. '미국에서 만든 대형 폭파 장치'라는 단어 조합이 매우 솔깃하게 들렸기 때문이다. "사진이 지금 있나요?"

발포어는 또 다시 뒤를 힐끗 돌아보며 말했다. "어서요. 왕자가 오기 전에." 그는 자신의 미색 스포츠 재킷의 안쪽 주머니에 손을 넣고 뒤적거렸다. "자, 한 번 보시오. 당신 생각이 어떤지 듣고 싶군요."

엠마는 사진을 유심히 살펴보았다. 눈 속에 파묻혀 있는 한 토막의 은색 금속 외판이 보였다. 미 공군을 나타내는 'USAF'라는 문구가 검은색 스텐실로 찍혀 있고, 몇 피트 떨어진 곳에 정사각형 수직안정판이 돌출되어 있는 것이 보였다. 좀 더 가까이 사진을 살펴보았다. 문제는 크기였는데, 사진 속에는 물체의 실제 크기를 추정해 볼만한 단서가 전혀 보이지 않았다. 물체의 크기는 1미터일 수도 있고, 10미터일 수도 있었다. "폭탄 아니면 미사일로 보이는군요."

"그렇소만, 종류는 어떤 것인지?"

"눈이 좀 덜 덮인 사진은 없나요?"

발포어가 머뭇거리며 대답했다. "안타깝지만 없습니다."

엠마는 사진에서 눈을 떼지 않았다. 그녀는 발포어가 거짓말을 하고 있으며, 털어놓은 것보다 더 많은 정보를 알고 있다는 것을 잘 알고 있었다. "이걸 정확히 어디서 찾았다고 하셨지요?" 하고 물었다.

"그런 말은 하지 않았소." 차량 여러 대가 다가오는 소리가 들렸다. 발포어는 그녀의 손에서 사진을 낚아채 도로 주머니 안에 넣으며 말했다.

"그건 비밀이오."

"알았어요."

검은색 메르세데스 벤츠 SUV 일곱 대가 아스팔트 도로를 달려오고 있었다. 차량들 안테나에 아랍에미리트의 소형 깃발이 펄럭였다. 발포어는 격납고로 돌아갔고, 멀리 떨어져서 엠마도 그의 뒤를 따라갔다. 걷는 동안 그녀는 격납고 지붕 위를 힐끗 올려다보았다. 검은 그림자가 다시 보였고, 이번에는 몸을 숨기지 않았다. 옥상에 자리 잡은 세 명의 다른 저격수도 마찬가지였다. 왕자가 자신의 신변에 대해 지나치게 신경을 쓰고 있거나, 아니면 뭔가 일이 잘못되고 있는 게 분명했다.

"프랭크, 보고 있어요?" 하고 그녀가 숨죽여 속삭였다. "놈들이 건물 위에 저격수를 배치시켰어요. 뭔가 일이 이상하게 돌아가고 있어요. 놈이 전엔 한 번도 이런 적이 없었다고요."

엠마는 프랭크의 응답을 기다렸지만, 아무런 대답도 없었다.

"프랭크?" 하고 그녀가 작은 소리도 속삭였다.

희미한 고주파 잡음이 귀에 들려왔다. 그 잡음은 이 지역의 모든 무선통신을 찾아내어 끊어 버리는 전파차단장치가 작동되고 있다는 것을 의미했다. 더 이상 프랭크 코너의 음성을 수신할 수 없었다. 음성과 영상만이라도 그에게 전달되기를 바랄 뿐이었다.

사실상 고립된 상태로 메르세데스 벤츠 차량의 무리가 정차하는 것을 지켜보며 엠마는 걸음을 재촉했다. 운전석이 열리더니 경찰의 수장을 의미하는 녹색 견장이 달린 황갈색 제복을 입은 남자가 차에서 내렸다.

왕자가 도착한 것이다.

6

그의 정식 이름은 프린스 라쉬드 알바야르 알 자이드. 아랍에미리트연합의 현직 대통령인 황태자 알리 알 자이드의 열두 번째 아들이었다. 서른두 살의 라쉬드 왕자는 183센티미터의 건장한 키에 넓은 어깨, 사람을 매료시키는 빛나는 다갈색 눈동자와 여성들을 홀리는 미남 배우 같은 미소의 소유자였다. 라쉬드는 가문의 명성 덕에 먹고 살면서 돈을 물 쓰듯 탕진하는 그렇고 그런 게으름뱅이 부류가 아니라 그 반대였다. 필립스 엑서터 아카데미를 거쳐 캠브리지대학과 인시아드(INSEAD) 경영대학원까지 우수한 성적으로 졸업한 그는 공직에 몸담기 위해 고국으로 돌아왔다. 그리고 지난 6년간 관세청장, 외무부 차관을 거쳐 현재는 아랍에미리트 경찰청을 이끌고 있었다.

정식 직책 외에 기후변화 방지를 위한 범아랍 정상회담 의장직을 맡았고, 사하라 사막 이남 아프리카 지역의 기아 아동들을 위해 2억 달러 이상을 모금한 자선단체인 에미리트 기아 챌린지에서 왕실 대표로 활동했다. 레바논 출신 미녀인 그의 아내는 기독교인이고, 사랑스러운 네 명의 자녀들은 두바이 시티에 있는 프랑스 고등학교에 다녔다. 사람들의 눈에 비치는 라쉬드 왕자는 세속화 된 현대 무슬림의 전형이었으며, 아랍에미리트연합의 우표에도 등장하는 상징적인 인물이었다.

그에 대한 정보 문건에는 보다 은밀한 모습이 담겨 있었다. 공개적인 활동은 그저 보여주기 위한 쇼일 뿐이고, 자신의 진정한 소명을 감추기 위해 교묘하게 꾸며낸 허울에 지나지 않았다. 그의 소명은 바로 근본주의 이슬람 테러 조직에게 무기와 군수 물자를 공급하는 일이었다.

양팔을 활짝 펴고 격납고를 향해 걸어 들어오며 라쉬드 왕자는 전구불이 켜지듯 환한 미소를 지었다. 중동에서는 인사 나누는 방식만을 보고도 어떤 관계인지를 알 수 있다.

"아쇼크, 내 소중한 벗이여." 발포어를 끌어안으며 그가 말했다. "자넬 보니 너무 반갑군. 나와 내 친구들을 도와줘서 자네한테 얼마나 고마운지 모른다네."

"제가 영광입니다." 발포어가 말했다. "러시아 FSB에서 온 라라 안토노바 양을 소개드립니다."

"시베리아 출신은 모두 금발인 줄 알았는데." 살짝 고개를 숙여 인사를 건네며 라쉬드 왕자가 말했다.

"모두가 그렇지는 않답니다." 엠마가 대답했다. 악수를 나누며 그녀는, 비록 잠시였지만, 그가 잡은 손을 놓아주지 않을 것만 같은 생각이 들었다. 놀라우리만치 큼지막한 손은 무척 거칠었다. 그녀는 또 다른 정보 한 토막을 떠올렸다. 왕자는 무술광이다. 소문에 의하면 자기 연습 상대가 병원 신세 지는 것을 즐긴다고 했다.

이어서 왕자는 "내가 이바노프 장군을 잘 알지 못했더라면, 그대가 영국인인 줄 알았을 걸세." 하고 말했다.

"모스크바에선 저희가 영국식 영어를 사용하길 원한답니다."

라쉬드가 웃자 경찰 간부들까지 덩달아 웃기 시작했다. 그 순간, 그의 핸드폰이 울렸다. 그는 간략하게 통화를 마쳤다. "안토노바 양, 당신 비행기가 착륙 허가를 요청했소. 2분 후에 도착할 예정이오."

왕자는 손을 비비더니 타맥으로 포장된 도로로 성큼 걸어갔다. 적정한 간격을 유지하며 발포어와 엠마도 뒤를 따랐다. 상관과 마찬가지로 하나

같이 짧은 소매의 카키색 제복을 입은 이십여 명쯤 되는 경찰관들도 따라
갔다.

투폴레프 항공기가 착륙해 활주로 끄트머리에 서서히 멈춰서고 있었다.
카고 해치가 열리고, 승무원들이 키릴문자가 찍힌 칙칙한 황록색 나무 상
자들을 차례차례 화물 운반대에 실어 내렸다.

한 시간이 금세 지났다. 라쉬드 왕자는 화물 사이로 지나다니며 그 중
한 상자를 무작위로 골라 열어 보라고 지시한 다음, 상자 안의 내용물과
물품 목록을 서로 대조해 보았다. 발포어 경은 왕자 곁에서 함께 다니며
몇 번이고 "전부 다 있습니다."라고 말했다. "원하신 대로 백퍼센트 완벽
하게 챙겼습니다."

엠마는 팔짱을 낀 채 시선은 왕자와 옥상 위의 저격수들 사이를 오가며
저만치 떨어져 서 있었다. 어깨너머로 뒤를 확인하는 동안에 그녀는 처음
으로 그 남자의 존재를 눈치 챘다. 남자는 몸집이 작고 유연했으며, 라쉬
드 왕자를 제외한 대부분의 남자들처럼 턱수염을 기르고 있었다. 그는 왕
자의 메르세데스 벤츠 차량 옆에 서 있었는데, 엠마의 추측으로는 왕자의
옆 좌석에 타고 있었던 것 같았다. 이것은 그가 VIP, 즉 귀하신 몸이라는
소리였다. 피부는 거무스름했고, 서 있는 동안에도 한손은 SUV 차량의 열
린 문을 잡고 있었는데, 그 모습이 마치 무엇에 쫓기듯 보였으며, 다른 사
람들에게 드러나기를 꺼려하는 것 같았다. 전통 아랍 복장을 하고 있었지
만 부유한 사람의 복장은 아니고, 그저 전통 아랍 남성복인 심플한 흰색
디슈다샤에 검은색 줄을 말아 올린 머리쓰개 차림이었다. 복장으로만 봐
서는 평범한 남자처럼 보였지만, 보통 사람이 라쉬드 왕자의 차에 동승할
리는 없었다.

엠마는 부착된 카메라가 프랭크 코너와 디비전의 요원들에게 보낼 화면
을 제대로 전송할 만큼 충분히 오래도록 그를 쳐다보았다.

이 자가 최종 사용자였다. 증거는 없었지만, 그럼에도 엠마는 분명히 알

수 있었다. 경험으로 충분했다.

"백퍼센트 완벽하게 보내왔군." 이번에는 라쉬드 왕자가 한 말이었다. 엠마는 다가오는 그를 향해 뒤돌아섰다. "감탄했소. 앞으로도 이바노프 장군과 더 많은 거래를 하고 싶군." 그가 부관에게 사인을 보내자 잠시 후 엠마는 각각 500만 달러가 든 스테인리스 스틸 서류가방 두 개를 건네받았다.

"영광입니다." 엠마가 말했다. "장군께서 저를 통해 저하께 선물을 하나 보내셨습니다."

"그렇소?"

그녀는 그가 진짜로 놀란 것인지, 아니면 속마음을 늘 그렇게 대놓고 드러내는지 궁금해 하며 왕자를 빤히 쳐다보았다. 그녀가 항공병들에게 신호를 보내자 곧이어 두 명의 항공병이 옻칠한 검정색 상자를 양쪽에서 들고 투폴레프에서 내렸다. "거기 내려놓으세요." 하고 근처에 있는 상자를 가리키며 그녀가 말했다.

격식을 차리며 그녀가 상자를 열자, 적갈색 벨벳 위에 놓여 있는 뷔츠로프 저격소총이 모습을 드러냈다. 저격 소총 바로 밑에는 길이 5인치에 코이바 시가 정도의 둘레를 가진 총탄 세 발이 각각 개별 칸 안에 들어 있었다. 세 발의 총탄 모두 청동제 탄피 위에 왕자의 성명과 가문의 문장이 새겨져 있었다. 1천 야드 떨어진 곳에 있는 군용 험비 지프도 관통할 총탄들이었다.

라쉬드 왕자가 저격소총을 어깨에 대 보았다. 총의 무게는 9kg가 넘었지만 그는 마치 데이지사의 BB탄 총이라도 든 것처럼 가볍게 들고 있었다.

"아무쪼록 마음에 드셨으면 합니다만." 하고 엠마가 말했다.

"무슨 그런 말을 하시오?" 저격소총을 내려놓고 손톱을 깔끔하게 손질한 손을 총열에 대며 왕자가 물었다. "참으로 아름다운 물건이오. 품격을 갖춘 살인 도구요."

"마음에 드신다니 다행입니다." 그녀는 손목시계를 보며 시간을 확인했다. "전 새벽 세 시 출발 취리히 행 비행기를 타야 해서…. 죄송합니다만 이만 가봐야 할 것 같습니…"

"말도 안 되는 소리." 하고 라쉬드 왕자가 말했다. "내가 공항에 전화해서 항공 일정을 연기시키지. 그대는 여기 남아서 나와 함께 이바노프 장군이 보낸 선물의 성능을 구경해야 하지 않겠소."

엠마는 그의 말투에 전에 없던 고집이 담겨 있음을 느꼈다. 기만적인 포식자의 고집이었다. "아닙니다." 하고 그녀가 말을 이었다. 내면에서 퇴각 명령이 내려지고 있었다. "이미 늦은 관계로 이만 가봐야겠습니다. 이바노프 장군께서 기다리십니다."

라쉬드 왕자는 영화배우처럼 매력적인 미소를 지으며 씨익 웃었다. "허나 좀 전에 내가 이고르 이바노프 장군과 통화했는데. 내가 자네를 좀 더 데리고 있어도 좋다고 기꺼이 허락해 주시더군. 장군은 자네를 러시아가 낳은 최고의 외교사절이라고 부르던데. 우리가 이렇게 만난 이상, 그가 한 말이 사실인지 확인해 보고 싶군."

엠마의 시선이 격납고 옥상으로 향했다. 저격수들이 이미 자리를 잡고 사격 자세를 취하고 있었다. 그녀는 자신의 머리가 조준경의 십자선 한 가운데 놓여 있을 것이라고 믿었다. 그녀는 라쉬드가 이미 저격소총에 대해 알고 있을 것이라는 판단을 내렸다. 그녀는 그 선물에 대해 전혀 아는 바가 없는 발포어를 바라보았다. 그것은 코너의 작품이었으며, 코너 혼자 만든 작품이었다.

"그렇다면 좋습니다." 시간을 벌기 위해서라도 엠마는 승낙을 해야 했다.

왕자가 빠른 말로 명령을 내리자, 격납고 옆쪽으로 덤불이 자란 공터 주위가 갑자기 한낮처럼 환하게 밝아졌다. 공터 한쪽 끝에 의자가 하나 놓여 있고, 의자에는 미 해병대 제복을 입힌 마네킹 하나가 앉혀져 있었다. 라쉬드가 소총에 대해 이미 알고 있다는 게 더 분명해졌다.

라쉬드가 그녀에게 라이플 소총을 건네며 말했다. "그대가 첫 시범을 보여준다면 내게 더 없는 영광이겠는데." 그는 상자에서 총알 한 개를 골라 잡았다. "자, 부디."

엠마는 총미를 열어 총탄을 약실에 밀어 넣은 뒤 절도 있게 노리쇠를 쳐 제 위치로 보냈다. 확률은 3분의 1이었다. 분노심이 불안감으로 바뀌는 동안에도 그녀는 그 동안 이보다 더한 일도 겪어 왔다고 스스로를 달랬다. 배신당한 것이었다. 그녀는 너무 많은 것을 알고 있었고, 정보는 양날의 칼과 같다. 상황이 어찌되었건, 그녀는 품위 있게 대처하기로 했다.

"자!" 하고 왕자에게 가까이 다가오라고 손짓하며 그녀가 말했다. "시범을 보여드리지요. 이 총은 총열 쪽이 무겁습니다. 몸의 무게중심을 뒷발 쪽에 놓을 필요가 있지요. 조준을 위해서 개머리판에 볼을 평평하게 붙여 주어야 합니다. 좀 더 가까이 와 주시지요. 거기서는 안 보이실 겁니다."

"아주 잘 보이는데." 라쉬드 왕자가 말했다.

"그럼, 편하실 대로." 엠마는 총 후미를 어깨에 대고 총구를 마네킹의 가슴을 향해 겨누었다. "방아쇠가 놀랄 만큼 가볍습니다. 부드럽게 당겨주면서 생전 처음 경험하는 빌어먹을 반동에 대비하세요."

확률은 3분의 1이다.

그녀는 뺨을 개머리판에 밀착시키고 심호흡을 한 뒤 손가락을 당겼다.

총성에 귀가 먹먹했다.

왕자는 몸을 웅크리며 한 팔을 쳐들어 머리를 보호했다. 조준했던 마네킹은 조금 전과 그대로 의자에 앉아 있는 채였지만, 마네킹의 머리와 왼쪽 어깨 절반이 날아가고 없었다.

"약간 높았군요." 엠마는 어깨를 으쓱해 보이고는 왕자에게 소총을 건네주었다. "저하께서는 더 잘하실 거라 믿습니다."

무기를 손에 쥐고 왕자는 옻칠을 한 상자 쪽으로 걸어가 총알 하나를 고른 뒤에 약실에 밀어 넣었다. 아무 말 없이 그는 사격선으로 돌아와 노리쇠를 위치에 놓고 총을 들어 어깨에 받힌 뒤 총을 발사했다.

총은 멀리 벗어나 낮게 발사되면서 먼지 구름을 일으켰다.

"반동이 끔찍하군," 어깨를 문지르며 라쉬드 왕자가 말했다. "어디서 멍이 들어왔냐고 아내가 추궁 좀 하겠는 걸."

마지막 총탄 한 발이 벨벳 받침대 안에 남아 있었다. 라쉬드가 발포어에게 소총을 떠밀었다. "아쇼크, 자넨 어떤가? 한 번 해볼 텐가?"

발포어가 손사래를 쳤다. "저야 이놈의 것들을 팔아넘길 뿐입니다. 보십시오. 크기만도 거의 제 키 만하군요."

"변명거리가 두 개나 되는 군." 하고 라쉬드 왕자가 말했다. 엠마를 흘긋 쳐다보면서 그는 마지막 총알을 꺼내 총에 장전했다. "아마 이번에는 나를 좀 도와줄 수 있겠지." 왕자가 그녀에게 말했다. "어떻게 조준을 해야 하지?"

엠마는 왕자의 뒤에 자리를 잡고 팔을 그의 어깨 위로 두른 다음 그의 볼이 총 개머리판의 적절한 곳에 위치하도록 조절해 주었다. 그녀는 왼 손으로 총을 받치는 것을 도와주면서 마네킹을 조준하도록 했다. "완전히 가늠자가 목표물의 정중앙에 위치하기 전까지는 방아쇠를 건드리지 마세요. 반동을 계산해서 반 미터 정도 낮춰 조준하시는 게 좋습니다. 앞쪽 발을 단단히 디디세요. 좀 더 세게요. 이제 배에 힘을 주세요."

엠마는 왕자의 바로 옆에 서서 그의 손가락이 방아쇠에 닿는 것을 지켜봤다. "부드럽게." 하고 그녀가 말했다. "심호흡을 하신 다음에 당기십시오."

왕자가 곁눈질로 그녀를 쳐다봤다. "부드럽게 말이지." 그가 말했다.

"그렇습니다."

갑자기 왕자가 어깨를 펴고 총을 내려놨다. "젠장." 하고 내뱉으며, 그는 성큼성큼 걸어가 버렸다.

"왜 그러십니까?" 황급히 그의 곁으로 다가가며 발포어가 물었다.

"어깨 때문에 힘들어 안 되겠소." 하고 라쉬드 왕자가 말했다. "골프 시합이 있는데 무리했다가 한 달은 고생할 테니 말이오."

모인 이들 모두 숙연해졌으나 곧이어 부하 몇몇이 웃어대기 시작했고, 모두 웃음을 터트렸다. 라쉬드 왕자는 서장 제복을 입은 땅딸막한 남자에게 총을 건네줬다. "어디 우리 후세인 서장께서는 제대로 맞추는지 한번 보자고. 내가 기억하기로는 한때 경찰대학에서 사격 조교였으니 말이지."

후세인이 사격선 쪽으로 걸어왔다. 그는 신중히 저격소총을 들고 마네킹을 조준했다. 그는 상사를 실망시키지 않을 것이다.

"부드럽게." 하고 엠마를 응시하며 왕자가 말했다.

곧 이어 저격소총이 격발되며 폭발했다. 총탄이 총열 안에서 터지면서 노리쇠와 약실을 산산조각 내 버렸다.

서장은 고통에 몸부림치며 바닥에 쓰러졌다. 안면이 날아가 두개골이 드러나고 눈알, 연골조직과 치아들이 바스러진 것이 마치 짓이겨진 석류를 연상시켰다. 경찰관들이 끔찍하게 부상을 입은 그에게로 달려갔다. 발포어는 구급차를 부르라며 외쳐댔다. "구급차를 불러, 어서!"

그러나 라쉬드 왕자는 서 있던 자리에 그대로 있었다.

"너!" 그는 엠마의 팔을 쥐어 잡으며 말했다. "우리와 같이 가 줘야겠어."

7

산등성이를 따라 계속해서 오르막길이 나왔다. 트럭은 폭풍우가 몰아치는 바다 위의 구명보트처럼 덜컹거리다가 잠잠해지곤 했다. 작은 언덕들은 여러 시간 전에 시야에서 사라졌고, 대신 듬성듬성한 소나무 숲에 이어서 가파른 경사의 평범한 자갈 길이 드러났다. 이제는 잿빛 구름에 가려 그것조차 사라지고 없었다. 전방으로는 그저 황량한 자갈길이 이어지고, 길옆으로 가파른 낭떠러지가 자리 잡고 있었으며, 차의 엔진은 힘겹게 고지를 오르느라 쉴 새 없이 그르렁거리고 있었다.

"내 아버지를 위해서라면 난 뭐든지 할 것이오." 하고 하크가 말했다. "그건 당신도 마찬가지겠지?"

조나단은 하크와 운전사 사이에 앉아 있었다. 두려움에 떨기에는 지나치게 거북스러운 자세였다. "내 아버지는 돌아가셨소."

"이건 운명이오." 하크가 확신에 찬 말투로 말했다. "어릴 적에 난 러시아 놈들의 수류탄이 터지며 파편에 맞은 적이 있소. 아버지는 날 등에 업으신 채로 사흘을 달려 야전 응급 치료소까지 가셨소. 겨울이었는데, 아버지께선 당시 폐렴을 앓고 계셨소. 날 살리려가 그분께서 돌아가실 뻔했지. 언젠가는 아버지의 은혜에 꼭 보답 하겠다고 스스로 다짐했었소."

조나단이 하크를 쳐다보며 말했다. "아버지를 위해서 마을을 파괴했다는 거요?"

하크는 생각에 잠시 빠졌고, 그의 눈빛은 그가 도덕적 문제의 복잡성에 대해 의식하지 못하고 있는 게 아니란 것을 보여주었다. 드디어 그가 입을 열었다. "마을은 전략적으로 가치가 있는 곳이었소."

조나단은 앞을 보았다.

"이곳에는 왜 온 거지?" 하고 하크가 물었다. "선교사는 아닐 테고?"

"아니오." 하고 조나단이 대답했다.

"선교사도 아닌데 십자군 행세라는 건가."

"그렇다면 당신은?" 조나단이 물었다. "영어는 어디서 배웠소?"

"수년간 당신 나라에서 손님으로 지냈지."

"미국에 있었다는 말이오?"

"본토는 아니오. 관타나모만 엑스레이 기지였지. 2001년 11월에 포로가 되었지. 항복한 거야. 그건 인정하지. 폭격 때문이었어. 매일 전투기들이 날아왔지. 높은 고도로 비행했기 때문에 소리도 들리지 않았고, 폭탄이 경고도 없이 떨어져 내렸지. 땅을 파고 숨었지만 흙더미 정도로는 500파운드급 폭탄 한 방도 제대로 막아낼 수 없었지. 그런 것이 수백 개가 떨어져 내렸어. 공포 그 자체였소. 당신은 짐작도 못할 거야." 하크는 시선을 돌려 차 앞 유리창 너머 먼 곳을 공포에 찬 눈으로 응시했다. 이어서 그는 다시 정신을 가다듬고 이렇게 말했다. "내 영어가 들을 만하다니 기쁘군. 우리는 영화를 보며 영어를 배웠소."

"그곳에서 영화를 틀어줬다는 거요?" 조나단은 놀라움을 감추지 못했다.

"처음부터 그런 건 아니었소. 그렇지. 처음엔 영화 따윈 없었소. 초반에 우리는 야외에 설치된 개장에 갇혀 있었지. 영화 감상 대신 심문을 받아야 했어. 나중에 CIA는 우리가 실토할 만큼 다 실토했다고 여겼고, 그때부터는 책을 읽게 허락해 주더군. 그리고 몇 달 뒤에는 영화도 틀어주었지. 내가 떠나올 때 쯤 그곳 도서관에는 책이 7천 권, 그리고 영화가 4백 편이나 있었소."

"어떤 영화들이었소?"

"대부분 전쟁영화들이었소. 지옥의 묵시록, 플래툰, 패튼 대전차 군단. 걸작들이지. 허나 내가 제일 좋아하던 건 뮤지컬 영화였소."

"뮤지컬 영화를 말이오?"

"왜 우스운가?"

"아니오."

"진 켈리가 나오는 '온 더 타운'(On the Town)이라고 들어봤소? "브롱크스는 북쪽에, 배터리는 남쪽에—" 하크가 몇 소절을 흥얼거렸다. "내게는 그것이 미국이오. 자기 나라가 다른 나라들을 억압하는 와중에도 행복하게 노래하고 춤추는 세 명의 선원들. 생각 없는 독재국가. 난 스스로에게 다짐했지. 혹시라도 미국에 가게 된다면 뉴욕만큼은 꼭 가 보리라고 말이오."

"수용소 감방에서 6년을 보냈지. 그리고 어느 날 갑자기 나를 내보내 주었소."

"무슨 계기로 말이오?" 하고 조나단이 물었다.

"놈들에게 거짓말을 좀 했지." 두 눈으로 조나단을 똑바로 쳐다보며 하크가 말했다.

도요타 차량이 커브를 돌자, 평평한 산길이 나왔고 트럭은 취한 듯이 속력을 높였다. 더 이상 산을 오르고 있는 게 아니었다. 그들은 산속에 있었으며, 하늘 위로 치솟은 수직 절벽이 그들을 에워싸고 있었다.

"당신의 부친에 대해 말해주시오." 조나단이 말했다. "부친의 연세가 어떻게 되시오?"

"내 생각에 일흔 정도 되셨을 텐데. 복통이 심해서 일주일째 식사도 못 드셨소."

"복통이 언제부터 시작됐소?"

"몇 달 전부터." 이어서 하크가 말했다. "지난주부터 더 심해졌소."

"물리적 충격이나 부상을 입으신 적이 있소?"

"우리는 전사들이오. 그게 일상이지."

"부친께서 영어를 하시오?" 하고 조나단이 물었다.

"아버지께서는 내가 '헬로!' 라고 내뱉기만 해도 날 배신자라고 생각하실 분이오." 이렇게 말하며 하크는 갑자기 웃음을 터트렸다.

운전기사가 따라 웃자 하크는 다시 침묵했다.

하크는 운전기사에게 몇 가지 명령을 내뱉었고, 경고도 없이 조나단 쪽으로 몸을 숙이더니 운전기사의 머리를 내려쳤다. 조나단은 아무 말도 하지 않았다. 그가 난데없이 격렬하게 화를 내는 것을 본 것이 이번이 처음은 아니었다. 조나단의 추측으로는 하크가 운전사에게 그가 목격한 것에 대해 떠들고 다니지 말라며 경고하는 것 같았다.

깎아지른 절벽이 서서히 사라지고 차는 좁다란 산속 빈터로 들어섰다. 백여 미터 전방 위장막 아래 주차된 차량 여러 대가 보였다. 여러 명의 남자들이 그들을 향해 달려오며 "알라후 아크바르!" 하고 외쳤다. "알라신은 전능하시다." 그것은 아프가니스탄 사람들이 승리와 패배, 행복과 슬픔 이 모든 것을 표현해 온 만능 어구였다.

트럭이 멈춰 섰다. 하크가 차에서 내렸고, 조나단도 뒤따라 내리면서 "하미드는 어디에 있소?" 하고 물었다.

하크는 약속을 재고하려는지 긴 손톱으로 뺨을 긁적이더니, 행렬 맨 마지막에 있는 트럭으로 걸어가 트레일러에서 하미드를 끌어내렸다. "당신 조수는 여기 있소." 하고 하미드를 바닥에 내동댕이치며 그가 말했다. "하자라 새끼, 약해빠졌군."

조나단은 하미드가 일어서도록 그를 부축했다. "괜찮은 거지?"

하미드가 바지에 묻은 먼지를 털며 말했다. "절 챙겨주셔서 고마워요."

"그거야 뭐…." 조나단이 말했다. "내가 널 이 일에 끌어들였으니."

하크가 자리를 뜨자, 하미드는 핸드폰을 찾아 주머니를 뒤적였다.

"당장 치워." 조나단이 말했다. "들키면 널 죽이려 들 거야."

"수신이 안 터져요." 핸드폰 버튼을 마구 눌러대며 하미드가 말했다. "이런 거지같은."

"뭘 기대했어? 어서 숨겨."

하미드는 바지 주머니에 핸드폰을 쑤셔 넣고는 하늘을 올려다보며 고개를 저었다.

열두 명 정도가 캐노피 장막이 쳐진 곳 근처에 모여 있었다. 몇몇은 조나단을 쳐다보기 위해 근처에서 맴돌았고, 두 명 정도는 행운의 부적이라도 만지듯이 달려와 그의 팔소매를 건드리고 갔다.

"이 자들은 다 어디서 나타난 거지?" 조나단이 물었다.

"저쪽에서요." 하미드가 산중턱에 있는 동굴을 가리켰다. 빛바랜 널빤지로 대충 만든 문이 열어젖혀 있었다. "우리는 지금 토라보라까지 온 거에요. 저런 동굴들이 사방에 있어요."

조나단은 고개를 기울여 철망 너머를 쳐다봤다. 우뚝 솟은 화강암 요새 사이로 하늘이 좁다랗게 보였다. 상공에서 보면 이 공터는 접근이 불가능한 수천 개의 협곡 중 하나일 뿐이었다. 그는 침을 삼켰다. 그들을 찾는 것은 불가능했다.

술탄 하크가 무리 사이를 헤치고 나갔다. "내 아버지에게." 하고 말한 뒤에 조나단과 하미드에게 따라오라고 손짓했다. "따라오시오."

반군의 지도자는 머리를 숙여 문을 지나 동굴로 들어갔고 어두컴컴한 땅거미 속으로 사라져 버렸다. 조나단은 그의 뒤에 바짝 붙어 따라갔다. 의료도구가 든 숄더백이 실제보다 무겁게 느껴졌다. 동굴 안에 들어선 그는 어둠에 시야가 적응하도록 걸음을 늦추었다. 일순간에 어둠이 사라지며 두꺼운 커튼이 쳐진 여느 대기실쯤 될법한 공간이 나타났다. 하크는 커튼을 젖히고 불빛이 흐릿한 학교 강당 크기의 널찍한 방 안으로 걸어 들어갔다. "이리로."

동굴을 쾌적한 곳으로 만들기 위해 엄청난 공을 들였다는 것을 단번에 알 수 있었다. 벽면을 다듬었고, 천장도 5미터 높이까지 올렸다. 어딘가에 발전기가 있는 게 틀림없었다. 머리 위 암석으로 된 천장을 드릴로 뚫어 백열전구 등을 나란히 박아놓았기 때문이다. 그곳 공기는 몹시 냉랭했다. 한쪽 모퉁이에는 식량, 다른 쪽에는 탄약 상자를 쌓아놓은 식으로 벽면을 따라 보급물자들이 차곡차곡 쌓여 있었다. 바닥 여기저기에서 사람들이 모직 담요를 덮고 잠을 자고 있었다.

하크는 실내를 가로질러 짧은 통로를 지나갔다. 그곳 천장은 큰 방보다 낮았고, 벽면은 뾰족하게 튀어나온 암석들로 울퉁불퉁했다. 몇 미터 간격 좌우로 방이 트여 있었다. 첫 번째에는 나토(북대서양조약기구) 마크가 찍힌 쌀자루 여러 포대가 있고, 두 번째 방에서는 남자 몇 명이 흙바닥에 누워 잠을 자고 있었다. 뭔가가 조나단의 시선을 사로잡았다. 사막 위장색 군복 바지로 삐져나온 진흙투성이 부츠 한 켤레가 보였다. 눈을 가늘게 뜨고 보니 한 명이 아닌, 세 명의 병사가 나란히 누워 있었다. 병사들의 군복 어깨 부분에 있는 미국 성조기가 똑똑히 눈에 들어왔다. 한쪽 구석에 경비병이 AK-47 소총을 무릎에 받치고 앉아 있었다.

하크가 흘낏 돌아보며 말했다. "죄수들이오. 당신이 상관할 바가 아니오."

뒤따라오던 하미드에게 조나단이 떠밀려서 조나단은 그가 괜찮은지 보려고 뒤를 돌아봤다. "얼른 가세요." 하고 하미드가 말했다. 전에 없던 위협적인 말투였다.

조나단은 하크를 따라잡기 위해서 서둘러 걸어갔다.

하크의 아버지는 옆방, 다양한 색상의 담요 여러 겹을 깔아놓은 침대 위에 누워 있었다. 하크는 그가 일흔 살이라고 했지만, 수염은 여전히 검고 눈빛은 생생하게 살아 있었다. 종이처럼 얇고 메마른 창백한 피부만이 노인의 나이를 가늠케 했다. 술탄 하크는 무릎을 꿇고 앉았고, 딱 보기에도 미국인 의사가 진찰하도록 허락해달라며 간청하고 있는 것이 확실했다.

"압둘 하크에요." 하고 하미드가 조나단에게 속삭여 말했다. "한때 이 자는 탈레반 정부의 국방장관이었어요. 전쟁 기간에 북부동맹 편에서 싸우고자 전선을 넘어가던 자기 수하의 일개 여단을 잡은 적이 있었어요. 잡힌 군인의 수가 팔백 명이었어요. 본보기로 그는 그들 모두를 참수시켰죠. 현재 이 자는 탈레반 북부 세력의 지휘관이자 탈레반 첩보 네트워크를 총괄하고 있어요."

"네가 그걸 다 어떻게 알지?" 하고 조나단이 물었다.

"모두가 다 아는 사실이에요." 하고 하미드가 대답했다. 순간 하미드의 검은 눈동자가 번뜩였다.

"닥터 랜섬, 이리 오시오." 다가오라는 손짓을 하며 술탄 하크가 말했다. "아버지께서 당신 치료를 받겠다고 허락하셨소. 내가 지켜볼 것이오."

좌우에 무장 경비병들이 서 있었다. 조나단은 진료가방을 바닥에 내려놓고 압둘 하크의 오른편에서 무릎을 접고 앉았다.

"복부에서 통증이 느껴지나요?" 하고 조나단이 물었다. "통증 부위가 어딘지 보여주시죠."

술탄 하크가 통역을 자처했고, 그의 아버지는 흉곽에서 몇 인치 아래 부위를 가리켰다. 셔츠 단추를 풀어 보니 복부가 팽팽하게 부풀어 올라 있고, 심한 곳은 자줏빛 분홍색을 띄고 있었다. 변색이 진행된 곳을 두 손가락으로 만지자 노인은 긴장했다. 두 눈이 휘둥그레졌지만 신음조차 하지 않았다.

"아픈 곳이 있으면 아프다고 말해도 됩니다." 하고 조나단이 말했다.

"남자는 우는 소리를 내지 않는 법이오." 술탄 하크가 말했다.

"어느 부분이 문제인지 파악하는 데 도움이 되기 때문에 하는 말이오."

"어디가 문제인지는 당신 스스로 찾아낼 수 있겠지."

조나단은 노인의 혈압, 체온과 맥박을 측정했다. 모두 정상이었다.

"아버지께서 어디가 안 좋으신 거요?" 하고 술탄 하크가 물었다.

"엑스레이 없이는 확답이 불가능하지만 내 추측으론 복막 농양에 의한 급성 복통인 것 같소. 결장이나 위장에 구멍이 생겨 박테리아가 복부로 침투했다는 말입니다. 그런 경우 보통 이렇게 오래 방치해두면 환자가 사망에 이르는데. 부친께서 살아계신 것으로 볼 때, 환자의 면역체계가 그동안 감염을 막아내 왔다고 볼 수 있소."

"아버진 강한 분이시오."

"그렇소. 하지만 큰 고름주머니는 제거해야만 하오. 지금 당장 말이오." 조나단은 압둘 하크를 쳐다봤고 최선을 다해 환자를 안심시키는 미소를 지어보았다. 답례 대신 늙은 전사는 조나단을 쏘아보았다. 증오가 가득 담긴 성난 눈초리였다.

"당신이 할 수 있는 게 뭐요?" 하고 하크가 물었다.

"카불에 있는 병원으로 모시고 가야겠소. 빠를수록 좋소."

"그건 불가능하오." 하고 하크가 대답했다. "다시 묻겠소. 당신이 할 수 있는 게 뭐요?"

조나단은 웅크리고 앉아 입가를 매만졌다. "그런 수술을 집도할 만한 장비도 내겐 없소. 주위를 한번 둘러보시오. 위생 여건에 맞지 않는 곳이잖소?"

"두 손 놓고 있으라고 이 산 구석까지 네놈을 데려온 게 아니야!"

"병원으로 데려가시오. 이틀이면 회복될 거요."

"지금 당장 여기서 당신이 직접 치료하란 말이야."

"난 당신 부친을 해칠 생각이 없소." 하고 조나단이 말했다. "당신 부친에게 필요한 것은 제대로 된 치료란 말이오."

"그렇다면, 당신과 이 친구 놈을 죽여 버리는 수밖에." 하크가 고함을 치며 명령을 내리자, 경비병 중 한 명이 하미드의 멱살을 잡은 뒤에 그의 목에 피가 나도록 거세게 칼을 갖다 댔다.

"멈춰!" 벌떡 일어서며 조나단이 외쳤다. "알았소. 하겠소. 하미드를 놔주시오."

하크가 경비병에서 손짓했고, 하미드는 바닥에 주저앉아 조심스레 목에 난 상처를 살폈다.

"하지만 내가 할 수 있는 최선은 개복하고 고름을 제거하는 정도요." 조나단이 말했다. "그러면 고통은 줄어들겠지만, 그런다고 근본적인 문제가 해결되는 것은 아니요. 천공 부위를 내가 찾아낸다 한들 봉합 수술을 하긴 힘들 거요. 그럴만한 의료도구가 내게 없소."

하크가 조나단과 시선을 맞췄다. "아버지를 치료하지 못한다면, 너희들도 이 동굴에서 살아서 나가지 못할 것이다."

조나단은 색색의 담요 위에 누워 있는 노인을 쳐다보았다. 그 외중에 베개 밑에 있던 커다란 검은 지네 한 마리가 달아나는 것이 보였다. 탁자나 환자를 눕힐 만한 표면이 단단한 가구 같은 것이 없는지 살피며 주위를 빙 둘러보았다. 아무것도 없었다.

"물이 필요하오." 하고 조나단이 말했다. "아주 많이. 끓여서 소독한 물로 가져오시오. 하미드, 목에 거즈 처리부터 하고, 리도카인 두 병을 좀 준비해 주렴. 거즈, 메스, 겸자 몇 개. 일단은 그거면 될 거야."

그런 다음 고개를 돌려 하크를 보며 말했다. "당신 아버지는 마취로 아무 것도 느끼지 못하실 거요. 하지만 당신과 당신의 부하들은…" 그는 근처에 서 있는 경비병들을 가리키며 말을 이었다. "당신네들에겐 좀 힘든 상황일 거요. 밖에서 기다리는 편이 좋을 것 같소."

"피를 보는 일쯤이야 우리에겐 늘 있는 일이오." 하고 하크가 말했다.

"피를 이야기하는 게 아니오."

"우린 남아 있겠소." 하고 술탄 하크가 말했다.

조나단은 감염 부위에 3cc의 리도카인을 주사했다. 몇 분가량 기다린 다음, 감염 부위를 5센티미터 절개하고 손가락을 넣어 근막을 양쪽으로 벌렸다. "모스키토."

하미드는 절개 부위를 고정하기 위해 갈고리 모양의 소형 겸자인 모스키토를 삽입했다. 그리고 리도카인 3cc를 근막에 직접 주사했다. 이미 근육 위로 농양의 압력이 느껴졌다.

"뒤로 물러서 있는 게 좋을 거요." AK-47 소총을 들고 서서 조나단의 등을 겨냥하고 있던 경비병들을 돌아보며 조나단이 말했다.

경비병들이 하크를 쳐다보았다. 하크는 단호하게 고개를 저었다.

"난 분명히 경고했소." 조나단이 근막의 마지막 층을 절개하자 복강으로부터 고름이 수직으로 뿜어져 나와 곁에 있던 부하 한 명의 얼굴 정면을 때렸다. 그자는 비명을 지르며 미지근한 액체를 미친 듯이 닦아댔다.

"가만히 있어!" 하고 하크가 명령했다.

조나단이 절개 부위를 벌리자 커다란 덩어리의 노란색 고름이 언뜻 보였다. 그 고름은 공식적으로는 '섬유성 단백질성 삼출물'로 불린다. 외과 레지던트였을 때는 보이는 그대로 '오물 덩어리'라고 부르던 것이었다.

그는 절개 부위에 손가락을 집어넣어 고름 덩어리를 끄집어 낸 뒤 거즈로 닦아냈다. 그때부터 상처 부위에서 악취가 퍼져나갔다. 조금 전 그 경비병이 몸을 구부리며 구역질을 했다. 두 번째 경비병은 글썽이는 눈을 하고 고개를 돌려 버렸다.

지구상의 그 어떤 것도 오래 동안 곪은 혐기성균만큼 끔직한 냄새를 풍기지는 않을 것이다. 그 냄새는 섭씨 38도의 날씨에 나이지리아 라고스 지역의 악명 높은 변소에서 나는 냄새보다 지독하고, 죽은 지 사흘이 지나 구더기가 들끓는 쥐의 시체보다도 끔직했다. 조나단이 이제껏 겪어본 그 어느 것보다도 끔직했다.

"맘에 드시오? 더 남았으니 걱정 마시오." 그는 다시 복강에서 두 번째로, 조금 전 보다 더 큰, 거의 콜라 캔 크기만 한 고름 덩어리를 제거해냈다. 경비병들은 손으로 입을 막으며 부랴부랴 방에서 빠져나갔다. 하크도 벌떡 일어나 급히 달려 나갔다. 하미드만이 굳건하게 남아 있었다.

"왜 저 난리들이니?" 하고 조나단이 물었다.

"모르죠." 하고 하미드가 대답했다. "피를 보니까 비위가 상하나 보죠."

"그런 것 같네." 조나단이 말했다. "자, 이제 씻어내자."

이어서 몇 분간 그는 끓여서 살균한 물을 복강에 몇 번이고 주사해 넣었다. 미세한 박테리아 하나라도 남아 있게 된다면, 2차 감염을 초래할 것이다. 비록 압둘 하크가 공공의 적 일순위에 올라 있는 자라 해도, 그 순간만큼은 심각한 위험에 놓인 한 명의 환자일 뿐이었고, 조나단은 그런 그를 구하기 위해서 최선을 다했다.

감염 부위가 제거된 것에 만족하며 그는 근육을 봉합했다. 아직 남아 있는 고름염이 배출될 수 있도록 짧은 길이의 고무 압박대로 팬로우즈 드레인을 만들고, 그것을 양초 심지처럼 복부에 삽입해 끼워두었다. 열 바늘을 꿰매 절개 부위를 봉합했다.

조나단은 누런 낯빛을 하고 문가에 서 있는 하크에게로 시선을 돌렸다. "끝났소."

"살 수 있으실 것 같소?" 하고 하크가 물었다.

"그건 당신 하기에 달렸소. 환자는 깨끗한 환경에서 안정을 취해야 하오. 감염이 재발하면, 다음번에는 살기 힘들 거요. 당신 부친이 강인하신 것은 알겠지만, 그 정도로 강하진 못할 거요."

압둘 하크는 조심스럽게 상처 꿰맨 곳을 살펴보고는 "내가 괜찮겠소?" 하고 파슈토어로 물었다.

"네. 쾌차하실 겁니다." 하고 조나단이 말했다.

갑자기 노인의 얼굴에 생기가 돌았다. 지난 몇 주간 자신을 괴롭혀 온 극심한 고통으로부터 벗어난 그는 조나단의 손을 잡아 자신의 가슴팍에 올려놓았다. "알라께서 자네를 보내셨군. 당신의 가정에 신의 가호가 있길. 자넨 위대한 사람일세."

술탄 하크는 조나단의 어깨 위에 손을 얹었다. "내 아버지의 목숨을 구해줘서 고맙소."

"별 말씀을." 하고 조나단이 말했다. "하지만 정말로 고맙게 생각한다면 그 병사들을 풀어주시오."

"저들은 적군이오." 하크가 말했다. "그들이 내 부하 여럿을 죽였소. 저들은 우리가 사는 곳도 알고 있소."

"그건 우리도 마찬가지요." 압둘 하크 곁에 앉아 살균한 붕대를 감아주던 하미드가 말했다.

"내가 네 놈에게 말했더냐?" 작고 여윈 체구의 하미드를 내려다보며 하크가 크게 호통을 쳤다.

"우리는?" 조나단이 물었다.

"당신들이 이곳에 지내는 것을 기꺼이 허락하오." 애써 친절한 말투를 써가며 하크가 말했다. "당신은 우리 민족을 돕기 위해 우리 나라로 왔으니."

"초대입니까, 아니면 명령입니까?" 하고 자리에서 일어서며 하미드가 말했다. 조나단은 갑자기 그가 더는 소심한 인물로 보이지 않는다고 생각했다.

높아지는 언성에 경비병 중 하나가 방안으로 머리를 내밀었다.

"하미드, 그만 하면 됐어. 붕대 감는 일이나 마저 끝내줘, 알았지?"

"당신이 할 일은 끝났습니다, 조나단." 하미드가 이어서 말했다. "이제 내 차례입니다."

조나단은 하미드를 빤히 쳐다보았다. 하미드가 그를 기독교식 이름으로 부른 것은 이번이 처음이었다. 그는 긴장이 고조되는 것을 느낄 수 있었다. 다들 무슨 일이 벌어지리라는 강한 예감으로 서로를 바라보고 있었다.

두 번째 경비병이 기관총을 든 채로 방으로 들어왔다.

"힐러의 일이 언제 끝나는지는 내가 결정한다." 자신의 권위에 대한 도

전에 격분하며 하크가 대답했다.

"말귀를 못 알아듣는군." 하미드가 말했다. "힐러는 날 위해 일한다."

"널 위해? 하자라족 놈팡이에게?" 하크는 못 믿겠다는 투로 말을 내뱉었다.

"아니지. 나, 바로 미합중국 정부를 위해서지."

순식간에 눈앞에서 사라지며 하미드가 무릎을 굽히더니 메스로 압둘 하크의 목을 베어 버렸다. 피가 분수처럼 뿜어져 나왔다. 압둘 하크는 허리를 활처럼 휘며 자리에서 일어섰고, 두 손으로 벌어진 목의 상처를 틀어막았다. 그의 입이 완벽한 'O' 자로 벌어졌지만, 아무런 소리도 새어나오지 못했다. 눈동자가 뒤집히더니 그는 침대 위로 쓰러졌다.

압둘 하크는 그렇게 죽었다.

8

첫 번째 발길질이 엠마의 옆구리를 강타했고, 갈비뼈에 금 가는 소리가 들렸다. 두 번째 발길질이 어깨를 스치더니, 남자는 그녀의 몸 위에 올라타며 무릎으로 복부를 찍고, 굳은살이 박힌 억센 손으로 옷자락을 부여잡고, 관절을 말아 쥔 주먹으로 가슴팍을 강타했다. 꽤 오래 전 그녀가 야세네보에서 훈련받던 당시 익혔던 바로 그 기술이었다.

"누가 보냈지? CIA? 미 국방부? 바른대로 말해. 안 들리나? 사실대로 말하라고. 그래야 이바노프에게도 알릴 거 아냐!"

왕자는 고함을 지르고 있었고, 준수한 외모는 분노로 일그러져 알아볼 수 없을 지경이었다. 뺨을 맞고 머리채를 잡히면서 엠마는 그가 심문하는 법을 전혀 모른다고 판단했다. 두려움은 사람의 입을 벌리지만, 폭력은 입을 다물게 한다. 하지만 이내 그것이 심문이 아니란 것을 깨달았다. 왕자는 자신이 던진 질문의 해답을 이미 알고 있었다. 그건 놀이였다.

그들은 엠마의 손을 앞으로 하여 손목에 수갑을 채운 채 라쉬드 왕자 앞 좌석에 태우고는 차로 한 시간을 달려 사막으로 향했다. 어느 시점에서 그들은 차를 세우더니 밖으로 나가 타이어 공기를 조금 빼냈다. 거기서부터 차는 포장도로를 벗어나 달리기 시작했고, 태양에 다져진 광대한 대지 위로 모래 언덕들이 반복되고 있었다. 차가 서자 다른 차량 두 대가 그들과 동행하고 있는 게 보였다. 왕자가 데리고 온 열두 명 정도 되는 경찰 병력이 쏟아져 내리더니 반원으로 삥 둘러섰다. 발포어의 모습은 보이지 않았다. 그녀가 알아본 사람은 두건으로 가린 두 눈으로 그녀를 쏘아보고 있는 왕자의 그 고객뿐이었다.

"누가 보냈냐고!" 왕자가 고함을 쳤다. "지금이라도 불면 저 세상으로 빨리 보내주지."

엠마는 입을 열지 않았고, 그녀의 침묵에 왕자는 약이 오를 대로 올랐다.

"말을 내뱉을 줄은 몰라도 삼킬 줄은 알겠지." 왕자는 모래 한줌을 손에 퍼 담아 그녀의 입속에 쑤셔 넣었다.

그녀는 거세게 저항하며 모래를 뱉어냈다. 저항하지 못하도록 누군가가 붙잡았고, 왕자는 억지로 그녀의 입을 벌린 다음 계속해서 모래를 입에 쑤셔 넣었다. 구역질을 해대며 모래를 계속 뱉어냈지만 그는 멈추지 않았다. 숨을 쉴 수가 없었다. 그렇다고 모래를 삼킬 수도 없었다. 몸부림치며 모래를 뱉어냈다.

잡고 있던 거센 손이 그녀를 놓자 엠마는 바닥에 나뒹굴었다. 갈비뼈가 최소 한 개는 부러졌다는 것은 알았지만, 다른 데가 또 잘못됐다. 갈비뼈가 부러진 것보다 더 심각한 문제였다. 몸 속 깊숙한 안쪽에서 느껴지는 고통이었다.

라쉬드 왕자가 양팔을 활짝 펴고 부하들을 돌아보며 말했다. "저년이 뭔지 아냐? 저년은 암소야. 살찌고 게으른 암소지. 암소들에게 필요한 게 뭔 줄 아냐? 운동이지."

"안 돼." 그녀가 말했다. "이제 그만 해."

끔찍한 고통이 후끈 등에 가해졌고, 날카로운 전류가 척추를 타고 오르면서 온 몸이 덜덜 떨렸다. 라쉬드 왕자가 소몰이 전기 막대를 거둬들였다. "봤지요?" 두건을 쓴 남자를 쳐다보며 그가 말했다. "이렇게 하니 펄쩍 뛰는군. 한 번 더 해 볼까요?"

전기 막대가 둔부를 건드리자 살이 타는 냄새가 주변 가득 퍼졌다.

"움직이라고, 이 미국 창녀야! 워싱턴에 있는 네 친구들은 지금 널 도와줄 수가 없어. 그놈들이 널 보내 날 죽이라고 헛심부름을 시킨 거야. 네 심부름은 끝났다. 넌 실패한 거야. 왕자를 죽이는 게 그리 쉬울 줄 알았나."

라쉬드는 전기 막대로 계속해서 그녀를 내리쳤다. 복부, 허벅지, 가슴. 비명을 지르려고 입을 벌렸지만 아무 소리도 나오지 않았다. 몸을 타고 흐르는 강한 전류가 성대를 막아 버린 것이다.

"네 통제관이 누구지? 뒷정리를 해야 할 거 아냐. 네 시체를 어디로 보내야 되는지 내가 알아야 한다 이 말이야." 그가 선 채 큰 소리로 웃어대자, 부하들도 따라 웃었다. 두건을 쓴 남자만이 예외였다. 그는 무리와 떨어져서 아무 말 없이 눈도 깜빡이지 않은 채 그녀에게서 시선을 떼지 않았다.

"이만하면 운동이 충분히 된 것 같나?" 라쉬드 왕자가 부하들에게 대답을 구하며 한 바퀴 돌았다. 어느 누구도 대답하지 않았다. "나도 그렇지 않다고 생각해." 하고 그가 말했다. "내 눈에는 여전히 게으른 암소로 보인단 말이야. 이 멋진 사막을 한번 둘러보게 해 줄 필요가 있을 것 같군. 옷을 벗겨!"

그저 형식적인 저항뿐이 할 수 없었다. 알몸이 되자, 누군가가 그녀의 머리 위로 손을 쳐올려 수갑에 쇠사슬을 둘렀다. 그녀는 실눈으로 겨우 경찰관 한 명이 사슬의 다른 쪽 끝을 라쉬드의 메르세데스 벤츠 차량 뒤 범퍼에 둘러 묶는 것을 지켜 보았다.

"안 돼!" 몸속에서 울부짖는 절박한 목소리를 들으며 그녀가 외쳤다. "제발! 난…" 한쪽 무릎을 딛고 애써 몸을 일으키려 했지만, 차량은 이미 속력을 높이기 시작했다. 사슬이 팽팽해지더니 곧 그녀의 몸을 잡아 끌어당겼다.

라쉬드 왕자는 차를 천천히 몰아 사막을 달렸다. 그는 사막의 암석과 엉겅퀴, 세이지 덤불, 그리고 페인트칠조차 벗겨버릴 만큼 까칠한 모래 바닥 위로 그녀를 끌고 다녔다. 고통이 극심해지면 의식을 잃었고, 그리고 의지와 상관없이 다시 의식이 돌아왔다. 몇 번이나 기절했는지, 얼마나 오래 끌려 다녔는지 알 수 없었다. 어느 시점에서 움직임이 멈췄고, 누군가가 수갑을 풀어 주었다는 것을 알 수 있었다.

누군가가 손으로 뺨을 때렸고, 그녀는 눈을 떴다. 별들이 하늘 저 위에서 눈물방울처럼 반짝이고 있었다.

라쉬드 왕자가 위에서 노려보고 있었다. "네 친구들이 나에 대해 그토록 잘 알고 있다면, 놈들이 내가 널 어디로 끌고 왔는지도 충분히 알아내겠지. 그런데 말이지, 아가씨. 네가 사막의 태양에 말라죽기 전에 과연 그자들이 널 찾아 낼 수 있을까?"

엠마는 라쉬드가 차를 타고 떠나는 것을 지켜보았다. 차량 소리가 점점 희미해지더니 순식간에 사막은 고요해졌다.

홀로 남겨지자 고통이 본격적으로 밀려오기 시작했다.

엠마는 손으로 배를 감싸며 울었다.

9

　일순간의 충격으로 동굴의 밀실은 침묵에 휩싸였다.

　"도대체 무슨 짓을 한 거야?" 조나단이 놀라며 말을 내뱉었다. "네가 이 자를 죽였다고! 이런, 맙소사!"

　하미드는 그의 말에 신경을 쓰지 않았다. 외과용 메스는 이미 손에 쥐고 있지 않았고, 대신 그의 손에는 핸드폰이 쥐여져 있었다. 이상하게도 그는 핸드폰으로 가장 가까운 위치에 있던 경비병을 겨누었다. 탕 하는 소리가 들리면서 피가 튀기더니 경비병은 바닥에 쓰러졌다. 핸드폰은 위장 권총이었다. 조나단이 미처 반응할 틈도 없이 하미드는 놀랍도록 정확하게 상대의 머리를 겨누고 두 번째 경비병까지 사살했다. 경비병이 뒤로 나자빠지며 소총을 잡으려던 술탄 하크와 부딪혔다.

　"네 정체가 뭐야?" 하고 조나단이 물었다.

　"조심!" 하고 하미드는 조나단을 바닥으로 밀치면서 동시에 몸을 틀어 술탄 하크에게 총을 발사했다. 총격이 난무하면서 총알이 연달아 날아왔고, 밀폐된 공간에서 총성은 고통스러울 정도로 크게 울려댔다. 바위에 맞은 총알 하나가 튕겨나가자 누군가가 비명을 질렀다. 조나단은 머리를 감싸 안았다. 순식간에 시작된 총격전은 이내 멈추었다. 주위가 잠잠해지자 조나단은 고개를 들었다. 술탄 하크는 남아 있던 두 명의 경비병과 함께 달아나고 없었다.

"총을 들어요." 하미드는 죽은 경비병들 중 한 명의 AK-47 소총을 주워 들고 탄창을 보며 장전 여부를 확인했다. "놈들이 몰려오기 전에 어서 움직여야 합니다."

조나단은 서둘러 방을 지나가며 죽은 전사의 손에 쥐어져 있던 기관총을 집어 들었다. 묻고 싶은 게 너무도 많았지만 아무 말도 하지 않았다.

"총을 쏠 줄은 아시죠?" 하미드가 물었다.

"깡통 정도는 쏴 봤어."

"좋아요. 전에도 이런 일을 해 본 경험이 있다고 들었습니다." 하미드는 조나단의 손에서 AK-47 소총을 낚아채 바나나 탄창을 분리해 허벅지에 두드리고는 다시 장착한 다음 총을 옆으로 젖히면서 장전했다. 그는 더 이상 수줍음 많고 투덜대던 수련의가 아니라 전혀 다른 하미드였다. 그는 대담하고 과감했으며, 철저하게 프로다웠다.

"탄창은 가득 차 있습니다." 그는 소총을 조나단의 가슴팍으로 내밀며 말했다. "조준을 낮게 하고 짧게 끊어 쏘십시오. 이제 갑시다. 하크가 손을 쓰기 전에 우리 쪽 사람들을 구해내야 합니다."

조나단은 압둘 하크의 시신과 하미드의 손에 들린 소총을 번갈아 바라보았다. 전체적인 작전의 내막이 짐작됐다. 하미드는 디비전을 위해 일하는 것이고, 디비전은 압둘 하크 암살 요원의 신분을 위장하기 위해 조나단을 이용해 먹은 것이다.

자동화기들의 일제사격 소리가 동굴 안까지 들려왔다. 하미드는 어슴푸레 보이는 통로 안쪽으로 머리를 내밀었다. "제 뒤를 따라 오십시오. 내가 움직이면 같이 움직이는 겁니다. 준비됐습니까?"

조나단은 고개를 끄덕였다. 그는 몹시 떨고 있었다.

하미드가 기관총 총열을 모퉁이 안쪽으로 밀어 넣었다. 군더더기 없이 잘 훈련된 동작으로 그는 동굴 벽에 기대어 천장을 향해 총을 발사했다. 전구들이 깨져나가며 곧바로 어둠이 닥쳤다. 하미드가 서 있던 위치에서 바람 한줄기가 느껴졌고 통로 아래쪽에서 목소리가 들려왔다. "오세요!"

"젠장." 조나단은 터널 안으로 급히 들어갔다. 총에서 뿜어내는 불빛이 동굴을 밝혔다. 총알들이 날아와 그의 머리 위쪽 벽을 맞췄고 바위 파편들이 볼을 때렸다. 몸을 웅크린 채 어깨로 통로 벽을 스치며 그는 가능한 한 빨리 달렸다. 기관총이 짧고 날카롭게 불을 뿜을 때마다 두 사람이 지나가는 길이 마치 드문드문 비치는 영화 장면들처럼 드러났다. 하미드가 몇 발자국 앞에서 총을 들어 올리는 것이 보였다. 총이 발사되자 그 소리에 귀가 먹먹해졌다. 짧은 순간 큰 키에 터번을 두른 술탄 하크가 켄터키 사냥용 소총을 어깨에 견착하는 모습이 보였다. 머리 위쪽의 바위가 총알에 부서지자 조나단은 바닥으로 몸을 던졌다.

"안쪽으로 와요." 왼쪽에서 외치는 소리가 들렸다.

조나단은 통로가 끝나는 곳까지 마지막 몇 미터를 엎드려서 기어간 다음 등을 대고 굴러서 일어났다.

하미드가 야광 봉을 꺾어 불을 밝히며 말했다. "괜찮습니까?"

조나단은 대답하려고 했지만, 목이 꽉 막히며 목소리가 어디로 사라져 버린 것인지 알 수가 없었다. 턱을 움직이자 겨우 한 단어가 만들어져 나왔다. "어."

잡혀 있던 미군 병사들이 그를 향해 반원을 그리고 서 있었다. 기이한 각도로 머리가 돌아가 있는 탈레반 전사의 숨이 끊어진 몸뚱이가 그들의 발아래 놓여 있었다. "당신이 누군지는 모르겠지만 만나게 되어 기쁘군요." 하고 군인 중 한 명이 말했다. 그의 칼라에는 대위 계급을 뜻하는 두 줄이 새겨져 있었고, 어깨 한 쪽에는 레인저 탭, 가슴에는 공수 휘장이 보였다. "소동이 일어나는 소리가 들리고, 여기 늙은 무하마드가 얼이 빠지는 것을 보는 순간, 우리는 이것이 유일한 기회라고 생각했소. 압둘 하크를 제거하려고 온 것 같은데 그자는 죽었소?"

"그자를 죽이기 위해 파견되었소." 하고 하미드가 말했다. "당신들은 우연한 덤이지. 오늘 운이 좋은 줄 아시오."

"이런, 염-병-할." 대위가 말했다.

"상태들은 어떻소?"

"움직이기 충분하오."

"좋소." 하미드는 의료용 붕대뭉치를 각자에게 하나씩 나누어 주었다.

조나단이 의아해하면서 일어섰다. "붕대는 왜 가져왔소?"

하미드가 붕대를 벗겨내자 올리브 그린색 금속 통이 드러났다. "미안합니다. 의사선생님. 필요한 물건을 몰래 들여오기 위해서 붕대를 감은 것입니다." 하미드는 군인들에게 돌아서며 말했다. "수류탄 네 개가 우리가 가진 것 전부요. 대인수류탄 두 개. 연막탄 두 개. 혹시 탄창 더 가진 사람 있습니까?"

"장착되어 있는 것이 다요." 대위가 말했다. "그쪽은?"

"여분 탄창 하나. 그리고 의사선생의 AK 소총 탄창은 가득 차 있고."

"나한테 주겠소?" 군인 가운데 병장이 조나단에게 소총을 받으려고 다가왔다.

"가져가시오." 조나단이 칼라슈니코프 소총을 건넸다.

"빠져나갈 계획은 세워져 있을 테지요?" 대위가 말했다.

"쿤두즈에서 네이비씰 구조팀이 대기하고 있소." 하미드가 말했다. "잠입하면서 신호를 보냈는데 이쪽으로 오고 있다는 최종 확인은 받지 못했소. 여길 둘러싼 산세를 보건데, 그들이 내 GPS 신호를 제대로 수신했을지도 의심스럽소. 그게 아니라면 지금쯤 여기 도착했어야 하는데."

조나단은 가슴이 철렁 내려앉는 것을 느꼈다. "그게 무슨 말인가?"

"여기를 빠져나갔을 때 우리를 기다리는 구조팀이 없을 확률이 반반이라는 말입니다."

"바깥의 테비 놈들 숫자는 얼마나 됩니까?" 하고 대위가 물었다. '테비'는 탈레반을 뜻하는 말이었다.

"내 계산으로는 무장한 놈들의 수가 열다섯이오." 하고 하미드가 말했다. "따라온 놈들 두세 명 정도가 더 있을 수 있고. 그리고 지프차에 30구경 기관총들이 있었는데, 그 부분이 맘에 걸리오. 총 좀 쏠 줄 아는 사람 있어요?"

"내가 좀 쏠 줄 압니다." 조금 전의 병장이 말했다.

"어떻게 생각하시오, 대위?" 하고 하미드가 물었다.

대위가 통로 쪽으로 한 팔을 내밀었는데, 사격은 없었다. "놈들은 우리가 얼굴 내밀기를 기다리고 있는 거요. 야간투시경은 가지고 있지 않은 것으로 생각되니 그 부분은 우리에게 유리하겠소. 번갈아 엄호사격을 하면서 우리가 수류탄을 놈들 있는 곳에 투척할 때까지 놈들이 계속 머리를 숙이고 있게 만들 겁니다. 놈들을 동굴 바깥으로 몰아내서 헬기가 공격할 수 있는 넓은 곳으로 나가게 만들 필요가 있습니다."

"만약 헬기가 와 있다면 말이지." 조나단은 자기한테도 기관총이 하나 있었으면 하는 생각이 간절했다.

"믿음을 가져요. 의사선생님." 하고 하미드가 말했다. "여기서 나가면, 머리를 낮추고 다리를 계속 움직여야 합니다."

"자, 해 보자고." 대위가 부하의 어깨를 두드리며 말했다. 병장이 고개를 끄덕이고는 통로로 재빨리 뛰어 들어가며 사격을 개시했다. 레인저 부대원들이 먼저 달려 나간 다음 하미드가 뒤를 이었고, 조나단이 제일 마지막으로 따라갔다. 조나단이 다섯 발자국 정도 달려갔을 때 중앙 입구 쪽 동굴 방에서 폭발음이 들렸다. 어렴풋이 사람 하나가 공중으로 날아가는 것이 보였고 비명이 들렸다. 수류탄이 터진 것이다. 조나단은 한 손으로 하미드의 등을 잡은 채 계속 움직였다. 통로가 밝아졌다. 레인저 부대원들은 통로가 끝나는 지점에서 무릎을 꿇고 밖으로 사격을 개시했다. 퍽 하는 소리가 들리더니, 병사 하나가 쓰러졌다.

"사상자 발생!" 하고 대위가 소리쳤다.

두 번째 수류탄이 동굴 출입구 쪽에서 폭발했고, 탈레반 전사들이 동굴 밖으로 빠져나갔다. 조나단은 서둘러 부상당한 부대원에게 달려갔다. 가슴 쪽 상처에서 피가 퍼져나가고 있었다. 맥박을 짚어 보았더니 맥박이 없었다. 그 순간 희미한 진동이 느껴졌다.

"상태가 어떻소?" 대위가 물었다.

"의식이 없습니다. 빨리 치료를 받아야 합니다."

"선생께서 데리고 움직일 수 있겠습니까?" 하고 대위가 물었다.

조나단이 고개를 끄덕였다. 그는 몸을 굽히고 소방관들이 하듯 그 대원을 어깨위에 들쳐 메었다. "어서 빠져 나갑시다."

대위가 동굴 출입구를 향해 뛰어나갔고, 하미드와 병장이 그 뒤를 따랐다. 조나단도 심호흡을 한 뒤 통로에서 출입구 쪽 넓은 공간으로 비틀거리며 달려 나갔다. 탈진과 아드레날린, 그리고 시끄러운 전투 소음 때문에 조나단의 눈에는 전방에서 일어나는 장면들이 그저 흐릿하게 들어왔다. 대위가 숙련된 모습으로 사격을 가하는 모습이 보이고, 하미드가 동굴을 가로질러 가서 바깥쪽 문을 열어젖히며 수류탄을 던지는 것이 보였다. 그리고 반쯤 머리가 날아간 병장이 그대로 뒤로 넘어지며 바닥에 쓰러지는 것이 눈에 들어왔다.

이윽고 조나단은 바깥 공터로 나가는 문에 다다랐다. 대위와 하미드가 바로 옆에 서 있었다. 높은 곳에서 둔탁하고 규칙적인 헬리콥터의 프로펠러 소리가 들려왔다. 잠시 뒤, 귀청을 찢는 소리가 공기를 채웠다. 조나단이 지금껏 들어 본 그 어떤 소리보다 컸다. 지면이 흔들리고, 사람들이 비명을 질러 댔다.

"개틀링건이군." 하고 대위가 말했다. "움직입시다."

"병장은 어떻게 합니까?" 하고 조나단이 물었다.

병장은 약 일 미터 정도 떨어진 곳에 쓰러져 있었는데, 머리 옆쪽에서 뇌가 땅바닥으로 흘러나와 있었다.

"이미 죽었습니다."

하미드가 문을 열고 마지막 수류탄을 내던졌다. 섬광이 번쩍 하더니 하얀 연기가 공기 중으로 퍼져나갔다. 대위가 먼저 뛰어 나갔고, 매 걸음마다 몸을 돌리며 주변에 기관총을 갈겼다. 하미드가 조나단을 문 밖으로 밀었다.

"고원의 맞은편 끝까지 뛰어요. 어떤 일이 있어도 멈추지 말고."

"굳이 두 번 말할 필요 없어." 조나단은 하미드의 뒤를 따라 머리를 숙이고 비틀거리며 뛰어갔다. 그의 머릿속에는 어깨 위의 부상병을 안전하게 이송해야 한다는 생각뿐이었다. 개틀링건이 퍼붓는 총탄에 먼지와 부서진 돌들이 솟구치며 그의 얼굴에 쏟아졌다. 탈레반 병사들의 시체가 여기저기 널브러져 있고, 오른 쪽에는 픽업 트럭 여러 대가 전소되어 있었다. 아프가니스탄 전투병들은 무시무시한 기관포로부터 안전한 장소를 찾아 허둥지둥 뛰어다니고 있었다.

헬리콥터가 공터 건너편 끝 쪽에 착륙했다. 네이비씰 대원들이 지상으로 뛰어 내려 그들을 향해 달려왔다. 조나단은 부상병을 그들에게 넘기고, 자신도 몸을 당겨 헬기 수송칸 위로 올라탔다. 대위도 그의 옆에서 몸을 끌어 올리고 있었다. "잘했습니다. 의사선생." 하고 그가 소리쳤지만, 기관총 소리와 헬리콥터의 날개 소리에 묻혀 제대로 들리지 않았다. "언제든지 우리 팀에 합류하실 수 있겠습니다."

조나단은 그 레인저 부대원의 얼굴을 처음으로 제대로 살펴보았다. 대위는 짧게 깎은 금발에 부리부리한 푸른 눈을 가지고 있었는데, 젊은 사람 치고는 눈빛이 너무 비정해 보였다. 그의 제복 위에 브루스터라는 이름이 새겨져 있었다.

"사양하겠습니다." 하고 조나단이 말했다. "절대로 다시는 안 합니다."

또 한 차례의 총격이 헬리콥터에 가해졌다. 조나단과 가까운 곳에서 무엇인가 맞는 소리가 나더니 브루스터 대위가 뒤로 나뒹굴었다. 총알에 맞은 상처가 일렬로 그의 가슴에 수놓아져 있고, 조나단은 그가 죽었다는 것을 단번에 알 수 있었다.

곧 이어 기관총이 실린 픽업 트럭이 폭발에 뒤흔들렸고, 기관총 사수는 흔적도 없이 사라졌다.

“어서 빠져 나갑니다.” 조종사가 어깨너머로 소리쳤다. “안전띠를 메십시오.”

헬리콥터가 이륙했다.

조나단은 하미드가 20여 미터 떨어진 곳의 바위 틈새에 갇혀 있는 것을 발견했다. “가지 말아요. 저 아래 쪽에 우리 편 한 명이 있습니다.” 하고 그가 소리쳤다. “내려가요.”

“못합니다.” 하고 파일럿이 말했다. “너무 늦었습니다.”

조나단이 양팔을 휘저으며 하미드를 향해 그들 쪽으로 오라고 신호를 보냈다. “어서! 뛰어!”

하미드가 바위 틈에서 뛰쳐나와 헬기를 향해 달렸다.

조나단은 죽은 대위의 소총을 집어 광장을 가로질러 달리는 병사들을 향해 쏘기 시작했다. 하나가 쓰러지고 또 하나가 쓰러졌다. “서둘러!” 그가 소리쳤다.

하미드가 뛰어 올라 헬기의 활주부를 잡았다. 헬기가 더 높이 떠오르자 조나단은 소총을 옆으로 집어던지고 손을 뻗어 하미드의 손을 잡았다. “잡았어.”

“놓치지 마!”

엔진 마운트가 한 차례 총알 세례를 받았다. 헬리콥터가 한 쪽으로 휘청했다. 조나단이 미끄러지며 몸의 절반이 헬기 밖으로 빠져나갔지만 마지막 순간에 가까스로 안전띠를 붙들었다. 또 다른 총알 하나가 그의 머리 가까운 곳을 맞고 튀어나갔다.

“발을 활주부 위로 올려.” 하고 조나단이 소리를 질렀다.

"하고 있어요!" 헬리콥터가 고도를 올리는 바람에 하미드는 다리를 활주부에 걸터 올리려다 실패했고, 여러 차례 다시 시도했다.

"꽉 잡아." 하고 조나단이 말했다.

마침내 하미드가 겨우 발 한쪽을 활주부에 걸었다. 조나단의 도움을 받으며 그는 몸을 끌어 올리고 다른 쪽 발을 금속 가로대 위에 얹었다. "고마워요. 생각도 못했습니다. 우리가…" 갑자기 하미드의 눈이 뒤집혔다. 고성능 소총의 총성이 채찍 소리처럼 대기를 갈랐고, 하미드의 잡은 손에서 힘이 빠져나갔다. 다리가 활주부에서 떨어지면서 그는 조나단의 손아귀에서 미끄러져 내려 땅으로 곤두박질쳤다. 순식간에 끝나 버렸다.

조나단은 등 뒤의 헬기의 칸막이벽으로 넘어졌다. 구름이 헬리콥터를 둘러싸고 있었지만, 그의 시선은 아래쪽 광장에서 떠나지 않았다. 술탄 하크가 죽은 해병의 저격소총을 어깨에 메고 서 있었다. 하크는 조나단을 보고 있었고, 조나단도 그를 마주 보았다. 전사는 손을 들어 올려 길게 말린 손톱으로 조나단을 가리켰다. 그리고는 고개를 뒤로 젖히며 복수를 외쳤다.

흰 구름이 헬기를 감싸면서 더 이상 아무것도 보이지 않았다. 하지만 그 전사의 두 눈은 그에게서 떠나질 않았다.

언젠가는. 하크는 자신에게 맹세했다. 언젠가는….

10

프랭크 코너는 여전히 충격에 휩싸여 있었다.

"대체 뭐가 어떻게 된 거야?" 그는 두 팔을 치켜 올리며 다그쳤다.

바로 두 시간 전에 그는 자신의 최고 요원이 죽음의 길로 끌려가는 것을 지켜보았다. 엠마의 통신장비에 연결된 위성장치의 수신 상태가 고르지 않는데, 기술적인 결함일 수도 있지만 아무래도 공항 내의 전파방해 때문일 확률이 컸다. 전송받은 마지막 영상에서 그녀는 수갑이 채워진 채 라쉬드의 차량에 태워지고 있었다.

디비전의 국장인 코너는 어두운 비디오 스크린으로부터 몸을 돌려 창밖을 응시했다. 샤르자의 에미리트 사막에서 7천 마일 떨어진 곳, 버지니아 폴스 처치의 그날 오후 날씨는 우중충하고 습하며 음산하기 짝이 없었다. 숲으로 뒤덮인 전원 지대가 마지막 단풍잎을 떨군 게 일주일 전이었다. 황량한 전경과 사방에서 손짓하는 가느다란 나무들. 겨울이 문턱까지 찾아와 도사리고 있었다.

"문제를 한 번 다시 정리해 보지요." 보좌관으로 그와 사무실을 같이 쓰는 유일한 인물인 피터 어스킨이 말했다. "현재로서 추정할 수 있는 것은 라쉬드가 그녀를 데리고 있다는 사실뿐입니다."

"그런가? 내 생각엔 그것보다는 훨씬 더 많은 것을 추정할 수 있을 것 같은데." 좌절감에 머리가 어지러운 듯 코너는 고개를 내저었다. 그는 러시아연방보안국 소령 라라 안토노바로 가장한 엠마 랜섬이 미합중국을 위해 비밀리 활동해 온 이중첩자라는 것이 발각되었으며, 라쉬드 왕자를 암살하고자 치밀하게 계획해 온 작전이 말 그대로 그의 면전에서, 정확히 말하면 엠마의 면전에서 날아가 버렸을 가능성을 충분히 인식하고 있었다.

"놈이 알고 있었네, 피터. 우리가 보낸 그 작은 선물에 대해 누군가가 미리 귀띔을 해 준 거야."

"확신할 순 없습니다. 라쉬드가 직접 그 총을 시연했으니 말입니다."

"놈에겐 달리 선택의 여지가 없었던 거지. 부하들 앞에서 자기 체면을 지키려면."

"그 총에 대해 알고 있는 사람이 얼마나 됩니까?" 하고 어스킨이 물었다. "국장님과 저, 엠마, 그리고 수송 요원 두 명, 콴티코 기지의 총기 제작자 정도지요. 라쉬드의 피해망상증이 제대로 먹힌 것뿐입니다. 그게 답니다. 최근에 한 번 죽다가 살아났으니 그럴 만도 하지 않겠습니까?"

코너는 어스킨에게 의심스러운 눈초리를 보내며 말했다. "그러니까 그 자에게 미리 경고해 준 게 자네는 아니었다 이 말인가?"

어스킨은 자연스럽게 맞받아쳤다. "그자의 연락처를 단축번호로 저장해놓긴 했죠. 아시는 줄 알았는데요?"

코너는 어스킨이 한 말에 대해 생각해 보았다. "나도 자네 말대로 라쉬드가 그저 신경과민 덕분에 이번에 운이 좋았다고 믿고 싶네." 그는 두툼한 손으로 얼굴을 문지르며 말했다. "CIA 두바이 지국장에게 연락하게. 거기 직원 중 그곳 지역을 잘 아는 자가 있는지 좀 알아 봐. 난 내 요원을 도로 찾아와야겠어."

"이런 말씀을 드려도 되는지 모르겠습니다만," 어스킨이 말을 이었다. "엠마를 찾기 위해 우리가 행동을 취한다면 그녀가 우리 사람임을 인정하는 것으로 여겨질 겁니다. 그럴 바에야 차라리 라쉬드에게 전화를 걸어 미합중국에서 그를 암살하려고 했다고 말해 주는 편이 나을 겁니다."

어스킨은 큰 키에 도회지 풍의 세련된 이미지로, 3대 째 명문 그로톤 스쿨 출신 가문다운 외모를 하고 있었다. 부친과 같은 뿔테 안경을 쓰고, 조부와 같은 짙은 남색 블레이저코트를 입었으며, 증조부처럼 비컨힐(미국 보스턴의 유서 깊은 부유층 주거 지역)식 억양을 썼다. 서른다섯 살인 그는 인생의 한창 때에 접어든 애늙은이였다.

"라쉬드 왕자도 지금쯤이면 이미 알고 있을 거야." 코너가 말했다.

"그렇다 치더라도 그냥 아는 것과 실제로 아는 것에는 차이가 있습니다. 우리 두 정부 간의 거래 관계는 지속돼야 합니다. 그리고 러시아의 입장도 물론 감안해야 합니다. 이고르 이바노프가 탐탁해하지 않을 겁니다."

"이바노프 자식은 엿이나 먹으라고 해." 러시아 정보부의 수장을 언급하며 코너는 이렇게 말했다. "놈의 요원들이 돌아서게 하는 게 내 일이라면, 우리 요원들이 돌아서게 만드는 건 그자의 일이야. 장담하건데 라쉬드는 지금 이바노프에게 전화로 소식을 알리고 있을 거야. 지금 내 관심사는 오로지 엠마를 찾아오는 거야."

"라쉬드가 미국 요원을 죽이진 않을 겁니다." 하고 어스킨이 말했다. "감히 그러진 못하겠지요."

"과연 그럴까? 인정사정없는 놈이야. 내가 보장하지. 게다가 엄밀히 따지면 엠마는 미국 요원이 아니야. 그 여자는 러시아에서 태어나고 자란데다 야세네보에 있는 러시아연방보안국 아카데미의 우등 졸업생일세. 미국인과 결혼하기는 했지만, 그 외에는 달리 이 나라와 공식적으로 관련됐다고 할 게 없거든."

어스킨은 귀족적으로 생긴 코에 걸친 안경을 밀어 올리며 고개를 끄덕였다. "그렇다면 디비전에서 그녀가 한 경력은요?"

"그녀가 우리와 일한 시간들이 공식 기록으로 남아 있을 것이라고는 생각되지 않는데, 그렇지 않나?"

어스킨은 멋쩍은 표정을 지어보였다. "그렇다면 스스로 알아서 기어 나와야할지도 모르겠군요."

보좌관의 냉소적인 말투에 짜증이 난 코너는 눈길을 돌려 버렸다. 사실 그는 엠마에게 빚을 진 셈이었다. 러시아가 급속히 무너지며 파산에 직면하고, FSB에서 요원들 거의 대부분을 내보낼 수밖에 없었던 시절, 코너는 손수 그녀를 공개시장에서 선발해 데리고 왔다. 디비전은 당시 백악관에서 해결을 바라지만 이행에 옮길 뱃심은 없는 일들을 처리하기 위해서 국방부의 복도 가장 깊숙한 곳에 완전히 새로운 모습으로 자리를 잡기 시작한 초창기였다.

초기에 수행한 일들은 암살, 납치, 기밀정보 절취 등과 같은 침투 임무였으며, 머리보다는 힘이 요구되는 작전들이었다. 델타 포스, 그린베레, 네이비씰뿐만 아니라 CIA의 특수작전그룹(SOP)에서 첩보원들을 영입해 왔다. 그러나 성공적으로 완수된 임무들이 점점 쌓여가면서 디비전의 야심도 커져 갔다. '선제적'이라는 구호 아래 디비전은 보다 복잡한 작전들을 계획했다. 최고 수준의 경호를 받는 대상들조차 사냥감이 되었다. 위장신분으로 해외 현지에서 장기 체류할 요원들을 모집했다. 언어능력을 강화하기 위해서 디비전은 재능 있는 자들을 타지에서 찾았다. 러시아를 비롯해 영국, 프랑스, 이탈리아 출신의 프리랜서들이 채용됐다.

디비전은 비밀 무기였고, 대통령의 명령에 의해서 움직였다. 의회의 감시감독을 받지 않고, 총구에서 이루어지는 은밀한 대외정책이었다.

그러나 시대가 변했다. 9/11 테러 사태 뒤의 분노는 사그라졌다. 비록 여러 번의 실패한 시도들이 있었다는 것은 코너도 알고 있었지만, 미국 본토를 대상으로 한 추가적인 공격은 없었다. 미국인들이 금세 잊었다면, 그에겐 그대로도 좋았다. 그것은 곧 조국이 안전하다는 것을 의미했다.

코너는 어스킨을 쳐다보며 결단을 내렸다.

"자네 말이 옳아." 하고 그가 말했다. "내가 너무 성급하게 굴었군. 우리가 무턱대고 그곳으로 가서 목 잘린 닭처럼 설치고 다닐 수는 없지."

"그렇게 보신다니 다행입니다." 어스킨이 말했다. "우리 국이 다시 곤경에 처하는 일이 생겨선 안 된다고 생각합니다. 우리 말고 다른 모든 이들에게 엠마 랜섬은 정식 FSB 소속 스파이인 라라 안토노바입니다."

"자네가 옳아, 피터. 감정적으로 굴 때가 아닌 것 같군."

어스킨은 자신도 코너와 마찬가지로 그녀의 안전을 염려한다는 듯 찡그린 표정을 지어 보이며 말했다. "이렇게 생각하십시오. 엠마 랜섬은 스스로를 돌볼 능력이 되는 사람입니다. 만만치가 않은 여자입니다."

"만만치 않지."

"이번 작전은 이쯤에서 원천적으로 마무리해야 합니다. 달리 다른 길이 없습니다. 너무 상심하지 마십시오. 엠마도 자신이 하는 일이 위험하단 걸 알고 있었습니다."

"과연 그랬을까, 피터? 자넨 진정 그렇게 생각하나?" 코너는 후회스러운 심정으로 고개를 내저었다. "그러면 자네 아내는? 자네 아내는 자기가 스파이의 생과부가 될 걸 미리 알고 있었나? 아니면, 결혼식을 치르고 나서야 말해 준 건가?"

어스킨은 신혼 6개월 차였고, 신부는 합리적인 근무시간을 가진 법무부 소속 검사였다. 그는 매일 저녁 아내에게 전화를 걸어 저녁 일곱 시에도 퇴근하지 못하는 이유를 설명해야 하는 처지였다.

쉰아홉의 프랭크 코너는 키 180센티미터, 몸무게 118킬로그램에다 각종 심장 질환, 당뇨, 뇌졸중, 평생 해 온 과식과 과음, 그리고 과로로 축적된 건강의 위험요소는 모두 가지고 있는 중년 남성의 전형이었다. 턱살은 셔츠 칼라까지 처져 있었다. 풍성하던 연한 적갈색 머리카락은 겨우 한줌 가느다랗게 남았고, 양 볼에는 터진 모세혈관들이 지도 위의 무수한 교차로처럼 뒤덮여 있었다. 그럼에도 불구하고 푸른 두 눈의 광채만큼은 여전히 생기가 돌았으며, 어떤 도전에도 맞설 태세가 되어 있었다.

워싱턴 근무 경력이 30년에 달하는 그는 재무부와 국방부를 거쳐 최근

십년을 디비전에서 보냈다. 누구나 다 프랭크 코너가 언젠가는 근무 중에 횡사하고 말 것이라고 생각하고 있었다. 코너 자신도 그럴 것이라고 알고 있었지만, 그렇다고 달리 다른 방도가 있는 것도 아니었다.

"좋아, 그럼" 하고 그가 말했다. "시어 빠진 레몬을 주면 레모네이드를 만들라고 했던가? 완전히 실패한 이번 작전을 가지고 우리가 뭘 만들어낼 수 있을지 어디 한번 보자고."

"예! 어디 한번 해 보죠." 하고 어스킨이 과장해서 열성적으로 대답했다.

"라쉬드의 곁에 있던 이 작자를 한 번 보게. 누군지 알겠나?"

코너는 책상에 앉아 컴퓨터 화면을 가득 채우고 있는 라쉬드 왕자 동료의 사진을 뚫어지게 쳐다보았다.

"처음 보는 자입니다." 어스킨이 말했다. "먼 친척뻘쯤 되는 자일까요? 아니면 아프가니스탄에서 넘어온 반군 지도자 거나요?"

"그러기엔 복장이 너무 점잖아. 제법 고위층 인물이야."

"리야드에서 온 와하브파 이슬람 동료 중 한 놈이 아닐까요?"

"이 자는 왜 자기 물건을 사는 데 굳이 라쉬드의 도움이 필요했을까? 그런 일을 할 근본주의자 또라이들은 널리고 널렸는데. 게다가 사우디에서 온 거라면 우리 쪽 요원들이 지금쯤 벌써 정체를 밝혀냈을 게 아닌가. 사우디 왕궁에 심어놓은 첩자들이 우리에게 이 자의 이름이며 혈액형, 좋아하는 위스키가 무엇인지까지 알려 왔을 거라고."

"혹시 발포어의 동료가 아닐까요?" 하고 어스킨이 말했다.

코너는 어스킨의 말에 코웃음을 쳤다. "저 놈은 전적으로 라쉬드 쪽 인물이야. 라쉬드 왕자가 저 놈에게 굽실거리는 것 못 봤나? 거물임에 분명해. 라쉬드를 감복시킬만한 수준의 일을 해낸 인물일 수도 있고. 그런 경우라면 분명 우리 쪽 기록 어딘가에 저자에 대한 단서가 있어야 할 테지. 그런 것이 아니라면 조만간 그만한 수준의 일을 수행할 예정이라는 말이니, 우린 골치 아픈 상황에 처하게 되는 거라고. 사진을 확대해서 기술팀

더러 깨끗하게 다듬으라고 해. 끝나면 랭글리, MI6, 그리고 예루살렘에 있는 친구들에게 전달하도록. 어쩌면 그 쪽에서 이 자가 누군지 알려줄 수 있을지도 모르지."

"예, 알겠습니다." 어스킨은 휴대용 단말기에 대고 내용을 휘갈겨 적은 다음 재킷 주머니에 재빨리 챙겨 넣었다. 그리고 문 쪽으로 걸어가더니 다시 방을 가로질러 코너의 책상으로 와 모서리에 걸터앉으며 말했다. "제가 정말 우려하는 게 뭔지 아십니까, 국장님?"

코너는 의자에 기대며 말했다. "그게 뭔데?"

"발포어가 찾겠다던 그 무기 말입니다."

"그것 말인가? 아마 예전에 우리가 무자헤딘 측에 보낸 500파운드급 폭탄 아니겠는가?"

어스킨은 그 말에 동의하지 않는 듯 미간을 찌푸리며 고개를 저었다. "만약 그게 일반적인 재래식 무기류였다면 그자가 이고르 이바노프와 직접 연결이 되어 있는 엠마에게 물어보지는 않았을 겁니다. 연료통 쪽을 다시 한 번 보시겠습니까?"

코너는 녹화된 디지털 영상을 다시 틀고 발포어가 엠마에게 건넨 폭탄 사진을 면밀히 살펴보았다. 영상 속의 이미지들이 너무 생생해서, 코너는 그렇게까지 사진을 완벽하게 전송해서 보낸 엠마에게 키스를 건네고 싶을 정도였다. 어스킨은 의자에서 일어나 50인치 스크린으로 다가갔다. "이게 그저 일반적인 500파운드급 폭탄이 아니라고 한다면 어떨까요?"

코너는 책상에 팔꿈치를 올리고 앞으로 기댔다. "무슨 말을 하는 건가?"

"더 큰 급이라면 말입니다."

"어떤 걸 말하는 건가? 벙커버스터 같은 것 말인가?"

"규모 면에서 크다는 게 아닙니다." 위협적인 말투로 어스킨이 말했다.

코너가 의자에 등을 기대고 손을 머리 뒤로 넘기며 말했다. "자네 제 정신이 아니군." 하고 그가 말했다. "만약 그랬다면 우리가 알았겠지."

11

프랭크 코너가 조지타운 프로스펙트에 위치한 자신의 타운 하우스로 돌아왔을 때는 자정이 넘어서였다. 그는 계단을 올라 현관문 앞에 멈춰 알람 코드를 누르고 핀 라이트 불빛이 빨간색에서 초록색으로 바뀌기를 기다렸다. 경보장치와 더불어 길가 어딘가에서 그를 지키기 위해 대기 중인 두 보안 팀이 있음에도 불구하고 그는 자신의 신변 안전에 대해서라면 큰 기대를 가지고 있지 않았다. 그는 자신이 기억도 못할 만큼 많은 적을 가지고 있을 정도로 오랫동안 그 세계에 몸담아 왔다. 누구 손에 죽는지도 모른 채 죽을 수도 있는 것이다.

안전과 보안은 별개의 문제다.

문을 열고 안으로 들어가는 대신 그는 경보장치 바로 아래 있는 벽돌에 손가락을 가져다댔고, 벽돌을 오른쪽으로 밀자 두 번째 입력장치가 모습을 드러냈다. 이 장치는 그가 직접 설치한 것으로 집 내부에서 미세한 움직임이라도 감지되면 그에게 바로 통보하는 동작 탐지 시스템이었다. 황색 불빛이 켜 있는 것을 보니 만족스러웠다. 이상무. 그가 걱정하는 것은 자신의 목숨이 아니라 집 내부에 있는 정보들이었다.

그는 모친의 생일인 여섯 자리 코드를 입력하고 벽돌을 제자리로 도로 밀어놓았다. 나지막한 찰칵 소리와 함께 문이 자동으로 열렸다. 집안에 들어간 다음 현관 대기실에 서류가방을 내려놓았다. 집안은 전형적인 독신

남의 스타일로 소박하게 꾸며져 있었다. 집안 어디에도 지인이나 가족사진 같은 것은 없었다. 자신이 소중하게 생각하는 것은 집안에 두지 않았다. 조금이라도 아끼는 가구라고는 미시간대 법대생 시절부터 가지고 있던 오래된 가죽 등받이의자가 전부였다.

코너는 습관에 의존적인 사내였다. 늘 그래 왔듯이 부엌으로 걸어 들어가 우유를 한잔 따르고, 자신이 안전함을 알리는 신호로 등을 켰다가 다시 껐다. 이어서 이층 서재로 가서 오래된 가죽 등받이의자에 앉아 텔레비전 심야프로의 진행자가 떠드는 것을 가만히 지켜보았다. 십분 정도의 시간이 지나서야 그는 자리에서 일어나 꼭대기 층에 있는 침실로 걸어 올라갔다. 커튼을 닫고 파자마 잠옷으로 갈아입은 다음 침대에 누워 '포린 어페어스'를 대충 넘겨봤지만 한 글자도 제대로 읽지는 않았다.

그의 머릿속에는 한 문장만이 계속해서 떠올랐다. '누군가가 지켜보고 있다.'

12시 40분이 되자 그는 불을 껐다. 프랭크 코너의 공식 하루 일과가 끝난 것이다.

5분 뒤에 그는 이불을 젖히고 침대에서 천천히 일어나서는 욕실을 지나 더 이상 입지 않는 옷을 보관하는 퀴퀴한 냄새가 나는 후면 벽장으로 갔다. 좀먹은 블레이저 재킷 몇 점을 밀어내고 안쪽 벽에 어깨를 대고 밀었다. 벽이 돌아가더니 그 너머로 녹색 카펫이 깔려 있고, 견고한 책상과 널찍한 캡틴 체어로 꾸며진 쾌적한 느낌의 서재가 모습을 드러냈다. 서재는 본래부터 이 집에 딸려 있던 공간으로 흑인 노예들이 지하철로로 탈출하는 것을 돕던 노예제도 폐지론자였던 저택 첫 소유주의 작품이었다. 서재 안 공기는 서늘했고 레몬향이 풍겼다. 그는 벽을 다시 밀어 원래대로 해놓고는 6인치짜리 티타늄 봉으로 입구를 가로막아 주는 잠금 버튼을 눌렀다. 개인 집무실이 안전하다는 생각이 들자 그는 한숨을 돌렸다.

그는 자리에 앉아 소속 기관의 보안통신망 서버인 인텔넷에 접속했다.

맨 처음 한 일은 이메일 함을 열어 보는 것이었다. 전략공군사령부에서 발 포어 경이 엠마에게 보여준 미군 군수품 사진의 복원 작업을 마친 것을 보 니 만족스러웠다. 컴퓨터 작업으로 초점이 열 배로 정교해졌고, 사진 속의 무기를 살펴보던 그는 무기의 강철표면 위에 있는 리벳 못을 알아 볼 수 있었다.

"아니, 이럴 수가." 하고 신음하듯 내뱉었다.

피터 어스킨의 말이 맞았다. 그것은 5백 파운드급 재래식 폭탄이 아니 었다. 확실했다. 시뮬레이션 프로그램을 통해 눈 속에 가려진 부분이 드러 났고, 무기의 본래 생김새를 볼 수 있었다. 군사기술에 관해 초보적인 지 식만 있어도 누구나 그것이 크루즈 미사일임을 알아볼 수 있었다. 전략공 군사령부의 분석에 따르면 이것은 AGM-86 크루즈 미사일이었다.

그는 디비전에 들어오기 전 미합중국 국방부 조달담당관으로 일했고, 제너럴 다이내믹스, 레이시언, 록히드와 같은 군수업체들과 많은 업무를 진행했다. 크루즈 미사일이라면 속속들이 알고 있었다. 음속에 가까운 속 도에 사정거리가 1천 6백 킬로미터에 달했다. 선박이나 항공기에서도 발 사가 가능하며, 어느 방식을 사용하든지 간에 폭스바겐 비틀 차량 크기의 목표물을 98퍼센트의 정확도로 타격할 수 있었다. 그리고 히로시마에 투 하한 폭탄의 열배에 달하는 150킬로톤급 고폭탄이나 핵탄두를 탑재할 수 있었다.

150킬로톤이라.

코너는 자리에서 일어났다. 숨이 막혀 오는 것 같았다. 예리한 통증이 가슴을 파고들며 몸이 뻣뻣해져 왔다. 황급히 입을 벌려 숨을 들이쉬면서 통증에서 벗어나 보려고 했지만 굉장히 강한 압박감이 가슴을 짓눌렀다. 목구멍과 폐에 마비증세가 느껴졌다.

그러고는 모든 것이 멈추고, 압박감에서 풀려나며 통증이 사라졌다. 크 게 숨을 들이마시며 온몸이 다시 정상으로 돌아오는 것을 느꼈다. 이 모든 것이 15초 사이에 벌어진 일이었다.

J&B 위스키를 가득 따르면서 그는 스트레스 탓이라고 스스로 되뇌었다. 아마겟돈의 환영을 본 자라면 누구라도 그와 같은 심정일 것이었다.

150킬로톤이다.

그는 글라스 잔을 들고 위태로운 세상을 향해 축배를 들었다.

미국 공군에서 몇 차례 핵무기를 분실한 적이 있다는 것을 알고 있었지만, 그가 아는 한 지금까지는 별 탈 없이 되찾아왔다. 안전예방책으로 1968년 공군이 핵무기로 무장한 폭격기의 비행을 중단한 것도 알고 있었다. 문제의 크루즈 미사일은 1970년대까지는 제조되지 않았다. 그렇다면 논리적으로 봤을 때 발포어가 발견해서 엠마의 도움을 받아 회수하려던 게 무엇이던 간에 핵탄두가 장착된 무기는 아닐 것이다.

30년간 공직에 있으면서 프랭크 코너가 배운 것이 두 가지 있었다. 사람들은 거짓말을 한다. 그리고 불가능한 일은 없다. 그는 이 두 가지를 자기 직업의 근원적인 진실로 받아들였고, 이 두 가지를 가차 없이 이용함으로써 디비전의 수장 자리에까지 오를 수 있었다.

생각이 여기에 미치자 그는 정신을 차리고 마음을 가다듬었다.

어딘가에 폭탄이 있다, 아마도 핵폭탄. 그리고 어떻게든 그것을 찾아내야만 한다. 손목시계를 힐끗 보았다. 새벽 1시 23분. 일을 시작하기에 딱 적당한 시각이었다.

코너는 인텔넷에서 로그오프를 했다. 그리고 잠시 어두운 서재에 앉은 채로 하루 동안 벌어진 일들을 곰곰이 생각해 보았다. 어스킨과 달리 그는 산속에 처박혀 있던 크루즈 미사일보다 엠마 랜섬에 대한 걱정이 앞섰다. 미사일 문제가 위협적인 일임에는 틀림없지만, 지금 당장 문제가 되지는 않을 것이다. 만일 그것이 실제로 핵폭발이 가능한 상태라면 상상할 수 없는 위험을 가져올 것이다. 그러나 아직까지는 바로 코앞에 당면한 위협이라고는 할 수 없었다.

반면에 엠마 랜섬은 이미 죽었거나 혹은 고문당한 뒤에 감금된 상태일 것이다. 어느 쪽이든 그에겐 생각하기 괴로운 일이었다.

그는 자리에서 일어나 방의 먼 쪽 모퉁이로 갔다. 애써 무릎을 꿇고 앉아 카펫 한 쪽 끝을 잡아당기자 생체정보인식 잠금장치가 나왔다. 잠금장치를 해체하고 그 안에서 단단한 가죽 장정 서적 한 권을 꺼내들었다. 다시 일어서려고 심호흡을 한 번 하고, 책상으로 돌아가기까지 몇 번 더 숨을 내쉬었다. 책상 앞에 앉아 가져온 서적을 펼치고 각 페이지별로 첨부된 사진들을 확인하며 천천히 책장을 넘겼다.

모든 규정이나 규칙과 달리 프랭크 코너는 디비전에서 요원으로 활동한 적이 있는 모든 이들의 사진을 앨범으로 만들어 모아두었다. 앨범에는 이름도 날짜도 없고 오로지 얼굴 사진만 있었다. 그럼에도 불구하고 그것은 중대한 위반행위에 해당했고, 그도 그것을 알고 있었다. 변명의 여지란 없었다. 변명할 생각도 없었다. 그들은 그의 가족이었다.

책을 반쯤 넘기다가 동작을 멈추고는 물결치는 붉은 머리칼과 번뜩이는 녹색 눈동자를 한 젊은 여인의 사진을 쳐다보았다. 젊지만 순수해 보이진 않았다. 엠마는 단 한 번도 순수했던 적이 없었다. 그러나 젊고 열성적인 동시에 적극적이었다.

앨범을 덮고 천장을 향해 눈길을 돌렸다. 속에서 뭔가가 흔들리고 있었다. 슬픔은 아니고, 죄책감은 더더욱 아니었다. 뭔가 더 큰 감정, 그것은 의무감이었다. 그녀에게 빚을 진 것이다.

코너는 수화기를 들고 중동지역으로 전화를 걸었다. 남성이 전화를 받았다.

"주무시지도 않습니까?"

"자네가 맡아야 할 일이 있는데." 하고 코너가 말했다. "반드시 비밀리에 진행돼야 하는 일이야."

"언제는 안 그랬습니까?"

12

두바이에서 샤르자로 이어지는 고속도로 갓길에 차를 세웠을 때는 아랍
에미리트 시각으로 오후 한 시였다. 남자는 랜드로버를 세우고 창밖을 응
시했다. 끝없이 펼쳐진 물결 모양의 땅이 경계가 모호할 정도로 사방에 펼
쳐져 있었다. 마지막으로 그는 손에 쥔 GPS 좌표를 두 시간 전 프랭크 코
너로부터 전송받은 위치와 대조해 보았다. GPS 맵에 표시된 그곳의 위치
는 샤리자 자유무역지구에서 남서쪽으로 26킬로미터 떨어진 지점이었다.
제대로 찾아온 것이었다.

차에서 내린 그는 차량 주위를 한 바퀴 돌았다. 타이어 마다 펜을 공기
주입구에 찔러 넣어 15파운드의 공기압을 빼냈다. 일을 마친 다음 그는 팔
소매로 이마를 닦고 주위를 둘러보며 다가오는 차량이 없는지 살폈다. 가
까이 오는 차량은 없었다. 있다 하더라도 그다지 신경을 쓰거나 하진 않았
다. 사막 투어는 관광객들 사이에서 인기였고, 차량 문에는 '두바이 사막
탐험'이라는 로고가 장식돼 있었다. 마주치는 모든 이들의 눈에 그는 안내
가이드였다. 누군가가 좀 더 자세히 살펴볼 경우를 대비해 차량 앞좌석 사
물함 안에 안내가이드 자격증, 관광안내 허가증, 그리고 지난 2년 동안의
고객명단까지 챙겨두었다.

남자는 운전석에 올라 기어를 1단에 넣었다. 랜드로버가 흔들거리며 앞
으로 나가자 공기압이 빠진 타이어가 모래바닥을 부드럽게 내리눌렀다.

차량이 모래언덕을 오르자 하늘이 앞 유리를 가득 메웠다. 다음 순간 차량 앞코가 내리막을 향했고, 차량이 미끄러져 내려가는 동안 푸른 하늘 풍경은 갈색 모래로 바뀌었다. 목적지는 엠마 랜섬이 마지막으로 목격됐던 사막 한가운데로, 그곳에서 정서 방향으로 30킬로미터 떨어진 위치였다. 그녀로부터 영상 전송이 멈춘 후 위성사진에 잡힌 열 신호에 의하면 비행장에서 여섯 대의 차량이 사막으로 향했다. 영상을 확대해 본 결과, 다섯 대가 경찰 소유 차량임이 확인됐고, 여섯 번째 차량은 메르세데스 벤츠 SUV였으며 소유주는 라쉬드 왕자였다.

"내 요원 중 하나가 실종됐네." 몇 시간 전 통화에서 코너가 말했다. "최우선으로 처리해야 할 일이네. 무슨 수를 써서라도 찾아내야 해."

한 시간 동안 운전했고, 오르막길과 내리막길이 연이어 나타나는 통에 뒷목이 뻣뻣해져 왔다. 목적지에서 1킬로미터 떨어진 지점에서 그는 모래언덕 위까지 차를 몬 다음 차가 앞으로 곤두박질치기 전에 브레이크를 걸고 조심스럽게 차에서 내렸다. 파도처럼 펼쳐진 모래언덕 풍경이 앞쪽에서 멈췄고, 대신 달의 표면을 연상케 하는 단단한 모래, 암석, 그리고 덤불로 이뤄진 넓게 트인 지대가 보였다. 쌍안경으로 주변을 훑자 곧바로 얼룩한 점이 시야에 들어왔다. 위성이 라쉬드 왕자를 마지막으로 포착했던 바로 그곳에 검은색 옷 한 점이 가시덤불에 걸려 있었다.

쌍안경을 내리고 귀를 기울였다. 사막은 그야말로 텅 빈 공간이었으니 소리는 멀리까지도 울려 퍼질 수 있었다. 아무 소리도 들리지 않았다. 경계심을 늦추지 않고 마지막 모래언덕 아래로 차를 운전해 갔다. 차의 시동을 켜둔 채 덤불까지 걸어가 옷을 집었다. 면 소재 티셔츠고, 옷의 상표가 모두 제거돼 있다는 사실을 바로 알아보았다. 그것은 첩보요원의 의상이었으며, 라쉬드가 엠마 랜섬을 이곳으로 데려왔다는 증거물이었다. 티셔츠의 한 부분이 뻣뻣하게 굳어 있었고, 엄지로 문지르자 적갈색 물질이 묻어났다.

몇 미터 떨어진 바닥에 타이어 자국이 남아 있었다. 다가가 부드러운 모래바닥 위에 남아 있는 반원 형태의 발자국들을 관찰했다. 담배꽁초가 주변에 버려져 있었다. 무릎을 꿇고 앉아 손가락으로 모래를 헤치자 돌덩이며 자갈, 그리고 나뭇가지가 모습을 드러냈다. 그 외에 다른 것도 있었다. 치아. 은봉이 박힌 사람의 어금니였다.

그는 차로 돌아간 다음 차를 몰아 엠마 랜섬이 고문을 받고 처형당했을 것으로 추정되는 지점이 내려다보이는 모래언덕 위로 올라갔다. 쌍안경으로 주변을 관찰하자 멀리 사막으로 이어진 타이어 자국이 보이고, 타이어 자국 가운데로 불규칙하게 고랑이 패여 있었다. 왕자에 대한 소문은 그도 들어서 알고 있었다. 라쉬드 알 자이드가 사람을 차 뒤에 매단 채로 끌고 다닌 게 이번이 처음은 아니었다.

타이어 자국을 따라 가 보니 자국은 1킬로미터 가량을 이어가다 갑자기 멈췄다. 차에서 내려 주변을 살펴보았으나 남자들의 발자국으로 보이는 흔적만 여러 개가 남아 있었다. 발자국 중 하나는 유난히도 선명했으며 신발 상표의 일부가 드러나 있었다. 핸드폰으로 사진 몇 장을 찍은 다음 기술팀 괴짜들이 뭔가를 알아내리라는 희망으로 코너에게 전송했다. 우울한 심정에 그는 모래를 걷어찼다.

그때 눈에 무엇인가가 들어왔다. 엄지손가락만한 플라스틱 조각이었다. 좀 더 가까이서 살펴보니 그것은 핸드폰 사용자에 관한 정보, 즉 전화번호, 주소록, 사진들, 그리고 해당 기기의 수신과 발신 정보를 담고 있는 중요한 칩인 핸드폰 심(SIM)카드였다. 심카드가 발견된 곳 근처에는 웅덩이에 고인 핏물이 흑요석처럼 시꺼멓게 굳은 채 말라 있었다.

그는 자리에서 일어나 마지막으로 한 바퀴 더 돌아본 다음 무거운 심정으로 코너에게 전화를 걸었다.

"말씀하신대로입니다. 라쉬드가 그의 수하들과 함께 여자를 이곳 사막까지 끌고 와서 재미를 좀 본 것 같습니다.

"여자에 관한 흔적은?"

"여자의 것으로 보이는 셔츠, 뽑힌 치아 한 점과 심카드를 찾았습니다. 핏자국도 여러 군데 남아 있습니다."

"젠장."

"큰 기대 따위는 하지 않는 게 좋을 것…" 그가 갑자기 하던 말을 멈췄다. "아니, 이건 뭐지."

"뭘 말인가?" 하고 프랭크 코너가 다급히 물었다.

그는 허리를 숙이고 모래 속에 있는 무엇인가를 응시했다. "살아 있습니다."

"그걸 어떻게 알아?"

"여자가 남긴 발자국이 있습니다. 제 발로 걸어 나간 흔적입니다."

13

MV-22 오스프레이 헬기가 아프가니스탄 바그람 공군기지에서 출발해 남남서로 180노트의 속도를 유지한 채 페르시아만의 푸른 바다 위를 높이 날고 있었다. 조나단 랜섬은 승객실에 앉은 채 창밖으로 F-18 전투기 한 쌍이 1마일 정도 떨어진 곳에 착륙하기 위해 잽싸게 지나쳐 가는 것을 흘 낏 보았다. 헬리콥터는 유도미사일 순양함 바로 위를 지나가고 있고, 순양 함 후미에는 성조기가 의기양양하게 펄럭이고 있었다. 마지막 10분 간 그 들은 제50기동 항모 전단 위를 날고 있었다. 또 하나의 교전지대에 진입 한 셈이었다.

"6분 뒤 착륙합니다." 파일럿이 말했다.

조나단은 안전벨트를 매만지며 가슴과 허리를 제대로 고정시켜 주는지 를 확인해 보았다. 오스프레이 헬기가 기수를 내리고 빠르게 하강하기 시 작했다. 자신의 의지와 상관없이 소용돌이 속으로 휘말려 들어가는 느낌 이었다.

일주일 전 토라보라에서 헬기에 오른 이후 그는 계속해서 이리저리 이 동했다. 토라보라에서 바그람으로, 바그람에서 캠프 리노, 캠프 리노에서 카불에 있는 미국대사관으로, 그리고 다시 바그람으로. 가는 곳마다 이런 저런 질문을 받았고 최대한 성실하게 대답했다. 자신이 언제쯤 돌아갈 수 있을지도 물어보았지만 매번 '조만간'이라는 같은 답변만 들었다.

헬기가 착륙하자 헌병 두 명이 비행갑판 위에 위압적인 모습으로 우뚝 솟아 있는 '아일랜드' 해치로 안내했다. 조나단은 헌병을 따라 계단을 몇 차례 오르며 지휘소로 갔다. 그를 데려간 곳은 사관실이었는데, 방안에는 탁자와 의자, 그리고 한쪽 구석에 급히 마련해 온 것 같은 성조기가 놓여 있었다.

해치가 열리며 구겨진 회색 양복 차림을 한 다부진 체격의 중년 남성이 들어왔다. 남자는 머그 잔 두 개를 들고 있고, 한쪽 옆구리에는 가죽 폴더를 끼고 있었다. "차를 좋아하시지요?" 머그잔 하나를 조나단에게 내밀며 그가 말했다. "다즐링 차로 가져왔습니다. 티백 두 개에 설탕도 잔뜩 넣었습니다. 정신이 들게 해 줄 게 필요하실 것 같아서 말입니다. 나는 커피를 워낙 좋아해서. 종류에 상관없이 그저 블랙커피면 충분하지요."

조나단은 머그잔을 받아들고 그 남자가 커피를 흘려가며 머그잔과 서류 폴더를 탁자 위에 내려놓는 것을 지켜보았다. "좀 앉으시겠습니까?" 의자를 꺼내 앉으며 그가 말했다. "싫으면 편하신 대로 하시고. 나는 좀 앉아야겠습니다. 원래 심부정맥혈전증이 있는데 장시간 비행했더니 다리에 통증이 와서 좀 불편해서 말이지요."

"비행기 안에서도 틈틈이 걷거나 다리를 풀어주어야 합니다." 조나단이 말했다. "그래야 혈액이 돕니다."

"그건 그렇지요. 다들 그렇게 말하긴 합디다만."

남자는 가죽 서류 폴더를 열고 리갈 패드와 서류 몇 장을 꺼낸 다음, 영업을 갓 시작한 회사원처럼 그것들을 가지런히 늘어놓았다. 하지만 그런 순진해 보이는 행동에 속아 넘어갈 조나단이 아니었다.

"큰일을 겪으셨다고 들었습니다." 그가 말했다. "다치거나 하진 않으셨습니까?"

"괜찮습니다. 제 동료는 그리 운이 좋지 못했지만요."

"무슨 일이 있었던 건지 설명해 주시면 좋겠습니다."

"그쪽 이름부터 밝히시겠습니까?"

"그게 무슨 소용이 있겠습니까? 어차피 거짓 이름을 댈지도 모르는데 말입니다."

"당신이 프랭크 코너군요."

놀란 것인지 아니면 당혹스러움에서인지 남자의 입이 벌어졌다. "엠마가 알려준 거요?"

"런던에서 그녀가 몇 마디 흘렸던 것 같군요. 당신을 사기꾼이라고 하더군요. 난 들은 얘기를 토대로 추측했을 뿐입니다."

코너는 그의 말에 흥미를 보이며 말했다. "또 뭐라고 합디까?"

"로마에서 당신이 자기를 죽이려 했다고 하던데."

"사람을 보내 등 뒤에서 아내를 찌른 게 당신이라는 사실에 기가 막힐 뿐이죠."

코너는 친절하던 어투를 바꾸었다. "그 일이라면 나중에 설명하지." 조나단은 만만치 않은 자와 같이 있다는 사실을 깨달았다. "앉으시겠소, 닥터 랜섬? 조국을 위해 봉사해 준 선생과 악수나 포옹 혹은 뺨에 입맞춤이나 하자고 무려 7천 마일을 날아온 건 아니니까. 서로 대화를 나눠야 할 중대한 사안들이 있다는 말이오."

조나단은 자리에 앉았다. "지난 8년으로도 부족했나 보군요? 나로서는 할 만큼 다 했다고 생각했는데요."

"날 믿으시오. 선생께서 해 준 일들에 대해 우리도 매우 고맙게 생각하고 있소. 특히 스위스에서 하신 일들에 대해서는 말이오. 누구보다도 내가 감사하게 여기고 있소. 선생을 끌어들인 것에 대해선 우선 사과드리리다. 선생께서 아프가니스탄으로 간 이유가 이 모든 것으로부터 벗어나기 위해서였다는 것도 알고 있소."

"내가 아프가니스탄으로 간 것은 본업으로 돌아가기 위해서였습니다."

"선생께서 전투가 벌어진 와중에 어떻게 움직였는지에 대해 조금 들은 바가 있는데, 본업이 무엇인지 진지하게 다시 고민해 봐도 좋을 것 같소."

"난 누구나 그렇게 했을 일을 한 것뿐입니다."

"모든 이들이 다 그렇게 총알이 빗발쳐 자신의 목숨도 위험한 상황에서 부상당한 병사를 챙기는 건 아니오. 그래서 그런 행동에 대해 훈장을 주는 것이고."

"훈장 같은 걸 바라고 한 일은 아닙니다."

"그건 알지만. 그래도 하나쯤은 줄 수도 있소. 아시겠지만 압둘 하크는 그야말로 일급 악당이었소. 그자를 잡기 위해 수개월간 애를 썼지만 소득이 없었지. 무인정찰기, 비밀 정보원, 사례금, 아무 것도 통하지 않더군. 그러던 차에 그자가 병으로 누웠다는 소문을 들었고, 우리는 그자를 잡을 절호의 기회라고 생각했소. 마침 선생이 그 근방에 있었고. 우리에게는 다른 선택의 여지가 없었던 것이오."

"항상 그런 식인가요? 내 의견은 별로 중요치 않다는 말로 들리는군요."

"그렇소, 닥터 랜섬. 때로는 당신 의견 따위는 문제가 되지 않소. 인생이란 게 원래 거지 같은 일투성이 아니겠소?"

"그리고 하미드는?"

"스스로 자원한 거요. 하미드는 카불에서 자라 나중에 샌프란시스코로 이민 왔고, 조국을 위해 입대했던 거요."

"그리고 당신이 끼어든 것이겠군요?"

"그는 우리에게 필요한 특수한 능력을 가지고 있었소. 우리가 그를 원했던 만큼 하미드 자신도 우리를 원했지. 압둘 하크가 사라지면 아프가니스탄은 보다 안전한 곳이 될 테니까 말이오."

조나단은 머그잔을 입가에 가져다대고 달달하고 따뜻한 차를 쭉 들이켰다. 자신의 손을 놓치고 떨어지던 하미드를 떠올렸다. "늘 한 가지가 궁금했습니다. 예전에 당신들이 날 찾아낸 건 어떻게 된 겁니까?"

"알아도 선생께 말해줄 수는 없소."

"당연히 알고 계시겠죠." 하고 조나단이 말했다. "당신 같은 사람은 모든 것을 알고 있을 테니 말입니다."

조나단은 따져 묻고 싶은 것을 억누르고 이렇게 물었다. "그리고 엠마는요? 아내는 어떻게 끌어들인 겁니까?"

"그것 또한 말해줄 수 없소. '알아야 할 필요가 있는 것만', 이것이 게임의 첫 번째 규칙이요, 닥터 랜섬."

"아내가 어디에 있는지는 알고 있습니까?"

"이미 말했듯이 선생 아내의 과거나 현재에 대해서라면 할 말이 없소." 코너는 하던 말을 멈추고 커피 잔을 내려놓았다. "적어도 아직은 그렇소."

조나단은 두 사람 사이의 역학관계에 변화가 오는 것을 느꼈다. 이 자가 자기한테 어떤 제안을 하고 있다는 생각이 든 것이다. "무슨 뜻이죠?"

"우리를 도와달라는 부탁을 하기 위해서 내가 선생을 찾아왔다는 뜻이오."

"디비전을 말입니까?"

코너는 고개를 끄덕이며 되물었다.

"진담이신가요? 지금 내가 당신네들을 위해 일해 주길 바란다는 건가요?"

"선생이야말로 우리를 도와줄 만한 특별한 능력의 소유자라고 믿소만."

"됐습니다." 하고 조나단이 말했다.

"내 말을 좀 더 들어보시겠소."

"아니, 싫습니다. 말할 생각도 없고 관심도 없습니다. 이것으로 끝내겠습니다."

"선생을 만나겠다고 나는 아주 엄청나게 장시간을 날아온 사람인데."

"사정은 딱하지만." 조나단은 탁자를 밀며 자리를 박차고 일어났고 그 와중에 그가 앉았던 의자가 뒤로 넘어졌다. "이제 그만 비행기에 올라타고 다시 장시간을 날아가면 되실 것 같군요. 그럼 이만."

"부탁이오, 닥터 랜섬. 당연히 화가 나겠지만, 잠시만 내게."

"더 이상 대화하고 싶지 않다고 했습니다."

코너는 조나단을 노려보며 말했다. "좋소, 정보부 직원들이 선생께서 서명할 서류 몇 가지를 줄 것이오. 임무를 마치고 나면 선생께서 원하는 행선지를 그들에게 말하시오. 그럼 다 들어줄 거요. 항공권, 여권, 필요로 할 만한 것들이라면 뭐든. 선생의 노고에 대한 보상금을 지불해 주라는 허가도 받았소. 선생 앞으로 된 1만 4천 달러짜리 수표요. 소령 급이 받는 두 달 치 위험지역 임무 수당이오."

"필요 없습니다." 하고 조나단이 말했다.

"이건 선생이 받아야 할 몫이란 말이오. 자선단체에 기부를 해도 좋지만, 그건 당신이 알아서 처리할 일이오."

코너는 탁자 위에 봉투를 올려놓았고, 이어서 서류를 주워 모아 서류가방 안에 넣었다. 조나단은 그가 서류에 어떤 단어도 기입해 놓지 않았다는 것을 알아챘다. 후줄근한 양복과 낡은 구두, 그리고 노동자 같은 말투와 마찬가지로 서류 역시 전부 전시용이었다.

코너는 자리에서 일어나다 비틀거렸고 균형을 잡기 위해서 팔을 뻗어 더듬거렸다. 조나단은 서둘러 탁자로 갔다. "괜찮습니까?" 팔을 잡아주며 그가 물었다.

"다리가." 코너가 손사래를 치며 말했다. "좀 전에 말했듯이 그저 혈액순환장애일 뿐이오."

의사가 환자를 진찰하듯이 조나단은 좀 더 자세히 코너의 상태를 살펴봤다. 모세혈관이 확장돼 붉어진 뺨, 피곤함에 푹 쳐진 눈가와 숨이 가빠하는 증상들을 눈여겨보았다. 바로 가까이에서 보니 빠르고 얕게 내쉬는 숨소리가 들렸다. "엠마가 지금 어디 있는지 아십니까? 부탁합니다. 단지 그녀가 잘 있는지 알고 싶을 뿐입니다."

코너는 가방을 들어 책상 위에 올려두었다. "당신 아내에 대해 현재 당신이 알고 있는 모든 것들이 사실과 다르다고 내가 말한다면 뭐라고 하시 겠소?"

조나단은 대답하기 전에 이것이 그를 끌어들이기 위한 또 다른 계략이 아닐지 고민하며 망설였다. "예를 들자면? 프랑스에서 엠마가 날 죽이려 하지 않았다는 건가요?"

"뭐, 그것을 포함해서."

"당신을 믿을 수가 없소." 하고 말했지만, 코너의 태도에는 솔직함과 진 정성을 보여주는 무엇인가가 있었다. 어쩌면 조나단 자신이 그렇게 믿고 싶었는지도 모른다.

"엠마가 지금 위험에 처해 있소. 그것도 아주 큰 위험에 말이오. 그리고 그녀를 도와줄 수 있는 유일한 사람이 바로 선생이라고 한다면 믿겠소?"

술수를 꿰뚫어보려고 애쓰며 조나단은 코너를 노려보았다. 그가 본 것 은 무릎과 심장에 문제가 있는 23kg 가량의 과체중을 한 사내가 진실을 말하고 있다는 것이었다. "다시 앉아 보시겠소?"

14

"좋습니다." 하고 조나단이 말했다. "말해 보시오."

"선생께서 알아야 할 첫 번째는 엠마가 우리와 일하는 것을 그만둔 적이 없다는 사실이오. 우리란 디비전을 말하는 것이고, 디비전은 곧 미합중국이오. 스위스 사태 이후 며칠에서 몇 주 정도 단독으로 움직이기는 했소. 우리가 보복할 것을 염려했기 때문이오. 거짓말 하지는 않겠소. 실제로 우리 조직 내 몇몇은 그렇게 하자고 했으니 말이오. 겉으로 봐서는 엠마가 우리를 배신한 셈이고, 그래서 그녀에게 본때를 보여주자는 사람들이 있었던 거요. 허나 난 그들과 생각이 달랐소. 난 엠마가 우리 조직에 큰 공헌을 한 것이라 생각했고, 상황이 정리되고 나서는 다들 나처럼 생각하기 시작했소. 나는 엠마가 상상조차 하기 힘든 대형 참사를 막았을 뿐만 아니라, 특별한 기회까지 우리 손에 쥐어 주었다는 것을 알았소. 그래서 난 엠마에게 다시 접근해서 독자적으로 활동을 계속해 달라고 설득했소."

"그렇지만 당신은 엠마를 죽이려고 하지 않았습니까?" 조나단이 말했다. "아내의 등에 남은 상처자국을 봤습니다. 로마 병원에 있는 수술 기록도 봤습니다. 과다출혈로 거의 죽을 뻔한 사실 말입니다."

"그렇지 않소, 닥터 랜섬. 그건 사실이 아니오. 선생처럼 실력 좋은 외과의가 절개한 뒤에 다시 봉합을 해놓았을 뿐이오. 나머지는 속임수였고, 우리가 늘 하는 일들이오."

조나단은 무슨 말을 하려다 참았다. 엠마가 그를 만나러 런던으로 찾아왔던 기억, 여럿의 목숨을 앗아갔고, 수많은 부상자를 남긴 차량 폭탄을 그녀가 폭발시키는 것을 목격한 지난 7월의 일들이 기억 속에 되살아났다. 이후 그녀를 추적하기 위해 자신이 밟아갔던 단계들을 주의 깊게 따져보아야 한다는 것을 알고는 있었지만, 도체스터 호텔에서 두 사람이 같이 보낸 그날 밤을 차마 그냥 넘겨 버릴 수는 없었다. 지옥문의 봉인이 해제되기 바로 전날 밤을.

객실 바닥에서 사랑을 나누던 두 사람의 모습이 머릿속에 떠올랐다. 엠마는 적극적이고 열정적인 연인이지만, 결코 자신의 전부를 그에게 내어 주지는 않았다. 함께했던 시간은 아내를 향한 그의 사랑을 확인시켜 주었으며, 심지어 사랑하는 감정을 더욱 깊어지게 했다. 그녀는 그를 만나기 위해서 모든 것을 걸었다.

아름다웠지만 너무 빨리 끝나 버린 기억이었다. 러시아연방보안국 소속 첩보원이라는 정체가 드러나면서 아내가 런던에 온 진짜 이유들이 밝혀졌다. 남편과의 낭만적인 밀회는 본래 목적이 아니었다. 그가 사랑의 표현이라고 여겼던 것은 계획의 일부였거나, 더 안 좋게 말하면 단순한 편의에 지나지 않았다. 그것을 알고 그는 무너져 버렸다.

조나단은 상황을 이해하기 시작했음에도 불구하고 "도대체 왜 그런 짓을 해야 한 겁니까?" 하고 물었다.

"일단 엠마를 이중첩자로 쓰기로 결정한 이상, 그녀의 충성심에 관한 러시아인들의 의구심을 완벽하게 지워 버릴 필요가 있었소. 러시아 놈들은 지나칠 정도로 의심이 많은데, 당시 러시아연방보안국 국장이고, 엠마의 첫 통제관이자 첫 애인이기도 했던 세르게이 스베츠란 놈은 특히 그랬지. 그때는 이미 엠마가 우리와 일을 한 지 꽤 오래 됐을 때였소."

"8년이겠죠." 하고 조나단이 말했다.

"더 오래." 하고 코너가 말했다. "그럴 만한 근거를 우리가 제공해 주지 않는 한, 스베츠가 엠마를 다시 받아줄 리 없었소. 따라서 우리가 그녀를 제거하려는 것처럼 보여주어야 그자도 엠마가 우리를 배신한 게 틀림없다고 볼 게 아니겠소. 그것만이 그를 속일 수 있는 유일한 길이었소."

"나머지 일들은? 그러니까 노르망디에서의 핵시설 폭파 건이나, 런던의 차량 폭파는? 그런 것들은 다 어떻게 설명하실 겁니까?"

"그 일들은 선생께서 상관하실 바가 아니오." 조나단이 재차 추궁하기도 전에 코너는 손짓으로 그를 막는 시늉을 했다. "작년 여름 사건에 대해서도 선생께서는 너무 많은 것을 알고 있소. 그나마 좀 전 이야기도 선생께서 엠마의 남편이고, 내가 생각하기로는 선생께 우리가 빚을 진 게 있어서 말을 해드린 것이오."

"그러면 엠마가 런던에서 날 만나는 것을 당신도 몰랐다는 겁니까?"

코너는 시답지 않다는 듯 웃어보였다. "그런 일에 엠마가 내 의견을 물었을 것 같소?"

조나단은 시선을 돌렸다. "그렇다면…."

"그녀가 당신을 만난 것은 자신이 원해서였을 거요. 알아서 생각하시오. 하지만 이건 말해 주겠소. 그것은 그동안 받아 온 훈련지침 전부에 반하는 어리석고도 성급한 결정이었소. 그런 짓을 함으로써 자신의 목숨과 임무를 위태롭게 했으니까 말이오. 내가 알았더라면, 장담하건데 절대로 가만두지 않았을 거요."

조나단은 머그잔을 들고 차를 단숨에 들이켰다. 일정한 고동소리가 항공모함 선체에 울려 퍼졌다. 천정 위로 뭔가 빠르게 지나가는 시끄러운 소리가 들리고, 배가 요격이라도 당한 것처럼 흔들렸다.

"항공 작전이오." 하고 코너가 말했다. "전투기를 갑판에서 이륙시키는 것이지."

흔들림이 멈추자 공기 중에 경유 냄새가 감돌았다. "엠마가 위험에 처해 있다고 했습니다. 내가 어떻게 도울 수 있다는 말입니까?"

"그녀가 시작한 일을 마무리해 주면 되는 것이오."

"사람을 잘못 본 것 같군요. 난 의사지 첩보원이 아닙니다."

"맞소. 공교롭게도 내가 찾는 것도 그런 거요." 코너는 그의 두툼한 두 손을 테이블 위에 올려놓으며 말을 이었다. "우선 선생의 상태를 알고 싶소. 툭 까놓고 말하시오. 그곳 산악지대에서 겪은 일만으로도 멀쩡하던 사람을 돌게 만들기 충분하니. 이십년 경력의 군인들조차도 그런 일을 겪고 나면 정신 줄을 놓는 것을 종종 보아 왔소."

"나는 아무 이상 없습니다." 하고 조나단이 말했다.

"악몽을 꾸진 않소? 식은땀이나?"

조나단은 고개를 저었다.

"팔을 내밀어 보시겠소."

"뭐라고요?"

"자, 똑바로 뻗어 보시오. 손바닥을 펴고 손가락도 최대한 곧게 뻗고 있어 보시오."

조나단이 오른팔을 뻗었다. 손이 눈에 보이게 떨렸는데, 주먹을 쥐었다가 다시 펴자 떨리는 증상이 사라졌다. 코너는 애매한 눈길로 그를 쳐다보았다.

"젊을 때 암벽등반 도중에 동료를 몇 잃었습니다." 조나단이 말했다. "산악 고지 위험지대에선 일이 순식간에 벌어지지요. 눈앞에 있던 사람이 한 순간에 사라집니다. 너무 순식간에 벌어지는 일이라 도대체 무슨 일이 일어난 것인지, 그리고 그 일이 내게 어떤 의미가 있는지 미처 파악할 틈도 없습니다. 지금 기분도 그렇습니다. 많이 놀란 것도 사실입니다. 어쩌면 충격이 지연되고 있는 상태일지도 모르지요. 한편으론 굴복하고도 싶지만, 너무 많은 일들이 일어나고 있습니다. '지금'만 생각하고 행동해야 하는 것이지요. 그렇지 않으면 살아서 산을 내려갈 수 없을 테니 말입니다. 무슨 말인지 이해되시나요?"

코너가 이렇게 대꾸했다. "물론이오, 닥터 랜섬. 무슨 말인지 알겠소."

"이제부터는 닥터 랜섬이라고 부르지 말고 그냥 조나단이라고 하시죠."

"알겠소, 조나단." 코너는 탁자 위에 얹어놓은 두툼한 두 손 중 하나를 내밀어 악수를 청했다. "프랭크 코너요."

"그럼 그게 당신 본명인가요?" 악수를 받아들이며 조나단이 물었다.

"내 어머니가 말씀하신 바로는 그렇소." 소리 내어 웃으며 코너는 넥타이를 느슨하게 풀었다. "좋소, 조나단. 그럼 시작하겠소. 지금부터 내가 말하는 것들은 모두 기밀이거나 그것보다 훨씬 더 극비에 해당하오. 당장 비밀 준수 서약을 받지는 않겠소. 그런 것들은 나중에 해도 될 터이고. 허나 말을 퍼트리거나 하는 실수는 없어야 할 거요. 이 순간부터 당신은 날 위해 일하는 거요. 그 말은 곧 미합중국 정부를 위해서 일을 한다는 뜻이요. 알아들으셨소?"

"알겠습니다만, 그런 식의 군기 잡는 말은 필요 없습니다. 아시겠습니까?"

코너는 눈살을 찌푸리며 뺨 언저리가 붉게 상기됐다. "그것 말고도 말해 줄 게 더 있소. 내가 맡기려는 일은 극도로 위험한 일이오. 당신은 적진 한 가운데로 투입될 것이오. 지원 따위는 기대 안 하는 게 좋소. 말 그대로 적진에 홀로 서 있어야 할 것이란 말이요. 정체가 발각될 가능성도 충분히 있소. 일이 그렇게 될 경우, 나는 달리 손을 써줄 수가 없소. 좋은 점은 파키스탄 감방에서 50년씩 썩을 일은 없다는 것이고, 나쁜 점은 그 자리에서 바로 처형될 거란 정도요."

"이봐요, 프랭크. 빙빙 돌리지 말고. 진짜로 어떻게 되는지나 알려주시지요."

코너는 이렇게 말했다. "작전 장소까지 우리가 모시겠소. 알아둬야 할 사항도 모두 알려주겠소. 내 지시대로 움직인다면 문제없을 거요. 무엇보다 중요한 것은 매사 침착하게 대처해 나가려는 자세를 잃지 않는 것이오.

이해하시겠소?"

"알았어요." 조나단이 말했다. "위험한 일이라 이거죠. 엠마를 돕는 일이라면 할 겁니다."

"좋소. 그렇다면 당신 아내의 활동에 대해 좀 더 설명을 드리겠소. 이고르 이바노프 암살 작전에서 맡았던 임무 때문에 엠마는 대가를 치러야했고, 그 결과 9월부터 지난 두 달간 다마스쿠스 소재 러시아 연방보안국의 관사로 보내졌소. 거기서 놈들이 그렇고 그런 일들은 엠마에게 넘겼소. 아랍 외교관들을 관리하는 일, 수준 낮은 염탐질, 종종 기업 기밀도 훔치게 하고. 요즘 산업 스파이 행위는 국가 활동이란 말이오. 그녀가 맡은 일 중 하나는 남아시아 지역에서 활동하는 거물급 총기 밀반입자인 아쇼크 아르미트라지를 상대하는 일이었소. 자칭 발포어 경이라고 알려진 아르미트라지는 영국계 인도 혼혈이오. 들어 본 적 있소?"

조나단은 들어본 적이 없다고 했다.

"그자에 관해서라면 조만간 죄다 알려줄 거요. 당신의 가장 값지고도 가장 절친한 친구가 될 놈이니. 아무튼 간에 한 달 전 발포어는 자신의 고객을 위한 물품 리스트를 가지고 엠마에게 접촉해 왔소. 대개 물품 최종 사용자의 정체에는 누구도 관심을 갖지 않소. 발포어가 물품을 어느 나라로 보낼지 우리에게 알려주면, 우리는 수출 문서를 작성하는 식이란 말이오."

"우리라면? 우리도 그자에게 무기를 판다는 소린가요?"

코너는 고개를 끄덕였다. "장사하려는 회사가 미국에도 많소. 어쨌든 러시아 놈들도 최종 사용자 따위는 상관하지 않소. 놈들은 뒷문을 통해 물건을 보내고 있소."

"뒷문이라니, 무슨 뜻인가요?"

"마피아와 같다고 생각하면 돼요. 러시아에서 발포어에게 판 물건은 모두 트럭 뒤에서 나온 것들이오. 트럭이란 러시아연방보안국이 관리하는 국영 무기공장이 되겠고. 합법적인 물품들이 있는가 하면 불법적인 것들도 있소. 합법적으로 판 것들은 장부에 기입하고, 그렇지 않은 것들은 장군들의 쌈짓돈이 되는 셈이지."

"그러니까 발포어의 고객, 다시 말해 최종 사용자가 누구라는 겁니까?"

"우리도 모르겠소. 우리가 아는 건, 그리고 우리의 시선을 끈 건 이번 거래에 라쉬드 왕자가 연루돼 있단 점이요. 발포어의 말에 따르면, 라쉬드가 판매를 중개했고, 자기 고객을 대신해서 지불보증까지 서겠다고 했다는데."

"라쉬드라면 그 아랍 왕자를 말하는 건가요? 그 사람은 국경없는의사회의 후원자인데요. 좋은 사람이란 말이죠."

"아?" 코너가 시선을 돌리더니 매우 큰 오해가 있다는 냥 고개를 내저었다. "아무래도 우리가 지금 서로 다른 두 사람을 말하는 것 같군. 내가 아는 라쉬드 왕자는 가장 악명 높은 테러 단체 자금 공급책 가운데 한 명이오. 그자는 알카에다, 탈레반, 라시카르 에 타이바, 그리고 서구 사회에 기를 쓰고 대항하는 여러 이슬람 과격 단체들에게 일 년에 2억 달러라는 거금을 쏟아 붓고 있소."

조나단은 면박을 당하고 몸을 뒤로 기대어 앉으며 말했다. "그런 이야기는 들어본 적이 없습니다."

"당연히 들어본 적이 없겠지. 당신은 그자의 자선행위들이나 금발 아내, 또 파란 눈을 가진 예쁜 자녀들의 모습에 속아 넘어간 거요."

"이런 걸 알면서 왜 공개하지 않는 겁니까?"

"선생이 한 말을 생각해 보시오. 걸프 지역에서 그의 가문은 미국의 가장 충실한 동맹인지라 그런 혐의에 대해 거론하는 것만으로도 향후 몇 년간 두 나라 관계가 악화될 수 있소. 그러니 이건 세상에 공개할 이야기가 아니오." 기밀 사항이라는 것처럼 코너는 앞으로 수그리며 말했다. "은밀히 처리해야 하는 일이란 말이요."

"그래서 발포어를 통해 라쉬드에게 접근하는 데 엠마를 이용했다는 겁니까?"

"대답하지 않겠소." 코너는 무엇은 말하고, 무엇은 말하지 않아야 할지를 결정하려 몹시 애쓰는 듯이 입술을 오므렸다. 표정으로 봐서는 무엇인가 큰 문제가 생긴 게 분명했다. "우리가 아는 것은 그녀가 발포어를 통해 라쉬드에게 무기를 전달하는 과정에서 사라졌다는 것뿐이오."

상황을 그려보는 게 그리 어렵지 않았다. 러시아 요원 신분으로 라쉬드에게 접근해 그를 사살하려는 엠마. 레바논과 보스니아 말고도 여러 곳에서 그녀는 비슷한 일을 성공적으로 해낸 전력이 있었다. 모두 위험한 일들이었다. "죽었습니까?"

"아직 죽지 않았다고 믿을 만한 충분한 근거를 확보했소."

조나단의 귀에 그 '충분한 근거'란 스파이 세계에서 흔히 말하는 잘해야 반반의 가능성이라는 소리로 들렸다. "라쉬드가 아내의 정체를 알아냈습니까?" "

"모르겠소. 아는 걸 말해주기 전에 먼저 마음을 가다듬으라고 하고 싶소. 화를 내는 건 누구에게도 도움이 되질 않으니, 특히 엠마에게는."

조나단은 긴장감을 억누르며 심호흡을 했다. "알겠습니다." 하고 그가 말했다.

"자신을 엿 먹였다고 생각되는 사람들에게 라쉬드 왕자가 하는 짓거리가 있소. 사막으로 데려가서 손 봐 주는 걸 좋아한다고 하오. 자세히는 설명 안 하겠소. 워낙 지저분한 얘기라서."

"예를 들자면?"

"모르는 편이 좋소."

"예를 들면, 뭘 말하는 겁니까?"

코너는 양 팔을 탁자위에 올리며 한숨을 내 쉬었다. "쇠사슬," 그가 말했다. "소몰이 막대, 담배. 때로 사람을 차 뒤에 매달고 달린다거나."

"그자가 그런 짓을 엠마에게 했다는 겁니까?"

코너는 고개를 끄덕였다.

주체할 수 없는 분노가 속에서부터 끓어오르며 조나단은 시선을 돌리고 말았다. 아내에게 그와 같은 끔직한 고문을 가한 짐승을 응징하기 위해서 라면 무슨 일이라도 해내고 말겠다고 생각했다.

멈추지 않고 울려 퍼지는 소리가 귀를 가득 채웠지만, 그것이 자신의 내부에서부터 나온 것이지, 항공모함에서 나는 것인지 확실하지 않았다. "방금 전 엠마가 죽지 않았다고 믿을 만한 충분한 근거를 갖고 있다고 하셨는데요."

"고문에서 살아남았단 증거가 있소."

"그녀를 본 사람이 있다는 말입니까?"

"그건 아니오."

"그럼, 뭘 안다는 겁니까? 말로만 '충분한 근거' 는 아닐 것 아닙니까."

"그녀가 살아서 제 발로 걸어 나간 것으로 보이는 발자국들이 발견됐소. 현재로선 그게 우리가 아는 전부요."

"소몰이 막대라고 했습니까? 그 놈이 엠마를 차 뒤에 매달고 사막을 달렸다는 겁니까?"

코너가 인상을 찌푸렸다. "워낙 악질인 놈이라. 미안하게 됐소."

조나단은 차갑고 단단하며 냉혹한 무엇인가가 자신의 내면에 자리 잡는 것을 느꼈다. 쇠사슬, 소몰이 막대, 담배, 가끔은 차 뒤에 매달고 달리기.

코너가 한 말은 그의 영혼 깊은 곳까지 파고들었다. 또 한 대의 전투기가 출격하면서 항공모함을 뒤흔드는 동안 조나단은 탁자에 앉아 내면의 악마가 복수를 외치며 꿈틀대는 것을 느꼈다.

보복이다.

"라쉬드를 잡으면 되는 겁니까?" 사건의 전모에 대해 파악한 조나단이 물었다.

코너가 고개를 저었다. "상황이 유동적이라 아직은 때가 아니오. 현재로서는 라쉬드가 아니라, 그자가 무기를 공급하려던 무기 구매자의 정체를 알아내는 일에 우린 더 관심을 갖고 있소. 새로운 인물이라면, 그자의 이름부터 알아내야 할 것이오. 이미 알려진 존재라면 그게 누구인지 알아내는 게 필요하오."

"그렇지만 엠마를 공격한 건 라쉬드인데, 그자를 그냥 내버려두겠다는…"

"라쉬드는 개새끼고, 때가 되면 분명 그 대가를 치르게 할 생각이오. 약속하겠소. 그렇지만 당장은 그자에게 다가갈 길이 없소. 우리가 지켜보고 있다는 걸 놈도 알고 있소. 그러니 제 나름의 방어태세를 갖추고 있을 게 아니겠소. 유일한 길은 발포어를 통하는 길이오. 알겠지만 발포어는 단순히 무기를 제공하는 데 그치지 않고, 고객들이 원하는 곳까지 수송해 주고 있소. 만일 발포어가 이번에 제공한 무기들을 어디로 배달하는지 알아낸다면, 라쉬드 뒤에 있는 베일에 싸인 친구가 누구인지도 알 수 있게 될 것이오. 말했듯이 우린 발포어에게 접근해야 하고, 그 일을 해낼 사람이 오직 당신뿐이란 말이오."

"그자에 관해서는 아는 게 없다고 말씀드렸습니다."

"상관없소. 선생께서 놈에게 뭘 해 줄 수 있느냐가 중요한 거요."

코너는 잠시 동안 조나단에게 발포어가 어떻게 무기거래상으로 힘을 얻게 되었고, 인터폴의 위험인물 명단인 레드 리스트에 오른 도망자 신세가 되었는지에 대해 설명했다. 설명을 마친 코너는 예리한 시선으로 조나단을 주시하며 의자에 기대어 앉았다. "아직 관심이 있소?" 하고 그가 물었다.

"계속 말해보시죠." 조나단이 말했다.

"지금 발포어의 처지가 곤란한데, 자신도 그걸 알고 있소. 인도 정부에서 놈을 궁지로 몰고 있으니까 말이오. 파키스탄 측에서 언제라도 그자를 쫓아낼 수 있는 상황이지. 그는 지금 당장 탈출로를 모색해야 할 상황인데, 문제는 놈이 숨을 곳이 어디에도 없다는 사실이오. 그렇다 보니 발포어는 다른 신분으로 새 출발을 할 수 있도록 성형으로 외모를 바꿔 줄 사람이 필요해졌고, 놈은 그래서 성형외과의사를 찾고 있는데, 파키스탄에 있는 자신의 사저에서 수술을 받겠다고 하오. 우린 선생께서 놈의 성형외과의 노릇을 해 주길 바라오."

"나더러 그자에게 성형수술을 해주라는 겁니까? 완전히 다른 사람처럼 보이도록 말입니까?"

"이상적인 것은 선생이 굳이 수술해야 되는 상황까지 가지 않는 것이오." 코너가 말했다. "발포어는 이슬라마바드 외곽에 있는 호화 저택 내부 사무실에서 모든 일을 처리하는데, 우린 선생께서 발포어의 손님 자격으로 잠입해서 라쉬드와 거래한 그자의 정체를 알려줄 정보를 빼내주길 바라오. 그자에게 접근하기에 이보다 더 좋은 기회란 없을 것이오. 라쉬드와 거래한 자는 어쩌면 빙산의 일각에 불과할지도 모르니. 일만 잘 풀린다면 무기시장을 뒤엎어 버릴 만한 충분한 정보를 얻을지도 모르오."

"준비 기간은 얼마나 있습니까?"

"선생께서 말해 보시오. 그런 수술은 얼마나 걸리는 거요?"

"수술 시작에서 마무리까지 말입니까? 그자가 외모를 어디까지 고치려는지에 달려있겠죠. 코, 턱, 보형물 이식까지. 그건 직접 봐야 압니다. 어떻든 신체나 혈액 정밀검사 같은 것들은 반드시 해야 합니다. 검사 결과가 빨리 나와 준다면, 최소 이틀 정도 잡을 수 있을 겁니다. 보유 장비는 어떤 것들입니까?"

"발포어의 성격을 봐서는 최고의 장비들로 구했을 거요."

"그렇다면 수술 자체는 반나절이면 충분합니다. 그래도 수술 후에 며칠 정도는 안정을 취해야 할 겁니다. 적어도 일주일간 비행기는 못 탄다는 소리죠."

안내방송이 배의 내부 스피커를 통해 울려나왔다. 배식이 곧 시작될 것이고 오늘 밤에는 '배트맨 리턴즈' 영화 상영이 있을 것이라는 내용이었다. 조나단은 잠시 코너가 말해준 것들을 곰곰이 생각해 보았다. "발포어가 성형외과의를 구하는 중이라고 했는데, 이미 마음에 두고 있는 의사가 있다는 겁니까?"

코너는 그렇다고 했다.

조나단은 불안한 기분에 사로잡혔다. "그럼 그 사람은 어떻게 되는 겁니까?"

"그자는 이 상황에서 제거되는 거지." 사무적인 투로 코너가 말했다.

"상황에서 제거된다고요?"

코너가 끄덕였다. "우리로서는 방해 요인을 치워 버리는 게 마땅하단 소리요."

"그 사람의 목숨과 엠마의 목숨을 바꿀 수는 없습니다."

테이블 건너편에 앉은 코너가 낙심한 표정으로 쳐다보았다. "우리를 그렇게 보는 거요? 목적 달성을 위해서라면 무슨 짓이든 하는 비도덕적인 살인자 집단으로? 당신만큼은 우리가 사람 목숨을 얼마나 중시하는지 알아줄 것이라고 생각했는데."

조나단은 그의 말 속에 든 숨은 메시지를 놓치지 않았다. 자신은 민간인이지만 디비전의 여러 작전들에 대해서 알고 있었다. 여느 민간인이 알아도 되는 것 그 이상을 알고 있었던 것이다. 디비전의 정책이 위험 요소가 되는 모든 개인들을 제거하는 것이었다면 그는 이미 오래 전에 살해됐을 것이다. 그가 타이르듯 말했다.

"그 부분은 내게 맡기시오. 당장은 내가 말하는 대로 해 주면 되는데, 그럴 수 있겠소?"

조나단은 일단 그렇게 하겠다고 대답했다. 그러나 속으로는 코너가 뭔가를 숨기고 있는 게 틀림없다고 생각했다. "그럼 이제 뭘 어떻게 하면 되는 겁니까? 주어진 시간은 얼마나 되고요?"

코너가 손목시계로 시간을 확인했다. "이런, 언제 시간이 이렇게 된 건지 모르겠군. 어서 비행갑판으로 올라갑시다. 선생을 태울 수송기가 대기 중이오."

"지금 말입니까?"

"지금 당장." 프랭크 코너는 그를 사관실에서 데리고 나간 다음 계단을 몇 층 내려가더니 전투기 조종사 대기실에서 멈춰 섰다. 그가 큰 소리로 몇 마디 명령을 내리자 사관 한 명이 비행전투복과 헬멧을 하나씩 가지고 나왔다.

"이걸 착용하시오." 코너가 말했다. "서두르시오."

"나를 어디로 보내려는 겁니까?" 조나단이 물었다.

"내 동료들을 만나러 가는 거요. 적진으로 보내기 전에 선생이 배울 게 한두 가지가 아니오."

조나단은 비행복과 헬멧을 쳐다보며 말했다. "잠깐 기다려 보십시오. 그러면 엠마 문제는 어떻게 하자는 겁니까? 엠마가 위험에 처해 있다고 하지 않았습니까. 이 모든 것이 다 엠마를 위한 게 아닌 겁니까?"

"물론, 엠마를 위한 것이오. 아내를 돕는 최상의 길은 그녀가 시작한 일을 마무리지어 주는 거요." 하고 코너가 말했다. "라쉬드가 엠마를 고문하기 전까지 그녀를 마지막으로 본 사람들 중 한 명이 바로 발포어요. 그녀에게 무슨 일이 생긴 것인지 아는 사람이 있다면, 그자가 바로 발포어란 말이요."

15

프랭크 코너는 비행갑판 안전선에 서서 조나단이 F-18/A기의 뒷좌석에 오르는 것을 지켜보았다. 이등병 한 명이 조종석 안으로 몸을 기울여 조나단의 안전벨트를 점검하고, 비행기 내부에 대해 설명해 주었다. 이등병이 조나단의 발치에 있는 무엇인가를 보고 고개를 내저으며 두 팔로 크게 엑스(X)자 표시를 해 보이자, 코너는 조나단이 긴급 비상시를 제외하고는 탈출손잡이를 절대로 잡아당기지 말라는 주의를 받고 있다고 짐작했다.

이등병은 조종석 덮개를 닫은 뒤 사다리에서 뛰어 내렸다. 비행갑판 위쪽 높은 곳에서 비행 관제사가 초록색 깃발을 흔들자 조종사가 답례를 했다. 전투기 엔진 출력이 올라가는 소리는 마치 원동기가 돌아갈 때 들리는 경보음 같았다. 코너는 조나단이 자신 쪽을 흘낏 바라보는 것을 보았다. 그가 무엇인가 자신에게 기대하고 있다는 느낌이 들자, 한 손을 들어 올려 엄지손가락을 치켜세워 보였다. 꽤나 어색한 제스처였다. 코너는 누군가를 응원하는 일이라면 젬병이었다. 자신이 몸담고 있는 직업은 인간의 조건 중 회색지대에 자리 잡고 있었고, 그 영역에서는 죽음이 늘 따라다니기 때문에 누군가를 응원한다는 것 자체가 솔직하지 못한 일이라고 느꼈기 때문이다. 그는 미소를 지어보였고, 조나단은 고개를 끄덕였다.

항공관제관이 깃발을 내렸다. F-18 전투기가 흔들거리더니 지지대에서 뛰어 나가 번개처럼 비행갑판 위를 질주해 화살처럼 하늘로 쏘아 올려졌다. 엔진이 주황색 빛을 내뿜더니 이내 붉은색 빛을 뿜었다. 코너는 전투기가 오른쪽으로 급선회하는 것을 지켜보며 그 방향이 북쪽일 것이라고 추측했다. 마음이 무거웠다. 지금 아마추어급 인물을 단 하루의 훈련도 없이 전문가의 세계로 파견한 것이다. 그는 발포어와 그를 지키는 수하들을 떠올렸다. 모두 험악한 범죄자들이었다. 그중에서도 유난히 돋보이는 자가 하나 있었는데, 발포어를 대신해 온갖 더러운 일을 처리하는 198센티미터의 장신인 미스터 싱이라는 자였다. 랜섬은 독사 둥지에 들어가면서 그런 사실을 모르고 있었다. 비행기가 회색 점으로 보일 때까지 코너는 그 자리에 서 있었다. 마침내 기체가 창공 너머로 삼켜지며 완전히 모습을 감추었다.

코너는 뒤로 돌아 '아일랜드'를 향해 걸어가기 시작했다. 돌아갈 비행기 편도 준비해 두었지만, 전투기 뒷좌석에 전사 흉내를 내며 앉아서 갈 기분이 아니었다. 헬기로 가장 가까운 곳에 위치한 큰 공항까지 이동하는 것만으로도 충분했다. 그는 해치 쪽으로 걸어가다가 수치감에 발걸음을 멈추었다. 무엇인가 거대한 힘에 이끌려 그는 하늘을 마지막으로 한 번 더 올려 보았다.

"부디 성공하기 바라오." 그는 속삭이듯 말했다.

16

이슬라마바드의 한낮 교통 체증은 여느 때와 마찬가지로 끔찍했다. 승용차, 화물차, 대형 버스, 오토바이, 자전거, 툭툭(오토바이를 개조해 만든 삼륜차)과 경삼륜차까지 온갖 차량들이 정부 청사 구역의 널찍하고 잘 포장된 대로 위에 다닥다닥 늘어서 있고, 조금이라도 먼저 가겠다며 서로 난리였다. 흰색 레인지로버 차량 행렬이 경적을 울리며 콜로니얼 빌딩 앞 도로변을 빠져나와 키치너 로드로 들어서려고 하고 있었다.

"호위대는 어디 갔지?" 지난 두 달 간 그들과 늘 함께 있던 ISI 요원들의 동정을 어깨너머로 살피며 발포어는 물었다.

"하루 종일 안 보이던데요." 기사는 백미러를 통해 발포어와 시선을 맞췄다. "이제 안전합니다, 보스. 아무도 우릴 미행하고 있지 않습니다."

발포어는 아무 말도 하지 않았다. 실은 정반대였다. 그의 상황은 지금 상어 수조에 든 부상당한 물고기만큼이나 위태로웠다.

"변호사가 뭐라고 하던가요?" 하고 기사가 물었다. 그 기사는 발포어가 뒷골목에서 데려와 직접 훈련시킨 젊은이였다. "별 문제 없다고 했겠죠?"

"그래, 다 잘 풀렸어." 억지로 기분 좋은 말투로 발포어가 말했다. "집으로 가 주게."

"예, 알겠습니다." 기사는 환한 웃음을 지으며 진지한 자세를 보이기 위해 운전대로 바싹 몸을 기울였다.

발포어는 뒤로 기대앉았다.

"인도 경찰이 이번 습격에 당신이 연루된 증거를 파키스탄 경찰에게 제공했습니다." 발포어가 자리에 앉자마자 변호사는 초조한 투로 말을 꺼냈다. "뭄바이의 테러리스트들이 사용한 기관총 두 대의 일련번호가 사건 한 달 전에 보관 창고를 거쳐 간 선적 목록과 일치합니다."

"놈들이 어떻게 알아냈지?"

"선적 목록 사본을 가지고 있었습니다."

"그럴 리가." 목록 사본은 오직 자신만 갖고 있다는 말이 나오는 것을 억지로 참으며 발포어가 말했다. "허나 총들이야 어디로든 갈 수 있는 것 아닌가? 한 달이면 그러고도 남을 만큼 긴 시간인데."

"안 통할 겁니다." 하고 변호사가 말했다. "워낙 평판이 자자하셔서 말입니다."

발포어는 반박할 생각조차 하지 않았다. 자기 나라 정부에 대한 그의 반감은 널리 알려져 있었다. 무장 단체들의 손에 무기를 쥐어주고, 자국을 겨냥하게 하는 일이야말로 개인적으로 무척 유쾌한 일이었다. 놀랍게도 그들의 공격은 매우 성공적이었다. 180명이 사망했고 수십 명이 부상당했다. 뭄바이, 혹은 많은 이들이 아직도 봄베이라고 부르는 뭄바이에서는 사흘간 인질극이 벌어졌다. 스무 명의 용사가 저지른 행동으로 수백만의 인구가 사는 대도시가 마비됐다. 정말이지 유쾌한 일이었다.

변호사는 그다지 신나 하지 않았다. "보스가 개입된 혐의는 정치적 논쟁거리가 돼 버렸습니다. 신속히 자백하신다면 델리 측에서는 스리나가르 국경지대를 수차례 공격한 건은 사면해 줄 용의가 있답니다."

"그럼 이슬라마바드 쪽은?" 하고 발포어가 물었다. 파키스탄 정부를 말하는 것이었다.

"구울 장군께 전화를 넣어 봤습니다만 불행히도 답신을 안 주더군요."

"전화가 올 거야. 매달 오만 달러나 받아먹었으니."

"그 선을 떠난 것일 수도 있습니다."

"말도 안 되는 소리." 하고 발포어가 말했다. "거긴 파키스탄이야. 돈이면 뭐든 되는 곳이야. 총리한테 전화를 넣어 봐."

"해 봤습니다." 변호사가 말했다. "통화를 거절하시던데요."

발포어는 고개를 끄덕였고 아무렇지 않다는 듯 이렇게 말했다. "증거 사본부터 구해와 보게."

변호사는 이미 그랬다며 선적 목록의 사본을 내밀었다. "기다리는 것 외에는 달리 방법이 없겠습니다. 예방책을 마련해 두셨을 거라 믿습니다. 더 이상 파키스탄 정부의 보호를 받고 있지 않다는 것을 인도 쪽도 금방 알게 될 거고, 그러면 금방 보스를 체포하려고 들 것입니다. 조심하셔야겠습니다."

발포어는 대답하지 않았다.

불과 삼십 분 전에 있었던 일이었다.

차에 탄 발포어는 그제야 문제의 목록을 펼쳐 꼼꼼히 살펴보았다. 의심의 여지가 없는 진짜였다. 주문의 성격이 워낙 민감했던지라 발포어 자신이 직접 배송을 지휘한 것이었다. 자신을 제외하고는 그 서류에 대해 아는 것은 오직 한 사람뿐이었다. 그는 자신의 개인비서에게 전화를 걸었다.

"미스터 메디나, 시내에서 이제 들어가는 길인데. 마부에게 코펜하겐(말 이름)을 준비시키라고 해 주게. 아니, 특별한 건 없고. 내 업무 변호사가 좋은 소식을 들려주기에. 그뿐이야. 뭄바이 건은 뭐 잘 넘어갈 것 같네. 오후 승마를 즐기기엔 아주 딱이겠어."

발포어는 두 번째로 전화를 걸었다. 전화를 받은 사람은 시크교도 출신인 그의 보안실장이었다. "문제가 생겼어. 미스터 메디나가 밖에다 입을 나불거리고 다닌 것 같아. 나랑 한 시간 뒤 마구간에서 만나기로 했어. 우리 손님께서 벌이란 게 어떤 것인지 잘 보실 수 있도록 준비해 두게. 배신에 대한 규칙이 무엇인지 확실하게 알려주는 것이 중요하지. 순종마로 준비시키게. 미스터 싱, 수고하네."

사프란 색상의 옷감꾸러미를 머리에 짊어진 짐꾼 행렬이 그들 앞 도로를 지나가려 하자 레인지로버는 급정거했다. 발포어는 창밖으로 화덕 옆에서 몸을 웅크리고 앉아 개당 10루피인 닭똥집 꼬치를 파는 남자 아이를 내다봤다. 아이 옆에서는 절름발이 여자 한 명이 바닥에 앉아 있었다.

발포어가 창문을 내리고 말했다. "꼬치 두 개."

남자 아이는 꼬치 중 제일 좋은 것들로 골라 차 안으로 내밀었다. 발포어는 아이에게 500루피 지폐 한 장을 건넸다. "나머진 엄마한테 주거라." 하고 말했다.

꼼꼼하게 지폐를 살펴본 아이는 환호성을 지르며 제자리에서 폴짝폴짝 뛰었다.

길이 조금 풀렸다. 발포어는 잠시 기다렸다가 반대쪽 창문을 열고 닭똥집 꼬치를 던져 버렸다. 지나가던 시멘트 혼합기 차량에서 나온 배기가스 연기가 차안으로 밀려들어왔다. 기침을 하며 발포어는 뒤로 기대앉았다. 이 빌어먹을 나라에서 벗어나는 게 생각보다 오래 걸린다고 속으로 생각했다.

그렇지만 어디로 가야 한다는 말인가?

마음을 가다듬고자 그는 부드러운 가죽 덮개를 매만졌다. 5만 1천 달러를 들여 스페인에서 특별 주문한 알칸타라 가죽시트였다. 레인지로버 차량은 무장장갑차 회사인 뮌헨의 알파아머링판처룽사에서 장갑을 제조하고, V-12 수퍼차저 엔진을 장착하고 있었는데, 총 가격이 22만 5천 달러에 달했다. 이것을 해외로 반출할 수 있는 가능성은 희박했다.

발포어는 창에 비친 자신의 모습을 보았다. 그는 변호사와의 만남에 브리오니 정장, 애스콧 챙의 이집트면 셔츠와 에르메스 넥타이를 하고 나왔다. 구두는 영국 브랜드인 존 롭에서 만든 핸드메이드 제품이었고, 속옷도 맞춤 제작한 것이었는데, 스위스 브랜드인 한로에서 제작한 모노그램이 새겨진 실크 소재 사각 박서 팬티였다.

명품을 향한 자신의 집착은 열심히 일한 결과에 대한 일종의 보상이라고 그는 생각했다. 그의 직업은 그로 하여금 경계를 늦출 여지를 주지 않았고, 사람 사귀는 일을 멀리하게 만들었다. 그의 주위에는 사업 관련 동료와 부하들만 있었다. 여자들과 있는 것도 즐겼지만, 절대로 여자들을 믿지는 않았다. 물질적 소유는 촉감에서 오는 지속적인 만족을 주는 동시에 두 눈으로 자신의 성공을 아로새길 수 있게끔 해 주었다. 한때는 그 역시 노상에서 닭똥집 꼬치를 팔던 처지였다.

차량 행렬은 고속도로를 벗어나 마갈라 언덕으로 향하는 이차선 직선도로로 들어섰다. 몇 킬로미터를 지나 무장 검문소에 다다랐다. 검은색 복장에 케블라 방탄조끼를 걸치고, 헤클러 앤 코흐 MP-5 기관단총으로 무장하고 양쪽에 서 있던 경비병들이 바리케이드를 걷기 위해서 달려갔다. 발포어의 차량들은 속력을 줄이지 않고 그대로 통과했다. 바로 가까이에 있는 표지판에는 우르두어와 힌두어, 영어로 '사유지-진입 금지'라고 쓰여 있었다. 표지판 아래 있는 두개골과 뼈 무더기 그림은 달리 설명이 필요 없었다. 도로는 정확히 2킬로미터 이어졌다. 사과 밭과 오렌지 밭에 이어 아몬드나무 정원을 지나갔다. 발포어는 달콤한 향기를 맡으려고 차창을 내렸다.

멀리 앞 쪽으로 사유지로 들어가는 정문임을 보여주는 위풍당당한 문기둥이 시야에 들어왔다. 버킹엄궁의 것과 다를 바 없는 흑백 사선 줄무늬가 칠해진 경계초소가 한편에 세워져 있었다. 베어스킨 캡을 쓴 영국 여왕의 근위대 대신 머리부터 발끝까지 검은색 복장을 하고 기관총으로 무장한 사설 경비병들이 초소를 지키고 있었다. 화려하게 장식된 철문이 열리고, 발포어는 경비병에게 손을 흔들어보였고, 경비병은 자신이 할 수 있는 최상의 거수경례로 답했다.

레인지로버가 2분여를 더 달리자 인공호수가 나타났다. 차량 행렬은 나무다리를 건너 자갈 깔린 마당으로 빠르게 진입한 다음 건물 정문을 지나쳐 마구간이 있는 건물 뒤편으로 향했다.

발포어는 영국 말보로 공작의 궁전을 따라 자신의 저택을 블렌하임이라고 이름 지었다. 블렌하임은 본래의 이름에 맞먹는 2천 평방미터 크기의 팔라디오풍 궁전이었다.

메디나는 마른 체구에 코안경을 썼으며, 세심한 성격으로 보이는 인상에 머리를 이마 뒤로 넘겨 빗었다. 원래 발포어는 그를 회계사로 고용했지만, 완벽에 가까운 기억력과 때를 가리지 않고 일하는 자세에 감동해 중책을 맡겼다.

발포어는 곧장 미스터 메디나에게로 걸어가 선적 목록의 사본을 건네주었다. "인도 경찰 측에 이걸 제공한 게 자넨가?"

메디나는 서류를 검토해 보는 순간 손이 떨리기 시작했다. 그는 어깨너머로 뒤를 돌아보았다. 적갈색 터번을 빼곤 티 한 점 없는 하얀색 복장을 한 미스터 싱이 몇 발치 뒤에 서 있었다. 메디나는 고개를 끄덕였다.

"이유는?" 하고 발포어가 물었다.

"델리에서 제게 연락을 해 왔습니다. 경찰에서요. 정보를 주면 돈을 주겠다고 하더군요. 전 힌두 태생입니다. 제 동포와 싸우는 건, 곧 저와 싸우시는 것과 마찬가지입니다."

발포어가 목록을 다시 뺏었다. "가족들은 내가 챙겨주지."

메디나는 그에게 감사를 표했다. 조심스럽게 그는 안경을 벗어 발포어에게 건네주었다.

미스터 싱이 메디나의 손과 발을 묶었다. 아부다비의 경마장에서 데려온 순종 말 두 필이 마구간에서 끌려나왔다. 케이블 하나는 손을 묶고 있는 끈에 연결 됐고 다른 하나는 발을 묶은 끈에 연결 됐다. 메디나가 비명을 지르기 시작했다. 죽음을 느낀 말들은 더욱 흥분했고, 힘차게 울며 재갈을 잡아당겼다. 각 케이블은 안장에 부착돼 있었다. 기수들이 말 위에 올랐고 말머리를 반대방향으로 했다. 발포어가 손을 들자 기수들은 말에 채찍을 가했다.

메디나의 몸은 공중 위로 떠올랐다 다시 바닥에 닿기까지 약 2초간 수평 상태를 유지했다. 말들이 몸통에서 떨어진 팔과 다리를 끌고 반마일 정도 갔다. 말들은 위풍당당했다.

메디나는 아직 산 채로 바닥에 쓰러져 있었다. 미스터 싱은 네팔의 구르카인들이 좋아하는 곡선형의 날이 넓은 칼인 쿠크리로 그의 목을 베어 버렸다. 발포어는 잘린 머리를 보며 미스터 싱에게 말했다. "가족들을 찾아내서 모조리 죽여 버려. 내 평생 두 다리 뻗고 잘 수 있으려면 그래야지."

미스터 싱은 머리칼을 쥔 채로 배신자의 머리를 가지고 성큼성큼 걸어갔다. 메디나의 잘린 머리는 창에 꽂아 발포어의 사유지 입구에 전시할 예정이었다. 비슷한 길을 가려는 자들에게 보내는 사전 경고의 의미였다.

정의가 실현된 것에 만족하며 발포어는 뒤를 돌아보았다. 2층 창문을 통해서 헝클어진 붉은 머리칼을 한 유럽계 여성이 이 광경을 바라보고 있었다. 보아하니 뺨에 붙인 거즈도 떼어 버린 것 같고, 멍 자국도 흐려진 것을 알 수 있었다. 어느 때고 산으로 출발할 준비가 되어 있어 보였다.

빠르면 빠를수록 좋았다.

17

페르시아만의 푸른색이 네게브 사막의 갈색으로 바뀌었다. F-18/A기는 정확히 정오에 이스라엘 북부 레호보트에 위치한 텔노프 공군기지에 도착했다. 전투기가 관제탑을 지나 F-16 팔콘기 편대에 이어 십여 개의 격납고를 지난 다음 이착륙장 맨 끝 지점까지 가서 멈춰 섰다. 조종사는 조종석 덮개를 밀어젖혔지만 엔진 장치를 끄지는 않았다. 지상 근무원 한 명이 흰색 소형 트럭 옆에서 대기했다. 그는 지체 없이 동체에 사다리를 대고 조나단이 안전벨트를 풀고 기체에서 내리는 것을 도와주었다. 조종사는 덮개를 닫더니 전투기를 180도 돌려 남쪽을 향해 이륙했다. 지상 근무원은 트럭에 오르더니 차를 몰고 떠나 버렸다. 활주로에 발을 디딘지 60초 만에 조나단은 얼굴에 먼지와 모래가 섞인 바람을 맞으며 혼자 남았다.

그때 저 멀리 한낮의 태양 아래 번득이는 푸른색 물체가 시야에 들어왔다. 차량 한 대가 다가오더니 그의 옆에 멈춰 서고 남자 둘이 내렸다.

"이스라엘에 오신 것을 환영합니다." 운전석에 있는 남자가 말했다. 검은색 곱슬머리를 하고 땅딸막한 키에 다부진 체격의 소유자였다.

옆자리의 남자 역시 작은 키와 다부진 체격을 하고 있었으며 대머리였다. 조나단은 그의 모습을 보면서 포탄을 연상했다. 그는 차량 뒷문을 열어두었다.

"프랭크 코너로부터 연락을 받고 오신건가요?" 하고 조나단이 물었다.

대머리 남자가 대답 대신 열린 문을 가리켰고, 조나단은 차에 올라탔다.

그들은 사막을 빠져 나와 기다란 급커브 도로를 연신 오르며 한 시간 가량 달리다가 마침내 해안과 지중해를 향해 내리막을 달렸다. '텔아비브', '하이파', 그리고 '헤르츨리야'라고 적힌 표지판들이 지나갔다. 조나단은 몇 번이고 계속해서 대화를 시도해 봤지만, 둘 다 반응을 보이지 않았다.

헤르츨리야에 들어선 다음 그들이 탄 차는 고속도로를 벗어났다. 5분 뒤에 그들은 아담하고 새하얗게 칠 단장을 해놓은 호텔 건물 앞마당에 차를 세웠다. 건물 앞 간판에는 호텔 비치 플라자라고 적혀 있었지만 이렇다 할 해변은 보이지 않았고, 바다로 수직으로 떨어지는 암석 곶과 날카롭고 위험해 보이는 바위들로 이뤄진 방파제만 있었다.

로비를 지나 곧장 엘리베이터로 갔지만, 안내 데스크의 어느 누구도 그에게 말을 붙이거나 쳐다보려고 하지 않았다. 체크인은 이미 돼 있었다. 조나단의 방은 3층에 있었다. 복도에서 같이 온 남자들이 조나단에게 객실 카드키를 주었다. 운전했던 남자가 팔짱을 낀 채로 서서 조나단을 위아래로 훑어보았다. "양복 치수는 42, 바지는 허리 34에 길이 34, 신발 사이즈는 12."

"13입니다." 하고 조나단이 말했다.

"보트화 사이즈요." 포탄 같이 생긴 남자가 말했다.

그들은 더 이상 아무 말 하지 않고 가 버렸다.

객실 문이 살짝 열려 있는 것이 보였다. 노크 한 다음 문을 열었다. "누가 계시나요?"

호텔 청소원이 침실 탁자의 먼지를 털고 있었다. "잠깐만요." 억양이 강한 영어로 그녀가 말했다. "거의 다 끝나갑니다."

조나단은 객실로 들어서며 말했다. "괜찮습니다. 그냥 가셔도 됩니다. 바로 쉬고 싶어서요."

청소직원은 미소를 지어 보인 다음, 그의 말을 무시한 채 이미 충분히 깨끗한 데스크와 세면대로 일손을 옮겨 갔다.

조나단은 그녀를 피해 좁다란 발코니로 통하는 유리문을 열었다. 밖의 기온은 섭씨 21도로 훈훈했다. 해변을 따라 몇 백 미터 정도 위쪽에서 바위들이 사라지고 모래사장이 나타났고, 화사한 색의 타월을 깔고 누워서 일광욕 하는 사람들도 몇 명 눈에 들어왔다. 바람은 잔잔했고, 범선 몇 척이 일렬로 늘어서서 조류를 거스르며 태킹하는 모습이 눈에 들어왔다. 그는 눈을 감고 태양을 만끽하며, 자신이 요일조차 잊고 있었다는 것을 깨달았다. 금요일인가? 토요일? 지난 한 주간 그의 삶은 폭력의 실타래에 엉켰다. 테이블 위에 눕혀진 아미나가 보이고, 압둘 하크의 목을 칼로 긋는 하미드가 보였다. 머리 윗부분이 깨끗이 날아간 레인저 부대원, 그리고 가슴팍에 기관총 세례를 받으며 몸을 떨던 부르스터라는 이름의 비정해 보이던 대위, 잡은 손을 놓고 떨어지던 하미드의 모습이 보였다. 악몽에서 깨어난 사람처럼 조나단은 거칠게 몸서리를 쳤다. 눈을 떠 보니 하미드의 손을 잡으려는 듯 자신의 팔이 뻗어 있었다. 상쾌한 바람이 머릿결을 스치고, 다이아몬드처럼 반짝이는 바다를 응시하고 있는 그 순간조차도 수평선 너머 검은색 화장 먹으로 눈가를 칠한 한 쌍의 눈동자가 나직한 목소리로 복수를 다짐하는 것을 느낄 수 있었다.

조나단은 문을 닫고 방안으로 들어왔다. 다행히 청소직원은 나가고 없었다. 온도조절장치가 낮음으로 설정됐는지 확인하고 커튼을 닫았다. 에어컨이 가동되기 시작하자, 손을 들어 통풍구에서 나오는 사람이 시원한지 확인했다. 아프가니스탄에서 지내며 머리는 차게, 몸은 따뜻하게 하고 자는 것에 익숙해진 그였다. 시계를 풀러 침대 옆에 놓았다. 여기서 할 일이 무엇인지 전혀 감이 잡히지 않았지만 분명 코너가 모든 것을 계획해 놓았을 것이라고 생각했다. 그런 일에 신경을 쓰기엔 너무 지쳐 있었다. 선 채로 바지와 속옷을 벗었다. 샤워를 할까도 생각해 보았지만, 그만두기로 했다. 침대가 주는 유혹이 너무나 컸기 때문이다. 그는 침대 시트를 젖혔다.

난데없이 날카로운 펀치가 그의 옆구리를 강타했다. 바로 뒤에 누군가가 있는 것을 감지하며 그는 신음을 토했다. 몸을 돌리자 연한 청색의 무엇인가가 번뜩 보였지만, 몸을 절반도 채 돌리지 못했을 때 강철 같은 손아귀가 팔을 잡아 비틀며 그를 바닥에 내동댕이쳤다. 그는 바닥에 엎드린 채 쓰러졌고, 왼 팔은 암록을 당하며 등 뒤로 비틀어져 잡혔다.

"낯선 이에게 절대로 등을 보이지 말 것."

"그만 놔 주시오." 카펫에 얼굴이 눌린 채 조나단은 툴툴거렸다. "팔을 부러뜨릴 셈이요?"

"내가 방에서 나가는 걸 봤습니까?"

조나단이 들어본 발음이었다. "아뇨-" 한쪽 입가를 통해 겨우 대답이 흘러나왔다.

"서비스 카트가 복도에 있는지는 확인했습니까? 명찰은?"

"아뇨."

"그럼 아래층에서는? 서성대던 사람들은? 주차장에 있던 차량들은?"

"어-어-"

"호텔 전체가 텅 비어 있는데도 청소부가 굳이 이 늦은 오후 시각에 방을 치우는 이유에 대해선 생각 안 해 봤습니까?"

"으… 아니요."

"순진한 겁니까, 아니면 멍청한 겁니까?" 형용사 하나 마다 비틀린 팔이 더 세게 죄여 왔다. "그 누구도 믿지 말 것."

"그만 놔주시오."

"직접 뿌리쳐 보시죠. 그쪽은 건장한 성인 남성이고 내 몸무게는 겨우 54킬로그램 남짓한데 말이죠. 충분히 빠져나올 수 있을 텐데요."

조나단은 등에 타고 있는 여자를 떨쳐내려고 애를 써봤다. 몸 아래 깔려 있는 오른 팔을 빼내 무릎을 세워 몸을 일으키려고도 했다. 무술의 달인은 아니지만, 수년간 그는 여기서 주지츠, 저기서는 크라브마가를 익히는 식으로 무술을 배운 적이 있었다. 게다가 그는 힘이 셌다. 그러나 왼 팔에 가해지는 고통이 더 커지면서 모든 시도는 무위로 돌아갔다. "그만!" 뺨이 또 다시 바닥에 찍힌 채로 그가 말했다.

"이제부턴 주위를 잘 살피도록 하십시오. '왜', '어디', 그리고 '만약에' 란 질문들을 스스로에게 던지란 말입니다. 그냥 보는 게 아니라 제대로 보십시오. 관찰을 하란 말입니다!"

그의 눈동자는 카펫에서 대략 일인치 정도 떨어져 있었다. 그는 카펫 색깔이 녹색 얼룩이 섞인 파란색이라는 것을 '관찰' 했다.

암록이 느슨해졌다. 위에서 등을 짓누르던 무게가 사라지자 조나단은 가만히 누운 채로 숨을 골랐다. 청소부 여자는 커튼 쪽으로 걸어가면서도 그에게서 완전히 눈을 떼지는 않았다. "일어나서 뭘 좀 걸치시죠."

조나단은 일어나 절뚝거리며 욕실로 들어갔다. 허리에 타월을 두르고 되돌아와서 보니 청소부는 앞치마를 벗고 머리를 풀어 놓고 있었다. 큰 키에 예쁘지는 않지만 잘생긴 얼굴이었으며, 나이는 서른다섯쯤으로 보였고, 거친 피부 결에 푸른 눈, 그리고 밀짚처럼 쭉 뻗은 검은 생머리를 하고 있었다.

조나단은 사람의 출신지를 잘 알아맞히는 편이었다. 하지만 그녀의 경우는 아니었다. 미국인 같기도 하고, 프랑스인이나 아르헨티나인, 혹은 스웨덴 사람 같기도 했다. 평생 떠돌이 생활을 해 온 그는 여자가 자기와 동류라는 것을 직감했다. 자기처럼 그녀도 전 세계 곳곳을 떠돌아 다녔음에 틀림없었다. 화장을 거의 안하고 입술은 터 있었다. 두 팔은 단련이 되어 있고, 윤곽이 뚜렷한 이두박근 아래로 핏줄이 드러나 보였다. 자기 정도는 쉽게 제압할 수 있을 몸이었다. 힘도 자기보다 한 수 위로 보였다. 손톱은 잘 손질되어 있고, 손가락 마디는 대부분의 여자들이 바라는 것보다 굵었다. 옆구리에 날린 주먹이 그렇게 아플 만도 했다. 순간적으로 떠오른 이런 느낌들로 인해 그는 기분이 편치 않았다. 과거 엠마에게서 느낀 것도 이런 기분이었기 때문이었다.

"축하 화환과 환영 칵테일파티는 물 건너 간 건가요?" 하고 그가 물었다.

"휴가나 즐기러 온 게 아닙니다, 닥터 랜섬. 교습은 바로 시작합니다. 우리에겐 시간이 얼마 없고, 내가 본 바로는 가르칠 게 태산이군요. 쉬도록 하십시오. 저녁식사를 해야 하니 여섯 시에 모시러 오겠습니다. 입을 옷은 그때까지 준비될 겁니다."

"프랭크 코너가 보낸 전달사항은 없나요? 제게 연락을 하겠다고 했는데요."

"누구라고요?" 푸른 두 눈동자가 그를 위압적으로 쏘아보았다. 함부로 입 밖으로 낼 이름이 아닌 것이었다.

"아닙니다." 조나단이 물러섰다. "내가 착각했습니다."

"그런 것 같군요." 그녀가 가까이 다가와 손을 내밀었다. "대니라고 해요. 당신의 훈련교관입니다."

18

그곳은 '버블'이라는 이름으로 불렸고, 미국 의회의사당에서 한 블록 떨어진 레이번 오피스빌딩 3층에 위치해 있었다. 국가 기밀로 분류된 증언들을 의회 정보위원회에 제출하는 그곳의 공식 명칭은 SCIF(Sensitive Compartmented Information Facility), 즉 특수 정보 시설이었다. 겉으로 보기에 '버블'은 넓은 공간에 창문 없는 여타 사무실과 다를 바가 없었다. 사면의 벽과 천장, 그리고 눈이 부시도록 밝은 형광등 조명들이 있었다. 다른 사무실들과 다른 점이 있다면 바닥과 벽, 천장은 3인치 두께의 시멘트로 시공되어 있고, 모두 방음용 타일 처리가 되어 있다는 점이었다. '버블'에 들어가기 위해서는 두 개의 보안문을 통과한 뒤 15센티미터 가량 올라서야 했는데, 이는 버블을 원래의 층에서 분리하기 위해 필요한 높이였다. 저소음의 화이트노이즈(백색잡음)가 끊임없이 흘러나오며 만에 하나 있을지도 모를 도청장치를 방해하고 있었다. 버블은 또한 건물 지하에 설치된 개별 발전기와 연결된 자체 전력공급 시스템을 갖추고 있었다. 일단 문이 닫히면 어떤 소리도 새어 들어오거나 나가지 않았다. "어이, 조." 하고 SCIF 사무실 문틈으로 고개를 내밀며 코너가 말했다. "시간 좀 있나?"

육군에서 전역해 네브래스카주 하원의원으로 정보위원회 위원장이 된 조셉 티컴세 그랜트는 그날의 증언 자료를 가방에 넣다가 동작을 멈췄다.

"프랭크? 자넨가? 웬일로 기어 나오셨나? 자네들은 밤에만 나다니는 걸로 아는데." "소식 못 들은 모양이지? 우리도 이젠 당당하게 일한다고. 벌건 대낮에 말이야." 방에 남아 있던 사람들이 나가는 동안 코너는 문가에 서 있었다.

조셉 그랜트는 코너가 있는 쪽으로 민첩하게 다가와 악수를 청했다. 출생증명서에는 나이가 65세라고 적혀 있지만, 입술 한쪽 모서리만 말아 올린 미소와 광택 나는 구두마냥 시꺼멓게 이마를 뒤덮고 있는 머리숱의 조합으로 봐서는 제 나이의 절반쯤으로밖에 보이지 않았다. "이거 오랜만일세." 박빙인 선거에서 마지막 남은 유권자를 대하기라도 하는 것처럼 코너의 손을 꽉 움켜쥐며 그가 말했다. "취리히 건으로 3월에 보곤 통 못 봤지. 청문회 때 말이야, 안 그런가?"

"그런 것 같구먼." 하고 코너가 말했다.

코너에게는 잊기 힘든 기억이었다. 그 청문회는 디비전의 차기 국장에 대한 청문회라기보다 디비전 조직 자체의 존립에 대한 청문회가 돼 버리고 말았다. 고결한 척 내뱉는 헛소리들이 절정에 달해 있었다. 첩보기관이 정해진 영역의 선을 넘거나(코너도 인정하는 사실이었다), 타국의 내정에 간섭하고(사실이 아니었다), 의회 3분의 2 이상의 동의 없이 인명을 살상하는(그야말로 헛소리였다) 일이 발생해선 안 된다는 따위의 말들이었다. 넝마가 돼 버린 디비전의 명성을 회복할 최선의 후보가 된 코너는 자신을 향해 빗발치는 의심의 눈초리들을 상대해야 했다. 기록상으로 훌륭한 경력에도 불구하고 불그스름한 볼과 처진 턱살, 꼬깃꼬깃한 회색 양복을 입은 우둥퉁한 덩치의 이 사내를 의원들은 영 못마땅해 했다. 투표 최종 결과는 5대 4로 코너에게 좋게 나오기는 했지만, 임명되기까지 막후에서 상당한 압력을 넣을 필요가 있었다.

계속해서 활짝 웃으며 그랜트는 코너의 어깨에 손을 얹고 그를 방 한 모서리에 있는 탁자로 안내했다.

"그거 아나? 자네 서명이 들어 있을 것으로 보이는 국방비 지출 건의안 말이야. 그 안에 꼬불쳐 놓은 개별 조항 하나를 발견했는데 말이지." 탁자 모서리에 앉으며 그랜트가 말했다. "카운터 리소스 어낼러시스 (첩보 자료 분석) 프로그램을 위해 5천만 달러를 요청했더군. 그러니까 그게 줄임말로 C-R-A-P(영어로 허튼소리란 뜻의 비속어)인데. 이거 자네 짓이지?"

"난 그리 영리한 인간이 못되는데, 조."

"이 사람, 잡아떼기는."

마지막 직원이 나가자 그랜트는 아무 말 없이 탁자 아래 스위치를 젖히며 잠금장치를 작동시켰다. 곧바로 희미하게 웅웅거리는 소리가 들렸다. 버블 안이 안전해진 것이었다.

"브로큰 애로(Broken arrow)." 하고 코너가 말했다. "그게 뭔지는 알 테고, 안 그런가?"

"핵무기 분실 때 파일럿이 보내는 신호 아닌가. 그걸 모르는 사람이야 없지, 군이 나한테 묻는 이유가 뭔가?"

"얼마나 자주 있는 일이지?"

"다행히도 그리 자주는 아닌데. 숨길 수 있는 일도 아니고. 공문서에도 다 나와 있잖나?"

"공문서에 오른 것들이야 나도 알지."

사실 코너는 그런 사건의 세부사항을 줄줄이 외우고 있었다.

1956년 3월 10일. 핵 코어, 즉 두 개의 핵분열성 우라늄을 함유하고 있는 폭발장치를 싣고 가던 B-47 폭격기가 지중해 상에서 정규비행 도중 사라졌다. 철저히 수색했음에도 두 기의 핵무기에 대한 아무 흔적도 찾을 수 없었다. 1957년 6월 25일. 동부 해안을 날던 수송기가 기기 결함을 겪은 후 방사성 물질이 없는 핵폭탄 두 기를 투하해 버렸다. 두 기 모두 발견되지 않았다.

1958년 2월 5일. B-47 폭격기와 F-86 사브레 전투기가 공중 충돌하면서 핵분열 코어(핵심물질)가 분리된 핵무기 한 기가 조지아주 타이비섬에서 그리 멀지 않은 사바나 강어귀 와소 사운드만 물속으로 사라졌다. 그때도 핵무기 흔적은 발견되지 않았다.

가장 유명한 사건은 스페인 팔로마레스 마을 상공에서 발생했다. B-52 폭격기가 KC-135 공중급유기로부터 공중급유를 받던 도중 서로 충돌하는 사건이 발생해 수소폭탄 네 기가 지상으로 떨어졌다. 지면과 충돌한 충격으로 이 중 두 기에서 고폭탄이 폭발, '더티밤'이 되어 방사능이 반경 2킬로미터 지역까지 퍼졌다. 세 번째 폭탄은 안전하게 회수되었고, 네 번째 폭탄은 지중해에 떨어진 뒤 두 달에 걸친 수색 끝에 온전히 회수되었다.

"기록에 나와 있는 것들을 가지고 이야기하려고 여기까지 온 건 아니네." 하고 코너가 말했다. "공식기록엔 언급이 안 된 건들에 대해 자네가 뭔가 말해 주길 바라는 거지."

"그런 걸 나한테 묻겠다고? 네브래스카 출신 노인네 의원한테 말인가?"

"무슨 이야기인지는 자네가 더 잘 알잖나."

그랜트는 머리를 쓸어 넘기며 의자에 기대앉았다. 의원직에 출마하기 전에 그는 30년을 공군에서 보냈다. 그는 B-52 폭격기 조종사로 시작해 SAC로 더 잘 알려진 전략공군사령부에서도 근무했다. SAC의 주요 임무 중 하나는 분실된 핵물질의 위치를 탐지하고 회수하는 임무를 맡은 NEST(핵물질 긴급 탐사반)와의 협조였다.

코너가 다그쳤다. "알려줄 게 정말 없나? 우리 둘만 아는 걸로 하겠네."

"기록에 안 올린 것들도 물론 있기는 하지만." 하고 그랜트가 말했다. "얼마 전 소속 중대 비행기 몇 대에 핵을 실은 채 본토 상공을 비행하도록 허가한 비행중대 중대장 한 명을 소환하기는 했지. 그렇지만 70년대 이후 우리 측에서 핵을 분실한 적이 있느냐고 묻는다면, 대답은 아닐세. 장담컨대 그런 적은 없는 걸로 아는데."

"스카우트의 명예를 걸고서 말인가?"

그랜트는 보이 스카우트의 세 손가락 경례를 해 보였다. "맹세하지. 자, 이제 자네 차례일세, 프랭크. 어서 말해 보게."

코너는 탁자 위에 놓인 물을 마셨다. 그랜트에게 뭔가를 쥐어 주긴 해야 겠는데 계획을 누설하고픈 생각은 없었다. "암시장에 물건이 나왔다는 소문이 있네만." 하고 매우 조심스럽게 입을 열었다. "그저 소문이겠지만, 뭐라 말해야 하나… 내 요원 중 하나가 정보를 진지하게 생각해 보고 전달해 온 내용이란 말이야."

"계속해 보라고."

"미국제 크루즈 미사일이 시장에 나왔다는데."

"종류는? 토마호크? 공대지 순항미사일(ALCM)인가?"

"큰 놈이야. 공대지 순항미사일이고, 후퇴익까지 달린 완제품."

"소문이라는 말인가? 아니면, 자네 요원이 뭔가를 봤단 건가?"

"현장 감시 사진이 한 장 있는데. 누가 알겠나, 실제로도 존재할지."

코너의 말에 그랜트는 동요하지 않았다. "사실이더라도 그건 재래식 탄두 미사일일 테고. 그렇다면 걱정할 건 아니구먼."

"그게 아니란 소린가?"

"핵무기 말인가? 자네 지금 장난하나?" 그랜트는 최근 들어본 말 중에 가장 황당한 소리를 하는 코너가 바보처럼 보이는지 크게 웃었다. "지옥문이 열리지 않는 한 우리 핵미사일이 누실될 일은 없네."

"나 역시 그리 생각했는데." 하고 코너가 말했다. "분명 오래된 놈이긴 하네. 어쩌면 한 20년. 어떻든 브로커 놈은 그게 분명 핵무기라며 우겼다는군."

그랜트는 발을 구르기 시작했다. "놈이 헛소리를 하는 거야. 핵탄두를 장착한 공대지 순항미사일을 입수할 수 있는 놈이 어디 있겠나!"

"확인해 줘서 고맙네, 조."

"어디서 난 거라는데?"

"파키스탄." 하고 코너가 말했다. "정확히는 아프간 국경에서. 누가 산 꼭대기에서 우연히 발견했다는데, 아주 외진 곳에 수년간 묻혀 있었다네."

파키스탄이란 단어에 그랜트의 표정이 얼어붙었다. 구르던 발을 멈추고 활기차던 표정도 사라져갔다. "잠깐, 프랭크. 얘기가 너무 빨리 바뀌는 거 아냐? 그렇다면 누군가가 실제로 그걸 가지고 있다는 소린가?"

그랜트의 얼굴이 충격으로 서서히 창백해지는 것을 지켜보며 코너는 뜸을 들였다. "흠, 내가 아는 한은 아닐세." 마침내 그가 입을 열었다. "말했듯이 그저 사진 한 장뿐. 그게 다일세."

"달랑 사진 한 장이라고?"

"그렇지."

그랜트의 얼굴에 혈색이 돌아왔다. "황당한 이야기구먼."

"내가 여길 찾은 것도 그래서였네. 자넨 B-52 조종사 출신이니, 그런 것들을 싣고 매일 비행했을 테고. 불가능한 일이지, 안 그런가? 핵미사일을 분실해놓고도 그냥 넘겨 버릴 수는 없잖은가?"

그랜트는 자신의 의심받은 청렴성을 변호라도 하듯 턱을 추켜세우며 몸을 앞으로 당겨 앉으며 말했다. "이건 미합중국 이야기야, 프랭크. 자네들이 더러운 짓거리를 꾸미는 바나나 공화국이나 아프리카 독재국가들이 아니란 말일세. 우리는 그렇게 허술하게 일을 처리하지 않네."

"알아들었네." 코너는 물이 든 잔을 내려놓고 일어서서 문으로 걸어갔다. "자네 덕에 내 마음이 한결 가벼워졌는데. 오늘밤엔 다리 좀 쭉 뻗고 자겠어."

"이봐, 프랭크." 미소가 돌아온 얼굴로 조 그랜트가 그를 불렀다. "그 요원이랑 연락은 되고?"

"물론 되지, 왜?"

"들리는 말이라고 전부 다 믿진 말라고 전하게."

19

도요타 픽업 트럭 한 대가 진흙 길 위에 멈춰 섰다.

고통에 몸이 뒤틀리자 얼굴을 찡그리며 술탄 하크는 계기판을 붙잡았다. "이런, 빌어먹을." 사방에서 앞 유리를 내리누르는 무성한 잎들을 내다보며 말했다. "이틀 전에 와서 봤는데. 대체 어디로 사라진 거야?"

트럭을 감쌀 정도로 마구 엉클어진 나뭇가지들을 헤치며 하크는 문을 확 열고 차 밖으로 나갔다. 숨을 들이마시자 암모니아 냄새와 장작 연기 때문에 두 눈에서 눈물이 났다. 거의 다 온 것이다. 트럭 앞쪽으로 가서 앞을 내다보니 곧장 뻗은 길이 우측으로 굽으며 이내 숲에 묻혀 버렸다. 손에 쥔 포켓용 GPS에 나온 경로표시에 따르면 제대로 찾아온 게 틀림없었다. 하지만 아무리 눈을 씻고 봐도 보안 울타리나 긴 목조건물, 골이 진 양철지붕과 유독가스를 내뿜는 굴뚝 따위의 흔적은 보이지 않았다.

하크는 운전석 창가로 힘들게 다가가 경적을 세 번 울렸다. 전방 10미터도 채 안 되는 곳에 있던 나뭇잎 더미가 바스락거리며 흔들리더니 이내 거짓말처럼 눈앞에서 사라져 버렸다. 칼라슈니코프 자동소총을 든 남자 둘이 그에게 앞으로 나오라고 손짓하고 있었다. 울타리와 경비견이 보이고, 그 뒤편으로 가동을 멈춘 제재소가 보였다. 제재소 안에는 생아편을 가지고 모르핀 반죽을 제조하는 정제 공장이 자리 잡고 있었다. 그는 트럭을 향해 앞으로 가라는 신호를 보낸 다음 뒤따라 공터로 걸어갔다.

즉시 울타리가 닫히고 나뭇잎 더미도 원위치로 돌아갔다. 정제 공장은 또다시 바깥세상으로부터 흔적을 감추었다.

검은색 옷을 입은 초췌한 몰골의 노인이 아편 대를 물고 계단참에 서 있었다. "얼마나?" 하고 노인이 물었다. 치아가 하나도 없는 노인의 입속은 블랙홀 같았다.

"오백!" 하고 하크가 말했다. 생아편 5백 킬로그램을 말하는 것이었다.

"가져와 봐."

술탄 하크가 부하들에게 짐을 내리라고 명령하자, 부하들이 잇따라 생아편이 든 가방을 건물로 날랐다. 보통 때라면 그도 거들었겠지만, 부상 때문에 그러질 못했다. 미제 폭탄에 입은 화상 탓에 목과 어깨, 팔뚝에 붕대가 둘러져 있었다. 토라보라에서 부친이 살해당한 지 일주일이 지났다. 불에 그슬린 피부에 생긴 물집을 참느라 몹시도 고통스러웠던 고문 같은 7일이었다. 가장 친한 벗이자 가장 신뢰하는 조언자였던 부친의 죽음을 애도하며 보낸 기간이었다. 미국에서 온 힐러라는 랜섬과 놈의 배신, 그리고 언젠가 다시 만나 놈을 어떻게 죽일 것인지를 곱씹으며 보냈다. 그는 그런 달콤한 복수의 기회가 쉽게 찾아오지 않으리란 것을 알고 있었다. 하지만 무슨 수를 써서라도 랜섬이란 놈을 보낸 자들은 응징하겠다고 다짐했다.

하크는 계단 세 개를 올라가 건물 안으로 들어갔다. 첫 번째 방은 아편을 맛보고 저장하는 곳이었다. 사방의 벽에서부터 서까래까지 생아편으로 채워진 투명색 플라스틱 봉지들로 가득했다. 생아편을 주재료인 모르핀 베이스로 정제하는 작업은 바로 다음 방에서 시작됐다. 일꾼들이 타르 같은 상태의 수지성 아편이 든 가방을 하나 둘씩 차례로 석회와 끓는 물로 가득 찬 녹슨 기름통에 넣고 있었다. 순식간에 생아편은 투명한 갈색 액체로 용해되고, 양귀비꽃이나 흙먼지 등의 불순물은 바닥에 가라앉았다. 아편 속의 모르핀 알칼로이드가 수산화칼륨과 반응해 표면에 흰색 띠 모양의 모르핀 페이스트를 형성했다. 끓는 물을 걸러내자 모르핀 페이스트가 분리됐고, 옆방으로 옮겨졌다. 그곳에서 모르핀 페이스트는 다른 통으로 옮겨진 후 농축 암모니아와 함께 다시 가열처리됐다.

모르핀 페이스트가 응고되면 큰 갈색 덩이의 모르핀 베이스가 되어 기름통 바닥에 가라앉는다. 1킬로그램의 모르핀 베이스를 생산하는 데 10킬로그램의 생아편이 쓰였다. 모르핀 베이스는 별도의 방으로 옮겨져 벽돌 크기의 네모난 덩어리로 포장됐다. 그리고 마지막으로 헤로인 조제실로 보내져 판매될 준비를 마치는 것이었다.

아편 사업의 경제성에는 논란의 여지가 없었고, 하크는 어둡고 눅눅하며 악취 풍기는 방들을 걸어 지나가면서 이 점에 대해 곰곰이 생각해 보았다. 1헥타르의 양귀비 경작지에서 20킬로그램의 생아편이 생산됐다. 1킬로그램의 시장가격은 250달러에서 3백 달러 사이였다. 1헥타르를 경작하면 그 수확물로 6천 달러 가까운 돈을 벌 수 있는 셈이었는데, 이는 한해 평균소득이 8백 달러에 그치는 나라에서는 그야말로 엄청난 액수였다. 하크 일족은 양귀비 재배에 적합한 토지 2천 헥타르를 관리했다. 올해는 생아편을 4만 킬로그램이나 거둬들였으며, 그것을 가지고 4천 킬로그램의 모르핀 페이스트를 만들 예정이었다.

하크는 길게 휜 손톱으로 플라스틱 포장을 한 벽돌 모양의 모르핀 페이스트를 뜯어 갈색 덩이 한 점을 떼어냈다. 코로 흡입해 보니 최상품이었다. 화상으로 인한 통증이 가라앉으면서 뭔가 만족스런 기분에 사로잡혔다. 좀 더 맛보고 싶었지만 자제력을 발휘해 참았다. 조금 전에 본 생산 책임자처럼 중독이 되지 않으려면 조심스럽게 소량만 맛봐야 했다. 그런 식으로 아버지를 욕되게 해선 안 된다고 다짐했다.

하크는 벽돌 모양 모르핀 페이스트를 4등분으로 잘라 한 덩이는 재킷 주머니에 슬며시 넣었다. 앞으로 며칠간 유용하게 쓰일 물건이었다. 고통을 잊게 해 주고, 그가 더욱 중요한 일들에 매진할 수 있도록 해 줄 것이다.

한쪽에선 텔레비전이 켜져 있었다. 중독자 세 명이 마약에 취한 채 바닥에 앉아 있었다. 하크가 다가가며 말을 걸었다. "뭘 보나?"

"미국 갱 이야긴 뎁쇼." 하고 한 명이 말했다.

하크는 바닥에 떨어져 있는 DVD 커버를 집어 들고 큰소리로 말했다. "스카페이스라, 볼 만한가?"

"정말 재미있습니다. 미국 놈들은 마약을 좋아하죠."

하크는 화면을 응시했다. 한 남자가 샤워실에서 쇠사슬로 커튼 대에 묶여 있었다. 다른 한 남자는 전기톱을 휘두르고 있었다. 폭력적인 대사와 영상이 그가 흡입한 아편의 효과와 뒤섞이며 그를 다른 세계로 끌고 갔다. 고향이 아닌, 저 머나먼 곳으로. 그는 관타나모에 가 있었다. 캠프 엑스레이에 있는 방은 덥고 매캐하고 구토와 땀내로 가득했다. 초조한 표정의 잘 먹은 티가 나는 얼굴들이 그의 주위를 에워싸고 있었다. 방 한쪽에 있는 텔레비전이 요란하게 켜져 있었다. 늘 같은 영상이 흘러나왔다. 하얀색 세일러복을 입은 세 명의 신바람 난 선원들이 춤추고 노래하며 맨해튼 거리를 가로질러 뛰어다니는 영상이었다. 불쾌한 소리들이 들리는 것을 막으려고 텔레비전 볼륨을 엄청 크게 틀어놓은 것이었다.

심문이 시작됐다.

"2001년 7월부터 11월까지 쿠나르에서 뭘 하고 있었는지 말해 봐."

"난 카펫 팔아요. 페르시아. 이스파한. 품질 좋아요."

"개똥같은 소리하고 있네, 무하마드. 네 놈은 좋은 카펫과 쓰던 걸레도 구분 못하잖아."

"진짜요. 카불에서 카펫 팔아요."

"그러면 카불 북쪽 2백마일 지점에서 압둘 하크의 병사 오백 명이랑 같이 잡힌 건 어떻게 설명할 거지?"

"압둘 하크요? 나는 이 사람 몰라요. 난 여행해요. 난 안전 때문에 그 사람 따라 다녀요. 나는 병사 아니에요."

"너처럼 한 덩치 하는 놈이 병사가 아니라고?"

"난 카펫 팔아요."

"개똥같은 소리."

"우린 네가 압둘 하크의 아들이라고 들었다. 인정해라."

"아니요. 카펫만 팔아요."

곧이어 가리개로 얼굴이 가려졌고, 몸이 뒤로 젖혀지더니 물이 얼굴로 쏟아 내렸다. 숨을 쉴 수가 없었다.

얼굴 가리개가 벗겨질 때마다 늘 텔레비전에서는 자신과 자신의 문화를 조롱하는 영상들이 흘러나오고 있었다. 세 명의 선원이 즐겁게 춤추고 노래하며 뉴욕을 뛰어다녔다.

이것을 그는 마흔 일곱 번이나 봤다.

드디어 붉은 얼굴의 CIA 요원도 그의 말을 믿게 됐다. 그쯤에 그는 뉴욕시에 대해 잘 알게 됐다. 브롱크스는 뉴욕 북단에, 배터리 공원은 뉴욕 남단에 있었다. 그는 그것들을 경멸했다.

누군가가 그의 어깨를 툭 치는 바람에 오랜 된 무시무시한 잔상들이 머릿속에서 달아나 버렸다. 뒤돌아보니 이가 빠지고 없는 생산 책임자의 얼굴이 보였다.

"마감까지 이틀." 하고 생산 책임자는 말했다.

하크는 방 한가운데 신전 피라미드처럼 쌓여 있는 벽돌 모양의 모르핀 더미를 쳐다보았다. 포장과 무게 측정이 끝나고 배송만 남은 상태였으며, 대략 4천 킬로그램 가량 되어 보였다. 협상만 잘하면 이것들은 킬로 당 1만 달러까지 쳐서 받을 수 있을 것이다. 4천 만 달러는 정복자에게 걸맞는 막대한 액수였다. 그 돈은 그의 땅에 들어온 십자군들을 몰아내는 데 쓸 것이었다.

"그럼 그때까지 해놓으시오. 내일 모레 다시 오겠소."

20

"얼마나 높이 있는 거죠?" 하고 엠마가 물었다.

"6천 미터요." 하고 발포어경이 말했다.

"어떻게 발견됐죠?"

"현지인 하나가 우연히 발견했소."

"뭐라고요?" 엠마가 짜증을 내며 되물었다. "좀 더 구체적으로 말해 보세요."

발포어는 의자에서 일어나려다 말고 도로 앉았다. "그 사람은 등산로 건너편 마을에 있는 부친 집에 갔다가 집으로 돌아가던 중이었고, 천막을 치고서 녹여 마실 눈을 모으다가 발견했다는데. 그 전에 눈사태가 있었고, 눈사태가 난 경사면의 몇 백 미터 위쪽에 미사일의 조정익이 튀어 나와 있는 것을 본 거요. 무식하긴 해도 이게 돈이 될 거란 걸 그 현지인도 직감한 거요. 집으로 돌아가 자기 형에게 알렸고, 둘은 그걸 사진으로 찍어 치트랄 구역 보스에게 가져갔고. 그 보스 녀석이 마침 내 친구였는데, 내가 관심 있어 할 걸 녀석이 안 거요."

"아까보단 말같이 들리는군요." 하고 엠마가 말했다.

"말투에 신경 좀 써줬으면 고맙겠는데."

"묻는 말에 제대로 답이나 해 주면 고맙겠는데요."

오후 중반 무렵이었다. 날씨는 맑고 따뜻했고, 공기는 마른 뼈처럼 건조

했으며, 날씨로 보아 파키스탄 북부에선 늦가을 수확이 한창일 것 같았다. 그녀는 졸음을 막아 줄 다즐링 차 한 잔과 고통을 덜어 줄 바이코딘 한 병을 챙겨 발포어의 서재에 있는 높은 등받이 가죽의자에 앉아 있었다. 필요하다면 보다 강력한 다른 종류의 치료제를 발포어한테서 받을 수도 있었다. 무기류가 그의 첫 사랑 같은 존재라면, 마약류는 간발의 차이로 2위에 머물렀다고 할 수 있었다.

발포어는 그의 사유지를 블렌하임이라고 불렀는데, 그렇게 불러도 과언이 아니었다. 쪽모이 세공을 한 바닥에는 오리엔탈 카펫이 깔려 있었다. 영국 조지 황태자 섭정 시대의 리젠시 데스크와 고블랭직 벽걸이 융단, 그리고 오래전에 작고한 (그와 전혀 상관없는) 조상의 실물 크기 유화들이 호두나무로 만든 패널 벽에 걸린 채 내려다보고 있었다.

"다른 사람들 중 이 물건에 대해 아는 사람은 없고요?" 하고 엠마가 말했다.

발포어가 고개를 저었다.

"확실한가요?"

"여긴 파키스탄이오. '확실'이란 말은 우리에겐 없지요. 우리는 '아마'란 말과 살면서 최선을 기대하는 편이라오."

엠마는 의자에서 일어났다. "사진의 나머지 부분도 보여줘 봐요."

발포어는 8×12 크기의 컬러사진들을 책상 위에 펼쳐보였다. 사진들은 다양한 각도에서 찍은 완전히 노출된 미사일들을 보여주고 있었다.

"6, 4, 7, 알파, 호텔, 브라보." 순항 미사일의 아랫부분에 그려진 식별번호를 그녀가 읽었다. "이게 뭔지 알기나 해요?"

"1980년경에 보잉사에서 제작한 공대지 크루즈 미사일이죠. 내가 하는 일이 무기 사업이오."

"내 말은 저 숫자들이 의미하는 게 뭔지 아느냐는 거예요." 엠마가 미사일 식별번호가 또렷이 찍힌 클로즈업 사진을 가리켰다. "식별코드 알파 호텔 브라보."

발포어는 웨지우드 자기 잔에 담긴 차를 한 모금 마셨다. "그것은 핵탄두 장착 무기를 뜻하는 미국의 식별코드지요." 그녀를 내려다보며 그가 말했다. "그게 마음에 걸리시오?"

"그럴 리가 있겠어요. 내가 하는 일도 무기 사업인데."

발포어는 고개를 뒤로 젖히고 특유의 과장된 웃음을 터트렸다. "당신을 찾길 정말 잘한 것 같소. 당신이야말로 하늘에서 나와 맺어준 파트너요."

"그래요?" 하고 엠마가 말했다. "적어도 하늘이 맺어준 건 아닐 텐데요."

발포어가 큰 소리로 웃었다.

하마터면 엠마도 따라 웃을 뻔했다. 이 남자에게 일종의 호감에 가까운 감정이 느껴졌다. 일주일 조금 전, 그녀는 여태껏 살아오며 그 누구를 만났을 때보다도 그를 본 게 더 기뻤다.

라쉬드 왕자에게 얻어맞은 후, 몸과 영혼이 망가진 채로 그녀는 몇 시간을 사막에 누워 있었다. 부상이 준 고통 때문만은 아니라 배신당한 처지 때문에 너무 비참한 기분이었다. 몇 번이고 그녀는 라쉬드가 던진 말을 곱씹었다. "누가 보냈지? CIA? 국방부?" 코너가 한 짓이었다. 그 말고는 달리 떠오르지 않았다. 분노는 그녀로 하여금 자신의 불가능한 상황을 부정하고 두 발을 딛고 일어나게 만들었다. 이국땅에서 혼자 죽으려고 그 많은 희생을 해 온 것이 아니었다. 이건 아니었다. 오십 보 정도를 걸어갔고, 더 이상 한 발자국도 더 내딛지 못할 것 같았을 때 발포어가 와 준 것이다.

그는 전용 제트기로 그녀를 파키스탄까지 데려왔고, 치료를 받고 적절한 휴식을 취하도록 조처해 주었다. 그러는 내내 그녀는 그가 대가를 바랄 것임을 알고 있었다.

자신을 구해 준 이유를 물어볼 수 있을 정도로 회복되자 그녀가 물었다. "뭘 보고 날 믿죠?"

"왜냐하면 당신 처지도 나와 같으니까." 하고 발포어가 대답했다. "당신

역시 달리 의지할 데가 없지."

"왜 그렇게 생각하죠?" 멍든 갈비뼈와 2도 화상, 그리고 허리께부터 어깨와 등까지 진 상처딱지에도 불구하고 그녀는 따지듯 물었다.

"라쉬드 왕자 덕분에 러시아에서도 당신이 이중첩자란 걸 알게 됐으니, 러시아로 돌아갈 순 없을 테고. 미국인들 역시 당신을 원하지 않는 게 분명하니까."

"그걸 당신이 어떻게 안다는 거지?"

입에서 나는 민트향과 갈색 눈동자를 깜박일 때 보이는 긴 속눈썹이 눈에 들어올 정도로 발포어는 그녀 가까이 몸을 숙였다. "총알 말이오, 달링. 라쉬드가 말하길 누군가 자기한테 일러주었다던데."

"누가?"

"그런 게 중요한가?" 무시하는 어투로 보아 그녀는 그가 말한 것 이상을 알고 있다는 것을 확신했다. "당신 쪽 누군가가 당신이 죽어주길 원했다는 소리요. 그러니 당신은 집으로 갈 수밖에."

"내 걱정은 마시지." 상처받은 감정을 그가 알아채지 못하게 고개를 돌리며 응수했다. "내 몸은 내가 챙길 테니까."

"물론 그러시겠지. 허나 우선은 내가 당신의 도움을 필요로 하는지라."

엠마는 아무 말도 하지 않았다. 그의 제안을 거절할 수는 있지만, 그는 그녀를 놓아주는 것만큼이나 쉽게 그녀를 죽일 수도 있다. 어쨌든 그는 그녀를 죽음에서 구했다. 그렇게 한 이유가 자신의 계획을 성공시키기 위해서라고 할지라도 구해 준 건 사실이었다. 그에게 빚을 진 셈이었다.

"지도를 줘 봐요." 생각을 돌린 그녀가 말했다.

발포어는 방 한가운데 세밀한 지형도가 놓인 원형탁자로 그녀를 안내했다. 한 시간 가량 그들은 인원, 장비, 시기 선택 등의 작전 실행계획에 대해 논의했다. 그러는 내내 그녀는 평가하고, 살피고, 계산하며 자신을 바라보고 있는 그의 시선을 느꼈다. 발포어가 곤란한 상황에 처해 있다는 것은 이미 알고 있었지만, 그에게서 전에 없던 조바심 같은 것이 느껴졌다. 절망의 전율 같은 것이었다.

그녀도 궁금한 게 너무 많았다. 발포어는 누구에게 미사일을 판매하려는 것인가? 금액은 얼마를 기대하나? 거래 장소는 어디일 것인가? 하지만 그런 질문은 하지 않는 게 더 안전하다는 것을 잘 알았다.

"언제쯤 출발할 수 있겠소?" 타조가죽으로 만든 로퍼를 신은 발을 가만두지 못하고 다급한 듯이 발포어가 물었다.

"얼마나 빨리 갔으면 하는데요?"

"이틀 뒤에." 하고 발포어가 말했다. 그것은 요청이 아니라 명령이었다.

"알겠어요." 아직 회복이 덜 된 몸으로 과연 이 일을 해낼 수 있을지 확신이 서지 않았지만 엠마는 걱정을 애써 숨기며 말했다. "이틀 뒤로 하지요."

발포어의 상황은 엠마가 짐작한 것보다 더 안 좋은 것 같았다.

미사일을 회수해 오는 것만이 해결의 실마리였다.

그자를 위해서. 그리고 그녀 자신을 위해서.

21

"첫 번째로 배울 것은 미행을 피해 이동하는 법이죠. 그러려면 두 가지 기술이 필요한데, 누가 당신을 미행하는지 알아내는 기술과 미행자를 따돌리는 기술을 말하는 겁니다."

시간은 오전 10시, 이스라엘에 도착한 조나단이 맞이하는 첫 아침이었다. 조나단과 대니는 텔아비브 상업 중심부에 있는 라마트간과 벤구리온의 길가 코너에 서 있었다. 대니가 하는 말을 듣기 위해서 조나단은 시끄러운 차량소음을 피해 그녀 곁에 바짝 붙어 있어야 했다. 거리는 행인들로 가득했다. 하나같이 몹시 바빠 보이는 쇼핑객 인파가 거리 양방향을 오가고 있었다.

"쉬운 것부터 시작하죠." 그녀가 이렇게 말했다. "길을 건너서 반 블록 정도 내려간 다음 오는 차들을 뚫고 반대편으로 길을 건너세요. 반대편으로 건넌 후에는 다음 신호등이 나올 때까지 내려가던 방향으로 계속 가세요. 거기서 다시 만나요."

조나단이 그녀가 말한 경로를 살펴봤다. "이백 미터도 채 안되는데요."

"그 정도면 충분해요." 하고 대니가 말했다. 호텔 청소직원 복장을 벗어 던진 그녀는 흰색 탱크톱과 청바지를 입었으며, 검정색 명품 선글라스를 쓰고 있었다. "미행꾼 네 명이 따라붙을 거예요. 지금은 그들이 누군지 알 수 없죠. 일단은 주변을 둘러보고 주위에 있는 인물들을 눈에 익히세요."

조나단은 대니 곁에서 떨어져 거리 양방향이 잘 보일만한 지점이 어디일지 살펴보았다.

"지금 뭐하는 거죠?" 조나단의 팔을 움켜잡으며 그녀가 말했다.

"말한 주변 사람들을 둘러보고 있는데요."

"당신이 뭘 하고 있는지 동네방네 알리면서 말인가요? 누가 보면 스트립 클럽에 처음 간 시골처녀인 줄 알겠네요. 눈알이 튀어나오기 일보 직전이라고요. 내가 하는 걸 보세요."

대니는 자연스럽게 교차로의 한쪽 코너로 걸어가 밀짚가방을 들고 쪼그려 앉아 있는 한 중년 여성 옆으로 갔다. 그리고 그 여성에게 말을 걸고 교차로로 시선을 돌리더니 머리를 긁적였다. 신호등 신호가 바뀌었다. 곁에 있던 보행자들이 길을 건넜다.

"이렇게 하라고요." 조나단 곁으로 돌아온 그녀가 말했다.

"어떻게 하라고요? 저 여자한테 말을 건 것 외에는 아무 짓도 안 했잖아요."

"그렇죠." 그녀는 조나단을 똑바로 바라보며 말을 이었다. "길 건너 케밥 가판대에 청바지에 빨간색 티셔츠 복장의 남자가 한 명 서 있고. 그 옆 길 건너에는 스포츠머리, 짙은 색 양복, 그리고 선글라스 차림의 남자가 계속해서 반복적으로 손목시계를 보고 있어요. 여기서 대각선 방향에는 열대여섯 정도 돼 보이는 십대 소녀 둘이 티셔츠 진열대에 서서 아까부터 구경 중이고요."

대니는 서 있거나 이동 중인 남자, 여자들의 인상착의를 계속해서 짚어나갔다. 그때마다 조나단은 그들을 쳐다보며, 그녀의 놀라운 기억력에 감탄했다. "저들 중에 누가 나를 미행한 건가요?"

"그게 중요한 게 아니라 티 내지 말고 관찰하라는 거예요. 고개가 아니라 시선을 돌리세요. 지나가는 차량 차창이나 상점의 쇼윈도를 이용하세요. 신발 끈을 묶는 척하며 멈춘다거나. 자연스럽게 행동하면서 관찰하라

는 거죠. 감각에만 의존해야 해요. 정신을 모으고 청각의 폭을 넓히고, 주
변을 느껴 보세요."

"이제 가요." 팔짱을 낀 채 대니가 말했다. "백 미터, 중간 쯤 내려가다
길을 건너서 쭉 가요. 미행꾼 네 명을 찾아내는 게 임무입니다. 자신의 정
체를 드러내서는 안 됩니다."

신호가 바뀌었다. 횡단보도 앞에 서 있던 사람들이 길을 건너기 시작했
다. 잠시 움찔하던 조나단도 그들과 함께 움직였다. '네 명이라고 했다.'
고개를 돌리려다 말고 재빨리 앞을 봤다. '시선을 움직여라.' 티셔츠를 구
경하던 십대 소녀 둘이 반대편 길가에서 그와 같은 방향으로 움직이고 있
었다. 짙은 색 양복 차림의 비즈니스맨은 핸드폰 통화를 하며 조금 전 그
자리에 계속 서 있었다. 임산부 한 명과 농구팀 모자를 쓴 소년이 조나단
의 눈에 들어왔다. 저 사람들일 수도 있다. 대니는 조나단이 미국 농구팀
모자를 쓴 소년이라면 의심하지 않을 것이라고 생각했을지도 모른다. 유
대교도 둘과 부딪칠 뻔한 것을 간신히 피하며 횡단보도를 건넌 조나단은
자신이 목을 길게 빼고 주위를 보고 있다는 사실을 깨달았다.

조나단은 어깨를 웅크리고 일관된 속도를 유지한 채 인파를 뚫고 지나
갔다. 십대 소녀들은 사라지고 없었다. 조금 전의 그 비즈니스맨도 사라졌
다. 낯익은 얼굴이라고는 단 한 명도 눈에 들어오지 않았다. 조나단은 얼
이 빠진 나머지 미행꾼 찾아내는 일은 포기하고, 그저 사람들과 부딪치지
않는 일에만 신경 썼다. 중간 지점에 다다르자 인도 가장자리로 걸음을 옮
긴 다음 반대편으로 뛰어 건넜다.

길 반대편은 사람들이 덜 붐볐다. 신발 끈을 묶으려고 무릎을 꿇었지만,
이내 자신이 끈 없는 모카신을 신고 있다는 사실을 깨달았다. 상상에 맡기
고 끈을 묶는 척하며 양 쪽을 쳐다봤지만, 보이는 것이라곤 온통 사람들의
다리와 신발, 그리고 배불뚝이 남자들뿐이었다. 조나단은 자리에서 일어
나 거리 끝 쪽을 향해 다시 걸음을 옮겼다.

휴대전화 가게 앞에서 진열된 제품들을 구경하는 시늉을 했다. 대니가 보낸 미행꾼들의 모습이 쇼윈도에 비칠지도 모른다는 기대에서였다. 하지만 햇빛이 너무 강해서 눈만 부시고 아무 것도 볼 수가 없었다. 다시 걷기 시작했고 열 발자국쯤을 더 가니 블록이 끝나는 지점이었다. 신호등 옆에 선 그는 행인들의 얼굴을 유심히 살폈다. 특이한 점은 없었다.

"찾았나요?"

깜짝 놀라며 뒤를 돌아서보니 바로 뒤에 대니가 서 있었다. "어떻게, 여길?" 하고 물었다.

조나단은 길을 마지막으로 한번 쳐다보고 나서 이렇게 말했다. "거짓말한 거죠, 안 그런가요? 나를 따라오는 사람은 아무도 없었어요."

대니가 눈을 가늘게 뜨며 말했다. "단 한 명도 없었단 말인가요?"

조나단은 너무 무안한 나머지 그녀의 시선을 외면했다. "미안해요."

"알겠어요. 그럼 내가 알려드리죠." 대니는 음반 가게 문 앞에 있는 금발머리 여자를 가리켰다. 여자들이 다가 와서 보니 두 여자 모두 어딘가 모르게 낯이 익어 보였다. 여자들은 재킷을 벗고, 그들 중 한 명은 하나로 묶은 머리를 풀었다. 조나단은 그들의 정체가 티셔츠 가게에 있던 십대 소녀들이란 것을 그제야 알아보았다. 대니는 계속해서 트레이닝 재킷과 레이싱 캡 모자 차림에 단정한 느낌의 한 남자를 지목했다. 남자는 레이싱 캡 모자를 벗은 다음 운동 재킷을 뒤집어 보였다. 조금 전의 그 비즈니스맨이었다.

"시작하기 전에 내가 미리 지목까지 해 준 사람들이잖아요." 하고 대니가 말했다. "그런데도 눈치 채지 못했단 말인가요."

"그렇지만 다들 복장을 갈아입지 않았습니까."

"흔히 있는 일이에요. 재킷을 걸치고 머리를 묶었을 뿐. 자세히 보세요. 신발과 바지는 그대로죠."

다시 보니 한 명은 노란색 반바지에 나이키 테니스 운동화를 신었고, 다른 한 명은 흰색 카프리 팬츠 차림에 굽 없는 플랫 슈즈를 신고 있었다. 얼굴만 살폈을 뿐, 복장까지 챙겨 보지는 못했던 것이다.

"명심할 것은 일관된 점이 무엇인지 찾아내는 겁니다. 얼굴은 보지 말고. 얼굴은 바뀔 수 있으니까요. 신발이나 벨트, 또는 뭔가 독특해 보이는 것들을 찾아보세요."

"네 번째 사람은 누군가요?"

"저요. 뒤에서 내내 따라 다닌걸요."

"설마 그럴 리가요."

"3미터 반경 내에서 계속. 게다가 의상도 바꿔 입질 않았는데….."

"그렇지만."

대니가 손목시계를 보며 말했다. "자, 다시 해 보죠."

프랭크 코너는 부엌문이 쾅 하고 닫히고 활기찬 발걸음이 계단 오르는 소리를 들었다. 침실 문이 열리고, 조셉 그랜트 하원의원이 활기차게 방안으로 들어왔다. 그는 트레이닝 상의와 반바지를 입고 한쪽 팔에 농구공을 끼고 있었다. 의원들 중 절반 정도가 그렇듯 그 역시 인생의 말년을 농구 동호회에 헌신하고 있었다. 코너를 보자 그는 움찔하고 멈춰 섰다.

"프랭크, 이게 어쩐 일인가?"

"왜 내게 거짓말을 했나, 조?"

그랜트는 농구공을 내려놓고 침실 문을 닫았다. 노스이스트 C가 300번지에 위치한 그 연립주택은 의사당이 보이는 곳에 자리 잡고 있었다.

"유감스럽지만 내 집안에 자네가 들어와 있는 것에 대해서는 항의를 해야만 하겠네. 대체 무슨 권리로 이러는 건가?"

"입 다물고 앉게."

"자네와 자네가 거느리는 그 요원들이 하는 일이 뭔지 다 안다고. 훈련받은 킬러 놈들이지. 폭력을 휘두르는 암살단들 아닌가."

"그만하면 됐네, 조."

"지금 날 협박하려는 건가?" 그랜트는 분에 겨워 손가락을 치켜 올리며 코너 쪽으로 다가갔다. "나한테 그런 협박은 안 통해."

"난 협박 같은 건 하지 않아, 조. 만약 그랬다면 자네는 체육관에서 집에 오는 어디 쯤 골목 안에서 그놈의 궁둥짝에 농구공이 올려진 채 길바닥에 나자빠져 있었을 거야."

코너는 꿈쩍도 하지 않았다. 그는 부처님만큼이나 태연하게 그랜트의 회전의자에 앉아 있었다. "내 말 들어보게, 조. 자네가 내게 거짓말 한 걸 알아. 문제는 에어포스가 어쩌니 하는 헛소리를 가지고 실랑이를 할 여유가 지금 내게 없다는 거야. 그 순항 미사일 말이야. 지금 문제는 그것이네. 내가 그걸 국방부까지 직접 가지고 가서 합참의장 책상 위에 떡 올려놓지 않는 한 말이야. 핵무기 분실은 어느 누구도 인정하려들지 않을 것이라는 것쯤은 우리 둘 다 잘 알고."

"무슨 소릴 하는 건지 모르겠군." 하고 그랜트가 대답했다. "우리는 절대로 미사일을 분실한 적이 없고. 난 자네한테 사실을 말한 것뿐이네. 스카우트의…"

"명예를 건다 이 말이지?" 코너가 곧바로 말을 받았다. "전에도 그렇게 말했지." 눈살을 찌푸리며 그는 재킷에서 마닐라 봉투 하나를 꺼내 커피 테이블 위에 내려놓으며 말했다. "한번 열어 보시게."

앞으로 다가가 봉투를 집어든 그랜트는 수신인 란에 세계적인 명성을 가진 저널리스트의 이름이 적힌 것을 보고 눈이 휘둥그레졌다. 봉투는 봉해져 있지 않았고, 안의 내용물은 그의 손 위로 쉽게 미끄러져 내려왔다. 내용물 중 먼저 사진부터 확인한 그랜트의 표정이 당황에서 분노, 이어서 수치심으로 바뀌었다. 이어서 핸드폰 통화 도청 내용이 담긴 문서를 확인하면서 그랜트의 표정은 완전히 무너져 버렸다. 그는 코너를 노려보더니 뭔가에 홀린 사람처럼 문서를 집어던지고, 선반의 책들을 마구 뽑아 바닥에 내동댕이치기 시작했다.

"어디 있어, 이 개자식아! 어디다 숨겼냐고?"

"쓸데없는 짓 하지 말게." 하고 코너가 말했다. "카메라는 못 찾을 거야. 우리가 그런 걸 아무데나 둘 것 같나."

그랜트는 행동을 멈추고 이렇게 물었다. "그 여자였나? 그 애도 자네 요원이었냐고?"

"그 아이는 사이드웰 프렌즈 스쿨에 다니는 열네 살짜리 학생이 맞아."

그랜트는 무릎을 접고 앉아서 사진과 문서를 봉투에 도로 넣으며 물었다. "이 원본이 유일한가?"

코너가 고개를 내저으며 대답했다. "당연히 아니지."

끔찍한 생각에 그랜트의 얼굴은 더더욱 어두워졌다. "다른 사람들에게도 다 이렇게 하는 건 아니겠지?"

"그럴 리가 있겠나." 하고 코너가 말했다. 그랜트는 이따금 코너를 바라보고 고개를 내저으며 방안에서 서성였다. "제길, 프랭크! 이 일에 굳이 끼어들겠다는 건가?"

"난 정보를 모을 뿐이네, 조. 내 생각에 이건 자네 쪽 소관인데."

"25년 전 일이라고."

"내가 들은 말에 의하면, 우라늄은 그것보다 반감기가 조금 더 길다고 하던데."

"프랭크, 그냥 그렇게…"

그랜트는 견디기 힘든 짐을 어깨에 짊어진 사람마냥 자리에 앉았다. "미러 미션이 뭔지 자네도 알지?"라며 드디어 그가 입을 열었다.

"그건 내 전문 분야가 아니야."

"러시아가 아직 세력이 한창이던 당시, 우리는 상호 핵 타격 상황이 발생할 시에 취할 비행경로를 따라 장거리 비행 훈련을 수시로 실시했는데, 그 무렵 터진 사건이었지. 우리 측 B-52 폭격기 중 한 대가 말이지, 치명적인 엔진 고장으로 핵탄두를 장착한 ALCM(공중발사 순항 미사일) 두 기를 실은 채로 추락했네. 당시로서는 그 폭격기의 비행 자체가 일급 국가 기밀이었으니 대놓고 회수하겠다며 수색작전을 펼칠 수도 없는 노릇이었지. 난처하기도 했고. 결국 재난 사건 목록에 올려놓고 덮어 버린 거지."

"그냥 내버려두었단 건가?"

"우리가 추적한 데이터에 따르면 미사일 중 한 기는 충격으로 부서지면서 무용지물이 되었지. 우리는 남은 한 기만 찾아내면 된다고 판단했어. 폭격기가 추락한 위치가 어디인지 대충은 짐작이 갔지만, 자네도 알다시피 1984년도 당시에는 요즘과 같은 GPS 장비가 없을 때였네. 추락 지점을 100평방마일 인근으로 좁히긴 했지만 문제는 그곳 지형이었어. 산악지대에서는 100평방마일이면 사실 만 단위나 마찬가지라고. 3년 동안 수색 팀을 그 산 위에 파견했다네. 엄청난 프로젝트였지. 발각되지 않고 돌아다니는 게 쉬운 일이 아니다 보니 더욱 그랬고. 적막한 곳에서는 머릿수 한 개도 금세 눈에 띄잖나. 야밤에 쏜살같이 달려가 물건을 챙기고 다시 쏜살같이 도망쳐 나올 수 있는 곳이 아니잖아. 지구상에서 제일 높은 산이었으니 말이야."

"인공위성은 두었다가 뭐하고?"

"인공위성의 위치를 변경하려면 의회의 명령이 있어야 해. 위성 수신 범위는 전등 스위치 올리듯 쉽게 바꿀 수 있는 게 아니잖나. 적어도 당시에는 그랬다는 말이지. 하지만 아무도 이 사건이 누설되기를 원치 않았어. 그러니 우리는 사실상 장님이나 마찬가지였네."

"그럼 아무도 그걸 못 찾았다는 건가?"

그랜트는 고개를 저었다. "비행기의 위치를 찾아낸 것만도 기적 같은 일이었지. 찾은 조각들은 모두 폭파시켜 버렸네. 기내에 민감한 장비들이 있었고, 우리는 흔적을 남기길 원치 않았지. 그렇지만 남은 미사일 한 기는 흔적조차 찾지 못했네. 시간이 지나면서 우리는 이 사건에 대해 잊어버렸고, 우리가 못 찾는 것을 어느 놈이 찾겠느냐는 생각도 없지 않았지."

코너는 동요 없이 담담하게 정보를 받아들였다. 지금껏 살면서 무능함이 저지른 잘못이라면 수도 없이 봐 왔기 때문이다. "얼마나 큰 놈인데, 조?"

"맹세컨대 우리도 노력한 건 사실이네." 그랜트는 이렇게 말을 이었다. "할 수 있는 짓은 다 해 봤단 말이야. 다른 사람도 아닌 자네라면, 어떤 일은 비밀로 남겨두어야 한다는 것쯤은 잘 알지 않는가."

"그 폭탄이 얼마나 큰 놈이냐고 묻잖나?"

"상대가 러시아였다는 걸 감안해 보게. 어땠을 것 같나?"

"어서 대답이나 해 보시지, 의원나리."

"백하고도 오십."

"백오십 뭐?"

"백오십 킬로톤. 공중발사 미사일에 장착할 수 있는 것 중에서 제일 큰 놈이었네."

"히로시마에 떨어트렸던 놈의 크기가 얼마였지?"

"십이었지."

코너는 심히 못마땅하다는 시선으로 그랜트를 응시했다.

"발견될 일은 없을 걸세." 하고 그랜트는 애원하듯 말했다. "자그마치 해발 2만 2천 피트 위에 있어. 가장 근방에 있는 도시에서 2백마일(약 322km)이나 떨어진 곳이네. 그 망할 게 무게만 3천 파운드(약 1.36t)라고. 못 찾아, 프랭크. 내 말 알아듣겠나? 선사시대 크레바스 바닥 어딘가에 처박혀 있겠지. 그러니 아무도 못 건드린다고. 누구라도 그걸 찾는 건 불가능해."

23

팀의 구성원은 총 여덟 명이었다. 지난 40년간 힌두쿠시 산맥에서 구조 비행임무를 수행해 온 팔다리가 긴 파키스탄인 조종사, 미사일을 발견했다는 문제의 농부이자 진입로까지의 지리를 손바닥 보듯이 아는 현지 안내인, 압둘 카디르 칸('파키스탄 핵의 아버지' 라고 불리며 국민적 영웅이 된 금속공학자) 연구소의 베테랑 핵물리학자 두 명, 장비를 나를 짐꾼 세명, 그리고 엠마가 있었다.

엠마는 팀의 리더였다. 굳이 발포어 경의 말을 빌리자면, 그녀는 '다른 팀원들이 임무에 집중하게끔 기강을 세울 그의 개인 대리인 자격' 이었다. 발포어가 쥐어준 억지 지휘권에 의지할 정도로 순진한 그녀가 아니었다. 가방 안에는 만약을 대비해 챙겨 넣은 우지 기관단총이 들어 있었다.

오전 11시였다. 엠마는 치트랄에 있는 비행장에 도착했다. 치트랄은 해발 2600미터 고지대로 이슬라마바드 북동쪽에서 400킬로미터 떨어진 곳에 위치해 있으며, 아프간 국경에서 돌을 던지면 닿을 만큼 가까운 거리에 있는 지역이었다. 조종사, 가이드와 함께 엠마는 활주로에 모여 있었다. 쓰라리게 시린 북풍을 등지고 서서 그 지역의 지형도를 살펴보고 있었다.

"미사일은 여기 있습니다." 빨간 점으로 표시한 티리치미르 산꼭대기 한 지점을 가리키며 현지 안내인이 말했다.

"꽤 높네요." 고도를 확인하며 엠마가 말했다. "7천 미터로군요."

"걱정 마세요, 마담." 발음은 또렷하지만 어설픈 영어로 그가 말했다. "미사일은 7천 미터에 없습니다. 봄에 눈사태 납니다. 미사일이…산에서 내려옵니다. 미사일은 아마도 6천 미터에 있습니다. 더 높지는 않아요."

엠마는 곰곰이 생각했다. 6천 미터라면, 1만 9천 피트가 넘는다는 소리다. 고도에 적응할 만한 시간이 부족한 만큼 팀원 모두 산소 호흡기를 착용해야 할 것이다. "다시 찾을 수 있는 건 확실합니까?"

"제 형님이 거기 있습니다. 발포어 경이 돈을 줍니다."

엠마가 헬기 조종사에게 말했다. "이 헬기로 얼마나 높이까지 갈 수 있습니까?"

"5천 미터요."

"그것밖에 안됩니까? 더 높이 갈 수 있을 텐데요?"

"이 헬기로는 무리입니다. 그 정도 고도면 공기가 희박합니다. 헬기를 제대로 띄우기가 힘들어요. 더 높이 가려면 군용 헬리콥터가 필요합니다. 죄송합니다."

"근처에 착륙할 만한 곳은 있습니까?"

"그곳에 비행장은 없습니다. 아무도 살지 않는 불모지나 마찬가지죠. 착륙하기에 적당한 곳을 빨리 찾아내는 수밖에 없습니다." 조종사가 엠마와 눈을 마주치며 말했다. "따로 드릴 말씀이 있는데요."

엠마는 "알았어요."라고 대답하며 안내인에게 자리를 비켜달라고 했다. 안내인은 마지못해 하며 몇 발자국 떨어진 곳으로 자리를 피했다. 조종사는 옅은 구름이 갈퀴처럼 깔린 하늘을 슬쩍 올려다보며 이렇게 말했다. "프론트가 다가오고 있습니다. 지금 이곳 바람도 심상치 않습니다. 실제로 산에 올라가면 상황은 지금보다 더 안 좋아질 겁니다. 돌풍이 불어 닥칠 거란 말이죠. 탐사를 연기하는 편이 좋을 것 같습니다만."

프론트란 눈을 의미하는 것이었다. 지금 같은 늦은 계절에 폭설이 내린다면 미사일은 내년 오뉴월 해빙기에 접어들 때까지는 눈 속에 묻혀 있게 될 것이었다. 그런 사태가 벌어지는 것을 용납할 수는 없었다. "어떻게든 오늘 해치워야만 합니다." 엠마는 이렇게 말했다. "어서 연료를 채우고 출발합시다."

"가는 겁니까?" 대화를 엿듣고 있던 안내인이 거들었다. 그에게 여행은 많은 돈이 생긴다는 것을 의미했다.

"갑시다." 엠마가 말했다.

안내인은 미소를 활짝 지어 보이며 짐꾼과 기술자들에게 어서 헬기에 타라고 다그쳤다. 엠마로서도 저 산꼭대기에 반드시 올라가야 할 이유가 있었다. 그러나 엠마는 웃지 않았다. 앞으로 자신의 목숨이 이번 일에 달려 있었다. 발포어에게 전화를 걸고 연료 주입을 마친 후에 곧 출발할 것이라고 통보했다. 이제부터 의사소통은 무전기로 할 것이었다.

보조 조종석에 올라탄 엠마는 문을 당겨 닫았다. 발밑으로 토담과 형형색색의 수많은 기도 깃발들로 수놓은 낡은 건물들이 있는 치트랄의 마을 풍경이 지나갔다. 조종사가 조종간을 왼쪽으로 밀자 헬기 동체가 크게 선회하면서 고원을 뒤로 한 채 상어 이빨처럼 날카롭게 솟은 산맥을 향해 날아갔다.

뒷자리에는 안내인과 기술자들이 불쌍하게 보일 정도로 다닥다닥 붙어앉아 있고, 고물 쪽 화물칸에는 장비와 함께 짐꾼들이 타고 있었다. 엠마는 앉은 자세에서 몸을 돌려 퍼스펙스 캐노피 너머의 광경을 응시했다. 끝없이 펼쳐진 산봉우리와 골짜기 풍경이 매력적이었다. 바람은 잠잠해졌고, 마치 거대한 흰색 야수의 입 속으로 흘러들어가고 있는 것같이 느껴졌다. 고도계가 4천 미터를 가리켰으나 산은 이미 헬기 바로 위로 높이 치솟아 있었다. 눈 덮인 산의 널찍한 표면이 가까이 지나가면서 헬기의 활주부를 스칠 듯 위협했고, 손을 뻗으면 튀어나온 암석들에 손바닥이 긁힐 것만 같았다.

엠마는 몽상에서 깨어나며 이번 일이 갖는 중요성을 되씹었다. 이런 식으로 스스로를 다그치는 것은 흔한 일이 아니었다. 어떤 상황에서도 유지되는 뛰어난 집중력이 그녀의 최대 강점이었다. 하지만 그녀는 지금 지난 며칠간 정신이 산만해져 있었다는 점을 인정하지 않을 수 없었다. 자신을 잡아끄는 것은 바로 과거였다. 눈앞에 펼쳐진 광경을 보며 엠마는 마치 산이 자신을 통째로 삼켜 버릴 것 같다는 느낌에 사로잡히기도 했다.

그녀가 아는 한 자신보다 더 산을 사랑하는 사람이 딱 한 명 있었다.

"이름은 랜섬, 외과의사고. 우리는 자네의 신분위장용으로 이 자가 적격이라고 생각하는데."

사진 속 남자는 키가 크고 훤칠했으며, 청바지와 파카잠바 차림에 배낭을 메고 있었다. 짙은 색 머리카락 사이로 희끗희끗 회색 새치가 나 있고, 높게 솟은 콧대와 단호한 입 매무새, 검은 눈동자에 끌려 그녀는 사진 속의 남자를 조금 더 유심히 보았다.

"열정적이면서도 진지한 타입으로 보이는데요, 그렇지 않나요?" 사진을 테이블 위로 밀어 놓으며 엠마가 말했다. "외과의사라기보다는 대학생으로 보이는 걸요."

"옥스퍼드 성형의학과에서 펠로십 과정을 막 마쳤다는데. 알아보니 꽤나 잘난 놈이더군. 영국과 미국 전역 병원들이 이 자에게 일자리를 제안했다는데."

"이 사람도 우리 중 한 명인가요?"

"하, 그럴 리가." 존 오스틴 장군은 이렇게 말했다. 그는 공군 소속 2성 장군으로 몇 년 전에 디비전을 창설한 인물이었다. "최근에 국경없는의사회에서 일하겠다고 자원을 했다는군."

엠마는 사진을 다시 집었다. "공상 속에 사는 박애주의자라는 건가요?" 못 미덥다는 투로 말했다.

"우리 모두가 그렇지 않나?" 오스틴이 책상 위에 있던 서류철을 펼치며 말했다. "우리는 자네가 나이지리아로 가 줬으면 하네. 나이지리아 쪽 차관이 협조를 할 생각이 없어. 그자가 우리 휴스턴 친구들과의 계약을 종료시키겠다고 시끄럽게 굴고 있지. 제 나라 혼자 힘으로 석유를 채굴해서 시장에 내다팔 능력이 된다고 생각하는 것 같아."

"그자를 설득해서 태도를 바꿔놓으라는 건가요?"

"설득하거나 아니면 제거해 버리거나." 오스틴이 말했다.

"장군님, 진담이십니까?" 말을 꺼낸 사람은 방에 있던 다른 남자였다. 짧은 소매 셔츠를 입고 늘 땀을 흘려대는 우둥퉁한 사내였다. 엠마는 그의 이름을 기억했다. 프랭크 코너. "그 차관은 꽤 오래 공금에 손을 대 왔어. 우리는 자네가 그자의 탐욕스런 비리에 관해 증거를 수집한 다음, 그의 진정한 관심사가 어디에 있어야 하는지 똑똑히 상기시켜 주길 바라네."

"아니면 총리에게 정보를 전달하던가요." 하고 엠마가 말했다. "총리가 피아노 줄로 그자를 묶은 다음 녹슨 칼로 아랫도리를 잘라 버리게 말이죠."

코너가 눈살을 찌푸리며 말했다. "정확하고도 설득력이 있는 소리구면."

"나라면 그냥 제거해 버리는 쪽에 걸겠으나." 오스틴이 말했다. "프랭크의 의견을 따를 수밖에. 보다시피 이건 프랭크 자네의 작전이니까."

이어서 코너가 말했다. "그 국경없는의사회 말인데. 랜섬보다 한 달 먼저 그곳에 가 있게. 자네가 그곳에서 관리자로 일할 수 있도록 조치해 두었네. 기본적으로 그 쪽 일을 총괄하는 시늉을 좀 해 줘야겠어. 아직 시간이 있으니 너무 염려 말고 랜섬에게 접근해 주게. 우리는 그자가 나이지리아의 라고스로 발령 받도록 조치해 놓겠네."

엠마는 아프리카를 좋아하지 않았다. 날씨는 너무 후덥지근한데다 벌레나 곤충들이 득실거리는 곳이었다. "기간은요?"

"시작에서 임무 종료까지? 라이베리아에서는 2개월. 나이지리아에서는 전적으로 자네가 임무를 얼마나 빨리 완수하느냐에 달렸어. 잘만 풀리면 6개월 내라도 가능하겠지."

"그러면 그 뒤에는 어떻게 되죠?"

"늘 하던 대로 하게. 그 의사와는 헤어져 버리면 되는 거고. 우리가 자네를 빼내오게 될 거야. 60일 휴가를 줄 테니 어디 해변에나 가서 누워 있다 오라고."

엠마는 다시 사진을 쳐다보며 짜릿한 무엇인가가 자신을 관통하는 느낌을 받았다. 잘생긴 얼굴이었다. 그러나 랜섬에게는 외모를 떠나서 그녀의 감정을 어지럽히는 무엇인가가 있었다. 바로 눈빛이었다. 그녀와 마찬가지로 그는 믿음을 가진 자였다. 그래서 위험했다. 본능적으로 이 남자를 조심해야겠다고 다짐했다. 6개월이란 아주 긴 시간이었다. "대체 이런 사람을 어디서 찾으셨나요?"

오스틴은 사진을 도로 뺏어 서류철에 넣었다. "자네가 상관할 바가 아니야."

헬리콥터가 해발 4,500미터 지점에서 암석으로 덮인 고원 지대에 착륙했다. 엠마는 문을 어깨로 밀어서 열며 헬기에서 뛰어내렸다. 망치로 때리는 것 같은 추위가 그녀를 덮쳤다. 동쪽을 보니 힌두쿠시 산맥의 최고봉인 티리치미르 산 정상을 지나가는 적운층이 길게 늘어져 있었다. 한 시간 남짓 걸린 비행시간 동안에 하늘은 오싹하리만큼 잿빛으로 바뀌어 있었다. 날씨가 점점 사나워지고 있었다.

엠마는 배낭에서 마젤란 GPS를 꺼냈다. GPS에 따르면 그 폭탄까지의 거리는 22킬로미터였다. 그러나 그 단순한 거리 계산에는 고도가 1,500미터 더 높아진다는 점이나 제대로 표시된 산행길이 없다는 점, 그리고 무엇보다도 공기가 희박하다는 점은 고려되지 않았다. 게다가 그녀는 그 거리를 6시간 안에 주파해야 했다. 그녀는 어깨너머로 짐꾼들이 장비를 내리는 것을 보았다. 짐꾼 한 명 당 40킬로 무게의 짐을 짊어질 것이었다. 저들은 버텨낼 것이다. 그들 곁에는 벌써부터 추위에 덜덜 떠는 기술자 둘이 있었다. 기술자 하나가 몇 발자국을 나가더니 허리를 구부린 채 무릎에 손을 짚었다. 저들은 못 버틸 것이다.

엠마가 현지 안내인에게로 걸어가서 말했다. "저 두 사람에게 산소통을 주세요. 그리고 짐꾼들에게 서두르라고 하시고요. 20분 안에 출발합니다."

엠마는 안내인이 뛰어가는 것을 지켜보다 어두워져 가는 하늘로 시선을 돌렸다.

24

"방 안으로 들어가서 눈에 보이는 모든 것을 외우는 데 30초 주겠어요."
하고 대니가 말했다.

"예를 들자면 뭐를 말인가요? 커튼 색상? 침대보의 종류? 무슨 말인지
모르겠는데요."

"전부 다요. 그리고 위치와 책상의 종류도 보세요. 서랍에 열쇠가 달렸
는지, 세면대 위에는 뭐가 있는지, 창문은 어떻게 열리는지, 경보 시스템
은 있는지. 당신이 본능적으로 중요하다고 생각되는 것들이면 죄다."

이스라엘의 중부 도시 헤르즐리아가 내려다보이는 언덕 위 허름한 빌라
입구 계단에서 조나단은 대니 곁에 서 있었다. 오후 두 시가 넘었다. 아침
만해도 청록빛이던 하늘이 물기를 머금은 회색빛 구름에 자리를 양보했
다. 기온은 섭씨 6도가량 떨어졌고, 빗방울이 그의 뺨을 때리기 시작했다.
눈을 감고 그는 눈으로 본 모든 것들을 기억해낼 수 있도록 머릿속을 백지
상태로 비우려고 했다. 숨을 길게 내쉬며 스스로에게 침착하라고 말했지
만 제대로 되지 않았다.

대니는 문을 열고 조나단을 현관으로 인도했다. 현관 바닥은 시멘트고
천장은 높았으며 벽에는 군데군데 페인트칠이 벗겨져 있었다. 그들은 층
계를 올라가 우측 첫 번째 방 앞에서 걸음을 멈췄다. "30초!"

조나단은 문을 열고 안으로 들어갔다.

방안은 칠흑같이 어두웠다.

당황해하며 손으로 벽을 더듬어 스위치를 찾아냈다. 문제는 불을 켜도 되느냐는 것이었다. 보이지 않으면 결국 아무 의미가 없는 것 아닌가? 스위치를 올리자 낡은 전선과 연결된 전구에 미약하게나마 불이 들어왔다. 움직여야 하나? 아니면 그대로 있어야할까? 한 발을 앞으로 내딛자 마룻장이 멀리 시리아까지 들릴 정도로 요란하게 삐꺼덕거렸다. 지저분한 덮개와 몹시 더러워 보이는 베개 네 개가 올려져 있는 킹사이즈 침대가 하나 있었다. 침대 양 쪽에는 책 여러 권이 놓인 협탁이 하나씩 놓여 있었다. 한쪽 모퉁이에는 친즈 천 소파가 놓여 있고, 다른 쪽 모퉁이에는 전신 거울이 있었다. 한발 더 앞으로 내딛자 조금 전보다 더 요란하게 마룻바닥이 삐거덕거렸다. 만일 그의 잠입 실력을 시험하는 것이라면 이미 탈락한 셈이었다. 어떤 이유에서인지는 모르지만, 그는 초록색 땡땡이 무늬의 보라색 커튼을 응시하고 있는 자신을 발견했다. 방 맨 끝 쪽 어딘가에 눈길을 끄는 책상이 하나 놓여 있었는데 책상다리가 사자 발 모양으로 장식되어 있었다. 서랍에 자물쇠가 달렸는지를 보려고 했으나 불빛이 너무 어두웠고, 삐거덕대는 마룻바닥에 신경이 쓰여서 자유롭게 움직이기가 거북했다. 스파이라면 관심을 가질만한 것들은 하나도 발견하지 못했다.

마음이 급해진 나머지 마룻바닥 삐걱대는 소리를 무시하고 그냥 침실을 한 바퀴 둘러보기로 했다. 책상으로 가서 서랍을 살펴보니, 서랍들은 모두 구식 열쇠로 잠겨 있었다. 서류더미를 올려놓은 텔레비전 한 대가 있고, 그 옆에는 선풍기가 있었다. 계속해서 돌아보다가 장롱을 발견했다. 장롱문은 열려 있고, 안에는 금고가 있고, 금고 위에 서류더미가 얹혀 있었다. 서류에 손을 대려는 순간 누군가의 손이 그를 장롱 안으로 머리부터 밀어 넣었다. 바닥 위로 넘어지며 고개를 돌리는 순간 대니가 장롱 문을 닫는 것이 눈에 들어왔다.

"보라고 했어요. 만지지 말고!" 하고 그녀가 소리쳤다.

"소리도 안 내고 어떻게 여기까지 건너왔죠?"

"질문은 그만하고 관찰한 것이 뭔지 전부 말해보세요."

장롱 안의 어둠은 절대적이었다. 조나단은 무릎을 세우고 앉아서 침실을 머릿속에 재현해 보려고 노력했다. "킹사이즈 침대, 지저분한 베개, 잠겨 있던 책상, 그리고 금고 위에 서류더미."

"다이아몬드는?"

"무슨 다이아몬드?"

"그리고 칼라슈니코프 소총은?"

"아, 왜 이러시나."

"저 끔찍한 커튼 뒤에 숨어 있는 테러리스트는 못 봤나요?"

"그만 풀어줘요, 대니."

"맞아요. 그런 것들은 없었어요. 하지만 적어도 침대 옆에서 뭔가를 보기는 했겠죠?"

조나단은 침대 옆에 놓여 있는 협탁들을 떠올렸다. 책 더미가 쌓여 있었다. 한쪽에는 세 권, 다른 쪽에는 네 권이 놓여 있었다. 다른 것들도 있었다. 안경 하나. 씹는 껌 한 개. 어둠 속에 갇힌 채 그는 사진을 보듯이 기억을 되살릴 수 있었다. "봤어요." 하고 그가 말했다. "오른쪽 협탁에 검은색 버튼이 달린 상자가 하나 있었어요."

"그건 비상 버튼이에요. 똑같은 게 발포어의 침대 옆에도 놓여 있지요. 자신의 안전에 대해 병적으로 조심하는 자이니까요. 그렇다면 텔레비전은?"

조나단은 마음의 눈으로 방을 한 바퀴 새로 돌아보았다. 20인치 구식 브라운관 모델이 한 쪽 구석에 놓여 있었다. "기억납니다."

"그 위에 뭐가 있던가요?"

"서류들이오."

"뭐라고 쓰였는지 떠올릴 수 있나요?"

"아니…아, 기억납니다." 그는 마음의 눈으로 서류 맨 위에 적혀 있던 굵은체 글씨 이미지를 선명하게 포착했다. '즉시 매각 가능한 무기와 장비'라고 기억 속의 사진 글씨를 말하며 조나단은 스스로 놀랐다. "그 아래로 품목들 여러 개가 쓰여 있는데 읽지는 못하겠군요."

"분발해 보세요."

"M4 자동소총, 수류탄, 탄약, 나머지는 기억이 흐려요."

문이 열리며 대니는 조나단이 발을 딛고 나오도록 도와주었다. "실제로 그가 가지고 있는 서류들인가요?" 하고 그가 물었다. "발포어의 것이냐고요."

"오래 전 것이기는 하지만 맞아요."

조나단은 곧바로 텔레비전 있는 곳으로 걸어가서 서류를 집어 들었다. 그의 기억력은 정확했다. 놀란 눈으로 그는 대니를 쳐다보며 물었다. "어땠어요?"

"그리 나쁘진 않군요."

언젠가는 빚을 갚으라는 독촉장이 날아오는 법이다.

프랭크 코너는 금속 조각 하나를 위로 던졌다가 손바닥으로 다시 받았다. 잠시 동안 그는 그 찌그러진 납덩이를 바라보았다. 승산은 50대 50이었다. 14년이란 긴 세월이고, 기억은 과거를 비튼다. 사람들은 곧잘 과거를 자기네들이 원하는 방식대로 기억하려고 한다. 그럼에도 불구하고 말로이는 대부분의 미해군 특수부대 네이비씰 출신들이 그렇듯이 명예를 지킬 줄 아는 남자였다. 거절한다고 하더라도 그를 탓하지는 않을 생각이었다. 애초부터 무리한 부탁을 하려는 것이니 말이다.

금속 조각을 주머니에 넣고 코너는 비를 막기 위해 코트 깃을 세우며 차량 문을 잠갔다. 정부용 안전부지라지만 그렇다고 정말 안전하다는 의미는 아니었다.

약어로 NGA로 불리는 국립지리정보국은 북부 버지니아의 완만한 구릉지대에 위치한 포트 벨부아에 자리 잡고 있었다. 알링턴 국립묘지에서 그리 멀지 않은 곳이다. 국립지리정보국의 업무 지침은 아주 간단했다. 인공위성이 보내오는 사진과 지도 기반 정보 솔루션을 미국 국방 관련 기관과 민간 기업체에 제공하는 것이 주요 업무였다. NGA는 정보계에서는 보석 같은 조직으로 공공기관이나 민간기관들이 가시적인 효과를 얻기 위해 종종 사용하는 실질적인 상품을 생산해내는 독점 기관 으로, 쉽게 말해 돈벌이가 되는 기관이었다.

코너는 웨스트 타워의 코팅 유리문으로 들어가 보안 검색대 앞에 섰다. "제임스 말로이씨와 약속을 잡고 왔소. 기다리고 있을 거요."

보안 검사가 끝나길 기다리면서 그는 주위를 둘러보았다. 청사는 건물 세 동으로 이루어져 있었다. 중앙 건물을 중심으로 각각 6층 건물인 웨스트 타워와 이스트 타워가 조개껍질의 양면처럼 붙어 있었다. 그 사이에 여덟 개 층 유리 원기둥 모양의 중앙 건물이 있고, 그곳에 조직의 임무 수행에 필수적인 일을 총 지휘하는 NGA 자료국이 있었다.

"들어가셔도 좋습니다. 말로이씨 사무실은 중앙 건물 6층에 있습니다. 6층에 도착하시면 직원이 안내해 드릴 겁니다."

코너는 방문객 신분증을 목에 걸고 보안검사대를 통과해 엘리베이터를 타고 6층으로 올라갔다. 엘리베이터 문이 열리고 190cm가 넘는 키에 몸무게가 100kg 가까이 되는 제임스 말로이가 환영의 뜻으로 두 팔을 벌리고 기다리고 있었다. "프랭키, 만나서 반갑습니다."

말로이가 그를 포옹하는 동안 코너는 서류가방을 한손에 든 채 어색하게 서 있었다. "나도 반갑네, 짐. 어떻게 지냈나?"

포옹을 풀며 말로이는 자신의 검은 머리를 손으로 쓸어 넘겼다. "최근 막 상황실장으로 보직발령을 받았습니다."

"상황실장이라? 잘됐군. 그럼 꽤나 바쁘시는데."

"저야 주어지는 일을 할 뿐입니다." 하고 말로이가 말했다.

"이제 몇 년 됐나?"

"5년입니다. 이곳이 제 적성에 잘 맞을 것이라고 하신 게 맞았습니다. 덕분입니다."

"무슨 소릴." 하고 코너가 말했지만 내심 기대가 커졌다.

말로이와 그의 관계는 말로이가 보스니아로 파견된 네이비씰 특수팀 요원으로 있던 무렵인 1990년대로 거슬러 올라간다. 반군지도자인 라도반 카라지치를 목표로 한 헌터 - 킬러작전 중에 말로이와 그의 팀은 매복공격을 당했다. 생존자는 말로이 혼자였으며, 그는 포로로 잡혔다. 코너는 소식을 듣고 그를 구출하고자 디비전 소속 요원을 급파했다. 하지만 작전은 시작하기도 전에 꼬이기 시작했다. 총격전이 벌어지고, 민간인 사상자가 속출한 것을 비롯해 열두 명 정도의 보스니아 정규병이 희생됐다. 결국은 디비전 소속 요원이라는 위장 신분이 들통 나고 말았다. 말로이가 용케 탈출해 목숨을 건졌다는 점을 제외하고는 완벽하게 실패한 작전이었다.

말로이가 상당히 빠른 걸음으로 성큼성큼 복도를 걸어 내려가는 바람에 코너는 어렵사리 그를 따라갔다. 그가 의족을 차고 있다는 게 믿기 힘들 정도였지만 사실은 그 의족이 핵심이었다. 네이비씰의 엄격한 신체검사 기준으로 인해 말로이는 해군에서 전역할 수밖에 없었고, 그 뒤 민간 부문에 취직했다. 코너가 그에게 정부쪽 일을 주선해 주기 전까지 그는 민간업체 몇 곳을 전전했다. 이제는 코너가 자신이 베푼 은혜를 보상받을 수 있을지 확인해 볼 시간이 된 것이었다.

"앉으시죠." 하고 말로이가 말했다. 작전센터 한 가운데 솟은 플랫폼 위의 널찍한 책상이었다. 그곳에서 그는 놀랄 만큼 많은 컴퓨터 모니터와 비디오 화면, 그리고 첨단 장비들에 360도로 둘러싸인 채 NGA 관리 하에 있는 인공위성들이 실시간으로 전송해 오는 정보들을 관리했다.

"부탁할 게 있어서 왔네." 의자를 바짝 당겨 앉으며 코너가 말했다.

말로이는 불안한 듯 미소를 지어보였다. "저도 예상은 했습니다. 최근 승진하셨다는 소식을 들었습니다."

코너는 바짝 다가와 앉으며 1984년 5월 힌두쿠시에서 공군 B-52기가 추락하며 분실된 순항미사일에 관해 설명했다. "우리는 누군가가 그것을 찾아냈고, 암거래시장에서 불량국가 내지는 테러조직에게 판매하려고 할지도 모른다고 생각하네."

"얼마나 정확한 정보입니까?"

"그것을 바탕으로 작전을 실행해도 무리가 없을 정도로 정확하네. 문제는 그 폭격기의 추락지점이 정확히 어디인지를 모르겠다는 걸세."

"외람되지만." 말로이가 말했다. "이런 이야기를 왜 제게 하시는 건가요? 핵탄두 장착 순항미사일이라면 랭글리(CIA 본부)나 합동참모본부, 아니면 사령관이 직접 제게 연락해 왔을 텐데요."

"다른 문제들이 있네."

"예를 들자면 어떤?"

"사건을 공군에서 은폐해 버렸네. 공군 측은 그 미사일이 크레바스 천 피트 아래로 떨어져 있을 거라 생각해. 세상에 알리고 싶은 일이 아닌 거지. 아무튼 난 그 말을 그대로 받아들이지 않고 있네. 내가 아는 것이라고는 그걸 찾아봐야 헛수고일 수도 있다는 정도네."

"그렇게 생각하시지 않는군요."

코너가 어깨를 으쓱해 보였다. "그래서 온 걸세."

말로이는 잠시 고민하다 이렇게 물었다. "그렇다면 제 도움이 필요하신 부분이 구체적으로 어떤?"

말로이가 지레 겁먹지 않도록 코너는 일부러 대수롭지 않은 투로 이야기를 풀기 시작했다. "기록 자료 정도. 자네가 1984년 5월부터 해당 지역을 담은 사진들이 있는지 찾아봐 줬으면 하는데. 폭격기 추락에 관한 증거가 될 만한."

"그곳에서 말인가요? 수천 평방마일에 달하는 지역입니다. 모래에서 바늘을 찾는 것이나 마찬가지입니다. 조금 더 구체적인 정보가 있어야 할 것 같습니다만."

코너는 낡은 서류가방에서 서류철 하나를 꺼냈다. 맨 위 페이지에 미 공군에서 조사지역을 좁혀서 좌표를 표시해 놓은 지도가 있었다.

"이건 좀 낫네요." 하고 말로이가 말했다. "그러면 아프가니스탄 국경

위의 50평방마일 이내 지역을 탐사범위로 잡으면 되겠군요. 제가 기억하기로 1984년도에 저 지역에서 뭔가 굵직한 사건이 벌어졌던 걸로 아는데 말이죠."

"러시아의 공격이 절정에 달했을 무렵이지. 붉은 군대 소속 군인 12만 명이 아프간에 주둔해 있었으니 말이야. 우리 기관에서 무자헤딘에게 무기를 제공해 주던 것도 그 무렵이었지. 우리가 인공위성 한 대 정도는 매일 저 지역 어딘가를 지나가게 했을 거라고 생각해 볼 만하지 않나."

말로이는 워크스테이션에 명령어를 마구 입력해 넣었다. "안 되네요." 인상을 찌푸리며 그가 말했다.

"뭐가 문젠가?"

"너무 오래 된 일입니다. 위성영상으로 말하면 1984년은 중세 암흑기나 마찬가지입니다. 습식 필름에서 디지털 기술로 전환되던 시기였습니다. 1983년까지만 해도 통신위성이 코닥 필름으로 사진을 찍었습니다. 실시간이라는 개념이 없었죠. 아무리 빨라야 사흘은 지난 사진이었으니까요. 보다 현실적으로는 일주일이나 아니면 더 뒤에 사진들을 받아볼 수 있었습니다. 찾으려는 사진은 더 이상 이곳에 없습니다."

"하지만 누군가는 가지고 있을 게 아닌가?" 관료주의의 무능함에 대해 아는 편인 코너가 물었다.

"물론 그렇습니다만, 여기에는 없다는 거죠. 기록보관소에 가 봐야 합니다. 궁둥이 좀 그만 붙이시고 움직이셔야겠는데요, 프랭크."

"거참, 귀찮게 만드는군." 투덜거리며 코너는 의자를 밀치고 일어나 말로이를 느릿느릿 따라갔다.

그들이 도착한 곳은 5층 사무실이 모여 있는 곳이었다. "1984년도에는 이곳을 코미렉스(Comirex), 다시 말해 영상정보수집개발위원회라고 불렀죠." 워크스테이션의 전원을 켜며 말로이가 말했다. "비밀조직이었습니다. 기록상으로는 나오지 않는 조직이었지요. 그 뒤로도 셀 수 없을 만큼 이름을 자주 바꿨는데, 이제는 이니셜 세 글자로 정해졌고 다들 만족해합니다. NGA는 CIA나 DHS, FBI, NSA, 그리고 다른 큰 조직들과 어깨를 나란히 하는 조직이 되었습니다." 그는 엔터키를 치고 뒤로 기대어 앉으며 이렇게 말했다. "좋아, 여기 떴습니다…아프가니스탄 지역을 관할하는 위성이 네 대가 있었네요. 두 대는 그냥 빗자루네요. 조리개를 열어 놓고 그 지역 상공을 날면서 보이는 데로 그냥 사진을 찍어 담았습니다. 별로 도움이 안 될 겁니다. 좀 더 파고 들어가야겠는데요. 이게 좋네요. 다른 두 대는 정지궤도를 도는데 매일같이 24시간 목표 지역 상공의 일정한 위치를 유지하는 겁니다." 말로이가 명령어들을 입력했다. "자, 나왔습니다. 이 위성이 말씀하신 지역에 있었습니다. 보아하니 산 위의 보급로 사진을 찍고 있었던 것 같은데요."

화면 속의 위성사진에는 높은 고도에서 보는 지상의 한 구역이 나타나 있었다. 사진 한 쪽 구석에 몇 개의 검은 사각형이 보이고, 나머지는 수도 없이 많은 산들이었다. 말로이는 좌표를 조정하고 사진 속의 산악 지역 한 부분을 확대했다. "빙고." 그가 큰소리로 말했다. "저곳이 바로 항공병들이 조사하던 곳입니다. 그 사람들이 성과가 없었던 게 이해가 가네요."

"저 사진이 5월 30일 아니면 31일에 찍힌 게 맞고?"

말로이는 화면을 살피더니 코를 찡긋 거렸다. "이상하네요. 5월 30일자 사진을 요청했는데 이 사진은 28일자 사진입니다. 다시 한 번 해 보죠." 말로이는 반복해서 명령어를 입력했지만 계속해서 같은 사진이 나타났다. 그는 몇 가지를 더 입력해 보더니 손을 머리위로 올리며 휘파람을 내불었다. "제가 5월 30일에서 9월 30일 중 하루의 사진을 요청할 때 마다 28일자 사진으로 돌아갑니다."

"5월 28일이라? 이게 정상인가?"

"그럴 리가요. 정상이 아닙니다." 말로이가 대답했다. "위성이 떠 있는한 매일 매시간 사진을 전송해 오는 게 맞습니다."

"사진이 다시 정상적으로 들어오는 건 언제부터지?"

말로이는 좌절감을 느끼며 키보드를 세게 두들겼다. "10월 1일이네요."

"10월 1일이라고? 통신위성 고장이라고 하기에는 너무 긴 시간이 아닌가." 코너는 영상을 유심히 살폈다. 대략 120일 정도의 증거 사진이 사라졌다. 그의 계산으로 그 기간은 공군이 기체나 잔해를 찾아내서 폭파시킨 시점이었다. "눈을 보게." 하고 그가 말했다. "추락 장소가 완전히 눈으로 덮여 있어. 내 생각으로는 누군가가 아무도 기체를 찾지 못하도록 확실히 해두고 싶었던 모양이야."

말로이가 의자를 뒤로 밀며 말했다. "죄송합니다. 프랭크. 더 이상은 도와드릴 수가 없네요."

"미안해 할 것 없네." 코너가 말했다. "이제 어디를 찾으면 되는지 알았으니 말이야. 20평방마일 정도의 지역이라면 우리 능력 밖이라고 말해선 안 되겠지."

"하지만 지금은 11월이라고요. 이미 저 정도 높이에는 눈이 엄청나게 쌓여 있습니다. 기체가 저기 있다 치더라도 확인하기는 어려울 겁니다."

"기체나 미사일을 찾을 거라고 기대하지는 않아. 내가 찾아내려는 건 그걸 회수하려고 하는 사람들이지."

말로이는 코너의 얼굴을 쳐다보았다. "설마 지금 저더러 해달라고 부탁하시는 게?"

"한 시간이면 족하지 않나."

"안 됩니다. 프랭크. 절대 안 돼요. 위성이 그 지역을 감시하도록 지시할 수는 없습니다."

"자넨 할 수 있잖아. 자네가 감시관 아닌가. 어떤 위성 비행 프로그램이라도 재설정할 수 있는 유일한 사람이 있다면 그게 자네지."

"모든 위성들이 한 달 전에 임무가 부여됩니다. 향후 2년간의 비행시간이 매일 매분 단위로 사전 설정 돼 있고, 거기에 따라 움직이게 됩니다. 계획에 따른 위성사진을 기다리고 있는 고객들이 있고요. 지금 국가 안보를 위태롭게 하는 일을 말씀하시는 겁니다."

"내가 하는 일은 오히려 그 반대라고 말하고 싶은데. 국가 안보를 공고히 하려는 것이라고. 이보게, 단지 몇 분이면 된다고."

"그러면 저는 CIA나 CENTCOM(미군 중부 사령부), 아니면 누가 되었든 제가 손댈 위성의 소속 기관 사람들에게 뭐라고 말해야 합니까?"

"고장 났다고 하면 되잖아. 실제로 고장도 나잖아."

"항상 일어나는 일이죠." 말로이가 말했다. "그리고 그 다음에는 어김없이 록히드마틴사나 국방부의 서류쟁이들 십수 명이 원인을 찾는답시고 악을 쓰며 여기로 내려오지요. 여기에 있는 모든 워크스테이션에 입력하는 내용은 하나도 빠짐없이 기록됩니다. 불과 오 분이면 내가 이미 설정된 위성 감시 프로그램에 끼어들어 재설정 명령을 내렸다는 사실이 들통난다구요. 이건 아버지 차를 몰래 타고 나가는 거랑은 차원이 다른 일입니다. 차라리 프레데터(무인항공기) 한 대를 구해서 산 위에 보내지 그러십니까? 그러는 편이 이것보다는 쉬울 겁니다."

"그것도 생각해 봤지. 그런데 소용없겠더라고. 자네 말마따나 덤불 속에서 바늘 찾기야."

"하지만, 프랭크. 이건 애당초 가망이 없는 이야기입니다."

코너의 음성은 낮고 차분했다. "자네는 네이비씰 출신이지. 생명을 구하는 일을 하지 않았나? 자네가 그렇게 하도록 훈련받은 것을 해달라고 부탁하는 걸세. 차이점이라면 이번에는 총을 쓸 필요가 없다는 것이지."

"이건 직장에서 모가지가 날아가는 정도가 아닙니다. 감방신세를 지게 될지도 모른다는 겁니다." 말로이는 컴퓨터 전원을 끄고 자리에서 일어났다. "죄송합니다, 프랭크. 이건 내가 감당할 수 있는 일이 아닙니다."

코너는 한숨을 내쉬며 고개를 숙였다. 그렇게 그는 잠시 수도승처럼 실망한 표정으로 한 곳을 바라보며 앉아 있었다. 그러더니 찌그러진 모양의 납덩이를 주머니에서 꺼내 말로이에게 던져줬다. "우리 요원이 자네를 구출하고 나서였네. 의사가 찾아낸 자네 등에 박혀 있던 총알이네."

말로이는 그 납덩이를 유심히 살펴보더니 이렇게 말했다. "그래도 안 됩니다, 프랭크. 죄송합니다."

"이것은 자네가 나한테 진 빚을 말하는 게 아니야." 코너가 말을 이었다. "이것은 매일 아침 침대에서 일어나 우리가 하겠다고 맹세하는 일들을 하는 것이란 말일세. 이것은 바로 나라를 지키는 일일세. 그 산 어딘가에 핵탄두 미사일이 있는 거라면, 나는 그것에 대해 알아야겠네. 이건 우리 둘 사이의 일보다 큰 문제일세."

고개를 내저으면서 말로이가 손으로 입술을 만지작거렸다. 무엇인가 욕지거리 같은 말들을 웅얼거렸고, 코너는 그가 무슨 생각을 하는지 알고 있었다. '주여, 왜 하필 접니까?' 드디어 납덩이를 코너에게 되던져 주며 그가 말했다. "프랭크…이런 젠장, 빌어먹을."

"하겠다는 건가?"

"오늘밤에 다시 오십시오. 열한 시에 지나가는 위성 한 대가 있습니다. 위성의 궤적을 바꿀 수는 없습니다만 카메라는 약간 조작할 수 있습니다. 기회는 단 한 번입니다."

"고맙네, 지미. 자네는 참 좋은 사람일세."

"좋은 사람이니 뭐니 하는 소리는 집어치우십시오. 저는 미국국민입니다. 그게 무슨 뜻이건 간에."

코너는 서류가방을 집어 들고 말로이의 어깨에 손을 얹었다. "신의 가호가 함께 하길."

말로이는 고개를 저으며 이렇게 말했다. "그리고 프랭크, 앞으로 제게 무슨 부탁할 생각일랑 다시는 하지 마십시오."

26

하루 일과가 끝났다. 조나단은 공간기억 훈련과 암기 훈련에 이어 텔아비브 시내에서 감시 훈련을 받았다. 시작은 최악이었고 두 번째도 처참한 수준이었으며, 끝에 가서는 평범한 수준으로 막을 내렸다. 그럼에도 불구하고 조나단은 그날의 훈련을 통해서 자신의 실력이 향상되었음을 알았다. 진전이 있었던 것이다.

지중해로 향하는 굽은 도로를 따라 대니는 BMW 세단을 능수능란하게 몰았다. 비가 더 세차게 내렸다. 차창에 부딪히면서 시야를 흐려놓는 폭우였고, 밖을 내다보기 힘들 정도였다. 대니와 가까이 앉아 있으니 조나단은 감방에 갇힌 기분까지 들고, 감방 동료 간에 어쩔 수 없이 피어나는 동료애 같은 것이 느껴졌다.

"그 사람은 어떻게 압니까?" 하고 물었다.

대니는 곁눈질로 힐끗 쳐다보기만 했다.

"아무도 듣는 사람 없잖아요." 조나단이 계속했다. "우리만 아는 얘기로 하죠. 프랭크 코너 말입니다."

"누구를 말하는지 알아요."

"그래서 어떻게 아는 겁니까?" 조나단의 말투는 완고했으며, 이번만은 그냥 넘어가지 않겠다는 의지를 보였다. 지난 72시간 동안 불평을 하거나 질문을 던지는 법도 없이 시키는 대로만 움직였다. 지시를 따르는 것은 생존과 직결되는 것이었다. 코너의 등장으로 달라진 것은 없었다. 엠마는 디비전의 조커였고, 코너는 그 패를 마지막 순간에 가서야 내보인 것이다. 엠마의 남편이고 국가안보에 필수적인 임무를 수행할 능력을 가진 유일한 인물로서 작전에 발탁된 평범한 시민 조나단으로서는 코너의 명령에 따르는 수밖에 없었다. 그는 마지못해 정보요원으로 활동할 것을 수락했지만, 이제 그의 내면에서 봉기가 일어난 것이다. 그는 답변을 요구하고 있었다. 대니와 함께 지내면 지낼수록 자신이 맡은 임무의 위험성도 점점 더 크게 느껴졌다. '알려주는 것만 알아라'는 식의 답변은 더 이상 받아들일 수 없었다.

"같이 일한 적이 있어요." 대니가 말했다.

"모사드에서 일하나요?"

"명칭은 중요하지 않아요. 각 정부마다 디비전과 맞먹는 조직을 가지고 있다고 해두지요. 나는 이스라엘 정부를 위해 일하는 것이고."

"그쪽 일은 어떻게 하게 되셨죠?"

대니는 그를 쳐다보았고, 또 다시 푸른 두 눈동자로 그를 헤아려보고 있었다. 질문을 피하는 대신 그녀는 미소를 지어보였다. 그날 하루 중에서 조나단이 얻은 첫 승리에 해당하는 미소였다. "이제 개인적인 것까지 묻겠다는 것인가요?" 하고 그녀가 물었다.

"어제 나는 벌거벗은 채로 바닥에 엎어져 있었고, 당신은 무릎으로 내 등을 찍은 채 내 귀에 입을 바싹 가져다대고 있었지요. 그러니까 서로 간에 민망해 할 것들은 더 이상 없다고 생각하는데 말이죠."

"이스라엘에서는 군복무가 남성과 여성 모두에게 의무사항입니다. 18세가 되면 곧바로 입대를 해야 하지요. 복무 기간은 2년이고요. 난 다른 사람들보다 군 생활을 더 즐겼던 것 같아요. 어쩌면 남들보다 더 잘해서 그랬을 수도 있고. 여자가 이런 일을 하는 게 신기한가요?"

"신기하냐고요? 진심인가요?" 그제야 조나단은 대니가 엠마에 대해 아무엇도 모른다는 사실을 깨달았다. '알아야 할 필요가 있는 것만'은 양쪽에 다 해당되는 이야기인 것이었다. "아니요." 하고 그가 말했다. "전혀 그렇지 않습니다. 암벽 등반을 하면서 나보다 더 강한 여자들을 많이 봤어요."

그녀가 푸른 두 눈동자로 그를 쏘아보며 말했다. "그저 강하기만 하던가요?"

"알았어요." 하고 조나단이 말했다. "더 똑똑하고, 더 빠르고, 더 믿음직스럽고. 그리고 더 강하고요."

대니는 마치 "아까보다는 낫군"이라고 말하려던 것처럼 입술을 삐죽이며 고개를 끄덕였다.

"등산을 하시나요?" 하고 그가 물었다.

"저요? 전혀 아닙니다. 고소공포증이 있어요. 그 때문에 고공낙하 훈련에서 낙제했어요. 수송기 문 앞까지는 갔는데 막상 천 미터 아래를 내려다보니까 몸이 완전히 굳어 버리던데요. 교관과 실랑이를 벌이다가 교관을 때려눕힐 뻔했죠. 군에서 다른 종류의 군사 기술을 내게 가르치는 편이 낫겠다는 판단을 내린 것도 그 일 때문이고요."

"인생 돌아가는 게 참 신기하죠."

대니가 싱긋 웃어보였고, 조나단은 그날 하루를 보내던 중에 처음으로 단단하게 다져놓은 겉모습 안에 있는 한 여인의 진실한 모습을 보는 기분이 들었다. "제가 즐겨하는 건 오리엔티어링이에요." 하고 그녀가 말했다. "혹시 해 보셨어요?"

조나단은 해 본 적이 없다고 답했다.

"지도, GPS, 그리고 러닝화만 챙기면 바로 시작할 수 있어요. 정말 재미있어요."

"나도 한번 해 보고 싶은데요."

"미행하는 사람도 없으니 잘하실 수 있을 거예요."

두 사람은 함께 웃음을 터트렸다. 조나단은 그녀를 제대로 바라보았다. 그 순간만큼 그녀는 단호하게 입술을 다물고 있지도, 턱선이 굳은 채로 완고한 표정을 하고 있지도 않았다. 눈매가 한결 부드러워졌고, 눈동자의 푸른빛도 조금 전보다 더 옅어진 것 같았다. 핸들 위에 올려놓은 왼손에는 결혼반지가 보이지 않았다.

"결혼은 안 하셨나요?" 하고 그가 말했다.

"네, 안 했어요."

조나단이 이유를 물어보려고 했을 때 또 다시 그녀는 굳은 표정으로 입술을 단호하게 다물고 특유의 전투적인 자세로 돌아가 있었다. 시선은 전방 도로에 꽂혀 있었다.

조나단은 창문을 내렸다. 세찬 바람에 상쾌한 빗방울이 차안으로 밀려들어왔다. 공기 중에 바다소금내가 물씬 풍겨왔다. 대니는 아무 말도 하지 않았다.

27

인공위성은 차세대 정찰위성인 록히드 마틴사의 KH-14로 허블우주망원경 정도 크기에 무게는 2톤이고, 미국 시민들의 세금 1억 달러를 들여 제작되었다. 근래에 진보된 광학코팅 기술이 위성의 망원경 렌즈에 적용되면서 해상도가 기존의 것보다 10배나 높아졌다. KH-14 위성은 지상에서 사람이 읽고 있는 신문의 헤드라인 정도가 아니라 기사를 쓴 기자의 이름까지도 식별할 수 있다.

"지금 보이는 것은 고도 5만 피트에서 보는 가로 세로 5마일 정도의 지역입니다." 말로이가 앞에 있는 모니터 속에 나타난 파키스탄과 아프가니스탄 사이의 국경 지역을 손으로 가리키며 말했다. "저 넓고 완만하게 굽은 부분이 계곡이고 좀 더 가는 선들은 산등성이입니다."

"천 피트까지 내려 보지." 코너가 말했다. "인간의 활동을 나타내는 어떤 흔적이라도 찾아보게. 연중 이맘때면 원래 사람의 흔적이 없어야 하거든."

말로이가 명령어를 전송했다. 카메라가 줌인을 하자 위성 렌즈로 보여주는 눈으로 뒤덮인 풍경이 나타났다. 하얗고, 하얗고 또 하얗기만 한 단조로운 풍경 위에 그림자나 바위, 그리고 무너져 내리는 산 사면이 때때로 나타났다.

"검색 프로그램을 돌려보겠습니다." 말로이가 말했다. "감시 지역을 가로 세로 500피트 그리드, 그러니까 대략 도시 하나 정도의 범위로 나누어 보여줄 겁니다. 매 30초마다 다음 지역이 나타나게 됩니다."

이후 50분 동안 그들은 화면에 풀칠을 해놓기라도 한 듯 찰싹 붙어 있었다. 그러나 인간의 활동을 알려주는 어떤 활동도 찾아내지 못했다.

"그리드가 몇 개나 더 남았지?" 하고 코너가 물었다.

"절반 정도 끝났네요."

"계속 보세."

"십 분이면 됩니다. 조금만 더 기다리십시오."

코너는 사진에 가까이 다가갈수록 발포어와 그의 일당을 찾아낼 가능성이 높아지기라도 한다는 듯 화면에 더 가까이 다가앉았다. 위성사진의 그리드가 유난히도 높고 가파른 산봉우리가 있는 지점으로 옮겨갔다. 티리치미르산(7708미터)이라는 화면 설명이 따라붙었다. 카메라는 계속 돌아갔고 암석, 쌓인 눈, 그리고 빙하가 연이어 보였다.

"멈춰 보게." 온통 새하얀 풍경 위에 있는 회색빛 얼룩 한 점을 가리키며 코너가 낮은 목소리로 속삭였다. "저건 뭐지?"

말로이는 회색빛 얼룩이 있는 지점을 줌렌즈로 확대했다. 확대해 갈수록 얼룩은 날카로운 선으로 바뀌더니 점차 금속성 평면으로 변했다. 표면을 보니 커다란 원통 모양의 물체였다.

"위장망 아래 헬기를 숨겨놨군요." 말로이가 말했다.

"저런 고도에?"

말로이가 카메라를 조작하자 헬리콥터의 기체번호가 화면에 잡혔다. "민항기인 것 같은데요. 기종은 에어로스페샬 에큐루일인 것 같고요."

위장망으로부터 무엇인가가 불쑥 모습을 드러내더니, 배낭을 맨 남자가 이십 보 정도 걷다가 사라졌다.

"저자들이 대피장소를 마련해놓았군." 하고 코너가 말했다. "얼마나 더 확대해 볼 수 있나?"

카메라를 더 아래쪽으로 내리자 눈 위의 발자국 흔적들이 나타났다. 숨을 멈추고 그들은 화면을 보았다. 또 다른 인물이 대피 장소에서 모습을 드러냈다. 호리호리한 체구의 누군가가 씩씩하게 걷고 있었다. 그 인물은 걸음을 멈추고 기상이라도 확인하는 듯이 고개를 들어 하늘을 올려다봤다.

"더 가까이." 하고 코너가 말했다.

카메라가 줌인을 했다. 문제 인물의 얼굴은 여전히 하늘을 향해 있었다. 이어서 캡 모자를 벗고 머리를 흩뜨리자 헝클어진 붉은색 머리카락이 흘러 내렸다. 코너는 충격으로 땅이 꺼지는 기분을 느꼈다. "이럴 수가." 그는 내뱉듯 말했다. "엠마야."

28

"막 웨스트빌딩을 떠났습니다." 적갈색 뷰익 세단 운전석에 앉은 남자가 말했다.

"그곳에서 얼마나 있었지?" 누군가가 이어폰을 통해 그 남자에게 말했다.

남자는 프랭크 코너가 어두운 주차장을 가로질러 낡은 볼보 스테이션왜건의 운전석 문을 여는 것을 지켜보고 있었다.

"두 시간입니다."

"예전에 만났던 자를 또 만난 것인가?"

"보안 데스크에 있는 기록에 따르면, 운영센터의 상황실장인 제임스 말로이를 만나러 왔다고 합니다." 코너가 후진으로 주차구역에서 차를 뺀 다음 남자가 타고 있는 차를 지나쳐가자 남자는 좌석 등받이 높이를 낮추고 서둘러 몸을 숨겼다. "타깃이 움직입니다. 계속 따라갈까요?"

"아니, 북서 방향 3624번지 S가로 가지. 말로이의 집이다. 말로이가 집으로 돌아오거든 숨기는 것 없이 죄다 털어놓게끔 만들도록. 코너의 관심사가 무엇인지 알아내. 참고로 말로이는 네이비씰 출신이야. 집에 권총 한 자루는 두고 있을 거야. 미리 조심하도록."

본명이 잭 타일러인 남자는 알겠다고 대답했다. 그 역시 군 출신이었다. 그는 열일곱 살의 나이에 입대해서 10년간 제82 공수사단과 레인저 제 1

대대에서 경력을 쌓았으며, 이라크 전쟁 때는 그린베레에서 활동했다.

본국으로 귀환할 시기가 다가오자 타일러 상사는 군복을 벗고 민간 업체에 들어갔다. 한 달이 되지 않아 그는 도로 바그다드로 파견되었다. 보수는 좋았으며, 급식 수준도 군대와 비할 바가 아니었고, 무엇보다 그가 가장 잘하는 일을 다시 할 수 있게 되어서 좋았다. 살인을 말하는 것이었다.

공식 임무가 끝나고 매일 밤마다 그는 부대를 벗어나 바그다드의 뒷골목을 샅샅이 훑고 다녔다. 바그다드 시가지에서 다녀 보지 않은 곳이 없을 정도였다. 검은색 머리카락과 구릿빛 피부, 이틀간 면도를 안 한 수염은 그를 현지인처럼 보이게 했다. 그가 목표로 삼은 이들은 감시 리스트에 올라 있는 반란 주동자들이었다. 그는 그자들을 추적했고, 그들이 집 앞에 있을 때, 때로는 침대에 누워 자는 동안에 살해했다. 그는 칼을 사용했다. 소음이 없을 뿐만 아니라 특히 피 맛을 좋아했기 때문이었다. 킬러의 '처형'에 관한 소문이 퍼졌다. 겁을 먹은 시민들은 즉시 그 킬러에게 이름을 붙였다. 사람들은 그를 '더 리퍼'라고 불렀다. 희생자의 몸을 머리에서부터 발끝까지 갈라 버리는 그의 성향 때문이었다.

3년 동안 그는 461명의 남자와 37명의 여성을 처단했다.

잭 타일러는 이라크를 떠났다. '잭 더 리퍼'가 고향으로 돌아온 것이었다.

"이 자의 인적사항을 말해 주십시오?" 하고 리퍼가 물었다.

"기혼에 아내는 서른다섯 살, 전업주부다. 자녀는 없고. 뒷정리는 말끔하게 하도록. 우리가 지켜본다는 사실을 코너가 눈치 채서는 안 된다."

"알겠습니다."

리퍼는 뷰익 차량에 시동을 걸고 주차장을 빠져나왔다. 북쪽으로 방향을 틀어 알링턴 국립묘지를 지나 키 브리지를 건넜고, 30분 뒤에는 워싱턴 DC에 다다랐다. 그 다음 조지타운대학을 지나 리저버 로드에서 방향을 틀어서 북부 캠퍼스 인근 조용한 다세대 주택가에서 주차할 곳을 찾았다.

운전하는 동안 말로이의 자택 위치와 내부 설계도가 그의 핸드폰으로 전
송됐고, 그는 십분 정도 걸려서 자료를 머릿속에 입력해 넣었다.

새벽 두 시였다. 그는 가죽 장갑을 끼고 방한 마스크인 발라클라바를 얼
굴에 쓴 다음 앞좌석 사물함에서 P40 반자동식 권총을 꺼내 소음기를 장
착했다. 옆 좌석에 총을 내려놓고 플라스틱 수갑과 덕트 테이프를 주머니
에 챙겨 넣었다. 종아리에 찬 칼집 속에 케이바 나이프가 제대로 있는지
확인했다. 그것들을 제외하고 마지막으로 그가 챙긴 것은 펜치였다. 오래
전에 그는 가장 단순한 것이 가장 효과적이라는 것을 배웠다. 손톱은 매우
민감한 부분이었다.

마지막으로 해야 할 일이 한 가지 더 남았다. 재킷에서 꺼낸 유리병을
손바닥에 털어 파란색 작은 알약 두 개를 꺼냈다. 옥시콘틴이었는데, 합성
모르핀으로 길거리에서는 흔히들 '힐빌리(촌뜨기) 헤로인'이라고 불렀다.
알약들을 작은 자동차 거울에 대고 유리병을 사용해서 으스러뜨린 다음
재빠르게 코로 흡입했다. 싸늘함을 느끼며 극도로 강한 흥분감이 팔다리
를 타고 퍼지며 환각에 빠졌다.

"로-큰-롤 타임이다." 나지막하게 속삭이며 그는 어둠 속으로 사라졌다.

새벽 세 시가 되기 몇 분 전, 리퍼는 차량으로 돌아왔다. 그는 발라클라
바 마스크를 벗고 호흡을 가다듬으며 잠시 앉아 있었다.

"까마귀, 응답하라." 암호화 된 핸드폰에 대고 그가 말했다.

"상황을 보고 바란다."

"코너는 1984년도에 파키스탄 어딘가에서 추락했다는 B-52 폭격기의
소재를 찾고 있습니다. 폭격기가 추락하면서 순항미사일, 그러니까 망할
놈의 핵탄두 미사일을 분실했다고 합니다. 그리고 누군가가 그것을 찾아
내려고 하는지도 모른다고 했습니다."

"핵이라고 했나? 그렇다면, 코너가 그 미사일이 추락한 위치를 찾았다고
했나?"

"아닙니다, 마담. 25년 전에 추락 장소를 찍었던 사진들은 사라진 상태입니다. 그러나 말로이가 그 지역을 지나가는 KH-14 위성을 잠시 이용했고, 그 위성이 추락한 장소 가까운 곳에 있는 회수팀을 포착했습니다."

"실시간이었나?"

"그렇습니다, 마담. 말로이의 말에 의하면, 그 팀은 장비도 충분히 갖췄고, 마치 이동 준비를 하고 있는 것처럼 보였다고 합니다."

"그리고 코너가 그 모든 것을 봤고?"

"물론 봤습니다."

"코너가 앞으로의 계획에 대해 말로이에게 말했나?"

"아닙니다. 말로이는 그저 코너가 굉장히 열을 받았다고만 했습니다."

"그리고 자신이 발견한 것을 다른 자에게 말한 것 같나?"

"말로이와 함께 있는 동안에는 안 그런 것 같습니다."

"다행이군."

바지 깃에 대고 앞뒤로 칼날을 문질러 피를 닦아내며 잭 더 리퍼가 물었다. "그러면 코너는 어떻게 할까요?"

"그것이 문제란 말이야." 그의 상관이 말했다. 흔하지 않은 그 순간에 리퍼는 그녀의 본래 말씨를 들었다. 여자 밑에서 일하는 것만으로 충분히 속이 꼬였는데, 심지어 그녀가 외국인이라는 사실은 상상하기 힘들 정도로 비위 상하는 일이었다.

"그자를 어떻게 할까요?"

발포어 경으로 더 잘 알려진 아쇼크 발포어 아르미트라지는 외교부 청사 2층에 있는 비좁고 어수선한 사무실에 앉아 면도날처럼 날카롭게 다려진 양복바지의 주름을 매만지고 있었다. 몹시 후덥지근한 날이었고, 기분은 분통을 터트리기 일보 직전이었다.

"최종적으로 내린 결정이오." 파키스탄 경찰청 이민국 소속 지방경찰청장이 말했다. "당신의 체류허가가 철회됐소. 그러니 30일 안에 이 나라를 떠나 주시기 바라오."

발포어는 "이 모든 것이 오해에서 비롯된 것 같습니다만." 하고 거듭 대답했다. "제 서류를 검토해 보십시오. 파키스탄 정부에서 요구하는 각종 승인을 모두 받은 상태라는 것을 확인하실 수 있을 것입니다. 게다가 고위층에서도 이미 무기한 체류를 약조해 주셨단 말입니다."

발포어는 재킷에서 리넨 소재 손수건을 조심스레 꺼내 이마를 닦았다. 초반부터 골치 아픈 하루였다. 약속한 시간대로 오전 9시에 정확히 도착했으나, 아무런 양해나 설명도 없고, 그렇다고 다과 대접도 없이 마냥 한 시간을 대기하고 있어야 했다. 막상 면담 차례가 되자 연신 싱글벙글 웃으며 군말 없이 상관의 지시대로 일을 처리해 주던 예전의 직원 대신, 화려하게 금수를 놓은 제복 차림의 지방경찰 청장이 나쁜 소식을 전달하기 위해 굳이 직접 꼭대기 층에서 내려와 있었다. 발포어는 한 시간 가량 이 남자를 설득하려고 애를 썼지만 씨알도 먹히지 않았다.

"무기한 체류허가라면 그것을 승인할 권한이 있는 유일한 사람이 바로 나인데."하고 청장이 말했다. "나는 당신에 관해 그런 서류를 본 기억이 없소."

"그렇지만 말입니다." 하고 발포어가 변함없이 부드러운 말투로 반박했다. "저는 파키스탄 정부로부터 약속을 받았고, 거기에 대한 보상도 이미 해드린 것으로 압니다. 저는 이 나라에 상당한 투자를 해 왔어요."

"그건 우리도 감사히 여기고 있소." 진심이라고는 조금도 섞이지 않은 말투로 청장이 말했다. "그렇다고 치더라도 달라질 것은 없소. 그러니 30일 내에 출국해 주기를 바라는 바이오."

한숨을 내쉬며 발포어가 손사래를 쳤다. 발포어는 연줄을 들이대는 것을 좋아하지 않았으나 달리 선택의 여지가 없음이 분명해졌다. "구울 장군과 이야기해 보셔야 할 것 같군요."

"이크바르 구울 장군 말이오?"

"맞습니다. 체류허가도 장군께서 얻어 주신 겁니다. 그 분은 개인적으로 잘 아는 분이신지라."

"그럴 필요는 없게 됐소만."

"무슨 말씀이신지?"

"구울 장군은 이제 ISI(파키스탄 정보국) 소속이 아니오."

"그럴 리가 있나요." 하고 발포어가 말했다. "분명히 ISI에 계십니다. 바로 ISI의 부국장이지 않습니까."

청장은 탁자 너머로 몸을 기대며 말했다. "그렇다면 소식을 못 들었구려!"

"무슨 소식을 말입니까? 그분께 무슨 일이 생겼습니까? 어디가 편찮으신 겁니까?"

"오, 그 인간의 건강이라면 염려를 놓으시오." 하고 청장이 말했다. "구울 장군은 감방에 있소. 일주일 전에 직책에서 쫓겨났고."

발포어는 발바닥 아래 놓인 사무실 바닥이 마구 흔들리는 것만 같은 기분이었다. "무슨 연유로?"

"뇌물 수수와 부정부패요."

발포어는 앞의 탁자 위에 놓인 서류들을 쳐다보았다. 그가 파키스탄 정부에 치러야 했던 세세한 비용에 대한 영수증에 이르기까지 파키스탄에 체류한 동안의 공식 기록 일체를 담고 있는 온갖 서류들이었다. 그럼에도 불구하고 그 넘쳐나는 서류 속 어디에도 그가 체류허가증을 따고자 이크바르 구울에게 준 1백만 달러에 대한 영수증이나, 또 이를 유지하고자 상담료라는 명목으로 구울의 리히텐슈타인 계좌로 매달 송금했던 5만 달러에 대한 영수증은 없을 것이었다.

발포어는 탁자 너머로 몸을 굽히며 청장의 팔에 손을 얹었다. "청장님과 제가 이 문제에 대해 논의를 해 봐도 될 것 같습니다. 우리 서로가 만족할 만한 합의에 도달할 수 있을 것이라고 확신합니다. 오늘 저녁에 식사라도 대접해 드리고 싶은데요."

청장의 눈빛은 변함이 없었다. "당신의 거취에 대해서라면 이미 내 선에서 떠난 일이오." 하고 그는 말했다. "관할권이 연방경찰청으로 넘어갔소. 그러니 나와 논의할 일은 아무것도 없소."

30일이라고 했다.

발포어는 자신의 저택과 더불어 이슬라마바드 공항과 카라치 공항에 있는 그의 영업 창고들을 머리에 떠올렸다. 무기밀매는 돈이 엄청나게 드는 사업이었다. 그는 일곱 대의 항공기를 소유하고 있고, 예비부품들로 가득 찬 작업장 전체를 관리하고 있었다. 파키스탄을 떠나면 그 모든 것들을 잃게 되는 것이었다. 수년간 구울에게 쥐어준 뇌물을 제외하고도 수천만 달러에 달하는 거액을 날리는 셈이었다. 그럼에도 불구하고 그의 심장이 마구 벌렁거리면서 울화통이 치밀게 만드는 것은 정작 돈 문제가 아니었다.

그것은 파키스탄에서 추방당하는 것에 대한 두려움이었다. 아쇼크 발포어 아르미트라지는 달리 갈 곳이 없었다.

"보십시오, 청장님." 우호적인 말투로 그가 말했다. "제 비자 기간이 앞으로도 1년은 더 남았습니다."

"정말이오? 앞으로 1년간 유효하다고?" 청장은 발포어의 미소에 화답이라도 하는 것처럼 미소를 지어보이며 말했다. "여권을 좀 보여주시겠소?"

안도를 하며 발포어는 자신의 인도 여권을 탁자에 올려놓았다. 이제야 말이 통하기 시작한 것이라 생각했다. "비자 만료일까지 열한 달이나 남았습니다."

청장은 여권 페이지들을 넘겼다. 청장의 얼굴에서 미소가 떠올랐다가는 이내 사라져 버렸다. 비자가 찍혀 있는 페이지를 찾아내자 그는 여권을 탁자 위에 펼쳐놓고 자를 책상에서 집어 해당 페이지에 갔다대더니 그 페이지를 찢어 버렸다.

"이 보시오!" 하고 소리치며 발포어는 자리에서 일어서며 소리쳤다. "지금 뭐하는 겁니까?"

청장은 문제의 페이지를 손에 쥐고는 마구 구겨 버렸다. "당신 비자는 만료됐소."

자리에서 일어선 발포어는 여권을 도로 뺏어 재킷 주머니에 쑤셔 넣었다. "이봐, 내가 누군지 알고 이러는 거야?" 하고 말하는 그의 얼굴이 굴욕감에 푸들푸들 떨렸다.

"누구긴…파키스탄 정부의 골칫거리지. 잘 가시오."

30

프랭크 코너는 사람을 불안하게 만드는 의심스런 시선으로 자신의 보좌관인 피터 어스킨을 쳐다보았다. "다른 방법이 없네." 코너는 자신의 생각을 이렇게 말했다. "우리가 직접 이번 작전을 진행하는 수밖에. 그 정도로 재빠르게 움직여 줄 조직이 달리 없다는 말이야."

"디비전은 정보기관입니다." 마치 혈관에 빙하수라도 흐르는 것처럼 싸늘한 말투로 어스킨이 대답했다. "우리는 군 기관이 아니라는 말입니다."

"우리는 타국의 영토로 스파이들을 보내는 것이 유일한 임무인 첩보기관일세."

"정보 수집을 위해서지요."

"국익을 지키기 위해서일세."

디비전 작전상황실의 벽시계가 새벽 4시 1분을 가리키고 있었다. 방의 면적이나 그 세련됨을 놓고 보자면 국립지리정보국 중앙건물 6층의 작전상황실과 비교하는 것은 무리일 것이다. 그러나 이 방도 업무를 보기에 모자람이 없는 최첨단장비를 갖추고 있었다. 한 쪽 벽면에는 두께가 반 인치에 불과한 62인치 LCD 모니터가 달려 있고, 다른 쪽 벽에는 맵시 나는 워크스테이션들이 줄지어 놓여 있었다. 그리고 제각기 다른 용도를 가진 빨간색, 하얀색, 검은색 전화기가 콘솔에 부착되어 있었다. 코너와 어스킨은 방 한 가운데 놓인 회의 탁자의 양쪽 맞은편에 앉아 있었다.

"지금 하신 그 제안은 공인된 전쟁구역 너머에 대한 전면적이고 명시적인 무장 간섭입니다." 어스킨이 말했다. "최소한으로 요구되는 병력만 해도 공중지원을 포함해 특수작전팀 급입니다. 타국에 대한 침략을 명령하는 것이나 마찬가지입니다."

"그보다는 적게 들 것일세." 하고 코너가 말했다. "작전요원 일개 분대급이 필요하네. 열 명 정도. 미사일은 무인지대에 있네. 거기는 북서쪽 부족민들의 영역권이고. 그 누구도 그곳에서 주권을 행사할 수가 없다는 소리이지."

"제 말의 요점을 파악 못하시는 것 같습니다, 국장님. 우리는 석유임차권을 따내려고 기니비사우의 독재자를 협박하는 수준의 이야기를 하고 있는 것이 아닙니다. 이것은 긴급 국가 안보 문제입니다."

"자네 말이 맞아. 그러니 서두르는 수밖에. 이것은 즉각적인 대응을 필요로 하는 현재 진행형 정보라는 말이야."

"그렇지만 지금 생각하시는 그런 식의 대응은 옳지 않은 것 같습니다."

코너는 다이어트 소다 캔을 따서 한 모금 들이켰다. "내가 자네에게 공식적인 명령계통이 어떻게 돌아가는지에 대해서 설명을 좀 해 주지."

늘 똑같은 설교에 질린 아이처럼 어스킨은 고개를 돌렸다. "제발요, 국장님. 그건 저도 잘 압니다."

"그렇다면 내가 다시 상기시켜 주겠네. 내가 첫 번째로 보고할 사람은 바로 국방장관이야. 장관께서는 잠에서 깨어나 내가 보고하는 모든 정보를 소화하기까지 몇 분간을 필요로 하실 테고. 장담하건대 장관께서는 한 시간 뒤에나 다시 전화를 주실 테고, 그러면 나는 했던 이야기를 또 반복해야겠지. 장관은 개자식이야. 그러니 당연히 내가 하는 말을 믿지 않겠지. 장관은 공군에 전화를 걸어서 25년 전에 핵탄두 장착 순항미사일을 분실한 것이 사실이냐고 묻겠지. 공군에서는 이렇게 말하겠지. '아닙니다. 프랭크 코너가 허튼 수작을 피우는 겁니다. 순전히 얼토당토 않는 헛소리입니다.'라고 말이야. 장관은 거기서 멈추지 않을 거야. 그는 예전부터 정치인이었네. 자기 책임을 면하려고 일단 NSC에 연락을 취해서 내가 한 경고를 전달하겠지. NSC는 의심으로 먹고 사는 자들이니 합참의장에게 전화를 걸어 직접 관련 내용을 검토해 보라고 하기 전에 먼저 공군 측과 살갑게 대화를 나누겠지. 그렇게 되면, 몇 시쯤일 것 같나?"

어스킨은 어깨를 으쓱하며 말했다. "낮 12시쯤이겠죠."

"일러야 내일 오후 5시야." 하고 코너가 말했다. "어쨌든 합참에서 직접 공군에 연락할 것이고, 공군의 플라이 보이 녀석들은 우리가 녀석들이 한 짓에 대해 다 알고 있다는 것을 깨닫겠지. 그들은 내부 조사를 시작하겠다고 할 것이네. 다시 말해 자기들이 미사일 분실을 인정한다면 누구의 목이 날아갈지를 두고 허둥대기 시작하겠지. 마침내 그자들은 이 문제를 덮어 버리기에는 너무나 많은 이들이 관련되어 있다는 것을 깨닫게 될 것이고, 그러면 이제 '아마도 분실된 무기'에 대한 적당한 변명과 그럼에도 불구하고 '만약 분실이 됐다고 해도 회수는 불가능할 것이 확실하다.'는 확신을 내뱉어 대겠지. 그러면 또 하루가 지나가는 걸세."

"어느 시점에서인가 합참본부에서는 백악관 상황실에서 위기 대책 회의를 소집할 거야. 대통령 집무실에서 즉시 나를 불러서 대체 어디에서 그런 정보를 들었냐며 다그치겠지. 나는 그들에게 엠마와 라시드 왕자의 사건과 미사일 분실에 관한 그랜트 하원의원의 증언을 말할 것이고, 모두들 그 위성사진을 보게 되겠지. 그러면 누군가가 내게 서면 명령서도 없이 어떻게 KH-14 위성을 움직였는지 묻게 될 거고. 그리고 드디어 나는 사진 속에서 엠마의 존재를 밝힌 다음 우리 요원들 중에 한 명이 알고 보니 정신이 나가서 그 핵미사일을 회수하려는 나쁜 놈들의 팀을 이끌고 있다는 것을 인정하게 되겠지."

코너는 셔츠 칼라의 버튼을 풀고 목의 긴장을 풀었다. 심장이 쉴 새 없이 빠르게 뛰고 있고, 얼굴은 비프스테이크에 곁들여 나오는 토마토만큼이나 붉게 달아올랐다. "지금으로부터 사흘 뒤에야 대통령이 군사 공습을 승인하겠지. 씰 특수부대가 투입될 거고, 결국 아무것도 찾지 못해. 왜냐하면 엠마가 이미 핵탄두를 제거했을 거고, 미사일의 나머지 부분도 완전히 날려 버릴 것이네. 대통령은 나를 백악관으로 불러서 직접 해고 통보를 하고, 디비전은 최종적으로 완전히 문을 닫게 되겠지."

"최악의 시나리오 상으로는 그렇겠지요." 하고 어스킨이 말했다.

"아니지." 코너가 꾸짖듯이 말했다. "최악의 시나리오는 발포어가 십수 년이 지난 지금에도 여전히 작동 가능한 핵탄두를 손에 넣고, 150킬로톤이나 되는 그놈을 피에 굶주려 군침을 질질 흘리는 테러리스트 놈들에게 통째로 팔아치우는 것이네." 코너는 의자에 주저앉아 말을 계속했다. "대통령이 나를 해임하든 말든 그런 것에는 관심이 없네. 쫓겨나더라도 발포어가 대량살상무기(WMD)를 손에 넣지 못하게 공습이 승인되고 나서 쫓겨나면 좋지. 피터, 지금 이 순간에도 엠마가 거기서 미사일을 찾고 있어."

"말해 보십시오. 엠마가 발포어를 돕는 이유가 무엇입니까?"

코너는 의자를 밀며 일어나 탁자를 둘러 걸어갔다. 그가 스위치를 누르자 유리로 된 패널이 불투명색으로 바뀌었다. 어깨너머를 보며 그가 말했다. "한 단어면 충분하지 않나. 복수!"

"무엇에 대해서 말입니까?"

"자네는 라시드가 총에 대해 어떻게 알았는지 고민해 본 적이 없나 보군."

"라시드는 몰랐습니다. 총알이 역발사 되고 나서야 그것이 위장 폭탄이었다고 추정했던 것으로 봅니다. 그자가 자신의 신변을 몹시 챙긴다는 것은 우리도 이미 알고 있지 않습니까."

"그럴 수도 있고." 하고 부드럽게, 확신에 찬 말투로 코너가 말했다. "어쩌면 아닐 수도 있고. 문제는 그녀가 우리를 위해 일하는 이중첩자인 것을 라시드가 어떻게 알아냈느냐는 것이야. 그 뒤로 FSB측으로부터 말을 많이 듣고 있다네. 우리가 구금하고 있는 자기네 요원 두 명을 풀어주지 않으면 그 작전 전체를 언론에 폭로하겠다고 협박해 대고 있지."

어스킨은 이마를 찡그리며 코에 걸린 안경을 손가락으로 밀어 올렸다. 드디어 그가 두 손을 들며 항복을 표시했다.

"엠마는 발포어와 손을 잡은 것일세. 왜냐하면 그녀는 우리가 자기를 배신했다고 믿고 있으니까." 하고 코너가 말했다.

"그것은 불가능하다고 봅니다." 하고 어스킨이 말했다. "그건 극소수만 아는 작전이었습니다."

"불가능한 일이 아니야, 피터. 자네 스스로도 한번 세어 보게. 최소한 스무 명은 그 작전에 대해서 알고 있었으니까."

어스킨의 창백하고 소년과 같은 얼굴이 붉게 달아올랐다. 갑자기 그가 의자에서 펄쩍 일어났다. "제가 그랬다고 생각하시는 것은 아니겠죠?"

코너는 보좌관이 한동안 계속 서 있게 내버려 두면서 그의 반응을 세심하게 살폈다. 어스킨은 떨고 있었다. 두려움 때문이 아니라 진심에서 우러나옴직한 울분 때문이었다. "아닐세, 피터. 그렇지 않네. 그런 생각을 해 보기는 했지만 말이야."

어스킨이 말을 더듬으며 대꾸했다. "국장님, 저는 이 조직에 제 모든 것을 바쳤습니다. 왜냐면, 제 조부께서 프랭클린을 위해 일을 하셨고…."

"그래, 그래. 자네 조부에 대해서라면 나도 알아." 코너는 손짓으로 그의 말을 끊었다. "그리고 자네가 라시드에게 제보하지 않았다는 것도 알고. 자네는 재주가 많지만, 거짓말이라면 내가 아는 사람들 중에서 가장 소질이 없으니. 자네는 그랬을 수가 없지. 지나치게 정직하니까."

"고맙습니다, 국장님. 그렇게 봐 주셔서요." 어스킨은 뿔테 안경을 닦기 시작했고, 코너는 그의 손이 떨리는 것을 보았다. 자기편을 상대로 스파이 짓을 하려면 상당한 배짱이 필요했다. 저렇게 쉽게 동요하지는 않을 것이다. 어스킨은 안경을 도로 쓰며 말했다. "그렇다면, 누구겠습니까?"

"나도 모르겠네. 그러나 누군지 알아내고야 말겠네. 엠마를 위해서 반드시 알아내고야 말겠네. 왠지 아나? 엠마는 이 일을 절대 잊어버리지 않을 거야. 흔히 이 나라로 넘어온 사람들이 가장 애국자들이라고들 말하지. 엠마보다 우리 디비전에 더 충성한 사람은 없어. 그렇지만 그녀의 뼛속 깊은 곳에는 러시아의 피가 흐른다네. 러시아에서 태어나 그곳에서 자랐으니. 그녀는 복수를 하려들 것이네. 그녀가 무슨 생각을 하고 있는지 모르겠지만 난 진심으로 그게 두려워."

"그래서 정확히 무슨 제안을 하시는 것입니까?" 하고 어스킨이 물었다.

코너는 손바닥으로 목덜미를 부비며 말했다. "즉각적인 행동. 찾아냈으니 일이 터지기 전에 싹을 없애야지. 우리 내부 선에서 일을 마무리 지어야겠지. 빨리 일을 처리할수록 아는 사람도 적어질 테니 말일세."

"무거운 책임을 지게 되는 일입니다. 국장님이 감당하셔야 합니다."

"그래도 할 일은 해야지."

어스킨은 코너 쪽으로 다가서서 그의 상태를 살피며 말했다. "괜찮으십니까, 국장님? 정말로 이 일을 하시려는 것입니까?"

"내가 나자빠져 죽거든, 자네가 제일 먼저 알도록 해 주게."

"국장님은 쉽게 가실 분이 절대 아닙니다." 부드러운 말투로 어스킨이 말했다.

"다들 그렇게 말하더군." 코너는 다이어트 소다 한 캔을 다 마시고 말을 이었다. "자네도 나와 같이 하는 거지? 자네가 말했듯이 꽤나 무거운 책임을 지는 일이라서 말이야. 책임을 자네와 좀 나누고 싶은데."

"제가 그럴 것이라는 것을 잘 아시잖습니까. 그래서 어떻게 하실 작정이십니까?"

코너는 대답하기 전까지 거의 1분가량 꼼짝도 하지 않고 의자에 앉아 있은 다음 이렇게 말했다. "엠마를 데려와야지, 지금 당장."

31

발포어는 긴 복도를 걸어가 대기실을 지나서 침실로 들어갔다. 그의 취향과 맞지 않게 책상은 지나치게 잘 정돈이 되어 있었다. 세계 무기 시장은 어느 때보다도 바쁘게 돌아갔지만 그의 몫은 급속도로 줄어들고 있었다. 리비아, 수단, 말레이시아와 그루지야로부터 들어온 주문의 총 합계는 1천만 달러 정도, 그가 받는 수수료는 그 액수의 10퍼센트였다. 이제 무기 거래상으로 살아 온 그의 시간이 저물어가고 있었다.

그는 노트북 컴퓨터를 켜고 제네바 소재 개인은행에 있는 자신의 계좌에 접속했다. 잔액은 9천만 달러였다. 불쾌한 기분으로 그는 페이지 상단에 있는 빨간색 별표(*)와 함께 '법원 명령 51223호에 따라 추후 공지가 있을 때까지 당좌의 예금을 동결함. 베른 연방검찰청'이라고 적힌 알림문구를 보았다.

인터폴이 레드 리스트에 그의 이름을 올리자 스위스 정부에서 자금을 동결시킨 것이었다. 다른 나라의 계정도 마찬가지였다. 그가 손댈 수 있는 유일한 자금은 라시드 왕자에게서 받은 수수료와 현지 계좌 몇 곳에 넣어 둔 현찰 정도였다. 그것들로는 오래 버티기 힘들었다. 블렌하임의 한 달 운영비만 십만 달러에 달했다.

발포어는 어떻게 하다가 재산이 바닥났는지, 수년간 노력해서 얻은 노동의 대가가 그렇게 모래알처럼 손가락 사이로 빠져나가 버렸는지 곰곰이 되새겨보았다. 그는 상황판단이 빠른 사람이었고, 나름대로 계획을 세워 놓고 있었다. 일이 제대로만 풀린다면 단시일 내에 익명의 신분과 안전을 보장받게 될 것이며, 여생을 안락하고도 고급스러운 삶으로 이어나갈 수 있을 것이었다.

방을 지나 프렌치 도어를 열자 산맥과 언덕이 한 폭의 그림처럼 펼쳐진 힌두쿠시의 풍경이 그를 반겼다. 저 산 너머 어딘가에 엠마 랜섬이 있었 다. 무기가 있는 곳으로 향하는 중이라며 그녀가 무전을 보내왔으니 몇 시 간 안에 그녀가 이끄는 팀이 미사일을 해체하기 시작할 것이었다.

발포어는 다시 책상으로 가서 잠겨 있는 맨 위 서랍을 열었다. 개인 서 류들 위에 미국 순항미사일의 사진이 놓여 있었다. 핵탄두 코어를 성공적 으로 분리해서 산에서 온전하게 가지고 내려오기만 한다면 그것을 팔아 한동안 편안하게 지낼 수 있을 만큼의 돈을 손에 넣을 수 있을 것이었다.

이 마지막 거래만 무사히 마친다면, 발포어 경으로 통하는 아쇼크 발포 어 아르미트라지라는 인물은 무대에서 사라질 것이다. 스위스인 성형외과 의가 곧 도착할 예정이고, 그 다음 프랑수아-마리 비예르 백작이 새로 탄 생하기로 되어 있었다.

32

코너에게는 공격할 수 있는 유일한 루트가 하나 있었는데, 바로 아프간 합동 특수작전 기동부대였다.

일반적인 군부대는 상명하복의 위계에 따라 움직인다. 사단장이 대령인 연대장에게 명령을 하달하면 연대장은 실제로 작전을 수행하는 중대장인 소령이나 대위에게 그 명령을 전달한다. 상급자가 명령을 내리기 전에는 누구도 움직이지 않는다.

반면 그린베레, 델타포스, 씰, 공군 낙하산구조대, 해병대 특수전사령부 같은 특수부대는 이와 다르게 움직인다. 특별한 임무가 부여되지 않는 한, 전장에 투입된 특수작전부대들은 자체적으로 임무를 생성한다. 상명하복 방식 대신 하의상달식의 위계에 따라 움직이는 것이다. 보통 대위급인 현장 지휘관들은 자신들의 작전 범위와 한계를 계획하는 데 상당한 정도의 재량권을 부여받는다.

아프가니스탄에서 특수부대는 적 전투원들을 찾아 제거하는 것이 주요 목표이며, 10명에서 20명으로 구성된 각 팀들은 멀리 떨어진 곳에 전초기지를 설치하고 그곳을 거점으로 삼아 적군을 탐색, 추적, 제거한다.

코너는 키보드 앞에 앉아 JWICS(합동 범세계 정보통신시스템)에 접속 로그인을 했다. 민간에 월드와이드웹(WWW)이 있다면, 군에는 민간인의 접근이 금지되는 군 고유의 네트워크인 JWICS가 있다. 이 통신시스템은

군의 극비 기밀 정보를 주고받는 데 사용되며, 접근 가능한 정보에는 전 세계에 파견되어 있는 미군의 대대급까지 목록이 포함되어 있다. 코너는 아프간 합동 특수작전 기동부대가 나와 있는 페이지를 검색했다. 지휘관 은 대령이지만 특수작전을 이끄는 것은 사병인 부대원들이었다. 특히 부 대원 한 명이 작전을 주도하게 되는데, 이번에는 해병대 소속의 로렌스 로빈슨 원사가 주도하도록 돼 있었다. 로빈슨 원사는 카불에서 북쪽으로 30마일(약 48km)거리에 위치한 바그람 공군기지에서 전술작전본부를 운 영하고 있었다.

코너는 운이 따라준 것에 감사했다.

속으로 웃음을 지으며, 그는 의자를 굴려 비화전화기 쪽으로 다가갔다. 비화전화기는 비화선, 즉 전 세계에 배치되어 있는 정보국과 군사시설과 대사관들을 연결하는 암호화 된 보안 전화선을 사용했다.

"로빈슨 원사입니다."

"디비전의 프랭크 코너요. 그쪽이 몇 년 전에 사담 후세인을 거미굴에서 끄집어내는 데 공을 세운 그 로빈슨이 맞는지?"

"그쪽은 후세인을 잡으라고 나를 보낸 그 망할 인간이 맞는지요?"

"안녕하신가, 래리? 어째 잘 지내고 있는지?"

"2년만 지나면 이제 마흔입니다. 그러면 국장님 밑으로 일하러 가겠습 니다."

"언제든지 환영이지. 그저 아내에게는 자네가 세탁기 팔러 다닌다고 말 해야 한다는 것만 잊지 말게나."

로빈슨이 목청을 가다듬었다. 가벼운 사담을 나누기에는 시간이 매우 촉박했다. "그저 예전에 하던 거 한 번 하신다고 생각하시고 인증코드 한 번 불러주시겠습니까?"

코너가 자신의 10자리 영숫자 아이디를 빠르게 대답했다. 그는 바그람 의 전술작전본부를 최소한 한 번 이상 방문했다. 인증이 끝나기를 기다리면서 코너는 로빈슨이 높이 솟아 있는 연단 위의 자기 자리에 서서 줄지어 있는 책상과 벽에 걸린 비디오 화면들, 그리고 열심히 업무에 매진하는 굳건한 젊은 남녀들을 지켜보고 있는 모습을 머릿속에 그려보았다. 어느 시점에 로빈슨은 한 화면으로는 프레데터 무인공격기의 작전을 살피면서, 다른 화면으로는 검문활동을 살피고, 또 다른 화면으로는 전투를 벌이고 있는 한 소대를 지켜보면서 내내 다음날의 작전명부에 서명하고 있을 터였다.

"이 좋은 날 제가 디비전을 위해 무엇을 도와드리면 되겠습니까?" 하고 로빈슨 원사가 물었다.

"중요목표인물(HVI)들 몇몇이 적 전투원 한 팀과 북서쪽 촌락 지역 국경에서 이동 중이네. 우리는 이 자들을 꽤 오래 쫓아왔어. 지금 말하는 건 아주 악질인 놈들이야. 지금 즉시 그쪽으로 투입할 수 있는 작전팀이 있는가?"

"똑똑히 알아들었습니다, 프랭크. 지금 코렌갈 계곡에서 작전 수행 중인 해병대 특전팀이 두 팀 있습니다. 그쪽 지상지휘관들과 연락해서 보낼만한 팀원들이 있는지 알아보겠습니다. 잠시만 기다려 주십시오."

코너는 어스킨을 바라보며 행운의 표시로 손가락을 꼬았다. 그는 미사일에 대해서 언급하지 않는 것이 좋다는 것 정도는 알고 있었다. 적군과 동행하고 있는 중요목표인물(HVI) 한 명이라면 충분히 구미가 당기는 목표물이었다. 지금 시점에서 미사일 회수는 기다려도 괜찮았다. 발포어의 팀을 제거하는 임무가 먼저였다. 그리고 그 대상에는 엠마 랜섬도 포함되어 있었다.

"저희 쪽에 퍼수에이더 파이어베이스로 파견 온 크로켓 대위가 있습니다. 계속 말씀하십시오."

프랭크 코너는 미리 준비해 놓은 이야기를 대략 설명했다. 테러리스트 감시 목록에 올라 있는 인사 최소한 한 명을 포함한 적 전투원 일당이 파키스탄 북서부 산맥에서 발견되었다. 육안으로 100퍼센트 확실하게 확인이 되었고, 목표물들이 바로 조금 전에 있었던 정확한 좌표도 확인되었다.

"치누크 수송헬기 두 대를 즉시 출발할 수 있도록 활주로에 준비시켜 두었습니다." 하고 로빈슨이 말했다. "크로켓 대위한테 도착예정시간은 한 시간입니다."

전술작전본부는 바그람의 활주로에 바로 붙어 있었고, 코너는 로빈슨이 대형 헬리콥터를 향해 승무원들이 뛰어가는 모습과 두 쌍의 긴 헬기의 회전날개가 돌아가기 시작하는 모습을 지켜보고 있을 것이라고 상상했다.

"질문이 하나 있습니다." 하고 해병대 대위가 말했다. "전투원들이나 고가치표적인사(HVI)를 생포해서 심문할 필요가 있는지요?"

"없소. 그자들은 무장을 하고 있어 위험하고, 생포되지 않으려고 저항할 것이오. 사살하시오, 대위."

"후-야!" 하고 대위가 미 해병대 구호로 대답했다.

코너는 전화를 끊고 어스킨을 쳐다보았다.

사형선고는 명확하게 내려졌다.

아침이고 암기 훈련을 하는 시간이었다. 대니가 탁자를 가리고 있던 흰색 천을 집어 들며 "시작!"이라고 외치자 조나단은 10초 동안 사방 4피트(사방 약 122cm) 크기의 탁자 위에 놓인 물건들의 종류를 최대한 많이 외워야했다. 첫날에는 30초의 시간을 주었고, 둘째 날에는 20초를 주었다. 물건의 개수는 늘어난 반면에 그에게 주어진 시간은 계속해서 줄어들었다. 무슨 일이든 누구보다도 더 잘해내야만 직성이 풀리는 성격인 조나단은 점수 올리는 일에 몰두했다.

10초.

조나단은 사물마다 그것이 연상시키는 알파벳이나 숫자를 붙여가며 다양한 사물들의 조합을 암기해 나갔다. 양초는 C. 노트패드는 N. 핸드폰은 1이었는데, 핸드폰은 매번 놓여 있었으며, 따라서 그것은 항수나 다름없었기 때문이다. (그 외에도 항수 같은 것들로서 악어가죽 지갑이 2, 선글라스는 3, 그리고 브레스민트 사탕은 4로 기억했다.) 조나단이 보기에 탁자 위에는 어림잡아 스물다섯 개 정도의 물건이 있었다. 어떤 것은 뭉치가 크고 잊어버리기 힘든 물건들이었다. 예를 들면, 콜트 45구경이 있었는데, 그런 것들을 가져다놓은 것은 작지만 더 중요한 것들에 대한 기억을 흐트러트리려는 목적이라는 것을 경험으로 배웠다. 그가 맨 먼저 찾아내 기억에 넣는 것은 바로 그런 작지만 중요한 물품들이었다. 펜으로 둔갑한 플래

시 드라이브, 전화번호 열두 자리가 적힌 서류. 세 명의 남자와 여자 한 명
을 찍은 사진. 아랍어 명함.

그밖에도 책상 위에는 일자 드라이버에서부터 열쇠뭉치까지 다양한 물
품들이 놓여 있었다. 그리고 그는 이러한 물품들을 대충 순식간에 훑어보
며 머릿속에 담았다.

"그만!"

이렇게 소리치며 대니가 물품 위로 천을 던져 가리자 조나단은 책상에
서 등을 돌렸다.

"나쁘지 않군요." 하고 대니가 말했다. "5분간 휴식하고 다시 대감시 훈
련을 하러 갑니다. 미행꾼이 누구인지 이제 잡아낼 수 있을지도 모르겠는
데요. 큰 기대는 안 하지만."

조나단은 첫 번째 미행꾼을 곧바로 찾았다. 젊고 팔다리가 길며 부스스
한 검은색 곱슬머리에 헤진 청바지를 입고 있었는데, 가게마다 들러 진열
된 물건들에 과하게 관심을 보이는 척하던 자였다. 스포츠를 좋아하는 사
람이라면 낚싯대나 보트 장비를 진열해 놓은 가게에 다가가서 구경할 수
있겠지만, 그러면서 바로 옆의 옷가게에도 관심을 보인다면 수상한 것이
다. 조나단은 그를 잡아냈다는 사실 자체도 뿌듯했지만 그보다 잡아낸 방
법이 더 뿌듯했다. 뒤쪽을 보려고 방법을 궁리하다가 대낮의 교통체증에
갇힌 택시의 창에 비친 미행꾼의 모습을 잡아낸 것이다. 어깨너머로 살펴
본 것도 아니고, 신발 끈을 묶기 위해 멈춰서 몰래 뒤를 훔쳐본 것도 아니
었다. 그저 평범하게 시선을 움직여 거울처럼 잘 보이는 택시의 차창을 통
해 그자를 잡아낸 것이다. 조나단이 빠르게 걸으면 그 검은 곱슬머리도 빠
르게 걸었고, 조나단이 속도를 늦추면 그자의 그림자도 속도를 늦췄다.

첫 번째는 그렇게 잡았다.

시간은 낮 12시 반이었다. 오늘처럼 햇살이 가득한 오후면 하이파 부둣
가는 사람들로 북적였다. 노상 카페며 골동품 가게며 시끌벅적한 시장들

이 모든 부류의 이스라엘 사람들을 불러 모았다. 젊은이들과 노인, 현지인과 팔레스타인 사람들이 모인 이곳은 과거와 현재가 혼재되어 있는 이스라엘의 축소판이었다.

조나단은 30분을 알리는 종소리가 울리고 있는 오래 된 시계탑을 지나가고 있었다. 한쪽 구석에서 허리가 굽은 노점상 한 명이 좌판에서 음료수와 샤와르마를 팔고 있었다. 조나단은 콜라 하나를 사면서 그 노인에게 말을 건넸다. 그러면서 천천히 길을 위아래로 훑어보았다. 대니가 눈동자를 움직여야 한다고 가르쳤던 것을 생각하며, 머리를 움직이지 않으려고 애를 썼다.

두 번째 미행꾼은 한 블록 뒤쪽에서 찾아냈다. 길 건너편에서 그를 감시하던 마른 체구의 중년 여성이었다. 오렌지색 긴 셔츠에 밀짚모자를 쓰고 있었는데 위장용이었다. 5분 전만 해도 파란색 스웨터에 땋은 머리를 하고 있었다. 그녀가 들통이 난 것은 신발 때문이었다. 두 블록 전에 그녀가 신은 투박한 갈색 하이킹 신발을 봐두었던 것이다.

그는 그렇게 배워가고 있었다.

두 번째도 잡아냈다.

이번에는 뒤에서 차 한 대가 빠르게 접근하는 것을 보았다. 귀가 따가울 정도로 회전속도를 올린 차량 엔진 소리가 매초마다 점점 크게 들려왔다. 그럼에도 불구하고 그는 호기심에 굴하기를 거부했다. 검은색 BMW가 거의 그를 치다시피 하고 지나갈 때에야 비로소 조나단은 한 쪽으로 몸을 던져 피하면서 그 차량을 제대로 쳐다보았다.

차가 커브를 돌며 멈추더니 앞문이 벌컥 열렸다. 대니가 차에서 뛰어 내리더니 얼른 오라는 손짓을 했다. 조나단은 급하게 뛰어갔다. "무슨 일이죠?" 하고 그가 물었다. "내가 무슨 실수라도? 미행꾼은 잡아냈습니다. 곱슬머리에 찢어진 청바지를 입은 남자와 밀짚모자를 쓴 머리가 헝클어진 여자였죠."

"됐으니까 어서 타세요." 하고 대니가 말했다.

조나단은 사태 파악이 빨리 되지 않았다. "이번에는 잡아냈다고요." 하고 그가 자랑스럽게 말했다. "누가 나를 미행했는지 정말로 알아냈다니까요."

대니는 "알겠어요. 축하해요." 하고 건성으로 대답했다. "그러니까 어서 뒤에 타라고요. 이미 늦었어요."

조나단이 뒷좌석에 올라타자 대니가 그의 옆으로 미끄러져 들어왔다. "늦었다니요?" 하고 그가 물었다. "무슨 일이요? 일이 터졌나요?"

차가 도로로 진입하자 대니는 여권 하나를 던지듯 그의 손에 쥐어주었다. "계획이 바뀌었어요. 예상보다 일이 빠르게 돌아가고 있어요. 우리는 이스라엘을 뜰 겁니다."

"언제 간다는 것이죠? 그리고 어디로 간다는 겁니까?"

"비행기는 두 시간 뒤에 출발해요." 대니는 햇볕에 탄 팔을 뻗어 손목시계를 확인하며 말했다. "걱정 마세요. 장소는 마음에 들 테니. 춥고 산이 많은 곳이거든요."

34

엠마는 아노락 점퍼에 달린 모자를 머리 위로 바짝 당겨쓰며 날씨를 저주했다. 치트랄을 출발할 때 그녀가 동쪽에서 접근하는 것을 본 기상전선이 예상보다 더 빠르게 다가오고 있었다. 기온은 섭씨 10도 가량 급강하했고, 한 시간 전부터는 눈이 내리기 시작했다.

경사면에 피켈을 꽂으며 그녀는 팀원들이 느릿느릿 지나가는 것을 지켜보았다. "산소 호흡기는 잘 작동 되나요?" 하고 핵물리학자 중 한 명의 등을 토닥거리며 물었다.

그는 툴툴거리면서도 걸음을 늦추지는 않았다.

"얼마 안 남았어요." 하고 그녀가 말했다. "이 언덕만 넘으면 되요."

용서해 줄 만한 거짓말이었다. 등산은 정신적인 부분이 90퍼센트였다. 루트는 가능한 한 짧게 구간을 나누는 것이 부담이 덜하다. 그녀는 다른 팀원들이 지나갈 수 있도록 제자리에 서 있었다. 가이드가 지나가고, 이어서 텐트와 식량, 미사일을 해체해서 핵탄두를 분리하는 데 필요한 고도의 정밀장비가 든 공구함 등 40킬로그램 무게의 등짐을 각각 짊어진 짐꾼들이 지나가고, 마지막으로 두 번째 물리학자가 지나갔다. 그녀는 마지막 물리학자를 좀 더 가까이서 살펴보았다. 얼굴이 고통으로 일그러지고 걸음걸이는 휘청거렸다. 마른 체구의 남자였는데, 태도가 진지하고 눈빛이 살아 있어서 엠마가 일찌감치 임무에 적합한 인물로 판단했던 사람이었다.

지금 보니 그 판단이 틀렸다. 너무 허약했다.

그들은 60분마다 휴식을 취하며 6시간째 행군 중이었다. 해발 4,500미터 지점에 있는 베이스캠프에서 출발할 당시만 하더라도 단단한 눈밭을 지나는 그리 어렵지 않은 등반이 될 것으로 예상되었다. 첫 번째 고비는 3킬로미터 지점에서 찾아왔는데, 눈길이 광대한 아이스폴로 이어진 곳이었다. 엠마는 팀원들을 멈춰 세운 뒤 몸에 로프를 묶고 발에 아이젠을 장착시킨 다음, 팀원들에게 만일 누구라도 아이젠으로 로프를 밟는 사람이 눈에 띄면 자기 손으로 제일 가까운 암봉에 집어 던져버리겠다고 경고했다. 그 이후로 대화가 일절 끊겼고 본격적인 등반이 시작됐다.

아이스폴은 마치 균열이 간 거대한 대리석 계단처럼 보였는데 2킬로미터에 걸쳐 250미터의 높이까지 솟아 있었다. 크레바스를 뛰어 넘을 때나 발밑에서 빙하가 움직이면서 울리는 신의 신음 같은 엄청난 소리가 들릴 때면 극도의 공포심으로 모두의 집중력이 높아졌다. 다행히 모두 무사히 아이스폴을 지나갔다. 그 다음부터는 마치 스커트 주름을 따라가듯 산의 측면을 가로지르는 루트가 이어졌고, 밟히는 눈은 다시 단단해졌다.

정오가 되자 그들은 등반을 멈추고 양고기 육포와 쌀, 그리고 콩으로 점심을 해먹었다. 엠마는 높은 곳에서 요리하는 것이 얼마나 지루한 일인지 잊고 있었다. 물을 끓이는 데 30분, 인스턴트 즉석 쌀밥을 만드는 데도 30분이 걸렸다. 불평이 터져 나오기 시작한 것은 그 무렵이었다. 기술자 중 다부진 쪽의 발에 물집이 여러 개 잡혔다. 엠마는 물집을 도려내고 윤활 연고를 바른 뒤 거즈붕대를 붙여 주었다. 다른 기술자는 다리에 계속해서 쥐가 난다고 호소했고, 엠마는 엄지로 그의 종아리 근육을 세게 지압해서 풀어 주었는데, 얼마나 세게 눌렀는지 그의 눈가에 눈물이 맺힐 정도였다.

기술자들만 문제가 있는 것이 아니었다. 가이드도 나머지 비용을 받지 않으면 더 이상 가지 않겠다고 불평을 하기 시작했다. 엠마는 그런 문제에 대해서도 해결책을 갖고 있었다. 그녀는 소리가 들리지 않는 곳으로 그를 데리고 간 다음 그의 민망한 부위를 움켜잡고 아주 세게 쥐어짰다.

"미사일까지 곧바로 우리를 안내하는 거야." 가이드가 눈이 튀어나온 채 헐떡거리는 것을 무시한 채 그녀는 말했다. "어물쩍거리지 말라고. 길을 잃은 척하지도 말고. 그랬다가는 발포어한테서 나머지 돈을 받는 것은 고사하고…" 그녀는 움켜잡은 손을 풀고 권총을 꺼내 번개 같은 동작으로 그의 이마에 가져다 대고 말을 계속했다. "내가 직접 네 놈의 이 욕심만 가득한 쥐방울만한 대가리에다 총알을 박아줄 거거든."

그녀는 권총을 도로 권총집에 집어넣고는 그의 뺨을 툭툭 치며 말했다. "발포어가 이 가슴과 엉덩이만 믿고 나한테 원정팀을 맡긴 게 아니란 말이야. 알아듣겠나?"

"예, 마담."

엠마는 피켈을 뽑아 줄지어 있는 등반 팀원들을 가리키며 그에게 말했다. "짐꾼들도 지쳐가고 있다고. 내가 저들이 계속 움직이게 할 수 있는 것도 고작해야 앞으로 두 시간, 길면 세 시간 정도야."

"거의 가까이 왔습니다." 하고 가이드가 한 손으로 아랫도리를 가리며 말했다. "이 산마루를 넘으면 작은 계곡이 나옵니다. 물건은 그 계곡 끝 쪽에 있습니다."

"어두워지기 전에 도착할 수 있어?"

"서두르면요."

"쉴 만한 곳은?"

"그 근처에 동굴이 몇 개 있습니다."

그녀는 어두워지는 하늘과 더 굵어지고 축축해진 눈발을 올려 보았다. 피곤한 상태에서 세 시간은 영원처럼 느껴진다. 너무도 무리한 일정이었다. 이틀은 당일치기 하이킹을 하기에도 빠듯한 시간이었다. 하지만 달리 선택의 여지가 없었다. 발포어는 그 무기를 즉시 회수해 오라고 우겼고, 그녀는 발포어의 독촉을 무시할 형편이 아니었다. 핵탄두를 회수하는 일은 그녀가 앞으로 며칠간 생존을 확보하는 데 필요한 유일한 수단이었다.

그녀는 팀원들이 느린 속도로 산길을 오르는 것을 지켜보며 잠시 서 있었다. 점심식사 때 팀원들의 차에 각성제 암페타민을 약하게 타서 먹여두기는 했지만, 그렇게 덤으로 얻은 기력은 금방 바닥날 것이었다. 그녀는 시계를 확인하고 출발했다.

세 시간.

거의 불가능했다.

빼빼 마른 기술자가 제일 먼저 기력이 떨어졌다. 엠마는 그에게 추가 휴식시간 십 분을 허락했다. 그자의 부츠를 벗기고 발을 마사지해 주었다. 그리고 자신의 특제 차를 조금 더 끓여서 강제로 한 컵을 그에게 먹였다. 그런다고 해서 달라질 것은 사실 없었다. 그는 끝났다. 그의 망연자실한 두 눈이 무엇을 뜻하는지 그녀는 잘 알았다. 그녀는 바위나 나무 하나 장식되어 있지 않은 거대한 하얀 사발 같은 고산의 계곡을 응시했다. 멀리 티리치미르의 산 측면이 도전하듯 솟아오르다 구름 속으로 모습을 감췄다.

엠마는 참을성 있게 기다리며 기술자와 다른 사람들을 돌아보았다. 짐꾼은 배낭을 벗을 생각도 하지 않고 있었다. 그들은 지금 막 산마루에 도착했고, 등반 루트라고 부를 만한 것은 모조리 새로 내린 눈에 묻혀 사라져 버렸다. 이제는 그들 스스로 길을 만들어야 했다. 바람이 얼굴을 때렸고, 엠마는 이를 악다물었다. 폭풍이 거세지고 있었다.

가이드가 한 손을 들어 저 멀리 튀어나온 뿔처럼 생긴 바위를 가리켰다. "5킬로미터 가면 됩니다." 하고 그가 말했다.

엠마는 자신의 짐을 가장 힘 좋은 짐꾼에게 건넨 다음, 다 죽어가는 기술자에게 일어서라고 말했다. 무릎을 꿇고 그녀는 그에게 등에 업히라고 말한 다음, 두 팔을 그의 작대기 같은 다리 아래 받쳐 넣고 일어섰다. 몸무게가 대략 64킬로그램 정도 되는 것 같았다. 팀원들이 그녀를 신기하다는 듯 쳐다보았다. 그녀는 가이드를 보고 명령했다. "가요!"

뿔 모양의 바위에 도착했을 때는 4시 50분, 밤기운이 내려앉고 있었다. 그녀는 기술자를 등에서 내려놓고 무너지듯 등을 땅에 대고 드러누웠다. 스스로에게 2분의 휴식시간을 허락한 뒤 자리에서 일어났다. 시야가 흐렸고, 그녀는 자신이 탈진상태에 가까워졌다는 사실을 깨달았다. 팀원들이 간식 먹는 것을 확인하고 나서 그녀도 배낭에서 트레일믹스바(잡곡과 견과류로 만든 에너지바) 몇 개를 찾아 꺼낸 다음 물 1리터를 마셨다.

짐꾼들에게 동굴 안에 불을 피우라고 지시한 다음 그녀는 기술자들과 가이드를 한데 불러 모았다. "이제 곧 어두워질 겁니다." 그녀는 이렇게 말했다. "하지만 나는 여기 칸 박사 워크숍 출신 친구들이 해가 떨어지기 전에 우리 물건을 한 번 봐줬으면 해요."

"백 미터 거리에 있습니다." 하고 가이드가 말했다. "제가 보여드리겠습니다."

그것은 상상했던 것보다 더 컸다. 네트워크에서 사양을 다운받아 봐두었지만, 그렇게까지 위압적인 무기처럼 보이리라고는 생각하지 못했다. 보잉 AGM-86 재래식 공중발사 순항미사일이었다. 길이 6.4m에 지름 1.2m, 무게는 1.47t이었다.

가이드가 눈 한 겹을 쓸어내고 보호용으로 덮어둔 방수포를 벗겼다. 미사일은 상어를 연상케 하는 회색 빛깔이고, 상업용 제트 여객기처럼 각진 주둥이를 하고 있었다. 미사일의 비행을 도와주는 길고 얇은 날개는 펼쳐지지 않은 채 본체 아래쪽에 접혀 있고, 원형의 흡기 밸브는 꼬리날개 아래쪽에 자리 잡고 있었다. 표면에는 'U. S. 에어포스'라는 글자가 페인트로 쓰여 있고, 일련번호와 기타 작동 정보도 적혀 있었다. 그러나 모두의 시선을 끈 것은 미사일의 기다란 몸체 세 군데에 걸쳐 새겨져 있는 노란색과 검은색의 방사능 표시와 '위험: 내부에 방사능 물질 탑재. 지시사항을 따르지 않을 경우 심각한 신체 상해나 사망을 초래할 수 있음'이라고 쓰인 글귀였다.

상당히 절제된 표현이라고 엠마는 생각했다.

무거운 쪽 기술자가 가이거 계수기(방사능 측정기)를 배낭에서 꺼냈고 핵탄두 구획이 위치한 미사일의 중앙 쪽으로 들어 올렸다. 계수기의 바늘이 거칠게 요동치다가 마침내 적색 부분에서 멈췄다.

"우라늄 235!" 하고 그가 동위원소 크로마토그래프를 분석하면서 말했다. "원소수가 저하되지 않았어. 그대로라고."

"트리튬은 어때?" 하고 그의 동료가 물었다. 트리튬(3중수소)은 핵분열 연쇄반응을 일으키기 위해 필요한 농축가스를 가리켰다.

"90퍼센트."

"이럴 수가!"

"뭔데요?" 하고 엠마가 물었다.

"폭탄이 아직 살아 있습니다. 언제라도 터트릴 수 있는 놈이에요."

예루살렘 발 스위스국제항공 275편은 현지시각으로 16시 45분에 제네바 코인트린 공항에 착륙했다. 날씨는 잿빛으로 칙칙했고, 기온은 섭씨 영상 1도에 습도는 80퍼센트였다. 홀로 긴 통로를 지나 수화물 찾는 곳으로 걸어가면서 조나단은 극도의 불안감을 느꼈다. 대니는 앞쪽 어딘가에 있었다. 그는 이코노미석 제일 마지막 열에 앉고, 그녀는 비즈니스 석에 타고 왔다. 일부러 따로 앉았다. 훈련이 끝나고 실전이 시작된 것이다. 그의 왼손에 들려 있는 미국 여권이 이 점을 무엇보다도 확실히 말해주고 있었다. 여권은 텍사스 오스틴 출신 존 로버트슨의 이름으로 발행되어 있었다. 조나단은 그의 첫 번째 가명을 부여받았다. 공식적인 가명이었다. 스파이가 된 것이다.

이민심사대에서 조나단은 심사관이 여권을 스캐너에 대고 모니터에서 여권의 마그네틱선에 저장된 정보를 확인하는 것을 지켜보았다. 새로운 신분으로 태어난 조나단에게 그 5초는 영원처럼 느껴졌다.

"방문 목적이 어떻게 되십니까?"

"사업 차 왔습니다."

심사관은 조나단의 얼굴을 사진과 비교해 보더니 도장을 찍었다. "즐거운 방문이 되시기 바랍니다."

조나단은 여권을 다시 받아들고 잠시 멍하게 서 있었다. 여권이 이상이

없으며 심사대를 통과해서 계속 가도 좋다는 뜻이라는 것을 뒤늦게 알아
차린 것이다.

지시 받은 대로 그는 대니가 수화물을 찾아 세관을 통과하고 나서 5분을
기다렸다가 같은 절차를 밟았다. 스위스의 전형적인 효율성 덕분에 도착
했을 때에는 가방이 이미 수화물 컨베이어 벨트 위에 나와 있었고, 그는
가방이 지나치고 또 지나칠 때까지 꾹 참고 가만히 기다려야만 했다.

손에 수트케이스를 들고 그는 터미널을 나와 길 건너 주차건물 B동으
로 향했다. 회색 미니밴이 3층 제일 안쪽에 주차되어 있었다. 차문을 열
자 대니가 뒷좌석 어둠속에 앉아 있는 것이 보였다. "타요." 하고 그녀가
말했다.

"타십시요, 랜섬 박사." 운전석의 남자가 말했다. "갈 길이 멀다오." 강
한 스위스-독일 억양의 영어였다. 운전자는 운동으로 굽은 어깨에 다부
진 체격을 한 남자였다. 표정은 근엄했으며 특공대원의 까칠하게 자란
수염만큼이나 짧게 깎은 머리 모양을 하고 있었다. 조나단은 순간 숨을
멈췄다.

"당신이 어떻게?"

"오랜만이요." 하고 마르커스 폰 다니켄이 말했다. 그는 스위스 방첩기
관인 정보분석보안국(SAP)의 국장이었다. "문 좀 닫아 주시겠소. 히터를
켜놓았거든."

조나단은 좌석으로 올라 앉아 차 문을 닫았다. "다쳤던 팔은 좀 어떻습
니까?"

"빠른 시일 안에 테니스를 칠 수 있을 것 같지는 않소만, 최소한 TV로
테니스 경기를 볼 수는 있다오."

폰 다니켄은 조나단과 엠마가 10개월 전에 이스라엘 여객기에 대한 테
러 공격을 막아내는 것을 돕다가 부상을 입었다.

"코너를 아시는 겁니까?" 하고 조나단이 물었다.

"프랭크와는 오랜 친구 사이오. 지난 2월 사건을 계기로 좀 더 자주 연락하면서 서로에게 이익이 되는 일이 무엇인지 알게 되었고. 내가 도울 수 있을 때는 돕는 거요."

"다시 뵈니 좋군요." 하고 조나단이 말했다.

"진심이신가, 랜섬 박사. 우리 세계에서 예의를 차릴 필요는 없는데."

"내 말은⋯."

"압니다, 무슨 말인지." 폰 다니켄은 백미러를 통해 조나단과 눈을 마주쳤다. 존경에 가까운 무엇인가가 그의 변함없는 두 눈에 드러났다. 그는 진지하게 고개를 끄덕이더니 말했다. "한 가지는 실망스럽지만."

"그렇습니까?"

"위험한 여자랑 어울리는 버릇은 여전하시구려."

"그 입 다물어요, 마르커스." 하고 대니가 말했지만 화를 내는 것 같진 않았다. 폰 다니켄이 웃음을 터트리자 대니도 따라 웃었다. 조나단은 첩보원들 간에 계속 상대를 바꾸어 가면서 유지되는 동지애 같은 유대감 속에서 혼자 겉도는 기분이 들었다.

폰 다니켄이 운전하는 밴 차량은 주차건물을 빠져나와 고속도로로 진입했다. 한동안 그들은 황혼 속에서 여느 중부 유럽 도시들과 마찬가지로 특색 없고 우울한 제네바의 외곽 도로를 따라 달렸다. 점차 건물이 사라지고 고속도로의 오르막길이 시작되면서 앞에 광대한 제네바호가 펼쳐졌다. 석탄처럼 새까만 호수는 프랑스 오트사부아 지역의 험준한 봉우리에 막혀 서쪽으로 흐르고 있었다.

히터가 너무 강해 조나단은 창문을 살짝 열었다. 살을 에는 찬 공기가 휴경 농지의 냄새를 싣고 밀려들어오면서 그의 코를 찔렀다. 정신이 번쩍 들며 감각이 날카로워졌다. 대니를 쳐다보니 눈을 감은 채 졸고 있었다. 한 줄기 분노가 그를 관통했다. 그녀는 모든 것을 알고 있었다. 그가 왜 여기에 있는지, 무엇을 해야 하는지, 그리고 어떻게 해야 하는지 알고 있으면서도 아무런 얘기를 해 주지 않았다. 이유를 알아야 할 사람이 있다면 그것은 바로 조나단 자신이었다. 그는 지금 당장 그 이유를 알고 싶었다.

고속도로는 호숫가를 따라 로잔, 몽트뢰, 그리고 브베의 마을들을 지나 마침내 호수가 좁아지면서 론 강과 합류되는 지점에 이르렀고 호수 양 편의 산들이 가까워지면서 산 그림자가 마치 신들의 보초병처럼 계곡을 내리 누르고 있었다.

"제기랄, 도대체 어디로 가는 것입니까?" 하고 조나단이 따져 물었다.

대니가 눈을 떴다. 그러나 또 다시 알 바 아니라고 말하는 대신, 하품을 하더니 "마르커스, 랜섬 박사님께서 우리가 어디로 가는지 알고 싶으시다는데 친절하게 설명 좀 해 주시겠어요?"라고 말했다.

"우리가 가는 곳은 눈이 많이 내리면 사랑에 빠진 부유한 커플들이 항상 가는 곳이지요." 하고 폰 다니켄이 말했다. "그슈타트요."

팔레스 호텔은 하얀 설탕으로 뒤덮인 왕국을 관장하는 동화 속의 성처럼 그슈타트 마을 북쪽 끝 언덕 꼭대기에 자리 잡고 있었다. 반짝이는 하얀 전구 행렬이 춤추듯 길 위를 비추면서 마을을 지나 호텔까지 이어지고 있었다. 폰 다니켄은 밴 차량이 가파르고 구불구불하게 경사진 길에 들어서자 오른쪽으로 급커브를 틀고 기어를 낮추었다. 잠시 호텔이 시야에서 사라지며 대신 헐벗은 나무와 눈으로 뒤덮인 언덕이 펼쳐졌다. 커브를 한 번 더 돌자 호텔이 다시 나타났는데, 수많은 전등과 레트카펫의 향연 속에 이전보다 훨씬 더 큰 모습으로 다가왔다. 프록코트를 입은 호텔 도어맨이 문을 열어주려고 출입구에 대기하고 있었다.

"여기 이것 좀 도와주겠어요?" 하고 대니가 손목을 내밀자 조나단은 다이아몬드로 장식된 테니스 팔찌를 채워주었다. 그녀는 오른손에는 에메랄드 반지, 왼손에는 브라질호두만한 크기의 선황색 엘로 다이아몬드 반지를 끼고 있었다.

"진짜요?" 하고 그가 물었다.

그슈타트에 도착하기 한 시간 전쯤이 되서야 그녀는 마침내 그의 임무에 대해서 상세하게 브리핑을 해 주었다. 조나단과 대니는 텍사스 오스틴에서 온 존 로버트슨 부부로 위장했다. 그는 부동산계의 거물이었다. 두 사람은 휴가차 그슈타트에 온 걸로 했다. 그리고 닥터 마이클 레비와 성형수술에 대해 정중한 대화를 가볍게 나누기로 돼 있었다. 레비는 발포어 경이 얼굴을 바꾸기 위해 파키스탄으로 모시기로 계약한 스위스 성형외과 의사이고, 두 사람의 목표물이었다.

"당연하죠." 그녀가 사교계에 처음 데뷔하는 소녀처럼 눈을 깜빡이며 말했다. "자기야, 나 다이아 좋아하잖아."

잠시 동안 조나단은 말을 잃었다. 그는 위조 여권의 정교함에도 놀라지 않았고, 그슈타트에 오게 된 이유와 그가 달성해야 할 목표에 대한 설명을 듣고도 놀라지 않았다. 며칠까지는 아니더라도 몇 시간을 기다려서 들은 그의 임무는 기대했던 것만큼 과중한 것도 아니었다. 그를 놀라게 한 것은 대니의 목소리였다. 말투에는 본래의 억양이 없어졌다. 그녀는 마치 텍사스 서부 퍼미안 분지의 유정 곁에서 놀며 자란 사람처럼 영어를 말했다.

"자기…요?" 조나단은 편을 들어 달라는 듯 폰 다니켄을 쳐다보았지만, 스위스 경찰관은 벌써 밴 차량에서 내려 도어맨에게 자기는 이곳에 묵지 않는다고 알려주고 있었다.

체크인 절차는 문제없이 진행되었다. 신용카드 하나가 등록되어 있었고, 질문을 받자 조나단은 모든 비용은 그 카드에 달아달라고 대답했다. 객실 매니저가 조나단과 대니를 방으로 안내해 주었고, 침대 옆 패널을 통해서 방의 여러 가지 기능을 조절하는 방법을 설명하는 데 채 10분이 걸리지 않았다.

420호는 주니어스위트였고, 작은 응접실을 지나면 바로 널찍한 침실이 나왔다. 백합문장 모양으로 수놓은 벌꿀색 카펫이 깔려 있고, 가구는 고급스럽고 현대적이었다. 빛나는 은색 얼음통 안에는 시원한 1리터짜리 파쑤

거 미네랄워터 한 병이 들어 있고, 또 다른 얼음통에는 뵈브클리코 샴페인 한 병이 들어 있었다.

"샴페인을 지금 준비할까요?" 하고 호텔리어가 물었다.

"아니요, 그러실 필요는 없소." 조나단이 대답했다.

"주세요, 헤어 링겐베르그." 하고 언제 호텔리어의 이름을 알았는지 대니가 끼어들었다. "여보, 갈증 나지 않아요?"

헤어 링겐베르그는 격식을 갖춰 샴페인을 따르고 그들에게 멋진 시간을 보내시라고 인사했다. 대니는 문으로 나가는 그의 손에 50프랑짜리 지폐 한 장을 쥐어주며 극진한 감사를 표했다. 문이 닫히자 그녀는 돌아와 샴페인 잔을 들고 말했다.

"건배해요, 달링."

"건배." 하고 조나단이 잔을 들며 말했다. "너무 과한 거 아니요?"

"때론 즐길 줄을 알아야 하는 법이니까요." 대니는 방금 전 다이아몬드를 사랑하는 텍사스 아가씨의 말투를 버리고 본래의 이스라엘 억양으로 대답했다. 그녀는 잔에 입을 대지 않고 그대로 내려놓았다. "옷을 갈아입어요. 옷장에 정장이 있을 거예요. 반드시 와이셔츠와 넥타이 차림이어야 해요. 우리는 보수적이고 부유한 사람들이니까요. 여기는 플란넬 셔츠와 부츠가 어울리는 곳이 아니랍니다."

옷장 안에는 양복 세 벌이 있었다. 짙은 회색 한 벌, 짙은 남색 한 벌, 그리고 검은색 한 벌이었다. "장의사처럼 보이겠는데요." 하고 그가 말했다.

"장의사는 최고급 제냐 양복을 입지 않아요."

조나단은 제냐가 뭔지 알 길이 없었으나 굳이 묻지는 않기로 했다. "당신은?"

대니는 옷가방을 구릿빛 팔에 걸고 욕실로 들어갔다. "기다려 봐요."

욕실 문이 닫히고 조나단은 문 아래로 새어나오는 불빛을 한참동안 바라보고 서 있었다. 그는 자신에게 어울리지 않는 럭셔리 호텔과, 또 다른 외국 도시, 그리고 또 다른 여인을 생각하고 있었다. 가슴 속에서 어떤 갈망 같은 것이 끓어올랐다. 그 것은 단순한 바람 이상의 것이었다. 욕실 문을 향해 한 걸음 다가서다가 자신의 행동에 흠칫 놀라며 멈춰 섰다. 그는 지시받은 대로 흰 와이셔츠에 암청색 넥타이를 하고 짙은 남색 정장을 입었다. 옷은 맞춘 듯 몸에 맞았다. 거울을 보니 그곳에는 그의 아버지가 항상 그에게 바라마지 않던 의사가 서 있었다.

욕실 문이 열리더니 클래식 음악이 방으로 흘러들어왔다. 베토벤 '황제'의 선율이었다. 프랑스 향수 향이 퍼졌다.

"준비됐나요?"

조나단은 화장대에서 돌아서는 순간 머릿속이 멍해졌다. 처음 드는 생각은 문가에 서 있는 여자가 대니일 리가 없다는 것이었다. 지난 4일간 그와 함께 지낸 검은머리의 탄탄하고 매력적인 여인이 파리 패션쇼 무대에 막 들어선 누군가로 완전히 탈바꿈해 있었다. 그를 바라보는 여인은 몸매가 그대로 드러나는 검은색 드레스를 입고 있었다. 기대한 것 이상으로 빼어난 굴곡의 몸매였다. 하이힐 때문에 키도 더 커 보였다. 소방차보다 더 빨간 립스틱과 클레오파트라의 눈매를 연상케 하는 아이라인을 그린 얼굴은 메이크업 전문가의 손길이 닿은 듯 아름다웠다. 다이아몬드 귀걸이가 돋보이도록 머리도 올려 묶었다. 미인은 다이아몬드를 좋아한다.

"왜 그래요?" 하고 대니가 물었다. "뭐가 이상해요?"

조나단은 자신이 느낀 경이로움을 어떻게든 변명해 보려고 머릿속에 들어 있는 여러 가지 빈정대는 표현을 뒤져보았다. 그러나 진실 외에는 찾을 수가 없었다. "어어…그러니까 좋아 보여서요."

눈빛이 촉촉하게 빛나더니, 그녀는 황급히 욕실로 되돌아갔다. 일 분 후, 그녀는 인조가죽으로 된 검은 상자 하나를 들고 나왔다. 그녀가 갈색 악어가죽 끈으로 된 남자 손목시계 하나를 상자에서 꺼내는 걸 보고 조나단은 의자에서 일어섰다. "IWC, 포르투기스 크로노그래프예요." 그녀는 시계를 그의 손목에 채워주면서 말했다. "백금이에요. 당신은 화려한 스타일은 아니니까."

"당신과는 다르지요."

대니는 눈을 내려 깔았고, 조나단은 그녀의 손가락이 닿는 느낌, 그녀가 시계를 채우느라 몰입하고 있는 상태, 그리고 그녀가 가까이 다가와 있음을 무시하려고 애를 썼다. 시계를 찬 다음 그는 소매를 끌어내리며 휘파람을 불었다. "카시오, G-샤크와는 분명히 다르군."

"여긴 스위스라고요." 하고 대니가 말했다. "여기서는 어떤 시계를 차느냐가 중요하다는 말에요. 아, 그리고 마지막으로 한 가지 더."

"그게 뭔데요?"

대니는 그의 손을 잡더니 손가락에 결혼반지를 끼워 주며 말했다. "이제 공식적인 부부예요."

조나단은 손을 보자 한때 자신이 결혼반지를 끼고 있었다는 사실이 기억났다. 그는 영원한 것을 동경하는 사람이었다. "좋은 저녁입니다, 미시즈 로버트슨." 하고 그가 말했다.

대니는 그를 흘긋 쳐다보았다. 가볍던 분위기가 그녀의 눈빛에서 사라져갔다.

"좋은 저녁입니다, 미스터 로버트슨. 나갈 준비는 되셨는지요?"

조나단은 고개를 끄덕여 보였고, 두 사람은 한동안 서서 그렇게 서로를 바라보았다.

36

퍼수에이더 화력기지는 북부 아프가니스탄 코렌갈 지역의 좁은 산악 계곡 초입에 자리 잡고 있었으며, 파키스탄 국경에서 일직선으로 5킬로미터 거리였다. 화력기지는 미합중국 해병 1사단 3대대 특수작전팀 알파 소속 해병 15명의 근거지였다. 화력기지의 크기는 가로 30미터 세로 20미터이고, 모래주머니에서 진화한 허리높이의 헤스코(HESCO) 방벽과 가시철조망이 꼭대기에 달린 3미터 높이의 펜스로 둘러싸여 있었다.

4개월간 특수작전팀 알파는 마녀의 손톱처럼 산속으로 나 있는 계곡들을 수색해 왔다. 매복 작전을 펼치고 은신처를 설치했으며, 신화 속의 시시포스보다 언덕을 더 많이 오르내렸다. 그들의 임무는 간단했다. 파키스탄과 인접한 정부 통제 밖 부족 지역에서 공급되는 무기와 물자의 흐름을 차단하고, 해외 전사들이 몰래 국경을 넘어 탈레반 조직에 합류하는 것을 막는 것이었다. 임무는 성공한 부분도 있었고 실패한 부분도 있었다. 팀원 두 명을 잃었지만 그 백배에 달하는 적들을 사살했다. 대가가 고통스러운 것은 사실이지만, 얻은 것이 훨씬 더 크다는 점에는 이견이 없었다. 전쟁 전체로 볼 때 특수작전팀 알파는 국가의 방어선 주변부에 있는 가시 하나에 불과했지만, 그것은 날카로운 가시였다.

카일 크로켓 대위는 헬리콥터의 비행소리를 듣고, 곧 그것을 눈으로 확인할 수 있었다. 황혼이 지고 있었고, 하늘에 걸린 보라색 연무로 북부 평원에서 이어지는 계곡 아래 지역이 뿌옇게 보였다. 전투지역에서 헬리콥 터는 항상 한 쌍으로 다녔다. 한 대가 격추될 경우 다른 한 대가 생존자 구 출 작전을 지원하고 생존자들을 실어 날랐다. 그는 소총과 배낭을 들고 지 휘소를 나와 질척이는 비탈을 지나 부하들에게 다가갔다. 그늘 저녁 작전 에 투입되는 대원은 총 12명이었다. 모두들 잘 훈련되고, 규율이 철저했 으며 건장했다. 포화 속에서도 그들은 침착함을 유지했고, 필요할 때에는 늑대 무리처럼 사나웠다.

대원들은 케블러 방탄조끼에 아노락 점퍼로 이루어진 겨울용 회색 위장 복을 입고 있었다. 10명은 일반적인 M4 자동소총을 들고 있었는데, 소총 의 모양은 M16과 거의 비슷했다. 각각 10개의 탄창을 소지하고 있어서 일인당 총 270발의 탄환을 소지한 셈이었다. 그 중 네 명은 소총의 총열 아래 M203 유탄 발사기를 장착하고 있었고, 두 명은 좀 더 정확도가 높은 M79 유탄 발사기를 장착했다. 11번째 대원은 저격수로 M40 저격소총을 소지하고 있었다. 레밍턴 700 소총의 고성능 버전이었다. 12번째 대원은 팀의 사수로 M249 분대자동화기를 들고 있었다. 중기관총으로 분당 2천 5백 발의 총알을 쏟아낼 수 있었다. 그날 밤의 야간전투는 자동화기들을 완전 자동으로 맞추어 놓고 격전을 벌일 가능성이 컸다.

무선통신장비에서 치직거리는 소리가 나더니 헬리콥터에서 크로켓에게 착륙장(LZ) 확인을 요청했다. "2분 후 착륙 예정."

"오스카 마이크!" 크로켓이 부하들에게 명령했다. "작전개시 2분 전."

해병대원들은 배낭을 등에 둘러메고 언덕을 내려가 착륙장으로 향했다.

치누크 헬기 두 대가 계곡을 따라 빠르게 날아와 차례로 착륙했다. 기장 들이 땅으로 뛰어내려 해병들에게 탑승하라는 수신호를 보냈다.

크로켓은 작전개시 전 최종 지시를 위해 대원들을 가까이 불러 모았다.

"상대와 총격전이 발생할 수 있다." 그는 머리 위에서 들리는 헬기 날개 소리에 목소리가 묻히지 않도록 소리치며 말했다. "일단 교전이 시작되면

사살해도 좋다. 상대는 적 전투원들이다. 포로까지 챙길 여유란 없다. 알
아들었나?"

"후-야!" 해병들이 한 목소리로 소리쳤다.

"좋다." 크로켓이 말했다. "잡으러 간다."

37

　강연의 주제는 '임상학을 통해 본 미용과 성형의 진보'였고, 발표자는 스위스 성형 의학협회의 회장이자 국제성형의학협회 회원이며, 조나단은 들어본 적도 없는 각종 수상 경력의 소유자인 닥터 미셸 레비였다. 강연 장소는 대학이나 병원이 아닌 마을 남쪽 끝자락에 있는 최고급 치저리 레스토랑 만찬장이었다. 감칠맛 나는 냄새가 한꺼번에 밀려왔고, 그것만으로도 조나단은 자신이 음식의 천국에 와 있다는 것을 알 수 있었다.

　남자 한 명이 계단에서 손님들의 코트와 겉옷을 받아주고 있었다. 조나단은 대니가 팔짱을 끼자 가만히 받아주었다. "우리 둘 중 누가 환자 역할을 할 건가요?" 하고 그가 물었다.

　"저요." 그의 손에 깍지를 끼며 그녀가 말했다. "몇 군데 손을 좀 봐야할 것 같아서요."

　"안 그래도 될 것 같은데." 전문가 말투로 조나단이 대답했다.

　"고마워요, 존. 지난 몇 년간 들어본 말 중에서 최고로 듣기 좋은 칭찬인데요." 대니가 목소리를 낮추고 말했다. "레비를 주시하세요. 그자의 버릇이 뭔지 관찰하세요. 레비와 대화를 나눠 봐요. 녹음하는 것도 잊지 마시고요. 우리는 지금 듣고 배우려고 여기 온 거에요. 레비와 발포어가 지난 한 달간 일주일에 3회 정도 통화를 했다고 알고 있는데, 우리가 아는 것은 그게 전부에요."

만찬장은 이미 사람들로 가득 차 있었다. 세계 각국에서 온 다양한 분야의 엘리트들이었다. 도착한 지 20분 만에 그는 독일의 백작, 아르헨티나의 목축왕, 그리고 노르웨이의 석유왕과 악수를 나눴다. 분위기에 맞게 조나단은 잘 처신했다. 그는 미소를 지으며 담소를 나눴다. 그러는 동안에도 그의 눈은 훈련 받은 대로 닥터 미셸 레비의 활기찬 모습을 예의주시하고 있었다. 닥터 레비는 한 쪽 구석에서 연이어 다가오는 창백하고 잔뜩 치장한 부인네들과 이야기를 나누며 그들을 즐겁게 해 주고 있었다.

레비는 얇은 금발머리와 금속테 안경 너머로 보이는 친근한 눈빛과 함께 평균키에 다부진 체격을 가졌다. 디너 재킷에 검정색 나비넥타이를 매고 있었다. 코너의 말에 따르면, 그는 아직 발포어와 직접 만난 적이 없었다. 레비는 웹사이트에 일반 환자들의 성형수술 전과 후의 모습인 소위 '비포 앤드 애프터' 사진들만 올려놓았을 뿐, 자기 사진은 올리지 않았다. 꼼꼼하게 인터넷을 검색해 보았더니, 그는 자신의 얼굴이 알려지는 것을 싫어했다.

강연은 8시 30분에 시작됐다. 레비는 한 시간 가량 노화 진행을 멈추고 젊음을 유지하는 최신 방법들을 소개했다. 우선 더 나은 식습관에 관해 이야기 했고, 곧이어 글리콜릭산 필링법과 레이저 시술법에 이르는 최신 피부과 시술 방법들에 대한 이야기로 화제를 돌렸다가 마침내 그의 전공분야인 성형시술에 관한 강연을 펼쳤다. 엉덩이부터 눈썹까지 신체 각 부위를 다루며 이해를 돕기 위한 비포 앤드 애프터 사진 여러 장이 제시됐다. 의술이라면 조나단도 일가견이 있었다. 그리고 조나단은 레비의 능력을 알아보았다. 의심의 여지없이 재능 있는 외과의였다.

"레비는 도박꾼이에요." 대니가 말했다. "재산을 모았다가 열 번이나 다시 잃었죠. 지금도 엄청난 빚더미에 앉아 있어요. 자택과 그의 어른용 장난감들도 은행에서 압류해갔죠. 범죄 조직으로부터 거액의 돈을 빌렸다고 해요. 몇 년 전에는 코르시카 마피아 두목에게 도박 빚 대신 수술을 해 줬는데, 그때부터는 '도박 빚 의사'라고도 불리죠."

"기타 궁금한 사항이 있으신 귀빈 분들과는 식사가 끝난 뒤에 뵙겠습니다."라는 말로 레비가 마무리 인사를 했다.

참석자들은 정중히 박수를 보낸 다음, 식사가 준비된 테이블을 향해 돌아앉았다. 그 지역 와인인 팡당 화이트로 잔이 채워지고, 곧이어 애피타이저로 무화과와 피스타치오를 곁들인 떼린 드 프와그라(거위 간을 주재료로 한 요리)가 나왔다. 첫 번째 코스인 불리온 미트 마르크(호박을 곁들인 진한 쇠고기 스프)에 이어서 칼브게쉬넷젤테스 나흐 취르혀 아르트(화이트 와인 크림소스를 곁들인 부드러운 송아지 고기와 가늘게 썬 버섯 요리)와 함께 뢰스티(조나단은 늘 이 요리가 점잖빼는 해시 브라운과 같다고 생각했다)가 나왔다. 그린 샐러드가 준비되고, 웨이터들은 잔이 비워지지 않도록 연신 돌레 데스 몬츠 와인을 따랐다.

대화가 점점 시끌벅적하게 무르익어 갔다. 드디어 만찬이 끝났다는 신호로 레비가 자리에서 일어났다. "지금이 기회에요." 하고 대니가 말했다. "그에게 접근하세요. 당신은 미국인이잖아요. 그러니 망설이지 말고 사적인 질문들을 마구 던지라구요."

조나단은 의자를 뒤로 빼고 자리에서 일어나 만찬장 앞쪽으로 갔다. 여자들 몇이 레비 주위에 모여 알랑거리고 있었다. 조나단은 팔짱을 낀 채 그 여자들이 떠날 때까지 기다렸다가 마침내 시선을 맞대고 대화할 기회가 왔다.

"레스틸렌이 좋겠군요." 하고 미셸 레비가 말했다.

"뭐라고 하셨죠?" 혹여나 다른 사람들에게 한 말이었는지를 확인하려고 어깨너머를 힐끗 돌아보며 조나단이 물었다.

"선생님께는 레스틸렌을 추천 드립니다." 레비가 턱을 쳐들며 조나단의 얼굴을 뜯어봤다. "그렇지. 그래. 그래. 한 대는 코 밑 팔자 주름에, 다른 한 대는 이마 주름에. 산뜻해지신 모습에 선생님께서도 놀라실 겁니다."

"산뜻해진다고요?"

"흐,. 십년은 젊어 보이실 겁니다. 저희 병원에 한 번 들려주세요. 네. 네."

"그러도록 하죠." 하고 조나단이 말했다. "여쭤볼 게 좀…"

그가 말을 마치기도 전에 레비는 더 유망한 고객으로 보이는 납작 가슴에 붉은 머리카락, 햇볕에 몹시 피부가 몹시 손상돼 사해 두루마리처럼 주글주글한 50대 여성에게로 관심을 돌렸다.

레비가 펜으로 그 여성의 가슴을 눌러보고 찔러대며 실리콘과 식염수가 가진 각각의 장점을 설명하는 것을 들으며 조나단은 곁에 서 있었다. 조나단은 레비가 "네. 네. 네."라고 대답하는 말버릇이 있으며 계속해서 말끝마다 "그렇죠?"라고 한다던가, 상대방이 5초 이상 말을 하기도 전에 "음. 음. 음"거리는 버릇이 있다는 것을 알아차렸다. 그리고 그는 억센 스위스 로망 억양을 갖고 있었다.

"뭘 좀 알아냈나요?" 조나단이 그 자리에서 벗어나자 대니가 다가와 물었다.

"별로. 고객들을 상대하느라고 정신이 없더군요. 주름제거수술 두 건, 유방확대수술 한 건, 그리고 복부지방제거수술 한 건을 순식간에 예약 받더군요."

"신통치 않은데요." 하고 말하며 대니가 조나단의 소매를 잡고 층계 쪽으로 데려갔다. "전 곧 자리를 뜰 거예요."

"어디로 갑니까?"

"레비가 묵는 호텔로요. 거기서 뭔가 찾을 수 있을지 모르죠."

"그가 묵는 곳이 어디인지 어떻게 알아낸 겁니까?"

"폰 다니켄이 알려줬어요. 그랜드호텔파크 333호."

"객실 열쇠도 주던가요?"

"아뇨." 하고 대니가 말했다. "열쇠는 내가 알아서."라고 대답하며 그녀가 카드키로 그의 다리를 훑었다.

"주머니 터는 훈련까지 하기에는 시간이 너무 없었죠. 돌아가서 가르쳐 줄 수도 있고." 그녀는 그의 뺨에 가볍게 키스해 주며 속삭였다. "누가 물어보면 몸이 안 좋아서 잠시 자리를 비웠다고 하세요. 내가 돌아올 때까지 레비를 잡아두세요. 한 시간 정도 필요해요."

"만약에 저 자를 잡아두지 못하면?"

대니가 손가락을 입술에 가져다대며 그의 질문을 막았다. "쉬잇" 하고 그녀가 말했다. "이 세계에서는 말이죠. '만약에' 같은 것은 없어요."

38

　그곳은 발굴지였다. 그들은 큰 텐트를 세워 눈과 세찬 바람으로부터 자신들을 보호하고 위쪽 어딘가에서 보고 있을지도 모를 원치 않는 시선을 차단했다. 나트륨 투광조명등 한 쌍이 미사일을 아주 밝게 비추고 있었다. 짐꾼들은 옆의 구덩이에 무릎을 꿇고 서서 곡괭이를 리드미컬하게 휘두르고 있었다. 그들은 한 시간째 곡괭이질을 하고 있었고, 추위에도 불구하고 스웨터만 남기고 옷을 벗어 제친 굳은 얼굴들은 땀으로 번득였다.

　"얼마나 더 파야 되죠?" 하고 엠마가 구덩이 가에서 팔짱을 낀 채 서서 물었다.

　눈 부분은 쉽게 파졌지만, 흙은 다이아몬드처럼 단단한 영구동토층이어서 파들어 가기가 쉽지 않았다. 파내려간 구덩이가 1미터 깊이에 폭 2미터에 달했지만 여전히 모자랐다.

　"반 미터는 더 파야 합니다." 다부진 체격의 엔지니어가 말했다. "그렇지 않으면 접근 패널을 열 수가 없습니다."

　보잉 AGM-86 미사일은 세 개의 부분으로 구성되어 있었다. 미사일의 제일 후미인 추진부는 윌리엄 F107 터보팬 제트엔진과 연료로 이루어져 있다. 전두부에는 GPS 순항시스템의 전신인 지형 추적-참조 유도 시스템이 장착되어 있었다. 이번의 경우 150킬로톤급 핵무기인 핵탄두 부분은 미사일의 중앙부에 위치하고 있었다. 미사일 아래쪽 패널을 통해 핵탄두에 접근이 가능했다.

엠마는 패널이 활짝 열리면서 안에 들어 있는 위험한 물품이 풀려나오는 것을 상상해 보았다. "그게 떨어지는 것은 아닌가요?" 하고 그녀가 물었다.

"그렇지는 않을 겁니다." 하고 엔지니어가 말했다. "핵탄두는 내벽에 볼트로 고정되어 있습니다. 하지만 걱정할 필요는 없어요. 폭탄은 고폭탄이 폭발해서 팰릿 소결체를 우라늄 핵으로 분열시켜 연쇄반응을 일으키지 않으면 폭발하지 않습니다."

"그 고폭탄 종류가 뭐지요?"

"대략 0.5킬로그램의 플라스틱 폭탄입니다."

샘텍스 0.5킬로그램이면 미사일 반경 7미터 내에 있는 사람들을 완전히 쓸어버리고도 남았다. "그건 떨어지면 터질 수도 있는 거죠?"

엔지니어의 우쭐해하던 표정이 사라졌다.

엠마는 구덩이 안으로 뛰어내려 등을 대고 누웠다. 철제 리벳이 직사각형 모양의 접근 패널을 고정시켜놓고 있었다. 리벳 자체는 문제가 아니었다. 미사일을 열어 핵무기를 꺼내기 위해 필요한 모든 장비들이 가져온 세 개의 더플백 중 하나에 들어 있었다. 그 안에는 드릴, 렌치, 전기톱, 심지어 아세틸린 토치도 있었다. 이전에 그녀는 그들에게 이런 종류의 미사일을 가지고 작업해 본 적이 있는지 물어보았다.

"당연히 없지요."라는 태평스런 대답이 돌아왔다. "우리는 지대지나 지대공 미사일 분야가 전문입니다. 하지만 도식으로는 연구한 적이 있지요."

위성통신장비에서 치직거리는 소리가 텐트 안에서 울려나왔다. 엠마는 구덩이에서 올라와 통신에 응답했다. "네?"

"상황은 어떻게 진전이 되어가나요?" 하고 발포어가 물었다.

"이제 막 열려고 하고 있어요."

"이제 막이라는 게 무슨 뜻입니까? 작업이 언제 끝나는 것이죠?" 발포어의 목소리에 한 시간 전에는 없었던 긴급함이 배어 있었다.

"무슨 일이에요, 아쉬? 무슨 문제라도 생겼어요?"

"서둘러야 합니다. 시간이 별로 없소."

엠마는 머리위로 곡괭이를 들어 올리고 있는 짐꾼들과 미사일을 꼼짝 않고 지켜보고 있는 기술자들을 등지고 돌아선 다음 "무슨 말이에요?" 하고 속삭이듯 말했다.

"당신이 있는 위치가 발각되었소. 미군이 수색대를 파견했어요."

엠마는 말문이 막혔다. 발포어의 말이 의미하는 바는 한 번에 받아들이기에 너무 놀랍고 복잡한 내용이었다. 누가 자신들을 찾아냈다는 말인가? 수색지점은 도대체 어떻게 알아냈고? 그리고 무엇보다 중요한 것은 누가 그러한 정보를 발포어에게 흘렸단 말인가? 엠마는 발포어가 자신에게 말한 것보다 더 많은 내용을 알고 있다고 확신했지만 지금은 그런 추궁을 하고 있을 때가 아니었다. 눈앞의 문제에 집중해야 했다. "시간이 얼마나 있어요?" 하고 그녀가 물었다.

"몇 시간 전에 명령이 아프가니스탄 북부에 있는 특수작전부대에 하달되었소. 내 생각으로는 그들이 얼마나 빨리 수색대를 그쪽으로 파견할 수 있느냐에 달린 것 같소."

엠마는 과거에 특수작전부대원들과 함께 일해 본 적이 있었다. 경험으로 그들이 매우 신속히 동원될 수 있다는 것을 알고 있었다. "그렇다면 금방이라도 여기에 도착할 수 있다는 말이군요."

발포어는 조금의 위안도 주지 않았다. "핵무기를 지금 당장 꺼내는 게 좋을 거요."

"노력하고 있어요."

"더 서둘러야 할 거요." 하고 발포어가 말했다. "미국인들이 사살 명령을 내렸소. 그자들은 핵무기 분실에 대해 아무도 모르기를 바라고 있소."

통신이 끊어졌다. 엠마는 다른 팀원들에게 가기 전에 화를 달래기 위해 잠시 시간을 가진 다음 이렇게 말했다. "여러분, 새로운 문제가 좀 생겼어요. 서둘러야 하겠어요. 발포어가 아침까지 돌아오라고 합니다. 물론 그에 따라 여러분의 임금은 두 배로 지급될 겁니다."

15분 뒤, 짐꾼들이 곡괭이질을 마쳤고, 엔지니어 두 사람은 미사일 아래쪽에 자리를 잡았다. 패널이 떨어져 나갔다. 부피가 큰 파카에 방한용 바지를 입고, 입에는 산소마스크까지 쓰고 있었기 때문에 작업 속도는 짜증나리만치 더뎠다.

엠마가 텐트에서 걸어 나왔다. 거위털 같은 눈송이가 낮게 내리깔린 구름에서 떨어져 내렸다. 하늘을 올려다보았지만 아무것도 보이지 않았다. 그녀는 그들이 다가올 때는 모든 불빛을 끄고 올 것이라는 것을 잘 알고 있었다. 소리를 들은 것은 그때였다. 헬리콥터가 비행할 때 들리는 독특한 리듬의 소리였다. 그리고 몇 초 후, 똑같은 소리가 다시 들렸다. 두 개의 비행날개. 아마도 치누크 헬기 두 대일 것이었다. 이는 최소한 열 명으로 구성된 대규모 팀을 의미했다. 곰 사냥을 오는 것이었다. 분명 포로를 잡으러 오는 것은 아니었다.

엠마는 눈을 가늘게 뜨고 구름 속에서 그림자를 찾아보았다. 조종사들이 시계비행 중이건 아니면 야간 투시경을 착용하고 비행 중이건 문제가 되지 않았다. 헬리콥터들은 정교한 적외선 탐지기를 장착하고 있기 때문에 구름이 아무리 두텁다 하더라도 엠마와 팀원들이 발산하는 열을 찾아낼 수 있을 터였다.

두…두…두…두…두…

헬기 소리가 점점 커졌다. 바로 그때 바람이 세차게 휘몰아치면서 헬기소리는 더 이상 들리지 않았다. 돌풍이 지나가기를 기다리면서 그녀는 그어느 때보다 조용히 서 있었다. 바람이 잦아들었을 때 헬리콥터들이 머리위에 떠 있을지도 모른다는 두려움이 들었다. 그러나 잠시 후 돌풍이 잦아들었을 때 하늘은 고요했다. 다음 계곡으로 날아가 버린 것이었다.

엠마는 위장 텐트 안으로 들어가서 투광 조명등을 낮췄다. "10분 안에 장치를 꺼낼 수 있겠어요?"

"불빛이 좀 더 밝아야 합니다."

"그건 불가능해요."

엔지니어 한 명이 눈살을 찌푸렸다. "아직 볼트가 일곱 개나 동체에 붙어 있습니다. 그리고…"

엠마가 그의 어깨를 움켜잡으며 다그쳤다. "그냥 돼, 안 돼?"

"된다고 해야겠지요."

"되게 만들라고."

엔지니어는 하얗게 질린 채 호리호리한 동료에게 큰 소리로 몇 가지 지시를 내렸고, 두 사람은 다시 활력을 찾아 임무에 매달렸다. 엠마는 텐트에서 반은 나오고 반은 들어간 채 자리를 지키고 서 있었다. 한쪽 눈으로는 엔지니어들을 감시하고, 다른 쪽 눈으로는 하늘을 살펴보았다. 그녀가 비명 소리를 듣고 쳐다보니 엔지니어 중 한 명이 등을 대고 누워 있고, 스테인리스 강철 물체가 미사일의 아래쪽에서 반 쯤 떨어져 내려 그의 가슴을 짓누르고 있었다.

"조심!" 신경이 곤두서는 것을 느끼며 그녀가 소리쳤다. 텐트 밖으로 머리를 내밀자 헬리콥터 소리가 다시 들렸다. 이번에는 이쪽으로 접근하고 있는 게 분명했다. 미군들이 적외선탐지기를 그녀가 있는 자리에 비추는 순간, 그들의 모니터에 불이 들어오면서 검은색 배경 위에 붉은색의 사람 형태가 나타나게 될 것이다.

"여기에 있을 필요가 없는 사람들은 지금 나가요. 동굴로 돌아가서 가능한 한 안쪽으로 들어가요. 서둘러요."

짐꾼들과 가이드가 그녀의 목소리를 듣고 도망쳤다.

그녀는 미사일로 급히 돌아갔다. "핵탄두를 꺼내요."

"걸렸습니다." 하고 엔지니어가 말했다. "마지막 볼트를 풀 수가 없습니다."

엠마가 구덩이로 뛰어 내려갔다. "렌치를 주세요."

엔지니어가 렌치를 그녀의 손에 건네고 움직이지 않는 볼트를 가리켰다.

엠마는 볼트에 렌치를 단단히 조이고 힘을 주었다. 움직이지 않았다. 다시 힘을 주었지만 여전히 움직이지 않았다. 바람 위로 헬리콥터 소리가 들렸다. "여기서 나가요." 그녀가 엔지니어들에게 나가라고 손짓하며 말했다. "이건 내가 처리할게요. 그리고 확실하게 동굴 안으로 최소한 20미터는 들어가세요. 저 헬기들은 우리를 찾고 있어요. 찾는 대로 바로 사살할 거예요."

엔지니어들이 텐트에서 뛰어나갔다.

엠마는 등을 대고 누워 미사일 내부를 쳐다보았다. 다시 한 번 렌치를 돌렸지만 헛수고였다.

"빌어먹을." 그녀는 권총을 꺼내 볼트의 몇 센티미터 아래쪽을 겨누고 눈을 가린 채 방아쇠를 당겼다. 총알이 강철 표면을 뚫고 지나가면서 볼트가 산산조각 났다. 탄두가 거치대에서 그녀의 가슴 위로 떨어져 내리면서 그녀를 짓눌렀다. 숨이 턱 막히면서 그녀는 탄두를 한 쪽으로 굴리고 몸은 반대쪽으로 굴렸다. 핵탄두가 흙더미 위로 미끄러져 내렸다.

핵무기는 스테인리스 강철로 둘러싸여 있었는데 총알 같은 모양으로 한 쪽은 둥글고, 폭은 어깨넓이 정도 되었다. 옆면을 따라 일련번호가 장황하게 적혀 있었지만, 조그맣게 노란색과 검은색으로 된 방사능 표시 이외에 특별한 경고문은 보이지 않았다. 핵무기에 이 정도로 가까이 접근한 사람에게는 굳이 주의하라는 경고를 상기시켜 줄 필요는 없는 것이었다.

엠마는 미사일 아래서 기어 나와 폭탄을 구덩이 입구 언저리까지 들어 올렸다. 최소한 40킬로그램 정도는 나가는 무게였고, 텐트 앞까지 이동시키기 위해서 그녀는 온 힘을 다 써야 했다. 헬리콥터가 가까워졌다. 비록 바람 때문에 눈이 정면으로 날아들어 오고 고어텍스 재질의 텐트가 심하게 펄럭거렸지만 그녀는 헬기 두 대가 내는 소리를 분명히 알아들을 수 있었다. 정확한 위치를 말하는 것은 불가능했다. 시끄러운 소리가 산 속에서 기이하게 울려 퍼졌고, 이제 충분히 가까이 왔다고 엠마는 생각했다.

그녀는 텐트를 벗어나 동굴로 향하고 있지 않았다. 양 손에 걸린 무게가 느껴졌다. 핵탄두를 밖으로 가져나가 그 위에 앉아 기다릴까도 생각해 보았다. 기관총에 맞는 순간 아무것도 느끼지 못할 터였다. 생명이 그저 끝이 나 버릴 것이다. 죽음이 항상 최악의 비극인 것은 아니었다. 폭탄은 발견될 것이고 안전하게 회수될 것이다. 그녀의 마지막 행동은 수천 명의 목숨을 살리고 말 못할 참극을 방지한 것으로 여겨질 것이다.

그러다가 생각이 그녀에게 가해진 죄악들과 그 가해자들, 그리고 그들이 다른 사람들에게 가할 행동들에 미쳤다. 마지막으로 그녀는 그녀 자신과 미래에 대해 생각했다.

힘을 주는 소리와 함께 그녀는 핵무기를 들어 올린 다음 눈밭을 뚫고 동굴의 안전지역으로 옮겨 나르기 시작했다. 하늘을 올려다보지 않을 수가 없었다. 헬리콥터들은 날개들이 뿜어내는 충격을 그대로 느낄 수 있을 만큼 가까이 다가와 있었다.

39

그랜드 호텔 파크는 산림이 우거진 낮은 언덕 위에 자리 잡고 있었다. 소나무로 지어진 이 거대한 스위스 샬레(주로 스위스 산간 지방에서 볼 수 있는 지붕이 뾰족한 목조 주택)의 지붕 처마에는 반짝이는 꼬마전구가 촘촘히 장식되어 있었다. 그슈타트에 있는 5성급 초호화 숙박시설로, 엄청난 부호들이 찾는 곳이었다.

"그자가 혼자 있는 게 확실한가요?" 대니는 휘황찬란한 호텔 입구 정면을 바라보며 밴 차량의 조수석에 앉아 있었다. "돌발 상황은 원치 않아요."

마르커스 폰 다니켄은 그녀에게 등록증 사본 하나를 건네주었다. "닥터 미셸 레비. 1인. 배우자 없음. 동행인 없음. 애완견 없음."

대니는 드레스 위에 검은색 스웨터를 걸치고, 높은 하이힐 대신 크레이프 고무창을 덧댄 굽 낮은 신발로 갈아 신었다. "어디서 이런 장갑을, 이걸로 되겠어요?" 암벽등반용 장갑을 끼며 그녀가 말했다.

폰 다니켄은 말 없이 그녀를 쳐다보았다.

마지막으로 대니는 워치캡 모자 안으로 머리를 집어넣어 정리했다. "여기서 기다리세요."

"난 경찰이지 택시기사가 아니오."

"시키는 대로 하시죠, 마르커스. 자, 착하죠."

더 이상 아무 말도 하지 않고 그녀는 밴에서 내려 우거진 삼림을 지나 호텔을 향해 달렸다. 호화시설들은 보안 경비가 철저했다. 객실 수는 아흔 아홉 개가 전부였는데, 이곳을 찾는 이들의 폭이 그리 넓지 않기 때문이다. 호텔 직원들은 자기가 맡은 손님을 알아보도록 훈련을 받았기 때문에 대니는 직원들의 의심을 사는 일이 없도록 각별히 조심했다.

건물 남쪽 편에 도착하자 그녀는 배수관을 잡고 시험 삼아 힘껏 잡아당겨 보았다. 끄덕도 하지 않았다. 이곳은 스위스였다. 배수관 검시관의 자격도 연방정부가 심사하는 나라였다. 1층까지 배수관을 타고 올라갔다. 건물에 발코니나 테라스는 없고, 오로지 숲이 내다보이는 널찍한 이중 창들이 있었다. 창문이 잠겨 있지 않도록 해놓겠다며 폰 다니켄이 다짐을 해주었다. 배수관과 건물 벽의 틈 사이에 발을 끼우고 몸을 오른쪽으로 기울이면서 창문틀 이음새에 작업용 나이프 칼날을 밀어 넣자 창문이 활짝 열렸다. 체조선수처럼 우아하고 날렵하게 그녀는 창틀 위에 발을 걸친 뒤 한 손으로 창틀을 잡았고, 잠시 뒤에는 호텔 안까지 무사히 들어와 있었다.

"객실 층 복도에는 카메라가 없소." 하고 폰 다니켄이 일러주었다. "이곳에 묵는 사람들은 사생활 보호를 중요시하는 이들이라 그렇소. 그렇지만 청소직원들은 조심해야 할 것이오. 다들 눈썰미가 보통이 아니니."

대니는 비상구 계단을 찾아 두 개 층을 뛰어올라 3층까지 갔다. 고개를 살그머니 내밀고 복도가 빈 것을 확인했다. 333호 객실은 코너에 있는 스위트룸이었다. 힘차게 문을 향해 걸어가는데 뒤쪽 복도에서 사람들의 목소리가 들렸다. 이곳에 묵는 사람들일까? 아니면 청소직원들? 그녀는 고개를 숙인 채로 카드키를 판독기에 밀어 넣었다. 술에 취한 여자 하나가 깔깔거리며 웃었다. 속으로 '투숙객들이군' 하고 생각했다. 직원들은 술을 마시지 않기 때문이다. 문이 열리자 객실 안으로 들어갔다.

허리춤에 차는 작은 주머니 가방에서 소형 손전등을 꺼내 방안을 살펴보기 시작했다. 호텔 직원이 이미 턴다운 서비스(고객이 잠자리에 들기 직전에 간단한 객실 청소와 잠자리 정돈을 돌보아 주는 서비스)를 해놓았다. 테리사 소재 목욕가운이 푹신푹신한 이불 위에 놓여 있고, 실내용 슬리퍼는 바닥에 놓여 있었다. 호텔에서 서비스로 베개 위에 초콜릿을 올려놓는 대신 침실 탁자에 미니 케이크 삼종세트를 놓아두었고, 클래식 음악이 은은하게 흐르고 있었다. 서류와 개인 문서들을 찾기 위해 선반과 옷장 안, 옷장에서부터 책상이 있는 곳까지 차례로 살폈다. 책상에 노트북 컴퓨터가 있었다. 엔터키를 누르자 스크린 화면이 떴고, 노트북은 인터넷과 연결되어 있었다.

열어 본 페이지 목록을 보니, 레비는 강연 참석자들에 대해서 미리 검색해 본 것으로 나타났다. 온라인 포커 사이트, 벨라지오 호텔 스포츠 북, 영국의 도박 사이트 등이 검색어로 기록되어 있고, 이어서 아쇼크 아르미트라지, 발포어 경, 그리고 파키스탄 관광 시 주의할 사항 같은 검색어가 기록되어 있는 것을 확인한 순간 그녀는 검색을 멈췄다.

마지막 검색 주소가 아랍에미리트 에어라인이었다.

더블 클릭을 했다.

취리히에서 두바이 행 여객기가 닥터 M. 레비의 이름으로 예약돼 있었다. 일등석이고 좌석번호는 2A였다. 두바이에서 파키스탄 에어라인으로 갈아타고 이슬라마바드까지 가는 일정이었다. 세부사항을 모조리 외우는 동안 그녀의 심장 박동이 빨라졌고, 그녀는 속으로 '이건 너무 빠르잖아.' 하고 외쳤다.

대니는 브라우저 검색을 종료하고 컴퓨터 내부 기록을 조사했다. 검색창에 '발포어 아르미트라지' 라고 치자 '아르미트라지 진료 기록' 이라는 제목의 파일을 포함해서 여러 개의 파일이 줄지어 검색되었다. 플래시 드라이브를 노트북에 연결하고 이 무기거래상에 관련된 모든 파일을 복사해서 옮겼다.

전송이 완료되자 이번에는 스파이웨어 프로그램인 레모라 파일을 열었다. 레모라야말로 이 야심한 시각에 그녀가 이곳을 찾은 진짜 이유였다. 빨판상어라는 뜻의 이름처럼 레모라는 호스트 컴퓨터에 들러붙어 어디로 통신을 하건 따라다니게 된다. 이번에는 컴퓨터를 이용해 작업하는 레비의 일거수일투족을 피기백킹 하는 것, 다시 말해 레비가 문서 작업을 하거나, 인터넷 검색을 하거나, 이메일을 전송하면 레모라는 그 정보들을 컴퓨터의 무선 통신 시스템을 통해서 디비전으로 전송해 주는 것이었다. 레비가 인터넷에 접속할 때마다 코너는 그가 무슨 사이트에 접속했고, 얼마나 오랫동안 접속했는지 알 수 있게 되는 것이다. 주고받은 이메일도 곧바로 코너에게 전송된다.

레모라는 십초 만에 설치됐고, 대니는 곧바로 플래시 드라이브를 뽑아서 주머니에 넣었다.

그녀는 잠시 제자리에 서서 객실 밖에서 나는 소리를 들었다. 호텔은 묘지처럼 고요했다. 손목시계를 보며 시간을 확인했다. 서둘러야했다.

아직 못 찾아낸 서류 한 장이 남아 있었다.

대니는 옷장 있는 곳으로 돌아가서 레비의 재킷과 바지들을 뒤졌다. 아무것도 나오지 않았다. 욕실 문 뒤를 확인했지만 여전히 아무것도 없었다. 침대 밑에서 서류가방을 발견했다. 서류가방을 끄집어내 손쉽게 잠금장치를 땄다. 가방 안은 각종 서류들과 온갖 안내책자들로 가득 차 있었다. 여권이 가방 속주머니 위로 살짝 삐져나와 있는 것이 보였다. 여권을 꺼내 바닥에 놓고 개인신상정보가 적힌 페이지를 찾았다. 핸드폰 출력 슬롯에 바이오매트릭 스캐너를 연결한 뒤 전자 여권의 보안 마그네틱선에 대고 긁어 레비의 신상과 관련된 필수 데이터를 옮겨 담았다. 이른바 '클로닝'이라고 부르는 실용적인 기술이었다. 한 페이지 한 페이지 넘겨가며, 그녀는 여권에 찍힌 모든 출입국 도장을 복사했다. 일을 마친 다음에는 서류가방 안에 있는 서류와 문서꾸러미들을 다시 꼼꼼히 살펴보았다. 시계 초침 움직이는 소리가 들리는 것만 같았다.

흰색 라벨이 붙은 누런 색 서류철 안에서 드디어 그녀가 찾던 서류를 찾았다. '파키스탄 방문자 서류'였는데, 안에는 여권 사진이 붙은 관광비자가 들어 있었다.

서류가방을 제자리에 돌려놓고 자리에서 일어나서 잠입 흔적이 남아 있는지 확인했다. 처음 들어왔던 때와 똑같다는 것을 확인하고는 객실 문으로 다가가서 문에 달린 감시렌즈를 통해 바깥을 살펴보았다. 복도는 텅 비어 있었다.

3분 뒤, 대니는 밴을 몰고 언덕을 내려가는 폰 다니켄 옆자리에 앉아 있었다.

"골치 아픈데요." 하고 그녀가 말했다.

"무엇이 말이오?"

"우리가 예상한 것보다 빨리 떠날 것 같아요."

"정확히 언제요?"

대답을 듣고 폰 다니켄은 인상을 찌푸렸다. "랜섬 박사가 떠날 준비는 제대로 된 것 같소?" 못미덥다는 말투로 그가 물었다.

대니는 어깨를 으쓱해 보였고, 그 세계에 몸담고 있는 사람들끼리 이해할 수 있는 표정을 지어보였다. 훈련에는 충분한 시간이란 결코 있을 수 없다는 뜻이 담긴 표정이었다. "당장 스위스 여권을 만들어 줘야겠어요." 레비의 파키스탄 비자를 폰 다니켄에게 건네주며 그녀가 말했다. "서둘러요!"

"알았소." 하고 폰 다니켄이 말했다.

CH-47 치누크 헬리콥터는 마치 길 잃은 형제처럼 눈과 구름을 뚫고 나란히 전진하면서 어렵게 산속 좁은 통로를 비행하고 있었다. 시계가 30미터 이내로 줄어들었고 간헐적으로 화이트아웃 현상도 발생했다. 180노트의 속도로 전진하면서 조종사들은 사실상 장님이 되어 비행하고 있었다. 야간투시경도 도움이 되지 못했다. 조종사들은 자신들의 장비와 훈련에 의지하면서 자신들의 어깨 위에 신의 가호로 천사가 내려앉아 있기를 빌고 있었다.

카일 크로켓 대위는 기장 옆에 나란히 앉아서 헬기 전두부 아래 장착된 적외선 카메라가 전송하는 지면 영상이 뜨는 모니터에 시선을 고정하고 있었다. 두 번째 화면에는 같은 지역에 대한 정밀 지형 지도가 그들의 현재 위치를 알려주는 아이콘과 함께 표시되고 있었다.

조종사의 목소리가 크로켓의 헤드폰을 통해 울렸다. "현재 그놈들이 오늘 오전에 발견되었던 지점을 지나가고 있습니다. 뭐가 보이십니까?"

"아무것도 없습니다." 하고 크로켓 대위가 검은 화면을 응시하며 대답했다.

헬기가 난기류를 만나 순식간에 10미터 아래로 낙하하는 바람에 배낭 위에 앉아 있던 해병들이 크게 들썩했고, 크로켓의 위장도 입천장까지 올라가는 것 같았다.

"날씨가 점점 더 나빠집니다." 하고 조종사가 말했다. "20분 정도 더 비행하고 나서 여기를 빠져나가겠습니다. 착륙은 불가능합니다. 적 전투원들을 찾아내면, 공중에서 제압하도록 하겠습니다."

크로켓은 지도를 살펴보았다. 아래쪽 계곡은 북쪽 방향으로 10킬로미터 가량 더 이어지다가 두 갈래로 갈라져서, 한 쪽은 아프가니스탄 국경을 향해 동쪽으로 뻗어가고, 다른 한쪽은 파키스탄 내부를 향해 서쪽으로 뻗어갔다. "이 지점을 돌다가 동쪽 계곡을 따라간다." 하고 그가 말했다. "그 자들이 근처에 있다면, 그 방향이 그들에게는 최선의 루트다."

크로켓은 헬리콥터가 왼쪽으로 방향을 틀자 하역망을 손가락으로 감아쥐었다. 10분간 그는 아주 미미한 색상이라도 날치면 심장을 졸이면서 검은 화면을 응시했다. 그러나 사람을 닮은 형상은커녕 살아 있는 어떤 생명체도 찾아내지 못했다. 그곳은 세상의 꼭대기에 놓인 불모지였다.

"막다른 골목입니다." 하고 조종사가 통신으로 말했다. "앞 쪽에 거대한 봉우리들이 가로막고 있습니다. 기지로 돌아갑니까?"

"아니." 크로켓이 말했다. "다른 계곡을 찾아보지. 이 폭풍 속에서 놈들이 멀리 가지는 못했을 거야."

"십 분입니다, 대위님."

"알았다. 로저."

헬리콥터가 급선회하면서 180도로 방향을 틀었다. 그와 동시에 거센 옆바람이 헬기를 휘감았고 헬기는 위아래로 격렬하게 요동쳤다. 크로켓은 위장을 꼭 움츠렸다. 잼 병 속에 갇힌 파리가 된 느낌이었다. 난기류보다 더 안 좋은 것은 지독한 소음이었다. 터빈 엔진이 희박한 공기 속에서 고도를 유지하기 위해 비명을 질러대고, 헬기의 동체는 이에 화답하듯 으르렁거렸다. 헬멧 하나가 떨어져 선실을 가로질러 굴러갔다. 대원들은 숱한 전투를 경험하고 비행에도 익숙했지만, 누구도 이런 탑승 경험은 하지 못했다. 이미 구토를 한 대원들도 몇 있었다. 선실은 토사물로 악취가 진동하고 초조함이 가득했다. 헬기를 타고 추락하는 것은 해병에게는 최악의 악몽이었다. 크로켓은 사수인 병장이 몸을 굽힌 채 구토봉지에 토하는 것을 보았다.

"괜찮은가, 사수?"

"제길, 끝내주네요."

"후야." 크로켓이 답했다. "이 일만 끝내면 곧바로 휴가나 받아야겠어."

"그 다음은 접니다, 대장. '빌어먹을! 이 망할 놈의 짓을 더는 못해 먹겠습니다."

CH-47 헬기가 수평을 찾은 뒤 옆 계곡을 향해 나아갔다. 크로켓은 마치 정신력으로 열 신호가 나타나게 할 수 있다는 듯 모니터로 더 가까이 몸을 기울었다. 지형 지도는 현재 아이스폴 위를 비행하고 있으며 곧 상대적으로 평평하게 펼쳐진 지형을 건너가게 된다는 것을 보여주고 있었다.

열 신호를 나타내는 붉은 점 하나가 화면에 켜졌다.

크로켓의 심장이 고동쳤다.

"북북서 방향이다." 조종사에게 통신으로 말했다. 그의 목소리는 매우 차분했다.

"속도를 높입니다." 하고 조종사가 비행 속도를 시속 220노트까지 올리며 말했다.

"놈들을 찾았습니까?"

"말하긴 아직 이르다."

크로켓은 붉은 점이 점점 커져 금방 땅콩 크기가 되는 것을 보면서 눈도 깜빡하지 않았다. 그는 점이 움직이고 있다는 것은 알아챘지만 그게 사람인지 동물인지 식별하기에는 아직 거리가 너무 멀었다. 모양이 점점 커지면서 그는 그게 자신들이 찾고 있는 고가치표적인사(HVI)들이라고 추측했다. 어떤 짐승이 이런 날씨에 바깥을 나돌아 다니겠는가.

바로 그때 그 점이 사라졌다.

"이건 또 무슨…?" 크로켓이 기장을 쳐다보았다. "봤나?"

기장이 어깨를 으쓱해 보였다. "사라졌습니다."

"거리는 얼마나 되지?"

"2킬로미터입니다."

크로켓은 마지막으로 열신호가 잡힌 좌표를 조종사에게 알려주었다. "아래로 내려주게."

60초 후 치누크 헬기가 그 좌표 위치 상공을 맴돌았다.

"아무것도 안 잡힙니다." 하고 기장이 모니터를 보며 말했다.

"조명을 켜게." 크로켓이 말했다.

"정말입니까?" 기장의 우려는 당연한 것이었다. 5천 와트의 수색등을 비추는 것은 치누크 헬기에 과녁을 그려 넣는 것이나 다름없었고, 그 지역에 있을 적 전투원들에게 사격을 해달라고 애원하는 꼴이었다. 지상으로부터 30미터 상공에서 제자리에 맴돌며 떠 있는 헬리콥터는 가장 조악한 형태의 휴대용 대공미사일도 피하지 못할 것이었다.

"빈손으로 돌아가려고 여기까지 온 것은 아니잖나."

"분부대로 하겠습니다." 조종사는 통신으로 크로켓의 지시를 다른 헬기에 전달하고 헬기가 300미터 더 상승하기를 기다렸다. "조명, 카메라, 가동." 하고 조종사가 말했다.

동심원 모양의 조명이 헬기에서 내려 비췄다. 폭풍이 몰고 온 소용돌이 바람과 헬기 날개의 회전으로 회오리가 일어 시야를 가렸다. 고도가 그렇게 낮은데도 불구하고 크로켓은 지면을 살피는 데 어려움을 겪었다.

"조금만 더 올라가."

헬리콥터가 살짝 상승하자 회오리가 잦아들면서 내리는 눈을 제외하고는 시야를 가리는 것이 사라졌다. 바로 그 때였다. 바람 속에 미친 듯이 펄럭이고 있는 흐릿한 색 천 조각이 보였다. 좀 더 자세히 살펴보니 커다란 직사각형 모양의 천막이 눈에 들어왔다.

"안에 사람 온기가 있는가?" 그가 기장에게 물었다.

"없습니다. 아래쪽에는 아무도 없습니다. 죽은 게 아니라면 말입니다."

"자일을 내려."

기장은 외부 온도계를 살폈다. "찬바람에 섭씨 영하 20도입니다. 정말 내려가십니까?"

크로켓이 고개를 끄덕였다.

"각오를 단단히 하십시오!" 기장이 문을 옆으로 밀어 열자 영하의 찬 공기가 격류처럼 선실로 들이닥쳤다. 그는 윈치의 조립부를 문 밖으로 설치하고 로프를 연결했다. "준비 됐습니다."

크로켓은 M4 소총을 어깨에 둘러메고, 로프에 발을 건 다음 장갑 낀 손으로 로프를 잡고 지면으로 미끄러져 내려갔다.

천막까지는 열 발자국이 걸렸다. 소총으로 펄럭이는 천을 옆으로 밀친 다음 주위를 살펴보자 투광 조명등과 곡괭이 몇 개, 구덩이, 그리고 순항 미사일이 보였다. 가까이에 있는 조명등을 만져보니 아직 따듯했다. 순간적으로 그는 무슨 일이 벌어지고 있었는지 알 수 있었다.

그는 무기를 내려놓고 구덩이 안으로 뛰어 내려가 미사일을 손으로 훑어보았다. 방사능을 의미하는 노란색과 검은색 표시가 금방 눈에 들어왔다. 그는 보병 출신이었고 그 점을 자랑스러워했다. 그럼에도 불구하고 그는 자신이 보고 있는 것이 무엇인지 잘 알았다. 망할 놈의 핵미사일. 미사일 아래로 미끄러지듯 들어간 그는 비어 있는 내부를 올려다보았다. 핵탄두가 없어졌다.

크로켓은 천막을 나와 눈이 흐트러진 곳을 살펴보았다. 눈 속에 깊이 파묻힌 부츠 자국이 보였고, 몇 미터 뒤에 또 하나가 이어졌다.

"벗어날 시간입니다." 하고 조종사가 그의 이어폰에서 말을 했다. "연료가 떨어져 가고 있습니다."

"안 돼. 이 자들이 여기에 있어. 가까이 있다고."

"2분입니다. 그 뒤에는 떠납니다. 알아서 하십시오."

크로켓은 발자국을 따라 가다가 금방 멈췄다. 바람이 세차게 몰아치면서 덮쳐오는 바람에 바로 서 있기조차 힘들었다. 지형 지도를 보니 산비탈 아래쪽에 위치하고 있었지만 시계가 너무 제한되어 있었기 때문에 사방 어디를 보아도 열 발자국 이상은 볼 수가 없었다. 그는 대원들에게 지상으로 내려와 수색을 시작하라고 명령을 내릴까도 생각해 보았다. 적들이 멀리 가지 못했을 것이라는 점은 확실했다. 놈들이 그가 생각하는 그 물건을 가지고 있다면 이 지역을 벗어나도록 놔둘 수는 없는 노릇이었다.

수색을 어렵게 하는 몇 가지 요인들이 있었다. 연료와 산소 부족, 익숙하지 않은 지형, 그리고 마지막으로 적에 대한 불확실성이었다. 그로서는 근처에 있는 전투원의 수가 몇이나 되는지 혹은 얼마나 중무장을 하고 있는지 알 도리가 없었다. 자칫 잘못하면 부하들에게 쓸 데 없이 헛수고를 시키거나 매복기습에 노출시킬 수도 있다는 상황이었다.

그러면서 테러리스트 조직이 WMD(대량살상무기)를 손에 넣는 사태를 막아야 한다는 생각도 들었다.

"거기까지입니다. 대장." 하고 조종사가 말했다. "시간이 됐습니다. 결정을 내리십시오."

크로켓은 의뢰로 쉽게 결단을 내렸다. 결국 너무 위험했다. 부하 열네 명의 목숨을 위험에 처하게 만들고, 치누크 헬기 두 대가 추락하는 위험을 감수할 수는 없었다.

"돌아가겠다." 하고 그가 응답했다. "기록을 위해 사진 만 몇 장 찍고 가겠다. 워싱턴 친구들이 이것을 보고 싶어 할 거야. 여기 좌표를 기록한 다음 다른 팀에게 가능한 한 빨리 이리로 오도록 요청해."

크로켓은 천막 안으로 급히 돌아가 디지털 카메라로 사진을 찍어대기 시작했다. 미사일 몸체를 집중적으로 찍고, 특히 꼬리 부분과 아래 부분에 적힌 일련번호를 가까이서 확실하게 찍었다. 마지막으로 구덩이 안쪽으로 다시 기어 들어가 바닥에 누워서 미사일 내부를 촬영했다.

안을 들여다보니 초록색 플라스틱으로 감싸놓은 담뱃갑만한 크기의 네모난 상자 하나가 미사일의 내벽에 부착되어 있었다. 상자에는 얇은 알루미늄 봉 하나가 꽂혀 있고, LCD 타이머가 전선으로 연결되어 있었다. 그는 예전에 비슷한 장치를 다뤄본 적이 있었기 때문에 즉시 그것이 무엇인지 알아볼 수 있었다. 그는 헬멧의 조명을 켜고 LCD 화면을 확인하기 위해 고개를 틀었다.

0.5킬로그램의 C4 플라스틱 폭탄에 부착되어 있는 LCD 타이머는 0:00:06을 가리키고 있었다.

6초.

"즉시 탈출해." 그는 자신도 놀랄 정도로 차분한 목소리로 조종사에게 통신을 보냈다. "난 틀렸어."

카일 크로켓 대위는 도망가려는 시도도 하지 않았다. 그는 눈을 뜨고 타이머가 0이 되는 것을 지켜보았다. 섬광이 번뜩이더니 이내 어두워졌다.

그는 아무것도 느끼지 못했다.

41

프랭크 코너는 남이 눈치챌 수 없을 정도로 짧게 얼굴을 찡그린 것을 제외하고는 냉정하게 그 소식을 받아들였다. 수많은 작전을 겪어온 그에게 완전한 패배가 주는 두려움 따위는 없었다. 한 번의 전투가 전쟁의 승패를 좌우하는 것은 아니었다. 피터 어스킨을 옆에 두고, 코너는 사무실에 앉아 헬리콥터 기장이 실패한 작전에 대해 설명하는 것을 듣고 있었다.

"크로켓 대위가 지상에서 발생한 폭발로 사망하기 직전에 통신으로 적 전투원들이 근처에 있다는 말을 전해 왔습니다."

"지뢰인가? 급조폭발물인가? 수류탄인가?" 코너가 물었다. "좀 더 상세하게 얘기할 수 없는가?"

"지뢰나 수류탄은 아니었습니다." 하고 기장이 느린 텍사스 억양으로 대답했다. "우리는 대위의 바로 머리 위에 떠 있었고 서둘러서 돌아오라고 하는 중이었습니다. 비행 조건이 끔직한 상황이었습니다, 미스터 코너. 대원들 절반이 이미 속을 게워냈고 조종사인 맥머피 소령은 그곳을 제발 빠져나가고 싶다고 하고 있었습니다. 적을 수색하는 데에만 이미 연료의 절반을 사용한 상태였습니다. 저는 크로켓 대위에게 빠져나가자고 소리를 지르는 중이었는데, 갑자기 그가 우리에게 당장 그 자리에서 벗어나라고 통신을 보내왔습니다. 폭탄을 본 게 틀림없습니다. 그리고 나서 3초 후에 그 장소에서 폭발이 일어났습니다. 밝은 주황색 불길이 솟은 것으로 봐서

C4인 것 같습니다. 그 빌어먹을 폭발로 우리도 헬기 채로 날아갈 뻔했습니다. 농담이 아닙니다."

"그 장소라니, 그게 무슨 말인가? 그가 어디 안에 들어가 있었나?"

"예, 천막이었습니다. 말씀 안 드렸던가요? 애초에 그가 내려간 이유가 그것 때문입니다. 산비탈 바로 그곳에 그 망할 천막이 있었습니다."

코너가 어스킨을 휙 쳐다보며 말했다. "그 망할 물건을 찾은 거야." 그러고 나서 그는 기장에게 "그가 천막 안에 있는 것이 무엇인지 말해 주었나?" 하고 물었다.

"아닙니다. 놈들이 근처에 있다는 말 이외에는 다른 것은 말하지 않았습니다."

"적 전투원들이 그 지역에 먼저 왔다간 흔적은 없었나?"

"적외선 탐지기에 깜빡이는 점 하나가 약 20초 정도 잡혔습니다만, 가까이 다가가자 사라졌습니다. 조명을 켰고 크로켓 대위가 바람 속에서 펄럭이고 있는 천막을 발견한 겁니다."

"그 열상이 사람을 나타내는 것이었는지 확인할 수 있었습니까?" 하고 어스킨이 물었다.

"아닙니다. 말씀드렸다시피 그냥 깜빡이는 점 하나였습니다. 어떤 것이든 나타낼 수 있겠지만, 그런 지독한 눈보라 속에 대체 어떤 동물이 밖에 돌아다니겠는지 생각해 보십시오. 염병할 해병이나 그런 미친 짓을 하는 것 아니겠습니까."

'아니면 WMD를 회수하려고 덤벼든 우리 최정예 요원이던가.' 라고 코너는 생각했다. "그 뒤에 지상에서 뭐라도 발견한 게 있는가?"

"화염 이외에는 아무것도 없었습니다. 크로켓 대위의 흔적도 없었습니다. 그렇지만 천막 안에 무엇인가 있었던 것은 틀림없습니다. 헬기 아랫부분에 강한 타격이 있었는데 착륙해서 보니 3인치 정도 되는 정사각형 쇳조각이 헬기 표면에 박혀 있었습니다. 그게 날개에 맞았다면 저희도 살아남지 못했을 겁니다."

"파편 아닙니까?" 하고 어스킨이 물었다.

"아닙니다. 파편은 아니었습니다. 두껍게 가공된 철재였습니다. 최소한 두께가 1인치는 됐습니다. 제가 말씀드릴 수 있는 것은 그게 전부입니다."

코너는 기장에게 그 철 조각을 빼내서 디비전으로 보내라고 요청한 뒤 의자에 앉았다. "그 산으로 다시 투입되는 작전을 얼마나 빨리 개시할 수 있는가?"

"그건 로빈슨 상사에게 달려 있습니다만, 날씨가 개는 것이 우선입니다. 제 생각에는 그럴 필요가 있는지 모르겠습니다. 그 위에 누가 있었건 간에 지금쯤이면 벌써 사라지고 없을 겁니다."

코너는 통신을 종료했다. 북부 버지니아 시간으로 늦은 오후였다. 그는 창밖을 바라보았고 날씨가 화창하다는 것을 그제야 알아보았다. 그는 크로켓 대위를 생각하고 또 그 대위가 발견한 것이 무엇이었는지 궁금해 하며 서 있었다.

"그 여자가 가져간 거야." 하고 그가 말했다.

"확신할 수는 없지 않습니까." 하고 어스킨이 말했다. "그 천막 안에 있던 것이 무엇인지는 아무도 모르는 겁니다."

"피터, 지금 그런 말장난 할 기분이 아닐세. 나는 지난 36시간 동안 한숨도 못 잤고, 죽은 대위에 대해 양심의 가책도 있네. 그 산에 천막이 있었다면 그건 엠마가 미사일에서 핵탄두를 회수하면서 세워둔 것이야. 그리고 내가 예상했던 대로 증거를 하늘로 날려버린 거라고. 때때로 나는 우리가 그녀를 너무 잘 훈련시킨 것이 아닌가 하는 생각이 든다네."

"제가 장관님께 전화를 드릴까요?"

코너가 어스킨을 향해 돌아앉았다. "전화를 걸어서 뭐라고 하게? 우리 요원 중 하나가 배신하고 테러리스트 편이 돼서 WMD를 가져갔다고? 만약 그렇게 얘기한다면 말이야, 그날이 우리 국이 문 닫는 날이란 걸 모르겠나. 안 되네, 피터. 이건 아직 우리가 맡아야 해. 우리가 이 문제에 대해 결정권을 가지고 있는 거라고. 이 문제에 대해서는 나는 다른 어느 누구도 믿지 않아."

어스킨이 신랄한 표정을 지으며 인상을 찌푸렸다. "프랭크, 제 생각에 이제 이 문제를 누군가 높은 분에게 가져갈 때인 것 같습니다. 더 풍부한 가용자원을 가진 누군가에게 말입니다."

"내 생각은 이미 말한 것으로 아는데." 하고 코너가 말했다. "자원을 지원받는 데는 시간이 걸리네. 그리고 시간이야 말로 우리가 갖고 있지 못한 자원이지."

"그렇지만…"

코너는 신경질적인 눈길로 어스킨의 말을 막았다. "아직은 우리한테 기회가 있어."

어스킨이 의자에 풀썩 주저앉으며 말했다. "그러면 다음 단계는 뭡니까?"

"취리히 행 비행기를 대기시켜 주게. 조나단 랜섬과 이야기를 좀 해 봐야겠네."

42

마르커스 폰 다니켄 국장의 아우디 세단 조수석에 앉은 조나단은 긴장감이 한껏 고조되는 것을 느꼈다. 오전 8시였고 그들은 그슈타트에서 벗어나 산 아래 자넨마을을 향해 달리고 있었다. 하늘은 푸르고 구름 한 점 없었다. 거침없이 내리쬐는 햇살에 눈 덮인 초원은 다이아몬드처럼 반짝였다.

평소의 퉁명스러운 태도를 감안하더라도 폰 다니켄은 지나치게 말이 없었다. 그는 조나단에게 표정으로 지시를 내리고 있었다. 차에 타시오. 안전벨트를 매시오. 가만히 앉아 있으시오. 조용히 하시오. 지나가는 길옆들판에서 무지개 색 줄무늬 모양의 열기구 하나가 막 이륙하며 이미 산봉우리 너머로 떠가는 다른 두 대의 열기구를 쫓아가려고 하고 있었다. 어느 누구도 입을 열지 않았다. 조나단은 백미러로 뒷좌석을 힐끗 쳐다보았다. 시선이 마주치자 대니는 눈을 돌려버렸다. 조나단과 마찬가지로 그녀는 청바지에 양털 재킷, 그리고 파카 점퍼를 입고 있었다. 그녀가 차고 있던 번쩍이는 보석들은 옛 기억이 되어버렸다. 귀걸이, 팔찌, 그리고 결혼반지는 모두 잘 챙겨서 미스터, 미시즈 로버트슨의 환영들과 함께 호텔에 두고왔다. 그들은 다시 대니와 조나단, 즉 스승과 제자의 사이로 돌아 와 있었고, 그는 자신이 그녀에 대해 오해한 것인지, 그날 그가 느낀 끌림을 그녀도 느꼈는지 궁금했다.

이렇게 분위기가 바뀌는 첫 번째 조짐은 전날 저녁 레스토랑으로 돌아와서부터 보였다. 조나단은 그녀의 얼굴이 약간 핼쑥해졌고, 더 이상 연기할 기분이 아니라는 것을 곧바로 알아차렸다. 호텔에 도착해서도 상황은 마찬가지였다. 원래 얼음처럼 차갑던 태도는 빙하보다 더 냉랭해져 있었다. 대화를 시도했지만 아주 간단명료한 단답식 대답만 돌아왔다. 조나단이 새벽 3시에 일어나 보니 침대 옆자리가 비어 있었다. 그녀는 창가에 서서 초승달을 응시하고 있었다.

아우디는 고속도로를 벗어나 좁다란 시골길을 달렸다. 아스팔트 도로는 곧 얼어붙은 눈길로 바뀌고 길 양편으로 소나무들이 빽빽했다. 내리쬐던 햇빛이 그늘로 바뀌며 차 안의 온도가 금세 낮아졌다. 앞쪽에 방벽으로 길이 차단되어 있었다. 그 옆 표지판에는 '통행금지. 스위스 국방부 소유지. 사격연습장 및 물류창고'라고 쓰여 있었다.

폰 다니켄은 시동을 끄지 않은 채 차에서 내려서 두 팔로 방벽을 밀어냈다. 차로 다시 돌아올 때 그는 방금 전보다도 더 시무룩해 보였다. 조나단은 가슴이 조마조마했다.

"레비 대신에 성형외과의사 노릇을 하는 게 제 역할인 것으로 아는데요." 하고 그가 말했다. "사격 연습은 왜 하라는 거죠?"

"사격 연습을 할 거라고 말한 적은 없는데?" 폰 다니켄은 기어를 넣고 몇 킬로미터를 더 달려 병영막사처럼 보이는 기다란 콘크리트 건물 앞 자갈 깔린 주차장 앞에 차를 세웠다. 입구 가까이에 다른 차량 한 대가 세워져 있었다.

"내리시오." 하고 폰 다니켄이 말했다.

조나단이 차문을 열었다. "같이 가시는 거죠?" 그는 꼼짝도 하지 않고 앉아 있는 대니에게 물었다.

조금 부드러운 말투로 그녀가 말했다. "먼저 가세요, 조나단. 곧 따라갈게요."

다목적실처럼 보이는 곳에 남자 둘이 서 있었다. 형광등이 그들을 내리 비추고 있었다. 한쪽 구석에는 의자 여러 개가 쌓여 있고, 체육관 매트가 바닥의 절반을 덮고 있었다. 히터 켜는 것을 깜박했는지 다용도실 안은 춥고 눅눅했다.

"인사들 나누십시오. 암만 씨와 슈미트 씨입니다." 하고 폰 다니켄이 말했다. "이 분들이 몇 가지 유용한 기술을 선생께 전수해 주실 것이오."

암만은 작고 여윈 체구에 금발로 바람에 그슬린 불그레한 피부는 그가 야외 스포츠 애호가라는 것을 말해 주었다. 슈미트는 암만보다 키가 크고 보다 건장한 체구의 사나이로 빡빡 민 머리와 함께 눈가의 다크서클이 창백하고 까칠하게 자란 수염을 더욱 도드라져 보이게 했다.

"총은 안 쓰실 겁니까?" 폰 다니켄을 쳐다보며 암만이 물었다.

"안 쓸 겁니다."

"칼은?" 하고 슈미트가 물었다.

"우연히 주변에 칼이 있다면 모를까." 하고 폰 다니켄이 말했다. "그런 게 아닌 이상 맨몸으로 부딪혀야 할 겁니다."

"재미로 따지면 그 편이 더 좋죠." 암만의 시선이 조나단에게 향하자 조나단은 자신의 직감이 맞았다는 것을 깨달았다. 근거 없는 두려움이 아니었던 것이다.

한쪽에 탁자가 있고, 기술을 활용할 수 있는 물품들이 탁자 위에 놓여 있었다. 열쇠 꾸러미, 볼펜 한 자루, 신용카드 한 장, 두꺼운 표지의 책 한 권, 그리고 전혀 위험하지 않아 보이는 갖가지 물건들이 놓여 있었다. 조나단은 그 물건들을 보며 언뜻 암기훈련을 하기 위해서 이곳에 온 것일지도 모른다는 생각을 했다. 그러나 한쪽에서 슈미트가 보호대를 양팔에 착용하고 있는 것이 보였고, 지금 하려는 것이 암기훈련과는 아무 상관이 없다는 것을 깨달았다.

"받으십시오!"

조나단은 그의 얼굴로 날아오는 열쇠를 어떨결에 손으로 낚아챘다.

"지금 손에 쥔 게 뭡니까?" 하고 암만이 물었다.

"열쇠입니다."

"틀렸습니다. 당신은 지금 치명적인 무기를 쥐고 있습니다. 열쇠 하나를 골라 열쇠 날이 밖을 향하도록 검지와 중지 사이에 끼십시오."

조나단은 손바닥 위에 있는 열쇠 꾸러미를 내려다보았다. "꼭 그래야 합니까?" 시선을 폰 다니켄 쪽으로 돌리며 물었다.

"내가 당신이라면 시키는 대로 할 거요." 하고 폰 다니켄이 말했다.

조나단은 암만이 하라는 대로 열쇠를 쥐었다. 암만이 그에게 매트 위로 올라오라는 몸짓을 해 보였다. "상대를 공격할 때는 기회가 오로지 한 번밖에 없다는 생각으로 임하십시오. 최대한의 힘을 발휘해서 한방을 날리는 겁니다. 아셨습니까?"

"알겠습니다." 하고 조나단이 말했다.

슈미트가 보호대를 착용한 팔을 세우고 조나단 주위를 돌았다.

"한 방입니다." 하고 암만이 되풀이해서 말했다.

조나단은 열쇠를 잡은 주먹을 꽉 쥐었다. 시험 삼아 주먹을 뻗자 슈미트가 그의 주먹을 쳐내며 열쇠를 바닥에 떨어트렸다.

"더 기합을 넣어서!" 하고 암만이 말했다.

"이 자는 꼭 계집아이 같군."이라고 껄껄 웃어대며 슈미트가 독일어로 말했다.

조나단은 열쇠를 주워서 가장 큰 놈으로 골라 손가락 사이에 끼웠다. 슈미트는 두 팔을 몸 양옆에 내려뜨린 채 가슴을 한껏 내밀고 동료에게 우쭐한 표정을 지어보이며 말했다. "우리더러 지금 이 얼간이를 데리고 뭘 하라는 거지?"

암만은 동료보다 좀 더 직업정신이 투철한지 자신의 임무를 받아들이듯 어깨를 으쓱해 보였다.

조나단은 침착하게 두 발을 모아 몸을 곧추 세우고 목을 꺾으며 어깨를 돌렸다. 슈미트가 팔을 여전히 늘어뜨린 채 고개를 거만하게 들고 한 발짝 가까이 다가오는 것을 보면서 조나단은 그 정도면 충분한 경고가 되었을 것이라고 생각했다.

첫 번째 주먹을 슈미트의 귀 바로 아래 꽂아 넣으며 조나단은 열쇠를 수직으로 세워 슈미트의 볼 살이 가급적이면 조금만 떨어져 나가게 배려를 했다. 교관이 미처 반응하지 못하고 내렸던 팔을 얼굴까지 반도 채 올리지 못했을 때 조나단의 왼 손이 그의 턱을 강타했다. 슈미트가 풀썩 주저 앉았다.

"계집애 같이." 얼이 빠져 쓰러져 있는 그를 위에서 바라보며 조나단이 독일어로 말했다.

"제법이군요." 동료를 일으켜 세워주면서 암만이 말했다. "폰 다니켄 국장께서 미리 언질을 주지 않으신 터라."

"저 분한테 말고 나한테 직접 물으셨어야죠."

"그렇군요." 마지못해 보호대를 벗어 버리고 상처에서 흐르는 피를 멈추기 위해서 화장실로 서둘러 가고 있는 슈미트를 보며 암만이 날카로운 말투로 말을 했다. "열쇠는 됐고 볼펜으로 해 봅시다."

암만은 조나단에게 볼펜 쥐는 법을 보여주었다. "나이프가 아니라 단도를 쥐듯이 잡으십시오." 그리고 주먹의 연장선처럼 사용해서 어떻게 그것으로 타격을 가하는지 보여주었다. "마구 베라는 게 아닙니다. 찌르는 겁니다. 찌르고 빠지고, 또 찌르고 빠지고. 힘은 이 안에서부터 나오는 겁니다." 암만은 자기 가슴의 중심근육을 가리켰다.

조나단은 자기 차례가 왔을 때 얼마나 재빠르게 잽을 넣었던지 암만의 눈이 튀어나올 정도였다.

신용카드는 목을 긋는 면도칼 역할을 했다. 책은 상대의 관자놀이를 내리갈겨서 심각한 뇌손상을 입히는 데 쓰는 도구였다.

그때 대니가 들어왔고, 폰 다니켄이 무슨 말을 하자 그녀는 거의 웃음을 터트릴 뻔했다.

"내 생각에는 이제 대니 차례인 것 같습니다." 하고 암만이 말했다. "행운을 빕니다. 우리는 아마추어들이지만 대니는 프로니 조심하십시오."

암만과 슈미트가 다목적실을 떠나고, 곧이어 폰 다니켄도 자리를 떴다. 대니는 신발을 발로 차서 벗어던지면서 매트 위로 올라갔다. "우리한테 서로 숨긴 것들이 또 있나요?" 하고 머리를 하나로 모아 질끈 묶으면서 그녀가 물었다. "당신은 재능을 타고 난 것 같군요."

"그럴 리가요." 하고 조나단이 말했다. "아주 예전에 조금 막 나가던 시기가 있었죠. 그때 주먹 쓰는 법을 조금 터득한 것뿐입니다. 방황하던 시절을 겪으면서 얻은 유일한 이점이랄까요."

"당신이? 막 나갔다고요? 믿기 힘든데요."

"그야, 뭐. 성장 과정이었죠." 조나단은 책상다리를 하고 앉아서 이마에 난 땀을 수건으로 닦으며 말했다. "그래서 이제 무엇을 할 차례죠? 팔씨름이라도 하나요?"

"아뇨." 대니는 그의 옆에 앉으며 대답했다. "암만과 슈미트가 당신에게 보여준 기술들은 전부 다 방어술들이죠. 달리 무기가 없는 상황에서 자신을 방어하는 방법들이라는 소리에요. 그리고 방어술은 제 전공 분야가 아니랍니다."

그녀의 조곤조곤한 말투에 조나단이 잠시 마음을 놓고 말했다. "그렇다면, 뭐가 주특기?"

대니는 똑바로 앞을 보며 대답했다. "알고 보니 제 주특기는 살인이더군요."

"살인이라고요? 암살 같은 것 말인가요? 정말로?"

"우리는 그런 말을 쓰지 않아요." 그를 똑바로 쳐다보며 그녀가 차갑게 대답했다. "당신에게 훈련을 시킨 것들은 다 내가 할 수 있는 것들이죠. 접선 장소를 선정하고, 미행을 따돌리고 지구상에 있는 자물쇠라면 뭐든지 2분 만에 열 수도 있지요. 하지만 그것 때문에 정부에서 나를 쓰는 것은 아니라는 말이죠."

"그리고 그런 것들이 우리가 단 둘이 이 방에 남아 있는 이유는 아니란 거죠?"

"그래요. 그게 이유는 아니지요."

"그렇다면 당신이 이곳에 있는 이유는…" 조나단은 그녀가 대답을 하도록 말을 흐렸다.

"재빠르고 소리 없이 죽이는 법을 가르쳐 주려는 것이죠."

"내가 파키스탄에 가는 이유는 정보를 모으기 위해서 입니다. 코너는 사람을 죽이는 일에 대해서는 단 한 번도 언급하지 않았습니다."

"당시에는 별 문제가 없었으니까요."

"지금은 문제가 있다는 건가요?" 하고 조나단이 물었다.

"예방책이라고 생각하세요." 하고 대니가 말했다. 그러나 그녀의 눈동자에 깃든 무엇인가가 그것이 단순한 예방책이 아니라는 것을 말해주고 있었다.

"코너가 제 아내에 대해서는 무엇인가를 알아냈다고 했습니까? 어딘가에 구금되어 있다던가요? 지금 위험에 처해 있는 건가요?"

"당신 아내에 관해서는 아는 게 없어요."

"그렇다면 뭐죠? 대답해 봐요. 코너가 제게 무턱대로 살인을 하라고 할 수는 없잖습니까? 정당방위와 살인은 전혀 다른 이야기잖아요."

조나단은 자리에서 벌떡 일어나서 저 편으로 걸어갔다. 대니도 순식간에 자리에서 일어나 조나단을 막아서며 그의 손을 잡고 말했다. "내 말을 들어보세요."

"무슨 말을 하려는 건가요? 전부 다 말 같지도 않은 소리예요. 저는 직업이 의사입니다. 생명을 빼앗는 게 아니라, 생명을 구하는 게 내가 하는 일입니다."

"코너가 말하길 당신은 전에도 사람을 죽인 적이 있다고 들었는데요."

"그건 정당방위였습니다."

"그리고 취리히에서는? 오스틴 장군은? 당신은 총으로 두 사람을 죽였어요. 그건 정당방위가 아니었죠."

"달리 선택의 여지가 없었습니다."

"달리 선택의 여지가 없기는 그때나 지금이나 마찬가지라면 어떻게 할 건가요?"

"그때는 상황이 달랐습니다. 여객기에 탄 무고한 사람 수백 명의 목숨이 위험에 처해 있었어요. 순식간에 벌어진 일이라서 다른 생각할 여유도 없었고요."

"그렇게 생각해 버리면 편하시겠죠, 안 그런가요? 다른 생각할 여유가 없었다면서 그렇게 합리화 해 버리면."

조나단은 그녀의 손을 놓고 방 저편으로 걸어갔다. 혼자 있고 싶었다. 생각을 정리할 공간이 필요했다. 그는 이제야 처음으로 자신이 상황을 명확하게 인식하게 되었다고 느끼며 이마를 만졌다. "내가 무슨 생각으로 그랬던 걸까! 왜 코너 그자에게 돕겠다고 한 것이지! 외상 후 스트레스 장애 탓이거나, 아무튼 내가 제 정신이 아니었던 겁니다. 이스라엘에서 받은 훈련, 어깨 뒤를 힐끔거리면서 거리에서 미행자를 잡아내는 일, 암기 훈련, 닥터 레비를 미행하는 일까지, 내가 무슨 생각으로 그런 짓을 했는지 모르겠군요. 나는 당신네들 무리가 아닙니다. 나는 정보요원이나 스파이, 당신들이 스스로를 뭐라고 부르던 나는 그런 일을 하는 사람이 아니라는 말입니다."

그에게 시선을 고정시킨 채 대니가 차분하게 다가왔다. 그녀는 더 이상 간청하는 투로 말하지 않았다. 설득하기 위한 대화는 끝났다. 그녀는 마치 총을 쥐고 있는 범죄자를 설득해서 총을 빼앗으려는 것처럼 천천히, 그리고 침착하게 말했다. "만약에 우리가 수백 명보다 더 많은 수의 피해를 막으려는 것이면요? 수백 명이 아니라 수천 명을 말하는 것이면요?"

"얼마나 많은 수를 말하든 나와는 상관없습니다. 만일 내가 누군가를 죽일 것이라고 생각했다면, 코너가 크게 오판한 것입니다."

"당신 외에는 그 일을 막을 사람이 없다면요?"

"내가 상관할 바가 아니라고 했습니다."

대니는 이렇게 말했다. "나는 좋아서 이 일을 한다고 생각하시나요? 이 일을 처음 배울 때 나도 당신과 똑같은 생각을 했어요. 그때 난 스물한 살이었죠. 기관총 다루는 법이나 장애물 코스라면 자신이 있었어요. 그렇지만 살인은 달랐죠. 살아오면서 뭔가를 죽인 경험이라고는 삼촌을 따라 사냥 가서 오리를 쏴 맞춘 게 전부였고, 그때에도 그 뒤로 일주일 내내 속이 뒤집히는 것만 같았어요. 감히 그들이 뭔데 나한테 이런 일을 시키는 것이냐고, 난 악마가 아니라고, 그렇게 속으로 생각했죠. 그렇지만 나를 가르친 사람들은 생각이 달랐어요. 그들은 내게서 무엇인가를 본 거죠. 악마성이 아니라, 굴하지 않는, 냉정함과 타협할 줄 모르는 그 무엇인가를 본 거에요. 아무리 어렵더라도 난 맡은 임무를 해냈어요. 어떤 상황에서도 나는 자신을 배제하고 할 일을 했어요. 진정한 방해물은 바로 자기 자신입니다. 당신도 마찬가지에요, 조나단. 당신도 일을 끝내지 않은 채로 내버려두지 못하죠. 그게 내가 여기에 있는 이유이고요."

"누군가가 내 아내를 고문했고, 그 인간과 패거리들이 다른 이들도 해치는 것을 막을 기회가 내게 주어졌습니다. 그것이 내가 여기까지 온 이유입니다."

"아뇨. 그것은 진짜 이유가 아니에요. 당신은 자신이 그녀만큼 잘 할 수 있는지 확인하기 위해서 여기까지 온 거에요."

"터무니없는 말이요."

"정말 그럴까요? 그녀가 하는 모든 것들을 당신도 할 수 있을지 알고 싶었잖아요. 자신이 그녀만큼 해낼 수 있는지."

"아뇨. 그건 아닙니다."

대니가 그의 뺨에 손을 대며 말했다. "당신은 아직도 그녀를 사랑해서 여기까지 온 거라고요."

조나단은 그녀의 손을 밀쳐냈다. 그녀가 한 말을 부정하고 싶었다. 그건 틀린 말이라고 외치고 싶었다. 하지만 그렇게 하지 못했다. 그는 시선을 피하면서 자리에 앉았다. 대니는 책상다리를 하고 그의 옆에 앉았다. "궁금한 게 있으면 코너에게 직접 물어보세요."

조나단이 놀란 얼굴로 그녀를 쳐다보았다. "코너가 여기로 오는 건가요?"

"당신에게 최종 브리핑을 해 주려고 오늘 늦게 도착할 거예요. 그리고 당신은 오늘밤 떠나요."

"오늘밤이요?"

"8시 30분에요."

"하지만…" 갑자기 더 이상 할 말이 없어졌고, 조나단은 자신의 얼굴에 두려움이 서리는 게 그녀의 눈에 보일지 걱정됐다.

대니는 바지 안쪽 주머니에서 길고 가느다란 칼을 꺼냈다. 칼날이 수은 같이 빛났다. "자, 시작해 볼까요?" 그가 일어설 수 있도록 손을 내밀며 그녀가 말했다. "시간이 별로 없어요."

43

   닥터 미셸 레비 납치 작전은 같은 날 2시에 이루어졌다. 마르커스 폰 다니켄 경감이 작전을 총 지휘했다. 그가 이끄는 정보분석보안국(SAP)은 스위스 국경 내에서 발생하는 모든 첩보활동에 대한 감시와 대테러 활동을 임무로 하는 스위스 연방경찰 소속 방첩기구로, 이번 작전에서 그는 자신이 이끄는 요원들을 활용했다. 작전은 시작부터 급박하게 펼쳐졌다. 시간이 경찰의 편이 되어주는 일은 드물었고, 폰 다니켄은 그러한 급박한 작전에 익숙해진 지 오래였다. 완전이라는 단어는 그의 사전에 없었다. 그는 12시간 만에 계획을 수립하고, 팀을 조직해서 현장에 투입했다. 최소한 한 번의 리허설이라도 해 볼 시간이 하루라도 주어졌더라면 좋았겠지만, 미셸 레비의 스케줄이 그런 여유를 허락하지 않았다. 폰 다니켄의 세계에서는 원하는 상황이 아니라 주어진 상황에서 일을 해야만 했다.

   "1번 차량, 빠져. 2번 차량 위치로."

   폰 다니켄은 베른 교외에 위치한 빽빽한 숲 속 그늘진 대피로에 차를 세우고 대기했다. 북쪽에서 미풍이 계속 불어와 산비탈의 눈을 차 올려 나무 사이사이로 비치는 햇빛 속에서 눈이 맴돌았다. 그의 무릎 위에는 휴대용 추적 모니터가 놓여 있었고, 눈은 A1 고속도로를 따라 그가 있는 위치로 움직이고 있는 빨간 점 하나를 뚫어지게 쳐다보고 있었다. 그 빨간 점이 레비였다. (폰 다니켄은 직접 자동유도장치를 레비의 포르쉐 파나메라의 범퍼에 설치해 두었다.) 세 개의 파란색 점은 파나메라를 미행하고 있는 폰 다니켄의 부하들이었다. 전형적인 '세 대 교대 미행 작전'에 따라, 7분마다 교대로 새로운 차량이 레비의 뒤에 따라붙었다.

"고속도로를 빠져나가고 있습니다." 하고 1번 차량이 말했다.

"마을을 빠져나갈 때까지 기다려. 일단 그가 도르프스트라세로 차를 돌리면 도로를 차단해. 누구도 지나갈 수 없게 말이야."

그 감시는 예방 조치였다. 레모라 프로그램이 감청한 지난 밤 레비의 컴퓨터에서 전송된 이메일에는 그가 그날 저녁 파키스탄 행 제트기에 오르기 전에 시간을 내서 차를 몰아 모친의 집을 방문할 것이라는 내용이 쓰여 있었다. 어디서 어떻게 그를 납치할지. 그리고 납치 후 그를 어떻게 할지에 대해 논의가 오갔다. 그를 모친의 집에서 잡을 수도, 호텔에서 체크아웃 하기 전에 재빨리 빼돌릴 수도, 혹은 두 지점 사이 어디쯤에서 납치할 수도 있었다. 몇몇은 그에게 약을 먹여 납치한 다음 코마 상태로 만들자고 제안했고, 몇몇은 아무도 그를 볼 수 없도록 고네그라트 근처의 안전가옥에 감금해두자고 제안했다. 어떤 선택이 되었건 반드시 지켜져야 할 사항이 있었다. 누구도 납치를 목격해서는 안 되고, 레비가 누가 자신을 납치했는지, 그리고 어디에 가두었는지 알아서도 안 됐다.

결국 그들은 현장을 정찰한 뒤에 폰 다니켄이 신속하게 통제할 수 있는 긴 도로를 발견한 뒤, 세 번째 선택지, 즉 레비가 모친의 집을 방문하는 길에 납치하는 방안으로 결정했다. 그런 다음 레비를 폰트레시나 마을 위쪽 엔가딘에 있는 버려진 비행기지로 데려가 두 명의 감시조가 교대로 지키기로 했다. 코마에 빠트리는 방안은 너무 위험한 것으로 간주되었다.

폰 다니켄은 차창을 내리고 바로 옆에 주차되어 있는 스위스 텔레콤 마크가 그려진 밴 차량을 향해 고개를 돌렸다. "5분 전!" 하고 그가 말했다.

운전사가 땅에 담뱃재를 털고 밴의 시동을 건 다음 도로로 차를 몰았다.

폰 다니켄은 자리에서 몸을 뒤척였다. 작전을 개시할 때면 습관처럼 날카롭게 곤두선 신경이 그를 괴롭혔다. 사실 그는 현장요원 타입이 아니었다. 대(對)테러와 첩보 분야에 발을 들이기 전에 그는 금융 범죄 조사 분야에서 명성을 쌓았다. 총이나 폭력, 그리고 모든 종류의 전투를 싫어했음에도 불구하고 그는 자신이 그 분야에 소질이 있다는 사실을 알았다. 그는 최고로 훈련받은 요원들보다 생각이 앞서고, 그들의 허를 찌를 줄 알았다.

빨간 점이 린덴스트라세와 도르프스트라세의 분기점에서 오른쪽으로 방향을 틀었다. 도르프스트라세는 2차선 도로로 숲과 언덕들 사이로 굽이굽이 나 있고, 가장 가까운 교차로가 3.8킬로미터 거리에 있었다.

"1번 차, 도로 봉쇄는 어떻게 돼가고 있나?"

"봉쇄 준비 완료되었습니다." 하고 1번 차가 응답했다.

"4번 차." 폰 다니켄은 스위스 텔레콤 밴의 운전자에게 통신을 보냈다. "다른 차량들의 통행 상황은?" 4번 차는 도르프스트라세의 반대쪽 끝에서부터 오는 차량을 막고 길 한 복판에 수리공들을 위치시키는 임무를 맡았다. 목적은 레비가 의심 없이 차를 세우도록 만드는 것이었다.

"아무도 안 보입니다."

"도로를 봉쇄해."

빨간 점이 미끄러지듯 커브를 돌고 있었고, 첫 번째 파란 점이 가까운 거리에서 그 뒤를 따르고 있었다. 폰 다니켄이 창밖으로 고개를 내밀자 레비의 포르쉐가 내는 부드러운 엔진 소리가 들렸다.

"뒤로 바싹 붙어." 하고 그가 말했다. "그자가 겁먹고 도망칠 생각을 하도록 해서는 안 돼."

폰 다니켄이 지켜보는 장소에서 도로가 굽어지면서 숲속으로 따라 올라가는 부분이 보였다. 시야에 나무들 사이로 은색 물체가 보였고, 그는 그것이 레비의 차라는 것을 알아보았다.

"4번 차, 요원들이 자리를 잡았나?"

"도로를 폐쇄했습니다. 보이는 사람은 없습니다."

폰 다니켄은 운전대를 잡고 있는 손가락에 힘을 주었다. 이제 각본대로 진행되느냐는 레비의 행동에 달렸다.

포르쉐가 제일 가까운 커브 길을 돌자 폰 다니켄의 눈에 사냥감이 똑똑히 들어왔다. 1번 차가 레비의 뒤에 바짝 따라 붙어 있는 것이 보였다. 폰 다니켄은 차의 시동을 걸고 도로변으로 차를 몰았다. 레비가 휙 하고 지나 갔고, 뒤를 따라 1번 차가 지나갔다. 폰 다니켄은 레비가 너무 빨리 달리고 있어서 깜짝 놀랐다. 그리고 다시 한 번 그는 레비가 그 길을 완벽하게 파악하고 있다는 사실을 상기했다. 폰 다니켄은 엔진에 힘을 주고 도로로 쏜살같이 달려 나갔다.

"30초 전!" 하고 그가 통신을 보냈다.

"30초 전!" 하고 4번 차가 응답했다.

폰 다니켄은 포르쉐의 브레이크 등이 들어오고 차가 속도를 늦추기를 기다렸다. 그러나 포르쉐는 오히려 속도를 올리는 것 같았고, 급커브를 돌면서 차의 후미가 왼쪽으로 미끄러졌다. 폰 다니켄은 '베르글라', 즉 빙판을 떠올렸다. 그것은 눈에 보이지 않을 정도로 도로 위에 얇게 형성된 얼음 막이었다. 몇 초 후 레비가 커브 길에서 사라졌다.

폰 다니켄은 서둘러서 따라갔다. 그는 몇 백 미터 앞에 무엇이 있는지 알고 있었다. 바로 지저분한 작업복 바지와 주황색 안전 조끼를 입고 도로 한 복판에 모여 있는 세 명의 요원들이었다. 네 번째 사람은 교통을 통제하고 있었다. 텔레콤 밴 차량은 들어오는 쪽 도로를 막고 있었다.

커브 길에 들어서도 레비는 이미 시야에서 벗어나 있었고, 1번 세단 차량의 후미 부분만 보였다. '너무 빨리 달리잖아.' 폰 다니켄은 혼자 소리쳤다. '속도를 줄여. 이 작자야. 이건 명령이야.'

다음 커브를 도는 순간 폰 다니켄은 그 사고를 목격했다. 사람이 계획하지 못하는, 혹은 심지어 예측조차 할 수 없는 일이 벌어진 것이었다. 그 짧은 순간, 자신이 신중하게 짜놓은 계획이 문자 그대로 화염에 휩싸이는 것을 보았다. 미리 알았어야 했지만 그 지역은 야생동물 보호지역이고, 온갖 종류의 동물들이 숲속에서 돌아다니는 지역이었다.

그 수사슴은 산비탈에서 내려와 도로 한복판, 그것도 레비의 20만 프랑 짜리 스포츠 세단에서 불과 10여 미터 앞에 뛰어들었다. 달려오는 차를 보고서 동물은 그 자리에 얼어붙었다. 사슴은 머리를 자랑스럽게 치켜들고 있었고, 최소한 열여덟 개의 가지를 지닌 거대한 뿔은 저물어가는 오후의 햇살 속에서 실루엣처럼 보였다. 레비가 사슴을 치지 않은 것은 그의 반사 신경이 뛰어나다는 증거였다. 포르쉐는 미친 듯이 왼쪽으로 방향을 틀었고, 곧이어 수령 백년이 넘은 소나무 몸통을 들이받은 다음 20미터 아래 개울로 추락했다.

에어백과 안전벨트에도 불구하고 레비는 살아남지 못했다. 포르쉐는 뒤집혀서 땅으로 떨어지며 지붕이 납작하게 찌그러졌다. 차에서 뛰어 내린 폰 다니켄은 산산조각 난 포르쉐의 앞 유리가 돌에 부딪치며 쨍그랑 거리는 소리를 들었고, 부러진 나무꼭대기가 부서진 차를 꿰뚫은 것을 보았으며, 가스탱크에서 첫 번째 화염이 솟아나는 것을 보았다. 몇 초 후 폭발이 일어나면서 화염이 차를 휩쌌다.

폰 다니켄은 화염이 차량의 조수석을 들락날락 하며 춤추는 것을 바라보고 있었다. 그는 레비의 죽음을 애도했다. 부하들이 그의 곁으로 모였다. 그들의 창백하고 무표정한 얼굴에 사신의 그림자가 내렸다. 몇 분 안에 경찰차가 도착할 것이고 소방차가 뒤따라 나타나고 그 뒤에는 구급차가 도착할 것이다. 누군가는 지역 신문사의 기자에게 전화를 걸 것이다. 그 사고는 스위스의 일간지인 블릭의 반 쪽 면 정도는 할애할 만큼 충분한 기사 거리였다. 그러한 일들이 일어나도록 방치할 수는 없었다.

"도로를 계속 봉쇄해." 하고 그는 부하들에게 말했다. "후속처리 팀을 신속히 이쪽으로 불러. 이 사고는 결코 일어난 적이 없는 거야."

최근에 영입한 요원인 닥터 조나단 랜섬을 위한 프랭크 코너의 최종 브리핑은 취리히 공항의 행정 비즈니스 센터 건물 5층에 있는 무미건조한 회의실에서 이루어졌다. 오후 6시였다. 바닥부터 천장까지 나 있는 창문을 통해 A번과 B번 터미널의 기둥, 그리고 오백 미터 떨어진 곳에는 활주로에 우뚝 솟은 섬처럼 E번 터미널이 보였다. 세계 각지에서 온 항공기들이 이륙을 기다리며 게이트에 대기하고 있었다. 대부분은 타이 항공, 캐세이퍼시픽 항공, 싱가포르 항공 등 극동 국가들에서 온 것들이었으며, 동방세계로 야간비행을 위한 준비를 마친 상태였다. E번 터미널 맨 끝 구석에 보일락 말락 한 항공기가 한 대 있었는데, 아랍에미리트의 상징인 초록색, 검은색, 빨강색 꼬리 마크를 한 보잉 787기였다. 아랍에미리트 행 221편의 여행노선은 취리히에서 두바이까지였으며, 248명의 승객과 승무원을 태우고 8시 30분에 출발할 예정이었다.

"우리 신참이 여기 계셨군." 회의실에 들어와 창가에 서 있는 조나단을 알아보며 코너가 말했다. "맙소사, 자네인지 겨우 알아봤네. 머리에 무슨 짓을 한 건가? 금발로 바꿨군. 안경에 정장 양복까지. 말끔하게 단장을 하셨군."

조나단은 웃었다. 코너가 놓친 한 가지는 눈동자를 푸른색으로 바꾸려고 착용한 콘택트 렌즈였다. "오랜만입니다. 다리는 좀 괜찮으신가요?"

"무진장 속을 썩이고 있다네. 자네는 의사니까 묻겠는데 어디 방법이 없 겠나?" 코너는 활기찬 태도를 보이려고 크게 웃었고, 두 사람은 악수를 나 눴다. 코너는 조나단의 손을 잡은 채로 위아래로 훑어보았다. "대니가 자 네를 아주 잘 돌봐주었군?"

"뭐, 그렇다고 할 수 있죠."

"대니의 말로는 훈련을 아주 기가 막히게 잘 해내셨다는데. 우리가 기대 한 것 이상이었다더군. 그녀가 가르친 최고 중 하나였다지. 자네를 진작 발굴해내지 못한 게 유감이야."

"굳이 따지자면 진작에 찾아내신 거죠. 엠마를 통해서 말입니다. 마찬 가지 아니겠습니까?" 조나단은 자리에 앉아 탁자 위에 손을 포개 얹었다. 여덟 개의 좌석에 메모지와 펜, 그리고 생수 8병이 놓여 있었다. 문밖에는 '대서양 국제 자문단 회의' 라는 안내문이 달려 있었다.

코너는 의자를 뒤로 빼서 돌려놓고 두 사람이 서로 마주 볼 수 있도록 앉았다. "일을 급박하게 진행시켜서 미안하게 생각하네. 그 누구도 일이 이렇게 빨리 진행이 될 줄은 몰랐네. 하기야 이 세계의 일이 늘 이런 식이 지."

"발포어가 곤경에 처하기라도 한 건가요?"

"그건 예나 지금이나 마찬가지네. 파키스탄 정부에서 예상보다 빨리 그 자를 추방시키려고 하네. 그게 다야." 코너는 의자에 기댄 다음 서류가방 에서 서류 한 무더기를 꺼내고 손목시계로 시간을 확인했다. "탑승시간까 지 두 시간 남았으니 아직 시간은 있군." 그는 손마디 관절로 맨 위에 있는 서류를 두드리며 말했다. "우리 문제아에 대해서는 다 파악하셨소?"

"발포어 말입니까?" 조나단은 고개를 끄덕이며 대답했다. "그런대로 파 악한 것 같습니다만, 세부적인 정보는 알려진 것이 별로 없더군요."

"그자의 방식이 그렇네. 빈민촌 출신인 것은 모두 다 알지만, 정작 본인 은 그걸 인정하길 꺼려하지. 아주 까칠하고 예민한 놈이네. 그자와 레비가 주고받은 이메일을 백 개 정도 들여다봤는데, 중요한 것들만 추려서 가져 왔네. 비행기에서 읽어보게. 읽은 다음에는 반드시 찢어서 모두 변기에 넣고 물을 내려 없애버리고. 알겠나?"

"예." 하고 조나단은 코너의 명령식 어조에 대답하면서 자신이 군대식 말투에 더 이상 거부감을 느끼지 않는다는 사실을 깨달았다. "알겠습니다."

"여기 레비가 최근에 여행 다녀온 곳들의 목록일세. 사르데냐, 로마, 파리, 아테네, 키예프, 베를린, 여기저기 자주 돌아다니는 인간이지. 외워두게. 이슬라마바드에 있는 도시 측량사를 통해 발포어의 자택 지도 한 세트를 만들었네. 발포어는 그곳을 블렌하임이라고 부르지. 본채는 2만 2천 평방피트(약 618평)짜리 3층 건물이고, 여러 개의 별채와 마구간이 딸려있네. 승마를 좋아하는데. 알아보니 레비도 스위스 기병대 출신이더군. 하노버리안종이니, 웜블러드종이니 하면서 승마에 관해 쓰잘머리 없는 이야기를 좀 나눠야 할 걸세. 말은 탈 줄 아나?"

"말 위에 올라탈 줄은 알죠. 그 정도입니다." 하고 조나단이 대답했다.

"그럼 말을 능숙하게 몰 줄은 모른다는 소리구먼?"

"뿔 달린 안장 하나 마련해 주시면 괜찮을 겁니다. 그렇지 않으면 상황이 아마 보기 안 좋게 돌아갈 거고요."

코너가 인상을 찡그리며 말했다. "무릎이 안 좋다고 미리 둘러대게. 스키를 타다가 다쳤다면서 말이야. 무조건 말 위에 오르지는 말게. 자네가 레비가 아니라고 생각할만한 이유를 그자에게 제공해서는 안 된다는 말이야. 알겠나?"

"알겠습니다."

"좋아." 코너는 발포어의 자택 청사진을 탁자 위에 펼쳐보였다. "기본사항들을 한번 살펴보게. 손님용 스위트룸은 2층에 있네. 바로 여길세. 마스터 스위트룸, 그러니까 발포어의 사무실은 3층에 있네. 자네가 묵을 곳의 바로 위층인 셈이지. 그곳이야말로 그자가 하는 모든 일들이 이루어지는 중추와 같은 곳일세. 우리가 알아내야 하는 모든 것을 거기서 찾을 수 있을 것이라는 소리지."

조나단은 청사진을 유심히 살펴봤다. "자택 안에도 경비를 두고 있습니까?"

"경비라기보다는 수하 직원에 가깝지. 미스터 싱이라고 불리는 2미터가 넘는 거구의 시크교도를 포함해서 말일세. 미스터 싱은 발포어의 집사장 겸 개인비서인 동시에 살인청부업자이기도 하지."

"보면 누군지 바로 알 수 있는 인물이겠군요."

"광폭한 자일세. 그리고 그자가 자네를 지켜볼 테니 조심하게." 코너는 조나단에게 주의를 주는 눈빛을 보낸 다음 말을 다시 이었다. "발포어는 여덟에서 열 두 명 정도의 젊은 여자들로 구성된 작은 하렘을 가지고 있네. 육 개월마다 여자들을 교체해 가며 수송해 나른다고 하더군. 러시아나 영국, 일부는 미국에서도 데려온다고 들었네만. 그자가 제안한다면 받아들이게. 레비는 독신남이고, 발포어가 여러 번에 걸쳐 그자의 취향을 물었으니까."

"취향을 말입니까?"

"금발, 갈색머리, 빨강머리, 뭐 그런 것들 말일세. 참고로 레비의 대답은 젊고 가슴이 풍만한 금발이었네. 더 이상은 나한테 묻지 말고. 나 같은 늙은이에게는 낯뜨거운 이야기니."

조나단은 창문에 비친 자신이 언뜻 보였다. 레비의 모습이기도 했다. 이 스위스인 성형외과의사에 대한 강한 혐오감이 일었다. "레비는 어떻게 됐나요?" 하고 그가 물었다.

서류를 보던 코너가 그를 쏘아 올려보며 말했다. "레비? 아, 그렇지. 잘 마무리됐네. 걱정 말게. 폰 다니켄은 손가락 하나 까딱하지 않았다지. 그 의사양반은 아주 편히 안식을 취하고 있고, 앞으로도 문제를 일으키거나 하진 않을 테니까."

조나단은 다행이라고 대답했지만, 며칠 전에 비해서는 그 스위스인 의사를 염려하는 마음이 확연히 줄어든 게 사실이었다.

"골치 아픈 문제가 하나 있긴 하네." 이어서 코너가 말했다. "레비의 핸드폰이 현장에서 박살 났어. 새 핸드폰을 준비해 왔는데, 번호는 같지만, 심(SIM)카드에 든 정보는 옮기지 못했어."

"그게 문제가 될 것 같습니까?"

"그럴 것 같지는 않네. 어차피 파키스탄에 있는 동안 자네는 그 누구와도 연락 하지 않는 것이 좋을 테니까. 발포어가 자신의 저택 내에서 오고 가는 모든 전화를 차단해 놓을 테니 아무 걱정하지 않아도 될 걸세. 그자가 인도 정부와 숨바꼭질을 하고 있어서 사람들이 자기를 염탐하는 것에 대해 다소 편집증인 과민반응을 보이고 있지."

"그렇다면 내가 찾은 정보는 어떻게 전달하죠?"

"가능하면 노트북을 사용해서 내 보안 이메일로 보내주게. 더 좋은 방법은 발포어의 저택 영지를 벗어나서 내게 전화하는 것인데. 그게 힘들 경우에는 우리가 가진 꽤 실용적인 장난감이 하나 있는데, 그게 전파방해신호를 무력화해서 전화를 걸 수 있도록 해 줄 걸세. 아주 중요한 정보를 입수했거나 긴급 도움이 필요할 때만 사용해야 하네. 하루 안에 우리 지원팀을 보내주겠네."

"하루면 너무 오래 걸리는 것 아닌가요? 대니는요?"

"대니는 뭐 말인가?"

"그 여자도 옵니까?"

"그렇진 않아. 대니는 이스라엘로 돌아갈 예정일세. 긴히 처리할 임무가 있어서 말이야. 어차피 자네 혼자서 움직여야 하는 임무야. 자네가 해 오던 암벽 등반과 다를 바가 없네. 어느 선을 넘어서부터는 자네 혼자 힘으로 해내야 하는 일일세. 이 일에서 손을 떼겠다면, 지금이라도 늦기 않았네. 굳이 잡지는 않겠네."

"엠마에 대한 것은 없습니까?"

"자네가 이 일을 맡지 않겠다면 더 이상은 이야기를 해 줄 수가 없네."

"그렇다면 새로 알아낸 것들이 있다는 소리군요?"

"그렇네."

회의실 안이 갑자기 고요해졌다. 여객기 한 대가 이륙하자 테이블이 경미하게 흔들렸고, 조나단은 미 해군함정 로널드 레이건호로 돌아간 것 같은 기분이었다. "또 어떤 정보들을 내가 알아내야 하나요?" 하고 조심스럽게 상황을 살피며 그가 물었다.

"발포어가 물건을 회수한 다음 그걸 누구한테 팔아넘길 계획인지에 대해 계속 알아보는 중이네."

코너의 목소리에 뭔가 모를 긴장감이 깃들어 있었다. 말투는 지나치게 사무적이면서도 뭔가 말을 망설이고 있는 것처럼 들렸다. 어쩌면 대니가 그날 아침에 했던 이야기에 대한 것일 수도 있었다. '만약 우리가 수백 명보다 더 많은 수의 피해를 막으려는 것이면요?' 라고 한 말이었다.

"어떤 종류의 물품을 말하시는 겁니까?" 하고 조나단이 물었다.

코너가 그와 시선을 맞추며 말했다. "하겠나, 아니면 여기서 끝내겠나? 그것부터 말해주게. 나는 우리가 루비콘 강 바로 앞까지 왔다고 생각하네."

조나단은 입가를 매만지며 잠시 생각에 잠겼다. 자신이 코너를 돕기로 한 동기에 대해서 생각을 해 보았다. 대니의 말이 맞다고 생각했다. 아내가 한 일을 자기도 할 수 있는지 확인해 보려는 것이었다. 하지만 자신의 욕구 밑바닥에는 더 복잡한 무엇인가가 있었다. 자신을 움직인 것은 아내와의 경쟁심리가 아니라, 내면 깊은 곳에 자리 잡고 있는 책임감, 그리고 일종의 죄책감이었다. 아내의 본업이 무엇인지 알고 나서부터 그의 행동도 두드러지게 달라졌다. 지난 11개월 동안 그의 역할은 스위스를 거쳐 프랑스, 아프가니스탄을 돌며 참관자에서 참여자로 바뀌었다. 자기방어 때문이기는 했다지만 악의를 가진 채, 목적의식을 가지고 직접 누군가를 살해했다. 코너가 조나단을 선택한 것은 그가 가진 기술 때문이었다.

'내 손으로 사람들의 목숨을 구하는 것이야.' 라고 그는 스스로에게 되뇌었다. 그저 방식이 다를 뿐이었다.

"하겠습니다."

"확실한가?"

"그렇습니다."

코너는 의미심장한 표정으로 고개를 끄덕였다. "우리는 발포어 경이 핵무기를 손에 넣었다고 생각하네. 조금 더 구체적으로 말하면, 25년 전 아프가니스탄 산간지대에서 분실한 순항미사일 중 하나에서 나온 핵탄두를 말하는 걸세."

잠시 침묵이 흘렀다.

"WMD를 말하는 겁니까?" 조나단이 물었다.

"잘 익은 여름 수박만한 스테인리스 강철 탄두에 든 150킬로톤급 WMD이네."

코너는 계속해서 몸을 앞으로 수그린 상태로 뚫어지게 조나단을 쳐다보고 있었다. 조나단은 이야기가 끝난 것이 아니라 더 엄청난 이야기가 남아 있다고 직감했다. "그러면 엠마는요?" 하고 물었다.

"발포어 경이 그 물건을 산에서 찾아내 수중에 넣는 것을 도와준 사람이 바로 엠마네. 티리치미르 산꼭대기에서 말이야."

"티리치미르라고 하셨습니까?"

"자네에게 의미가 있는 곳인가?"

"아닙니다." 사실은 의미가 있었다. 하지만 과거 일을 끄집어 낼 상황이 아니었다. 공포의 자락이 엄습함을 느끼며 조나단은 시선을 돌렸다. 그는 코너에게 정말 확실한 정보인지 되묻지 않았다. 거짓과 가식과 음모는 치워 버렸다. 두 사람 사이에 진정한 거래가 시작된 것이었다.

"미사일이 분실된 지역을 확인하고 나서 내가 직접 스파이 위성으로 그 지역을 자세히 들여다보았네. 내 두 눈으로 직접 그녀를 봤어. 엠마는 현장에서 발포어가 보낸 미사일 수색팀을 이끌고 있었네. 저지해 보려고 특수작전팀을 급파했지만 날씨가 우리를 도와주지 않았어. 작전을 이끌던 해병대원 하나가 살해되었네."

"엠마가 그랬다는 겁니까?"

"미사일 잔해를 날려 버리려고 폭탄을 설치해 두었지. 증거를 없애려는 것이지. 크로켓 대위는 제시간에 현장에서 빠져나오지 못해 당한 것이고."

조나단은 침착한 말투를 유지하려고 애를 쓰며 앉은 자세를 꼿꼿이 했다. 최악의 소식을 전할 때 나오는 의사의 말투였다. 오래 전 그는 전문성이야말로 부끄러움을 숨길 수 있는 첫 번째 피난처라는 것을 배웠다. "엠마가 발포어를 돕는 이유가 뭔가요? 라시드가 엠마를 고문하던 자리에 발포어도 있었다고 하셨는데."

"발포어가 그녀를 사막에서 구출했고, 이런 식으로 그에게 진 빚을 갚는 것이라고 추측하고는 있네. 다 내 탓일세. 우리가 그녀에게 너무 심한 상처를 줬고, 그녀는 이제 더 이상 자신이 누구인지 모르는 것 같으니까. 라시드한테 당한 고문이 그녀를 끝까지 가게 만든 걸세. 내 두 눈으로 직접 보지 않았다면, 나 역시도 믿지 않았을 걸세."

"엠마가 지금 그곳에 있습니까?"

"모르겠네. 지금쯤 핵탄두를 발포어에게 전달했을 것으로 추정하고 있네. 그러니 더 이상 그곳에 머물 이유가 없겠지만, 발포어로부터 떠났다고 속단할 수는 없네."

조나단은 시선을 청사진 쪽으로 돌리며 물었다. "그게 그곳 어디 있을 것 같습니까? 핵탄두 말입니다."

"아무래도 본채에 두었을 것 같네. 배게 밑에 숨겨 놓을 만한 물건은 아니잖나? 전문가들은 수년이 지난 지금까지도 그 물건이 제대로 작동할 리는 없다고 하더군. 만일 발포어가 거액을 받고 그걸 팔아넘기려고 한다면, 그게 제대로 작동되도록 손을 좀 보겠지. 그러려면 감시를 피해서 작업할 안전한 공간이 필요할 테고."

조나단은 별채 두 건물을 가리키며 그 두 곳이 작업하기에 적당한 곳일 것 같다고 말했다. 이어서 십분 동안 그는 코너와 핵이 숨겨져 있을 만한 다른 장소들과 블렌하임의 보안 체계, 그리고 발포어의 업무상 습관들에 대해서 의견을 이야기를 나누었다.

코너는 재킷에서 면도날이 든 작은 통 하나를 손바닥 위에 꺼내 보였다. "이걸 잘 보게. 이 물건이 바로 이번 작전의 핵심이니 잘 간수하게. 면도칼처럼 보이겠지만 사실은 플래시드라이브야. 노트북이던 뭐든 상관없으니 이걸 발포어가 쓰는 컴퓨터에 10초간 꽂아 놓기만 하면 되네. 무선 인터넷이든 뭐든 인터넷 선과 연결된 것이면 다 괜찮아. 그렇게 하면 발포어의 컴퓨터에 스파이웨어가 설치되고, 그 컴퓨터를 비롯해서 그가 접속하는 기기 안에 든 모든 내용이 우리에게 전송될 거야. 아킬레스가 오늘날 트로이 목마를 만들었다면, 아마도 이렇게 생겼을 거야."

조나단은 소형 플래시드라이브를 손에 쥐었다. 그는 작전의 범위에 대해 상대적으로 편안함을 느꼈다. 힌두쿠시와 히말라야를 등반하던 철부지 시절의 경험 덕에 파키스탄은 꽤나 익숙한 곳이었다. 그의 역할은 의사로 가장한 의사이니 그것도 큰 문제는 되지 않았다. 발포어의 소굴에 들어갈 것이라는 생각에도 겁이 나지 않았다. 고된 상황은 전에도 많이 겪어 봤기에 냉정을 유지할 수 있었다.

예측할 수 없는 일이 단 하나 있었다.

"엠마를 보면 어떻게 해야 합니까?" 하고 그가 물었다.

코너는 양손의 손가락 끝을 붙이고 첨탑 모양을 만들며 몸을 앞으로 수

그렸다. "그녀와 대화를 해 보게. 왜 그런 일을 하고 있는지 물어 봐. 폭탄이 숨겨진 장소에 대해서도 물어보고. 그리고 데려오도록 노력해 보게."

"내 신분을 노출시키겠다고 협박한다면?"

코너는 눈썹을 찡그리며 대답했다. "그러면 자네가 제거해야겠지."

조나단은 아무 말도 하지 않았다. 놀랍게도 그의 안에서 아무런 저항감도 밀려올라오지 않았다. 분노의 외침도 없었다. 대신 그는 손에 쥔 칼의 촉감을, 차갑고도 묵직한 그 무게를 되살렸다. 대니가 왜 그토록 그에게 칼 다루는 법을 가르치려고 했는지 이제 알 것 같았다.

코너는 마지막으로 이렇게 덧붙였다. "자네가 엠마 손에 먼저 죽지 않는다면 말이야."

45

두 사람은 나란히 서서 에미리트항공 221편이 하늘 높이 날아가는 것을
지켜보고 있었다. 전망대에는 저편 중앙 홀 끝자락에 서 있는 노년의 여성
외에는 아무도 없었다. 그럼에도 불구하고 그들은 나지막한 목소리로 이
야기를 나누고 있었다. 코너에게 그것은 습관이었고, 대니는 일부러 목소
리를 낮추었다. 그래야 자신의 감정을 숨길 수가 있기 때문이었다.

"어떻던가?" 하고 코너가 물었다.

"무슨 질문이 그런 가요?" 하고 대니가 단호한 말투로 응수했다. "그는
아직 완전 초보나 다름없다고요."

"그래서?"

"나쁘진 않지만 훌륭하지도 않지요. 하지만 이해력이 무척 빠른 사람입
니다. 암기 훈련도 쉽게 해냈고, 타고난 눈썰미가 워낙 뛰어났어요. 발포
어의 사무실에 잠입해도 별 무리 없이 잘해낼 것이라고 믿습니다. 하지만
현장요원이 아니잖아요? 적어도 한 달 정도는 훈련을 더 받았어야 했어
요."

"그러기에는 이미 늦었지."

"이건 온당치 않아요. 그 사람은 말 그대로 아마추어라고요."

"그자를 과소평가하지 말게."

"과소평가하는 게 아닙니다. 당신이 발포어를 과소평가하시는 거라고

요. 놈이 점잔을 빼며 예의범절을 차리는 것이나 화려하게 치장하는 것은 죄다 위장이에요. 그자는 상상하기조차 힘든 빈민가 태생의 냉혈한 킬러입니다. 2년 전에 그자의 조직에 우리 요원 한 명을 보냈는데, 한 달 뒤에 그 요원은 핀디의 빈민촌에서 시체로 발견됐습니다. 목이 베이고 고환을 입에 문 채로 말이죠. 실력이 뛰어난 요원이었어요. 사이렛(이스라엘의 대표적인 특수부대)이었다고요. 당신은 지금 작전경험이 전무한 신출내기를 단신으로 외국 조직폭력배의 소굴로 들여보내는 겁니다. 그가 얼마나 오래 버틸 것이라고 믿는 거죠?"

"발포어가 핵탄두를 어디에 숨겼고, 그것을 누구에게 넘길 생각인지를 우리에게 알려줄 수 있을 정도까지는 버텨주길 바라지."

"레비가 어떻게 됐는지는 말해줬나요?" 하고 대니가 물었다.

"그럴 필요가 없다고 생각했네."

"폰 다니켄이 그 사건을 조용하게 덮을 수 있겠어요?"

"처리하고 있다던데. 뭐, 지금까지는 아무 탈이 없지만, 내가 바라는 만큼 자신 있지는 못하더군."

"조나단에게 진실을 말해주셔야죠."

"진실은 도리어 마음만 혼란스럽게 했을 걸세."

"엠마 문제에 대해서는 어떻게 말하셨나요?"

"그녀를 보면 어떻게 해야 할지는 일러줬네."

"그녀가 그곳에 있을 것 같아요?"

"그건 솔직히 나도 모르겠네."

"못할 겁니다. 당연히 못하겠죠. 자기 아내잖아요?"

"전에도 사람을 죽여본 적이 있어. 그의 눈빛을 보고 난 알았네. 자네가 생각하는 정도로 살인을 못할 인물이 아니야."

"이런 식으로는 처음일 겁니다. 지나치게 무리한 요구를 하신 거예요."

"그래도 해야 할 일은 해야지."

대니가 코너의 팔에 손을 얹으며 애원조로 말했다. "그만 철수시키세요. 두바이로 연락을 보내세요. 환승대기 시간이 아직 여섯 시간 있어요."

"그런 것은 선택사항에 없네. 자네가 더 잘 알잖아."

"그 사람은 아직 준비가 안됐어요."

코너는 그녀의 목소리에 깃든 무엇인가를 감지했다. 전에는 단 한 번도 들어보지 못했던 것이었다. "자네가 잘 가르쳤을 것이라고 믿네, 대니."

"지원이 필요해요. 그 사람 혼자 그렇게 보낼 순 없습니다. 절대 살아나오지 못할 겁니다."

코너는 그녀를 바라보았다. 갑자기 자신이 무척 늙고 지친 기분이 들었다. 그는 한숨을 푹 내쉬며 말했다. "살아나올 거라고는 기대하지 않네."

46

거래는 타지키스탄 국경에서 1킬로미터 떨어진 곳에 있는 방 한 칸짜리 판잣집에서 이루어졌다. 술탄 하크가 확보한 모르핀 페이스트의 연간 생산량이 그 거래의 마지막 조각을 완성하는 자금을 채워줄 것이었다. 판잣집 밖에는 붉은 흙으로 뒤덮인 구불구불한 언덕이 지평선까지 뻗어 있었다. 그림엽서에나 나올듯한 고즈넉한 전경이었다.

판잣집 안의 분위기는 격식이 있었지만 긴장감은 없었다. 당사자들은 셀 수 없이 오랜 기간 함께 거래를 해 왔다. 두 사람은 서로에 대한 신뢰도 없고, 서로 마음에 들어 하지 않으면서도 서로를 인정하는 사이였다. 거래에 따른 수익성이 매우 높았기 때문에 두 사람은 철저하게 프로처럼 행동했다. 만일에 대비해서 두 사람은 각자 오십 명의 중무장한 병사들을 끌고 왔다.

술탄 하크의 상대는 하크와 탈레반이 자기 나라에서 그러하듯이, 그의 조국에서 전제적인 지배세력을 몰아내는 일에 몰두하고 있는 우즈베키스탄 이슬람운동의 우두머리인 보리스란 인물이었다. 두 남자는 화려하게 장식된 황동 쟁반이 놓인 낮은 원형 탁자를 두고 마주보고 앉아 차와 달콤한 과자를 함께 나누고 있었다. 보리스는 평소와 마찬가지로 단정치 못한 옷차림새였다. 땀에 젖은 티셔츠와 불뚝 나온 배를 가려줄 가죽재킷을 입고 있었다. 하크는 그가 가진 것 중에서 최고로 훌륭한 가운을 입고 있었고, 그날 만남을 위해 눈 밑에 콜(화장용 검은 먹)을 더 진하게 덧바르고 나왔다. 그리고 자신은 전사이며, 사업은 차후의 일이라는 것을 과시하려는 듯 켄터키 사냥용 라이플을 어깨에 걸쳐 메고 있었다.

"킬로 당 6천 달러까지 쳐 주겠네." 하고 보리스가 말했다. "이게 내가 제안할 수 있는 최선이야. 지금 시장이 포화상태잖아. 자네 나라에서는 작년 생산량의 두 배 물량을 생산해대고 있다고. 이건 어디까지나 수요와 공급의 문제라 이거야."

하크는 검은 옷을 입은 스핑크스처럼 미동도 없이 앉아 있었다. 6천 달러면 작년에 그가 벌어들인 금액의 정확히 60퍼센트에 해당하는 액수였다. 보리스의 제안은 그가 생각한 기준에는 못 미쳤으나, 그렇다고 솔직히 말해 그것을 모욕으로 받아들일 수만은 없었다. 지난 1년간 생아편의 생산량이 급속히 증가했다. 미국의 침공에도 불구하고 아프간의 총 아편 생산은 6,100톤에 달했으며, 이는 전 세계 소비량의 30퍼센트를 웃도는 엄청난 양이었다. 그러나 한편으로 하크는 보리스를 찾는 이들이 엄청나게 늘어나고 있으며, 그 수요를 충족시키기 위해서라도 보리스로서는 하크가 가진 모르핀 페이스트를 마지막 1온스까지도 확보해야 할 필요가 있다는 것도 잘 알고 있었다. 보리스는 모르핀 페이스트를 자신의 작업실로 가져가서 최상급 헤로인으로 정제했고, 그의 조직은 그것을 마약 사용이 기하급수적으로 늘고 있는 러시아로 밀반입했다.

"9천!" 하고 고심 끝에 하크가 말을 던졌다.

보리스는 인상을 구기더니 손톱을 물어뜯는 습관 때문에 지저분해 보이는 손으로 까칠하게 수염이 자란 턱을 마구 비볐다. "7천!"

"8천!" 하고 하크는 손을 떠밀며 말했다.

보리스가 즉시 그 액수를 받았다. "좋아, 8천!"

거래가 성사된 것이었다.

보리스가 손가락을 까딱하자 블랙베리 스마트폰을 손에 쥔 젊은 남자

한 명이 안으로 들어왔다. 3천 2백만 달러를 카불 소재 하크의 가문이 관리하는 은행 계좌로 입금시키라는 지시가 내려졌다. 십분 뒤에 모든 거래 절차가 완료됐다.

하크는 밖으로 나가서 전화를 걸었다. "형님, 안녕하십니까!"

"어떻게 됐느냐?" 낮고 익숙한 음성이 대답을 했다.

하크는 보리스와의 거래에 대한 세부사항을 전화로 보고했다. "그 정도 금액이면 충분합니까?" 하고 그가 물었다.

"우리 부족민들에게 지불해 주고도 1천 2백만 달러가 우리 몫으로 남는 셈이니 그 정도면 충분하겠지."

"그러면 다행입니다." 하고 술탄 하크가 말했다. "준비는 다 잘 되고 있습니까?"

"배송기간이야 이틀이면 될 테고."

"나머지는요?"

"우리 친구가 우리가 필요한 모든 사항들을 처리해 주었다. 아우는 파키스탄에서 직접 목표지점으로 가면 되는 것이고. 준비는 된 것이냐?"

"적으로 위장할 준비는 완벽하게 돼 있습니다."

"네 영어 실력이면 완벽하게 놈들 틈에 섞여 들어갈 수 있겠지. 그 놈들은 자기들 사이에 독사가 있는 줄 모를 것이야."

"미국 놈들이 모르는 것이야 많이 있지요."

"최종 목표물은 정했고?"

하크는 고향 땅의 회갈색 언덕들을 멀찌감치 내다보며 대답했다. "미국에서 목표물은 오직 한 군데뿐입니다."

47

카불로 가는 길은 12시간 동안 험난한 도로를 달리는 것을 의미했다. 하크는 안전가옥에서 하룻밤을 보냈다. 그는 아침에 일어나 기도를 올리고 여행 떠날 차비를 했다. 서류철 하나가 준비되어 있었고, 그는 서류철 안의 내용을 찬찬히 검토했다. 목표지점의 지도, 일정표, 이동시간표, 10년 전 그의 젊은 시절 사진이 붙어 있는 영국 여권을 포함한 여행 서류들이었다.

안뜰에서 그는 화상 입은 곳을 조심스레 수건으로 닦아가며 목욕을 했다. 목욕을 마치자 따뜻한 물이 담긴 대야에 손톱이 나긋나긋해지도록 손을 담갔다. 손톱마다 삶의 여정에서 그가 배운 교훈이 담겨 있었고, 그는 신중하게 손톱들을 깎았다.

알 수 없는 병으로 세상을 떠난 어린 남동생을 통해 배운 무력감. 그 후 1년 뒤에 또 다른 아들을 낳다가 사망한 모친을 통해 배운 비통함. 모친과 같이 세상을 떠난 그 갓난 동생을 통해 배운 체념. 러시아 침략자들에게 강간당해 순결을 잃고, 자신은 더 이상 누군가와 혼례를 올릴 가치가 없다며 가족의 명예를 위해 강물에 몸을 던져 자살한 큰 누이를 통해 배운 명예.

여섯 아이들의 어머니인 그의 아내를 통해서 배운 기품. 사람을 다스리는 법을 그에게 몸소 보여주셨던 아버지를 통해 배운 지혜. 선지자 마호메트를 통해 느낀 겸손. 그분께 평화를. 천년 동안 침략에 맞서 싸워온 그의 부족, 고결한 하크족으로부터 배운 자존감. 그리고 마지막으로 그가 아프

간의 하늘만큼이나 너른 가슴으로 사랑해 마지않는 어린 외아들, 그리고
그 아들을 통해 앞으로도 수천 년 동안 투쟁의 역사가 이어지기를 기도하
며 간직한 희망.

그는 마지막 남은 손톱만은 깎지 않고 남겨두었다. 그 손톱은 용기를 의
미했으며, 용기야말로 그가 죽음의 마지막 순간에 가서야 배울 교훈이기
때문이었다.

그는 어린 여자아이가 머리를 깎아주는 동안 의자에 앉아 있었다.

"짧게 깎아다오." 하고 그가 말했다. "빗질하기에 충분할 만큼만 남겨두
고."

여자아이는 재빠르게 머리를 깎기 시작했고, 이발은 15분 만에 끝났다.

그는 자기 손으로 턱수염과 콧수염을 면도했는데, 특히 면도에 시간을
꽤 들여야 했다. 빗질하는 것이 쉽지 않았다. 그는 한 번도 가르마를 타 본
적이 없었다. 방 안에서 그는 준비된 옷가지를 입었다. 어두운 색상의 양
복 한 벌과 하얀색 와이셔츠, 그리고 넥타이였다. 가죽 신사화는 아직 길
이 안든 새것이라 몹시 불편했다.

일을 모두 마치자 하크는 거울에 비친 자신을 쳐다보았다. 그리고 천에
물을 적셔서 눈 아래 검게 칠한 콜을 문질러 지웠다. 거울 속에 비친 서양
인 하나가 그를 노려보고 있었다.

심지어는 미국인처럼 보였다.

자신의 모습에 그는 구역질이 났다.

그런 다음 아리아나 아프간 항공사에 전화를 걸었다. "오늘 아침에 출발
하는 항공편으로 예약을 해 주시오."

"어디로 가십니까?"

"이슬라마바드요."

"왕복으로 하시겠습니까?"

"아니." 술탄 하크가 대답했다. "편도면 됐소."

48

그의 삶은 이제 이틀 남았다.

발포어 경은 성큼성큼 부엌문을 통해 나가서 돌을 깔아 바닥을 처리한 모터 코트를 가로질러갔다. 그의 걸음걸이는 보폭이 넓고 단호했다. 한 손에는 차가 든 머그잔을, 다른 한 손에는 검은색 가죽 채찍을 쥐고 있었다. 여가 때 입는 복장인 리넨 면 소재 바지와 그가 가장 좋아하는 (영국의 찰스 황태자와 함께 윌리엄 왕자와 해리왕자가 경기에 정규적으로 참여하는 팀인) 하이그로브 팀의 폴로셔츠를 입고 있었다. 헤어드레서가 그의 굵은 머리카락을 잘 펴서 가르마를 타고 콧수염을 다듬어 주는 것을 흔쾌히 받아들일 정도로 기분이 좋았다. 곧 맞이할 손님이 있었고 이는 매우 흔치않은 일이었다. 더구나 방문자는 유럽인이었다. 걸음을 계속하며 그는 여느 때처럼 대수롭게 않게 휘파람으로 영국 군가 '보귀 대령의 행진곡'을 불렀다. 죽음을 목전에 두고 있는 사람으로는 보이지 않았다.

바로 뒤에 미스터 싱이 따라가고 있었다. 그의 발음걸이는 보폭도 더 넓고 훨씬 단호했다. 차가 든 머그잔이나 가죽 채찍을 들고 있지는 않았지만, 대신 그는 길쭉한 바나나 탄창을 장착한 AK-47 돌격 소총을 들고 있었다. 그는 평소와 마찬가지로 업무 복장인 흰색 샬와르카미즈를 입고 시크교의 터번을 둘렀다. 그는 휘파람 대신 인상을 잔뜩 찌푸리고 있었다.

레인지로버 차량들이 하루 일과인 왁스칠과 청소를 위해서 주차장에서 빠져나와 바깥에 세워져 있었다. 차량들은 오전의 태양 아래 눈부시게 빛나는 제국의 함대처럼 나란히 세워져 있고, 차량 옆에는 급사들이 차렷 자세를 취하고 서 있었다. 발포어는 꼿꼿한 자세로 머그잔을 미스터 싱에게 건넨 다음 차량 주위를 돌며 손볼 곳들을 지적하며 검사했다. 물 얼룩이 있는 것을 보자 하인의 손에서 천 걸레를 낚아채서 직접 닦아낸 다음 어린 하인을 채찍으로 후려쳤다.

발포어는 차량 내부도 직접 검사했다. 차량 한 대의 뒷좌석에서 닦고 남은 흔적이 발견됐고 다른 차량의 재떨이에는 담뱃재가 조금 남아 있었다. 그는 늘 그런 잘못들을 지적해냈다. 그것만이 하인들의 정신을 바짝 차리게 만드는 유일한 길이라고 생각했다. 그는 채찍을 두 번 더 내리쳤다.

일을 마친 다음 그는 급사장을 불렀다. 그는 그 파키스탄 젊은이에게 수준 이하의 일처리를 꾸짖으며 다시는 실수하지 말라고 말했다. 그리고는 백 달러짜리 지폐를 그 청년에게 건네주었다. 급사장은 허리를 구십 도로 숙여 인사를 하며 연신 알아들었다는 표시로 "주인님, 감사합니다."라고 외쳐댔다.

하지만 발포어에게 '다음 번'이란 없었다. 이틀 뒤면 지금의 그는 죽고 없을 것이기 때문이다.

모터 코트에서 나온 그는 진입로 끝까지 걸어가서 크리켓 구장 크기의 초원을 가로질러 마구간으로 갔다. 그는 열두 마리의 경주마를 소유하고 있었다. 여섯 마리는 아랍종이었는데, 너무 겁이 많은 놈들이라서 그의 취향과는 맞지 않았다. 두 마리는 하노버리안종이고, 세 마리는 벨기에산 웜블러드종이었다. 그리고 마지막으로 그가 가장 아끼는 페인트 쿼터 호스종 애마 선댄스가 있었다. 선댄스는 6년 전에 그가 카자흐스탄에서 바그람까지 미군 물자를 수송해 주자, 이에 대한 답례로 CIA 현지 사무소 국장이 그에게 선물한 경주마였다.

"오늘 오전에도 말을 타시렵니까, 주인님?" 하고 마구간지기가 물었다.

"오늘은 아니네." 하고 발포어가 말했다. "그렇지만 제법 말을 탈 줄 아는 손님이 한 명 올 걸세. 내일 아침 열시까지 인페르노를 준비시켜놓게나. 야외 승마를 즐길 시간이 생길지도 모르니까."

인페르노는 하노버리안종 군마로, 마구간에 있는 유일한 종마였다.

발포어는 마구간을 걸어 지나가면서 경주마들의 코를 비비며 말들과 인사를 나누었다. 한 달 뒤 당국에서 그를 찾는 일을 포기하고, 그에게 사망선고를 내리고 나면, 이 경주마들은 조용히 그가 미리 연락을 취해둔 파키스탄 장군들의 사유지로 보내질 것이었다. 이 말들이 무척이나 그리울 것이다.

저편 푸른 잔디밭에서는 그의 여인들이 아침 조깅을 마무리하는 중이었다. 첫 번째로 도착한 여자는 미국 아가씨 켈리와 로빈이었고, 이어서 아니샤와 옥사나, 그리고 그레타가 따라 왔다. 평소와 마찬가지로 맨 뒤에 뒤쳐져 걸어오는 아가씨는 미스 불가리아 출신으로 미스 유니버스 대회 입상자인 페트라였다.

"더 빨리 움직여!" 하고 그가 외쳤다. "궁둥짝이 코끼리보다 더 퍼졌어."

그에게는 여자들도 경주마와 다를 바가 없었다. 여자에게도 적절한 운동, 급식, 그리고 규율이 필요하다고 생각했다. 브루나이의 술탄에게도 여자들을 공급한다는 런던의 유명한 에이전시를 통해 데려온 여자들이었다. 급여는 1만 달러에서 1만 5천 달러 사이였고, 통상적인 체류 기간은 90일이었다. 숙식과 의상은 제공됐다. 그리고 보석, 마약, 현금 등의 보너스를 얻을 기회도 충분히 제공해 주었다.

페트라는 이내 포기하고 느릿느릿 걷기 시작했다. 그런 태도가 발포어를 분노케 했다. 살이나 찌우고 나태하게 늘어져 있으라고 돈을 처들인 것이 아니었다. 저 불가리아 출신 느림보에게 채찍질이라도 하고 싶은 심정이었다.

좋은 방법이 하나 떠올랐다.

"미스터 싱, 우리 사랑스런 미스 불가리아께서는 약간의 동기 부여가 필요하신 것 같은데. 그래 주시겠나?"

미스터 싱이 기관총을 들어올려 2초간 발사했다. 미스 불가리아 바로 뒤에서 잔디의 풀과 흙이 공중으로 튀어 올랐고, 미스 불가리아는 전력을 다해 달리기 시작했다.

"그래, 그거야! 달리라고!" 하고 발포어가 외쳤다. 격려 차원에서 그도 같이 뛰었지만, 숨이 차오르자 멈춰 섰다.

왔던 길을 되돌아가 발포어와 미스터 싱은 모터 코트 입구에 위치한 보안 건물로 들어갔다. 두 명의 경비원이 블렌하임의 내외곽을 실시간으로 보여주는 여러 대의 영상모니터 앞에서 앉아 있었다. ISI(파키스탄 정보부)에서 요원을 철수시킨 뒤로 발포어는 보안조치를 더욱 강화시켰다. 방문 차량은 모두 정문 게이트에서 30미터 떨어진 지점에 주차하도록 하고, 스팅어 휴대용 지대공 미사일로 무장한 2인조 1개 팀을 옥상에 배치시켰다. 순찰도 두 배로 강화했다.

"놈들이 언제 들이닥칠지 아무도 모르네." 그는 경비원의 어깨를 다독이며 말했다. "잘 지켜보도록."

'놈들'이란 인도 정보부 요원들을 말하는 것이었다. 그들은 인도인인 발포어를 200명의 사상자를 내며 뭄바이를 초토화시킨 테러리스트들에게 무기를 제공한 죄로 본국으로 송환해서 재판을 받도록 하겠다고 호언했다. 특공대의 습격이 있을 것이라는 소문도 들려왔다.

발포어는 일이 순조롭게 돌아가고 있고 앞으로 몇 시간은 안전하다는 사실을 확인하고는 흡족해하며 보안 건물에서 나와서 정비 건물로 걸어갔다. 경비대원 둘이 정문에 서 있었다. 그들의 총탄은 제대로 장전되어 있는지 그리고 잠금장치는 풀어놓고 있는지 확인한 뒤에 건물로 들어갔다. 기다란 복도의 맨 끝 편에 있는 문 앞에서는 또 한 팀의 경비대원 두 명이 서 있었다. 또 다시 그는 문을 열기 전에 그들이 지닌 무기를 점검했다.

그런 다음 콘크리트 바닥에 천창이 높고 널찍하게 확 트인 방 안으로 들어섰다. 방 안에 가구는 없고, 한쪽 벽 길이만큼이나 기다란 강철로 된 작업대만 덩그러니 있었다. 핵탄두는 천장에 달린 지지대에 연결해 놓은 체인에 매달린 받침대에 놓여 있었다.

"어떤가?" 하고 발포어가 물었다.

두 명의 핵물리학자가 흥분을 감추지 못한 채 핵탄두 옆에 서 있었다. "작동됩니다."

"자네들이 해냈다는 말인가?"

"그렇습니다."

"잘 했소."

발포어는 작업장에서 나와서 메인 윙 건물로 돌아가서 계단을 걸어 올라가 사무실로 갔다. 그는 미스터 싱에게 문을 닫으라는 몸짓을 해 보이고는 어디론가 전화를 걸었다. "말해 보게." 혐오감이 물씬 묻어나는 목소리의 주인공이 대답했다.

"안녕하십니까, 셰이크 씨." 하고 발포어가 말했다. 그의 마지막 고객이 될 상대는 샤리자 비행장에서 라쉬드 왕자와 동행한 손님이라며 소개받았던 바로 그 인물이었다. "약속드린 대로 카펫 배송 준비를 마쳤습니다."

"물건의 상태는 좋은가?"

"새 것이나 다름없습니다."

"다행이군."

"내일 정오에 핀디 비행장에 있는 내 물류창고에서 교환하고자 합니다만. 계획대로 동생 분께서 나오시는 겁니까?"

"그렇소. 동생이 그쪽 자택에서 지내도록 초대해 줘서 고맙다고 전해달라더군. 교환은…" 셰이크가 말했다. "전에 상의한 대로 준비해 두었는지?"

"물론입니다. 동생 분께서 카펫을 운반하는 데 아무런 문제가 없도록 조 처해 놓았습니다. 만일의 사태에 대한 대비도 모두 해두었습니다."

"좋소. 그럼 내일로 알고 있겠소."

발포어는 전화를 끊었다. 그는 손목시계로 시간을 확인하며 걱정스러운 표정을 지었다. "열 시가 다 되어 가네." 미스터 싱을 쳐다보며 그가 말했 다. "지금 당장 출발하게. 닥터 레비의 비행기가 정오에 도착하네."

49

"우리는 발포어 경이 핵무기를 손에 넣었다고 생각하네."

조나단 랜섬은 보드카를 천천히 한 모금 마셨다. 에미리트 항공기 안에 있는 일등석 객실에 앉아서 그는 창밖으로 자신을 반기고 있는 사막의 도시, 두바이의 전경을 바라보았다. 보드카의 뜨거운 기운이 목구멍을 타고 내려가 그 온기가 가슴에 퍼지는 것을 느끼며 그는 두 눈을 감았다. 지난 3일 동안 두 번 비행기에 올랐다. 지리학적으로 그는 온 길을 되돌아가고 있는 것이었다. 그럼에도 불구하고 그는 사냥감을 향해 다가가는 현실적인 불안감을 느끼고 있었다.

지금까지 모든 것은 리허설에 불과했다. 대니와의 지난 5일뿐만이 아니라 그의 삶 전체를 통틀어서 그랬다. 충돌로 얼룩진 청소년기가 있었고, 산악 등반을 통해서 그 시절에서 벗어났다. 속죄의 의미에서 의사가 됐고, 엠마와 결혼했다. 그러나 알고 보니 그것은 결혼을 한 것이 아니라 8년 동안 러시아에서 태어나 미국에서 훈련 받은 스파이를 도와주고도 모자라, 아무 것도 모른 채 그녀가 하는 일에 휘말린 것이었다. 이제 긴 행진이 막을 내리고, 첩보요원으로의 길이 새로 시작되고 있었다.

"우리는 발포어 경이 핵무기를 손에 넣었다고 생각하네."

여덟 시간 전 코너가 한 이 말이 계속 뇌리에서 맴돌았다. 누군가의 이름을 찾아내려고 책상 서랍을 살펴보거나 수류탄 몇 개를 찾으려고 어두운 옷장을 뒤지는 식의 훈련과 비교하면 상당히 강도가 높아진 것이다. 외과의사가 조국을 위해 인명을 구하는 시술을 수행하도록 부름을 받은 셈이었다.

조나단은 마지막으로 보드카 한 잔을 더 주문했다. 까무잡잡한 피부에 놀라운 미모의 웨일즈 출신 스튜어디스가 빨간색 필박스 모자와 황갈색 에미리트 항공사 유니폼을 차려입고 다가와서 몸을 낮추고 따끈따끈하게 구운 아몬드를 서빙했다.

"두바이에서 머무르실 계획이십니까?" 하고 그녀가 물었다.

"아뇨." 하고 조나단이 말했다. "그곳에서 곧장 이슬라마바드로 갈 겁니다."

"아쉽군요." 그녀는 미소를 지어 보이며 제자리로 돌아갔다.

50

프랭크 코너에게는 스튜어디스가 보드카를 한 잔 더 권하거나 구운 아몬드 한 접시를 서빙해 주는 일 따위는 없었다. 임대용 리어제트기의 어두운 객실에 홀로 앉아 코너는 베이비루트 초코바의 마지막 한 조각을 먹어치우고 남은 다이어트 콜라로 입을 헹궜다. 발 아래로 덜레스 국제공항 활주로의 불빛이 어두운 버지니아의 전원지대를 한 줄기 가는 줄무늬처럼 가로지르고 있었다. 현지 지상 시각은 새벽 2시였다.

그는 몹시 지쳐 있어야 했다. 36시간 동안 쉬지도 않고 일했고, 지난 두 주일 동안 계속해서 네 시간 이상 잠을 자 본 적이 없었다. 그런데도 정신은 오히려 말똥말똥하고, 마치 첫 번째 요원을 파견하는 담당관만큼 초조한 기분이 되어 있었다. 하지만 착륙하자마자 조종사에게 고맙다는 인사도 없이 계단을 내려가 기다리는 차로 부랴부랴 가 버린 것은 그런 초초한 기분 때문만은 아니었다. 자신이 책임을 다하지 못했다는 자괴감이 커지고 있었고, 자신이 너무 일에만 매달린 나머지 요원을 위험에 빠트렸다는 자괴감이 서서히 밀려왔기 때문이었다.

준비가 됐건 안 됐건, 코너는 랜섬을 발포어의 자택에 투입시킨 자신의 결정을 의심하진 않았다. 달리 다른 선택의 여지가 없었다. 반드시 해결해야만 하는 일이고, 랜섬만이 유일한 가용 인원이었다. 그는 엠마가 산에서 회수해 간 WMD의 위치와 발포어와 거래하는 수수께끼 고객의 정체를 알려줄 정보를 랜섬이 찾아낼 가능성을 20퍼센트로 잡았다. 20퍼센트면 게임에서는 걸어볼 만한 확률이었다. 그럼에도 불구하고 그는 자신의 요원에게 큰 기대를 걸지 않고 있다는 점에 대해 스스로를 질책했다. 조나단 랜섬은 충분히 최고의 카드가 될 수 있었다.

코너는 자신의 볼보 차량 운전석에 앉아 워싱턴 방면 고속도로로 차를 몰았다. 교통은 비교적 원활했고, 그는 곧바로 어디론가 전화를 걸었다.

"전화 받았습니다. 당직실입니다." 국립지리정보국 소속의 한 남자가 전화를 받았다.

"말로이씨 바꿔주시겠소? 프랭크 코너가 전화했다고 전해 주시오."

"잠시만 기다리십시오."

코너는 어떻게 하면 말로이가 자신을 돕도록 설득할 수 있을지 생각하며 운전대를 두드렸다. 두 번씩이나 부탁하는 것은 지나친 요구라는 것을 그도 잘 알았다. 하지만 말로이를 설득해서 위성으로 발포어의 영지를 감시할 수만 있다면 핵탄두가 담긴 영상을 확보하고, 행선지도 알아낼 수 있을지 몰랐다. 그리고 그 영상은 그가 윗선에 제시하기에 충분한 증거물이 되어 줄 것이었다. 국방장관이나 백악관 상황실로부터의 승인을 기다릴 필요도 없었다. 중부사령부 사령관에게 그 영상을 보고하기만 하면 불과 십 분이면 작전이 개시될 수 있을 것이었다.

최근까지 파키스탄은 70기가 넘는 핵미사일을 보유하고 있었고, 그 중 하나라도 잘못된 자의 손에 들어가게 된다면 큰일이라는 우려는 군사 정책 입안자들의 머릿속에 늘 박혀 있었다. 파키스탄 영토 내에서 악당의 손에 WMD가 들어가는 상황은 백번이고 논의된 바가 있던 시나리오였다. 그러한 시나리오에 대비해서 델타포스의 신속대응팀이 (발포어의 저택에서 30분도 채 걸리지 않는) 라왈핀디의 파키스탄 기지에 항시 주둔하고 있다는 것은 이미 공공연한 비밀이었다.

"말로이 실장은 현재 사무실에 안 계십니다. 제가 대신 도와드릴 수 있는 일입니까?"

"오늘밤이 그 사람이 교대 근무 하는 날이라고 들었소만."

"그랬습니다만, 사무실에 나오시지 않았습니다. 사실 어제도 결근하셨습니다. 전화도 없으셨던 것을 보면 몸이 상당히 안 좋으신 것 같습니다. 제가 대신 도와드릴 수는 없는 일입니까?"

"아니요. 됐소. 아무튼 고맙소. 개인적인 용무인지라. 내가 그의 자택으로 직접 전화를 걸어보겠소." 하고 코너가 말했다.

코너는 급히 우측 차선으로 바꿔 조지 워싱턴 파크웨이로 이어지는 다음 출구를 통해 고속도로를 빠져나왔다. 그는 야간 시력이 좋은 편이 아니고, 당면한 문제에 정신이 팔려 있는 상황이었다. 그럼에도 불구하고 그는 구형 세단 한 대가 덜레스에서부터 안전하지만 한 눈에 알아차릴만한 거리를 유지하며 자신을 미행해 오고 있고, 이제 자신의 무모한 운전까지 똑같이 따라하고 있다는 사실을 놓치지 않았다.

코너는 체인브리지를 타고 포토맥 강을 건너서 카날로드를 따라 차를 몰았다. 머리 위로는 가늘고 헐벗은 오크나무 가지들이 골격만 남아 있는 캐노피처럼 뻗어 있었다. 문제의 세단도 따라오고 있었다. 말로이가 사는 곳에 도착한 코너는 그의 집 근처 길가에서 주차할 곳을 찾았다.

그는 트렌치코트에 손을 파묻고 말로이의 집까지 침착하게 걸어갔다. 모두 잠든 한밤중이어서 그런지 전등은 꺼져 있었다. 초인종을 누르고 문가에서 뒤로 비켜났다. 아무 응답이 없었다. 아무런 목소리도 들리지 않고, 집안에서 움직이는 발자국 소리도 들리지 않았다. 2분 뒤에, 그는 그 집이 있는 블록 끝까지 걸어간 다음 그곳에서 집들 뒤로 나 있는 통로를 따라 들어갔다. 말로이의 차가 또 다른 차량 한 대와 함께 뒤편 주차 공간에 세워져 있었다. 다른 한 대는 그의 아내 차일 것이라고 추측했다. 단단한 계단이 뒤편 베란다로 이어졌다. 베란다의 문고리를 확인해 보니 놀랍게도 문은 잠겨 있지 않았다. 모두가 잠든 한밤중에 있을 법한 일이 아니었다. 전직 네이비씰 출신이, 그것도 기밀을 다루는 직책을 맡은 사람이 뒷문을 열어놓고 잠이 든다는 것은 말도 되지 않았다.

코너는 문고리에서 손을 떼지 않은 채로 안에서 혹시 무슨 소리가 들리지는 않는지 살펴보았지만 쿵쾅대는 심장박동 탓에 아무 소리도 귀에 들어오지 않았다. 그는 손에 힘을 실어 문고리를 돌리고 문을 밀었다. 집안에 들어서자마자 악취가 그를 덮쳤다. 황급히 입을 막고 부엌 싱크대로 가서 속을 달랬다. 쉰 냄새와 썩은 냄새가 섞여 한 번도 맡아본 적이 없는 걷잡을 수 없이 강한 악취가 풍기고 있었다. 그는 부엌 창문 밖을 쳐다봤다. 반달 아래로 비치는 골목길은 무덤가처럼 고요했다.

"말로이!" 하고 그가 외쳤다.

아무 대답이 없었다.

코너는 망설이며 거실과 이어진 여닫이문을 향해 걸어갔다. 그에게는 무기가 없었다. 대개는 그럴 필요가 거의 없었다. 끼익 하는 소리와 함께 회전문이 열렸고 그는 거실로 들어섰다. 테이블 위에는 팝콘이 담긴 볼과 함께 바로 그 옆에 소다 한 캔이 놓여 있었다. 악취가 더욱 강해지자 그는 움찔하면서 계단을 올라 2층으로 갔다.

"말로이! 날세. 프랭크 코너. 괜찮나?"

목소리에는 긴장감이 가득했고 코너는 떠들고 있는 자신이 철부지 바보처럼 느껴졌다. 그는 침실 앞에서 멈춰 섰고, 잠시 시간을 들여 손수건을 제대로 접어서 코와 입을 막았다. 셋까지 세고 문을 열었다.

"이런, 젠장." 하고 시신 두 구를 보자마자 그가 소리쳤다. 악취가 사방에서 그를 덮쳤다. 시신을 쳐다본 뒤 눈에 눈물이 맺히고 고개를 돌리기까지 걸린 시간은 불과 1초 혹은 그보다 짧았다. 그러나 그 찰나의 시간만으로도 말로이와 그의 아내의 흉부가 흉골부터 그 아래 치골까지 갈린 채 벌어져 있고, 장기는 뜯겨져서 바닥에 던져져 있는 것을 알아채기에 충분했다. 내장을 파고든 구더기를 보고, 그가 집안에 들어선 순간부터 이미 알고 있던 사실을 확인하기에 충분히 긴 시간이었다.

말로이와 그의 아내는 살해당했고, 그것은 그의 탓이었다.

잭 '더 리퍼' 타일러는 골목 입구에서 말로이의 집 뒤쪽 현관을 주시하고 있었다.

"그가 안에 있습니다. 어떻게 할까요?"

"지금은 아무 짓도 하지 말도록."

리퍼는 위층 침실 창문을 응시했다. 그는 코너가 드디어 시신을 발견하고 자신의 작품을 감상하고 있다는 것을 알았다. 그는 캔버스에 코너의 시신을 추가로 그려 넣고 싶은 격렬하고 통제가 거의 불가능한 욕구를 느꼈다. 칼날이 배를 가르면 저 뚱보는 꽤액 거리며 비명을 내지르겠지.

"확실하신 겁니까? 바로 들어가서 처리해 버릴 수도 있을 텐데요."

"그자는 너무 고위직이야. 코너를 죽이면 우리 계획이 엉망이 될 수도 있어."

리퍼는 계획이 엉망이 되든 말든 관심이 없었다. 그는 그저 코너의 배를 칼날로 깊숙이 찌르고, 첫 저항이 느껴지다 이내 몸의 근육이 풀어지는 것을 느끼는 데 관심이 있을 뿐이었다.

"그가 어디로 가는지 확인한 뒤에 보고하도록."

"알겠습니다, 보스. 그렇게 하겠습니다."

리퍼는 여자에게, 특히 그녀처럼 구릿빛 피부를 가진 섹시한 여자에게서 명령을 받는 일은 질색이었다. 언젠가는 그 여자도 맘껏 데리고 놀아볼 생각이었다. 칼날이 즐거워할 것이다.

51

조나단은 입국심사를 어려움 없이 통과했다. 폰 다니켄이 준 스위스 여권은 레비가 파키스탄 비자를 얻는 데 사용한 여권과 일치했다. 신고할 게 있느냐는 질문에 그는 고개를 저었고, 그렇게 통과가 됐다. 세관 밖 격리선 뒤에서 기다리는 많은 인파 틈에서 검은색 터번을 두른 엄청난 장신의 남자가 다가왔다. 조나단을 보자 그가 손을 들었다. "닥터 레비 되시오?"

"그렇습니다." 하고 조나단이 말했다. "안녕하세요."

"싱이라고 합니다. 아르미트라지씨를 대신해서 나왔습니다. 지금 블렌하임에서 기다리고 계십니다. 따라오시죠."

싱은 조나단의 루이비통 여행용 가방을 깃털처럼 가볍게 들더니 인파를 뚫고 길을 안내했다. 조나단은 뒤에서 바짝 따라갔다. 싱이 큰 키와 금발의 서양인을 보고 레비일 것이라고 추측한 것을 보아서 이 자는 스위스인 의사가 정확히 어떻게 생겼는지 모르고 있었다. 일시적인 집행유예였다. 진짜 테스트는 조나단이 발포어를 만나서부터 시작될 것이었다.

황갈색 양복을 똑같이 차려입은 남자 네 명이 싱과 동행했고, 공항 건물을 빠져나가는 동안에 그들은 어느 정도 거리를 두고 모여 다녔다. 이들은 조나단이 그동안 남아시아 나라들의 길거리 모퉁이에서 시빗거리를 찾아 어슬렁거리던 폭력배들처럼 공격적으로 보인다거나 머리를 빡빡 밀고 있지는 않았다. 모두들 젊고 체구가 탄탄했으며 말끔하게 면도를 하고 있었다. 경호원 한 명의 재킷이 잠시 젖혀졌을 때 재킷 안쪽에 있는 소형 권총이 보였다.

동일한 모델의 흰색 레인지로버 두 대가 모퉁이에 한가로이 세워져 있고, 그 옆에는 공항의 순찰대원이 서 있었다. 싱이 문을 열자 조나단이 차에 올라탔다. 싱이 뒤따라 올라타며 문을 닫았다. 싱의 육중한 몸은 뒷자리를 가득 채웠고 완벽하게 감싸서 두른 그의 터번은 차 천장에 닿았다. 경호원들 중에서 한 명이 앞자리에 올라타더니 조나단에게 따뜻한 타월과 물 한 병을 건넸다.

공항에서 출발한 차량은 다 쓰러져가는 오두막과 작은 구획으로 나뉜 경작지가 군데군데 보이는 갈색 평지를 가로지르는 고속도로로 들어섰다. 여기저기 제각각 지펴져 있는 백 여 개의 화롯불에서 연기가 하늘로 피어오르고 있었다. 그 모습은 마치 램프의 요정 '지니'의 무리가 각자의 램프에서 탈출하는 것처럼 보였다. 도로 가까이에는 염소를 끌고 가는 농부들과 팔 물건을 담은 바구니를 짊어지고 다니는 상인들, 시속 백 킬로미터로 달리는 자동차들 옆에서 음료수를 팔려고 호객행위를 하는 어린아이들을 포함해서 수많은 사람들이 어깨가 맞닿을 만큼 빽빽하게 걸어가고 있었다. 연한 황토색 평지가 아스팔트 도로로 바뀌었다. 도시가 드문드문 모습을 드러내다가, 어느 순간 극심한 가난이 만들어낸 소음에 의해 식민지풍의 전근대적인 모습과 현대적인 모습이 하나로 연결된 바글거리는 도심이 그들을 에워 쌌다.

에어컨 바람이 너무 세 조나단은 창문을 약간 열었다. 배기가스와 하수도 냄새, 숯불구이와 장작 연기 냄새 등이 차 안으로 흘러들어왔다. 제3세계 어디에서나 나는 냄새였고, 조나단은 마음이 편안해지며 풍경 속으로 빠져드는 자신을 느꼈다. 더 먼 곳을 여행할수록 마음은 더 고향에 있는 것 같았다.

그들은 도시를 떠나 마르갈라 언덕을 올랐다. 도로 오른편으로 아름다움과는 거리가 먼 흙탕물 색의 길다란 호수가 보였다. 라왈호였다. 라왈호 주변은 파키스탄의 악명 높은 부자들이 선호하는 지역이었다. 차량은 호반에 줄지어 있는 맨션들을 지나갔다. 맨션들은 하나같이 모굴양식을 따라 지어졌는데, 작고 덜 화려하긴 했지만 꼭 타지마할의 사촌 건물쯤으로 보였다. 길이 북쪽으로 급하게 꺾어지며 차량은 고속도로를 벗어났고, 굽이치는 언덕 더 깊숙한 곳으로 향하는 일직선 도로가 시작되었다. 잔디밭 한 가운데 높은 철책이 세워져 있고 차량들이 더 빨리 달리기 시작했다. 빠른 속도로 지나가는 바람에 정문 수위실이 흐릿하게 보였지만, 조나단은 수위실 양 옆에 자동소총과 기관총을 들고 경비병들이 서 있는 것을 잠깐이나마 확인할 수 있었다. 멀찌감치 30 구경 기관총을 뒤에 탑재한 검은색 지프차 한 대가 지나가는 것이 보였다. 운전자는 사파리 모자를 접어서 쓰고 있었다. 철책이 하나 더 있었다. 경고판을 보니 전기 철조망이었고, 위쪽으로 가시철망이 둘러져 있었다. 저택이 아니라 무장 야영지를 방문하는 기분이었다.

차량들이 막판 속력을 높여 산마루 정상까지 올라갔다. 반대편 내리막 길이 눈에 들어오며 블렌하임이 모습을 드러냈다. 코너가 사진을 보여주기는 했지만, 생각했던 것보다도 훨씬 규모가 컸다. 영국으로부터 6천 킬로미터 떨어진 이곳에서 말보로 공작의 그 유명한 영지를 그대로 복제해 놓은 이곳을 보고 있자니 몹시 이상야릇했다. 일행은 나무다리를 요란스럽게 건너 자갈이 깔린 앞뜰로 들어섰다. 마르고 왜소한 체구의 한 남자가 신나게 손을 흔들며 정문에 서 있었다. 흰색 정장과 흰색 넥타이를 입고 옷깃에는 빨간색 카네이션을 꽂고 있었으며, 그자의 미소는 작은 마을 한 곳을 비추고도 남을 듯 환했다.

그자의 행동에 속지 말게. 코너가 경고했다. 한순간 자네와 포옹하며 자네를 의형제라고 부르다가는 갑자기 행동을 바꿔 부하인 싱을 시켜 자네의 목을 쿠크리 단검으로 한 칼에 베어 버릴 인간이네. 그자는 늘 미소를 짓고 있을 걸세. 매너는 그의 갑옷이지. 적으로부터 자신을 방어하고, 자신의 과거로부터 자신을 보호해 주는 갑옷이지.

레인지로버 차량이 멈춰 섰다. 싱이 문을 열자 조나단은 차에서 내렸다. 발포어는 원래 서 있던 자리에 그대로 서 있었다. 손을 흔들어 인사하던 것도 멈추고, 미소 띤 얼굴로 조나단을 뚫어지게 응시했다. 그가 레비의 사진을 본 적이 있는 것이 틀림없다고 조나단은 생각했다. 이 자는 내가 첩자인 것을 알고 있다. 곧 싱에게 그 사실을 말할 것이고 그것으로 끝인 것이다. 그러나 겁에 질려 당황하는 대신에 조나단은 긴장을 풀었다. 이것은 엠마가 지난 8년 동안 해 오던 것이었다. 자기는 그녀가 위장 신분이라는 것을 눈치 챈 적이 단 한 번도 없었다. 그렇다면 나라고 못하라는 법이 없을 것이었다.

발포어의 미소에 상응하는 미소를 지으면서 조나단은 자기를 초대한 자에게 다가갔다. "알로, 미스터 아르미트라지. 반갑습니다!" 조나단은 최대한 스위스 로망식 억양을 섞어 인사를 건넸다.

여전히 발포어는 꿈쩍도 하지 않았다. 그는 진지하고 엄한 시선으로 조나단을 바라보더니, 싱에게 신호를 보내며 뭔가 큰 소리로 말했다. 싱이 조나단에게 시선을 던졌지만 조나단은 미소를 잃지 않으려고 애를 썼다. 좋은 점은 파키스탄 감방에서 50년씩이나 썩을 일은 없다는 것이며, 나쁜 점은 그 자리에서 바로 처형될 것이라던 코너의 말이 떠올랐다. 머리 위쪽에 검은 그림자가 느껴져 살펴보니 옥상에 배치된 저격수가 그의 가슴을 겨누고 있었다. 발포어의 언성이 높아졌고 피 냄새를 맡은 자칼무리처럼 경호원들이 가까이 다가왔다. 미소를 지은 표정을 유지하기가 점점 힘들어졌다.

발포어가 외마디 탄성을 마지막으로 외치자, 싱은 뒤로 돌아 곧장 조나단에게로 걸어오더니 사람 하나 거리에서 멈췄다. "움직이지 마십시오." 하고 그가 말했다.

조나단은 손끝에 전기가 통하는 것 같은 전율을 느끼며 어깨에서 힘을 빼고 마음의 준비를 했다.

싱은 호주머니에 손을 넣더니 발포어의 것과 비슷한 카네이션 한 송이를 꺼내서 조나단이 입은 재킷의 옷깃에 꽂았다. "죄송합니다. 주인님께서는 선생님께서 도착하셨을 때 이 꽃을 꽂아드리라고 말씀하셨습니다."

"카네이션입니다." 하고 싱을 노려본 채 조나단을 향해 걸어가면서 발포어가 말했다. "블렌하임의 상징이지요." 그는 조나단의 손을 잡고 악수를 했다. "내 집에 오신 것을 환영합니다, 닥터 레비. 편하게 그냥 아쉬라고 불러 주십시오. 미스터 아르미트라지라고 부르는 대신에요. 그것은 경찰들이 구속영장에나 써넣는 이름입니다. 전에도 말씀 드린 것으로 아는데요."

"저희 스위스인들에게는 격식에서 벗어나는 일처럼 난감한 게 없습니다만." 할 말을 찾아낸 것에 스스로 놀라며 조나단이 말했다.

"그게 바로 제가 당신의 나라를 사랑하는 이유 중 하나입니다." 발포어는 조나단의 팔짱을 끼고 정문으로 안내했다. "이쪽입니다. 수술실을 보여드리고자 합니다. 모든 것이 선생께서 주문하신 그대로입니다. 일을 바로 시작했으면 하는데, 괜찮으시겠죠?"

"물론입니다." 하고 조나단이 대답했다. "저는 이곳에 2주일간 머물 예정이니 시간은 충분한 셈이지요."

"내 일정이 조금 앞당겨졌습니다."

"문제없습니다. 이삼일 내로 모든 준비를 마칠 수 있으니까요."

"이삼일은 안 됩니다, 닥터 레비. 내일 저녁에 수술을 받았으면 합니다."

"그건 불가능합니다." 조나단은 딱 잘라 거절했다. "저는 아침에 수술을 합니다. 제 상태가 그때 제일 생생하니까요. 수술 전에 환자도 위를 비워두는 게 필수입니다. 마취하기 열두 시간 전부터 금식을 하셔야만 합니다." 조나단은 감춰져 있던 연기 본능을 발휘해 발뒤꿈치로 바닥을 굴러 보이려다 그만두었다. "그뿐만이 아니라." 다소 누그러진 말투로 이렇게 덧붙였다. "최종 상담은 물론이고, 혈액검사 할 시간도 필요합니다."

"실험실에서 혈액 검사 결과를 이미 보내왔습니다." 하고 발포어가 말했다. "결과는 선생의 방에 있습니다."

"아! 그렇군요." 조나단은 발포어의 혈액검사가 예정보다 빨리 끝났다는 이야기를 읽은 적이 없었다. 그와 마지막으로 주고받은 편지에서 혈액 검사는 레비가 그곳에 도착해서 하는 것으로 되어 있었다. "좋습니다. 네. 네. 네." 하고 레비의 말버릇 특징을 흉내 내면서 대답했다. "음~ 그렇다면, 굳이 지체할 필요는 없을 것 같군요."

발포어는 조나단을 현관으로 안내했다. 뒤에서 육중한 나무문이 닫히자 휑뎅그렁한 화랑 안에 서 있는 무장 병력 중 첫 번째 남자가 눈에 들어왔다. 조나단은 자신이 방금 감옥 안으로 발을 들였다는 사실을 깨달았다.

52

수술실로 가기 전에 영지에 대한 안내가 먼저 이루어졌다.

발포어는 팔짱을 풀고 정신이 산만한 조교처럼 방과 장식품들에 대한 간략한 정보를 마구 쏟아대며 앞서서 걸었다. 책을 전부 워번애비에 있는 베드포드 공작의 자택에서 수입해 왔다는 도서관이 있고, 사전트의 초상화와 콘스터블의 풍경화가 걸려 있는 거실이 있었다. 서재가 하나 있었는데, 그 안에는 윈스턴 처칠이 2차세계대전 초반에 "나는 피, 고난, 눈물, 그리고 땀 이외에는 아무것도 제공할 것이 없다"는 명언을 담은 연설문을 작성했던 화이트홀 사무실에서 가져왔다는 책상이 놓여 있었다.

그자는 상습적인 거짓말쟁이라네. 코너가 조나단에게 해 준 말이었다. 그자가 거짓말을 하고 있다는 것을 몇 번이고 알아차리더라도 잠자코 있게. 그것은 그자 공상 속의 세계이고, 그걸 방해받는 것을 좋아하지 않는 자이니까.

계속해서 집을 둘러보면서 발포어는 조나단이 마음껏 다녀도 좋은 곳과 출입이 금지된 곳이 어디인지를 알려주었다. 미디어실은 그에게 개방된 공간이고, 그곳에서 발포어는 꽤 오랜 시간을 들여 조나단에게 96인치 벽걸이형 플라즈마 스크린을 통해 자신의 콜오브듀티 게임 실력을 보여주며 귀청이 찢어지는 서라운드 음향시설을 자랑했다.

디스코장도 마찬가지로 그가 마음껏 드나들어도 되는 곳이었다. 오후 1

시가 채 안 된 시간이었음에도 전자악기로 연주되는 빠른 비트의 댄스 음악이 요란하게 울리고 있었고, 구슬 장식이 달린 드레스를 입고 길쭉한 잔에 든 샴페인을 홀짝이는 금발머리 세 명이 검은 대리석 댄스플로어 가운데 서서 엉덩이를 흔들며 지루해 보이지 않으려고 애를 쓰고 있었다. 발포어는 그 여자들이 켈리, 로빈, 그리고 옥사나라고 소개했고, 그들에게 조나단은 그의 가장 중요한 손님인 만큼 가능한 모든 예의와 정성을 다하라고 말했다. 여자들은 조나단에게 가벼운 악수를 청하며 속이 뻔히 보이는 눈빛을 보냈다. 자신의 역할에 충실하며 조나단은 만나서 매우 기쁘다고 말했고, 그들 세 명을 데려오는 데 합쳐서 십만 달러는 넘게 들었을 것이라고 생각했다.

발포어는 3층으로 가는 층계까지 왔을 때, 갑자기 멈춰 서며 조나단에게 몹시 사무적인 어투로 이렇게 말했다.

"내 사무실은 바로 위층에 있습니다. 나의 모든 사업을 돌보고 개인적인 용무를 보는 곳이죠. 그러니 3층 전체는 출입이 금지된 것으로 생각하면 됩니다."

코너는 이렇게 말했다. 절대로 그자에게 굽실거리지 말게. 자네는 그자가 부러워하는 모든 것을 가지고 있네. 부유하고 교육 받아 유식한 유럽인 말이야. 어떻게 해서든 자네를 이기려고 들겠지만, 그러도록 놔두면 안 되네. 나약함이야말로 그자가 증오하는 것일세.

"하지만 어쩌면 당신의 그 훌륭한 예술 작품들을 조금 더 감상하고 싶을지도 모르겠는데요." 하고 조나단이 말했다. "콘스터블의 다른 작품이라던가 말이지요."

"예술품은 모두 아래층에 있습니다만."

"둘이서 얘기를 나눌 필요가 있을 때도 있을 텐데요?" 하고 조나단이 말을 이었다. 그는 자신이 그의 경계선에 발을 내딛고 있다는 것을 알고 있었고, 그 경계가 얼마나 단단한지 시험해 보고 있었다.

"필요할 때는 언제든지 내가 선생을 찾을 것이니 걱정 마시죠." 발포어
는 이렇게 말했다. 미소가 돌아왔지만, 이번에는 경고가 담긴 미소였다.
"위층 어디에서건 선생이 보이는 날에는 미스터 싱을 시켜 죽여 버리겠소.
알아들으시겠소?"

갑작스러운 발포어의 격한 감정에 조나단은 깜짝 놀랐고, 그런 감정을
숨길 수가 없었다. 그가 할 수 있는 첫 번째 반응은 발포어의 말쑥한 흰 옷
깃을 부여잡고 그런 식으로 한 번 만 더 말하면 이빨을 모두 날려 버리겠
다고 위협하는 것일 수 있었다. 그러나 그의 머릿속 한 구석에서 엠마가
이렇게 충고하고 있었다. '닥터 레비는 주먹질을 하지 않아.' 내키지 않았
지만 조나단은 아내의 충고를 따랐다. 그는 부아가 목까지 치밀었으나 결
국에는 농담을 선택했다. 부유하고 교육받은 유럽인은 남아시아 양아치의
수준에 맞춰 자신을 낮추지 않는다.

"하지만 그러면 지금도 잘생긴 그 얼굴을 누가 더 미남으로 고쳐 놓는다
는 말입니까?" 하고 그가 받았다.

발포어는 잠시 고민을 하더니 이 외교적인 방식을 받아들이기로 했고,
고개를 뒤로 젖히고 지나치다 싶을 정도로 큰소리로 웃었다.

두 사람은 후문을 통해 본채에서 나갔고, 발포어는 곰과 사슴, 그리고
여우 모양으로 장식된 정원의 작은 길로 조나단을 안내했다. 장식 정원을
지나자 두 갈래 길이 나왔다. 왼쪽으로 널빤지 지붕에 창문도 없는 낮은
콘크리트 건물이 있었다. 부지 지도에는 그곳이 정비실이라고 적혀 있었
지만, 조나단의 눈에는 방공호로 보였다. AK-47 돌격소총을 든 감시요원
들 두 명이 문가에 서 있고, 레인지로버 한 대가 근처에 세워져 있었다. 흰
색 재킷을 입은 남자 둘이서 왁자지껄하게 기계 장비들을 옮기고 있었다.

"저기에는 뭐가 있습니까?" 하고 조나단이 물었다.

"나의 미래가 있지요." 하고 발포어가 말했다.

"위험해 보이는군요." 조금 전에 나누었던 감정의 골을 여전히 느끼며

조나단이 말했다.

발포어가 어깨너머로 힐끗 보며 말했다. "참견 말고 당신 일에나 신경 쓰시죠."

그곳은 조나단이 늘 꿈꿔온 수술실이었다. 미국 스트라이커사의 수술 대와 건조기만한 크기의 독일 드래거사 마취기가 준비되어 있었다. 신형 응급운반차와 의료용 석션, 심장 기능이나 맥박, 혈압, CO_2 수준 등을 보여주는 측정 장치들도 있었다. 그리고 수술 기구들이 있었다. 쟁반 위에는 의료용 가위와 바늘집게, 물개, 겸자, 지혈집게 같은 것들이 잘 닦인 채 정교하게 빛나는 상태로 선반 위 쟁반에 정렬되어 있었다. 모두 합쳐 최소한 백 개는 되어 보였다.

"좋아요." 돈 잘 벌고 악명 높은 외과의답게 조나단이 말했다. "이 정도 면 그럭저럭 할 수 있겠어요. 네. 네. 네."

걱정으로 이마에 주름을 지어 보이며 발포어가 말했다. "빠진 게 있습니까? 선생께서 제안하신 것들은 모두 주문했습니다만."

조나단은 레비의 컴퓨터에 있던 구매 목록을 기억했다. "헤파필터가 장착된 환기기는요?"

발포어는 수술실 한구석으로 서둘러 갔다. "가디안 400이죠."

"좋습니다." 하고 조나단이 말했다. "그리고 조수들은요? 마취 전문의와 간호사는 구했나요?"

발포어는 국립보건소의 마취과장을 고용했고, 그 사람의 딸이 간호사라고 했다. 조나단은 알겠다고 대답했다. "조금 피곤하군요." 하고 그가 말했다. "혈액검사 결과도 확인해야 하고요. 첫 상담은 3시쯤으로 잡는 게 어떻겠습니까?"

"그럼 3시에 하는 걸로." 하고 발포어가 말했다. "원하신다면 그 뒤에 승마나 할까 하는데요. 제가 가장 아끼는 종마로 준비시켜놓겠습니다."

조나단은 그의 두 눈에서 도전하는 눈빛을 보았다. 코너가 말했던 핑계

거리들이 기억났지만 그는 코너의 말을 무시하기로 했다. "기대가 되는군요." 하고 그가 말했다. "저녁 식욕을 돋우기에 안성맞춤이군요."

발포어가 갑자기 손목시계로 시간을 확인하더니 서둘러 수술실에서 나가며 말했다. "실례하겠습니다. 내가 꼭 만나봐야 할 사람이 있어서."

조나단은 너무 집요하게 보이지 않으려고 무진 애를 썼다. 엠마는 아직 보이지 않고, 발포어가 만나려는 사람이 혹시 엠마는 아닐지 궁금해 미칠 지경이었다.

53

프랭크 코너는 지난번처럼 심장에 무리가 가는 일이 벌어지지 않도록 천천히 한 걸음 오르고 쉬고, 또 한걸음 오르고 쉬기를 반복하면서 층계를 올라 3층으로 갔다. 침실까지 간 다음 평소 같으면 서재로 가기 전까지 침대에 누워 20분 정도 시간을 끌었겠지만 이번에는 그러지 않았다. 염탐하는 이가 이미 내부에 있다면 더 이상 속임수를 써 봐야 쓸데없는 짓이었다.

코너는 버번을 세 손가락 높이로 따라 단숨에 들이켰다. 그는 현장요원이 아니었으며, 그런 경험도 없었다. 그는 작전요원, 다시 말해서 계획하고 설득하고 조직하는 사람이었고, 때때로 남을 사주하는 사람이었다. 그래서 유혈 낭자하던 말로이의 시신을 마음속에서 지워 버리는 일에 어려움이 있었다. 버번위스키가 목구멍을 타고 부드럽게 내려가면서 불안감을 몰아내는 데 도움을 주었다. 그리고는 등받이 의자에 털썩 주저앉아, 지난 이 주일 동안 일어난 일들을 중심으로 하루하루 기억을 옮겨가며 스파이의 흔적을 찾아내고 누가 배신자인지 알아내기 위해 노력했다.

먼저 두바이와 라쉬드 왕자의 손에 엠마의 정체가 발각된 사건이 있었다. 부비트랩이 장치된 라이플에 대한 정보를 알고 있던 이들이 꽤 있었다고 지적한 피터 어스킨의 말은 사실이지만, 그럼에도 불구하고 엠마가 이중첩자인 것을 아는 사람은 거의 없었다. 그 정보를 아는 사람은 오직 네 명뿐이었다. 코너, 어스킨, 영국 MI5의 수장인 안토니 알램 경, 그리고 디비전이 가장 고위층에 심어놓은 첩자이자 엠마, 즉 라라 안토노바로가 지시를 받던 러시아 FSB의 국장인 이고르 이바노프였다.

거기서 코너 자신은 제외해도 됐다. 마찬가지로 이고르 이바노프도 혐의에서 제외했다. 엠마의 신분을 노출시킴으로써 자신도 연달아 신분이 노출될 위험을 그가 무릅쓸 리가 없었다. 알렘 경이라면 가능하겠지만, 그럴 가능성도 지극히 낮았다.

내부 스파이는 코너가 국립지리정보국에서 말로이를 만난 사실까지 알아냈다. 문제는 어떻게 알아냈느냐는 것이었다. 그자가 국립지리정보국까지 코너를 미행했던 것일까? 만약 그런 것이라면, 자신이 말로이를 만난 것은 어떻게 알았을까? 그렇다면, 누군가가 그에게 코너의 목적지와 코너의 관심 인물에 대해 말해 주었다는 것인가?

코너는 해병대 헬리콥터 기장과 나눈 대화를 떠올려보았다. 대화의 행간을 한 번 읽어보자면 엠마가 특수작전팀이 찾아올 것에 대비하라는 경고를 미리 받았다고 생각해 볼 수 있었다. 오직 한 사람만이 코너가 바그람 공군 기지에 전화를 건 것을 목격했고, 또 그 고통스러운 작전의 진행을 곁에 앉아서 지켜봤다. 피터 어스킨이었다.

용의자의 수는 한 명으로 줄어들었다.

그러지만 여기에서 코너의 추론은 벽에 부딪혔다. 어스킨은 코너의 국립지리정보국 방문에 관한 모든 사항들을 알고 있었다. 어스킨이 자신이 직접 알려줄 수 있는 정보들인데, 그것 때문에 어스킨의 하수인이 말로이를 고문할 이유가 없었다. 물론 말로이가 코너 자신도 알지 못하는 기밀 정보에 대한 접근 권한이 있었던 게 아니라면 말이다

코너는 의자에서 일어나 버번을 한 잔 더 따랐다. 증거가 아무리 강력하다고 할지라도 그는 피터 어스킨이 타국으로부터 돈을 받는 스파이라는 사실을 믿기는 힘들었다. 갓 결혼한 그는 두말 하면 잔소리일 정도로 알아주는 명문가의 후손이고, 그가 좋은 사람이라는 것은 코너도 인정하던 바

였다. 어스킨을 불신하는 것은 코너 자신을 불신하는 것이나 마찬가지였다. 그러나 달리 다른 대답이 없었다.

불가능한 것들을 제거했을 때 남아 있는 것은, 그것이 아무리 가능성이 없어 보이는 일일지라도 진실인 것이 분명하다.

셜록 홈즈가 남긴 말이었다.

코너가 인정하고 싶던 그렇지 않던 어스킨이 답이었다.

그리고 만약 어스킨이 자신의 감독관에게 말로이와 엠마에 관한 정보를 넘긴 것이라면, 조나단 랜섬에 관한 정보도 넘기지 않았을 리가 없었다.

코너는 유리잔을 내려놓고 책상으로 가서 보안라인에 접속하고 국외로 거는 번호를 눌렀다. 안타깝게도 아무도 응답하지 않았다. 지금쯤 대니는 이스라엘에 도착했을 것이고, 분명 휴가를 내고 쉬고 있을 것이다. 자동응답기로 넘어가는 기계음이 들렸다.

"대니." 하고 그가 말했다. "나야, 프랭크. 이슬라마바드로 최대한 빨리 가 주게. 우리 신출내기가 곤경에 처해 있네. 이걸 받는 즉시 바로 연락해 주겠나? 꼭 전화해 주게."

전화를 끊은 다음 헤르질리아의 모사드 본부에 있는 그녀의 상관에게 전화를 걸었다. 전화는 즉각 연결이 됐으나, 실망스럽게도 그의 추측이 옳았음을 증명해 주기만 했다. 대니는 취리히로 파견되기 전에 미리 일주일간의 휴가를 신청해 놓았다고 했다. 자신의 소재에 대해서 그녀는 아무런 말도 남기지 않았다고 했다.

낙담하며 프랭크 코너는 전화를 끊었다.

한 명을 또 잃을 수는 없었다.

54

조나단은 양말과 속옷을 한쪽 서랍에 넣고, 셔츠는 다른 서랍에, 그리고 양복은 옷장에 넣어가며 조심스럽게 짐을 정리했다. 방은 매우 넓었다. 원목 마루에는 타르탄 무늬 카펫이 깔려 있었다. 카노피 침대는 대서양을 건너기에 충분할 정도로 크고, 천장은 경기용 농구대를 설치해도 될 정도로 높았다. 코너는 매일 매순간 감시당하는 사람처럼 연기를 하라고 그에게 지시한 바 있었다. 그러나 굳이 그런 연기를 할 필요도 없었다. 천장 한쪽 모퉁이에 달린 투박한 감시카메라를 보고 그는 혹시나 했던 사생활에 대한 기대를 날려 버렸다. 그는 욕실에서 수건을 가져온 다음 펄쩍 뛰어 카메라 렌즈를 수건으로 덮어 씌워 버렸다.

책상 서류폴더에 혈액검사결과가 들어 있었다. 자리에 서서 조나단은 검사결과를 찬찬히 살폈다. 물론 그 전에 손목시계의 크로노그래프를 작동시켰다. 결과들을 대충 봤을 때 발포어의 건강상태는 그런대로 양호했다. 콜레스테롤 수치는 높은 편이고, 효소검사결과로 보아서 간에 문제가 있었다. 궤양일수도 있었다. 그래도 성형수술을 취소해야 할 만큼 심각한 문제는 없었다.

조나단은 검사결과를 내려놓고 저택의 뒷 전경이 내려다보이는 내리닫이창 있는 쪽으로 건너갔다. 모터 코트는 정면 아래 있었고, 우측에는 마구간과 널찍한 잔디밭이 있었다. 좌측에는 많은 작업들이 집중되던 정비 창고가 있었다. 먼 쪽 입구에 밴 차량 한 대가 세워져 있고, 푸른색 작업복을 입은 일꾼들이 기계들을 창고로 실어 나르고 있었다.

그는 잠시 그 광경을 지켜보았다. 무장한 수비대와 발포어의 불안해 보이던 행동, 그리고 일꾼들의 분주함을 조합해 볼 때 이 무기거래상은 핵탄두를 이미 손에 넣었고, 지금 이 순간 핵탄두는 불과 50미터도 채 떨어지지 않은 그 정비 창고에 있는 것이 확실했다. 만약에 발포어가 내일 저녁으로 수술 일정을 잡으려고 한다면, 이는 곧 그가 내일 중에 구매자에게 핵탄두를 넘길 생각이라는 결론을 내릴 수 있었다.

핸드폰 화면의 표시를 보니 무선 인터넷 서비스는 잡히지 않았다. 발포어가 송수신 통화 연결을 차단하는 등 자택 내 디지털망 접속을 엄격하게 관리할 것이라던 코너의 추측이 옳았다. 핸드폰은 정보기관이 선호하는 추적 시스템이고, 해킹을 통해 마이크로폰이나 자동유도장치로, 또는 더 단순하게 그저 도청장치로 사용될 수도 있었다.

조나단은 창문을 열고 외벽을 손으로 만져보았다. 외벽은 표면이 움푹움푹하고 거칠었으며, 매끈한 홈이 1미터 간격으로 지면에서 수평으로 패여 있었다. 평면도에 따르면, 조나단의 방에서 바로 위에 있는 공간이 바로 발포어의 사무실이었다. 집을 따라 더 먼 쪽으로 나 있는 그 사무실의 창문들은 그의 방 창문 위쪽으로 대략 4미터 혹은 12피트 가량 떨어져 있었다. 손가락을 홈 안쪽으로 넣어 보니 깊이가 약 5센티미터 정도 되는 것으로 판단됐다. 발가락을 디디는 데는 그 정도면 충분하겠지만 손가락으로 붙잡고 버티기에는 너무 작았다.

방문 두드리는 소리가 정찰을 방해했다. "네?"

창문을 닫기도 전에 문이 열렸고, 황갈색 정장을 입은 경호원 두 명이 방안으로 들이닥쳤다. 조나단은 곧바로 시계를 확인했다. 경호원들이 그의 방에 있는 감시 카메라의 화면에 이상이 있는 것을 알고 이유를 확인하기 위해서 이곳까지 출동하는데 6분 30초가 걸렸다. "무슨 일입니까?"

한 명이 곧장 감시카메라 쪽으로 갔다. 두 번이나 점프를 하며 수건을 치우려고 시도했지만, 그렇게 하기에는 키가 너무 작았다. "수건 좀 치워주시겠습니까?" 하고 그자가 말했다.

조나단은 팔짱을 끼고 서 있었다. "미스터 아르미트라지께 말하시오. 나를 밤낮이고 감시할 수 있는 유일한 길은 그 사람이 나와 이곳에 같이 있는 것 외에는 없다고 말이오. 그런 게 아니라면, 수건은 계속 씌워져 있을 것이오."

경호원 둘은 서로 말을 주고받더니 그 중 한 명이 무전기에 대고 조나단이 알아듣지 못하는 힌디어로 무슨 말인가를 했다. 경호원은 인상을 찡그리더니 인사를 하고 동료와 함께 방을 나가면서 뒤에서 조용히 문을 닫았다.

바로 그때 그는 마구간에서 들려오는 말 울음소리를 들었다. 말의 기분이 별로인 것처럼 들렸다. 눈을 감고 낮잠을 청하려했지만, 잠이 올 리가 없었다. 발포어와 같이 말을 탈 일에 대해, 그리고 자신이 얼마나 허풍쟁이였는지에 대해 생각하고 있었다.

발포어는 승마복 차림을 하고 있었다. 그는 빨간색 승마 재킷과 흰색 승마 바지를 입고 무릎까지 오는 긴 가죽 부츠를 신고 있었다. 마부 한 명이 키가 크고 차분한 성미의 회색돈점박이말을 붙들고 있었다. "이 녀석이 코펜하겐이죠." 하고 그가 말했다. "선생께서는 인페르노를 타실 겁니다."

"수놈이라고 하셨죠." 하고 조나단이 말했다. "어디 녀석을 한 번 만나 볼까요?"

마구간의 그늘진 곳에서 마부가 넓은 가슴팍에 사나운 눈을 한 흑마 한 마리를 데리고 나왔다. 조나단은 침을 꿀떡 삼키고는 말에게로 다가갔다. "안녕, 인페르노." 말의 콧잔등을 만지면서 그가 말했다.

말은 이빨을 드러내며 초초한 듯이 뒷걸음을 쳤다.

"다루실 수 있겠습니까?" 하고 발포어가 가소롭다는 말투로 물었다.

조나단은 내심 어느 정도 전문가의 폼이 나기를 바라며 말고삐를 잡았다. "못 다룰 이유도 없지 않습니까?"

"좋습니다." 하고 발포어가 말했다. "자, 그럼 시작할까요?"

오후 4시였다. 신체검사가 모두 끝났다. 조나단이 예상했던 대로 발포어는 검사를 통과했지만, 건강한 신체와는 거리가 멀었다. 혈압이 높고, 6.8kg 정도 과체중이었다. 유연성 검사 결과는 끔찍했고, 심장박동 수는 분당 80회 정도로 평균 이하였다. 그는 칵테일을 하루 두 잔 정도 마신다고 고백했다. 그러나 의사가 배우는 첫 번째 규칙은 술에 대해서만큼은 환자가 말하는 것의 두 배가 실제 주량이라는 것이었다. 간 기능을 측정해 보니 두 잔이 아니라 네 잔일 가능성이 높았다. 그래도 스타틴(콜레스테롤 저하제)과 베타 차단제(협심증과 고혈압 등의 치료제), 그리고 체력을 낭비하는 사람들이 사용할 수 있는 기타 모든 종류의 신약들을 제대로만 조합해서 복용한다면 발포어는 아마도 80세까지 살 수 있을 것이었다.

이어서 성형을 위한 상담을 했는데, 발포어의 요구사항은 구체적이었다. 한손에는 알랑 들롱의 사진을, 다른 한손에는 애롤 플린의 사진을 들고 조나단에게 이 두 사람처럼 보이도록 반드시 최선을 다해 달라고 했다. 최신 소프트웨어 프로그램의 도움으로 조나단은 발포어의 가상성형얼굴을 만들었다. 코폭을 좁히고 광대와 턱에는 보형물을 넣고, 입술은 가늘게 축소하고 간단한 주름제거술을 하기로 했다. 머리 염색과 콘택트렌즈의 도움으로 발포어는 완전히 다른 모습을 하게 될 것이었다. 적어도 법과 전 세계 지명 수배범 식별을 위해 고안된 갈수록 진보하는 안면인식소프트웨어 프로그램의 눈에는 다른 인물이 되는 것이었다.

"히힝!" 하고 울며 종마인 인페르노는 뒷걸음질을 쳤고, 조나단은 녀석의 힘을 알아 차렸다. "착하지." 하며 말의 목덜미를 쓰다듬었다. 마부가 양손으로 계단을 만들어 주자 조나단은 그것을 밟고 오른쪽 다리를 안장 너머로 차 올렸다. 그 다음 양 손으로 고삐를 쥐고 두 다리를 죄었다. 인페르노는 코펜하겐을 탄 발포어의 뒤를 따라 마구간에서 나와 들판으로 나갔다. 인페르노는 차분히 앞으로 나아갔고 조나단도 여유를 보였다. 그는 양 손을 안장 위에 늘어뜨려 놓았지만, 단 한 순간도 안장에 잡을 수 있는 뿔이 달려 있었으면 하고 바라지 않은 순간이 없었다.

나란히 말을 타고 가며 발포어는 "와 주셔서 다행입니다." 하고 말했다. "지금 생각해 보니 부담스러운 제안이 아니었나 싶어서 말입니다."

"전혀 그렇지 않습니다. 어쨌거나 그게 제 직업이니까요."

"얼마나 큰 위안인지 모르실겁니다. 어쨌거나 요 몇 년간은 도망가고, 숨고, 누군가를 매수해야 하는가 말아야 하는가를 계속 걱정하고, 심지어는 그들이 애초에 같이 일해도 좋은 사람인지 걱정해야 하고. 솔직히 이 모든 것을 뒤로하고 떠날 생각을 하니 기쁘군요."

"그럼 앞으로 무슨 계획이신지?"

"쉴 겁니다." 하고 발포어가 말했다. "인생을 즐겨야죠. 독서도 하고, 골프를 좀 배워 볼 생각도 있습니다."

"말도 안 됩니다." 하고 조나단이 말했다. "발포어 경께서는 저랑 비슷합니다. 그동안 살면서 휴식이란 없었죠. 원해도 할 수 없었을 겁니다. 머릿속이 늘 바쁘거든요. 살아 있는 것을 느끼려면, 늘 뭔가를 해내야 하는 분이시죠. 저에게는 그게 일과 도박입니다. 이 일에는 탁월하지만, 다른 일에는 영 젬병입니다. 그렇다고 그만두는 것은 답이 아니죠."

"물론, 그 말씀이 옳습니다. 이미 사업 구상을 하나 해두긴 했죠."

"그렇습니까? 궁금한데 들려주시렵니까?"

"이번엔 총기가 아닙니다. 화학무기입니다. 생화학무기야말로 차세대 무기시장을 책임질 놈이죠. 요즘 화학자들이 만들어내는 것들을 보면, 사린가스나 리신 같은 것들은 아주 장난감 수준이죠. 중요한 것은 이 신종물질들은 극소량만으로도 엄청난 파괴력을 보장한다는 겁니다. 이윤도 엄청납니다."

"혼자 하실 겁니까?"

"늘 그래왔으니까요." 발포어는 이렇게 말했다. "내게는 동업자가 없습니다. 믿을만한 사람을 찾기가 하늘의 별 따기라서 말이죠. 내게는 오로지 고객만 있습니다. 내 고객 중 하나를 오늘밤 만나실 겁니다. 저녁식사에 초대했습니다만. 합석하는 것을 개의치 않으신다면 말입니다."

"그럴 리가요. 기꺼이 참석하겠습니다." 발포어가 초대한 이의 정체를 알고 싶은 마음에 초조함마저 느끼며 조나단이 말했다.

"선생께서 미국인이 아닌 것을 다행으로 여기십시오." 보통 구보로 승마를 하면서 발포어가 말했다. "미국인이라면 내 고객이 달가워할 리가 없는지라."

조나단은 발뒤꿈치로 인페르노의 양 옆구리를 툭 찼지만 말은 반응하지 않았다. "어서." 하고 그가 말했다. "이랴! 가자!" 여전히 말은 여유로운 걸음걸이를 유지하고 있었다. 조나단은 양 다리로 말의 몸통을 조이며 고삐를 휘둘렀다. "어서, 달려!"

인페르노는 완전히 멈춰 섰고 조나단은 한숨을 내쉬었다. 다시 말의 몸통을 발로 차자 이번에는 말이 앞으로 몸을 낮추더니 전속력을 다해 달리기 시작했다. 조나단은 고삐를 단단히 쥐며 안장에서 떨어지지 않으려고 애를 썼다. 발뒤꿈치를 내려 밟으라고 엠마가 가르쳐 준 적이 있었다. 통제가 안 되는 경우에는 절대로 말의 몸통에 빠짝 달라붙지 말 것. 그러면 말은 더 빨리 달린다는 것이었다.

인페르노가 발포어를 앞질러가자 발포어는 그것이 도전이라고 생각하고 자신도 말을 전속력으로 몰았다. 그 암말이 나란히 옆에서 달리게 되자 조나단은 발포어가 자신을 향해 씩 웃으며 등자에 편안하게 서 있는 모습을 보았다. 인페르노는 더 빨리 달리기 시작했고, 조나단은 안장에서 세게 튀어 올라 한쪽으로 몸이 기울면서 한 쪽 발의 등자를 놓쳤다. 몸을 바로 세우고 말의 고삐를 조여 보았지만 말의 힘이 너무 좋았다. 인페르노는 계속 달려 나갔다.

"힘이 좋은 녀석입니다." 하고 그를 다시 따라잡으며 발포어가 말했다. 암말의 옆구리가 인페르노의 어깨를 밀어붙였다. 검은 종마는 오른쪽으로 몸을 홱 틀어 방향을 바꿔 다시 땅을 박차고 미친 듯이 달려 나간 반면에 조나단은 안장과 인페르노를 뒤로 한 채 앞으로 튀어 날아가 버렸다. 그는 인정사정없이 어깨부터 땅에 처박히며 옆으로 나뒹굴었다.

"세게 떨어지셨습니다." 발포어가 말을 멈추며 말했다. "괜찮으십니까?"

조나단은 일어나 몸의 먼지를 털었다. "네에." 하고 무뚝뚝하게 대답했다가 다시 정신을 차리고 말했다. "예, 괜찮습니다."

"목이 부러지지 않은 것만으로도 천만 다행입니다." 발포어는 말에서 내려 조나단의 재킷에 붙은 풀과 흙을 털어 주며 말했다. "다루기가 만만치 않은 녀석입니다." 그리고 이렇게 덧붙였다. "한동안 말을 타신 적이 없다면 더 그렇지요."

조나단은 발포어와 눈을 마주쳤지만 대답은 하지 않았다. 근육이 다친 곳을 찾아 뭉친 어깨를 매만졌다.

"꽤 되셨지요, 안 그렇습니까?" 하고 발포어가 물었다.

"꽤 오래 됐죠." 하고 마치 죄를 고백하듯 조나단이 말했다.

발포어는 웃었고 조나단은 자기가 승마 실력을 속인 것에 대해 발포어가 별 관심이 없다는 것을 깨달았다. 적어도 한 분야에서 이 유럽인 의사를 이긴 것만으로도 기분이 좋았던 것이다.

발포어 경이 휘파람을 불자 인페르노는 재빨리 다가왔다. 친근하게 등을 두드려주며 발포어는 조나단이 안장에 올라타는 것을 도와주었고, 집까지는 천천히 가자고 했다.

발포어는 어깨너머로 조나단을 보며 믿기지 않는다는 듯 고개를 내저었다.

55

정말 아름다웠다.

술탄 하크는 경외감이 가득찬 눈으로 앞 탁자에 놓인 원통 모양의 스테인리스 강철 물체를 바라보았다. 높이 80센티미터, 최대 지름은 30센티미터로 양끝으로 갈수록 살짝 가늘어지는 모양이었다. 꼭대기에서부터 겨우 손가락 하나 되는 정도의 거리에 희미한 선이 있어 그곳이 장치가 열리는 곳임을 보여주고 있었다. "저것입니까?"

"맞습니다." 하고 발포어가 말했다. "놀랍죠, 안 그렇습니까?"

"봐도 되겠소?" 개조된 핵탄두를 가리키며 하크가 물었다. 발포어가 고개를 끄덕이자 하크는 그것을 손에 쥐어보았다. 보기보다 무거웠지만 기껏해야 20킬로그램 정도였다.

"떨어뜨리지만 마십시오." 하고 발포어가 말했다.

하크는 재빨리 폭탄을 테이블에 도로 올려놓았다.

"사실 꽤 견고하다고 들었습니다." 발포어가 이어서 말했다. "거의 파괴가 불가능하다고 들었습니다. 부하들이 사용법을 알려드릴 겁니다. 이곳을 날려 버리지 않도록 조심하십시오. 이만 가 봐야 할 것 같습니다만, 저녁에 다시 뵐 수 있을까요?"

하크는 고개를 끄덕였다. 그는 발포어가 작업실을 나서는 동안에도 핵탄두에서 눈을 떼지 않았다. 그는 무뚝뚝한 말투로 실험실 가운을 걸치고 있는 물리학자들에게 물었다. "작동은 어떻게 하는 거요?"

과학자들이 무기 사용법을 가르쳐 주는 동안 하크는 주의 깊게 들었다. 핵탄두 자체는 끔찍하게 복잡한 무기지만 사용법은 간단했다. 뚜껑을 열어젖히면 제어판이 드러나고, 안쪽에 키패드 두 개가 LCD 화면 아래쪽에 각각 설치되어 있었다. 무기를 작동시키기 위해서 사용자는 정확한 여섯 자리 숫자 코드를 입력해야 했다. 일단 폭탄이 작동되면 타이머나 플라스틱 케이스로 보호해놓은 작은 빨간 단추를 눌러 수동으로 폭파시킬 수 있었다.

"폭발 시 위력은?" 하고 기술적인 단어를 쓰는 것을 어색해하며 그가 물었다.

"12킬로톤입니다." 하고 과학자 중 한 명이 대답했다.

"그러니까 파괴력으로 치면 어느 정도 되는 거요?"

"폭발지점으로부터 1킬로미터 범위 이내에 있는 모든 것들은 중심 온도가 천만도 이상에 이르는 불덩이에 의해 순식간에 흔적도 없이 사라집니다. 3킬로미터 범위 이내, 그러니까 도시로 치면 한 스물다섯 구역 이내에 있는 구조물은 완전히 파괴되고 거의 모든 생물체가 전멸합니다. 남아 있는 건물은 없을 것이고, 잔해 틈에서 용케 죽음을 피하더라도 화염폭풍으로 인해 살아남기는 힘듭니다. 5킬로미터 범위 이내에 있는 사람들의 경우 사망률은 70퍼센트까지 떨어지지만 생존자도 방사능 오염 탓에 머지않아 사망하게 됩니다. 계속할까요?"

하크는 경외심이 담긴 시선으로 핵탄두를 바라보며 고개를 내저었다.

"그러면 타이머 작동 법을 알고 싶으실 것으로 생각됩니다만." 하고 그중 한 명이 말했다.

"그것은 필요 없소." 하고 하크가 말했다.

56

만찬은 그레이트홀에서 열렸다. 크리스털 잔들 사이로 흰색 리넨 냅킨이 놓여 있고, 백랍 접시와 반짝이는 나이프와 포크가 있었다. 천장에 달린 으리으리한 철재 샹들리에와 함께 나뭇가지 모양 촛대 한 쌍이 빛을 밝히며 친밀한 분위기를 조성했다. 만찬 장소에 들어선 조나단은 열여섯 명을 위한 자리가 마련되어 있는 것을 확인했다. 그는 푸른색 정장에 넥타이를 매고, 금발머리는 포마드를 발라서 단정하게 가르마를 타고 나왔다. 그리고 공식 행사를 위해서 검은테 안경을 썼다.

샴페인 잔을 담은 은쟁반을 들고 흰색 조끼를 입은 웨이터가 다가왔다. 발포어가 두 잔을 받아 한 잔을 조나단에게 주며 말했다. "선생의 조언을 따르기로 했습니다. 수술 날짜를 내일 모레 아침으로 미루겠습니다. 나중에 후회하느니 미리 조심하는 게 낫겠죠. 건배!"

"건배." 잔을 들며 조나단이 말했다. "미룰 여지가 있는지 미처 몰랐습니다."

"모든 일이 다 그런 것 아니겠습니까?" 발포어는 잔을 바로 비워 버리고 한 잔을 더 받았다. "어깨는 어떻습니까? 수술하는 데 지장이야 없겠지요?"

조나단은 발포어가 게슴츠레한 눈을 하고 있는 것을 알아차리고는 그가 이미 샴페인보다 더 강한 것을 집어삼킨 게 아닌지 궁금해졌다. "괜찮습니다. 약간 욱신거리는 정도죠. 기억하십시오. 내일 저녁 6시 이후로는 금식 하셔야 합니다. 그리고 큰 수술이 있기 전 날에는 휴식을 취하시는 게 가장 좋습니다. 무리가 될 만한 일은 안 하셨으면 합니다만."

"사업상 처리할 일들만 하지요." 발포어가 말했다. "공교롭게도 내일은 거의 하루 종일 자리를 좀 비워야 할 것 같습니다. 내일 하루는 좀 알아서 보내셔야 하겠군요."

"너무 격렬한 일을 하시려는 건 아니길 바랍니다."

"그렇지는 않습니다."

조나단이 미소를 지었다. "그렇다면 저는 시내를 좀 돌아보고 와도 되겠 습니까?"

"그냥 이곳에 계십시오." 하고 발포어는 단호하게 말했다. 이어서 말투를 다시 부드럽게 고치고 미소를 띠며 그가 말했다. "하지만 인페르노한테 서는 떨어져 있으십시오. 선생께 일이 생기는 것을 더는 원치 않으니 말입 니다."

마치 관광버스에서 내린 듯이 손님들이 떼 지어 도착했다. 발포어는 그들을 차례대로 소개하는 동안 조나단더러 굳이 그의 곁에 있어달라고 했다. 흰색 네루 재킷과 거기에 어울리는 터번을 두르고 온 미스터 싱과 함께 미스터 이크바르, 미스터 더트, 그리고 미스터 보스란 이름의 파키스탄인 세 명이 참석했으며, 그들은 '특별 프로젝트'를 돕고자 블렌하임을 방문한 것이라고 했다. 다음으로 여자 손님들이 있었다. 아까 본 아가씨들 외에도 네 명이 더 있었는데, 이름은 듣자마자 잊어버렸다. 조나단은 경력에 대한 언급은 없이 그냥 '스위스에서 온 닥터 레비'로 소개됐다.

확인해 보니 현재까지 열네 명이 자리를 채웠으며 엠마는 보이지 않았다.

웨이터가 발포어의 귀에 대고 뭔가를 속삭였고, 발포어는 누군가를 찾는 듯 방을 한 번 둘러봤다. 이어서 그는 "그럼 다들 앉으시죠."라고 말했다.

조나단의 자리는 발포어의 오른쪽이었으며, 두 남자 사이에는 우크라이나 출신 금발 미녀가 앉았다. (발포어가 약속했던 대로 '젊고 금발에 풍만한' 여자였다.) 손님들이 자리에 앉은 다음 조나단은 맞은편 맨 끝의 두 자리가 비어 있는 것을 확인했다.

"아, 오셨군요." 하고 발포어가 얼른 자리에서 일어나서 입구로 성큼 걸어가며 말했다. "그렇지 않아도 궁금해 하던 차였습니다."

조나단은 그녀가 온 것으로 여기고 바짝 긴장했다. 도무지 무슨 말을 해야 할지 감이 오지 않았다. 늦게 온 손님을 보기 위해서 고개를 돌렸으나 엠마가 아니었다. 그 손님은 회색 정장을 입은 큰 키의 외국인이었으며, 조나단은 그가 발포어의 고객일 것으로 추측했다. 발포어는 그 신사를 자신의 왼편 자리에 앉도록 했다. "미셸, 내 친구 샤를 소개합니다. 샤, 스위스에서 온 미셸입니다."

조나단이 인사하자 그 남자는 고개를 끄덕여 답례했다. 그자는 파키스탄인이나 인도인이 아니었다. 피부는 지나치게 창백했으며 광대뼈가 몹시 높게 솟아 있었다. 아주 잠시 동안 그자가 조나단을 뚫어지게 쳐다보았고, 조나단도 그를 쳐다보았다. 어딘가 익숙한, 그러나 막연하게나마 사람의 마음을 불안하게 하는 뭔가가 있는 자였다.

우크라이나에서 온 아름다운 율리아가 조나단의 팔에 손을 얹으며 자기 나라에 가 본 적이 있냐고 묻는 동안 발포어는 그의 고객과 다리어(페르시아어의 일종으로 아프가니스탄의 타지크인들이 주로 사용함)로 대화를 나누었다. 조나단은 우크라이나에 가 본 적이 없다고 대답하고, 그녀와의 대화를 유지하려고 최선을 다하는 동시에 목소리를 낮춰가며 속닥이고 있는 발포어와 그의 고객의 대화 내용을 엿들어 보려고 했다.

웨이터가 첫 번째 코스 요리인 리크를 곁들인 감자 수프를 대령했다. 와인은 시음용 컵을 목에 건 소믈리에가 직접 따라주었다. 발포어가 한 모금 시음을 하더니 와인의 맛을 칭찬했다. 샤라는 이름의 그 남자가 잔 입구를 가리기 위해서 손을 들었다. 조나단은 그 남자의 길게 기른 새끼손톱을 보았고, 순간 자신이 평정심을 잃었다는 사실이 티가 나는 것이 아닌지 겁이 덜컥 났다. 그제야 그의 인상이 익숙하게 느껴졌던 이유를 알아낸 것이다.

미스터 샤는 술탄 하크였다.

"미셸, 와인 맛이 어떻습니까?" 하고 발포어가 물었다. "당신을 위해서 특별히 스위스 데잘레이로 골랐는데요."

"뭐라고 하셨죠?" 조나단이 길게 휜 누런 손톱에서 시선을 떼면서 말했다.

"와인이요. 데잘레이입니다. 마음에 드실 거라 생각하는데."

조나단은 글라스에 든 와인을 마신 뒤에 "환상적"이라고 프랑스어로 말했다. 억양은 지나치게 강했고 그의 반응도 지나치게 활달했다. 언제라도 하크가 그를 알아볼 수 있었다. 금방이라도 자리를 박차고 일어나서 이 의사가 미국인 첩자라는 것을 알리고 그 자리에서 처단하려들지 모르는 일이었다.

잔을 내려놓고 조나단은 가슴을 졸이며 우크라이나 미인과의 대화를 이어갔다. 하지만 이야기는 하나도 머리에 들어오지 않았다. 곁눈질로 하크를 살펴보기에 바빴다. 두건과 수염도 없애고 눈가의 먹칠도 지우고 나온 그의 모습을 단번에 알아보기란 거의 불가능에 가까웠다. 그렇게 시간이 흐르는 가운데, 하크는 아무 말도 하지 않았으나 조나단은 안심할 수 없었다. 그는 하크 역시 초반에 무엇인가를 느꼈고, 그의 모습이 왜 낯이 익은지 알아내려고 애쓰는 중일 것이라고 확신했다.

"미셸, 미스터 샤께서는 최근에 부친상을 당했답니다." 하고 발포어가 말했다. "제가 이분께 선생께서 의사시고, 이분의 나라에서도 더 많은 의사들이 배출되도록 해야 한다는 말씀을 드렸습니다만."

그 말에 조나단은 하크를 쳐다보는 수밖에 없었다. "삼가 조의를 표합니다." 하고 스위스 억양을 섞어가며 말했다. "어디 분이시죠?"

"아프간에서 왔소." 2주일 전에 조나단을 놀라게 했던 그 뛰어난 영어 발음으로 하크가 대답했다. "사실, 바로 산 너머에 인접해 있지만. 솔직히 말해 나는 아르미트라지씨와는 달리 의사에 대한 믿음 따위는 없소."

"아, 그러신가요?" 하크의 짙은 색 눈동자를 똑바로 쳐다보며 조나단이 말했다. "왜 그런 생각을 하십니까?"

"의사 놈이 내 부친을 죽였소."

"의사가 의도적으로 그런 것은 아닐 거라 믿습니다."

"그럼 칼로 목을 긋는 것을 달리 뭐라고 표현한다는 말이오?"

"수술 중에 의료사고가 있었다는 말씀이신가요?"

"믿고 맡겼던 의사 놈한테 부친이 목이 베여 돌아가셨다는 소리요."

조나단은 발포어를 쳐다보며 도움을 청하는 투로 말했다. "무슨 말씀이신지 도무지 잘…"

"내 부친은 전사이셨소." 하크는 전사라는 단어를 강조하며 말을 이었다. "미국 놈들이 내 부친을 죽이려고 했고, 놈들은 그런 더러운 일을 할 놈으로 의사를 하나 보냈소. 그러니 의사란 직업을 존중하는 발포어 씨의 의견에 내가 동의를 안 하더라도 이해하시오."

"그 부분에 대해서는 삼가 조의를 표한다는 말 외에는 달리 그릴 말씀이 없군요."

"과연 그럴까?" 몸을 바짝 기울여 조나단의 시선을 뚫어지게 되쏘아보며 하크가 물었다. "당신은 스위스 사람 아니오? 유럽인이지. 다른 서양 것들과 마찬가지로 당신도 그 뻔하고도 일방적인 눈으로 내 종족을 바라보고 있을 게 아니오."

"나는 늘 정치에서는 떨어져 있으려고 합니다만." 하고 조나단이 말했다.

"그렇다면 더 나쁘군." 하고 경멸감이 묻어나는 말투로 하크가 말했다. "신념이나 원칙도 없다는 소리니."

"나에게도 그 원칙들이란 게 있긴 합니다만." 하고 조나단이 대꾸했다. "난 그저 그것들을 타인에게 강요하지 않기로 했을 따름입니다. 특히 금방 만난 사람에게는 말이지요."

"자, 진정들 하십시오." 분위기를 잠재우려고 양쪽으로 손을 뻗어 보이며 발포어가 말했다.

"괜찮습니다, 아쉬." 하고 조나단이 말했다. "화를 내실만도 하지요. 분명히 아직도 부친을 애도 중이실 테니까요."

"자유를 보장해 준다는 구실로 내 나라를 침략해 내 형제, 자매들을 노예로 만든 자들을 향한 내 증오는 애도하는 마음과 아무 상관이 없소."

"당신 나라 사람들을 노예로 만든 것은 바로 당신 같은 사람들이 열광적으로 조장한 무지와 가난 탓이라고 이해하고 있습니다만."

"이 보십시오, 미셸. 거기까지만…" 하고 짜증을 내며 발포어가 말했다.

하크는 냅킨을 던졌다. "당신은 내 나라에 대해서 아무 것도 모르고 있소. 그러니 우리 정책에 대해서 이렇다 저렇다 평가할 위치에 있지 않소."

"학교를 짓고 성별에 상관없이 아이들에게 교육의 혜택을 주기 전까지는 당신네 나라가 지금의 그 한심스러운 상황에서 벗어나 발전을 이루기는 불가능하죠."

하크는 일어나 손가락질을 하며 조나단을 노려봤다. "내 나라의 복지정책은 네가 상관할 바가 아니야."

"불행히도 상관없지가 않은 것 않군요." 하고 조나단이 말했다. "당신네 정치가 이웃나라까지 혼란과 재앙을 퍼뜨려서 전 세계가 불안 속에 빠지게 된다면, 그것은 모두가 상관할 일…"

밖에서 폭발음이 들리며 집이 흔들렸다. 샹들리에가 좌우로 흔들리고 전등이 깜박였다. 발포어는 눈을 휘둥그렇게 뜨고 동작을 멈췄다. 밖에서 총소리가 나더니 두 번째 폭발음이 들렸는데, 이번에는 더 크고 더 가까이에서 터진 것 같았다. 옆 방 창문이 산산조각 나고, 벽에 걸린 그림이 바닥으로 떨어졌다. 기관총이 발사되는 소리에 귀청이 떨어져 나갈 듯했고 율리아가 비명을 질러댔다. 모여 있던 손님들이 식탁 자리에서 일어나 일부는 문 쪽으로 달려 나가고, 다른 이들이 우왕좌왕하는 동안 남은 이들은 그 자리에 서서 눈을 동그랗게 뜨고 있었다. 조나단은 토라보라 언덕 정상으로 돌아간 기분을 느꼈다.

"망할 인도 새끼들." 하고 침착하게 식탁에 냅킨을 내려놓으며 발포어가 말했다. "그 죽일 놈들이 결국 왔구만."

"물건은 안전한 거요?" 하고 하크는 자리에서 일어나 그를 초대한 이에게 대들기라도 하듯이 바짝 다가와 말을 걸었다. 조나단에게 향하던 그의 관심은 더 시급한 문제로 인해 뒤로 미뤄진 듯했다.

"그들이 원하는 건 바로 접니다." 하고 발포어가 말했다. "정 원하신다면, 미스터 싱과 함께 정비 건물로 가 보십시오. 가서 직접 한 번 보시지요."

총소리가 다시 빗발치듯 들려오자 미스터 싱이 하크를 데리고 방에서 나갔다. 발포어가 쌍방향 무전기에 대고 말했다. "몇이나 되나? 다섯? 열 명? 아무것도 안 보인다니, 그게 무슨 소리야? 알아내는 대로 바로 연락해." 그는 교신을 멈추고 조나단을 봤다. "닥터 레비, 방으로 가서 문을 잠그고 계시지요. 창가에서는 떨어져 있는 게 좋을 겁니다. 난 보안 창고로 가보겠습니다. 걱정 마십시오. 디저트를 즐길 무렵에는 다 정리될 겁니다."

폭탄이 한 발 더 터지면서 집이 마구 흔들렸고, 전등이 모두 꺼졌다.

57

바로 지금이었다.

조나단은 문에 등을 대고 서서 복도를 통해 울리는 발자국 소리와 모터 코트에서 지프 차량들이 빠져나가는 소리, 그리고 지붕에서 본 대구경 기관총이 끊임없이 중저음을 내뿜으며 사격해대는 소리를 듣고 있었다. 재빨리 창가로 다가가 발포어와 싱이 기관총을 손에 들고 레인지로버 차량에 올라 탄 뒤 요란한 소리를 내며 현관을 빠져나가는 것을 확인했다. 발포어는 겁쟁이가 아니었다. 그 점만은 조나단도 인정할 수밖에 없었다.

조나단은 창문을 열고 머리를 바깥으로 내밀었다. 저택은 어둠 속에 모습을 숨기고 있었다. 본채나 정비 창고에는 아무런 불빛도 보이지 않았다. 보안 시스템이 작동중이라고 해도 지금 같은 급박한 상황에서 손님으로 온 의사인 그에게 주의를 기울일 것 같지는 않았다.

그는 행동에 들어갔다. 재킷을 벗은 다음 신발을 벗었다. 욕실로 가서 면도기에서 면도날을 빼낸 다음 주머니에 넣었다. 탤컴파우더를 손에 바르고, 손가락 끝에는 더 충분히 발랐다. 창문으로 가 창틀 위에 올라서서 내려다보니 모터 코트에는 아무도 없었다. 소화기들이 뿜어내는 소리가 밤하늘을 수놓는 통에 마구간의 말들이 미친 듯이 울어대고 있었다.

오른쪽 다리를 뻗어 건물의 돌 벽에 파인 홈에 발끝을 끼워 넣었다. 몸 무게를 실어 가늠해 보니 몸을 충분히 버틸 수 있을 것 같았다. 왼쪽 무릎을 들어 올려 창문 위쪽의 창틀 가로대에 발뒤꿈치를 걸쳤다. 가로대는 너비가 10센티미터 가량 되고, 기술만 충분하다면 계단처럼 사용할 수 있었다. 몸을 일으킨 다음 손을 뻗어 발포어의 사무실 창문 밖에 달린 선반을 붙잡았다.

또 한 번 발끝을 홈에 걸친 다음 오른 팔을 뻗어 손가락으로 창틀을 잡았다. 그런 다음 발포어의 사무실이 보이는 위치까지 몸을 높이 끌어올렸다. 발가락으로 다음 홈을 찾아낸 다음 몸을 지탱하고 창문이 열려 있는지 확인해 보았다. 잠겨 있었다.

내리닫이 창문을 올리려고 애를 써 봤지만 소용이 없었다. 모터 코트는 여전히 조용했지만 계속해서 아무도 오지 않으리란 보장은 없었다. 다음 창문은 왼쪽으로 3미터 정도 떨어져 있었다. 옆으로 조금씩 움직이면서 벽을 타고 건너갔다. 이번에는 창문이 쉽게 열렸다.

마음을 놓으며 그는 상체를 끌어올려 건물 안으로 들어간 다음 잠시 동안 꼼짝하지 않고 서 있었다. 흘린 땀에 셔츠가 등에 들러붙어 있었다. 복도로 나가는 문은 닫혀 있고, 방이 비어 있다는 것을 알 수 있었다. 주머니에서 소형 손전등을 꺼내 불을 밝혔다.

그곳은 발포어의 사무실이 아니라 자신의 방과 비슷하게 꾸며놓은 침실이었다. 열려 있는 여행가방 하나가 장식장 옆 짐 선반 위에 놓여 있었다. 가방 안에는 셔츠며 속옷, 양말과 남자 옷가지들이 들어 있었다. 바닥에는 남성용 로퍼 한 켤레가 놓여 있었는데 사이즈가 매우 컸다. 옷의 상표들을 보니 그가 모르는 외국 브랜드였다.

책상 위에 코란 한 권이 있고, 그 아래에는 서류들로 꽉 찬 누런색 서류철 하나가 놓여 있었다. 책상 한 쪽에 아리아나 항공권 봉투가 놓여 있어 열어 보니 카불에서 이슬라마바드로 가는 항공권이었다. 술탄 하크의 방에 들어온 것이었다.

시간이 별로 없다는 사실을 알고 조나단은 누런색 서류철을 뒤졌다. 이슬람 지역 웹사이트에서 내려 받은 서류들이 보이고, 다른 서류들은 파슈 토어로 쓰여 있었다. 이슬라마바드 공항의 지도가 있었는데, 지도 위쪽에 어떤 숫자와 글자들이 적혀 있었다. 옅은 파랑색 종이 위에 어린아이의 글 씨로 쓰인 편지 하나가 그의 관심을 끌었다. 파슈토어로 적혀 있기는 했지 만 여기저기에서 몇 개의 단어는 알아볼 수 있었다. '사랑하는 아빠. 벌써 보고 싶어요…제가 크는 모습을 아빠가 보지 못해서 슬퍼요…아빠를 자랑 스럽게 해드리고 싶어요…사랑하는 아들 칼리드가.'

편지 아래쪽에 로고 같은 것이 박힌 종이 한 장이 보였다. 로고에는 METRON, 그리고 그 밑에는 HAR와 NEWHA라고 적혀 있었다.

복도를 따라 발걸음 소리가 들려왔다. 급히 서류철을 닫고 문으로 다가 가자 발걸음 소리는 다시 멀어졌다. 잠시 뒤 문을 살짝 열어 보니 복도는 비어 있었다. 방을 빠져 나가 발포어의 사무실 문으로 걸어가 문을 열고 안으로 들어갔다.

등으로 문을 닫으며 손전등 불빛을 비춰 사무실을 둘러보았다. 위압적 인 마호가니 책상이 한 쪽 벽면을 가득 채우고 있었고, 세 대의 모니터가 나란히 눈에 가장 잘 띄는 장소에 놓여 있었다. 사무실 한 쪽에는 중고 휴 대폰이 가득 든 라탄 바구니 하나가 놓여 있고, 위쪽 선반에는 상자 채 뜯 지도 않은 새 휴대폰들이 쌓여 있었다. 다른 쪽 벽면은 캐비닛들이 가득 메우고 있고, 여기저기 서류가 있었다. 수많은 서류들이 여러 개의 묶음으 로 높이 쌓여 있었다.

손전등을 입에 물고 조나단은 책상 위에 놓인 서류들을 살펴보았다. 코 너는 기자처럼 행동하라고 말했다. '누가, 언제, 어디서, 무엇을, 어떻게' 라는 관점에서 조사하라는 말이었다. 이름과 장소, 시간이 중요했다. 코너 는 발포어가 핵폭탄을 가지고 있다고 의심하고 있었고, 조나단은 지금 그 의심이 정확했다는 것을 알고 있었다. 거기 어딘가에 구매자와 교환 시간 및 장소에 대한 정보가 있을 것이었다. 술탄 하크가 최종 사용자인가, 아니면 그도 다른 누군가에게 그것을 전달하는 것인가? 교환은 공항에서 이루어지기로 되어 있는가?

서류 한 뭉치는 은행거래 확인서고, 두 번째 뭉치는 전화명세서, 세 번째 뭉치는 신용카드 명세서였다. 정보가 너무 적은 게 아니라 너무 많아서 문제였다. 그는 모든 것을 한 번에 볼 수 있도록 머리를 열고, 추후 기억 속에서 가치 있는 정보를 캐낼 수 있을 만큼 자신의 기억력이 좋다고 믿어야 한다는 대니의 가르침을 떠올렸다. 정보들을 훑어보면서 계좌번호와 전화번호, 송금지시서들을 외웠고, 머릿속에 각각의 자물쇠를 부여하고 필요할 때까지 그 속에 남아 있도록 지시를 내렸다.

어디에선가 폭발이 일어나면서 하늘을 밝혔고 창문과 가구들이 흔들렸다. 조나단은 본능적으로 몸을 숙이며 머리를 보호했다. 몸을 일으킨 다음 보니, 협탁 위에 커다란 압지철이 놓여 있었다. 압지철에는 여러 가지가 쓰여 있는데 우르드어(파키스탄의 공용어 가운데 하나)로 쓰여 있어서 알아볼 수가 없었다.

컴퓨터 키보드에서 엔터키를 쳐 보니 모니터가 켜지지 않았다. 전원이 나가 있고, 정보통신시스템은 보조 전원 장치의 혜택을 받지 못하는 것 같았다. 자신이 찾지 못하면 코너가 찾아볼 수 있도록 만들어야 했다. 주머니에서 면도날을 꺼내 손가락 사이에 쥐었다. 사실은 면도날이 아니라 레모라 스파이웨어가 설치된 플래시드라이브였고, 작동 방식은 아무리 바보라도 할 수 있게 되어 있었다. 플래시드라이브를 USB 포트에 10초간 끼워 넣었다가 빼면 끝이었다. 레모라는 컴퓨터의 하드 드라이브를 복사해서 해당 컴퓨터의 이더넷 연결을 통해 복사한 내용을 디비전으로 송신하게끔 되어 있었다. 문제가 하나 있었는데, 컴퓨터의 중앙 처리장치를 찾을 수가 없었다. 모니터에서 나온 선은 책상 뒤쪽으로 내려가서 카펫 바닥으로 사라졌다. 벽을 끝에서 끝까지 살펴보았지만 컴퓨터 본체는 보이지 않았다.

또 한 번 막다른 길이었다.

복도에서 발자국 소리가 다시 들렸다. 같은 종류의 군화 여러 켤레가 내는 소리였다. 최소한 두 명 이상이었다. 얼어붙은 듯 숨을 죽이고 있었더니 발자국 소리는 그냥 지나갔다. 다시 숨을 쉬기 시작했다.

다시 책상으로 돌아갔다. 맨 위 서랍은 잠겨 있지만 옆 서랍은 열려 있었다. 그 속에는 레비의 성형수술 홍보책자와 두바이에서 가져온 볼펜과 계산기 등이 들어 있고, 그밖에 관심을 끌 만한 것들은 보이지 않았다. 위 서랍을 다시 한 번 열어보았지만 움직이지 않았다. 오래된 책상이라 구식 텀블러 잠금장치가 달려 있었다. 마하트마 간디가 이 책상에서 인도 독립 선언문에 서명했다고 해도 믿을 것 같았다. 주위를 둘러보았지만 열쇠는 보이지 않았다. 봉투 칼로 열어보려고 시도해 보았지만 칼날이 너무 두꺼 웠다. 책상 위를 비춰보니 무엇인가 반짝이는 것이 있었는데 수술용 가위 였다. 가위 날 한 짝을 열쇠 구멍에 꽂아 텀블러의 감촉을 찾아보았다. 대니가 이런 기술은 가르쳐 주지 않았지만 그는 가위의 각도를 위 아래로 바꿔보았다. 저항감이 느껴지며 조금 더 세게 밀자 텀블러가 젖혀졌다.

조심스럽게 서랍을 열자 여러 장의 서류 위에 일정수첩 한 권이 놓여 있고, 오늘 날짜가 표시되어 있는 부분이 있었다. 그 페이지를 열고 영어로 쓰여 있는 내용을 읽어 보았다. 'M. 레비. 에미리트 항공 12:00.' 그리고 다음 줄에는 '하크 도착. EPA로 이송 준비. H18.' 라고 적혀 있었다. 페이지를 넘겼다. 'UAE6171. 2000. PARDF 파샤.' M.H. 라는 머리글자와 함께 전화번호가 적혀 있었다. 국가번호는 아프가니스탄을 뜻하는 것이었다.

페이지를 넘겨 상세한 내용을 읽어 보니 이번에는 파리를 거쳐 생바르 텔레미 섬으로 가는 비행편이 적혀 있었다. 이름과 장소, 호텔과 은행, 정부 관료들과 주요 기업 인사들, 그리고 발포어의 새로운 삶의 전체 여정표가 담겨 있었다.

시선이 잠시 옆으로 가자 훈련받은 관찰자의 눈에 서랍 속에서 무엇인가 다른 것이 들어왔다. 칼이었다. 상어 피부 같은 회색에 날이 무딘 칼이었다. 그는 칼을 집어 들었다. 군용 케이바 단검으로 한 쪽 날은 날카롭게 서 있고, 다른 쪽 날은 톱니로 되어 있었다.

또 한 번 폭발이 창문을 흔들었고 순간적으로 사무실이 밝아졌다. 그 짧은 순간에 캐비닛 유리문 뒤쪽에 있는 컴퓨터 본체가 눈에 들어왔다. 그는 일정수첩을 제자리에 놓고 서랍을 닫았다. 그때 모터 코트로 들어오는 자동차 엔진소리가 들리더니 차 문이 열렸다가 닫혔다. 창 밖을 바라보니 발포어와 싱이 레인지로버 차량에서 내리고 있었다.

"귀신은 아닐 것 아니야." 발포어가 말했다. "누군가가 우리에게 총을 쏜 거라고. 인도 정보부 놈들이 아니라면 나를 겁줘서 쫓아내려는 ISI 놈들이겠지. 아무도 없더라는 말은 하지도 마. 어서 놈들을 찾아내. 알았어?"

조나단은 서둘러서 컴퓨터로 돌아가 무릎을 꿇고 손을 본체 뒤로 뻗었다. USB 슬롯 하나가 비어 있었다. 플래시 드라이브를 손가락 사이에 끼워 슬롯에 꽂아보려고 해 봤지만 본체 뒤의 공간이 너무 좁았다. 그는 드라이브를 책상 위에 올려놓고 몸을 기울여 본체를 끌어당겨 벽과 사이를 띄웠다.

무릎을 꿇은 상태로 그는 보지 않고 손으로 책상 위를 더듬었다.

플래시드라이브가 사라졌다.

"이걸 찾아?"

조나단은 얼어붙었다.

그 목소리.

그녀의 목소리였다.

천천히 그는 몸을 일으켜 몸을 돌려 아내의 얼굴을 쳐다보았다. "안녕, 엠마."

58

　어둠 속에서 두 사람은 서로 마주보며 서 있었다. 둘 다 한동안 아무 말도 하지 않았다. 마음을 가라앉힐 시간이 필요했다. 그의 눈에 그녀가 머리를 하나로 단정하게 묶고 있는 것이, 그리고 바람에 두 뺨이 그슬렸고, 입술이 갈라져 있는 것이 보였다. 전에 없던 상처가 그녀의 턱에 나 있었는데 꿰매야 할 만큼 큰 상처였다. 풍성한 검은색 블라우스에 청바지 차림이었고, 그것은 그녀의 옷이 아니란 뜻이었다. 눈길이 마주치자 그녀와 만난 충격이 돌풍처럼 그를 내리쳤다. 그럼에도 불구하고 잃어버린 사랑이 샘솟는다거나 양팔로 그녀를 안고 싶은 강렬한 욕망이 느껴지진 않았다. 언젠가부터 그는 엠마를 아내로 생각해서는 안 된다고 스스로 다짐했다. 그는 분명 그녀를 사랑했고, 그 순간에도 그녀의 야생적인 아름다움은 그를 미치게 했다. 거리가 거의 떨어져 있지 않을 만큼 가까이에서 그녀가 천천히 얇게 내쉬는 숨소리가 들리고, 그녀의 피부에서 풍겨오는 부드러운 샌달우드 향기를 맡자 그녀를 처음 만난 날에 그랬던 것처럼 그는 그녀의 원초적인 마력에 압도되고 말았다.

　"여기에서 뭐 하는 거야?" 하고 엠마가 물었다. 속삭이는 말 속에 분노가 묻어 있었다.

　"내가 묻고 싶은 말인데." 하고 조나단이 말했다.

　엠마가 플래시드라이브를 책상 위에 툭 던지며 물었다. "코너한테 결국 넘어가셨군. 코너가 꽤나 뿌듯해하겠어. 그 인간이 당신한테 무슨 말을 한 거야?"

"당신이 발포어가 순항미사일의 핵탄두를 손에 넣은 것을 도와줬다던 데. 그것만으로도 충분하더군."

"그것 때문에 코너가 꽤나 놀랐나 보네."

"왜 그런 거야, 엠마?"

"프랭크가 아무 말 안 해 줬다는 거야? 조나단, 그자가 날 배신했단 말이 야. 날 죽이려고 했다고."

"거기에 대해서라면 나는 아는 게 없어."

"그럼 뭘 아는데?"

"미국을 노리는 아주 냉혹하고 매우 유능한 테러리스트의 손에 핵탄두 를 넘기려는 반미치광이 무기거래상을 당신이 돕고 있다는 건 알아."

"그렇다면 당신은 쥐뿔만큼도 아는 게 없는 거라고."

"라쉬드란 놈이 당신을 고문한 것도 알아."

"프랭크가 그렇게 꼬드기던가? '가엾은 당신의 아내를 구하시오'라고 말이야?"

조나단의 손길이 그녀를 어루만졌다 "괜찮은 거야, 당신?"

"상처만 몇 개 늘었지 멀쩡하게 살아 있잖아. 이 세계에서는 이런 걸 바 로 미인점이라고 부른답니다, 여보 달링. 그러니까 당신은 당신 일이나 알 아서 하시라고!"

"당신이 내 일이야."

"내가 왜 당신 일이야. 그런 적 없어." 그녀는 버럭 성질을 내면서 말했 다. "오히려 그 반대였으면 모를까. 그러니 이제부터라도 그렇게 알고 있 으란 말이야."

"그게 말이 된다고 생각해?"

"그럼 당신 마음대로 생각하시던지." 설득하기 피곤하다는 투로 말했다.

태도를 바꾸자 그녀의 표정도 바뀌었다. 곧바로 그녀는 외롭고 곤경에 빠진 여인에서 냉혹한 첩보요원으로 바뀌었다. "그가 당신을 발포어의 영지 내로 투입시킨 방법이 궁금한데?"

"파키스탄 정부는 발포어를 추방하려고 하고, 발포어는 핵탄두를 팔고 나서 종적을 감추기 전에 모습을 완전히 바꿔 줄 스위스 성형외과의를 고용했어."

"그리고 코너는 당신을 그 의사와 바꿔치기 한 거고?"

"그렇다고 봐야지."

"그럼 이제 당신도 알겠네. 다른 사람으로 살아가는 게 어떤 기분인지 말이야. 당신한테는 그게 어떤 기분이야?"

"그리 즐겁진 않은데."

"그래, 나도 그랬어." 엠마는 턱을 바짝 끌어다가 목에 붙이고 코너의 진지한 말투와 바리톤 저음 흉내를 냈다. "기운을 차리고 전우를 위해 용기를 내시오, 랜섬 박사."

"그만해." 조나단은 엠마의 어깨를 움켜잡으며 말했다. "그런데 당신은 왜 아직도 여기에 있는 거야?"

"우리 거래의 일부지. 발포어가 날 구했어. 그 보답으로 난 핵탄두를 찾아준 거고, 또 지금은 들키지 않고 숨어서 지내는 법을 가르쳐주고 있어. 난 거의 십 년 가까이 그렇게 살아 왔어. 그러니 나야말로 그런 걸 가르칠 적임자인 셈이지."

"발포어가 내일 핵탄두를 넘길 거야. 우린 그걸 막아야만 해. 거래장소가 어디야?"

엠마가 둘 만의 무인지대 너머에서 그를 바라보며 차갑게 웃었다. "당신은 지금 당신 능력 밖의 일을 하겠다는 거야, 조나단."

"당신이 나한테 선택의 여지를 별로 주지 않았잖아."

"싫다고 거절해도 됐잖아."

"거절할 수 있을 만한 상황이 아니었다고."

엠마가 그의 손길을 피하며 말했다. "방으로 돌아가서 잠이나 자둬. 여기서 벗어날 그럴듯한 핑계거리가 뭔지 내일 아침까지 생각해 봐. 아니, 내가 지금 알려주지. 총알이 빗발치는 곳에서는 수술을 못하겠다고 해. 머리가 어지럽다고 해. 오늘밤 사건들로 충격을 받았다고 해도 되고."

"그렇게는 못 해, 엠마."

"코너한테 당신은 아무 것도 아니야. 당신이 살아남지 못할 거란 걸 그 인간도 알아. 생각해 봐. 수술이 끝나고 나면 발포어가 당신을 그냥 놔주겠어? 서양인인 당신을? 아직 늦지 않았으니까 지금이라도 여길 떠나."

"바로 저기 저 건물에 핵탄두가 있어. 프랭크 코너에게 넘길 정보를 얻기 전까지는 여기서 나갈 생각이 없어. 18번 격납고가 어디야? EPA는 무슨 뜻이고?"

엠마는 대답하지 않았다.

"우리 둘이서 같이 하면 해낼 수 있어."

"난 당신 편에 서 있는 게 아니야, 조나단."

그 순간 그는 그녀의 눈 속에서 섬뜩한 기운을 보았다. 과거에 한 번도 보이지 않았던 광기와 적의가 담긴 분노의 시선이었다. 한때 그녀는 그의 연인이자 아내였고, 벗이자 절친한 친구였다. 그 찰나와 같은 순간 그는 자신이 더 이상 그녀를 알지 못한다는 것을 깨달았다. 그녀는 낯선 사람이었고, 앞으로 살아남고 싶다면 그녀를 적으로 여겨야만 했다.

"엠마, 당신이 발포어를 돕도록 내버려둘 수는 없어."

그녀의 시선이 그가 손에 쥐고 있는 칼날을 향했다. "조심해." 하고 그녀가 말했다. "사람이 다칠 수도 있다고."

"거래장소가 어디야?"

코브라처럼 빠르게 엠마가 그의 손을 단단히 틀어잡더니 칼 채로 들어올려 자신의 목으로 가져갔다. "그자들이 당신한테 칼날을 어디에 밀어 넣어야 내가 비명조차 지를 수 없게 되는지 가르쳐 줬어? 바로 여기야. 쇄골 바로 아래라고." 칼을 빼려고 해 봤지만, 그녀는 너무 강했다. "한 번에 아래로 찔러 넣는 거야." 하고 그녀가 말했다. "칼날이 심장을 꿰뚫게 되는 거지. 충분히 빠르게 찔러 넣으면 반응할 시간조차 없어." 그녀는 손을 내리고 턱을 치켜들어 올리며 무방비 상태가 되었다. "바로 거기라고." 하고 그녀가 말했다.

조나단은 칼을 멀리 치웠다. 희미한 불빛 속에서 그녀의 두 눈이 유리처럼 반짝였다. 그녀의 머리카락 냄새를 맡을 수가 있고, 그녀의 볼에 맺힌 땀방울들을 볼 수 있었다. 그녀가 얼굴을 들어 올려 그에게 키스했고, 그녀의 입술이 그의 입술 위에 머물렀다. "여기를 떠나. 안 그러면 발포어에게 당신이 누군지 이야기해 버릴 거야."

"당신이 안 그럴 거라는 거 잘 알아."

"지금 나랑 해 보자는 거야."

"발포어에게 당신은 내 아내라고 말해 버리면? 어떻게 할 건데?"

엠마가 그에게 몸을 바짝 붙이며 말했다. "그럴 배짱도 없으면서."

깜짝 놀란 눈으로 그녀를 바라보며 조나단이 한 발 뒤로 물러섰다. "당신, 어떻게 된 거야?"

두 사람의 시선이 서로에게 고정됐고 그녀의 태도가 누그러졌다. 어깨를 축 내리고 한숨을 쉬며 그녀가 말했다. "나…"

발포어가 모터 코트에서 내지르는 소리에 그녀는 하던 말을 멈춰야 했다. "이게 한 놈 짓이라니, 그게 말이 되냐고?" 문이 열렸다가 쾅 닫히고 부츠로 벽돌을 마구 걷어차는 소리와 함께 발포어의 호통소리가 들렸다. "놈을 잡지도 못했다고! 새벽이 되면 네 놈들은 깡그리 총살감이야! 마지막 담배 같은 건 꿈도 꾸지 마! 하나같이 쓸모없는 놈들 같으니라고! 손님들은?"

엠마가 창밖을 내다보며 말했다. "발포어가 여기로 오고 있어. 방으로 돌아가. 가서 내가 하란 대로 해. 그게 유일한 살길이야."

조나단이 모터 코트 쪽을 내려다보니 어느새 텅 비어 있었다. 그는 엠마에게로 뒤돌아서며 말했다. "그래서 무슨 얘기를 하려던 거야?"

하지만 긴박한 상황이 닥치자 조금 전의 엠마는 사라져버렸다. 언제 그랬냐는 듯이 방금 전에 보여줬던 나약한 모습은 순식간에 사라지고 없었다. "아무것도 아니야." 하고 그녀가 말했다. "내일까지 내 눈 앞에서 없어지라고. 그렇지 않으면 아까 말한 대로 하겠어. 알겠어?"

조나단은 한 다리를 창턱 너머로 내밀고 발 디딜 곳을 찾았다. 조심스럽게 그는 벽을 타고 내려갔다.

자기 방으로 돌아와 창문을 닫고 알아낸 정보들을 열심히 적어 내려가다가 그는 발포어의 책상 위에 플래시드라이브를 두고 나왔다는 사실을 깨달았다.

59

발포어가 노크도 없이 문을 열고 조나단의 방으로 들이닥치며 물었다. "괜찮으신 게요? 놈들이 행여나 선생께 온 것은 아닌지 걱정돼서 말이죠."

책상에 앉아서 발포어의 의료 기록을 살펴보던 조나단은 자리에서 일어났다. "전 괜찮습니다." 잔뜩 긴장한 표정으로 그가 말했다. "끝난 건가요? 대체 어떻게 된 일입니까?"

발포어는 감방 안을 수색하려는 교도소장 마냥 이렇다 할 말도 없이 으스대며 걸어 들어왔다. 헝클어진 머리에 재킷은 열어젖힌 모습을 하고 한 손에는 권총을 쥐고 있었다. "어떻게 된 영문인지 알아보는 중입니다."

"인도인들이라고 하신 걸로 기억합니다만."

"처음에는 그런 줄 알았죠. 아무래도 내가 틀린 것 같습니다. 무차별 난사를 하고 줄행랑 칠 놈들이 아닌지라. 어떻든 인도 정부와 나 사이의 일이니 선생은 신경을 꺼 주시고, 이곳은 이제 안전합니다. 부하 둘을 잃긴 했지만 보시다시피 난 이렇게 멀쩡합니다."

"두 명이 죽었다고요? 무서운 일이군요. 그렇다면 누군가가 공격을 해 왔다는 겁니까?"

"공격이오. 맞습니다." 하고 발포어가 말했다. "공격이 확실하지. 놈들의 목적이 무엇이었는지 알아보고 있는 중이고요."

"그럼 이젠 끝난 겁니까?"

"지금 총소리가 들리나요?" 하고 발포어가 까칠한 말투로 물었다.

"그건 아니지만."

"그럼 끝난 거지요."

"수술실은 어떤가요?"

"멀쩡합니다." 천천히 방안을 돌며 발포어가 말했다.

미스터 싱이 조나단을 뚫어지게 노려보며 방 안으로 들어왔다.

조나단은 그가 방으로 들어오려는 것을 막지 않고 내버려두었다. 그는 겁을 잔뜩 집어먹은 손님 역을 연기하는 중이었다. "여기저기서 폭발음이 들렸는데도 이곳 경찰들은 두 손 놓고 있나요?"

"원래는 경찰이 아니라 군에서 관여할 일이지만, 솔직히 말하자면 군에서도 이제 더 이상 내 신변에 관심이 없는지라…"

발포어는 권총으로 책상을 훑다가 자신의 의료기록 사본 밑에 있는 메모지에 조나단이 적어 놓은 것을 보려고 고개를 옆으로 기울였다. 조나단은 떠날 만한 적절한 핑계를 찾으라던 엠마의 말이 생각났다. 바로 지금이 적절한 때였다. 이번 소동을 보고 너무 충격을 받았고 하면서 엄살을 떨 수도 있었다. 그리고 자신은 의사이지 군인이 아니라고 말하며 다음 항공편을 타고 스위스로 돌아가겠다고 할 수도 있었다. 그는 레비가 그로즈니에서 체첸의 범죄 조직 두목을 수술한 경험과 코르시카 마피아의 수술을 한 적이 있다는 사실을 기억했다. 그 스위스 의사는 수류탄 몇 발과 로켓포 한 발 때문에 정신이 무너지지 않을 정도로 위험한 상황을 꽤 많이 경험했다는 기록이 남아 있었다. 하지만 레비의 기록은 중요한 게 아니었다.

"내내 방에서만 있었고요?" 옷장 미닫이문을 열고 조나단의 양복을 훑어보면서 발포어가 말했다.

"당연하죠." 조나단이 말했다. "나가면 안 되는 상황이었잖습니까."

미스터 싱이 음흉한 눈빛으로 조나단을 노려보았고, 발포어는 낮은 목소리로 혼잣말처럼 "그야 그렇지요."라고 대답했다.

"그러면 예정대로 내일 모레 아침에 수술을 하는 건가요?" 하고 조나단이 말했다.

"당연하지요."라고 대답하며 발포어는 욕실로 걸어 들어가 총부리로 조나단의 면도칼과 세면도구들을 뒤적거렸다. "사실 여기에 온 이유는 양해를 구하기 위해서입니다. 율리아가 충격으로 제 정신이 아니라서 오늘 밤에 선생을 모시는 게 힘들 것 같더군요. 그럼 다른 아가씨라도?"

"아닙니다. 괜찮습니다." 하고 조나단이 말했다. "방금 겪은 것만으로도 하루치 모험으로는 충분합니다."

"콘돔은 없으신가 본데." 침실 문틈으로 고개를 삐죽 내밀고 발포어가 놀리듯이 말했다.

"뭐라고요?"

"그래도 명색이 의사인데 칼집 정도는 알아서 챙겨 다닐 거라고 생각했는데 말이죠."

여러모로 프랭크 코너는 아쇼크 발포어 아르미트라지 못지않게 영악한 인간이었다. 그는 조나단의 위장 신분에 대해 세부사항들을 통달할 만큼 충분히 여러 번 레비가 그의 고객과 주고받은 서신들을 읽었다. 섹스는 독신인 그가 여행을 다닐 때 가장 중요하게 여기는 일 중 하나라는 사실을 코너는 잘 알고 있었다.

"혹시 필요하시면 욕실 서랍에 있습니다만." 하고 조나단이 말했다.

발포어는 화장대 서랍을 열고 은색 콘돔 박스를 꺼내들었다.

"필요하신만큼 가져가십시오." 하고 조나단이 말했다. "사용하시기에 너무 크지 않은지 모르겠네요."

발포어는 아무런 대꾸를 하지 않았다.

"좋은 밤 되십시오, 아쉬." 하고 조나단이 말했다.

발포어는 콘돔을 다시 서랍에 툭 던져놓고 욕실에서 나갔다.

60

코너가 디비전 건물로 들어서자마자 피터 어스킨이 반겼다. "국장님, 어서 오십시오. 이슬라마바드에서 계속 전화가 왔었습니다."

"좀 바빴네." 곧장 작전실로 걸어가면서 코너가 말했다. "무슨 일로 나를 찾는데?"

"ISI 측에서 연락이 왔습니다. 발포어의 영지에서 총격전이 있었다고 합니다."

"블렌하임에서? 우선 문을 닫고. 그래, 계속해 보게."

어스킨은 사무실 문을 닫고 팔짱을 낀 채로 문에 기대섰다. "ISI에서 발포어를 위한 보호조치를 해제하면서 요원 하나를 보내 계속 지켜보게 했나 봅니다. 그 요원의 보고에 의하면, 대략 45분 전에 상황이 종료되었다고 합니다. 수류탄이나 로켓포가 오고간 소규모 총격전이었는데 꽤 치열했다고 합니다."

"발포어 녀석을 잡으려고 인도 정보부에서 한 짓이라는 증거는 있나? 뭄바이 사건 이후 인도 정보국에서도 눈에 불을 켜고 녀석을 지켜보고 있으니까. 어쩌면 그자가 그곳을 뜰 것이라는 정보를 입수하고 행동에 나선 것일지도 모르겠군. "

"아직 알려진 건 없습니다. 단정하기에는 이릅니다."

"소규모 총격전이라고? 수류탄 몇 발? 총격전은 얼마나 지속됐고 ?"

"그리 오래 끈 건 아닙니다. 20분 정도 될 겁니다."

코너는 서류가방을 책상에 내려놓으며 말했다. "참나, 발포어 녀석이 무기 자랑 좀 했나 보구먼."

"구급차 두 대가 영지로 갔답니다."

코너가 몸을 곧추세우며 말했다. "누가 죽었다는 건가?"

"구급차가 서둘러 떠나지는 않았답니다."

"그러면 사망자를 수습했다는 소린데."

어스킨이 책상 쪽으로 다가와 물었다. "조나단 랜섬에게서 소식은 있습니까?"

"발포어의 영지로 간 게 고작 여덟 시간 전이야. 뭔가 구체적인 게 나올 때까지 조용히 있으라고 얘기해 두었네. 알 파리스 대령을 찾아 전화를 연결해 주게. 죽었다는 자가 우리 요원이라면 우리도 알고 있어야지. 일단 대령의 집으로 연락을 넣어 봐. 집에 없다고 하면 내연녀 집으로 연락해 보고."

"내연녀 연락처까지 가지고 계신 겁니까?"

"파일 안에 있네." 하고 코너가 말했다. "우리가 심어놓은 여자야."

어스킨이 뒤돌아서 가다가 문 앞에서 멈춰 섰다. "아, 말씀드린 다는 게 깜박했습니다. 샤리자에 있는 발포어의 물류창고에서 라쉬드 왕자와 함께 나타났던 그 소름 돋는 놈 말입니다. 우리가 보낸 놈의 영상 자료를 보고 영국 측으로부터 답신이 왔습니다."

코너가 예리한 눈빛을 하고 고개를 들어올렸다. "그놈이 누구래?"

"영국 측에서는 그자가 마수드 하크인 것으로 추정하더군요. 술탄 하크의 친형입니다."

"그럴 리가 있나. 마수드 하크는 관타나모에 있잖아. 초반에 잡혀 들어간 걸로 아는데. 탈레반 부대 장군이었어. 제82 공수사단 소속 부대를 공격했던 민병대를 지휘했지. 한마디로 미친놈이야. 완전히 미친놈이라고."

코너는 치를 떨면서 고개를 저었다. "아니야. 그놈일리가 없어. 그 시간에 그놈은 감방에 있었다고."

어스킨이 코에 걸린 안경을 올리면서 말했다. "마수드 하크는 6개월 전에 석방됐습니다. 제가 확인했습니다. 법무부에서 무혐의 처리했다고 합니다."

"뭐라고?" 코너는 의자에 털썩 앉으며 욕설을 쏟아냈다. "그놈까지 풀어줬다는 건가. 요새 우리가 쫓아다니는 놈들 중 절반은 관타나모에 있다가 풀려난 놈들이라고. 아직 전쟁 중이라는 걸 다들 모르는 건가?" 그는 잠시 말을 멈추고 어스킨을 쳐다보며 물었다. "자넨 이걸 정확히 언제 알았나, 피터?"

"국장님께서 자리를 비우신 동안에 들어온 정보입니다."

코너는 그가 거짓말을 한다고 생각했으나 아무 말도 하지 않았다. 코너는 어스킨이 방에서 나가 자기 자리로 돌아가는 것을 지켜보며 대체 언제부터 어스킨이 딴 생각을 하게 된 것인지 궁금했다. 화가 치밀고 기분이 가라앉은 채 그는 가방을 열고 수첩과 블랙베리 휴대폰을 꺼냈다. 휴대폰 메시지함을 확인해 봤지만 대니에게서 온 것은 없었다. 이번에는 헤르츨리야에 있는 모사드 본부로 전화를 걸어 그쪽 국장과 연결해 달라고 했다.

"프랭크, 대니가 어디 있는지 알면 내가 자네한테 말을 안 해 줄 것 같나. 말했지 않나. 휴가 중이라고. 대니는 그 동안 못 간 휴가가 꽤 많아. 무슨 말인지 알지? 엿새는 지나야 돌아올 거야. 그 아이는 휴식이 필요하다고."

코너는 전화를 끊고 이번에는 가까운 곳으로 전화를 걸었다. 메릴랜드의 포트미드. NSA, 즉 미 국가안보국의 본부가 있는 곳이었다. NSA는 전세계의 신호 정보를 수집하는 임무를 수행했다. 본질적으로 이는 지상파와 위성에 기반을 둔 모든 통신을 도청한다는 것을 의미했다. 통화 내용은 간단했다. 그는 전화번호 네 개를 불러주고, 지난 30일간 그 번호들로 송수신된 모든 통화내역을 뽑아달라고 요청했다. 그 번호들은 피터 어스킨의 개인 휴대폰 번호와 업무 전화인 블랙베리 통신사 번호, 자택의 유선 전화번호, 그리고 자택 팩스번호였다.

반역은 심각한 문제였고, 코너는 증거를 확보하기 전까지는 책임을 묻지 않고 기다릴 생각이었다. 그때까지는 랜섬의 핵탄두 탐색작전에 관한 어떠한 정보에도 어스킨이 접근하는 것을 막아내는 것이 코너에게 주어진 급선무였다. 그게 끝이 아니었다. 어스킨은 그저 더 큰 작전의 일부분이자 하수인에 불과할 것이다. 코너는 그가 누구를 위해 일하는지, 그리고 작전의 전체 그림을 파악해 이를 분쇄하는 데진짜 관심이 있었다. 지금 어스킨을 체포해 봐야 그의 윗선들은 작전을 중지하고 잠적해 버릴 것이다. 6개월이면 그들은 다시 돌아와 새로운 이름과 새로운 첩자들을 이용해 디비전과 정보 계통에 있는 디비전의 자매기관들에 침투하는 시도를 재개할 것이다. 코너는 NSA와의 통화에 이어, 자기 편 기관으로 포토맥 건물에 사무실을 둔 금융정보분석기구에 전화를 걸었다. 금융정보분석기구는 테러와의 싸움에 있어서 숨은 영웅 중 하나였다. 미국 내 금융 범죄를 조사하기 위해 창설된 금융정보분석기구는 9. 11 테러 이후 활동실적이 급증했고, 현재 테러리스트의 자금을 차단하려는 국제적인 노력의 선봉에 서 있었다.

코너는 금융정보분석기구의 담당자와 인사를 건넨 뒤, 어스킨의 주민번호를 불러주고 그의 재정기록에 대한 정밀조사를 요청했다. 코너가 제일 관심을 두는 것은 어스킨의 은행 계좌였고, 지난 6개월간의 은행 거래내역에서 그 계좌로 돈을 송금한 사람이나 단체의 정체를 샅샅이 밝히는 데 주력해 달라고 요청했다. 금융정보분석기구는 그럴 일로 먹고사는 기관이었다. 요청한 정보는 24시간 내에 통보받을 수 있을 것이다.

사무실 전화가 울렸다. 금융정보분석기구와의 통화를 마친 코너가 전화를 받았다. "말해 보게."

"알 파리스 대령과 연락이 닿았습니다."

"그래. 고맙네, 피터. 돌려주게나."

전화를 돌리는 데 잠시 시간이 걸렸다.

"프랭크, 나야, 나세르. 이 늦은 시간에 무슨 일인가? 내가 어떻게 도와주면 되겠는가?"

"오랜만일세, 나세르." 코너가 말을 시작했다. "관심이 가는 사건이 하나 있는데 말이지…" 코너가 중간에 말을 멈췄다. 무엇인가가 그의 주위를 끌었다.

컴퓨터 화면 속의 빨간색 커서가 깜빡이고 있었다. 컴퓨터 창 하나가 열렸고 프롬프트 메시지 화면에 "레모라 575 시작. 현재 1/2,575 파일 다운로드 중"이라는 안내문구가 떴다. 이어서 IP 주소가 떴다. "남은 시간: 2분."

"프랭크, 내 말 들리나?"

"아니, 이럴 수가!"라고 말하며 코너는 컴퓨터 화면에서 눈을 떼지 못했다. "나중에 다시 걸겠네."

레모라 575는 조나단 랜섬이 가지고 있는 것이었다. 믿지 못하겠다는 듯 놀라워하며 코너는 발포어의 하드드라이브 파일이 복사되고 그의 컴퓨터로 전송되는 것을 꼼짝 않고 지켜봤다.

때로는 주변의 모든 것이 무너져 내리는 바로 그 순간에 기도에 대한 응답이 들려오기도 한다.

61

흠칫 놀라며 술탄 하크는 잠에서 깼다.

하크는 자리에서 벌떡 일어나 어둠속을 응시했다. 누군가의 얼굴이 그를 마주 보고 있었다. 파란 눈동자, 금발 머리, 두꺼운 검은색 안경테. 그날 저녁 아무 거리낌 없이 하크와 그의 조국을 능멸하는 말을 늘어놓던 스위스인 의사의 얼굴이었다.

본능적으로 서양인이라면 죄다 증오하는 하크는 경멸에 찬 눈빛으로 그 얼굴의 주인공을 쳐다보았다. 특권의식과 오만함, 그리고 무엇보다도 뿌리 깊은 우월감에 가득 찬 얼굴이었다. 그 얼굴은 하크를 마주 바라보며 아무 말도 하지 않았지만, 무언가를 그에게 요구하는 듯 보였다. 그 얼굴을 자세히 살펴보며 하크는 가슴 속에서부터 차오르는 좌절감을 느꼈다. 끊임없이 자신이 속고 있다는 생각이 들었다. 그는 안경 뒤에 숨어 있는 파란 눈동자를 깊이 들여다보았다.

캠프 엑스레이에 있을 당시, 자신을 담당하던 심문관도 금발 머리에 파란 눈동자를 가진 사내였다. 그 얼굴을 보고 있으려니 하크는 다시 취조실로 끌려들어가는 기분이 들었다. 형광등 불빛과 자신을 취조하던 자의 탐욕스럽고 무시하는 표정, 더러운 입 냄새, 끈질긴 심문이 기억났다. 이어서 그는 그들이 얼굴에 다시 가리개를 씌우고 머리를 내리누르던 일, 그리고 물속에 머리가 처박히기 전에 마지막 숨을 들이마시던 일이 떠올랐다.

물이 죽음처럼 다가와 끝없이 밀려드는 물결 속으로 그를 끌고 들어갔다.

후드가 벗겨지고 다시 숨을 쉴 수 있게 되었을 때는 방 한쪽 모퉁이 위에 달린 텔레비전에서는 그를 조롱하듯 그 지긋지긋한 영상이 되풀이되고 있었다. 뉴욕시를 횡단하며 유쾌하고 희망찬 미국 노래를 큰소리로 부르고 춤추는 선원들의 영상이 있었다.

하크는 눈을 감고 기억을 멈추려고 해 봤지만 영상은 쉽게 사라지지 않았다. 그곳은 다른 세상, 야만적이고 기만으로 가득한 다른 세상이었다. 그가 반드시 끝장 내겠다고 마음먹은 세계였다.

그때의 심문관은 유하고 나약한 인간이었으나, 어둠속에서 그를 노려보고 있는 파란 눈빛은 부드럽지도 나약하지도 않았다. 그것은 강력한 적수의 눈빛이었다. 저자는 무슨 목적으로 자신을 잠에서 끌어낸 것일까?

하크는 꿈의 힘을 믿었다.

그자의 얼굴이 서서히 멀어지며 마침내 어둠 외에는 아무것도 보이지 않을 때까지 술탄 하크는 어둠을 지켜보았다. 마음속의 불안감은 커져만 갔다.

62

 잠을 자는 동안 엠마가 왔다. 곁에서 그녀의 온기를 느끼고, 그의 몸이 반응했다. 그가 어루만지자 그녀는 신음을 토했다. 물론 꿈이었다. 적어도 그 순간만큼은 자신이 원한대로 그녀가 그의 앞에 있어 주었다. 그는 손을 뻗어 마치 처음인 것처럼 아내의 몸을 탐구했다. 잔디밭 위에서 그녀가 곁에 누워 있는 것이 보였다. 서아프리카의 푸른 언덕 위에서 두 사람이 처음 만나 사랑에 푹 빠졌던 바로 그날 밤이었다. 그는 그녀의 허리띠 버클을 풀고, 가죽 끈을 당겨 느슨하게 푼 다음 청바지를 탄탄하고 열망에 찬 엉덩이 위로 끌어내렸다. 그녀는 두 다리를 벌리고, 그의 이름을 속삭였다. 조나단. 나를 사랑해 줘. 따뜻한 숨결이 그의 귀와 목덜미를 간지럽혔다. 심장이 빠르게 고동치기 시작했다. 눈을 바라보며 그녀 안으로 들어가자 그녀는 고개를 끄덕이며 좋다고 했다. 그것은 좋은 것 이상이었다.

 "조나단."

 조나단은 흠칫 놀라며 잠에서 깼다. 엠마가 머리카락을 아래로 드리우고 셔츠 단추를 허리까지 푼 채 그의 곁에 앉아 있었다. 그녀는 옷을 벗으며 "조용히…" 하고 말했다.

 그녀는 이불을 당겨 걷은 다음 그의 위로 올라갔고, 몸을 뒤로 젖혀 그의 것을 몸 안으로 밀어 넣으며 계속 눈을 맞췄다. 그가 신음을 토하자 그녀는 동물처럼 빠르게 그의 입을 손으로 막았다. 그녀는 아무 말도 하지 않은 채 머리를 흔들었고, 내내 그를 바라보았다. 그녀의 호흡이 가빠졌다. 다가오는 새벽 햇살이 그녀의 가슴에 머물렀다. 가슴은 그가 기억하는 것보다 더 풍만해 보였고, 유두는 유난히 앙증맞아 보였다. 그녀의 엉덩이를 부여잡으며 그가 그녀의 안으로 돌진했고, 그녀는 이에 맞서 힘을 주었다. 둘의 움직임이 점점 빨라지고 점점 거칠어졌다. 엠마가 머리를 숙이자 머리카락이 그의 가슴 위로 쏟아졌다. 땀에 흠뻑 젖은 채 그녀는 숨을 몰아쉬며 싸웠고, 쉴 새 없이 움직이며 그를 몰아세웠고, 그의 관심을 요구했다. 마침내 그녀에게 더 이상 대항할 수 없게 되자 그는 굴복하며 자신을 내보냈다.

잠시 뒤 그녀의 몸이 파르르 떨리면서 꽉 깨문 이빨 사이로 지친 신음이 세어 나왔고, 그녀는 얼굴을 그의 목에 파묻으며 길고 뜨거운 숨을 내뱉었다.

"나랑 같이 가." 하고 숨을 헐떡이며 그녀가 말했다. "내일 일찍 떠날 거야. 당신을 여기서 데리고 나가려는 거야."

"안 돼."

"여기에 남아 있으면 죽어."

"그럴지도 모르지."

그녀가 그를 밀쳐내며 말했다. "나를 위해서 가면 안 돼?"

"난 당신 편에 서 있는 게 아니야, 엠마."

"그러면 우리의 아이를 위해서는?"

조나단이 팔꿈치로 몸을 일으켜 세우며 말했다. "뭐? 설마 당신."

"그래, 나 임신했어."

"얼마나 됐어?"

"4개월."

놀란 조나단이 일어나 앉았다. "런던에서?"

엠마가 고개를 끄덕였다.

"런던에서 그런 게 확실해?" 불신이 남은 탓에 자기도 모르게 내뱉은 말이었다. 엠마가 세게 따귀를 날리고는 침대 끄트머리로 갔다. 조나단은 창밖을 바라보았다. 그의 방은 동쪽을 향해 있었고, 지평선 위로 막 떠오르려는 새벽녘 첫 태양의 한 줄기 은빛 햇살이 눈에 들어왔다. "그러면 대체 왜 여기 있는 거야? 왜 이런 일을 하고 있는 거냐고?"

"내 자신을 구하려고."

조나단은 그녀의 목소리에서 아직 임무가 완료되지 않았음을 암시하는 무엇인가를 감지했다. "그게 무슨 소리야?"

그와 눈이 마주치자 엠마는 이렇게 말했다. "나랑 같이 가면 알게 될 거야. 하지만 당신은 날 믿어야 돼."

조나단은 그녀의 배를 쳐다보았다. 예전에는 납작했던 배가 둥글게 올라와 있었다. 가슴도 예전보다 더 크고 풍만해 보였다. 뺨을 어루만지려고 팔을 뻗었지만 그녀는 그의 손을 피하면서 몸을 돌렸다. 기쁨과 슬픔이 동시에 똑같이 느껴졌다. "그렇게는 못해, 미안해." 하고 그가 말했다.

"그렇다면 당신은 바보천치야."

그녀는 침대에서 내려가 들어올 때처럼 조용히 방을 떠났다.

63

오전 8시, 블렌하임은 이미 사람들의 움직임으로 분주했다. 모터 코트에서는 급사들이 주차장에 있던 레인지로버 차량을 세차한 뒤 한창 왁스칠을 하고 있었다. 말들이 마구간을 들락날락하며 울어대는 소리가 햇살 가득한 공기를 타고 퍼져나갔다. 분주하게 오가는 사람들로 저택이 떠나갈 듯 정신이 없었다. 이상하게도 정비 건물 주변만큼은 아무런 활동도 보이지 않았다. 근처에 주차되어 있는 트럭도 없고, 조나단이 본 입구의 무장 경비원들도 보이지 않았다.

처음에는 이미 핵탄두가 옮겨진 것이 아닌가라고 추측했다. 간밤의 공격 사건으로 놀란 발포어가 다급한 마음에 핵탄두를 보다 안전한 곳으로 재빨리 옮겼을지 모른다고 생각한 것이다. 그러다가 다른 생각도 떠올랐다. 그 공격에 놀란 발포어가 핵탄두를 옮기는 위험을 감수하지 않기로 결정한 것일지도 모른다는 생각이었다. 그게 맞다면 정비 창고에 관심이 쏠리는 것을 피하려고 일부러 그곳을 조용하게 보이도록 놔두었을 것이다. 저 편에서 뭔가가 움직이는 게 힐끗 보였고, 조나단은 자신의 추측이 맞다고 확신했다. 두 명의 저격수가 창고 지붕 위에 바싹 엎드려 창고 주변을 감시하고 있었던 것이다. 저격수가 빈 건물을 지킬 리는 만무했다.

조나단은 묵고 있는 이층 방 창문을 통해 이 모든 것을 관찰했다. 산뜻하게 면도와 샤워를 하고 아침 조깅을 위해 반바지와 티셔츠를 입은 조나단은 예전에는 몰랐던 느낌에 사로잡혀 있었다. 한편으론 임박한 작전 때문에, 다른 한편으론 복수 하겠다는 갈망 때문에 반드시 임무를 완수해내고야 말겠다는 광적인 욕구가 속에서 끓어올랐다. 자신의 안전이나 행복은 중요치 않았다. 그가 할 일은 간단했다. 정보를 빼내 프랭크 코너에게 전달하면 되는 것이었다. 우매한 자의 용기인지, 아니면 곧 태어날 자식을 위해 아비로서의 처음이자 마지막일지 모를 의무감에서 비롯된 것인지는 자신도 알 수 없었다. 하여튼 지금으로선 가만히 앉아 기다리는 것은 옳은 선택이 아니라는 확신이 섰을 뿐이었다.

물론 엠마의 영향이 컸다. 엠마와의 재회가 사라진 줄 알았던 그의 감정들을 되살려 놓았다. 어쩌면 스스로도 그런 감정이 되살아나길 바랐는지도 몰랐다. 배신의 끝이 어디인지, 그녀가 지은 죄의 무게와는 상관없이 그녀를 사랑하는 마음을 조나단은 억제할 수가 없었다. 그녀는 치명적인 독이었다. 무모하게도 그는 그런 그녀를 맛보았다. 조나단은 자제력이 강한 남자였지만 그녀는 늘 그의 의지를 꺾어 버렸다. 그녀의 본모습은 그를 괴롭혔고, 그녀의 뛰어난 능력은 그를 자극했다. 이제는 자기 아이의 엄마가 바로 그녀라는 사실을 알았다. 그것만으로도 그는 앞으로 영원히 오로지 그녀에게 충실할 생각이었다. 그러나 남편으로서 충실할 것을 약속한 것이지 그녀를 돕겠다고 약속한 것은 아니었다. 사랑에서 그녀를 이길 수가 없다면, 전쟁에서 그녀를 이길 것이다.

조나단은 옷장으로 가 지갑에서 아메리칸 익스프레스 신용카드를 꺼냈다. 미셸 레비의 이름이 새겨져 있었지만, 그것은 레비의 소유가 아닐 뿐만 아니라 신용카드도 아니었다. 그것은 프랭크 코너가 준 최첨단 장난감이었다. 발포어가 자택 영지에 설치한 통신교란시스템을 무력화 할 교란대응장치가 그 카드에 심어져 있었다.

코너의 지시는 명확했다. 조나단은 핵탄두의 위치와 더불어, 발포어가 누구에게 그것을 판매하고 전달하려는지에 대한 정보를 알아내는 즉시 그

것을 디비전으로 전송해야 했다. 정보를 전송하는 방법은 세 가지 중 하나
였다. 발포어로부터 벗어나 블렌하임 밖으로 나갈 수만 있다면, 휴대폰에
저장된 비선번호로 전화를 걸어 정보를 전달하면 된다. 그럴 상황이 아니
라면(발포어는 조나단이 자택 밖으로 나가는 것을 허락하지 않았다) 노트
북을 보안 사이트에 접속해서 정보를 전송하는 방법도 있었다. 그러나 무
선 인터넷도 안 되고, 방에 인터넷 연결선도 없는 상황에서 노트북 사용은
선택에서 제외할 수밖에 없었다.

　세 번째 방안은 신용카드를 이용해 교란대응장치를 작동시키는 방법이
었다. 그 장치를 일단 작동시키고 나면 아무리 강력한 통신교란시스템이
라도 5분에서 8분 정도는 무력화 될 것이었다. 조나단은 그 시간을 이용해
디비전으로 전화를 걸어 정보를 전달하고, 앞으로의 작전에 대한 지령을
받으면 되는 것이었다. 다만 이 방법에는 한 가지 문제가 있었다. 코너가
설명해 주었듯이 통신교란시스템에 이상이 생기면 발포어의 보안팀에서
즉각 눈치 챌 것이며, 심지어 삼각측량법을 사용해서 단 60초면 교란대응
장치의 위치가 어딘지 찾아낼 것이라는 사실이었다. 이 카드를 사용하는
것은 곧 그의 정체가 단번에 드러나게 되는 것을 의미했고, 따라서 목숨이
위태로워지는 것을 의미했다.

　조나단은 휴대폰과 카드를 모두 셔츠 주머니에 넣고 조용히 방을 빠져
나갔다. 복도에서 걸음을 멈추고 좌우를 살핀 다음 부엌과 연결된 뒤쪽 계
단을 이용하기로 했다. 복도는 텅 비어 있고, 발걸음을 옮길 때마다 자신
감이 붙는 것이 느껴졌다. 일단 밖으로 나가기만 하면 마구간을 지나 발포
어가 러니미드라고 부르는 들판을 지나서 자택에서 멀리 떨어진 곳까지
뛰어갈 생각이었다. 교란신호에서 멀어질수록 그것을 무력화하는 교란대
응장치의 성능도 커지기 때문이었다. 그는 게인즈버러의 '파란 옷을 입은
소년'을 복제한 그림 한 점과 중세 철갑옷 전시품들이 진열된 곳을 지나가
면서 이 많은 발포어의 수집품들은 이제 어떻게 될지 궁금했다.

오른편에서 문이 열리더니 미스터 싱이 걸어 나와서 그가 가는 길을 가로막고 섰다. 조나단은 한껏 예의를 차려 아침인사를 하고, 미스터 싱의 산 만한 덩치를 슬쩍 피해 지나가며 걸음을 재촉했다. 미스터 싱의 핸드폰이 울렸고, 조나단은 그가 영국식 영어 억양으로 "좋은 아침입니다. 주인님."이라고 말하는 것을 들었다.

층계에 도착한 조나단은 주머니에 손을 넣어 손끝으로 신용카드가 잘 있는지 확인해 보았다. 층계를 내려가니 소시지와 계란 냄새, 그리고 그 밖에 시골의 아침식사에서 맡을 수 있는 온갖 맛있는 냄새가 풍겨왔다. 층계 옆에는 요리사가 머핀 바구니를 들고 서 있었다. 그녀가 조나단에게 머핀 하나와 프렌치토스트, 그리고 에그 베네딕트를 권하는 통에 어쩔 수 없이 정중하게 거절했다. 그는 과일 바구니에 담긴 빨간 사과 하나를 받아들고, 조깅하고 돌아오는 길에 꼭 들르겠다는 약속으로 그녀를 달래고 나서야 다시 가던 길을 계속 갈 수 있었다. 요리사가 장작 난로 쪽으로 돌아가는 보며 그는 문까지 남은 마지막 몇 미터를 걸어가고 있었다.

"랜섬!"

그가 한때 찬탄해 마지않던 흠잡을 데 없는 미국식 억양으로 누군가가 그의 이름을 크지 않은 목소리로 불렀다. 대니는 미행꾼을 찾아내는 방법과 많은 물건들을 기억하는 방법을 훈련시켜 주었다. 하지만 집에서 수 천 마일 떨어진 곳에서 적들에 둘러싸여 있을 때 누군가가 예기치 않게 본명을 부르면 어떤 반응을 보여야 하는지에 대해서는 한 마디도 가르쳐주지 않았다.

조나단은 어깨가 굳으며 그 자리에 얼어붙었고, 그 순간 모든 것이 끝났다는 것을 알았다. 어깨너머로 돌아보니 술탄 하크가 부엌 반대편에 서 있었다. 두 사람의 눈이 마주쳤다. 서로를 알아보는 눈빛이 순간적으로 오갔고, 조나단의 머리에 화염에 둘러싸인 고원에서 켄터키 소총을 양손에 들고 복수를 부르짖으며 서 있던 하크의 모습이 스쳐 지나갔다. 토라보라

의 동굴 기지에서 죽어간 하미드와 용감한 병사들이 기억나자 조나단은
지금 이 자리에서 하크를 죽여 없애 버리고 싶은 생각마저 들었다.

뒤편 계단에서 발걸음 소리가 다가왔다. 미스터 싱과 발포어였다.

조나단은 문을 박차고 나간 뒤 세게 닫아버렸다. 그는 일렬로 주차되어
있는 레인지로버 차량들 옆을 달려 지나갔고, 차에 타고 있던 사람들은
그를 의아한 눈빛으로 쳐다보았다. 계속해서 차고를 지나 마구간으로 달
렸다.

"랜섬!" 하크가 소리쳤다.

"저 놈을 잡아!" 발포어가 명령을 내렸다.

앞 쪽에서 ATV(산악바이크)를 몰고 오던 경비원 한 명이 무슨 상황이
벌어지고 있는 것인지 파악하려고 페달을 밟고 몸을 일으켜 세웠다.

조나단은 몸을 낮추고 경비원을 어깨로 들이받았다. 경비원이 ATV에서
고꾸라져 떨어지자 그는 잽싸게 ATV에 올라탔다.

"쏴!" 발포어가 외쳤다.

조나단은 ATV를 반대로 틀어 속도를 내어 모터 코트를 빠져나가 마구
간을 지나 달렸다. 총성이 한 발 울렸고 차대에 총알을 맞은 ATV가 크게
흔들렸다. 조나단은 핸들 위로 몸을 바짝 낮추고 가속레버를 당겨 쥐어 속
도를 높였다. 이번에는 총알이 범퍼를 맞혔다. 그는 저택과의 거리를 벌리
며 목초지로 들어섰다. 뒤를 돌아보니 따라오는 사람은 보이지 않았다. 속
도를 줄이고 주머니에서 신용카드를 꺼내 교란대응장치를 켰다. 신용카드
를 다시 집어넣고 핸드폰으로 바꿔 쥔 다음 그는 프랭크 코너의 단축 번호
를 눌렀다. 지지직거리는 소리가 들렸으나 전화 연결은 실패했다.

"젠장."

바로 그때 검은 그림자 하나가 목초지를 건너오는 것이 보였다. 자세히
보니 술탄 하크가 검은 종마 인페르노를 타고 질주해 오고 있었다. 단축번
호를 다시 눌렀다. 여전히 지지직거리는 잡음만 들렸고, 조나단은 자기도

모르게 욕설을 내뱉었다. 그 순간 갑자기 잡음이 사라지며 통화가 연결됐다. 조나단이 ATV의 속력을 높여 풀숲 위로 돌진하자 차량이 심하게 흔들리면서 그의 몸도 좌석에서 튀어 올랐다. 한 손에 핸드폰을 든 채로 차량을 제어하기는 어려웠다.

뒤에서는 하크가 점점 가까이 다가오고 있었다. 조나단은 핸드폰을 쥔 채로 운전 손잡이를 부여잡았다. ATV 한 대가 목초지 반대편 끝에서 나타나 탈출로를 막아섰다. 조나단은 차량을 오른쪽으로 틀고는 사선으로 내달려 길을 막아선 ATV와 거리를 띄우며 브레이크를 잡아 차량을 완전히 멈췄다.

"프랭크, 접니다, 조나단. 제 말이 들리십니까?"

"조나단…그래, 겨우 겨우 들리네. 대체 뭐하고 있는 건가?"

"프랭크, 그게 여기 있습니다. 핵탄두가 블렌하임에 있습니다. 빨리 여기로 오셔야 합니다. 그들이 핵탄두를 오늘 옮길 겁니다. 구매자는 술탄 하크입니다."

"다시 말해 주겠나? 말소리가 끊기네…무슨 말인지 잘 못 알아 들…"

조나단은 어깨너머로 뒤를 돌아보았다. 하크가 그를 덮치기 일보직전이었고, 말은 미친 듯이 숨을 뿜어대고 있었다. 조나단은 운전 손잡이를 잡고 가속레버를 움켜쥐어 지프 차량 한 대와 일꾼들 몇 명이 어렴풋이 보이는 울타리 쪽으로 ATV를 몰았다. ATV가 말보다 빠르길 바랐지만 인페르노의 속도를 이길 수는 없었다. 그 검은 종마가 더 가까이 따라붙으면서 말발굽이 땅을 박차는 소리가 들렸고, 말이 바로 뒤에 있다는 것이 느껴졌다. 어깨너머로 뒤를 돌아보니 하크는 5미터 거리까지 쫓아왔고 점점 더 가까워지고 있었다. 앞 쪽 들판을 살펴보니 울타리가 끊겨 있는 곳이 보였다. 그는 ATV를 그쪽으로 몰아갔다.

하크가 갑자기 그의 옆에 나타나더니 말에서 몸을 기울여 엄청난 주먹을 그에게 휘둘렀다. 조나단은 손잡이를 오른쪽으로 휙 틀었지만 하크는 한 손으로 말갈기를 부여잡고 두 다리를 말의 옆구리에 휘어감은 채 여전히 조나단의 옆에 따라붙었다. 그가 다시 한 번 주먹을 휘둘러 조나단의 옆얼굴을 가격했다. 조나단도 왼 팔을 들어 올려 하크의 머리 옆면을 후려쳤다. 말이 속도를 늦췄고, 조나단은 방해에서 벗어났다.

울타리와의 거리는 50미터였다.

오른 쪽에서 무엇인가가 휙 하고 나타났다. 지프 차 한 대가 앞 쪽으로 쏜살같이 달려 나가 울타리로 가는 길을 막아섰다. 미스터 싱이 운전대를 잡고 있었고 30구경 기관총을 탑재한 차량 뒤편에는 발포어가 서 있었다.

조나단은 그들과 충돌하는 것을 피하기 위해 ATV의 방향을 돌렸다. 급격한 방향 전환 때문에 ATV가 크게 휘청거리며 한 쪽 측면의 두 바퀴가 땅에서 들렸다. 조나단이 무게중심을 옮겼지만 차량의 속도가 너무 빨랐고, 목초지의 지면은 너무 물렀다. ATV가 뒤집혔고, 조나단은 머리부터 떨어지면서 높게 자란 풀숲으로 처박혔다.

입안에 가득한 풀을 내뱉으며 무릎으로 몸을 일으켜 보았지만, 눈에 들어온 것은 기관총을 휘둘러 그를 조준하고 공이를 당기는 발포어였다.

"멈추시오!" 하크가 말에서 내려 조나단에게 다가오며 소리쳤다. "안녕하신가, 랜섬 박사. 한 번 꼭 다시 만났으면 하는 바람은 있었지만, 그게 이루어질 거라고는 감히 생각도 못했는데 말이야. 이번에는 당신을 구해줄 기사단을 기대하지는 못하시겠지."

"그래, 이번엔 어렵겠군." 조나단이 말했다.

하크가 조나단의 갈비뼈를 걷어찼고 그는 옆으로 나뒹굴었다. 큰 키의 아프가니스탄인은 풀숲을 뒤져 조나단의 핸드폰을 집어 들었다. 버튼을 몇 개 눌러봤지만 만족할 만한 소득은 없었다. "누구에게 전화했나?"

조나단은 입을 다물고 있었다.

하크는 발포어를 쳐다보았다.

발포어가 말했다. "나는 세계에서 가장 정교한 교란 시스템을 갖추고 있습니다만. 내가 사전에 번호를 등록해 놓지 않는 이상, 5킬로미터 이내에서는 누구도 핸드폰을 사용할 수가 없습니다. 이 자의 이름이 레비인지 랜섬인지…아무튼 뭐라 부르던 간에 통화를 했을 리는 없습니다."

하크는 믿지 못하겠다는 투였다. 그는 더 화를 내며 조나단을 향해 돌아서서 물었다. "누구한테 전화했나?"

"지옥에 있는 당신 아버지에게 전화하려고 했었지. 내가 직접 목을 그어버리지 못해 유감이라고 전해 주고 싶었거든."

"직접 그 말을 전해드리도록 해 주지. 하지만 그 전에 먼저 사실대로 말하고 있는지 확인부터 해야겠군. 미스터 싱, 이 자를 잡고 있게."

시크교도는 조나단을 일으켜 세워 양팔을 그의 가슴팍에 두르고 단단히 죄어 움직이지 못하게 만들었다.

하크는 주머니에서 도구를 하나 꺼냈다. 칼이었는데, 평범한 칼은 아니었다. 초승달 모양의 짧은 칼날에 상처가 많은 납작한 나무 손잡이가 달려 있었다. 농부들이 농익은 양귀비 열매에 홈을 파내어 귀한 아편 액이 흘러 나오도록 하는 데 사용하는 양귀비 칼이었다. 그가 말했다. "내 기억에 네 놈 눈동자는 짙은 갈색이었지."

조나단은 눈을 몇 번 깜빡였는데, 떨어지면서 눈에서 칼라 렌즈가 빠졌다는 것을 알았다. 하크가 그의 눈 밑 부드러운 피부에 칼날을 들이대며 말했다. "장님이 되면 외과의사는 수술을 못하겠지."

차가운 금속 날이 더 세게 눌려왔다.

벗어나려고 애를 써 봤지만 싱의 손아귀만 더욱 세질 뿐이었다.

"그래서, 친구." 하고 하크가 칼날을 천천히 앞뒤로 움직이며 말했다. "내가 묻는 질문들에 다 답할 만한 시간은 없는 것 같으니 딱 한 가지만 묻겠다. 사실대로 말하지 않으면 눈 한쪽은 포기하는 거지. 그리고 내가 당장 네놈을 죽일 거라고 생각한다면 오산이야. 나한테 다른 계획이 있거든. 네놈 주인들한테 우리 계획에 대해 얘기했나?"

"전화가 걸리지 않더군."

손목이 휙 움직이며 칼날이 그의 살갗을 베어냈다. 조나단은 움찔했지만 소리를 지르지는 않았다.

"한 번만 더 묻겠다. 그 다음에는 네 놈 눈알을 말 먹이로 주겠어."

조나단은 마음을 단단히 먹었다. 엠마라면 굴하지 않을 것이었다.

그녀를 사랑에서 이길 수가 없다면 전쟁에서라도…

"네놈 주인들한테 우리 계획에 대해 얘기 했나?" 하크가 물었다.

"하지 않았소."

하크는 발포어를 쳐다보았고, 발포어는 아무 말도 하지 않았다. 하크는 칼날을 눈 밑 피부의 접힌 부분에 대고 누르며 말했다. "미안하지만 네놈을 못 믿겠어. 아직까지는."

"직접 해 보시오." 조나단이 간신히 말을 꺼냈다. "직접 전화를 해 보시오. 7번을 누르고 통화버튼을 눌러 보시오. 그러면 알 것이오."

하크는 칼을 내리고 7번을 누르고 통화 버튼을 누른 다음 휴대폰을 귀에 가져갔다. 조나단은 교란 대응장치를 작동시킨 지 5분이 지나갔는지 미친 듯이 궁금해 하며 그 모습을 지켜보았다. 하크의 두 눈이 커지는 것을 보며 조나단은 가슴이 철렁 내려앉았다. 그러나 잠시 뒤 아프간인은 휴대폰을 주머니에 집어넣었다.

"어떻습니까?" 발포어가 물었다.

"전화가 안 되는 걸 보니 통신교란시스템이 제대로 작동하고 있나 보군."

"그러면 움직이지요." 발포어가 말했다. "내가 이 자를 끝내겠습니다."

하크는 손을 뻗어 그를 말렸다. "아직은 아니요. 저놈을 내 형님께 데려가야겠소. 이 자가 대답해 주어야 할 것들이 많이 있어서 말이지."

발포어는 그 제안을 잠시 고려해 보더니 기관총을 하늘로 치켜들었다. "원하시는 대로. 이 자를 내가 드리는 선물이라고 생각하시지요."

64

H18. 18번 격납고 건물이었다.

발포어의 레인지로버 차량 뒷좌석에 푹 주저 앉아 있던 조나단은 이슬라마바드 공항의 격납고 벽에 흰색 페인트로 크게 쓰여 있는 글씨를 읽고 그들이 도착한 곳이 어디인지 알 수 있었다. 미스터 싱이 조나단 바로 옆에 앉아 있었다. 언제나 경계 태세를 갖추고 있는 시크교도는 블렌하임에서 출발해서 지금까지 한 시간여 동안 한시도 조나단에게서 눈을 떼지 않았다. 술탄 하크는 앞좌석에 앉고, 발포어가 직접 운전하고 있었다. 차량한 대가 앞에서 길을 인도하고, 두 대는 뒤에서 따라오고 있었다. 그리고 가장 중요한 화물은 차량 뒤 칸에 놓여 있었다. 조나단과 불과 한 팔이 채안 되는 거리였다. 아무런 표시가 없는 짙은 녹색 상자였는데, 예전에 그가 보이스카우트 캠프에 가져간 적이 있는 사물함 정도의 크기였고, 그 안에 핵탄두 하나가 들어 있었다.

대형 제트기를 수용할 수 있도록 지어진 18번 격납고는 공항 끝 쪽에 따로 떨어져 있었다. 닫힌 문에는 이스트 파키스탄 항공이라는 글씨가 쓰여 있었다. EPA. 그가 발포어의 사무실에 잠입했을 때 알아낸 또 하나의 실마리였다. 격납고에서는 아무런 기척이 보이지 않았지만, 발포어가 접근하자 격납고의 미닫이문이 열렸다. 발포어는 속도를 늦추지 않고 격납고의 철길로 차를 몰아 들어갔다. 해가 사라지고 그림자가 덮쳤다. 안에 비행기는 없고 대신 상자들이 있었다. 짙은 녹색 상자들이 산더미처럼 하늘 높은 줄 모르고 쌓여 있었다. 상자들의 옆면에는 영어와 키릴어, 아랍어로 '탄약 : 45구경 5,000발' '수류탄: 대인용' '소총: 칼라슈니코프 AK-47' 같은 단어들이 찍혀 있었다. '셈텍스' 'C4' '보포스' '글록' 같은 단어들도 보였다. 한마디로 국제무기연합이었다.

발포어는 상자더미 사이로 구불구불 난 길을 따라 들어갔다. 환영 인사들이 안쪽 깊숙한 곳에서 기다리고 있었다. 샬와르카미즈 복장을 한 남자들이 열 명, 이맘 복장인 검은색 전통 가운을 입은 나이 든 남자가 한 명 있었다. 그들 뒤에 차량 몇 대가 주차되어 있는 것이 보였는데, 힐룩스 픽업 트럭 한 대, 지프 두 대, 그리고 밴 차량 한대였다.

레인지로버 차량이 멈추자 싱이 조나단을 차에서 끌어 내렸다. 동시에 발포어의 부하들이 차량에서 쏟아져 나와 일렬로 정렬했다. 적어도 스무 명은 되어 보였는데, 모두 똑같은 황갈색 슈트 차림에 똑같은 칼라슈니코프 소총을 들고 있었다. 싱이 큰 소리로 명령을 내리자 그들 중 두 명이 문제의 상자를 차에서 내려 큰 탁자로 가져갔다.

하크가 조나단에게 다가가 축축한 천을 건넸다. "얼굴을 닦아!"

조나단은 천으로 눈을 몇 번 가볍게 두드렸고, 하크가 그의 어깨를 토닥거렸다. 패자에게 보내는 승자의 몸짓이었다. 조나단은 그의 손을 밀어내고 "다 됐소."라고 말하며 천을 하크에게 도로 던져주었다.

하크가 검은 로브의 남자에게 걸어가 그의 볼에 세 번 키스를 건넸다. 두 사람은 몇 마디 나누더니 하크가 조나단을 가리켰다. 나이 든 남자가 다가왔다. "네 놈이 내 아버지를 죽인 힐러인가?"

조나단은 대답하지 않았다. 그런 자신이 부끄럽게 느껴졌다. 적극적으로 움직여야 할 때에 자신도 모르게 겁쟁이가 되어 있었다. 손가락이 그자의 배를 찌를 칼을 찾고 싶어 근질거렸다.

"내 이름은 마수드 하크다. 우리 부족의 수장이다. 너는 나와 함께 우리

부족의 땅으로 돌아갈 것이다. 우리에게는 살인자들에 대한 특별한 형벌이 있다. 목까지 땅에 묻고 피해자 가족에게 죽을 때까지 돌을 던지도록 허락하지. 나는 내 아버지의 이름으로 제일 먼저 돌을 던질 것이다."

"기대하겠소." 하고 조나단은 냉소적으로 말했다.

블렌하임에서 본 과학자 두 명이 상자에서 핵탄두 꺼내는 작업을 감독하고 있었다. 핵탄두는 코너가 보여준 사진들과는 전혀 다른 모양이었다. 일단 크기가 줄어 있었다. 사진에서 본 포탄 모양과 달리 그것은 커다란 스테인리스 강철 보온병처럼 보였다. 과학자들이 장치의 한 쪽 끝을 열어 하크와 그의 형을 위해 몇 가지 테스트를 해 보였다. '12킬로톤' '감지되지 않는' '타이머' '폭파코드' 같은 단어들이 조나단의 귀에 들어왔다. 술탄 하크가 조심스럽게 여섯 자리 숫자를 키패드에 입력했다. 그들은 장치를 다시 봉한 다음 두 번째 상자에 집어넣었다. 자세히 보니 상자 옆면에는 '미합중국 국방부' 라는 글자가 찍혀 있었다.

마수드 하크는 어디론가 전화를 걸더니 파슈토어로 몇 가지 지시를 내렸다. 조나단은 파슈토어를 어느 정도 할 줄 알았고, 그 지시 내용이 은행과 관련된 것이고 , 일천만 달러를 송금하는 내용이라는 정도는 충분히 이해할 수 있었다. 마수드 하크가 전화를 끊자 곧이어 발포어가 그의 거래은행에 전화를 걸어 계좌번호를 불러주었는데, 조나단은 그 번호가 지난 밤 자신이 외워둔 번호라는 것을 깨달았다. 발포어가 환하게 미소 지은 것으로 미루어 송금이 성공적으로 이루어졌다는 것을 짐작할 수 있었다.

발포어가 조나단에게 걸어오더니 손을 내밀며 말했다. "그나저나 혹시 솜씨 좋은 다른 성형외과 의사를 아시는지?" 그는 완벽한 흰 치아를 드러내며 큰 소리로 웃었다. 자신이 선택한 외과의사가 스파이로 밝혀졌음에도 불구하고, 그로부터 어떤 해도 발생하지 않았다는 것을 확인했고, 이제 자신의 호사스러운 은퇴 길이 열렸으며, 자신에게 새로운 얼굴과 새로운 신분을 제공해 줄 다른 의사를 찾아내는 것이 어렵지 않다는 사실을 알고 있어 더욱 기쁘다는 듯 그의 두 눈은 미소를 지었다.

"미쳤군." 조나단이 그가 내민 손을 무시하며 말했고, 발포어는 머리를 뒤로 젖히며 더 큰 소리로 웃었다.

뭔가 세차게 날아와 후려갈기는 소리가 들리는가 싶더니, 마수드 하크의 얼굴이 피로 얼룩져 물들며 헝겊인형처럼 바닥에 쓰러졌다.

사방에서 기관총이 불을 뿜어대기 시작했다. 엄청난 폭발과 함께 곧 이어 험비 차량 한 무리가 굉음을 내며 격납고 안으로 돌진해 들어왔다.

발포어의 얼굴에서 미소가 사라졌다. 그는 두려움에 휩싸여 그물같이 짜인 헝겊으로 덮인 상자더미로 뛰어 도망가다가 그 위로 넘어졌다.

조나단은 바닥에 쓰러졌고, 안전한 장소를 찾아 제일 가까운 곳의 상자 더미로 기어갔다. 왼쪽을 돌아보니 10센티미터 거리에 '셈텍스'라고 찍혀 있는 단어가 보였다.

총격전이 벌어졌다. 발포어의 부하들과 미스터 싱, 술탄 하크가 자신들의 차량을 엄폐물로 삼으며 격납고의 한 쪽 끝에 자리를 잡고 있었다. 방탄복을 착용한 군인들은 반대편 끝에 있는 총과 탄약 상자들 사이에서 전진하고 있었다. 조나단은 그 한가운데에서 오도 가도 못하는 처지에 놓여 있었다.

수류탄 하나가 조나단의 머리 위로 날아가 술탄 하크 앞으로 굴러갔다. 발포어의 부하 한 명이 그 위로 뛰어 올랐고 2초 뒤 그의 몸이 공중으로 날아올랐지만 폭발음은 시끄러운 사격소리에 묻혀 들리지 않았다. 또 다른 수류탄 하나가 그 뒤를 이었다. 하크가 땅에 떨어져 튀어 오르는 수류탄을 잡아 되던졌다. 그러나 공격해 오는 군인들을 향해 던지는 대신 그는 그것을 발포어가 숨어 있는 상자 더미를 향해 던졌고 수류탄은 정확하게 상자 더미 가운데로 떨어졌다. 조나단이 보니 튀어나와 있는 나무 상자 위에 '30구경 탄약'이라는 글씨가 찍혀 있었다. 수류탄이 한 번 튀어 올랐고, 발포어는 허둥지둥 그것을 집어 들었다. 하지만 그것을 던지려고 팔을 젖히는 순간 수류탄이 터졌고, 발포어는 순식간에 주홍빛 화염과 검은 연기 속으로 사라졌다.

폭발이 가라앉은 후 그는 여전히 그 자리에 서 있었다. 절반이 날아간 그의 팔에 뼈와 근육이 너덜거리며 매달려 있었고, 폭발력에 의해 얼굴 피부는 다 벗겨져 있었다. 멍한 상태로 몸을 돌린 그는 자신을 보고 있는 조나단을 발견했다. 한쪽 눈은 마치 어떻게 이런 일이 일어난 것인지 모르겠다는 듯 크게 벌어져 있었다. 수류탄 하나가 다시 그물 같은 덮개 위로 떨어져 폭발하면서 30구경 탄약들이 자연 발사되기 시작했다. 맹렬한 총알 세례에 발포어의 몸은 휙 젖혀지며 바닥으로 내동댕이쳐졌다.

격납고가 마구 흔들리고 머리 위로 불빛이 번쩍거렸다.

조나단은 한 병사의 어깨에 붙은 미국 국기를 발견했다. 코너가 보낸 게 틀림없었다. 어떻게 조나단 자신도 모른 교환 장소를 그가 알았을까?

가까운 곳에서 상자들에 불이 붙으며 순식간에 불길이 지붕까지 치솟았다. 더 많은 탄약들이 자연 발사되기 시작했다. 예광탄들이 곡선을 그리며 그의 머리 위로 날아갔다. 파편들이 파리처럼 윙윙거리며 공중을 날아다녔다. 천장에서 부러진 대들보 하나가 바닥으로 떨어져 내리면서 병사 한 명을 덮쳤다.

탈출해야 한다는 절박한 마음으로 조나단은 고개를 들고 주위를 살펴보았다. 10미터 떨어진 곳에 하크가 보였는데, 그는 탁자 위에서 핵탄두를 훔쳐 지프 트럭 한대의 화물칸에 옮기고 있었다. 조나단은 무릎을 딛고 몸을 일으켰다. 총알 한 발이 어깨 너머 상자를 맞추면서 그는 다시 바닥으로 넘어졌다. 하크가 지프 트럭의 뒷문을 닫고 조수석으로 달려가는 것이 보였다. 한 남자가 운전석에 올라탔지만 곧 총에 맞고 쓰러졌고, 다른 사람이 그 자리를 대신했다.

"저 자를 잡아요!" 조나단이 팔을 흔들며 하크 쪽을 가리켰지만, 집중포화 속에서 그의 목소리는 속삭임이나 다름없을 뿐이었다. 그는 몸을 일으켜 트럭을 향해 돌진했다. 총알들이 빗발치며 쌩 하고 지나갔고, 그 중 하나가 귀 윗부분을 스치면서 조나단은 균형을 잃고 바닥으로 넘어졌다. 그는 두 손을 짚어 몸을 일으키며 외쳤다. "하크!"

그때 누군가의 몸이 강하게 부딪혀 왔고, 그 바람에 그는 시멘트 바닥으로 나뒹굴었다.

미스터 싱이 몸을 던져 조나단을 위에서 덮친 다음 권총을 그의 턱에 대고 방아쇠를 당겼다. 탄창이 비어 있었다. 조나단은 무릎으로 하크의 사타구니를 찍어 들어 올리며 그를 떼어냈다. 몸을 일으켜 세운 그는 간발의 차로 싱이 자기 발목을 잡아 넘어뜨리는 것을 피할 수 있었다. 총알이 떨어진 권총 대신 시크교도는 손에 곡선 모양의 기다란 쿠크리 칼을 들고 있었다. 그가 휘두른 칼날은 조나단의 종아리를 비껴 바닥을 내리쳤다. 조나단이 발로 그의 얼굴을 걷어차 터번이 풀어졌다. 한 번 더 코를 걷어차서 부러뜨렸고, 세 번째 발길질이 그의 턱을 향했다.

싱이 그의 발길질을 피했다. 뒤엉켜 있는 땋은 머리가 얼굴로 흘러내렸고, 코에서는 피가 흐르고 있었다. 그는 일어나서 칼을 높이 쳐들어 치명타를 날릴 태세를 취했다. 조나단이 칼을 막아 보려고 부질없이 한 팔을 들어 올렸다. 그러나 칼날은 내려오지 않았다. 싱의 몸이 몇 차례 들썩거렸고, 그의 가슴에서 피와 천 조각이 간헐적으로 뿜어져 나왔다. 시크교도는 옆으로 쓰러졌고, 그의 가슴이 경련을 일으키며 솟아올랐다.

병사 한 명이 조나단을 상자 뒤로 끌어당긴 다음 바로 앉도록 도와주었다.

"저자를 잡아요." 하고 조나단이 정신없이 지프 트럭을 향해 손짓하며 말했다. "하크를 잡아요. 저자가 핵탄두를 가져갔어요!"

"그자는 아무데도 못 가요." 그 병사가 조나단의 얼굴에 대고 소리쳤다. "이곳은 드럼처럼 단단히 봉쇄되어 있어요."

여자 목소리였다. 그것도 매우 귀에 익은 목소리였다. "엠마?"

병사는 방탄모를 벗으며 말했다. "괜찮아요?"

조나단이 여자의 얼굴을 쳐다보았다. 초록색 눈이 아니라 파란색 눈이었으며 머리카락도 칠흑같이 새까만 머리였다. "대니? 당신이 왜 여기에?"

"어젯 밤에 당신에게 경고해 주려고 했었어요."

조나단은 발포어의 영지에 대한 공격을 떠올리며 눈을 깜빡였다. "코너가 보냈어요?"

"아니요." 하고 그녀가 말했다. "혼자 왔어요. 조나단이 떠난 뒤 코너가 수차례 나와 연락을 시도한 걸 오늘 아침에서야 알았어요. 델타포스 팀과 날 연결시켜 준 사람도 코너에요. 그리고 오늘 여기에서의 내 임무는 행여 우리 편에서 실수로 당신을 사실하는 일이 없도록 당신을 지키는 거죠."

"그렇지만 하크가…" 하고 말하며 조나단이 몸을 한 쪽으로 굴려 지프 트럭을 살펴보았지만 차량은 더 이상 보이지 않았다.

엄청난 폭발이 격납고의 바닥을 뒤흔들었다. 거대한 조명등이 천장에서 떨어졌다. 두 번째 대들보가 부서지면서 바닥에 충돌했다.

"여기서 나가야 해요." 대니가 말했다. "건물 전체가 무너지기 일보 전이에요."

그녀는 곧바로 목깃을 잡고 그를 일으켜 세웠다. 두 사람은 뒤로 돌아 상자들의 계곡을 뚫고 햇빛이 비치는 건물 밖까지 뛰어나가 헐떡거리며 기침을 해댔다.

미국인 장교가 그들을 격납고 옆에 있던 의료 트럭으로 데리고 갔지만, 조나단은 자기 몸을 걱정하기에는 여전히 심하게 흥분해 있었다. 그는 몸을 구부리며 목구멍을 가다듬고서 간신히 말을 꺼냈다. "하크, 그자를 잡았습니까? 검은색 지프 트럭…그자가 그것을 가지고 갔어요…그자가 그 폭탄을 가지고 있어요."

"선생님, 물 좀 드시고 치료를 받으셔야 합니다."

조나단은 도와주겠다는 그의 제안을 무시하며 억지로 몸을 꼿꼿이 세우고 장교를 똑바로 쳐다봤다. "그자를 잡았습니까?"

"선생님, 작전은 우리가 잘 처리하고 있습니다. 선생께서는 지금 당장 치료가 필요합니다. 위생병! 이 분을 의료 차량으로 모시도록."

"내 말 못 들었어요?" 하고 조나단이 소리쳤다. "그자가 WMD를 가져갔다고요. 내가 봤습니다. 저 안에 있단 말입니다."

"진정해요." 하고 대니가 조나단을 말리며 말했다. "여기 백 명의 군인들이 나와 있어요. 그들이 주위를 봉쇄했고요. 하크는 아무데도 못 가요."

대니는 조나단을 데리고 격납고 옆으로 돌아가 험비 차량 두 대와 1.5톤 트럭 한 대가 주차해 있는 활주로 건너편으로 갔다.

"저 사람들은 누구에요?" 하고 조나단이 격납고에서 시선을 고정한 채 말했다. "어디서 온 사람들이죠?"

"델타포스 부대원들과 파키스탄 정규군이에요." 하고 대니가 말했다.

"이 장소를 어떻게 안 거죠?"

"당신이 코너에게 전달한 정보 때문이죠. 그가 미국 중부사령부에 연락했고, 사령부에서 델타포스 팀을 파견했어요."

"내가 전달한 정보요?"

"내가 시선을 분산시킨 직후부터 그 파일들이 전송되기 시작했어요. 그때를 틈타서 발포어의 사무실에 잠입한 건 정말 잘했어요."

"코너가 이 얘기를 다 해 준 거고요?"

"코너는 당신이 발포어의 컴퓨터에서 보낸 파일들을 받았다고 했어요. 그걸 금광이라고 부르더군요."

"하지만 나는…"

조나단은 하려던 말을 멈췄다. 그의 세계가 잠시 동안 두 개의 평행선을 그리며 나뉘어졌다. 마음 한 구석에서 지난 밤 발포어의 사무실에서 일어났던 일을 되짚어보는 동안, 그의 눈은 격납고에서 십 수 명의 군인들이 공포에 질려 머리를 숙이고 떼를 지어 뛰어나오고, 그 뒤를 이어 험비 차량 한 대가 최대 속도로 후진하는 모습을 지켜보고 있었다. 엠마가 손바닥에 그 플래시드라이브를 들고 있었던 것을 기억해내고, 코너에게 정보를 보냈다면 그건 그녀가 한 일이라는 사실을 깨닫는 것과 동시에, 조나단은 그 미군 장교가 도망치는 군인들의 선두에 서서 미친 듯이 두 팔을 휘저으며 "돌아가!"라고 소리치는 장면을 지켜보고 있었다.

주황색 섬광과 대낮의 해를 가려 버릴 만큼 밝은 화염이 터져 나오면서 그 외침이 땅바닥에 내동댕이쳐졌다. 순간 충격파가 그 장교를 덮쳤고, 조나단은 마치 발끝으로 선 것처럼 험비 차량의 한 쪽 끝이 들려 올라가고, 군인 하나가 공중에 떠 있는 것을 보았다. 그는 그 광경을 보며 200미터 거리에서 핵폭탄이 터지면 바로 이런 모습일 것이라고 생각했다.

조나단은 눈을 감았다가 다시 떴다. 아직 살아 있다는 사실에 놀라며, 그는 엎드린 채 팔꿈치를 짚어 몸을 세우고는 커다랗게 찢어진 골판지 모양의 강철 지붕 한 부분이 검은 연기가 치솟고 있는 하늘에서부터 떨어져 내려 화염과 잔해 속으로 추락하는 모습을 지켜보았다.

"엎드려 있어요." 대니가 그의 팔꿈치를 쳐 내리며 소리쳤다. "후폭풍이 엄청나요. 건물 전체가 날아갔다고요."

조나단은 그녀의 말을 무시했다. 무엇인가 다른 것이 보였다. 화염과 잔해, 그리고 한 쪽 끝으로 날아가는 험비 차량 말고도 다른 것이 보였던 것이다. 그는 고개를 들고 멀리 있는 것을 보기 위해 눈을 가늘게 뜨고 활주로 건너편을 응시했다.

화염과 연기, 혼란 너머에서 두 대의 지프 차량이 빠른 속도로 격납고에서 멀어지고 있었다. 불기둥이 아수라장에서 버섯처럼 피어오르며 그의 시야를 흐렸다. 화염이 잦아들고 연기가 걷힌 뒤에 보았을 때, 공항터미널을 향해 달려가던 지프 차량들은 이미 사라지고 없었다.

65

"이런 맙소사, 제기랄."

프랭크 코너는 작전상황실 중앙에 놓인 책상 모서리에 앉아 눈앞에서 18번 격납고가 산산조각 나는 것을 보며 다음 말을 잇지 못하고 입을 벌리고 있었다. 모니터 화면이 깜빡이기를 반복하더니 검은 화면으로 바뀌었고, 이슬라마바드 공항으로부터의 전송이 끊어졌다.

"현장 지휘관을 연결해 주게." 그가 통신 기술자에게 말했다.

"음성통신은 살아 있습니다. 화면만 안 나오는 겁니다."

"그럼 제대로 해놓지 않고 뭐하나!"

방 안에는 디비전의 고위급 간부들이 모여 있었다. 코너는 기동대 지휘관의 어깨 벨트에 부착된 카메라를 통해 처음부터 작전을 지켜보고 있었다. 격납고 침투 과정과 발포어 경과 마수드 하크의 죽음, 그리고 이어지는 총격전을 빠짐없이 지켜본 것이다. 그리고 이제 그는 델타포스 대원들이 그가 바라는 결과를 가져오기를 기다리면서 간신히 침착함을 유지하고 있었다.

"물품은 회수했는가?" 그가 지휘관에게 물었다.

"못했습니다. 해당 장소에 접근할 수가 없습니다. 탄약들이 아직도 자연 발사되고 있어서 사실상 그곳은 전쟁터나 다름없습니다. 지금은 일단 제 대원들의 상태를 살펴보아야 합니다. 두 명이 심각한 부상을 입었고 한 명이 전사했습니다."

그 소식에 작전상황실에 모여 있던 모두가 바짝 긴장했다.

"계속 진행 상황을 알려주게." 코너가 말했다.

긴 하루였다. 발포어의 파일을 전송받고 그는 즉각 핵심어 일괄 검색 프로그램을 작동시켰다. 그 결과 발포어의 사업에 대한 방대한 양의 정보와 더불어 순항미사일과 미국 핵무기에 대한 수백 건의 글들이 쏟아져 나왔다. 그러나 티리치미르 산에서 핵탄두를 회수하려는 그의 작전에 대해 파악할 수 있는 정보는 극히 적었다.

수천 건의 개인 파일과 서신들을 샅샅이 살핀 지 세 시간이 지났을 무렵, 코너는 발포어의 휴지통 폴더에서 우연히 마수드 하크에게 보낸 이메일 한 건을 발견해 복구할 수 있었다. 이메일에는 무기 교환 일시와 장소에 대한 합의 내용이 적혀 있었다. 여전히 WMD에 관한 명확한 언급은 나와 있지 않고, '카펫 판매'라는 수수께끼 같은 단어만 반복해서 등장했다. 그 이메일과 그 밖에 파키스탄의 핵물리학자 한 팀에게 '그들의 전문성이 요구되는 물체'를 조사하기 위해 블렌하임으로 와 줄 수 있는지 여부를 묻는 이메일 몇 개가 코너가 건진 전부였다. 실망스럽게도 그 핵무기에 대한 사진이나 구체적인 증거물은 나오지 않았다.

코너 옆에는 앳된 얼굴을 나이 들어 보이게 하는 침울한 표정을 짓고 팔짱을 낀 채 서 있는 피터 어스킨이 있었다. "이보게, 피터. 우리가 해낸 거야. 우리가 위험을 감수한 덕이라고. 우리가 이 정보를 윗선에 보고했더라면 WMD는 지금쯤 타임스퀘어에 있을 거고, 뉴욕시는 잿더미가 됐을지도 모른다고."

"저도 그렇게 생각합니다, 프랭크." 하고 어스킨이 말했다. "국장님의 도박이 성공한 것처럼 보이네요."

"도박은 무슨 얼어 죽을. 그건 계산된 시도라고. 우리가 아니라면 누구도 할 수 없는 것이지."

코너는 화면을 계속 쳐다보며 자리에서 일어섰다. 그는 이 자리에 모인 모든 동료들 앞에서 어스킨에게 그의 반역 행위에 대해 추궁하는 즐거움을 선택할 수도 있었다. 그러나 코너는 아직까지 충분한 증거를 확보하지 못했다. 국가안전보장국에서 조사한 어스킨의 통화 내역에는 기껏해야 그가 아내가 집에 있건 직장인 법무부 사무실에 있건 상관없이 수시로 그녀에게 전화를 거는 경향이 있다는 사실 정도 말고는 특이한 점이 나타나지 않았다. 주소록에 없는 전화번호로 통화한 내역도 없고, 모르는 개인이나 조직과 해외통화를 한 내역도 없었다. 어스킨의 재정 상황에 대한 정보를 알려줄 금융범죄처벌기구의 보고서는 아직 받아보지 못했다. 어스킨의 이중 충성심에 대한 확신에도 불구하고, 코너는 자신의 주장을 뒷받침해 줄 확실한 증거가 나오지 않아 행동을 자제하는 중이었다.

작전상황실 입구 쪽이 소란스러워졌다. 코너가 보니 그의 직속 비서인 로레나가 한 무리의 남자들과 이야기하고 있었다. 그 중 세 명은 그가 모르는 남자였지만 한 명은 누구인지 알 수 있었다. 바로 토마스 샤프, 국가안보보좌관으로 디비전 부국장을 지낸 자였다.

샤프가 로레나를 밀치고 얼빠진 듯 쳐다보고 있는 다른 참석자들을 지나 코너의 옆으로 다가갔다. "이번에는 너무 멀리 갔습니다." 그는 모두에게 들릴 수 있는 만큼 큰 목소리로 말했다. "한 시간 동안 중부사령부와 통화했습니다. 그쪽에서는 이번 작전에서 내가 왜 빠져 있는지 꽤나 궁금해하더군요. 그들이 나한테 전화를 걸 거라는 생각은 하지 않았습니까?"

"솔직히 말해 상관없네, 톰. 이번 작전에 자네 의견이 듣고 싶었다면 내가 직접 자네에게 이야기했을 걸세."

샤프는 코너의 모욕을 전문가답게 참아 넘겼다. 마른 체구에 키가 크고 교활한 그는 관료적인 동물로 완벽하게 진화한 인물이었다. 그가 승자의 자신감이 베어나는 목소리로 차갑게 말했다. "다행히도 미스터 어스킨은 그렇게 생각하지 않았지요."

"미스터 어스킨?" 코너가 믿을 수 없다는 눈길로 어스킨을 쏘아보았지만, 어스킨은 그의 시선을 피했다. "피터가 전화했다고?"

샤프는 확인 사살을 하기 위해 한 걸음 더 가까이 다가갔다. "아쇼크 발포어 아르미트라지가 WMD, 그것도 우리의 순항미사일 중 하나를 밀매하고 있다고 의심하고 있다지요. 그리고 그 문제를 나나 다른 사람들에게 알리는 것이 적절치 않다고 생각하고 있고 말이죠. 지금 제 정신인 겁니까?"

"시급하고 즉각 해결을 봐야 하는 사안이었던 만큼 자네들에게 맡겼다가 시간만 낭비하는 꼴이 됐겠지. 그래서 자네나 펜타곤에 알리지 않았던 걸세."

"이 문제를 언제부터 알고 있었던 겁니까?"

"며칠, 길어야 일주일 전이지."

"미스터 어스킨은 2주 전이라고 말했지요.

"문제의 실마리를 잡은 때부터 치자면 2주 전이지. 자네가 스톱워치를 꺼내들 요량이라면 그자가 물건을 가지고 있다는 것을 확인한 것은 불과 몇 시간 전이네."

"그래서 이 무기가 존재한다는 증거는 있습니까?" 하고 샤프가 물었다.

"증거는 저 격납고 안에 있지."

"2주. 그리고 이 일을 위해 정식 비밀취급인가도 받지 않은 아마추어 등급을 파견했다는 거죠?"

"무기 교환 장소에 대한 정보를 우리에게 알아내 준 것이 바로 그 아마추어 등급이지."

"대체 랜섬이란 작자는 누굽니까?"

"이전에 우리가 작전에서 도움을 받은 적이 있는 의사라네."

"의사라고요? 그렇다면 위장 활동과 관계는 없겠지만 최소한 정식훈련을 받은 적은 있는 사람이라는 소리니 다행이군요."

"그건 모르겠군." 하고 코너가 말했다. "그가 몇 시간 전에 내게 연락을 취하려고 시도했는데 연결 상태가 좋지 않았네."

샤프는 허리에 손을 얹고 뒤로 한 발 물러서며 고개를 내저었다. "이런, 빌어먹을. 프랭크, 당신은 재량껏 행동한 게 아니라 아주 제멋대로 설쳐댄 것입니다. 도무지 어디에서부터 시작해야 할지 모르겠군."

코너는 경멸에 찬 눈초리로 이렇게 말했다. "그럼 가만히 있으라고. 여기 있는 다른 사람들처럼 입 다물고 기다리란 소리야." 그런 다음 코너는 샤프에게서 등을 보이고 돌아섰다.

5분이 흘렀고, 코너는 다시 현장 지휘관에게 말을 걸었다. "이제 진입할 수 있는가?"

"아직 어렵습니다. 격납고 전체가 날아갔습니다. 안에 해병대 일개 사단이 무장하고도 남을 만한 탄약과 무기가 있었습니다. 그것들이 모두 자연 발사되고 있는 상황입니다. 파편이 엄청나게 쏟아지고 있습니다. 잠잠해지기 전까지 접근 자체가 불가능합니다."

"술탄 하크는?"

"제 대원들 말고는 빠져나온 사람이 없습니다. 격납고가 폭발할 때 하크가 안에 있었다면 지금도 거기 있을 겁니다."

코너는 샤프를 보며 말했다. "핵폭탄이 그 안에 있어. 내 눈으로 확인했다네."

"직접 당신 눈으로 그것을 봤겠지요, 그렇죠?"

"그게 담긴 상자를 보았지."

"상자라고요?" 샤프의 얼굴에 냉소가 어렸다.

"그래. 무슨 생각을 하는 건가? 그놈들이 그걸 무슨 블랙베리 핸드폰처럼 허리춤에라도 차고 다닐 거라고 생각하나?"

"당신을 위해 하는 말인데 그게 사실이길 바랍니다, 프랭크. 하지만 지금 보기에는 진위 여부를 밝히는 데 시간이 꽤나 걸릴 것 같다는 말이지. 그 동안은 직위에서 물러나 주어야겠는데요. 대통령의 명령입니다. 여기이 사람들은 연방 법원 집행관이지요. 댁까지 모셔다 드릴 겁니다. 추후 별도의 공지를 받기 전까지는 가택 구금 상태라고 생각하시지요."

믿을 수 없다는 듯 코너는 샤프의 어깨너머로 보이는 두 남자를 쳐다보며 말했다. "가택 구금이라고? 대체 무슨 명목으로 말인가?"

"하나는 중대한 직무유기이고." 샤프가 말했다. "또 하나는 어젯밤 제임스 말로이라는 사람이 자택에서 살해된 채 발견됐지요. 내가 알기로 당신이 그 전날 밤 그 사람을 찾아갔고 말이죠. 우리에게 당신이 정확히 무슨 일을 해 오고 있었던 것인지 말해 주면 더 많은 위반 사항들을 찾아낼 수 있을 거라고 생각합니다."

코너가 화면을 가리키며 말했다. "저 건물 안에 WMD가 있다고."

"거기 있다면, 찾아낼 수 있겠죠."

"현장에 내 요원이 한 명 있어. 그녀의 이름은 대니 파인이고. 그녀와 이야기를 하고 싶네."

"우리 요원입니까?"

"모사드 소속이네."

"참…한둘이 아니군. 아무튼 알았습니다. 그 요원과 연락이 닿는지 확인해 보죠."

연방 법원 집행관이 다가오자 코너는 뒤로 물러나며 말했다. "랜섬이 무사한지 알아야겠네. 그 사람을 빼내 와야 해."

"그녀에게 내가 확실하게 말해두지요." 하고 샤프가 말했다. "다 끝났습니다, 프랭크. 당신은 이제 끝입니다. 잘 가시죠."

법원 집행관이 코너의 팔을 잡으며 말했다. "이쪽으로 가시죠."

코너는 건물 밖으로 연행되는 동안 머리를 꼿꼿이 세웠다.

"죄송합니다." 피터 어스킨이 말했다. "선택의 여지가 없었습니다."

66

　조나단과 대니는 부대원들이 습격 전에 대기하고 있던 정비 창고의 안전구역까지 백 미터를 포복으로 기어갔다. 박격포와 포탄, 수류탄, 탄약들이 폭발하면서 우레와 같은 소리가 대기를 계속 메웠고, 매번 폭발이 있을 때마다 활주로가 심하게 흔들렸다. 엄청난 연기가 하늘로 치솟았다. 그러나 조나단의 눈에는 전속력으로 격납고를 떠나가던 지프 차량의 모습만 계속 아른거렸다. 그는 숨을 헐떡이며 몸을 일으켜 제일 가까이에 있는 군인에게 급히 달려갔다.

　"부대장과 얘기를 하고 싶습니다. 긴급 상황입니다. 하크가 격납고에서 차를 타고 도주하는 것을 본 것 같습니다."

　앞에 파키스탄 병사 한 명이 한 손을 얹어 방탄모를 잡고 한 쪽 무릎을 접어 바닥에 꿇은 자세로 앉아 있었다. 그는 주위를 둘러보고 부대장이 보이지 않자 "니콜스 소령님께 말씀하시면 될 겁니다."라고 말했다. 병사는 무전기로 니콜스 소령에게 조나단이 한 말을 전달했다. "소령님께서 격납고 쪽을 돌아 이리로 오시는 중입니다."

　2분 뒤에 군인 한 명이 고개를 숙인 채 왼쪽에서 달려왔다.

　"내가 니콜스요." 하고 그가 말했다. 까칠하게 자란 수염과 오클리 선글라스, 그리고 떡갈나무보다 두꺼울 것 같은 굵은 목둘레, 한눈에 보기에도 델타포스 소속으로 보이는 인물이었다. "당신은 누구시죠?"

"랜섬이라고 합니다. 정부에서 보냈습니다. 발포어 그자와 같이 있었습니다. 제 말을 들으십시오. 당신들이 찾고 있는 자가."

"잠시만!" 니콜스가 손짓으로 조나단의 말을 멈췄다. "당신이 조나단 랜섬이란 말이오? 그리고 당신은? 당신이 파인 양 입니까?"

대니가 고개를 끄덕였다.

"두 분 다 나와 같이 가 주셔야 하겠소. 두 분을 구금하라는 명을 받았소."

"구금이라니요? 무슨 이유로 말입니까?" 하고 대니가 말했다.

니콜스 소령이 손에 쥔 문서를 보며 말했다. "대충 내용을 보니, 디비전의 프랭크 코너 국장이 면직 처분을 받았소. 향후 보고와 조사가 있을 때까지 두 분은 우리 군에서 신변을 접수하게 되어 있소."

"면직 처분이라고요? 이유가 뭡니까?" 하고 조나단이 물었다.

"내가 아는 것은 말씀드린 게 전부입니다. 자, 그럼 갑시다."

"기다려 주십시오." 조나단이 진지하게 말했고, 이는 선의를 가진 영리한 자가 마찬가지인 상대에게 말하는 것이었다. "이런 것들은 잠시 미뤄도 괜찮을 겁니다. 격납고가 폭발하기 직전에 지프 차량 두 대가 격납고를 빠져나와 화물 터미널로 향하는 것을 내가 봤습니다. 그중 한 대는 하크가 핵탄두를 실은 차량과 동일한 차량이었습니다."

'핵탄두' 라는 말에 니콜스가 멈칫했다. "당신이 두 눈으로 직접 하크를 봤다는 거요?"

"차들이 너무 먼 거리에 있었습니다. 왜 그러시죠? 저 안에서 하크를 찾았습니까?" 하고 조나단이 말했다.

니콜스 소령은 조나단의 멍든 얼굴과 눈가에 난 상처, 그리고 귀에 생긴 찢긴 자국을 유심히 살폈다. "저 안에서 하크를 잡으려고 설치던 그 미친 사람이 당신이었다는 거요?"

"그렇소."

니콜스 소령은 문서를 다시 가슴팍 주머니에 아무렇게나 쑤셔 넣은 다음 잠시 뭔가 궁리를 하더니 이렇게 대답했다. "우리는 하크나 핵탄두의 소재를 파악하지 못했소. 미처 파악할 시간도 없이 안에 있던 것들이 일제히 자연 발사되기 시작했소."

"하크는 격납고 후문을 통해 빠져나갔습니다." 하고 조나단이 말했다. 그제야 지프의 모습이 선명하게 떠올랐다. 앞좌석에 제복을 입은 사람들이 타고 있고, 뒷좌석에는 누군가가 몸을 웅크리고 있었다. 담요를 뒤집어 쓴 남자였다. 대니가 가르쳐 준 대로 마음을 비우고 기억을 되살리려고 하면서 그는 두 눈을 감았다. 조금 더 구체적인 장면들이 떠오르자 조나단은 갑자기 두 눈을 떴다. "분명 하크였습니다. 그가 지프 차량에 타고 있었습니다. 하크는 아프가니스탄에서도 같이 있어 봤습니다. 그자가 핵탄두를 가지고 있어요. 격납고 안에서 그자가 핵탄두를 지프 차량에 싣는 것을 내가 봤습니다."

니콜스는 몸을 바짝 숙이며 말했다. "그자가 핵탄두를 지프 차량에 싣는 것을 당신이 직접 봤다는 말씀이오? 혼자서?"

"발포어가 핵물리학자 둘을 고용해서 무기의 용량을 줄이게끔 했습니다. 그들이 12킬로톤 급이라고 말하는 것을 들었습니다. 실제 크기는 스테인리스 보온병보다 조금 더 큰 정도였습니다."

"우리가 격납고 주위를 포위하고 있소. 하크가 탈출할 수가 없다는 뜻이오."

"시신을 확보했습니까?" 하고 조나단이 되물었다.

"못했다고 이미 말했소." 서서히 나는 짜증을 참으며 니콜스가 대답했다. "하루 동안은 그 누구도 시신을 찾겠다고 저 격납고 근처에 가지 못할 거요. 하지만 내 말을 믿으시오. 저곳에는 정문 외에 달리 빠져나갈 길이 없소."

"파샤 대령 나오십시오." 조끼에 달린 쌍방향 무전기에 대고 소령이 말했다. "대령님 부하들이 격납고 뒤를 지키고 있지요, 그렇죠?"

"그렇소." 하고 파키스탄 대령이 대답했다.

"그리고 거기서 차를 타고 빠져나간 사람은 없고요?"

"없었소."

니콜스는 조나단과 대니를 쳐다보며 무전기에 대고 다시 물었다. "백 퍼센트 확실한 겁니까? 격납고 폭발 전에 하크와 WMD를 실은 것으로 추정되는 지프 차량 두 대가 격납고 후문을 통해 탈출에 성공했다는 제보를 받았소."

"지프 차량이라? 아니오. 전혀 없었소."

"그자는 거짓말을 하는 겁니다." 하고 조나단이 말했다.

"조용하시오!" 하고 니콜스가 말했다. 이어서 그가 파샤 대령에게 말했다. "전혀 없었단 말입니까? 격납고 뒤에서 지프 차량이 지나간 흔적을 봤기에 하는 말이오."

"그건 우리 편 사람들이 남긴 흔적일 거요." 하고 파샤가 말했다.

"거짓말입니다." 하고 말하며 조나단이 끼어들었다. "그들이 떠나는 것을 분명 봤습니다. 담요로 몸을 가리고 있던 자는 분명 하크였습니다. 저자의 말을 믿어선 안 됩니다!"

"이봐, 카우보이. 내 말을 잘 들으쇼." 조나단의 셔츠를 움켜쥐며 니콜스가 말했다. "난 저자와 1년을 거의 동고동락했고, 그가 셀 수도 없이 여러 번 내 뒤를 봐줬소. 그가 아무도 빠져나가지 않았다고 하면, 그럼 아무도 빠져나가지 않은 거요. 알아들었소?"

"아뇨. 인정 못하겠습니다." 조금도 물러서지 않으며 조나단이 그의 말을 받아쳤다. "하크가 그 지프 차량에 탄 걸 분명히 봤다고 했습니다. 그자가 WMD를 가지고 도주한 게 맞다면 어떻게 책임질 겁니까?"

니콜스는 탄띠를 만지작거리는 내내 조나단과 대니를 노려보며 말했다. "이런, 우라질. 확실히 알고 하는 말이길 바라오." 하고 그가 말했다.

"분명 확실하다고 했습니다."

니콜스는 조나단의 셔츠를 쥐고 있던 손을 내려놓았다. "따라 오시오." 소령은 험비 군용 지프로 성큼성큼 걸어가 차량에 올라탔다. "놈들이 동쪽으로 갔다고 했소?"

"화물 터미널 쪽으로 갔소. 검은색 지프 차량이었소. 앞좌석에는 파키스탄 장병 둘이 타고 있었소."

조나단과 대니는 뒷좌석에 올라탔고 니콜스는 시동을 걸고 차량을 몰아 불타고 있는 격납고를 빙 돌아 나갔다. 가는 길에 니콜스는 부하직원들에게 수색을 위한 지원 요청을 지시했다. "공항 동쪽 화물 구역으로 이동하라. 적들 중 하나가 중요한 물건을 들고 그쪽으로 도망갔다고 한다. 조이 장군에게 전화를 걸어 공항을 봉쇄하라고 하라."

"조이 장군이 그렇게 할 리가 없습니다. 씨알도 안 먹힐 겁니다."라는 응답이 돌아왔다.

"미합중국 중앙사령부에서 직접 내려온 명령이라고 장군에게 전해."

"대장님, 아시면서 왜 그러십니까? 여긴 놈들 땅 아닙니까."

"시끄러워! 장군에게 핵무기 하나가 돌아다니고 있다고 해. 그래도 딴소리를 하는지 보자고."

니콜스가 손목시계로 시간을 확인했고, 고개를 돌려 조나단에게 그가 받아봤던 중 가장 위협적인 표정을 지어보이며 말했다. "하크 그 정신병자 놈이 사라지고 10분이나 지났소. 왜 좀 더 일찍 날 찾아오지 않은 거요?"

67

"늦었소." 하고 비행기 앞쪽 문을 거칠게 밀어 닫으면서 비행사가 말했다. "아무데나 앉고 안전벨트나 졸라매쇼. 곧 출발할 거요."

술탄 하크는 어두침침한 조명등 아래서 실눈을 뜨고, 지프차와 병력 수송 장갑차 같은 여러 군사장비들이 자리 잡고 있는 휑한 기체 안으로 걸어 내려갔다. 지프차량들은 미합중국 육군 소속이었고, 스타리프터 군용 수송기에 안전하게 실린 개인 여행 가방이며, 다른 모든 장비들도 마찬가지로 미합중국 육군 소속이었다.

그것은 역사상 가장 큰 규모로 이루어지는 군수물자의 이동이었다.

7년 동안 미군은 독재자로부터 이라크 국민들을 해방하고, 민주주의를 전파하기 위해 미국의 아들딸들을 이라크로 파병했다. 병사들과 함께 군수물자들이 이라크로 끊임없이 쏟아져 들어왔고, 매일 매일 수송기들이 이라크의 공군기지들에 도착했다. C-141 스타리프터 수송기들은 탱크와 대포, 험비 장갑 수송차량을 실어 날랐다. 보잉 C-19기들은 대형 트럭과 이동식 주방시설, 그리고 케블러 방탄조끼를 가득 실어 날랐다. 대형 화물선들도 지프 차량과 각종 탄약, 그리고 선반을 가득 채운 휴대식량들을 실고 와서 아라비아해의 항구에 입항했다.

이제 전쟁이 끝나가고, 미군은 돌아갈 채비를 하고 있었다. 그리고 미군은 전쟁 장비들을 다 챙겨서 도로 가져갈 생각이었다. 총 수량이 330만 개에 달하는 군장비가 본토로 돌려보내지거나 미군이 치열한 교전 중인 아프가니스탄으로 보내졌다. M1 에이브람스 탱크, 브래들리 전투장갑차, 스트라이커 병력 수송 장갑차, 곡사포 등 그 목록은 끝이 없었다. 이 모든 장비들을 그들의 힘으로만 돌려보내기에는 너무 벅찬 일이었다. 그래서 병참업무를 맡은 자들은 미군을 도울 만한 선박이나 수송기를 가진 외부 업체를 물색했다. 미군을 돕겠다며 계약을 맺은 곳 중에 한 곳은 아쇼크 아르미트라지 발포어 소유의 이스트 파키스탄 항공사였다.

중간쯤에 있는 아무 자리에나 쓰러져 앉으면서 하크는 고개를 숙여 칸막이벽에 머리를 기대고 크게 숨을 들이마셨다. 두려움과 아드레날린, 그리고 생존과 탈출에 대한 공포로 엄청나게 땀을 흘리고 두 손이 덜덜 떨렸다. 서양식 복장에 진절머리를 내면서 소매를 걷어 시계를 보니 시간은 거의 7시였다. 마음을 가라앉히기 위해서 그는 반사적으로 옆에 있는 그물로 고정시켜놓은 물품운송용 상자를 손으로 잡았다. 이륙은 현지시각 19:00시로 예정되어 있었다.

스타리프터 수송기의 플랫 앤드 휘트니사 터빈 엔진들이 차례차례 동력을 얻고 움직이기 시작했다. 수송기의 기체가 크게 진동하더니 움직이기 시작했다. 수송기가 준비운동 하듯이 한동안 느리게 이동했고, 하크의 불안한 마음도 조금씩 가라앉았다. 그제야 그는 다리의 통증을 느꼈다. 바지를 걷어붙이고 종아리에 박힌 파편조각들을 살펴보았다. 피로 신발이 흥건하게 젖어 있었다. 머리에 총을 맞은 채로 격납고 바닥에 쓰러져 있던 친형 마수드를 떠올렸다. 그리고 그것보다는 안타까움이 덜한 마음으로 자신이 던진 수류탄에 죽은 아쇼크 발포어 아르미트라지를 떠올렸다.

수송기가 이륙 준비를 갑자기 멈췄다. 시간이 흘렀지만 여전히 움직이지 않았다. 하크는 창문을 찾아 주위를 둘러봤으나 그 비행기는 승객용으로 만든 것이 아니었다. 걱정스러운 기분에 자리에서 일어나 서둘러 조종석으로 갔다. "무슨 일이지?"

조종사가 초조한 눈빛을 보냈다. "모든 수송기의 이륙이 중지됐소. 미군에서 수송기마다 죄다 수색을 할 거라는데."

"왜?"

"알면 당신이 말해 보쇼." 조종사가 자리에서 일어나며 말했다. "뒤로 가서 트럭 안에 숨으시오."

하크는 뒤편에 있는 트럭 하나를 골라 올라탔고, 몹시 초조한 심정으로 가슴을 졸이며 기다렸다. 몇 분이 지나 결국에는 한 시간이 흘러갔다. 드디어 비행기가 살짝 휘청이는가 싶더니 선실에서 목소리가 들렸다. 뒷좌석에 몸을 수그리고 앉아 그는 문이 열리고 손전등의 섬광이 그의 얼굴을 내리비추기를 기다렸다. 그러나 이내 목소리는 더 이상 들리지 않았다. 트럭 앞 유리창을 통해 조종사 혼자서 그가 있는 곳으로 걸어오는 것이 보였다.

하크는 트럭에서 뛰어내리며 물었다. "어떻게 된 거요?"

"우리는 미군 소속 수송기니까. 화물들에 그냥 눈길만 한번 휙 주더니 곧바로 가 버리더군."

하크는 숨을 돌렸다. "곧바로 출발할 건가?"

"운항제한만 풀리면. 이륙 순서는 일곱 번째요."

"첫 번째 도착지까지 얼마나 걸리나?"

"일곱 시간."

다친 다리를 보며 하크는 몸을 움츠렸다. "구급약품과 펜치나 가져다주게."

조종석으로 돌아가면서 조종사가 "이륙하면 그때 다시 오겠소." 하고 말했다.

몇 분 뒤 수송기가 움직이기 시작했다. 수송기는 몇 번 방향을 틀더니 멈춰 섰고, 거대한 엔진에서 굉음이 들렸다. 수송기는 점점 속력을 올렸다. 수송기가 활주로를 빠른 속력으로 달리자 지프 차량들, 병력 수송차량들, 물품운송용 상자들이 마구 흔들리기 시작했고 먼지가 일었다. 마침내 비행기의 전두부가 들리고 바퀴가 활주로에서 떨어지면서 기체의 흔들림도 멈췄다.

눈을 감고 하크는 기도를 올렸다. 아버지의 지혜와 형님의 지략을 그에게 달라고 기도했다. 아들로부터 존경받고 가족으로부터 용기를 얻을 수 있게 해달라고 기도했다. 기도를 마치고 그는 그의 가문이 그를 자랑스럽게 여기도록 만들 것을 다짐했다.

68

두 시간 뒤에 수색은 중단됐다.

스무 대가 넘은 차량과 백 명의 인원이 동원되어 공항을 샅샅이 뒤졌다. 화물목록을 확인하는 동안 모든 항공기의 이륙이 연기됐다. 하크의 인상 착의가 공항 순찰대로 전달되었고, 근무 중인 모든 순찰대원들이 그것을 받아보았다. 격납고마다 모두 검문이 실시됐다. 그러나 문제의 지프 차량이나 술탄 하크에 대한 흔적은 나오지 않았다. 모든 점을 고려했을 때 그는 사망했고, 엄청난 열기에 뼈와 재만 남은 그의 시체는 수 톤에 달하는 골판지 모양 철제 지붕 아래 묻혔을 것으로 추정되었다. 그리고 핵폭탄도 그와 함께 묻혔을 것으로 추정됐다. 조만간 둘 다 발견될 것이라고, 적어도 파샤 대령은 그렇게 호언장담했다. 그러는 사이에 여전히 아직 연기가 가시지 않는 격납고 주위는 통제구역으로 정해졌다. 1차 현장 조사의 일정은 다음날 아침 8시로 잡혔다.

수색이 시작된 집결지에서 대니, 니콜스 소령과 함께 멈춰선 조나단은 "수색을 중단하기엔 아직 이릅니다." 하고 말했다. "하크가 비행기 안에 타고 있을지도 모른단 말입니다. 탑승 인원 전부 비행기에서 내리라고 해야 합니다."

"그럴 수 없소." 하고 니콜스 소령이 말했다. "그럴 권한이 우리에겐 없단 말이오. 애초에 파샤 대령은 그 격납고에서 어느 누구도 빠져나온 적이 없다고 못 박아 말했잖소. 어쩌면 파샤 대령의 말이 맞는지도 모르지."

"내가 분명히 봤습니다." 하고 조나단이 말했다.

"이 보시오, 많은 일들이 일어나고 있었소. 당신은 충격을 받았던 상태였고, 상처 때문에 피를 흘리고 있었소. 당신이 본 자는 하크가 아닐 가능성도 있소. 자기가 본 것을 혼동하는 일이야 처음 있는 일도 아니고."

"젠장, 내 말이 안 들립니까!" 하고 조나단이 말했다.

"아주 잘 들리고 있소." 하고 니콜스가 대답했다. "여긴 LA 국제공항이 아니오. 하크가 숨을 만한 곳이 너무나 많소. 그자나 지프 차량이 남긴 흔적도 발견하지 못 했소. 마음에 안 들더라도 현재로서는 이게 우리가 할 수 있는 최선이란 말이오."

"하크는 살아 있습니다. 그자는 핵탄두를 가지고 있고, 그것을 사용할 작정을 하고 있습니다. 여기서 멈춰서는 안 됩니다. 뭔가 우리가 더 해 볼 만한 것이 있을 겁니다."

니콜스는 험비에서 내렸다. "이보시오, 랜섬. 당신 말이 옳은지 틀린지는 모르겠소만 우리는 우리가 할 수 있는 건 다 해 보았소. 그리고 당신 소속이 랭글리(CIA 본부)인지 뭔지는 모르겠지만, 아무튼 마음에 안 드는 것이 있거든 당신 상사한테나 가서 말하시오. 허나 당장은 나와 함께 가 줘야겠소. 당장 내가 할 일은 당신네들을 당국에 넘기 것이오."

조나단은 니콜스의 뒤를 따라 가며 말했다. "지금 내게는 당신 외에는."

"그만 하시오." 하고 뒤돌아보며 니콜스가 말했다. "지금 당신들 두 사람이 내게 문제를 일으키겠다는 거요?"

"아닙니다, 니콜스 소령님. 그렇지 않습니다." 하고 두 남자 사이에 서며 대니가 말했다. "지금껏 우리 말을 믿고 또 들어주신 점 감사하게 생각합니다. 하크를 찾고자 소령께서 최선을 다 하신 것은 확실합니다. 한마디로 우리 모두에게 힘든 하루였던 것 같습니다."

"맞소, 파인 양. 힘든 하루였소."

대니는 위로라도 하듯이 웃어보였다. "저들이 우리를 어디로 데려가려
는 건지 혹시 아시나요?"

"대사관으로 모실 거요. 이건 정보기관에서 알아서 할 일이오. 당신네
스파이들끼리 알아서 해결을 보란 말이오."

69

　한 시간 뒤 조나단은 대니와 함께 파키스탄 부대 험비 차량 뒷좌석에 타고 있었다. 앞좌석에는 델타포스 부대원 두 명이 타고, 차량은 햇살이 내리치는 이슬라마바드 거리를 따라 달리고 있었다. 조나단의 귀에는 붕대가 둘러져 있고, 멍든 이마에는 아니카 연고를 발랐다. 아편 칼에 찢긴 상처는 지그재그로 꿰매놓았다.

　"어떻게 된 걸까요?" 하고 조나단이 물었다. "코너가 면직 처분을 받았다니 그게 무슨 말이죠?"

　"코너의 동료들이 그가 무슨 일을 하고 있는지 알아냈고 그 일에 반대했다는 뜻이에요." 하고 대니가 말했다. "프랭크는 규정대로 움직이는 인간이 아니거든요. 결국엔 그런 점이 발목을 잡은 것일 수도 있지요."

　"타이밍이 아주 최악이군요."

　"그냥 잊어버려요. 지금 우리의 최우선 관심사는 바로 하크에요. 우리는 그자가 살아 있고, 붙잡히지도 않았고, 핵무기까지 가지고 있다고 가정해야 하죠. 그 외에 다른 건 중요치 않아요."

　두 사람은 서로 반대편에서 얼굴을 마주보고 앉아 머리를 맞대고 속삭이며 말했다. 수갑이나 그 어떤 종류의 구속 장치도 없었다. 니콜스 소령에게 대니가 확언해 주었듯이 그들은 전문가였고, 말하자면 선수끼리 굳이 그럴 필요가 없었던 것이다.

"하크는 짧게 이발을 했더군요." 하고 조나단이 말했다. "수염도 밀고 손톱도 한 손가락만 남겨놓고 깎았어요. 우리들처럼 보이는 외모를 하고 어디론가 가려는 겁니다. 미국이나 유럽 같은 곳으로 말이에요."

"서양인처럼 말인가요?" 하고 대니가 말했다. "네, 나도 동의해요. 그에 대해서 뭐 아는 게 있나요? 그가 뭘 하려는지 단서가 될 만한 것들이요."

"그자는 한동안 관타나모에서 수감 생활을 했죠. 그자가 의사나 미국인에 대해 좋은 감정을 갖고 있을 거라고는 생각하기 어려워요. 아, 하크는 영화를 좋아해요. 이거 왠지 별 도움은 안 되겠군요."

"그렇게 시작하는 거죠. 아까 말해 준 것처럼 그가 아무 이유 없이 머리를 짧게 자르진 않았을 거예요. 그건 그가 사람들 틈에 섞여서 눈에 띄지 말아야 하는 곳으로 WMD를 전달하려는 것이고, 바로 지금 그것을 전달하고 있는 중이란 뜻이에요."

"지금 전달하는 중이라면, 전달이 끝나는 데 얼마쯤 걸릴까요?"

"앞으로 24시간 이내에 그가 폭탄을 누군가에게 전달하거나 본인이 직접 터트릴 생각이라고 봐야죠."

"폭탄은 분명 있어요." 하고 조나단이 말했다. "크기는 매우 작았어요. 숨기는 데 문제는 없을 거예요. 대사관 사람들에게 폭탄에 대해 우리가 아는 정보라도 넘길 순 있겠네요. 그들이 뭔가를 해 보겠죠."

"무슨 폭탄이요?" 하고 대니가 말했다. "거기에 대해서 아는 유일한 사람들은 당신과 나, 그리고 프랭크 코너에요. 그리고 코너는 지금 행방을 알 수가 없고요."

"그게 무슨 뜻이죠? 아무도 우리를 믿지 않을 것이란 건가요?"

"당신 같으면 믿겠어요? 자신의 몰골을 한번 보세요. 당신은 이미 물러난 스파이 대장이 투입시킨 미숙하고 검증되지 않은 정보요원이라고요."

"그래도 내 말이 사실인 건 틀림이 없습니다."

"좋아요. 그리고 결국 당신은 이 일로 당신을 조사할 워싱턴의 관련자들을 설득시키겠죠. 그들은 멍청하지 않아요. 그들은 코너가 그들에게 하는 말을 들을 것이고, 당신이 하는 말을 들을 거예요. 그리고 두 사람을 같이 데려다 놓고 이야기하라고 하겠죠. 그러나 그렇게 하기까지 족히 4주는 걸릴 거예요. 내 계산으로는 그때쯤이면 모든 게 이미 늦을 때인데."

"그럼 대니는요?"

"저 말인가요? 전 여기서 공무를 수행 중인 게 아니에요. 저희 조직에서는 제가 휴가 중인 것으로 알고 있었죠. 이번 사태에 내가 개입된 것을 알면 절 잘라버릴 거예요." 대니는 싱긋 웃으며 말했다. "코너가 어떻게 됐는지 니콜스 소령이 얘기해 줬잖아요. 면직 처분을 받았다고요. 저한테도 같은 일이 일어날 거예요. 나한테도 면직 처분이 내려지겠죠."

"당신 같은 사람들은 해고당하는 일이 없는 줄 알았는데요."

대니가 이렇게 대답했다. "당신 말이 맞아요. 해고를 하진 않죠. 그러기엔 너무 심술궂은 인간들이거든요. 대신 날 서안지구를 관리하는 감시초소로 보내겠지요. 그러느니 잘리는 게 나아요."

험비가 도로의 움푹 팬 곳을 지나가며 덜컹거렸고 조나단의 몸이 자리에서 살짝 튀어 오르면서 그는 중심을 잡기 위해서 대니의 무릎을 짚었다. 그녀와 시선이 마주쳤고, 그는 다시 한 번 그녀의 푸른 눈동자에서 시선을 떼지 못하는 자신을 발견했다. 그녀의 뺨에는 검댕이 묻어 있고, 윗입술은 촉촉하게 땀이 배어 있다. 그녀는 방탄조끼와 군용벨트를 벗고 검은색 전투복의 소매를 걷어붙이고 있었다. 자연스럽게 단추를 풀어헤친 제복 상의와 뺨을 타고 흐르는 헝클어진 머리카락을 보고 있자니, 그녀는 미스터 싱의 가슴 한복판에 총알 네 발을 꽂아 넣은 정예 특공대원과는 거리가 먼 사람처럼 보였다.

"대니, 여긴 왜 왔어요?"

"당신이 준비가 안 됐으니까. 당신은 내 제자고 결국 내 책임이니까요. 그리고 난 내가 좋아하는 이들에게 자살 임무를 맡기진 않으니까요."

"고마워요."

대니는 불편한 듯 시선을 돌렸다. "우리 측 사람들한테 말해 놓을 생각이에요. 그러면 그들이 인터폴하고 국제원자력기구에 경고를 전하겠지요. 인터폴과 국제원자력기구에서도 WMD의 밀거래에 대한 보안조치들을 갖추고 있으니까요."

"그럼 어떻게 되는 건가요?"

"유럽, 캐나다, 그리고 미국의 모든 공항, 항구, 국경선 경계지역에 테러 경보가 상향 조정되겠죠. 하크의 인상착의가 전달될 테고요."

"그걸로 해결이 될까요?"

"아뇨. 그렇지만 그의 목적지가 어디인지를 알아낼 때까지 현재로서는 그게 우리가 할 수 있는 최선이에요." 대니는 등을 의자에 바짝 붙이고 자세를 바로 잡으면서 그에게 말했다. "조나단, 물어볼 게 있는데요. 발포어의 컴퓨터에 있는 정보들을 당신이 전송시킨 게 아니라면, 그럼 누가 그랬다는 거죠?"

"엠마가."

그 말에 대니는 충격을 감추지 못했다. "그녀가 거기 있었다고요?"

조나단은 고개를 끄덕여 보였다. "엠마는 그곳에서 날 빼내려고 했어요. 오늘 아침에 떠나면서 나를 블렌하임에서 데리고 나가겠다고 했죠."

"왜요? 당신이 위험에 빠진 걸 그녀가 알았나요?"

"내가 분에 넘치는 일을 하고 있다고 본 거죠."

"그녀는 거기서 뭘 하고 있었던 건가요?"

"새 신분을 얻은 발포어가 주의를 끌지 않고 숨어 지낼 수 있는 방법을 가르쳐주고 있었어요. 스파이처럼 살아가는 법을 가르친 셈이죠."

대니는 마음에 안 든다는 듯이 눈을 가늘게 떴다. "하지만 그녀가 왜 코너에게 정보를 보낸 거죠? 발포어가 핵탄두를 팔아넘기는 것을 도와줬으면서 왜 굳이 그 거래를 위험하게 할 만한 일을 했느냐는 거예요. 발포어에게 돈을 받고 일했던 것이겠죠?"

"아마도."

"엠마가 하크를 돕고 있는 건가요?"

"그렇다고 생각하진 않아요. 사실 발포어가 그 두 사람이 마주치지 않도록 떨어뜨려놓으려는 것 같았어요. 어젯밤에 그자가 손님들에게 만찬을 열었는데 나와 하크, 그리고 핵물리학자들이 초대됐어요. 엠마는 거기에 없었고."

"뭔가 찜찜한데요." 하고 대니가 말했다.

조나단이 한숨을 내쉬었다. "이유를 묻는다면 말씀드리죠. 엠마는 뭔가 일을 꾸미고 있었기 때문이에요. 그게 뭔지는 나도 알았으면 좋겠고."

"당신이 배운 것에 집중해 보세요." 하고 대니가 말했다. "발포어의 사무실에서 뭘 봤나요?"

"서류들이 엄청 많았어요. 전화번호, 계좌번호, 그가 압지에 대고 뭔가 메모한 것들…"

"예를 들면요?"

"이름 몇 개요. 우르두어나 다리어로 써놓아서 뜻을 모르는 단어들도 여러 개 있었고요.

"그 중 일부라도 기억해 볼 수 있겠어요?"

"전부는 아니고 몇 개는."

"일단은 그걸로 어떻게 해 봐야죠."

차량 앞 유리를 내다보니 대사관 부지로 들어가고 있었다. 도로 중앙을 따라 초록 잔디가 깔린 둔덕이 있고, 높은 담벼락이 널찍하고 화려한 저택을 에워싸고 있었다. 경비초소가 입구마다 배치되어 있었다.

"달릴 수 있겠어요?" 하고 대니가 물었다.

"어디 갈 데라도 있어요?"

"있을지도 모르죠."

조나단은 앞좌석 쪽으로 고갯짓을 하며 말했다. "저자들은 방위군이 아니라 델타포스라고요. 그 말은 저들이 명사수라는 말이고."

"알아요." 대니는 이렇게 말하며 뒷문으로 바짝 다가가 앉았다.

그는 본능이 원하는 것과는 반대로 그녀가 움직이는 대로 따라하며 물었다. "알다니요, 그게 무슨 소리죠? 안다면서 왜 도망칠 생각을 하는 거죠?"

대니는 대답하지 않았다. 그 순간 험비 차량이 신호를 받고 브레이크를 밟아 멈춰 섰고, 그녀는 문을 휙 열고 뛰쳐나갔다. 조나단도 큰 문제없이 따라 나갔다.

"어이! 뭐야, 이건. 멈춰! 너희 둘 다!"

조나단은 소리치는 병사들의 목소리를 들었지만 뒤를 돌아보지 않았다. 대니의 뒤에 바짝 붙어서 그녀가 오른쪽으로 가면 오른쪽으로 따라 뛰고, 그녀가 왼쪽으로 가면 자기도 왼쪽으로 뛰었다.

그들은 연기를 내뿜는 성난 미로를 빠져나가 자동차와 자전거들을 피해가며 어리둥절해하는 행상들 옆을 날듯이 지나쳐 전력질주하면서 한낮의 도로 행렬을 뚫고 지나갔다. 어느 시점에선가 그들을 쫓던 군화 발자국 소리가 서서히 멀어지더니 더 이상 들리지 않았다.

대니는 다음 사거리에서 급하게 오른쪽으로 방향을 틀었다. 골목길은 더 좁고 절반만 포장이 되어 있었다. 길 한 쪽 옆으로는 깊고 넓은 도랑이 길을 따라 파여 있었다. 눌라라고 불리는 수로로 몬순 계절에 물을 받아 도로가 물에 잠기지 않도록 하는 역할을 했다. 대니는 눌라를 뛰어 넘어 반대편으로 올라갔다. 낮은 담장이 도랑을 따라 나 있고, 담장 너머로 주석으로 만든 판잣집과 어설프게 지은 오두막들이 모여 있는 빈민가가 자리 잡고 있었다. 대니는 벽을 타고 뛰어넘으며 조나단에게 따라오라고 손짓을 했다.

두 사람은 이 골목에서 저 골목으로 좌우방향을 바꿔가며 계속해서 달려 내려갔고, 마침내 대니는 2년이나 지난 유럽 잡지들을 파는 키오스크 상점 벽에 등을 기대며 멈춰 섰다.

"봤죠?" 그녀는 길모퉁이에서 고개를 내밀고 따라오는 사람은 없는지 망을 보면서 말했다. "저들이 함부로 총을 못 쏠 거라고 했잖아요."

호흡을 가다듬으며 허리를 수그린 채로 조나단이 말했다. "그걸 어떻게 알았죠?"

"여긴 수도 이슬라마바드죠. 미국 군인이 여기에서 사격을 하면 도시 인구 절반이 그 병사한테 달려들게 될 거고, 그로부터 한 시간 뒤에는 외교 문제로 번질 거예요. 공식적으로 미국인 병사들은 파키스탄 영토 내에 발을 들이는 것조차 하지 말아야 하죠. 공항에서의 기습 작전만 해도 거기에 미국인은 없었던 거라고요. 기록상으로 그건 어디까지나 파키스탄 정부가 한 일이에요."

"코너에게 전화해요. 지금 당장. 무슨 일이 있었는지 코너에게 알려야만 합니다. 하크가 핵탄두를 가지고 있다는 것을 코너도 알아야 해요."

대니는 입을 다물더니, 이어서 고개를 끄덕이며 전화를 걸었다. 곧바로 자동응답기로 넘어갔고 그녀는 전화를 끊었다. "전화를 안 받네요."

조나단은 몸을 펴고 서서 이마에 난 땀을 닦았다. "우리가 지금 어디 있는 건지 아세요?"

"몰라요, 전혀." 하고 대니가 말했다. "이슬라마바드는 딱히 휴가 오고 싶은 곳이 아니잖아요. 난들 알 턱이 있겠어요."

"길까지 잃었다는 소리군요."

대니는 아랑곳하지 않고 당당하게 걸어갔다. "그렇지만 어디로 가야할 지는 알아요."

70

그 집은 부유한 영국계 유대인 상인의 소유로, 그의 집안은 영국의 인도 통치 시절부터 대대로 인도에서 살았으며 최근에 파키스탄으로 건너왔다. 식민지 풍 저택의 구석구석에는 대리석 현관부터 티크 패널로 장식한 서재에 이르기까지 코끼리 조각이 새겨진 상아나 화려하게 장식된 구리 찻주전자, 그리고 대포의 축소 모형 등등. 사라진 제국의 빛바랜 영광을 재현하는 장식품들이 전시되어 있었다. 그는 상인으로서 자리를 잡으며 파키스탄 고위직들과 연줄을 맺게 되었고, 정부의 경제 관련 기밀들에까지 접근할 수 있게 되었다. 이전에 그의 부친이 그러했듯이 그는 그의 조상들의 나라에 도움이 될 만한 것으로 여겨지는 정보들을 이스라엘로 넘겨주었다. 전 세계에 있는 그와 같은 이들을 모사드는 '사이얀' 즉 친구라고 불렀다.

작은 키에 잿빛 수염이 희끗희끗 난 그 상인은 조나단과 대니를 자신의 서재로 데려다 준 다음 아무 말도 없이 나가면서 문을 닫았다.

조나단은 책상에 앉았고 대니도 옆에 앉았다. 그는 발포어의 사무실에서 본 정보들을 적어 내려가며 곧바로 일을 시작했다. 어떤 번호들은 기억이 날 듯 말 듯 하면서도 기억을 되살리기가 여간 힘든 것이 아니었다. 대니가 타국 은행들 간에 송금하는데 필요한 SWIFT(스위프트) 코드일 것이라고 했던 여섯 자리 숫자와 글자 조합을 기억하는 것에는 문제가 없었다.

그것보다 더 긴 숫자와 글자 조합들이 있었는데, 그것들에 대해선 조나단의 제대로 기억을 한 것인지 확실하지 않았다. 15분 뒤에 조나단은 녹초가 됐다.

"여기 적은 게 전부인 것 같은데요." 하고 그가 말했다.

그리고 처음으로 대니는 그에게 더 기억을 해내라며 다그치지 않았다. "알겠어요."

대니가 빈 종이에 적은 다음 고이 접어서 셔츠 주머니에 넣은 SWIFT 코드 외에도 건질만한 것들이 몇 가지 더 있었다. 우선 조나단이 아프가니스탄 국가 번호라는 것을 알아챘던 전화번호가 있었고, 그 전화번호 옆에는 'MH'라는 이니셜이 새겨져 있었다.

"MH는 마수드 하크인 게 틀림없어요." 하고 조나단이 말했다.

대니도 그의 말에 동의했고, 그 전화번호를 사무실의 기술부로 보내겠다고 했다. 여기서 '사무실'이란 그녀가 몸담고 있는 정보기관을 말한 것이었다. "시간이 좀 걸리겠지만, 수신 내역이나 발신 내역을 통해 그와 같이 일하는 자들끼리의 관계를 알아볼 수는 있을 거예요."

"그렇게 하는 데 얼마나 걸릴까요?" 하고 조나단이 물었다.

"늘 그게 문제죠." 하고 말하며 대니가 초조한 투로 대답했다. "힘을 좀 쓰면 생각보다는 그리 오래 걸리진 않을 것 같아요."

조나단은 술탄 하크의 책상에서 본 글자들을 손가락으로 짚어 가리켰다. 첫 번째 줄에는 'METRON'이라고 적혀 있고, 그 아래 줄에는 'HAR' 그리고 'NEWH'라고 적혀 있었다. "혹시 뭔가 떠오르는 게 있나요?"

대니가 소리 내어 단어들을 읽었다. "각각 어떤 단어들의 일부인 것처럼 들리는데요."

조나단은 몇 개의 음절을 덧붙여 단어를 완성해 보려고 해 봤으나, 딱히 들어맞는 게 없었다. "일단 넘기고 다음 걸로 넘어가죠."

"내 관심을 끄는 건 바로 이 이름이에요." 대니는 조나단이 'Pasha' 그리고 'PARDF' 라고 써놓은 곳을 가리키며 말했다. "그 미국인 소령이 가장 신뢰한다던 인간의 이름이 파샤였지 않나요?"

"글쎄요. 나름 흔한 이름이라서 말이죠."

"보세요, PARDF는 파키스탄 육군 긴급전개부대(Pakistani Army Rapid Deployment Force)를 말하는 것이라고요." 이어서 대니가 말했다. "거기에 파샤란 이름을 가진 자가 몇이나 될 것 같은가요?" 그녀가 의자를 뒤로 밀치면서 말했다. "파샤는 발포어로부터 뇌물을 받아온 거예요. 현장에서 그는 하크가 핵탄두를 가지고 목표한 곳까지 가는 걸 돕고 있었어요. 하크가 후문으로 나갔다고 했죠? 그게 다 파샤의 도움 덕인 것이죠."

조나단은 주의를 다시 'N14997' 이라고 적어 놓은 곳에 돌렸다. "이건 뭔지 알 것 같아요. N은 항공기 등록코드죠. 나라마다 고유 코드가 있거든요. G면 영국이고 F는 프랑스죠."

"그럼 N은요?"

"N은 미국이지요."

"조종사로도 일을 해 봤나 봐요?"

"아뇨. 그렇지만 국경없는의사회에서 일할 때에 엠마는 이 나라에서 저 나라로 의약품을 실어 나르는 일을 했어요. 우리는 매번 세관신고서에 물품을 수송할 비행기의 등록번호를 적어서 제출해야 했거든요."

"그랬군요." 하고 대니가 말했다. "그렇다면 그런 것들의 기록을 모아두는 중앙등록시스템도 있겠는데요."

"물론이죠." 하고 조나단이 말했다.

"사무실로 한 번 보내 볼 게요." 대니는 이스라엘로 전화를 건 다음 히브리어로 무슨 말인가 늘어놓으며 지시를 내렸다. 대니가 헤르질리아에 있는 동료들과 설전을 벌이는 동안 조나단은 침착하게 듣고 있었다. 한 마디도 못 알아듣는 와중에 그는 다시 엠마 생각을 하는 자신을 발견했다.

파키스탄에 도착해서부터 줄곧 그녀의 보이지 않는 손이 그의 위에 숨어서 사건들을 그녀에게 유리한 방향으로 유도해 가고 있다는 느낌을 받지 않은 때가 없었다. 발포어의 컴퓨터에 스파이웨어 프로그램이 든 플래시드라이브를 꽂은 것이 엠마임을 그는 믿어 의심치 않았다. 수년을 코너 밑에서 일한 그녀는 그렇게 함으로써 파키스탄에 주둔해 있는 특수부대가 즉시 파병될 것이라는 사실을 분명히 알고 있었다. 하지만 그녀 자신과 그녀의 아이, 아니 그들 두 사람의 아이의 목숨을 걸면서까지 발포어를 돕던 그녀가 왜 막상 발포어의 계획을 좌절시킬 생각을 했던 것일까?

"조나단, 뭔가 나온 것 같아요."

"뭐죠?"

"N14997기는 플로리다 마이애미 소재의 블렌하임 화물 회사에서 등록한 C-141 스타리프터 기종 수송기라는군요. 그 회사는 발포어가 소유한 민영 항공사인 이스트 파키스탄 항공사가 소유한 회사이고요. 알아보니 그 수송기는 현재 미 육군 물자사령부(USAMC)에서 군수장비들을 이라크에서 본국으로 재이송하기 위해 대여했다는군요."

"그 수송기가 지금 어디에 있는지는 알아냈다고 하나요?"

"항공기 추적기에 의하면, 그 항공기는 오늘 오전 이슬라마바드에 착륙했어요."

"수송기라 이거죠." 하고 조나단이 말했다. "들어맞는군요. 하크를 마지막으로 봤을 때, 그는 화물 터미널 쪽으로 가고 있었으니까요."

"잠깐만요." 하고 대니가 말하더니, 잠시 중단했던 통화를 이어가며 메모장에 뭔가를 열심히 받아 적었다. "알겠습니다. 샬롬. 그래요, 고맙습니다."

"뭐라던가요?"

대니가 놀란 눈으로 말했다. "그 수송기가 이륙한 시간이 오후 8시였다는군요."

조나단이 벽에 걸린 화려한 장식의 시계를 봤다. 오후 10시였다. "조종사가 비행계획서를 제출했나요?"

"네." 하고 대니는 뭔가 불안한 생각이 들 정도로 나긋나긋하게 대답했다. "독일 람슈타인 공군 기지로 가고 있어요."

"그게 다인가요?"

"아뇨. 람슈타인에는 재급유를 위해 기착하는 것이에요. 이어서 뉴저지 라이츠타운에 있는 맥과이어 공군기지로 갈 예정이에요. 거기가 어딘지 알아요?"

"네." 하고 조나단이 말했다. "뉴욕시에서 한 시간 조금 더 걸리는 곳이죠."

71

제이크 '더 리퍼' 타일러가 조지타운 34번가와 프로스펙트가 교차로의 한쪽 모퉁이에 자리한 타운 하우스에 도착했을 무렵에는 눈이 내리고 있었다. 타운 하우스는 3층짜리 건물로 회색 벽돌로 지어진 주택이었다. 정문으로 이어지는 층계 바로 앞에 포드 그랜드 빅토리아 차량 한 대가 세워져 있었다. 차 안에 타고 있는 사람은 없고, 리퍼는 차 주인인 연방법원 집행관들이 피의자를 감시하려고 집 안에 들어가 있는 것이라고 미루어 짐작했다. 길가 한쪽 모퉁이에는 또 한 대의 그랜드 빅토리아 차량이 세워져 있고, 차 안에는 두 명의 경찰관이 오후 커피를 즐기고 있었다. 연방수사관들의 잠복 실력이 형편없다고 생각하며 리퍼는 교차로에서 완전히 차를 멈춰 세운 다음 차창을 열고 오른쪽의 동정을 살폈다. 보스인 그 여자의 말대로 주택 바로 뒤로 골목길이 있고, 이웃집 울타리 너머로 목재로 지은 낡은 창고가 있는 게 보였다.

그녀는 이렇게 일러주었다. "이웃집 뒤뜰에 창고가 하나 있을 거야. 그곳으로 가는 뒷길이 있다. 코너의 집 뒷골목 길에서 보면 보일 것이다. 교활한 인간답게 코너는 누군가가 자신을 지켜볼 것 같으면 그 길을 사용한다."

'교활한 인간' 이라는 말을 하면서 그녀는 리퍼가 이라크와 아프가니스탄에서 본 아랍인들 중에서 소위 고등교육을 받았다는 상류층들이 쓰던 억양을 내뱉었다.

놀랍고도 궁금한 마음에 리퍼는 '저 창고나 골목길에 대한 정보를 그 여자는 어디에서 얻은 걸까?' 라고 자문해 보았다. 코너가 자택 연금 처분을 받은 것과 FBI 본부에서 심문을 받고 조금 전에 집으로 돌아온 것을 알아낸 것과 내내 같은 방법이었을 것이다. 코너가 국립지리정보국에서 일하던 말로이를 만날 것을 알아낸 것과도 같은 방법이었을 것이다. 디비전 내부에 누군가를 심어놓은 게 틀림없었다. 그것도 내부 아주 깊숙이.

"코너를 없애라." 하고 그녀가 말했다. "단 평소에 하던 방법대로 해선 안 된다. 자연사처럼 보이게 만들어야 해. 평소 심장에 문제가 있었으니 어려울 것도 없겠지만, 그래도 조심해야 한다. 코너는 조심성이 많은 인간이고, 그런 인간은 늘 위험한 법이야."

리퍼는 나직한 목소리로 코너는 예순을 바라보고 있고, 바윗덩어리만한 뱃살을 가진 놈이라고 대답했다. 프랭크 코너를 처리하는 것은 식은 죽 먹기라는 말이었다.

리퍼는 좌회전한 다음 프로스펙트가를 따라 33번가까지 올라가 다시 좌회전을 하고, 주위를 몇 바퀴 돈 다음 마침내 코너의 집에서 두 블록 떨어진 거리에서 주차할 공간을 찾았다. 앞좌석 사물함을 열고 샤모아 천 조각을 꺼내서 주머니에 쑤셔 넣고 카펫 커터 칼도 챙겼다.

차에서 내린 다음 그는 남색 선원 모자를 깊이 눌러쓰고 겨울 코트 주머니에 손을 넣었다. 벽돌을 깐 인도를 걷고 있는 그의 모습은 몇 블록 떨어진 곳에 있는 조지타운대학의 캠퍼스로 향하는 대학생 같았다. 34번가에서 오른쪽으로 돌자 코너의 이웃집이 보였다. 그는 옆문을 통해 이웃집 뒤뜰에 있는 창고로 갔다.

이웃집 뒤뜰에 있는 울타리에 붙어 있어서 언뜻 보기에는 그 집 건물인 것처럼 보인 창고에는 사실 코너의 집 내부와 연결된 지하 통로가 있었다. 리퍼는 열쇠를 따고 조용히 창고 안으로 들어갔다. 손전등 불빛이 오래된 석조 계단을 비췄다. 이곳에서 남쪽으로 50야드 떨어진 곳에는 포토맥 강이 흐르고 있었다. 석조 계단은 가파른 내리막 계단이고, 그곳에서는 포토맥 강의 터널에서부터 날아온 눅눅한 냄새가 풍겼다. 통로 맨 끝에 문이 하나 있었다.

"경보 장치는 없다." 하고 그녀가 말했다. "코너만 아는 비밀통로다. 코너가 알아차리지 못한다면, 아무도 모를 것이다."

리퍼는 30초 만에 이중 잠금 자물쇠를 열어 버렸다. 그는 인내심을 가지고 천천히 손잡이를 돌려 문을 열었다. 안으로 들어가자 단단한 목재 마룻바닥에 발이 닿는 것이 느껴졌다. 주머니에서 카펫 커터를 꺼내 금속 칼집에서 삼각형 모양의 칼날을 밀어 뽑았다. 그녀가 시킨 대로 하지 않으려는 건 아니었다. 자살도 자연사에 속하는 것 아닌가. 불명예를 당한 스파이 우두머리들이 스스로 목숨을 끊는 거야 흔한 일이라고 그는 생각했다.

한 걸음, 한 걸음, 그는 3층까지 올라갔다. 한 걸음, 한 걸음, 자신의 목표물에 가까워질수록 심장은 빠르게 뛰기 시작했다.

리퍼는 그자의 혈관을 제대로 가르면, 수평이 아니라 수직으로 길고 깊숙하게 가른다면, 손목에서 과연 피가 얼마나 뿜어져 나올지 상상해 보았다.

72

사형선고라도 받은 사람처럼 프랭크 코너는 비밀 서재에서 서성대고 있었다. 휴대폰은 압수됐고 전화선은 끊겼다. 기술자들이 와서 유무선 인터넷도 모두 접속을 끊어 버렸다. 심지어 케이블 텔레비전 서비스까지 중단시켰다. 철저하게 고립된 상태였고, 한마디로 감방에 갇힌 것이나 다름없는 신세였다.

버번위스키를 한 잔 따른 뒤 그는 재킷을 벗고 넥타이도 느슨하게 풀었다. FBI의 첫 심문은 짧고 간결하게 끝났다. 그는 사실대로 털어놓기로 했다. 작전 내용을 하나하나 공개했다. 허가 절차 없이 폭발장치를 설치한 총으로 라쉬드 왕자를 암살하려 했던 작전은 그에게 날아온 첫 번째 스트라이크였다. 그 뒤로 9회 말까지 경기가 이어졌다. 거짓말을 할 필요조차 없었다. 그가 말을 안 해도 이미 어스킨이 자신의 관점으로 그동안의 내막을 모두 고해바쳤을 게 틀림없기 때문이었다. 통화 내역, 이메일 내역, 회의기록들에 이르기까지 지난 6개월간 코너가 한 모든 행위들에 대해 일일이 조사를 받았다. 유일한 희망은 격납고 안에서 문제의 핵무기가 발견되는 것이었다. 그것은 곧 그가 면죄부를 얻는 것을 의미했기 때문이었다. 프랭크 코너는 거물이었다. 그는 이 바닥이 돌아가는 것을 잘 알고 있었다.

코너는 마룻바닥의 마룻널 하나를 뜯고 그 아래 숨겨놓은 개인금고를 열었다. 금고 안에는 신제품이며 사용된 적이 없는 블랙베리 핸드폰 한 무더기가 들어 있었다. 도청을 꺼리는 것은 테러리스트들만이 아니었다. 그는 핸드폰 한 대를 골라 비서인 로레나에게 전화를 걸었다.

"그들이 무기를 찾았나?"

"모르겠습니다. 국장님께서 나가시고 샤프 씨가 저더러도 바로 나가라고 해서요." 하고 그녀가 말했다.

"랜섬과 대니는? 그들 소식은 들었나?"

"모르겠습니다, 국장님."

"그럼 하크는?"

로레나는 울먹이기 시작했다. "죄송합니다. 아무 것도 알아낸 게 없어요."

코너는 전화를 끊고 드레스 룸을 지나 침실로 갔고 문을 살짝 열어 근처에 보안관들이 있는지 살펴보았다. 혼자라는 것을 확인한 코너는 재무부 산하 금융정보분석기구에서 일하는 친구에게 전화를 걸었다. "뭐 좀 찾았나?" 하고 그가 속삭이듯 말했다.

"찾았지, 찾고말고."

코너가 반색을 하고 말했다. "말해 보게."

"어스킨을 조사했는데, 그냥 깨끗해."

"뭔가 찾았다고 말한 걸로 기억하는데."

"지금 막 말하려던 참이야. 흥분하지 말고 듣게. 주요 용의자를 포함해서 주변인물도 조사해 보는 게 우리가 일하는 방식이란 말이야. 아무튼 어스킨은 급여계좌를 주택담보대출계좌와 연동시켜 놨더군. 그건 나도 해 놨으니 별 건 아니고. 헌데 말이지, 어스킨은 그 주택담보대출계좌에서 돈을 인출한 다음에 다시 채워놓은 법이 없더라는 거야."

"뭔가 건진 것도 같은데." 하고 코너가 말했다.

"더 재미있어지니까 한 번 들어보라고. 그 주택담보대출계좌와 연동된 계좌가 하나 더 있는데, 어스킨의 와이프 이름으로 되어 있더군. 그런데

주택담보대출계좌의 대출한도가 초과되지 않게 틈틈이 대출금을 상환해
온 사람이 바로 그 와이프였어."

"어스킨 와이프라면 나도 아는데. 리나라고 좋은 여자일세. 둘은 신혼 6
개월 차이고.

"그래, 리나 자이드 어스킨이지."

코너는 갑자기 바닥이 흔들리는 것 같더니 가슴에서 예리한 통증이 오
는 것을 느꼈다. "계속 말해 보게."

"한번에 2만, 3만, 4만 달러씩 입금 시켰더군."

"법무부 검사치고는 액수가 꽤 큰데."

"GS-12급 검사이고 세전 연봉은 7만 4,872달러지. 그 점이 분명 눈에
걸리더군. 미국 정부로부터 받은 돈이 아니라면, 그만한 거액의 가처분소
득이 과연 어디에서 나온 것이냐는 말이지. 그래서 좀 더 파헤쳤더니만…"

"그랬더니?"

"그 돈은 케이먼 제도에 있는 한 은행에서 그녀의 계좌로 송금됐는데,
그 은행이 마약밀매업자, 무기밀매업자, 심지어 이슬람 친구들처럼 의심
스러운 자들과 지나치게 많은 거래를 하고 있는 탓에 우리 금융범죄분석
기구에서도 자주 들여다보던 은행이야. 아니나 다를까 송금계좌는 무기명
계좌고, 예금주명이고 뭐고 나오는 게 없더군. 뭔가 있다는 생각에 은행장
에게 직접 전화를 걸었지. 그 친구가 내 전화에 영 불편해하던데, 문제의
계좌에 대해서 물었더니 그야말로 심장발작이라도 일으킬 것처럼 굴더니
'저희가 모시는 우수고객 중 한 분이고, 어디 비할 데가 없는 명성을 지니
신 인도주의자이십니다.' 라나. 내 처음에는 무슨 예수 찬양가라도 듣고
있는 줄 알았다니까. 그러더니 그 놈이 끝에 가서는 말하길, 나한테 몸 생
각을 한다면 다시는 그 계좌에 대해 언급하지 말라나. 대화는 그걸로 끝
났고 말이야."

"그 고객이라는 작자, 예수 그리스도가 아니라 파블로 에스코바르(콜롬

비아의 마약왕)처럼 들리는데."

"빙고! 그래서 전화를 끊자마자 그 계좌번호를 우리 추적시스템에 입력해 넣고 한번 돌려봤지."

"그래, 뭐가 좀 나오던가?"

"나왔고말고! 돌리자마자 한 십여 건이 뜨는데, 하나같이 의심스러운 일들과 연관된 건들이더군."

"알았네. 지금껏 가슴 졸이면서 자네 얘기를 들었잖아. 더는 궁금해서 못 듣고 있겠으니 바로 본론으로 넘어가 보게. 그 계좌의 주인이 누구라는 건가?"

"최종 확정된 것은 아니지만 계속해서 뜨는 이름 하나가 있어."

"그게 누군데?" 코너는 문제의 인물의 이름을 듣고 심장이 죄여 오는 기분을 느꼈다. 갑자기 숨을 쉬는 게 어렵게 느껴졌다. "이봐! 프랭크…듣고 있나?"

"그래." 호흡을 겨우 가다듬고 그가 대답했다. "자네가 알아낸 것을 내 핸드폰으로 좀 보내주게나. 번호가 바뀌었으니 이 새 번호로 전송해 주게."

누군가 그의 침실 문에 대고 노크를 했고 코너는 전화를 끊고 서둘러 서재에서 나오면서 핸드폰을 주머니에 찔러 넣었다. 그가 잠겨 있지 않던 침실 문을 열었고 법원 집행관 중 한 명이 안을 들어다 보면서 말했다. "주무시기 전에 뭐 먹을거리라도 필요하신지 여쭤보려고 왔습니다. 에드가 후버 빌딩에 있는 중국 식당은 맛이 영 별로이던데요."

"참치 샌드위치랑 커피가 괜찮겠는데." 하고 코너가 말했다.

"네. 알겠습니다."

문이 닫혔고 코너는 문을 잠갔다. 서둘러 금고가 있는 곳으로 가서 100달러짜리 지폐로 마련해놓은 미화 5만 달러와 도널드 메이어드와 존 리긴스라는 가명으로 만들어놓은 새 여권 2개를 꺼냈다. 이어서 금고 안 깊숙이에 들어 있던 오크나무 상자를 꺼냈다. 그는 잠겨 있던 상자를 열고 스테인리스 강철로 만든 반자동 소총 380구경 루거를 꺼내들었다. 총을 보니 뭔가 불안한 생각이 들어 그는 서투른 손놀림으로 노리쇠를 당겨 총알을 장전했다.

영구 도피자가 될 수밖에 없는 상황이 닥쳤을 때 당장 필요할 만한 것들을 모두 챙겼다고 생각되자 코너는 금고를 잠그고 불을 끈 다음에 장갑과 코트를 챙기려고 침실로 건너갔다.

바로 그때였다. 얼음장 같은 바람이 발목을 휘감는 것이 느껴지며 평소에도 문제가 있던 다리를 타고 통증이 올라왔다. 뒤를 돌아보자 10피트 뒤에 서 있는 건장하고 어두운 피부의 한 사내가 눈에 들어왔다. 사내는 겨울 코트와 선원 모자를 쓰고 있었으며, 묵직하고 날카로워 보이는 카펫 커터를 한손에 쥐고 있었다.

"안녕하시오, 프랭크!"

짐 말로이와 그의 아내의 죽은 모습이 코너의 머릿속에 스쳐지나갔다. 몸이 공포로 굳어갔으나, 그는 배운 대로 움직였다. 주머니에 손을 넣고 안에 든 380구경 루거를 쥔 다음에 엄지로 안전장치를 해제했다. 하지만 갑자기 시야가 흐려졌다. 가슴의 통증이 밀려들자 팔이 후들거리기 시작했다. 방아쇠를 당겨보려고 해봤지만 손이 말을 듣지를 않았다.

이미 늦었다. 그자는 코너를 덮쳐 몸 위에 올라탄 뒤 코너의 팔을 발로 차 권총을 바닥에 떨어뜨렸다.

"여긴 자네와 나 둘뿐이야, 프랭크." 하고 얼굴을 바짝 가까이대고 그가 말했다. "자, 슬슬 재미를 좀 볼까."

침입자는 코너의 팔을 거칠게 잡아끈 다음 셔츠 소매를 뜯어냈다. "아기 뱃살처럼 부드럽군. 작업하기 아주 수월하겠어."

코너는 뭔가 말을 내뱉으려고 했지만 숨을 쉴 수가 없었다. 온몸이 바이스 안에 꽉 끼인 듯했다.

"아프진 않을 거라고." 침입자가 말했다.

코너는 칼날이 손목에 닿는 것을 느꼈다.

뭔가가 휙 날아오는 소리 같은 것이 들리더니 코너의 어깨에 날아와 박혔고, 리퍼가 행동을 멈췄다. 눈이 휘둥그레지더니 그가 "이건 또 뭐…?"라고 내뱉었다. 코너가 어깨를 내려다보니 피가 흐르고 있었다. 어찌 된 영문인지는 모르겠으나 총상을 입은 것이었다. 바로 그때 리퍼의 입에서 피가 뿜어져 나오더니 바닥으로 꼬꾸라졌고 더 이상 움직이지 않았다.

엠마 랜섬이 소음기를 장착한 권총을 든 팔을 뻗고 비밀 계단 맨 꼭대기에 서 있었다.

"오랜만이에요, 프랭크! 내가 여러 번 말한 걸로 기억하는데요. 저 창고에 제대로 된 자물쇠를 달아놓는 게 좋을 거라고 말이에요."

73

"내가 자넬 배신한 게 아니었네." 하고 코너가 말했다.

"이제는 알아요." 엠마가 서둘러 달려와서 그의 옆에서 무릎을 꿇고 앉으며 말했다. "앉아요. 숨을 크게 들이마시세요."

코너는 의자에 쓰러져 앉으며 말했다. "그건 어떻게 알아냈나?"

"여기저기 좀 다니며 알아봤죠. 제게 가르쳐주신 몇 가지 편법들이 도움이 좀 됐죠."

"대체 일이 어떻게 돌아가고 있는 건가? 그 폭탄은 우리 손에 들어왔나? 그 망할 놈의 격납고에서 하크를 찾았나? 조나단은 살아 있고? 녀석들이 내겐 단 한마디도 안 해 주더구만."

엠마는 그의 셔츠를 걷어내고 상처를 살폈다. "네. 조나단은 살아 있고 뉴욕 행 비행기를 타고 미국으로 오는 중이에요."

"핵탄두와 하크는 어찌 됐나?"

그녀는 고개를 들고 잠시 그를 보더니 곧이어 어깨로 시선을 돌렸다. "이건 미안해요, 프랭크. 아음속 탄이 없었거든요. 대개는 머리를 맞추는데 혹시라도 빗나가면 안 되는 상황이었으니까요. 총알 하나가 이 자식을 관통했네요." 엠마는 시신의 뒷주머니에서 지갑을 꺼냈다 "제이콥 리퍼." 하고 그자의 운전면허증에 있는 이름을 읽었다. "아는 놈이에요?"

코너는 그자가 누군지는 모르지만 그자를 보낸 게 누구인지는 알았다.

엠마는 암살자의 핸드폰을 찾아 화면을 아래로 내려 보면서 저장된 전화번호들을 검색해 나갔다. "맞네요. 이래서 검사나 변호사는 믿어선 안 된다니까." 하고 그녀가 말했다.

그녀가 문자메시지를 보냈다.

"방금 뭘 한 거지?" 하고 코너가 물었다.

"그 여자한테 국장님이 죽었다고 보냈어요. 자, 이제 가만히 계세요." 자리에서 일어나 그녀는 욕실로 가서 수건을 들고 돌아왔다. 그리고 수건을 잘 접어서 상처에 갖다 댔다. "조나단은 끌어 들이지 말았어야 했어요."

"우리로서는 최선의 선택이었네."

"아무리 그랬어도 그건 너무 했어요."

"그가 일을 잘해냈는데도 말인가?"

"일은 항상 잘하죠."

코너는 일어나려고 해 보다 밀려드는 고통으로 이내 포기했다. "여기는 왜 온 건가?"

엠마는 의자에 앉아 그를 똑바로 쳐다보았다. 산속 거친 바람에 갈라진 그녀의 뺨은 부르터 있었고, 두 눈동자가 섬뜩한 초록빛을 발하며 반짝였다. 마침내 그녀가 입을 열었다. "보험을 좀 들어놓으려는 거죠."

"그게 무슨 뜻이지?"

"곧 아시게 될 거예요."

"내 목숨을 구해준 게 자네의 복귀 티켓이 될 거라고 생각하는 건가?"

엠마는 진심어린 미소를 지으며 고개를 내저었다. "이건 일 때문이 아니에요. 제가 복귀하는 일이 없을 거란 것쯤은 잘 아시잖아요. 목숨을 구해드린 이유는 제가 국장님을 좋아하기 때문이에요."

"내가 해결해 줄 수도 있을 텐데."

"이번만은 국장님도 못하세요. 게다가 저도 이제 그만 두고 싶어요. 제

영혼의 일부라도 아직 살아 있을 때 그만 두려는 거예요." 그녀는 코너에게 어깨를 지혈할 깨끗한 수건을 하나 건네주면서 자리에서 일어났다. "병원에 가셔야 해요. 총알이 어디 박혔는지도 모르고 심장발작 증세도 보였던 것 같으니까요."

코너는 모든 걸 머릿속으로 되새겨본 다음 불현듯 무서운 생각이 머리를 스쳤다. 그렇다면 엠마가 여기 있는 이유는 단 하나뿐이었다. "하크야!" 하고 코너가 큰 소리로 말했다. "이럴 수가! 자네가 하크를 막아야 하네. 그리 해 줄 거지?"

엠마는 몸을 숙이고 코너의 뺨에 키스했다. "걱정 마세요. 제가 실망시켜 드린 적이 있던가요?"

"그래." 하고 코너가 말했다. "바로 그거였어."

엠마는 비밀 계단 쪽으로 걸어가며 말했다. "제가 나갈 때까지 시간을 좀 주실 거죠?"

코너는 고개를 끄덕여 보였다. 행운이나 성공을 빈다든가 고맙다는 말을 하고 싶었으나 상황은 이미 변해 있었다. 더 이상 엠마는 싸워서 얻을 수 있는 대상이나 모두가 탐내는 첩보요원이 아니었다. 복귀하기에는 너무나 많은 규칙을 어겨 버린 것이었다. 그녀는 그것을 알았고, 그녀의 행동도 그런 것들에는 더 이상 관심이 없다는 투였다. 그 모든 것들을 뒤로하기로 마음먹은 것이었다. 엠마 랜섬은 이제 혼자였다.

떠돌이 스파이.

코너는 그러한 사실이 그녀를 그 어느 때보다도 더 위험한 존재로 만들었다는 사실을 깨닫고 온몸에 소름이 돋았다.

정보는 모사드 내의 작지만 신뢰받는 비밀 부서에서 예루살렘의 미 대
사관 소속 미 공군 무관에게 전해졌다. 한 요원이 입수한 정보에 따르면
현재 미 국방부가 운영 중인 일급 기밀 작전의 목표물이자 수배 중인 테러
리스트 한 명이 파키스탄의 수도 이슬라마바드에서 미 육군물자사령부 소
속 항공기에 탑승해 독일 람슈타인에 있는 미 공군기지로 이동 중에 있었
다. 항공기의 식별번호는 N14997로 판별되었다. 또한 항공기에 탑승한
테러리스트는 소형 핵탄두를 소지하고 있다는 정황이 포착됐다. 정보의
등급은 높게 책정되었고, '즉시조치단계'로 분류되었다.

예루살렘 발 정보는 유럽 주둔 미합중국 공군사령관, 워싱턴 소재 공군
정보사, CIA, 미합중국 에너지국 핵에너지과에 이어 국제원자력기구에까
지 전달됐다. 독일 람슈타인 미공군기지 사령관에게 정보가 전달되기까지
는 네 시간 가량 소비됐다. 이미 늦은 것이었다.

열 대의 차량이 C-141 공중투하수송기가 29 활주로에서 이륙을 시작할
무렵 항공기를 에워쌌다. 콘도르 형식의 날개를 가진 항공기는 급하게 브
레이크를 밟았으며, 그 때문에 타이어에서 연기가 피어오르기 시작했다.
헌병들은 총구를 겨냥한 채로 차량에서 뛰어내렸으며, 아주 작은 반응에
도 즉각 사격을 할 상태였다. 이동식 계단이 즉각 항공기의 동체에 설치되
었다. 항공기 앞쪽의 문이 열렸으며 헌병들이 뛰어 들어갔다.

술탄 하크는 팽팽하게 진행되는 이 모든 광경을 적당한 거리를 두고 활주로 건너편 다른 항공기에서 고급 플러시 천으로 된 의자에 기댄 채, 차가운 콜라 한모금과 진통제 한 알을 삼키며 지켜보고 있었다.

"다친 곳은 좀 어떻소?" 건너편 좌석에 앉아 있는 잘 생기고, 지적으로 차려입은 신사가 물었다.

"더 심한 일도 겪었습니다." 하크가 말했다.

"그렇다면 다행이오." 라쉬드 왕자가 말했다. "이륙하기까지 약간의 지체가 있을 거라니 푹 쉬도록 하시오. 내일은 분명 몹시 바쁜 하루가 될 테니 말이오."

75

파키스탄 국제항공사의 333편 항공기는 이슬라마바드와 카라치를 거쳐 뉴욕으로 가는 중이었고, 현재 중앙 유럽의 눈 덮인 평지의 12km 상공에서 시속 1100km로 날아가고 있었다. 뉴욕의 날씨는 섭씨 영하 1도 정도에 약간의 눈발이 날리고 있으며, 예정된 도착 시간보다 15분 정도 빠르게, 동부표준시간대로 오전 7시에 도착할 것으로 보였다.

22열 좌석에 앉은 조나단은 닥터 페퍼를 마시며 느긋하게 쉬고 있었다. 파키스탄 에어라인은 무슬림 계열 항공사였으며, 따라서 기내에서 주류를 일체 제공하지 않았다.

"하크가 어디로 가고 있었을까요?" 하고 머리를 좌석 뒤로 기대며 대니에게 물었다.

"하크요? 그야 항상 뉴욕 아닌가요? 다들 9.11 테러를 뛰어 넘고 싶어들하니까. 최종 목표물이 뭐였는지 그가 뭔가 단서를 남긴 건 없었어요?"

"기억나는 게 없는데요." 조나단이 미지근해진 음료수를 마시며 대답했다. 알코올 음료만 없는 게 아니라 얼음도 없었다. "그럼 이제는 어디서 그자를 데리고 가는 거죠?"

"그가 훔친 건 당신네 순항미사일이 아니던가요? 지금쯤 당신네 군에서 그를 데리고 있을 것 같은데요. 그자를 영원히 가두어 주면 하는 게 제 바람이죠."

"아멘!" 하고 고백하는 말투로 조나단이 말했다. "저희 아버지는 회계감 사원에서 회계원으로 일하셨죠. 워싱턴 사람들이 진짜로 쓴 예산이 얼마 인지를 계산하는 일을 하셨던 거죠. 그래서인지 정부에 대해 아버지는 늘 불평을 토로하셨습니다. 불평만 하셨지 뭔가 행동을 취하신 건 아니고요. 워싱턴은 아무도 못 바꾼다는 말을 입에 달고 사셨죠. 그래서 저는 의대를 가기로 마음 먹었죠. 무엇인가 변화를 가져올 수 있는 곳에서 일을 하고 싶은 마음이었거든요. 그리고 한동안은 그 생활에 만족하며 살았죠. 하지 만 대니와 코너랑 일을 하면서 생각이 바뀐 것 같아요. 그동안 내가 해야 할 일을 회피하고 살았다는 생각이 드는군요." 이렇게 말하며 조나단은 눈 살을 찌푸렸다. "한 사람의 광신자가 어떤 일을 저지를 수 있는지 생각하 면 무섭죠."

대니는 동의한다는 뜻으로 고개를 끄덕여 보였다. "하크나 그자의 정치 관에 대해서라면 도무지 납득이 안 가죠. 그렇다고 그가 서방세계를 증오 하는 이유마저 이해가 되지 않은 것은 아니에요. 하크는 자기 나라에서 당 신네들이 떠나주길 바라는 것이니까요. 팔레스타인인들이 우리 이스라엘 인들이 떠나주길 바라는 것처럼 말이에요. 인생을 살아가다 보니 양쪽 이 야기가 모두 나름의 일리가 있다는 게 보이더군요."

"그렇다고 핵폭탄을 손에 넣은 것까지 정당화시켜 줄 수는 없는 법이 죠." 조나단이 대답했다.

대니는 쓴웃음을 지어 보였다. "저런, 지금 그 발언은 상당히 정치적으 로 들리는데요."

"제가 변한 것이겠죠. 아니, 어쩌면 세상이 변했는지도."

조나단은 복도 앞쪽에서 기장이 그들을 향해 걸어오는 것을 봤다. 기장 은 좌석번호를 확인하며 성큼성큼 걸어와서 조나단의 옆에서 걸음을 멈췄 다.

"미스 파인 되십니까?" 하고 낮고 뭔가 비밀스러운 목소리로 기장이 물었다.

대니가 자세를 꼿꼿이 하고서 대답했다. "그렇습니다."

"전갈이 하나 있습니다." 기장은 조나단을 힐끗 본 다음 다시 그녀에게 시선을 돌렸다. "저 뒤로 가서 말씀을 드릴까요?"

"편하게 말씀하십시오."

기장은 몸을 더 가까이 대고 말했다. "저희 파키스탄 정보부 위원장이신 야츠 대령께서 보내신 전갈입니다. 야츠 대령께서는 먼저 본인께서 베니의 친구라는 말씀을 전하라고 하셨습니다."

대니가 알겠다는 뜻으로 고개를 끄덕였다.

"야츠 대령께서 말씀하시길 정보가 잘못 전달되었답니다. 독일에서 만나기로 한 상대께서 비행기에 탑승하지 않았을 뿐만 아니라, 그분의 수하물도 비행기 안에 없었다고 합니다. 그분의 행선지가 어디인지 야츠 대령께서 여쭤 보시던데요. 혹시 아신다면, 알려주시겠습니까? 그럼 대령께 제가 전달하겠습니다."

온 몸의 근육이 경직되는 것을 느끼며 조나단은 대니를 쳐다보며 짧게 내뱉었다. "설마! 아니, 어떻게 그럴 수가!"

76

오전 6시 30분, 걸프스트림 G-V기가 맨해튼에서 동북 방향으로 30마일 떨어진 곳에 있는 웨스트체스터 카운티 공항에 착륙했다. 통관수속은 필요가 없었다. 조종사는 이륙하자마자 주 응답기를 꺼두었다. 관제탑이 가까워지자 조종사는 보조 응답기를 켜고 자신의 비행기가 매사추세츠주 보스턴에서 출발한 개인 제트기라고 밝혔다. 항공 관제사는 자신의 레이더에 갑자기 잡힌 그 비행기가 의심스러웠지만 문제가 될 만하다고 여기지는 않았다. 지금은 비행 교육생 하나가 상업용 비행구역으로 잘못 들어가는 바람에 그 문제를 처리해야 했다. 별다른 문제없이 착륙허가가 내려졌다.

라쉬드 왕자의 마이바흐 리무진 차량이 활주로에 세워진 채 대기 중이었다. 술탄 하크는 가슴에 검은색 가죽 가방을 들고 뒷좌석에 올라탔다.

"열차는 준비됐나?" 하고 왕자가 운전기사에게 물었다.

"예. 북부 화이트플레인즈 역으로 모시겠습니다."

그들이 탄 마이바흐는 약 8km를 달려 북부 화이트플레인즈 철도역까지 갔다. 저 멀리 떨어진 열차 측선에서 수리와 점검을 기다리며 줄지어 있는 차량들 사이에 라쉬드 왕자의 열차가 있었다. 열차는 네 개의 차량으로 이루어져 있었는데, 선두에 있는 기관차를 시작으로 창고 칸, 식당 칸, 그리고 승객용 객차 순이었다. 은색 바탕에 열차 지붕 아래에 빨강과 파랑 줄무늬가 새겨져 있는 각 열차 차량들은 그 모습이 여느 차량들과 다를 바가 없었다. 좀 더 자세히 살펴보면, 파란색 줄무늬 띠에 화려한 금장으로 '라쉬드 알 자이드 왕자 전하(HRH)'라는 쓴 글씨가 새겨져 있었다.

승무원이 일행을 열차 안으로 안내했다. 내부 인테리어는 다른 객차 안과 사뭇 달랐다. 찢어진 가죽 좌석 시트와 끈적이는 리놀륨 바닥 대신 고급 카우치 소파, 세련된 커피 테이블이 있고, 울 카펫이 깔려 있었다. 하크는 푹신푹신한 등받이 의자에 앉으며 가죽 가방을 무릎 위에 얹었다. 객실 양끝에는 잘 차려입은 우람한 체구의 남자 둘이 서 있었다. 라쉬드의 근위병들이었다.

열차가 움직이기 시작했고 승무원이 삶은 달걀, 크루아상, 잼, 그리고 과일이 담긴 접시를 대령했다. 라쉬드가 오렌지 주스를 두 잔 따랐다.

건배를 청하며 그가 말했다. "마호메트보다 더 유명해질 우리 자신을 위하여!"

술탄 하크가 잔을 들었다.

그 어떤 음료도 이보다 더 달콤하진 않으리라.

77

조나단은 비행기에서 내려 뉴욕시 JFK 국제공항 터미널로 들어가는 스카이웨이로 가벼운 발걸음을 옮겼다. 그는 다시 단단한 땅을 밟을 수 있다는 사실에 행복했다. 남은 비행시간은 미치도록 느리게 흘러갔다. 그는 술탄 하크를 찾기 위해 그가 밟아야 할 수순들에 대해 생각하는 데 많은 시간을 할애했지만 해답을 도출하는 데는 실패했다. 솔직히 말하면 자신이 할 수 있는 일이 거의 없었다. 그는 위장 여권으로 여행 중이었다. 미국 정보국이 수배령을 내려놓았기 때문이다. 처음 만나는 경찰관에게 다가가 "안녕하십니까. 나는 디비전에서 일하는 작전요원이고, 내 생각으로는 누군가가 핵폭탄을 미국으로 몰래 들여오려고 하는 것 같습니다."라고 말할 수는 없는 노릇이었다. 자신의 신분을 보증해 줄 프랭크 코너가 없는 한 스스로의 직감에 의존해 체포되어 감금당하는 상황을 피할 수밖에 없었다.

대니가 옆에서 함께 걷고 있었다. 그녀는 핸드폰을 꺼내 음성메시지를 확인하고 있었다. 그녀는 그의 팔꿈치를 잡아당기며 입모양으로 자기가 메시지를 듣는 동안 잠시 기다리라고 말했다. 순간 그녀의 눈이 가늘어지면서 어깨에 힘이 들어갔다. 짧은 순간이라고 여겨진 시간이 흐르고 그녀가 "잠깐만요." 하고 그에게 말을 걸었다. "프랭크에요."

"코너요? 뭐라고 해요?"

"직접 들어 봐요."

조나단은 전화기를 귀에 가져다 댔다. "안녕하신가, 대니. 누군지 알겠지." 코너의 목소리는 가늘고 불안정하게 들렸다. 그가 고통을 느끼고 있다는 점은 명백했다. "하크가 도망쳤네. 그자는 이미 미국에 들어 왔거나, 아니면 곧 도착하게 될 걸세. 내 추측으로는 그자의 목표물이 동부 해안, 아마도 워싱턴이나 뉴욕일 것 같네. 라쉬드 왕자가 그를 돕고 있고, 어떻게 하고, 왜 그런 짓을 하려는 것인지는 나도 모르겠네. 베니와도 이야기했네. 지금으로서는 이게 내가 말해 줄 수 있는 전부일세. 내가 개인적인 문제도 좀 있고 말이야. 아, 그리고 조심하게, 두 사람 모두. 엠마가 여기 있네. 그녀도 하크를 뒤쫓고 있어."

"베니가 누구죠?" 하고 메시지가 끝나자 조나단이 물었다.

"우리 쪽 프랭크인 셈이죠."

두 사람은 길고 특색 없는 통로를 따라 끝까지 걸어간 다음 계단을 한 층 내려갔다. 벽에는 '미국에 오신 것을 환영합니다.'라는 문구가 쓰여 있었다. 통로를 하나 더 지나 가자 통로 끝 왼 편에 여권 심사대가 열려 있었다. 두 사람은 외국인 심사대 앞에 기다리는 줄 뒤에 섰다. 줄이 천천히 줄어들었다.

"실례합니다. 랜섬 박사 되시죠? 제 이름은 밥이라고 합니다. DHS(국토안보부)에서 나왔습니다. 저와 함께 가주시겠습니까?"

대머리에 친근한 인상을 가진 밥의 나이는 쉰 살이었다. 그는 터틀텍 스웨터 위에 검은색 가죽 재킷을 걸쳤고 청바지를 입고 있었다. 밥과 마찬가지로 가죽 재킷을 입은 남자가 그의 곁에 서 있었는데, 밥보다 크고 홀쭉한 체형인 그는 야윈 얼굴에 움푹 들어간 검은 눈동자의 소유자였다.

예기치 않게 대니가 한 걸음 불쑥 나오더니 그 남자의 양 볼에 키스하며 말했다. "안녕하세요, 베니."

"곤란한 상황에 처한 것처럼 보이는 군." 하고 베니가 꾸짖듯이 말했다.

대니는 꿈쩍도 않고 대답했다. "제가 해야 할 일을 했을 뿐이죠."

"그러면 저를 체포하려고 나온 게 아니신가요?" 하고 조나단이 말했다.

"아직은 아니오." 하고 밥이 말했다. "나를 따라 오시오."

그는 두 사람을 데리고 여러 개의 문과 복도를 지나 창문이 없는 허름한 사무실로 갔다. 뉴욕을 돌아다니는 다양한 방법에 대한 광고 포스터와 팸플릿들이 벽 여기저기 붙어 있었다. 그들은 빈 스티로폼 컵들이 너부러져 있는 책상에 앉았다.

"베니의 말로는 미국으로 핵무기 하나가 밀반입 될 가능성이 있다고 들었습니다. 맞습니까?"

"우리는 그렇게 생각하고 있습니다." 하고 조나단이 말했다. "불행하게도 구체적으로 어디인지에 대해서는 잘 모르겠습니다."

"아시는 대로 좀 더 자세한 내용을 말해주시면, 제가 최선을 다해서 관련 당국들에게 위험을 알리겠습니다. 저는 베니가 해 준 말을 매우 심각하게 받아들이고 있습니다."

조나단은 그가 지난 며칠간 발포어의 자택에서 알게 되고, 목격한 사실들에 대해 요약해서 알려주었다. 그는 재구성 된 핵탄두의 모양을 그림으로 그려 주었고, 술탄 하크의 생김새에 대해서도 알려주었다. "프랭크 코너는 그자의 목표가 워싱턴 아니면 뉴욕일 것이라고 믿고 있습니다." 하고 조나단이 마무리를 지었다.

"그것은 별로 도움이 안 되는 정보군요." 밥이 말했다.

대니가 몸을 앞으로 숙이며 말했다. "아랍에미리트의 라쉬드 왕자가 연루되어 있다는 말도 했습니다."

"우리는 지금 그자를 추적하고 있소." 하고 베니가 말했다. "미국 대통령경호실에 그자가 조만간 미국을 방문할 계획을 가지고 있는지 알아봐 달라고 요청해두었지."

"몽타주를 그려줄 사람이 오고 있습니다." 하고 밥이 덧붙여 말했다. "모든 입국 공항에 몽타주를 배포하는 데 도움이 될 겁니다. 기다리는 동안 커피라도 한 잔 하시겠습니까?"

조나단이 자리에서 일어섰다. 갑자기 방이 너무 작고, 전구는 너무 밝게 느껴졌다. "이런 겁니까?" 하고 그가 물었다. "우리더러 그저 앉아서 폭탄이 터지기만 기다리고 있으라는 말입니까?"

밥이 양 손을 벌리며 말했다. "기다리는 것 말고 뭔가 해볼 만한 정보를 그리 많이 주지 않으셨으니 말이죠."

"하크가 여기 있어요." 좌절감을 숨기지 못하며 조나단이 말을 이었다. "엠마가 하크를 쫓는 중이라면, 그 말은 지금 일이 진행되고 있단 소리죠."

"엠마가 누굽니까?" 하고 밥이 답을 구하듯 사람들의 얼굴을 돌아보며 말했다.

대니가 재빨리 베니에게 뭔가 말했고, 베니가 대답했다. "그건 걱정하지 말게. 그녀에 관해서라면 거론 않겠네."

조나단이 서성거리기를 멈췄다. 그의 시선이 뉴욕 교통청 포스터 아래 달린 플라스틱 집게에 매달려 늘어져 있는 팸플릿 뭉치에 머무르고 있었다. 팸플릿의 윗부분에는 파란색 선이 가로질러 그어져 있고, 그 부분에 표시되어 있는 로고가 어딘지 모르게 익숙해 보였다.

"조나단? 괜찮아요?" 대니가 자리에서 일어서서 그의 어깨에 손을 얹으며 말했다.

"네." 그는 화이트 플레인즈와 카파쿠아, 마운트 키스코 행 열차 시간을 안내하는 팸플릿 한 장을 집어 들었다. "이런 팸플릿이 더 있습니까?"

"열차 탈 생각은 안 해도 됩니다." 하고 밥이 짜증을 내며 말했다. "DHS에서 지원 차량이 나와 있어요."

조나단이 팸플릿을 모두 빼내오더니 그것들을 훑어보기 시작했다. 팸플릿 중 하나의 윗부분에 '메트로(Metro)-노스(North) 철도(Railroad)'라고 적힌 것이 눈에 들어왔다. 바로 M-E-T-R-O-N이었다. "하크가 이 팸플릿 중 하나를 가지고 있었습니다." 하고 그가 말했다. "원본은 아니고. 인터넷에서 다운받은 것 같았습니다. H-A-R로 시작하는 노선이 있나요?"

"할렘(Harlem) 선이죠." 밥이 대답했다.

"그러면 N-E-W-H 는요?"

"뉴 헤이븐(New Haven) 선이요."

"그 노선들이 어디로 가는 거죠?"

밥이 자신을 바라보고 있는 얼굴들을 쳐다보았다. 그는 마치 세상에서 그렇게 멍청한 질문이 어디 있냐는 듯 어깨를 으쓱해 보였다. "그랜드 센트럴 역이죠."

78

술탄 하크는 가죽 가방에서 핵탄두를 꺼내 발밑에 내려놓았다. 라쉬드는 그의 맞은편에 앉아 넋이 빠진 채 그 모습을 쳐다보고 있었다. 하크가 핵탄두의 뚜껑을 열고 키패드를 살펴보았다. 그는 손톱으로 여섯 자리 숫자 코드를 입력해서 무기를 작동시켰다. 핀라이트 불빛이 빨간색에서 녹색으로 바뀌었다.

열차가 선로 위를 달리며 덜컹거리자 핵탄두가 옆으로 기울어졌다. 라쉬드가 그것을 잡아 다시 똑바로 세우며 물었다. "어떤가?"

"준비는 다 됐습니다." 하크가 말했다.

"어디에서 터트릴 건가?"

"최대한의 효과를 내기 위해서는 길거리에 설치해야 합니다."

열차 앞쪽으로 맨해튼의 스카이라인이 보이기 시작했다.

79

그것은 그녀의 보험이었다.

그녀는 그만두었다. 평생을 불안하게 어깨너머를 살피며 살아갈 수는 없는 노릇이었다. 다시는 첩보원 일을 하지 않을 생각이었다. 미국을 위해서건, 러시아를 위해서건, 그리고 디비전을 위해서건, FSB(러시아연방보안국)를 위해서건 다시는 하지 않을 것이다. 이제는 끝이었다. 그러나 그녀는 여전히 그들이 자신을 찾는 것을 멈추지 않으리라는 것도 잘 알고 있었다.

엠마는 한 손을 배에 얹었다. 최근 들어 아기가 배를 차기 시작했다. 딸이었다. 그녀는 그렇다고 확신했다. 남아 있는 임무는 하나였고, 그러고 나면 그녀는 자유의 몸이 될 것이었다. 그 폭탄은 승냥이 무리가 다가오지 못하게 막아줄 것이고, 그녀는 엄마가 될 수 있을 것이었다. 그녀가 그런 억지력을 보유하고 있는 한 그들이 감히 위험을 감수해가며 그녀를 뒤쫓지는 못할 것이었다.

엠마 랜섬은 선로를 건너서 특별 승강장으로 이어지는 담벼락 근처에 자리를 잡았다. 선로들이 어둠을 향해 사라져 들어가는 지하 갱도는 끝이 보이지 않았다. 기계의 일정한 울림이 대기를 메우고 있고, 열차 하나가 도착하는지 아니면 출발하는지 귀에 거슬리는 시끄러운 소리를 내며 끼어들었다. 그녀는 시계를 살펴본 뒤, 이제 시간이 되었고 지금쯤이면 라쉬드가 도착했을 것이라고 생각하며 눈을 가늘게 뜨고 먼 곳을 응시했다.

일주일간 그녀는 라쉬드 왕자가 발포어, 마수드 하크와 나눈 통화내용을 도청했다. 도청 과정에는 발포어의 SIM카드를 복제해서 하루 날을 잡아 이슬라마바드로 나가 자기 손으로 도청장치를 만들었고, 발포어의 인상적인 통신 시스템을 피기백킹했다. 그녀는 그들의 계획을 단계 별로 뒤쫓았고, 그래서 라쉬드가 독일에서 술탄 하크를 만나 데리고 갔고, 그들이 오늘 아침 그랜드 센트럴 역으로 함께 가고 있다는 사실을 알아냈다. 하크가 이슬람의 영광이나 서구에 대한 징벌을 위해서가 아니라, 자신을 알라의 반열에 올리겠다는 개인적인 목적을 달성하기 위해 목숨을 버리기로 결심했다는 사실도 알아냈다. 라쉬드가 바라는 것은 다름 아닌 예언자 마호메트의 자리였다.

발밑에 있는 선로가 떨려오자 엠마는 머리를 들고 다가오는 기관차의 전조등을 확인했다. 권총을 꺼내 총알이 장전되어 있는지 확인하고, 장갑을 바싹 당겨 끼고 복면을 내려 얼굴에 딱 맞게 써 눈을 덮지 않도록 조정했다. 그런 다음 목을 한 번 꺾고 심호흡을 했다.

열차가 점점 가까이 들어왔고, 속도를 늦추면서 브레이크가 끼익 거렸다. 기관차량이 지나가고 뒤를 이어 객실차량이 지나갔다. 객실 안에는 조명이 비추고 있었고, 라쉬드와 하크, 그리고 문가에 서 있는 경호원 두 명이 보였다.

엠마는 마지막 차량의 뒤를 쫓아 뛰어가 비어 있는 쪽 손으로 난간을 잡은 다음 좁은 전망 테라스위로 몸을 날렸다. 문손잡이는 쉽게 열렸고, 그녀는 문을 활짝 열어젖히면서 권총 두 발을 발사해 경호원 두 명의 가슴을 명중시켰고, 객실 안으로 들어서면서 곧바로 라쉬드를 향해 팔을 휘둘러 총을 겨눴다. 손 하나가 그녀의 팔을 내리치는 바람에 총이 조금 빨리 발사됐다. 라쉬드가 의자에서 고꾸라져 바닥으로 쓰러졌고 총알이 스쳐지나간 관자놀이에서는 마구 피가 흐르고 있었다.

내려친 손의 주인은 하크였다. 그가 다시 손을 내리치자 이번에는 권총이 빠져나가 바닥으로 떨어졌다. 열차가 급정거를 하며 멈춰 섰고, 엠마는 그 움직임에 몸을 맡겨 하크에게서 떨어진 다음 오른쪽 다리를 들어 그의 가슴팍을 걷어찼다. 발차기가 제대로 들어갔지만 그를 기절시키지는 못했다. 하크가 그녀에게 몸을 날렸고, 그녀는 다시 한 번 발차기로 놈의 방향을 바꾼 다음, 꽉 말아 쥔 주먹으로 놈의 머리를 가격했다. 하크가 엠마의 주먹을 피한 다음 번개같이 빠른 주먹을 그녀의 턱에 작렬시켰다. 엠마는 바닥으로 쓰러졌고, 머리가 핑 돌면서 입안에 피가 고이는 것이 느껴졌다. 다리를 뻗어 하크의 발목을 잡아 비틀자 하크는 창문 쪽으로 비틀거리며 쓰러졌다. 유리창이 산산조각 났다. 그 바람에 하크는 화가 머리끝까지 났다. 그는 몸을 일으켜 엠마를 마주보며 자세를 잡았다. 덩치가 큰 하크가 곧장 돌진해 오자 엠마는 발차기를 했고, 그는 재빨리 피했다. 그녀는 주먹을 연이어 내질렀다. 첫 번째 주먹은 그에게 막혔지만 두 번째 주먹은 그의 옆얼굴에 적중했고, 그는 비틀거렸다. 놈은 양 팔로 그녀를 휘감은 다음 엄청난 힘으로 죄었다. 그리고 기합을 내지르며 그녀를 객실 반대편으로 집어 던졌다. 그녀는 낮은 탁자 위로 등부터 떨어졌고 등 아래에서 도자기가 산산조각 나며 부서졌다. 머리가 단단한 탁자의 모서리에 부딪히면서 세상이 백색 잡음의 눈보라 속으로 서서히 사라져갔다.

천천히 시야가 돌아오며 그녀는 일어나 앉았다. 라쉬드가 피를 심하게 흘리며 그녀 근처에 쓰러져 누워 있었다. 그는 저항도 하지 못하고 두 눈만 깜빡이고 있었다. 문이 세게 닫히는 소리에 그녀는 급히 고개를 들어 쳐다보았다.

열차 뒷문이 경첩에 매달려 펄럭이고 있었다.

하크가 사라지고 없었다.

그리고 검은 가죽 가방도 함께 사라졌다.

엠마는 라쉬드를 쳐다보며 말했다. "네 놈이 한 짓을 난 잊지 않았어." 그리고 그녀는 일어서서 열차를 떠났다.

맨해튼은 통근자들의 섬이었다. 매일 약 5백만 명의 사람들이 뉴욕주, 코네티컷주, 뉴저지주, 그리고 펜실베이니아주 도처에 있는 집을 떠나 다리와 터널을 건너 맨해튼의 직장으로 출근했다. 사람들이 제일 많이 이용하는 교통수단은 단연코 열차였다. 맨해튼에 있는 세 개의 주요 기차역 중에서 가장 큰 역은 그랜드 센트럴 역이었다. 44개의 승강장을 갖추고 두 개의 층에서 67개의 노선이 운행되고 있고, 지하의 47에이커(약 57,536평)가 넘는 공간 위에 들어서 있었다.

경찰차가 밴더빌트 애비뉴의 보안 출입구 앞에서 끼익 소리를 내며 멈춰 섰다. 조나단이 차문을 열고 내리자 대니와 다른 사람들도 따라 내렸다. 교통국 소속 공안경찰관 두 명이 기다리고 있었다. "방금 전에 전화하신 분들입니까?"

"루즈벨트 터널로 안내해 주십시오." 하고 조나단이 말했다. "가능한 한 빨리요."

"루즈벨트 터널이라고요? 확실합니까?"

"네." 하고 조나단이 말했다. "어서 움직입시다."

공항에서부터 운전해서 오는 길에 두 통의 전화가 원투 펀치처럼 연달아 걸려왔다. 첫 번째 전화는 15분 전 대통령경호실 내 베니의 연락책으로부터 걸려왔다. "라쉬드가 내일 유엔에서 연설할 예정입니다. 그의 전용기가 오늘 아침 7시에 뉴저지 테터보로 공항에 착륙하기로 되어 있었지만 나타나지 않았습니다."

"그자가 어디에서 이륙한 건지 사람들이 알고 있던가요?" 하고 조나단이 다그치며 물었다.

"독일이네." 하고 베니가 말했다. "그리고 월도프 아스토리아 호텔의 프레지덴셜 스위트룸을 예약했다고 하는군."

"그자가 하크와 같이 있어요." 하고 대니가 말했다. "분명해요."

DHS 소속 밥의 전화가 5분 뒤에 울렸고, 그의 낯빛이 한겨울의 잿빛에서 빈사상태의 창백함으로 바뀌어갔다. "그랜드 센트럴 역의 교통관제센터에서 지난 밤 루즈벨트 승강장 사용에 대한 외교 요청 전화를 받았다고 합니다."

"그게 어디죠?" 조나단이 물었다.

"1930년대에 프랭클린 루즈벨트 대통령을 위한 특별 터널이 완공되었소. 그가 역을 오가면서 다리 보조기를 차고 끙끙대는 모습을 사람들이 보지 못하게 하려는 목적이었소. 그 터널은 월도프 아스토리아 호텔의 지하 승강장까지 곧장 연결되어 있어요. 루즈벨트 대통령이 열차에서 내려 그 호텔로 남몰래 들어간 다음 호텔 차고에서 자기 차에 탈 수 있도록 한다는 것이 기본 생각이었다오."

"월도프 호텔의 바로 아래로라고요?" 하고 조나단이 말했다. "그렇다면 바로 거기입니다."

"외교 요청이 어디서 들어왔나요?" 대니가 물었다.

"라쉬드 왕자를 위해 아랍에미리트합중국 대사관에서 요청했다는군요." 하고 밥이 대답했다. "DHS가 자동적으로 승인해 주었답니다."

철도 경찰이 중앙 홀을 지나 아래층으로 내려가는 동쪽 계단으로 길을 안내했다. 시간은 8시 15분이었고 터미널이 가장 붐비는 시간이었다. 코네티컷과 웨스트체스터 카운티에서 들어온 열차들이 5분 간격으로 수백 명의 승객들을 쏟아내고 있었다. 사방팔방으로 향하는 통근자들로 바닥은 발 디딜 틈이 없었다.

"여기서 기다리시죠." 하고 경찰관 중 한 명이 말했다. "제 휘하의 최고의 팀을 호출해 두었습니다."

"시간이 없어요." 하고 대니가 말했다. "어서 움직여야 해요."

DHS의 밥은 벌써 숨을 헐떡거리고 있었다. "정말로 이렇게 할 거요?" 그가 물었다.

조나단이 고개를 끄덕였다.

"내 총을 받으시오." 밥이 조나단에게 총을 건네며 말했다. "어떻게 사용하는지는 아실 테고. 자, 가시오. 경찰팀이 도착하면 바로 쫓아가라고 하겠소."

공안 경찰들이 계단으로 내려가며 길을 안내했고, 오른 쪽으로 돌아 보행로 끝까지 간 다음 몇 개의 문을 통과해서 수만 명의 일반 통근자들의 영역을 벗어나는 출입 제한 구역으로 들어갔다. 불 꺼진 승강장 하나가 홀로 멀리까지 이어져 있었다.

차량 네 개짜리 열차 한 대가 선로 측선에 세워져 있었다. 그 순간 몇 발의 총성과 함께 열차의 창문들로 총구에서 뿜어져 나온 불빛이 비쳤다. 조나단이 뛰기 시작했고 대니도 바로 뒤에서 쫓아갔으며 베니가 조금 떨어진 거리에서 따라갔다. 객실 차량 뒤편에서 사람 하나가 뛰어내렸다. 큰 키에 무시무시한 실루엣이 선로를 건너 뛰어갔고, 다리를 잠시 절룩거리는 게 보였다.

"하크에요." 조나단이 손으로 가리키며 말했다.

열차 한 대가 제일 가까운 선로를 따라 정차하면서 하크의 모습을 가렸다. 조나단은 승강장에서 뛰어 내려 선로를 뛰어 건너갔고 기관차에 거의 칠 뻔했다. 그는 몸을 돌려 대니가 바로 옆에 있는 것을 보았다. 그들 앞 쪽의 공간은 끝이 보이지 않는 어둠 속으로 뻗어 들어가 있었다. "저기!"

하고 그가 도망가고 있는 사람을 발견하고 소리쳤다.

"그가 어깨 위에 뭔가를 가지고 있어요." 그의 옆에서 뛰면서 대니가 말했다. 솟아 있는 선로들과 울퉁불퉁한 버팀목들 때문에 뛰어가는 길이 마치 장애물 경주 코스 같았다. 핵탄두의 무게를 짊어질 필요가 없는 조나단과 대니가 빠르게 거리를 좁히며 뛰어갔다.

하크가 두 번에 걸쳐 어깨너머로 그들의 위치를 확인했다. 두 번째로 돌아 봤을 때 그의 눈이 조나단의 눈과 마주쳤고, 그를 알아보며 하크가 속도를 늦췄다. 아프간인은 승강장 위로 뛰어 올라가 역으로 향했다. 순식간에 그는 군중들 속으로 섞여 들어가면서 수십 명 중의 한 명이 되었다.

경찰관 한 명이 승강장 끝에 서 있었다. 그는 하크가 뛰어가는 것을 보고 양손을 올렸다. "거기 서!" 그가 소리쳤다. "너!"

총성 한 발이 울리더니 경찰관이 쓰러졌다. 잠시 동안 군중이 흩어졌다. 하크의 등이 표적이 되기 쉽게 드러났다. 조나단의 바로 귀 옆에서 귀청이 떨어지는 소리가 들렸고, 대니가 총을 몇 발 발사하는 것이 보였다. 하지만 하크는 다시 그 자리를 벗어나 본 층으로 올라가는 계단으로 향하고 있었다.

"놈이 중앙 홀로 가고 있어요." 조나단이 숨을 거칠게 몰아쉬며 말했다.

놈이 대리석 계단을 뛰어 올라 넓고 휑한 공간으로 가는 동안 대니가 그의 옆에 붙어 있었다. 위쪽 마지막 계단에서 그는 속도를 멈추고 군중 속에서 하크의 검은 머리와 그의 등에 매달려 있는 가방을 찾아보았다. 총성한 발이 들리더니 바로 옆에서 단말마의 비명이 들렸다. 돌아보니 대니가 바닥에 쓰러져 한 손으로 목을 감싸 쥐고 있는 것이 보였다. 그녀의 손가락 사이로 피가 배어 나왔다. "가요!" 하고 그녀가 입모양으로 말했다.

충격에 잠시 머뭇하던 조나단이 다시 정신을 추스르고 하크를 쫓아갔다. 어렴풋이 하크가 중앙 홀 한 가운데로 향하는 것이 보였다. 조금 전의 총성은 광대한 공간 속에 흡수되어 버렸다. 바로 가까이에 있던 사람들 정도만 도망치거나 소리를 지르며 반응을 보였다. 그러나 그들의 혼란도 그 총성처럼 소멸되고 사라졌다.

그때 군중들이 좌우로 나뉘었다. 조나단은 일직선으로 깨끗한 시야를 확보할 수 있었다. 하크가 가방의 끈을 풀고 은색 원통을 꺼내는 것이 보였다. 그자의 머리 바로 위 천장에는 거대한 성조기가 달려 있었다. 조나단은 권총을 들어 올렸으나 망설였다. 사람들이 너무 많았다. 강인함으로 망설이는 마음을 다잡았고 그러자 팔의 떨림도 멈췄다. 하크의 등을 겨냥하고 그는 총을 세 발 발사했다. 천천히, 그리고 정확하게 방아쇠를 당겨 쥐었다. 결코 급히 당기지 않았다.

하크가 빙그르 돌더니 무릎을 꿇으며 쓰러졌다. 손은 여전히 핵탄두를 잡고 있었다. 그가 한 손으로 뚜껑을 비틀어 열려고 하는 사이 조나단은 달리면서 다시 총을 쏘았고, 하크는 미끄러지듯 바닥으로 쓰러졌다. 조나단은 굴러 떨어지는 원통 장치를 낚아챈 다음 핵탄두를 열었다. 핀라이트 하나가 녹색으로 빛나고 있었다. LED 화면에는 '수동'이라는 단어가 나타나 있었다. 그는 조심스럽게 핵탄두의 뚜껑을 닫은 다음 팔 아래에 단단히 끼워 잡았다.

조나단은 하크를 내려다보며 말했다. "다 끝났다."

아프간인의 검은 눈동자가 여전히 증오와 결단으로 가득한 채 초점을 유지하려고 애쓰며 조나단을 마주 보았다. "절대 끝이 아니다."

하크의 눈이 더 크게 벌어지더니 머리가 땅으로 고꾸라졌다. 그는 조나단을 응시했고, 눈동자를 올려 그의 위에 매달려 있는 거대한 성조기를 보았다. 그리고 숨을 거두었다.

조나단은 핵탄두를 가죽 가방에 집어넣었다. 여기는 뉴욕이었다. 사람들이 그의 주변으로 몰려들었다. 누군가가 조나단에게 죽은 사람이 그 물건을 조나단에게서 훔쳤느냐고 물었다. 경찰들이 길을 비키라고 소리치는 소리를 들었다. 몸을 돌리자 엠마의 얼굴이 바로 눈앞에 있었다. 그녀는 검은색 바지에 트렌치코트를 입고 있었고, 머리는 하나로 묶어 뒤로 땋아 내렸는데 그 모습은 역 안에 있는 여느 다른 여자들과 다르지 않아 보였다. "괜찮아?" 하고 조나단이 말했다.

엠마가 고개를 끄덕였다. "당신이 그자를 막았어."

"응."

엠마가 한 발 가까이 다가오더니 팔을 그에게 두르며 그의 귀에 대고 속삭였다.

"고마워요, 조나단."

"사랑해." 그가 대답했고, 잠시 뒤 무엇인가 날카로운 것이 그의 목을 가볍게 찔렀다.

즉시 세상이 흐려져 갔고, 조나단은 어둠이 밀려오며 의식을 잃어가는 것이 느껴졌다. 그는 엠마가 그에게서 가죽 가방을 가져가는 것을 보았지만 그것을 막기 위해 아무 짓도 할 수 없었다. 몸이 더 이상 맘대로 움직이지 않았던 것이다. 다리에 힘이 풀렸고, 엠마는 그를 바닥에 눕혔다. 그녀는 얼굴을 그의 얼굴에 가져다 대고 가볍게 키스하며 말했다. "알아요."

조나단이 눈을 깜빡인 다음 다시 올려보았을 때 그녀는 사라지고 없었다.

RULES OF BETRAYAL

에필로그

"어이, 조나단. 왔구먼. 그래, 몸은 어떤가?"

"다 나았습니다. 국장님은요?"

"의사들 말로는 어깨가 완전히 나으려면 몇 주는 걸릴 거라는군. 그것보다는 심장이 더 문제라지만. 자, 어서 들어오게."

조나단은 조지타운 34번가와 프로스펙트가에 있는 프랭크 코너의 자택을 방문했다. 그랜드 센트럴 역에서 하크가 총에 맞아 쓰러져 죽고, 엠마가 폭탄을 가지고 사라진 것이 일주일 전의 일이었다. 엠마가 주입한 숙시닐콜린 탓에 조나단은 하루 동안 병실 신세를 져야 했지만 피곤함을 느낀 것 외에 달리 후유증은 없었다.

지팡이에 의지한 채 조나단을 거실로 안내한 코너가 의자에 아무렇게나 풀썩 앉았다. 뿌듯한 표정을 지으며 코너가 말했다. "대통령께서 자네를 만나고 싶어 하셨네."

조나단은 맞은편에 있는 카우치 의자에 앉았다. "정말입니까? 그래서 뭐라고 하셨나요?"

"딱 잘라 거절했지." 하고 코너가 말했다. "자네 사진이 사방에 공개되는 것을 용납할 수 없다고 했지. 대통령께선 고맙다는 말을 대신 전해 달라더군. 정 서운하다면 내가 친필 서명이라도 하나 받아주지."

조나단은 미소를 지은 다음 이내 심각한 표정으로 돌아갔다. "소식은 없나요?"

코너는 고개를 내저었다. "흔적도 없이 사라졌네."

"어떻게 하실 생각이죠?"

"뭐를 말인가? 공식적으로 우리는 순항미사일을 분실한 적이 없네. 과거사를 들먹여서 좋을 게 없지. 솔직히 다른 곳에 있는 것보다는 그 물건이 엠마의 수중에 있는 편이 더 안전하다고 생각하네. 엠마가 그걸 보험이라고 부르더군. 그런데 자네 그걸 아나? 그녀의 말이 맞다는 것 말일세."

"라쉬드는 어떻게 됐나요?"

"하크가 자기와 자기 전용기를 납치한 것이라고 주장했다는 군. 그냥 넘어가게 내버려두는 수밖에." 코너가 시선을 올리고 눈을 가늘게 뜨며 말했다. "지금으로서는 말이야."

조나단은 고개를 끄덕였다. "대니와는 연락해 보셨나요?"

"통화한 게 오늘 아침이었지. 출혈이 심했지만 다행히 잘 버텨냈다는군. 이스라엘로는 내일 돌아갈 것이라고 들었네." 코너가 인상을 찌푸리며 말했다. "앞으론 대니가 날 돕겠다며 무작정 나서줄 일은 없을 것 같구먼."

"대니로서는 그럴 만도 하죠."

"참 괜찮은 여자야."

"최고죠." 하고 조나단이 말했다.

코너는 애써 몸을 옆으로 숙이더니 잡지더미 아래 있던 갈색 끈이 달린 서류철 하나를 꺼내 집어 들었다. "어스킨의 와이프 얘기를 해줬던가? 리나는 라쉬드 왕자의 조카였네. 덜레스 공항에서 몰래 비행기에 올라타다가 잡혔지. 그녀가 법무부에서 한 일도 관타나모 수감자들에 관한 변론 취지서를 작성하는 일이었다네. 듣자 하니 술탄 하크와 마수드 하크를 석방시키는 데 그녀의 입김이 크게 작용을 했다더군."

"그럼 이제 어떻게 되는 건가요?"

"그 여자는 가석방 없는 종신형을 받았네. 간첩 행위 말고도 말로이의 죽음을 사주한 죄가 있으니 그녀는 이제 여생을 감옥에서 명상이나 하며 지내는 수밖에."

"어스킨은요?"

"어스킨은 월스트리트로 갔네."

코너가 서류 끈을 풀며 말했다. "1984년 B-52기의 추락을 둘러싼 당시 정황에 관해서 조사해 보다가 같은 곳에서 비극적인 사건이 또 한 건 더 있었다는 것을 알았네."

조나단은 조심스럽게 코너를 바라보며 대답했다. "아, 예…"

"자네가 관심을 가질 만한 사건인데 말이야. 비행기가 추락했던 그 무렵에 티리치미르 산을 오르던 등반팀 전체가 사망했던 사건이 있었지. 사실, 바로 그날일 수도 있었을 거야. 아프가니스탄 전쟁에 반대하기 위해 유엔에서 후원했던 무슨 평화를 위한 등반 같은 거였다지. 티리치미르 산이 자네에게 뭔가 의미가 있었던 것으로 기억하는데 말이야."

"친형인 마이클이 거기에 있었습니다."

코너가 고개를 끄덕였다. "유감일세."

"아주 오래 전 일입니다. 전 그때 꼬마였습니다."

코너가 서류철에서 서류 한 묶음을 꺼내더니 조나단의 무릎에 던졌다. 흰색 서류 라벨에는 '마이클 R. 랜섬 하사'라는 타이핑 글자가 새겨져 있었고 옆에는 미합중국 육군성의 압인이 찍혀 있었다.

조나단은 서류묶음을 펼치고 서류들을 대충 훑어보았다. 특수전 학교. 우등 졸업생. 그린베레. 표창 내역. 사진. 놀란 조나단이 서류에서 시선을 뗐다. "제게는 그만두고 나왔다고 말했는데요. 형은 곧바로 버지니아에 있는 은행에 취직했고요."

"그만둔 게 아니었네. 은행에 다닌다는 말도 사실이 아니었지. 자네 친형은 비밀 첩보 프로그램인 다크라이트에 투입돼 4년간 활동했지. 사망

당시에도 국방부 소속 비밀 첩보요원으로 활동했네. 신분을 위장하기 위해서 티리치미르산 탐험대에도 들어간 것으로 아는데, 그가 맡은 임무는 (구소련)적군의 군사통신을 엿듣고자 장거리 도청장치를 설치하는 것이었네." 하고 코너가 말했다.

코너의 말을 듣자 그는 온몸에 소름이 돋는 것만 같았다.

"오래 전 우리가 엠마의 상대로 자넬 고른 이유 말일세. 그 이유가 궁금하진 않았나?" 하고 코너가 물었다.

"매일 궁금했죠."

코너가 마지막 남은 서류묶음을 서류철에서 꺼냈다. "자네 부친께선 무슨 일을 하셨다지?"

"회계감사원에서 회계원으로 계셨었죠."

"확실한가?"

조나단은 그렇다는 뜻으로 고개를 끄덕였지만 이내 이상한 기분이 들었다.

코너가 자리에서 일어나며 그에게 서류를 건네주었다. "읽어 보게. 자네의 이해를 도와줄 만한 내용이 꽤 들어 있을 걸세."

조나단은 서류를 물끄러미 쳐다보았다. 이어서 조나단은 자리에서 일어나 코너를 따라 정문까지 갔다. "고맙습니다."

코너가 건성으로 경례 시늉을 했다. "조만간 연락함세."

조나단을 보낸 후에 프랭크 코너는 층계를 걸어 올라가서 3층에 있는 비밀 서재로 갔다. 집 안에 아무도 없었지만 그는 서재 문을 닫아 잠갔다. 시간이 걸리긴 했지만 무릎을 굽히고 앉아 금고를 열었다. 도피용으로 마련해둔 현금다발과 총이 다시 금고 안으로 들어가 있었다. 언제 필요할지는 모르는 일이었다. 그렇다고 코너가 도피를 생각하는 것은 아니었다. 현재로서는 디비전을 떠날 생각이 없으니 말이다.

그는 금고에서 가죽으로 만든 두꺼운 장정 한 권을 꺼냈다. 그것은 과거로부터 현재까지 그의 밑에서 일한 요원들의 사진을 모은 사진첩이었다. 자리에서 일어나서 의자에 앉기까지 다시 시간이 걸렸다. 호흡이 가빠오기 시작했고 이마에서는 구슬땀이 맺혔다. 늙는다는 것은 아주 거지같은 일이지만, 죽는 것보다는 백번 나았다.

가죽 사진첩을 무릎 위에 펼쳐놓고 그는 빈 페이지가 나올 때까지 페이지를 넘겼다. 빈 페이지가 나오자 투명색 보호 필름지를 벗기고 조심스럽게 새로 준비한 사진을 판지에 눌러서 붙였다.

사진 속에는 큰 키와 딱 벌어진 넓은 어깨를 가진 한 남자가 영국 옥스퍼드의 거리를 걷고 있었다. 그의 검은 머리에는 희끗희끗 새치가 돋아 있고, 두 눈동자는 칠흑처럼 검은색이었다. 남자의 표정은 젊은이치곤 지나치게 심각해 보였지만, 본래 의사들이 매사에 좀 진지한 편이긴 했다.

코너는 투명 필름지를 제자리로 돌려놓고 손으로 사진 있는 곳을 잘 눌러주었다.

"디비전에 온 걸 환영하네, 조나단."

■

■

■

롤스 오브 시리즈를 애독해 주신 독자 여러분께 감사드립니다.

옮긴이 **이정윤**은 서울에서 태어나 이화여자대학교 신문방송학과를 졸업했다. 영국공영방송 (BBC)과 서독공영방송(WRK)의 현지 코디네이터 및 리포터로 활동했다. 현재 전문번역가로 일 하고 있으며 〈디 아더 우먼〉, 〈룰스 오브 디셉션〉, 〈룰스 오브 벤전스〉를 우리말로 옮겼다.

룰스 오브 비트레이얼

초판 1쇄 인쇄 | 2013년 7월 10일
초판 1쇄 발행 | 2013년 7월 20일

지은이 | 크리스토퍼 라이히
옮긴이 | 이정윤
펴낸이 | 이기동
마케팅 | 유민호 이동호
주소 | 서울시 성동구 아차산로 7길 15-1 효정빌딩 4층
이메일 | previewbooks2@daum.net
블로그 | http:/blog.naver.com/previewbooks

전화 | 02)3409-4210
팩스 | 02)3409-4201
등록번호 | 제206-93-29887호

교열 | 이민정
디자인 | design86
인쇄 | 상지사 P&B
ISBN 978-89-97201-10-5 03840

잘못된 책은 구입하신 서점에서 바꿔드립니다.
책값은 뒤표지에 있습니다.

크리스토퍼 라이히 Christopher Reich

21세기 스파이 스릴러의 맥을 잇는 뉴욕타임스 베스트셀러 작가. 〈넘버드 어카운트〉Numbered Account와 〈패트리어츠 클럽〉Patriots Club으로 세계적인 명성을 얻었으며, 2006년 국제스릴러작가협회가 수여하는 최고작품상을 수상했다. 현재 서던캘리포니아에서 작품활동을 하고 있다.

www.christopherreich.com

www.doubleday.com